Der ewige Gärtner

Das Buch

Mitten in der Wüste von Kenia, am Ufer des Turkanasees, wird die junge schöne Tessa Quayle ermordet aufgefunden. Ihr Begleiter und angeblicher Geliebter, der afrikanische Arzt Arnold Bluhm, ist spurlos verschwunden. Der Mord droht das britische Hochkommissariat in Nairobi in einen Skandal zu stürzen, denn Tessas Ehemann Justin ist Diplomat im britischen Dienst, und schon zu Lebzeiten hatte Tessa keine politischen Rücksichten genommen. Während sich im Hochkommissariat alle bemühen, den Fall zu vertuschen, begibt sich der leidenschaftliche Hobbygärtner Justin Quayle auf die Suche nach dem Mörder seiner Frau. Verfolgt und ganz auf sich gestellt, dringt er immer tiefer in das Dickicht einer groß angelegten Verschwörung ein, in die nicht nur die Pharmaindustrie und ein dubioses Handelsunternehmen verstrickt zu sein scheinen, sondern auch britische Regierungskreise …

Der Autor

John le Carré, am 19. Oktober 1931 in Poole, Dorset, geboren, war nach seinem Studium in Bern und Oxford in den sechziger Jahren in diplomatischen Diensten u. a. in Bonn und Hamburg tätig. Sein Roman *Der Spion, der aus der Kälte kam* machte ihn 1963 weltbekannt. Zahlreiche seiner Bestseller wurden erfolgreich verfilmt. Der Autor lebt mit seiner Frau in Cornwall.

Von John le Carré sind in unserem Hause bereits erschienen:

Absolute Freunde
Agent in eigener Sache
Dame, König, As, Spion
Ein blendender Spion
Ein guter Soldat
Ein Mord erster Klasse
Eine Art Held
Eine kleine Stadt in Deutschland
Der ewige Gärtner
Der heimliche Gefährte
Krieg im Spiegel
Die Libelle
Das Rußlandhaus
Schatten von gestern
Der Spion, der aus der Kälte kam

John le Carré

Der ewige Gärtner

Roman

Aus dem Englischen
von Werner Schmitz unter Mitarbeit
von Karsten Singelmann

List Taschenbuch

Besuchen Sie uns im Internet:
www.list-taschenbuch.de

Eine FOCUS FEATURES Präsentation in Zusammenarbeit mit dem U.K. FILM COUNCIL Eine POTBOILER PRODUCTION in Zusammenarbeit mit SCION FILMS RALPH FIENNES, RACHEL WEISZ DER EWIGE GÄRTNER DANNY HUSTON, BILL NIGHY, PETE POSTLETHWAITE. Casting Director LEO DAVIS Makeup & Hair Design CHRISTINE BLUNDELL Musik ALBERTO IGLESIAS Ausstattung ODILE DICKS-MIREAUX Schnitt CLAIRE SIMPSON Production Design MARK TILDESLEY Kamera CÉSAR CHARLONE Koproduzent TRACEY SEAWARD Koproduzenten HENNING MOLFENTER, THIERRY POTOK Ausführende Produzenten GAIL EGAN, ROBERT JONES, DONALD RANVAUD, JEFF ABBERLEY, JULIA BLACKMAN Nach einem Buch von JOHN LE CARRÉ Drehbuch JEFFREY CAINE Produzent SIMON CHANNING WILLIAMS Regie FERNANDO MEIRELLES

Umwelthinweis:
Dieses Buch wurde auf chlor- und säurefreiem Papier gedruckt.

Ungekürzte Ausgabe im List Taschenbuch
List ist ein Verlag der Ullstein Buchverlage GmbH, Berlin.
1. Auflage Januar 2006
2. Auflage 2006

Titel der englischen Originalausgabe: *The Constant Gardener*
(Hodder and Stoughton, London)
© Umschlagkonzept: HildenDesign, München
Umschlaggestaltung: Hauptmann und Kompanie Werbeagentur, München–Zürich
Titelabbildung: © 2006 by Universal Studios, LLLP.
Courtesy of Universal Studios
Licensing LLLP. All Rights Reserved.
Gesetzt aus der Sabon und Avant Garde
Satz: hanseatenSatz-bremen, Bremen
Druck und Bindearbeiten: Clausen & Bosse, Leck
Printed in Germany
ISBN-13: 978-3-548-60586-9
ISBN-10: 3-548-60586-9

In Erinnerung an Yvette Pierpaoli,
die sich weigerte, wegzusehen.

Trachte stets nach mehr als du erlangen kannst,
Oder wozu gibt es einen Himmel?

»ANDREA DEL SARTO« VON ROBERT BROWNING

Erstes Kapitel

Die Nachricht erschütterte das Britische Hochkommissariat in Nairobi an einem Montagmorgen um neun Uhr dreißig. Sandy Woodrow empfing sie erhobenen Hauptes mit vorgerecktem Kinn, als wäre sie eine Gewehrkugel, die ihm mitten durch sein gespaltenes englisches Herz fuhr. Sie traf ihn im Stehen. Daran konnte er sich später genau erinnern. Er hatte am Schreibtisch gestanden, die Hand nach irgendetwas ausgestreckt, als das hausinterne Telefon klingelte. Er nahm Haltung an, als er das Klingeln hörte, und beugte sich vor, um den Hörer vom Tisch zu angeln und »*Woodrow*« zu sagen. Oder auch: »Hier Woodrow.« Auf jeden Fall kam sein Name recht barsch heraus, dessen war er sich sicher: Seine Stimme klang wie die eines anderen, und sie klang ungehalten. »Hier Woodrow«, sein durchaus annehmbarer Name, den er ohne das Mildernde seines Spitznamens Sandy herausbellte, als verabscheute er ihn. Doch in exakt dreißig Minuten sollte die übliche Gebetsversammlung des Hochkommissars stattfinden, und Woodrow würde als Leiter der Kanzlei, wie die politische Abteilung hieß, wieder einmal den Diskussionsleiter spielen müssen für einen Haufen Primadonnen, die jede danach verlangte, mit ihrem speziellen Anliegen den Hochkommissar ganz allein mit Beschlag zu belegen.

Kurzum, es war einer dieser unseligen Montage Ende Januar, dem heißesten Monat in Nairobi, eine Zeit des Staubes und der Wasserknappheit, eine Zeit, in der das Gras braun und die Augen wund waren und der Straßenbelag vor Hitze aufplatzte und in der die Jakarandabäume, wie jeder andere auch, auf den großen Regen warteten.

Warum er gestanden hatte, war eine Frage, die sich nie mehr wirklich klären ließ. Eigentlich hätte er am Schreibtisch sitzen, die Tastatur bearbeiten und begierig die eingehenden Direktiven aus London und Berichte aus den benachbarten afrikanischen Missionen durchgehen müssen. Stattdessen hatte er also vor dem Schreibtisch gestanden und irgendeine dieser unglaublich wichtigen Handlungen vollzogen – vielleicht das Foto von seiner Frau Gloria und den beiden kleinen Söhnen zurechtgerückt, das sie im letzten Sommer aufgenommen hatten, als die Familie auf Heimaturlaub war. Das Hochkommissariat lag an einem Abhang, der immer weiter absackte, so dass Bilder, die ein Wochenende lang unbeaufsichtigt blieben, im Rahmen verrutschten.

Vielleicht hatte er auch gerade Mückenspray auf eins dieser kenianischen Insekten gesprüht, gegen die nicht einmal Diplomaten immun waren. Erst vor wenigen Monaten hatten sie eine regelrechte Plage so genannter Nairobi-eyes gehabt, Fliegen, die Furunkel und Blasen verursachten und einen sogar erblinden lassen konnten, wenn man sie zerdrückte und versehentlich auf der Haut zerrieb. Er hatte also gerade gesprüht, als er das Telefon läuten hörte, hatte die Dose auf seinem Schreibtisch abgestellt und nach dem Hörer gegriffen: Gut möglich, dass es so gewesen war, denn sein Erinnerungsfilm zeigte ihm das Farbdia einer roten Insektenspraydose auf dem Ausgangskorb. Mit »Hier Woodrow«, hatte er sich den Telefonhörer ans Ohr gepresst.

»Oh, Sandy, hier ist Mike Mildren. Guten Morgen. Sind Sie allein, wenn ich fragen darf?«

Eitel, übergewichtig, vierundzwanzig Jahre alt: Mildren, der Privatsekretär des Hochkommissars, Arbeiterkind, war frisch aus England gekommen, auf seinem ersten Posten in Übersee – und bei den rangniederen Mitarbeitern, wie kaum anders zu erwarten, nur als Mildred bekannt.

Doch, bestätigte Woodrow, er sei allein. Warum?

»Es ist etwas passiert, fürchte ich. Ich wollte eigentlich fragen, ob ich mal kurz runterkommen könnte.«

»Hat das nicht Zeit bis nach der Sitzung?«

»Tja, ich glaube nicht – nein, keinesfalls«, erwiderte Mildren mit zunehmender Entschiedenheit. »Es geht um Tessa Quayle, Sandy.«

Mit einem Schlag war Woodrow wie ausgewechselt, die Nackenhaare sträubten sich, die Nerven lagen bloß. Tessa. »Was ist mit ihr?«, fragte er betont gleichgültig, während seine Gedanken sich überschlugen. Oh, Tessa. Mein Gott. Was hast du jetzt wieder angestellt?

»Die Polizei hier in Nairobi sagt, sie sei ermordet worden«, erklärte Mildren, als wäre es das Alltäglichste von der Welt.

»Ach, Unsinn«, fauchte Woodrow, ohne weiter nachzudenken. »Seien Sie nicht albern. Wo denn? Wann?«

»Dies Wochenende. Am Turkanasee. Ostufer. Über Einzelheiten schweigen sie sich aus. In ihrem Auto. Einen bedauerlichen Unfall haben sie es genannt«, fügte er fast kleinlaut hinzu. »Ich habe das Gefühl, dass man versucht, uns die Sache so schonend wie möglich beizubringen.«

»In was für einem *Auto*?«, fragte Woodrow heftig – alles in ihm wehrte sich gegen diesen Wahnsinn. Er verdrängte das Wer, Wie, Wo und all die anderen Fragen und Befürchtungen. Bloß weg damit – bewusst löschte er seine geheimen Gedanken an Tessa aus dem Gedächtnis und ersetzte sie durch das Bild der ausgedörrten Mondlandschaft am Turkanasee, wie er sie von einer Exkursion her in Erinnerung hatte, die er erst sechs Monate zuvor in der untadeligen Gesellschaft des Militärattachés unternommen hatte. »Bleiben Sie, wo Sie sind, ich komme hoch. Und sprechen Sie mit niemandem darüber, verstanden?«

Woodrow handelte jetzt mit Bedacht, legte den Hörer auf, ging um den Schreibtisch herum, nahm sein Jackett von der Rückenlehne des Stuhls und streifte es über, einen Ärmel nach dem anderen. Es war nicht etwa so, dass er gewohnheitsmäßig ein Jackett anzog, wenn er nach oben ging. Es herrschte kein Jackettzwang bei den montäglichen Sitzungen und erst recht nicht bei einem Gespräch mit dem dicken Mildren im Büro des Hochkommissars. Doch der Profi in Woodrow ahnte, dass ihm ein langer Weg bevorstand. Auf der Treppe nach oben gelang es ihm, sich zur Ordnung zu rufen und auf seine obersten Prinzipien im Fall einer drohenden Krise zu besinnen. Und so sagte er sich, wie er bereits Mildren versichert hatte, dass es sich bei der ganzen Sache nur um ausgemachten Unsinn handeln konnte. Zum Beweis führte er sich den sensationellen Fall jener jungen Engländerin vor Augen, die zehn Jahre zuvor im afrikanischen Busch zerstückelt aufgefunden worden war. Eine makabre Falschmeldung, ja natürlich, das musste es sein. Der kranken Phantasie irgendeines wild gewordenen afrikanischen Polizisten entsprungen, der halb wahnsinnig vom *bangi* in der Wüste festsitzt und sein kärgliches Gehalt aufbessern will, das seit sechs Monaten nicht mehr ausgezahlt worden ist.

Das gerade erst fertig gestellte Gebäude, in dem Woodrow nach oben stieg, war nüchtern und zweckmäßig. Ihm gefiel der Stil, vielleicht, weil er mit seinem eigenen übereinstimmte. Das klar abgegrenzte Gelände, die Kantine, der Laden, die Kraftstoffpumpe und die sauberen, gedämpften Flure strahlten etwas Selbstgenügsames, Robustes aus. Woodrow verfügte, jedenfalls nach außen, über dieselben bewährten Eigenschaften. Er war vierzig Jahre alt und mit seiner Frau Gloria glücklich verheiratet – oder falls nicht, ging er jedenfalls davon aus, dass er der Einzige war, der darüber Bescheid wusste. Als Leiter der Kanzlei durfte er ziemlich sicher sein, dass ihm die nächste Versetzung, wenn er nur seine Karten richtig ausspielte, seine eigene bescheidene Gesandtschaft bescheren würde. Von dort würde er dann über einige weniger bescheidene Gesandtschaften zur Ritterwürde fortschreiten – eine Aussicht, der er selber, versteht sich, keinerlei besondere Bedeutung beimaß, aber für Gloria würde es ihn denn doch freuen. Er hatte etwas von einem Soldaten, aber er war ja schließlich auch der Sohn eines Soldaten. In nunmehr siebzehn Jahren im diplomatischen Dienst Ihrer Majestät hatte er die Fahne in einem halben Dutzend der britischen Missionen in Übersee hochgehalten. Das gefährliche, im Verfall begriffene, ausgeplünderte, bankrotte, einstmals britische Kenia hatte sein Blut jedoch mehr in Wallung gebracht als die meisten anderen. Inwieweit dies auf Tessas Konto ging, wagte er sich allerdings nicht zu fragen.

»Also gut«, sagte er angriffslustig zu Mildren, kaum dass er die Tür hinter sich geschlossen und dann verriegelt hatte.

Mildren schmollte wie gewöhnlich. Er hockte an seinem Schreibtisch wie ein ungezogener dicker Junge, der sich weigert, seinen Brei aufzuessen.

»Sie hat in der Oase übernachtet«, gab er zurück.

»Welche *Oase*? Bitte genauer, wenn's geht.«

Aber Mildren war nicht so leicht einzuschüchtern, wie Woodrow aufgrund seines Alters und Rangs vielleicht erwartet hätte. Mildren hatte sich stenografische Notizen gemacht und konsultierte sie, bevor er weitersprach. So was bringt man denen heutzutage wohl bei, dachte Woodrow verächtlich. Wie sonst sollte ein Londoner Emporkömmling wie Mildren Zeit finden, Stenografie zu lernen?

»Die Oase ist eine Art Hotel am Ostufer des Turkanasees, am südlichen Ende«, verkündete Mildren, die Augen auf seinen Block gerichtet. »Dort hat Tessa die Nacht verbracht und ist am nächsten Morgen mit einem vom Hotel bereitgestellten Jeep aufgebrochen. Ihren Angaben zufolge wollte sie zweihundert Meilen nördlich die Wiege der Zivilisation besichtigen. Die Leakey-Grabung.« Er korrigierte sich: »Die Stätte von Richard Leakeys Ausgrabungen. Im Sibiloi-Nationalpark.«

»Allein?«

»Wolfgang hatte einen Fahrer besorgt. Dessen Leiche war auch mit im Jeep.«

»Wolfgang?«

»Der Hotelbesitzer. Nachname folgt noch. Wird von allen Wolfgang genannt. Offenbar ein Deutscher. Ein Original. Der Polizei zufolge wurde der Fahrer brutal ermordet.«

»Wie denn?«

»Geköpft. Wird vermisst.«

»Wer wird vermisst? Sie sagten doch, er sei mit in dem Fahrzeug gewesen.«

»Der Kopf wird vermisst.«

Darauf hätte ich wohl selbst kommen können, wie? »Und wie soll Tessa umgekommen sein?«

»Sie haben nur was von einem Unfall gesagt.«

»Wurde sie ausgeraubt?«

»Laut Polizei nicht.«

Nichts geraubt, dazu der Mord an dem Fahrer – Woodrows Phantasie drohte mit ihm durchzugehen. »Ich will alle Fakten, und zwar exakt so, wie Sie sie haben«, befahl er.

Mildren stützte seine ausladenden Wangen in die Hände und

zog erneut seine Notizen zu Rate. »Neun Uhr neunundzwanzig, Anruf aus dem Polizeipräsidium Nairobi. Die Einsatzleitung wünscht den Hochkommissar zu sprechen«, zitierte er. »Ich erklärte, dass Se. Exzellenz in der Stadt sei, bei den Ministerien, und spätestens um zehn Uhr zurückerwartet werde. Ein kompetent klingender Offizier vom Dienst, Name liegt vor, sagte, ihm würde aus Lodwar berichtet –«

»Lodwar? Das ist doch meilenweit weg vom Turkana!«

»Ist aber der nächste Polizeiposten«, erwiderte Mildren. »Ein Jeep, Eigentum des Hotels Oase am Turkanasee, wurde verlassen an der Ostseite des Sees aufgefunden, kurz vor Allia Bay, auf dem Weg zur Leakey-Grabungsstätte. Die Leichen waren mindestens sechsunddreißig Stunden alt. Eine tote weiße Person, Geschlecht weiblich, Todesursache ungeklärt, ein männlicher Afrikaner ohne Kopf, identifiziert als Noah, der Fahrer, verheiratet, vier Kinder. Ein Safaristiefel Marke Mephisto, Größe sieben. Eine blaue Safarijacke, Größe XL, mit Blutflecken, auf dem Boden des Fahrzeugs. Die Frau Mitte bis Ende zwanzig, dunkle Haare, goldener Reif am Ringfinger der linken Hand. Eine goldene Halskette auf dem Boden des Fahrzeugs.«

Diese Kette, die Sie da tragen. Woodrow hörte, wie er sie beim Tanzen geneckt hatte.

Meine Großmutter hat sie meiner Mutter zur Hochzeit geschenkt, antwortete sie. *Ich trage sie zu allem, selbst wenn sie nicht zu sehen ist.*

Sogar im Bett?

Kommt drauf an.

»Wer hat sie gefunden?«, fragte Woodrow.

»Dieser Wolfgang. Er hat die Polizei angefunkt und sein Büro hier in Nairobi verständigt. Ebenfalls über Funk. In der Oase gibt es kein Telefon.«

»Woher will man denn wissen, dass es der Fahrer war, wenn er keinen Kopf mehr hatte?«

»Er hatte einen kaputten Arm. Deswegen hat er als Fahrer gearbeitet. Wolfgang hat beobachtet, wie Tessa mit Noah am Samstag um fünf Uhr dreißig losgefahren ist, in Begleitung von Arnold Bluhm. Das war das letzte Mal, dass er sie lebend gesehen hat.«

Mildren zitierte immer noch aus seinen Notizen – oder zumindest tat er so. Die Wangen ruhten weiter in seinen Händen, und angesichts der starren Haltung seiner Schultern schien er fest entschlossen, sie dort zu lassen.

»Wiederholen Sie das noch mal«, unterbrach Woodrow die entstandene Stille.

»Tessa war in Begleitung von Arnold Bluhm. Sie kamen zusammen in der Oase an, verbrachten die Nacht zum Sonnabend dort und sind morgens um fünf Uhr dreißig in Noahs Jeep aufgebrochen«, wiederholte Mildren geduldig. »Man hat Bluhm nicht im Jeep gefunden, und auch sonst gibt es keine Spur von ihm. Jedenfalls soweit bisher bekannt. Die Polizei von Lodwar und das Einsatzteam sind vor Ort, und das Präsidium in Nairobi will wissen, ob wir den Hubschrauber bezahlen.«

»Wo sind die Leichen jetzt?« Woodrow war ganz der Sohn seines Vaters, militärisch kurz und zackig.

»Nicht bekannt. Die Polizei wollte, dass die Oase sie in Verwahrung nimmt, aber Wolfgang hat sich geweigert. Er meinte, sein Personal würde das Weite suchen und die Gäste ebenfalls.« Und nach kurzem Zögern. »Sie hat sich als Tessa Abbott eingetragen.«

»Abbott?«

»Ihr Mädchenname. Tessa Abbott, und als Anschrift ein Postfach in Nairobi. Unsers. Wir haben hier keine Abbotts, also habe ich den Namen in unseren Daten gesucht und Quayle gefunden. Mädchenname Abbott, Tessa. Wenn ich richtig informiert bin, hat sie den Namen bei ihren Hilfsaktivitäten benutzt.« Mildren studierte die letzte Seite seiner Aufzeichnungen. »Ich habe versucht, den Hochkommissar zu erreichen, aber er macht die Runde durch die Ministerien, und ich komme nicht durch.« Was soviel heißen sollte wie: Wir befinden uns in Präsident Mois modernem Nairobi, wo man bei einem Ortsgespräch manchmal eine halbe Stunde lang das »Entschuldigen Sie, alle Leitungen sind besetzt, versuchen Sie es bitte später noch einmal« zu hören bekommt, unermüdlich wiederholt von einer zufrieden klingenden Frau mittleren Alters.

Woodrow stand bereits an der Tür. »Und Sie haben niemandem was gesagt?«

»Keiner Menschenseele.«

»Und die Polizei?«

»Angeblich auch nicht. Aber für Lodwar übernehmen sie keine Verantwortung. Und wenn Sie mich fragen, wäre ich mir bei denen selbst auch nicht sicher.«

»Und ihr Mann? Soweit Sie wissen, hat Justin doch noch nichts davon erfahren, oder?«

»Richtig.«

»Wo ist er?«

»Ich nehme an, in seinem Büro.«

»Sorgen Sie dafür, dass er da bleibt.«

»Er ist heute früher als sonst gekommen. Wie immer, wenn Tessa unterwegs ist. Soll ich die Sitzung absagen?«

»Warten Sie noch.«

Woodrow, der nun ganz sicher war – falls er je Zweifel gehabt hatte –, dass er es nicht nur mit einer Tragödie, sondern mit einem Skandal der Windstärke zwölf zu tun hatte, stürmte die Hintertreppe hinauf, zu der Unbefugte keinen Zutritt hatten. Er trat in einen finsteren Gang, der zu einer verschlossenen Stahltür mit Guckloch und Klingelknopf führte. Eine Kamera nahm ihn ins Visier, während er auf den Knopf drückte. Die Tür wurde von einer gertenschlanken, rothaarigen Frau in Jeans und geblümter Bluse geöffnet. Sheila, dachte er automatisch, die Nummer zwei, spricht Kisuaheli.

»Wo ist Tim?«, fragte er.

Sheila drückte auf den Summer und sprach dann in einen Kasten. »Sandy ist da, er hat's eilig.«

»Noch eine Minute Geduld bitte!«, rief eine kräftige männliche Stimme.

Sie geduldeten sich.

»Die Luft ist jetzt rein«, meldete dieselbe Stimme, und eine weitere Tür ging rülpsend auf.

Sheila trat zurück, und Woodrow schritt an ihr vorbei in das Zimmer. Tim Donohue, der zwei Meter große Leiter der Abteilung, hatte sich vor seinem Schreibtisch aufgebaut. Er musste ihn leer geräumt haben, denn es war kein einziges Blatt Papier darauf zu sehen. Donohue wirkte noch kränker als gewöhnlich. Woodrows Frau Gloria war fest davon überzeugt, dass er an einer tödlichen Krankheit litt. Die Wangen waren eingesunken und farblos, die Augen lagen tief in ihren Höhlen, und das Weiße war gelblich verfärbt. Die Haut am Lidrand schuppte sich. Der wuchernde Schnäuzer schien in komischer Verzweiflung nach unten ausgreifen zu wollen.

»Sandy. Seien Sie gegrüßt. Was liegt an?«, rief er und linste mit seinem Totenschädelgrinsen durch die Lesebrille auf Woodrow herab.

Er kommt einem zu nahe, rief sich Woodrow in Erinnerung. Er überfliegt dein Territorium und fängt deine Signale auf, noch bevor du sie ausgesendet hast. »Tessa Quayle soll irgendwo am Turkanasee ermordet worden sein«, sagte er mit dem rachsüchtigen Bedürfnis, die beiden zu schockieren. »Es gibt da eine Hotelanlage, die Oase. Ich muss mit dem Besitzer reden – über Funk.«

So werden sie ausgebildet, dachte er. Regel Nummer eins: Zeig niemals deine Gefühle, sofern du welche hast. Sheilas sommersprossiges Gesicht war starr wie immer, voller Nachdenklichkeit und Ablehnung. Tim Donohue zeigte weiter sein törichtes Grinsen – das allerdings von vornherein nichts zu bedeuten gehabt hatte.

»Tessa soll *was*, alter Junge? Sagen Sie das noch mal?«

»Sie soll getötet worden sein. Wie ist unbekannt, jedenfalls verrät die Polizei es nicht. Dem Fahrer ihres Jeeps wurde der Kopf abgehackt. Das ist alles.«

»Getötet und ausgeraubt?«

»Nur getötet.«

»In der Nähe des Turkanasees.«

»Ja.«

»Was zum Teufel hat sie da gewollt?«

»Ich habe keine Ahnung. Angeblich die Leaky-Grabungsstätte besuchen.«

»Weiß Justin es schon?«

»Noch nicht.«

»Ist sonst jemand beteiligt, den wir kennen?«

»Das ist eine der Fragen, die ich klären möchte.«

Donohue ging voraus zu einer schalldichten Kabine, die Woodrow noch nie gesehen hatte. Bunte Telefonapparate mit Schlitzen für Kodekarten; ein Faxgerät, das auf etwas stand, was wie ein Ölfass aussah; ein Funkgerät, aus grün gemaserten Metallkästen zusammengesetzt, obenauf ein frisch ausgedrucktes Nummernverzeichnis. So also flüstern sich unsere Spione von einem Gebäude zum anderen ihre Informationen zu, dachte er. Überwelt oder Unterwelt? Wer wusste das schon. Donohue setzte sich selbst ans Funkgerät, studierte das Verzeichnis und fummelte dann mit zitternden weißen Fingern an den Schaltern herum, während er wie der Held in einem Kriegsfilm laut wiederholte: »ZNB 85, ZNB 85 ruft TKA 60. – TKA 60, hören Sie mich, bitte? Over. Oase, hören Sie mich, Oase? Over.«

Das atmosphärische Rauschen wurde abgelöst von einem herausfordernden »Hier Oase. Laut und deutlich, Mister. Wer sind Sie? Over« – gesprochen mit starkem deutschen Akzent.

»Oase, hier ist das Britische Hochkommissariat in Nairobi, ich übergebe an Sandy Woodrow. Over.«

Woodrow stützte sich mit beiden Händen auf Donohues Schreibtisch, um näher ans Mikrofon zu gelangen.

»Hier Woodrow, Leiter der Kanzlei. Spreche ich mit Wolfgang? Over.«

»Privatkanzlei, so wie bei Hitler?«

»Die politische Abteilung. Over.«

»Okay, Mister Kanzler, ich bin Wolfgang. Was wollen Sie von mir wissen? Over.«

»Ich möchte Sie bitten, mir noch einmal die Frau zu beschreiben, die als Miss Tessa Abbott in Ihrem Hotel abgestiegen ist. Das ist doch soweit korrekt, oder? So hat sie sich doch eingetragen? Over.«

»Klar. Tessa.«

»Wie sah sie aus? Over.«

»Dunkle Haare, kein Make-up, groß, Ende zwanzig. Meiner Ansicht nach keine Britin. Eher aus Süddeutschland, Österreich oder Italien. Ich bin Hotelier. Ich hab einen Blick für Leute. Schöne Frau. Ich bin auch ein Mann. Sexy, ihre Bewegungen geschmeidig wie ein Tier. Und so dünne Fähnchen am Leib, dass man sie wegpusten konnte. Klingt das wie Ihre Abbott oder wie jemand anders? Over.«

Donohues Kopf war nur wenige Zentimeter von Woodrows entfernt, und Sheila stand auf seiner anderen Seite. Alle drei starrten auf das Mikrofon.

»Ja, das klingt nach Miss Abbott. Können Sie mir bitte sagen, wann und wie sie die Reservierung für Ihr Hotel vorgenommen hat? Sie haben auch ein Büro in Nairobi? Over.«

»Vergessen Sie's.«

»Wie bitte?«

»Dr. Bluhm war's, der reserviert hat. Zwei Personen, zwei Hütten in Poolnähe, für eine Nacht. Ist nur noch eine Hütte frei, habe ich ihm gesagt. Okay, die nimmt er. Das ist ein Bursche. Wow. Alle haben den beiden hinterhergestarrt. Die Gäste, das Personal. Eine schöne weiße Frau, ein umwerfend aussehender afrikanischer Arzt. War 'n netter Anblick. Over.«

»Wie viele Räume hat so eine Hütte?«, fragte Woodrow in der schwachen Hoffnung, den drohenden Skandal noch abwenden zu können.

»Ein Schlafzimmer, zwei Einzelbetten, nicht zu hart, gut gefedert. Ein Wohnzimmer. Und hier trägt sich jeder ins Empfangsbuch ein. Keine komischen Namen, sag ich immer. Menschen gehen verloren. Ich muss wissen, wer wer ist. Dann ist das also ihr Name, ja? Abbott? Over.«

»Ihr Mädchenname. Over. Das Postfach, das sie angegeben hat, ist das des Hochkommissariats.«

»Wo ist der Ehemann?«

»Hier in Nairobi.«

»Auweia!«

»Wann hat denn Bluhm die Reservierung vorgenommen? Over.«

»Am Donnerstag. Donnerstagabend. Von Loki aus über Funk. Sagte, sie wollten Freitag im Morgengrauen aufbrechen. Loki heißt Lokichoggio. An der Nordgrenze. Zentrum der Hilfsorganisationen, die den Südsudan betreuen. Over.«

»Ich weiß, wo Lokichoggio ist. Haben sie erwähnt, was sie da wollten?«

»Irgend so eine Hilfsaktion. Bluhm mischt doch bei den Helfern mit, oder? Anders kommt man auch gar nicht nach Loki. Arbeitet für irgendeine belgische Ärzteinitiative, hat er mir erzählt. Over.«

»Er hat also von Loki aus gebucht, und sie haben Loki am Freitag in aller Frühe verlassen. Over.«

»Er meinte, sie würden damit rechnen, die Westseite des Sees gegen Mittag zu erreichen. Wollte, dass ich ihm ein Boot organisiere, das sie über den See zur Oase bringt. ›Hören Sie‹, sag ich zu ihm. ›Lokichoggio nach Turkana, das ist eine haarige Strecke. Fahren Sie lieber mit einem Lebensmittelkonvoi. In den Bergen wimmelt es von Banditen; die Stämme klauen sich gegenseitig das Vieh weg, was ja nichts Ungewöhnliches ist, nur dass sie vor zehn Jahren noch Speere hatten, und jetzt haben sie alle 'ne AK 47.‹ Er hat nur gelacht. Meinte, damit wird er fertig. Und tatsächlich. Sie haben's geschafft, ohne Probleme. Over.«

»Sie kommen also an, tragen sich an der Rezeption ein. Was dann? Over.«

»Bluhm sagt mir, dass sie einen Jeep möchten und einen Fahrer, der sie am nächsten Morgen bei Tagesanbruch zur Leakey-Grabung bringen kann. Fragen Sie mich nicht, warum er das nicht gleich beim Buchen erwähnt hat, ich hab ihn nicht gefragt. Vielleicht hatten sie sich spontan dazu entschlossen. Vielleicht hatten sie keine Lust, ihre Pläne über Funk auszubreiten. ›Okay‹, sag ich zu ihm. ›Sie haben Glück. Sie können Noah haben.‹ Bluhm freut sich. Miss Abbott freut sich. Sie gehen im Garten spazieren, schwimmen zusammen, sitzen zusammen an der Bar, essen zusammen, sagen allen Gute Nacht, gehen in ihre Hütte. Am nächsten Morgen fahren sie zusammen los. Ich hab sie beobachtet. Wollen Sie wissen, was sie zum Frühstück gegessen haben?«

»Wer außer Ihnen hat sie abfahren sehen? Over.«

»Jeder, der wach war, hat sie gesehen. Haben sich was zu essen eingepackt, 'nen Kanister Wasser, 'nen Kanister Benzin, Notrationen und 'ne Reiseapotheke. Alle drei auf dem Vordersitz, mit Abbott in der Mitte, wie eine glückliche Familie. Das hier ist eine Oase, okay? Ich hab zwanzig Gäste, die meisten schlafen noch. Ich hab vierzig Angestellte, die meisten von ihnen sind wach. Auf meinem Parkplatz lungern ungefähr hundert Typen rum, auf die ich gut verzichten könnte, und verkaufen Tierfelle, Gehstöcke und Jagdmesser. Jeder, der Bluhm und die Abbott wegfahren sieht, winkt zum Abschied. Ich winke, die Fellhändler winken, Noah winkt zurück, Bluhm und die Abbott winken zurück. Aber sie lächeln nicht. Sie machen ernste Gesichter. Als ob sie was Schweres vor sich haben, eine große Entscheidung, was weiß ich? Was soll ich also Ihrer Ansicht nach tun, Mister Kanzler? Die Zeugen umbringen? Hören Sie, ich bin Galileo. Stecken Sie mich ins Gefängnis, und ich schwöre, dass sie nie in die Oase gekommen ist. Over.«

Woodrow war einen Moment lang wie gelähmt. Ihm fielen zunächst keine weiteren Fragen ein. Oder vielleicht zu viele. Ich bin bereits im Gefängnis, dachte er. Lebenslänglich, seit fünf Minuten. Er fuhr sich mit der Hand über die Augen, und als er sie wieder sinken ließ, sah er, dass Donohue und Sheila ihn mit demselben leeren Gesichtsausdruck beobachteten, mit dem sie die Nachricht von Tessas Tod entgegengenommen hatten.

»Wann ist Ihnen zum ersten Mal der Gedanke gekommen, es könnte etwas schief gelaufen sein? Over«, fragte er lahm – wie: Leben Sie das ganze Jahr da oben? Over. Oder: Wie lange führen Sie Ihr schönes Hotel denn schon, over?

»Der Jeep hat Funk. Auf Fahrten mit Gästen soll Noah sich regelmäßig melden und sagen, dass es ihm gut geht. Noah hat sich nicht gemeldet. Okay, manchmal funktioniert der Funk nicht, oder die Fahrer vergessen es. Ist schließlich mühselig, die Verbindung herzustellen. Man muss anhalten, aussteigen, die Antenne ausfahren. Hören Sie mich noch? Over.«

»Laut und deutlich. Over.«

»Aber Noah vergisst es nie. Darum fährt er für mich. Trotzdem meldet er sich nicht. Nachmittags nicht, abends nicht. Okay, denke ich. Vielleicht haben sie irgendwo Halt gemacht, haben Noah zu viel zu trinken gegeben oder so. Spätabends, bevor ich dichtmache, funke ich noch alle Ranger im Bereich der Leakey-Grabung an. Keine Spur. Am nächsten Morgen fahr ich gleich nach Lodwar, Vermisstenmeldung machen. Ist schließlich mein Jeep, ja? Mein Fahrer. Sie gestatten mir nicht, die Meldung über Funk durchzugeben, ich muss es persönlich tun. Es ist eine Wahnsinnstour, aber so ist nun mal das Gesetz. Die Polizei in Lodwar ist geradezu versessen darauf, Bürgern in Nöten zu helfen. Mein Jeep wird vermisst? Na, so ein Pech. Es waren zwei von meinen Gästen und mein Fahrer drin? Warum ich dann nicht losfahre und sie suche? Es ist Sonntag, arbeiten ist heute nicht vorgesehen, sie müssen in die Kirche. ›Geben Sie uns Geld, leihen Sie uns einen Wagen, vielleicht helfen wir Ihnen‹, erklären sie mir. Sobald ich wieder zu Hause bin, stelle ich also einen Suchtrupp zusammen. Over.«

»Aus was für Leuten bestand der?« Woodrow fing sich langsam wieder.

»Zwei Gruppen. Meine eigenen Leute. Zwei Jeeps, Wasser, Reservebenzin, Medikamente, Proviant, Scotch zum Desinfizieren. Over.« Jemand funkte dazwischen. Wolfgang befahl dem Störer, sich verdammt noch mal aus dem Äther zu scheren. Überraschenderweise gehorchte man ihm. »Es ist ganz schön heiß hier zur Zeit, Mister Kanzler. Wir haben so um die 45 Grad Celsius und so viele Schakale und Hyänen, wie bei Ihnen Mäuse rumlaufen. Over.«

Er schwieg, offenbar erwartete er eine Reaktion.

»Ich höre«, sagte Woodrow.

»Der Jeep lag auf der Seite. Fragen Sie mich nicht, warum. Die Türen waren verschlossen. Fragen Sie mich nicht, warum. Eins der Fenster stand ungefähr fünf Zentimeter weit offen. Jemand hat die Türen zugemacht und abgeschlossen, den Schlüssel mitgenommen. Der Gestank war unbeschreiblich, selbst durch die kleine Öffnung. Überall Kratzer von den Hyänen, große Beulen, wo sie versucht haben, reinzukommen. Ringsherum Spuren davon, wie sie durchgedreht sind. Eine gute Hyäne riecht Blut auf zehn Kilometer. Wenn sie an die Leichen rangekommen wären, sie hätten sie mit einem Biss aufgebrochen, sich das Mark aus den Knochen geholt. Ging aber nicht. Jemand hat ihnen die Türen vor der Nase zugemacht und das Fenster ein kleines Stück offen gelassen. Also sind sie durchgedreht. Würden Sie auch tun. Over.«

Woodrow kämpfte um Worte. »Die Polizei sagt, Noah sei geköpft worden. Stimmt das? Over.«

»Ja. Er war ein großartiger Kerl. Die Familie ist verrückt vor Sorge. Sie haben Leute ausgeschickt, den Kopf zu suchen. Wenn sie den Kopf nicht finden, können sie ihn nicht anständig begraben, und dann wird sein Geist kommen und sie heimsuchen. Over.«

»Und Miss Abbott? Over –« Ein abscheuliches Bild: Tessa ohne Kopf, in seiner Phantasie.

»Haben die Ihnen das nicht gesagt?«

»Nein. Over.«

»Kehle durchgeschnitten. Over.«

Eine zweite Vision, diesmal die Faust des Mörders, wie er ihr die Kette abreißt, um dem Messer den Weg zu bahnen.

Wolfgang erzählte, was er als Nächstes unternommen hatte. »Erst einmal hab ich meinen Jungs gesagt, sie sollen die Türen zu lassen. Von denen da drin lebte sowieso keiner mehr. Wer eine Tür aufmacht, kriegt Mordsärger. Eine Gruppe hab ich dagelassen, um ein Feuer zu machen und Wache zu halten. Mit der anderen bin ich zur Oase zurück. Over.«

»Frage. Over.« Woodrow hatte große Mühe, sich zu beherrschen.

»Wie lautet Ihre Frage, Mister Kanzler? Bitte kommen. Over.«

»Wer hat den Jeep geöffnet? Over.«

»Die Polizei. Sobald die Polizei da war, haben sich meine Jungs verdrückt. Niemand mag die Polizei. Niemand möchte verhaftet werden. Schon gar nicht hier. Die Polizei aus Lodwar war zuerst da, dann kamen das Einsatzteam und noch ein paar Typen von Mois privater Gestapo. Meine Jungs haben die Kasse abgeschlossen und das Tafelsilber versteckt. Na ja, zum Glück hab ich gar kein Tafelsilber. Over.«

Eine weitere Pause, weil Woodrow um Fassung rang.

»Trug Bluhm eine Safarijacke, als sie zur Leakey-Grabung aufbrachen? Over.«

»Klar. Eine alte. Eher eine Weste. Blau. Over.«

»Hat man ein Messer am Tatort gefunden? Over.«

»Nein. Und das muss vielleicht ein Messer gewesen sein, kann ich Ihnen sagen. Ein Buschmesser mit 'ner Wilkinson-Klinge. Ist durch Noah durchgegangen wie durch Butter. Ein einziger Hieb. Das Gleiche bei ihr. Wusch. Die Frau war vollkommen nackt. Viele blaue Flecke. Hatte ich das schon gesagt? Over.«

Nein, das hattest du nicht, gab Woodrow lautlos zurück. Dass sie nackt war, hast du bisher ganz verschwiegen. Ebenso die blauen Flecken. »Hatten sie ein Buschmesser im Jeep, als sie von Ihnen losfuhren? Over.«

»Ich hab noch keinen Afrikaner kennen gelernt, der sein Buschmesser nicht mit auf Safari genommen hätte, Mister Kanzler.«

»Wo sind die Leichen jetzt?«

»Noah, oder was von ihm übrig ist, wurde seinem Stamm übergeben. Für Miss Abbott hat die Polizei ein Motorboot kommen lassen. Mussten das Dach vom Jeep abtrennen. Haben sich unser Schneidwerkzeug geliehen. Und sie dann aufs Deck gebunden. Unten war nicht genug Platz. Over.«

»Warum nicht?« Woodrow bereute sofort, die Frage gestellt zu haben.

»Wo bleibt Ihre Phantasie, Mister Kanzler. Wissen Sie, was bei dieser Hitze mit Leichen passiert? Sie müssen sie schon in Stücke schneiden, wenn Sie sie nach Nairobi fliegen lassen wollen, sonst passt sie nicht in den Laderaum.«

Woodrow war einen Augenblick wie betäubt, und als er wieder zu sich kam, hörte er Wolfgang sagen: Ja, er sei Bluhm zuvor bereits einmal begegnet. Woodrow musste ihm wohl die entsprechende Frage gestellt haben, obwohl er es nicht mitbekommen hatte.

»Vor neun Monaten. Hatte 'nen Trupp Entwicklungshelfer, allesamt hohe Tiere, zum Anschauungsunterricht durch den Busch geschleift. Welternährung, Weltgesundheit, Weltspesen. Die Scheißkerle haben mit dem Geld nur so um sich geworfen, wollten Quittungen über den doppelten Betrag haben. Ich hab' sie abblitzen lassen. Das hat Bluhm gefallen. Over.«

»Wie wirkte er dieses Mal auf Sie? Over.«

»Wie meinen Sie?«

»War er irgendwie verändert? Leichter erregbar oder seltsam oder was auch immer?«

»Worauf wollen Sie hinaus, Mister Kanzler?«

»Ich meine – halten Sie es für möglich, dass er irgendwas *genommen* hatte. Dass er *high* war, meine ich.« Er geriet ins Schwimmen. »Also, von – ich weiß nicht – Kokain oder was. Over.«

»Aber Schätzchen«, sagte Wolfgang, und die Verbindung brach ab.

Woodrow wurde sich erneut bewusst, dass Donohue ihn mit seinem durchdringenden Blick musterte. Sheila war verschwunden. Woodrow hatte den Eindruck, sie war gegangen, um etwas Dringendes zu erledigen. Aber was konnte das sein? Warum sollte Tessas Tod ein dringendes Handeln der Spione erfordern? Ihn fröstelte. Er verspürte den Wunsch nach einer Strickjacke, und doch war er schweißgebadet.

»Sonst weiter nichts, was wir für Sie tun können, alter Junge?«, fragte Donohue auffällig besorgt und starrte ihn weiter mit seinen seltsamen kranken Augen an. »Einen kleinen Drink vielleicht?«

»Danke. Im Moment nicht.«

Sie wussten es, sagte sich Woodrow auf dem Weg nach unten. *Sie wussten eher als ich, dass sie tot ist.* Andererseits ist es das, was sie einen glauben machen wollen: Wir Spione wissen über alles besser Bescheid als du. Und eher.

»Ist der Hochkommissar schon zurück?« Mit dieser Frage steckte er den Kopf durch Mildrens Tür.

»Müsste jeden Augenblick –«

»Blasen Sie die Sitzung ab.«

Woodrow steuerte nicht direkt auf Justins Zimmer zu. Er schaute erst bei Ghita Pearson vorbei. Sie war die jüngste Mitarbeiterin der Kanzlei und Tessas Freundin und Vertraute. Ghita hatte dunkle Augen und helles Haar. Sie war Anglo-Inderin und trug ein Kastenzeichen auf der Stirn. Nur eine der vor Ort eingestellten Mitarbeiterinnen, sagte Woodrow sich, aber sie strebt eine Laufbahn im diplomatischen Dienst an.

Ghita runzelte misstrauisch die Stirn, als sie sah, dass er die Tür hinter sich schloss.

»Ghita, dies ist nur für Ihre Ohren bestimmt, okay?«

Sie sah ihn unverwandt an und wartete ab.

»Bluhm. Dr. Arnold Bluhm. Ja?«

»Was ist mit ihm?«

»Ein Freund von Ihnen.« Keine Reaktion. »Ich meine, Sie sind näher mit ihm bekannt.«

»Er ist eine Kontaktperson.« Ghitas Aufgabenbereich brachte tägliche Kontakte zu den Hilfsorganisationen mit sich.

»Und offensichtlich ein Kumpel von Tessa.« Ghitas dunkle Augen verrieten keine Regung. »Kennen Sie noch andere Leute aus Bluhms Umgebung?«

»Ich telefoniere von Zeit zu Zeit mit Charlotte. Sie ist praktisch sein Büro. Die anderen arbeiten alle vor Ort. Warum?« Da war wieder dieser anglo-indische Tonfall in ihrer Stimme, den er so verführerisch fand. Aber nein, nie wieder. Nie wieder eine andere.

»Bluhm war letzte Woche in Lokichoggio. In Begleitung.«

Sie nickte zögernd und senkte den Blick.

»Ich möchte wissen, was er dort wollte. Von Loki aus ist er zum Turkanasee gefahren. Ich muss wissen, ob er schon wieder in Nairobi ist. Oder ob er sich vielleicht auf den Weg zurück nach Loki gemacht hat. Können Sie das ermitteln, ohne allzu viele Hühner aufzuscheuchen?«

»Das bezweifle ich.«

»Nun, versuchen Sie es.« Plötzlich kam ihm eine Frage in den Sinn. In all den Monaten seiner Bekanntschaft mit Tessa hatte sie sich ihm nie gestellt. Bis jetzt. »Ist Bluhm verheiratet, wissen Sie das?«

»Würde ich doch denken. Irgendwann hat er bestimmt geheiratet. Haben sie ja meistens, oder?«

Sie, soll heißen: die Afrikaner? Oder *sie*, die Liebhaber? *Alle* Liebhaber?

»Aber hier hat er keine Frau. Hier in Nairobi. Jedenfalls nicht, soweit Sie gehört haben. Bluhm, meine ich.«

»Warum?«, kam es leise, hastig. »Ist Tessa was passiert?«

»Möglicherweise. Wir sind dabei, das herauszufinden.«

Als Woodrow schließlich vor Justins Zimmer anlangte, klopfte er und trat ein, ohne eine Antwort abzuwarten. Diesmal schloss er die Tür nicht hinter sich ab, sondern lehnte sich, die Hände in den Hosentaschen, mit seinen breiten Schultern dagegen. Was – solange er dort stehen blieb – auf dasselbe hinauslief. Justin stand ebenfalls, ihm den eleganten Rücken zugekehrt. Die Haare wie stets ordentlich frisiert, widmete er sich einem Schaubild an der Wand. Es war nur eines von mehreren, die rund ums Zimmer verteilt waren, jedes mit einer Überschrift in schwarzen Großbuchstaben, das Aufsteigen oder Abfallen der Kurve verschiedenfarbig markiert. Das Diagramm, das gerade seine Aufmerksamkeit in Anspruch nahm, hatte den Titel INFRASTRUKTUREN IM VERGLEICH 2005–2010, und soweit Woodrow es von seinem Standort aus erkennen konnte, gab es vor, die konjunkturelle Entwicklung der afrikanischen Nationen vorhersagen zu können. Auf der

Fensterbank links neben Justin stand eine Reihe von ihm persönlich gepflegter Topfpflanzen. Woodrow identifizierte Jasmin und Balsamine, allerdings nur, weil Justin Ableger dieser Pflanzen Gloria geschenkt hatte.

»Hi, Sandy«, sagte Justin, das *Hi* in die Länge ziehend.

»Hi.«

»Wie ich höre, versammeln wir uns heute Morgen nicht. Gibt's Ärger?«

Die berühmte goldene Stimme, dachte Woodrow, der jede Einzelheit wahrnahm, als wäre sie ihm völlig neu. Nicht mehr jung, aber garantiert betörend, wenn man dem Ton mehr Bedeutung zumisst als dem Inhalt. Warum verachte ich dich, wo ich doch gleich dein Leben für immer verändern werde? Von nun an bis ans Ende deiner Tage wird es das Leben vor diesem Moment geben und das danach, und es wird für dich sein, als wären es verschiedene Zeitalter, ebenso wie für mich. Warum ziehst du dein blödes Jackett nicht aus? Du bist bestimmt der Einzige im diplomatischen Dienst, der noch zu seinem Schneider geht, um sich Tropenanzüge machen zu lassen. Da fiel Woodrow ein, dass er selbst auch noch sein Jackett anhatte.

»Und euch geht's *gut*, hoffe ich?«, fragte Justin mit der ihm eigenen manieriert gedehnten Sprechweise. »Ich hoffe, Gloria leidet nicht unter dieser furchtbaren Hitze? Die Jungen machen sich bestens und so weiter?«

»Uns geht's ausgezeichnet.« Eine kleine Pause, von Woodrow inszeniert. »Und Tessa ist auf dem Land«, sagte er beiläufig. Eine letzte Chance wollte er ihr noch geben zu beweisen, dass das Ganze nur ein schrecklicher Irrtum war.

Überschwänglich, wie immer, wenn er auf Tessa angesprochen wurde, antwortete Justin: »Ja, allerdings. Sie ist momentan nonstop im Einsatz.« Er hielt einen Wälzer der Vereinten Nationen im Arm, fast zehn Zentimeter dick. Er beugte sich vor und legte ihn auf einem Beistelltisch ab. »Wenn sie so weitermacht, hat sie ganz Afrika gerettet, bevor wir hier weggehen.«

»Weswegen ist sie eigentlich da hochgefahren?« Woodrow klammerte sich an jeden Strohhalm. »Ich dachte, sie hätte hier in Nairobi genug zu tun. In den Slums. Kibera, oder?«

»Und ob«, sagte Justin stolz. »Tag und Nacht, das arme Mädchen. Wie man mir erzählt, macht sie wirklich alles. Vom Babywickeln bis zu Einführungen in die Bürgerrechte für Rechtshelfer. Die meisten ihrer Schützlinge sind natürlich Frauen, was ihr sehr gefällt. Den Männern gefällt es allerdings weniger.« Sein wehmütiges Lächeln schien zu besagen: *wenn doch nur.* »Eigentumsrechte, Scheidung, Misshandlung, Vergewaltigung in der Ehe, Beschneidung, Safer Sex. Die ganze Palette, Tag für Tag. Man kann schon nachvollziehen, warum die Ehemänner leicht gereizt reagieren, nicht wahr? Ginge mir genauso, wenn ich meine Frau vergewaltigen würde.«

»Und was macht sie dann auf dem Land?« Woodrow blieb hartnäckig.

»Oh, weiß der Himmel. Fragen Sie Doc Arnold«, antwortete Justin etwas zu beiläufig. »Arnold ist da draußen ihr Führer und philosophischer Berater.«

So verkauft er es immer, erinnerte sich Woodrow. Der Schutzmantel, der alles bemänteln soll. Dr. med. Arnold Bluhm, ihr moralischer Beistand, der schwarze Ritter, Beschützer im Dschungel der Hilfsorganisationen. Alles, nur nicht ihr geduldeter Liebhaber. »Wo genau ist sie denn hin?«, fragte er.

»Loki. *Lokichoggio.*« Justin hatte sich auf die Kante seines Schreibtisches gestützt, vielleicht in unbewusster Nachahmung von Woodrows lässiger Haltung an der Tür. »Die Leute vom Welternährungsprogramm veranstalten da oben einen Workshop zum Thema Geschlechterrollen, ist das zu fassen? Die fliegen Dörflerinnen aus dem Südsudan ein, die sich ihrer Geschlechtsrolle nicht bewusst sind, verabreichen ihnen einen Intensivkurs John Stuart Mill und schicken sie mit Geschlechterrollenbewusstsein wieder zurück. Arnold und Tessa sind hingefahren, um sich den Spaß einmal anzusehen, die Glückspilze.«

»Wo ist sie jetzt?«

Justin nahm diese Frage ungnädig auf. Es schien, als sei ihm in diesem Moment klar geworden, dass Woodrow mit seinem Smalltalk etwas bezweckte. Oder vielleicht – überlegte Woodrow – mochte er es nicht, auf das Thema Tessa festgenagelt zu werden, wo er sie doch selbst nicht festnageln konnte.

»Auf dem Rückweg, möchte man annehmen. Warum?«

»Mit Arnold?«

»Vermutlich. Er würde sie nicht einfach dort zurücklassen.«

»Hat sie sich zwischendurch gemeldet?«

»Bei mir? Von Loki aus? Wie sollte sie? Da gibt's kein Telefon.«

»Ich dachte, sie hätte vielleicht eine Funkverbindung der Entwicklungshelfer genutzt. Machen andere Leute das nicht so?«

»Tessa ist nicht andere Leute«, entgegnete Justin und runzelte die Stirn. »Sie hat feste Prinzipien. Dazu gehört zum Beispiel, das Geld von Spendern nicht unnötig zu verschwenden. Was ist eigentlich los, Sandy?«

Justin blickte ihn jetzt finster an, stieß sich vom Schreibtisch ab und baute sich in der Mitte des Zimmers auf, die Hände hinter dem Rücken verschränkt. Und Woodrow wurde – Justins aufmerksames, hübsches Gesicht vor Augen und das im Sonnenlicht aufleuchtende, ergrauende Haar – an Tessa erinnert. Ihr Haar hatte genau dieselbe Farbe, nur ohne die Spuren des Alters, und war ungebändigter. Er erinnerte sich, wie er sie das erste Mal zusammen gesehen hatte, Tessa und Justin, das strahlende, frisch verheiratete Paar, als Ehrengäste der vom Hochkommissar ausgerichteten Willkommensparty. Und wie er, als er zur Begrüßung auf sie zugegangen war, sich vorgestellt hatte, sie seien Vater und Tochter, und er halte um ihre Hand an.

»Seit wann haben Sie nichts mehr von ihr gehört?«, fragte er.

»Seit Dienstag. Da habe ich sie zum Flughafen gefahren. Was soll das, Sandy? Da Arnold bei ihr ist, wird schon alles in Ordnung sein. Sie tut, was er sagt.«

»Glauben Sie, dass sie zum Turkanasee weitergefahren sein könnten, sie und Bluhm – Arnold?«

»Wenn sie die Möglichkeit hatten und Ihnen der Sinn danach stand, warum nicht? Tessa liebt die Wildnis, sie hat große Achtung vor Richard Leakey, dem Archäologen genauso wie dem anständigen weißen Afrikaner, der er ist. Leakey hat doch auch eine Klinik dort? Arnold hatte wahrscheinlich da zu tun und hat sie mitgenommen. Sandy, was soll das?«, wiederholte er indigniert.

Während er ihm den Todesstoß versetzte, konnte Woodrow nicht umhin, die Wirkung seiner Worte auf Justin zu beobachten. Und er sah, wie die letzten Reste der vergangenen Jugend aus Justins Zügen schwanden und sich sein hübsches Gesicht verschloss und wie ein Meeresgeschöpf verhärtete, das in einen korallenähnlichen Zustand überging.

»Wir haben Berichte erhalten über eine weiße Frau und einen afrikanischen Fahrer, die am Ostufer des Turkanasees aufgefunden wurden. Tot«, begann Woodrow vorsichtig, das Wort »ermordet« vermeidend. »Der Wagen und der Fahrer waren im Hotel Oase gemietet worden. Der Besitzer der Anlage will die Frau als Tessa identifiziert haben. Er sagt, sie und Bluhm hätten die Nacht in der Oase verbracht, bevor sie zur Leakey-Ausgrabungsstätte aufbrachen. Bluhm wird noch vermisst. Man hat Tessas Halskette gefunden. Die, die sie immer getragen hat.«

Woher weiß ich das? Warum, in Gottes Namen, suche ich mir ausgerechnet diesen Moment aus, um mit meinem intimen Wissen über ihre Kette anzugeben?

Woodrow wandte den Blick nicht von Justin ab. Der Feigling in ihm wollte wegsehen, doch dem Sohn eines Soldaten wäre das vorgekommen, als würde man einen Mann zum Tode verurteilen und nicht zu seiner Hinrichtung erscheinen. Er beobachtete, wie Justins Augen sich weiteten, verletzt und enttäuscht, als hätte ein Freund ihn von hinten angefallen. Dann verengten sie sich, bis sie fast verschwanden, so als hätte derselbe Freund ihn bewusstlos geschlagen. Woodrow beobachtete, wie Justins wohlgeformte Lippen sich vor Schmerz öffneten und sich dann zusammenpressten, bis sie die Farbe verloren – eine feste Linie, die die Außenwelt ausschloss.

»Anständig von Ihnen, es mir zu sagen, Sandy. War sicher kein Vergnügen. Weiß Porter Bescheid?« Porter war der ungewöhnliche Vorname des Hochkommissars.

»Mildren ist dabei, ihn ausfindig zu machen. Man hat einen Mephisto-Stiefel gefunden. Könnte der zu ihr gehören?«

Justin hatte Schwierigkeiten mit der Koordination. Es dauerte einen Moment, bis der Klang von Woodrows Worten bei ihm ankam. Dann beeilte er sich zu antworten, in abgehackten Sätzen, die er sich mühsam abrang. »Da gibt's einen Laden in der Nähe von Piccadilly. Sie hat drei Paar gekauft beim letzten Heimaturlaub. Sonst habe ich nie erlebt, dass ihr das Geld so locker in der Tasche saß. In der Regel gab sie wenig aus. Musste sich nie

Gedanken darum machen. Und hat es deshalb auch nicht getan. Hat sich lieber bei der Heilsarmee eingekleidet. Wenn man sie ließ.«

»Und eine dieser längeren Safarijacken. In Blau.«

»Oh, diese scheußlichen Dinger hat sie absolut gehasst«, entgegnete Justin, der mit einem Wortschwall seine Sprechfähigkeit zurückgewann. »Sie sagte, wenn ich sie je in solchen Khakiklamotten mit Taschen auf den Schenkeln erwischen würde, sollte ich es verbrennen oder Mustafa schenken.«

Mustafa war ihr Hausdiener, erinnerte Woodrow sich. »Laut Polizei ist es blau.«

»Sie konnte Blau nicht *ausstehen.*« Justin war offenbar kurz davor, die Fassung zu verlieren. »Sie hat alles Paramilitärische gehasst.« Bereits in der Vergangenheitsform, vermerkte Woodrow. »Eine *grüne* Safarijacke hatte sie mal, zugegeben. Die hatte sie bei Farbelow's in der Stanley Street gekauft. Ich war mit hingegangen, weiß nicht warum. Hatte mich wahrscheinlich drum gebeten. Konnte Einkaufen nicht ausstehen. Sie hat sie anprobiert und sofort Zustände gekriegt. ›Sieh dir das bloß an‹, meinte sie. ›Wie General Patton in Frauenklamotten.‹ Nein, Sportsfreund, hab ich zu ihr gesagt, nicht wie General Patton. Wie ein wunderhübsches Mädchen, das eine verdammt scheußliche grüne Jacke trägt.«

Er begann seinen Schreibtisch aufzuräumen. Gründlich. Endgültig. Öffnete Schubladen und schloss sie wieder. Packte die Ablagekörbe in den Stahlschrank und verschloss ihn. Und zwischendurch strich er sich immer wieder die Haare nach hinten, ein Tick, der Woodrow von jeher auf die Nerven gegangen war. Vorsichtig schaltete Justin den verhassten Computer aus – stieß mit dem Zeigefinger nach dem Knopf, als fürchtete er, gebissen zu werden. Es ging das Gerücht, dass Ghita Pearson ihm jeden Morgen das Gerät einschalten musste. Woodrow beobachtete, wie Justin sich ein letztes Mal blicklos im Zimmer umsah. Ende der Amtszeit. Ende des Lebens. Hinterlassen Sie Ihren Platz bitte so, wie Sie ihn vorzufinden wünschen. An der Tür drehte Justin sich um und sah nachdenklich zu den Pflanzen auf der Fensterbank hinüber. Vielleicht überlegte er, ob er sie mitnehmen oder zumindest Anweisungen für ihre Pflege hinterlassen sollte. Doch er tat weder das eine noch das andere.

Woodrow, der Justin den Flur entlang begleitete, verspürte den Impuls, seinen Arm zu nehmen, gleichzeitig empfand er einen solchen Widerwillen, dass seine Hand zurückzuckte, noch bevor er Justin berührte. Dennoch hielt er sich bereit, ihm notfalls beizuspringen, falls er ins Taumeln geriet oder stolperte, denn Justin erweckte mittlerweile den Eindruck eines gut gekleideten Schlafwandlers, dem jegliches Richtungsgefühl abhanden gekommen ist. Sie bewegten sich langsam und einigermaßen geräuschlos vorwärts, aber Ghita musste sie trotzdem gehört haben, denn als sie an ihrer Tür vorbeikamen, trat sie heraus und ging auf Zehenspitzen ein paar Schritte neben Woodrow her. Die goldenen Haare zurückhaltend, damit sie ihn nicht streiften, flüsterte sie ihm ins Ohr: »Er ist verschwunden. Sie suchen überall nach ihm.«

Doch Justins Gehör war besser, als sie beide erwartet hätten. Vielleicht war auch seine Wahrnehmung durch die emotionale Ausnahmesituation geschärft.

»Sie machen sich Sorgen um Arnold, nehme ich an«, sagte er zu Ghita, im Ton eines hilfsbereiten Passanten, der einem den Weg zeigt.

* * *

Der Hochkommissar war ein hagerer, außergewöhnlich intelligenter Mann, der ständig irgendwelche Studien betrieb. Er hatte einen Sohn, der bei einer Handelsbank arbeitete, eine kleine Tochter namens Rosie, die einen schweren Hirnschaden hatte, und eine Frau, die, wenn sie in England weilte, als Friedensrichterin tätig war. Er liebte sie alle gleichermaßen, und an den Wochenenden verbrachte er jede Minute mit Rosie. Irgendwie war Coleridge selbst jedoch an der Schwelle zum Mann stehen geblieben. Er trug gern weite Oxford-Hosen mit Hosenträgern wie ein Jüngling. Das passende Jackett hing hinter der Tür auf einem Bügel mit seinem Namen: P. Coleridge, Balliol. Er verharrte in der Mitte seines großen Büros, den Kopf mit dem zerzausten Haar Woodrow zugeneigt, während er ihm zornig zuhörte. Tränen standen ihm in den Augen, liefen ihm über die Wangen.

»*Scheiße*«, stieß er so heftig hervor, als hätte er schon lange darauf gewartet, sich das Wort von der Seele zu schaffen.

»Ich weiß«, sagte Woodrow.

»Das arme Mädchen. Wie alt war sie denn? Zu jung.«

»Fünfundzwanzig.« *Und woher weiß ich das?* »Ungefähr«, ergänzte er.

»Sie sah aus wie achtzehn. Justin, der arme Kerl, mit seinen Blumen ...«

»Ich weiß«, sagte Woodrow wieder.

»Weiß Ghita Bescheid?«

»Zum Teil.«

»Was zum Teufel wird er jetzt bloß machen? Er hat ja nicht mal beruflich Aussichten. Die wollten ihn doch rauswerfen, sobald der Dienst hier vorbei war. Hätte Tessa ihr Baby nicht verloren, hätten sie ihn längst vor die Tür gesetzt.« Des Stillstehens müde, stapfte Coleridge in einen anderen Teil des Zimmers. »Rosie hat letzten Samstag eine zwei Pfund schwere Forelle gefangen«, trompetete er vorwurfsvoll. »Was sagt man *dazu*?«

Coleridge hatte die Angewohnheit, mit überraschenden Wendungen Zeit zu schinden.

»Großartig«, murmelte Woodrow beflissen.

»Tessa wäre total begeistert gewesen. Hat immer gesagt, dass Rosie es schaffen würde. Und Rosie hat sie angebetet.«

»Ganz bestimmt.«

»Wollte den Fisch allerdings nicht essen. Das ganze Wochenende mussten wir das Ding am Leben halten. Haben es schließlich im Garten begraben.« Das Straffen der Schultern zeigte an, dass es jetzt wieder zur Sache ging. »Die Angelegenheit hat einen Hintergrund, Sandy. Einen verdammt schmutzigen.«

»Das ist mir völlig klar.«

»Dieser Scheißer Pellegrin hat schon angerufen und was von Schadensbegrenzung geblökt.« – Sir Bernard Pellegrin, Apparatschik im Außenministerium mit besonderer Zuständigkeit für Afrika, war Coleridges Erzfeind. »Wie zum Teufel sollen wir den Schaden begrenzen, wenn wir noch nicht mal wissen, was da für ein verdammter Schaden angerichtet wurde? Hat ihm seine Tennisstunde versaut, schätze ich.«

»Sie war vor ihrem Tod vier Tage und Nächte mit Bluhm zusammen.« Mit einem raschen Blick überzeugte sich Woodrow, dass die Tür richtig zu war. »Soweit zum möglichen Schaden. Die beiden waren in Loki, dann am Turkanasee. Sie haben eine Hütte und weiß der Himmel was noch miteinander geteilt. 'ne Menge Leute haben sie zusammen gesehen.«

»Danke. Vielen Dank. Genau das hatte mir noch gefehlt.« Coleridge stopfte die Hände tief in seine ausladenden Hosentaschen und schritt unruhig auf und ab. »Wo zum Teufel ist Bluhm überhaupt?«

»Es heißt, es wird überall nach ihm gesucht. Zuletzt gesehen wurde er an Tessas Seite im Jeep bei der Abfahrt zur Leakey-Grabung.«

Coleridge schritt zum Schreibtisch, ließ sich auf den Stuhl fallen und lehnte sich mit weit ausgebreiteten Armen zurück. »Dann war es also der Butler«, stellte er fest. »Bluhm hat seine gute Erziehung vergessen, ist durchgedreht, hat die beiden 'nen Kopf kürzer gemacht und Noahs gleich als Souvenir eingesteckt. Dann hat er den Jeep auf die Seite gekippt, ihn abgeschlossen und ist getürmt. Na sicher, würden wir doch alle tun. *Scheiße.*«

»Sie kennen ihn so gut wie ich.«

»Nein, tu ich nicht. Ich halte mich von ihm fern. Ich mag keine Filmstars bei Hilfsorganisationen. Wo zum Teufel ist er hin? Wo ist er jetzt?«

Vor Woodrows innerem Auge flackerten Bilder auf. Bluhm, der Vorzeigeafrikaner für die westliche Welt, der bärtige Apollon der Cocktailpartys von Nairobi, charismatisch, witzig, attraktiv. Bluhm und Tessa Seite an Seite, den Gästen die Hände schüttelnd, während Justin, der Schwarm aller alternden Debütantinnen, mit breitem Strahlen die Drinks verteilt. Dr. med. Arnold Bluhm, ehemaliger Held des Algerienkriegs, sitzt im Vortragssaal der Vereinten Nationen auf dem Podium und hält eine Rede über medizinische Sofortmaßnahmen in Katastrophensituationen. Bluhm, kurz vor Ende der Party zusammengesunken auf einem Stuhl; er wirkt verloren und erschöpft, hat alles, was es wert wäre über ihn zu wissen, klaftertief in sich vergraben.

»Ich konnte die beiden nicht nach Hause schicken, Sandy«, sagte Coleridge mit der festen Stimme eines Mannes, der sein Gewissen befragt und dort Bestätigung gefunden hat. »Ich habe es nie als meine Aufgabe angesehen, die Karriere eines Mannes zu zerstören, nur weil seine Frau gern die Beine breit macht. Wir haben ein neues Jahrtausend. Es muss den Leuten gestattet sein, ihr Leben zu ruinieren, wie sie es für richtig halten.«

»Selbstverständlich.«

»Sie hat verdammt gute Arbeit geleistet da draußen in den Slums, egal, was man im Muthaiga Club über sie sagt. Sie mag Mois Leuten ziemlich auf den Wecker gegangen sein, aber die Afrikaner, auf die es ankommt, haben sie geliebt. Alle.«

»Ohne Frage«, stimmte Woodrow zu.

»Gut, sie ist auf diesen ganzen feministischen Mist abgefahren. Recht so. Gebt Afrika den Frauen, und vielleicht läuft der Laden dann sogar.«

Mildren kam herein, ohne anzuklopfen.

»Anruf vom Protokoll, Sir. Tessas Leiche ist soeben in der Leichenhalle des Krankenhauses eingetroffen. Man bittet um sofortige Identifizierung. Und die Presseagenturen schreien nach einer offiziellen Erklärung.«

»Wie zum Teufel haben sie es geschafft, sie so schnell nach Nairobi zu bringen?«

»Geflogen.« Woodrow erinnerte sich an Wolfgangs abstoßende Bemerkung, man müsse die Leiche wohl in Stücke schneiden, um sie in einen Laderaum zu bekommen.

»Wir geben keine Erklärung ab, bevor sie nicht identifiziert ist«, schnauzte Coleridge.

* * *

Woodrow und Justin machten sich gemeinsam auf den Weg. Nebeneinander hockten sie auf der Holzbank des gesandschaftseigenen VW-Transporters mit den getönten Scheiben. Livingstone fuhr, sein wuchtiger Kikuyu-Partner Jackson hatte sich neben ihn auf den Vordersitz gezwängt, um gegebenenfalls seine Körperkraft zum Einsatz zu bringen. Der Verkehrswahnsinn befand sich auf dem Höhepunkt. Überfüllte Matutu-Kleinbusse preschten an beiden Seiten laut hupend an ihnen vorbei, stießen Abgaswolken aus und wirbelten Sand und Staub auf. Livingstone gelang die Durchfahrt durch einen Kreisverkehr, dann hielt er vor einem gemauerten Eingangstor, um das Gruppen von Männern und Frauen standen, die sich singend hin- und herwiegten. Woodrow hielt sie zunächst für Demonstranten und wollte schon seinem Ärger Luft machen, als ihm aufging, dass es sich um Trauernde handelte, die darauf warteten, die Leichen ihrer Angehörigen in Empfang nehmen zu können. Rostige Transporter und Autos mit roten Trauerbändern parkten erwartungsvoll am Straßenrand.

»Es ist wirklich nicht nötig, dass Sie mitkommen, Sandy«, sagte Justin.

»Selbstverständlich ist es das«, erwiderte der Soldatensohn edelmütig.

Ein Pulk von Polizisten und Männern in bespritzten weißen Overalls, denen der Arztberuf anzusehen war, wartete an der Tür, um sie zu begrüßen. Sie alle hatten nur ein einziges Ziel: einen guten Eindruck zu machen. Einer stellte sich als Inspektor Muramba vor und schüttelte entzückt lächelnd den beiden vornehmen Herren vom britischen Hochkommissariat die Hand. Ein Asiate im schwarzen Anzug erwies sich als der Stabsarzt Dr. Banda Singh, stets zu Ihren Diensten. Rohrleitungen an den Decken begleiteten sie auf ihrem Weg durch einen feuchten Betonkorridor, der von überquellenden Papierkörben gesäumt war. Über die Rohre werden die Kühlfächer mit Strom versorgt, überlegte Woodrow, aber die Kühlfächer funktionieren nicht, weil der Strom ausgefallen ist und die Leichenhalle keinen eigenen Generator hat. Dr. Banda ging voran, aber Woodrow hätte sich auch allein zurechtgefunden. Links abbiegen, und der Geruch verliert sich, rechts herum, und er wird stärker. Der gefühllose Teil von ihm hatte wieder die Oberhand gewonnen. Soldatenpflicht ist es, Flagge zu zeigen, nicht Gefühle. *Pflicht.* Warum hat sie mich immer an meine Pflicht erinnert? Woodrow fragte sich, was nach altem Aberglauben mit einem Möchtegern-Ehebrecher geschah, der die Leiche jener Frau betrachtet, die er begehrt hat. Dr. Banda führte sie eine kleine Treppe hinauf, und sie betraten eine unbelüftete Empfangshalle, wo der Geruch des Todes alles zu durchdringen schien.

Vor einer rostigen Stahltür blieben sie stehen. Dr. Banda klopfte gebieterisch. Vier-, fünfmal hämmerte er in regelmäßigen Abständen an die Tür, als müsse er sich an einen Code halten, und wippte dabei auf den Fersen. Mit lautem Quietschen öffnete sich die Tür ein Stück weit, und dahinter kamen die abgespannten, besorgten

Gesichter dreier junger Männer zum Vorschein. Beim Anblick des Stabsarztes aber wichen sie zurück, so dass dieser an ihnen vorbeischlüpfen konnte. Woodrow, der noch in der stinkenden Halle stand, wurde die höllische Vision zuteil, man hätte den Schlafsaal seines Internats mit sämtlichen Aidstoten der Geschichte belegt. Ausgezehrte Leichen lagen paarweise auf den Betten und mehr noch auf dem Fußboden dazwischen, einige von ihnen bekleidet, andere nackt, manche auf dem Rücken, andere auf der Seite. Wieder andere hatten die Knie angezogen im vergeblichen Versuch, sich selbst zu schützen, oder den Kopf wie aus Protest zurückgeworfen. Über ihnen hingen in einem wabernden, trüben Nebel Trauben von Fliegen, alle in derselben Tonlage schnarchend.

In der Mitte des Schlafsaals, im Gang zwischen den Betten, stand allein für sich Hausmutters Bügelbrett auf Rädern. Und auf dem Bügelbrett türmte sich ein arktischer Block aus zerklüfteten Laken, unter dem zwei monströse, halb menschliche Füße hervorragten, die Woodrow an die entenfüßigen Hausschuhe denken ließen, die Gloria und er ihrem Sohn Harry zu Weihnachten geschenkt hatten. Eine einzelne aufgedunsene Hand hatte irgendwie der Umhüllung entschlüpfen können. Die Finger waren von schwarzem Blut verkrustet, das an den Gelenken am dicksten war. Die Fingerspitzen waren bläulich grün. *Wo bleibt Ihre Phantasie, Mister Kanzler. Wissen Sie, was bei dieser Hitze mit Leichen passiert?*

»Mr Justin Quayle, bitte«, rief Dr. Banda Singh mit dem Timbre des Ausrufers bei einem Empfang am königlichen Hof.

»Ich begleite Sie«, murmelte Woodrow und trat gerade rechtzeitig nach vorn an Justins Seite, um zu sehen, wie Dr. Banda das Laken zurückschlug und Tessas Kopf zum Vorschein kam. Eine grobe Karikatur ihres Kopfes, um den sich vom Kinn bis zur Schädeldecke ein schmieriger Stoffstreifen wand, der auch um ihren Hals führte, wo sie einst die Kette getragen hatte. Wie ein Ertrinkender, der zum letzten Mal an die Oberfläche steigt, nahm Woodrow wild entschlossen alles in sich auf: ihre schwarzen, vom Kamm eines Leichenbestatters an den Schädel gekleisterten Haare. Die Wangen gebläht wie die einer Putte, die pustet um Wind zu erzeugen. Die Augen geschlossen, die Brauen hochgezogen, und der Mund in ungläubigem Staunen geöffnet. Darin verklumptes schwarzes Blut, als wären ihr alle Zähne gleichzeitig gezogen worden. *Du?*, keucht sie wie betäubt, als man sie umbringt, die Lippen zum U-Laut geformt. *Du?* Aber zu wem sagt sie es? Wen glotzt sie an durch ihre gedehnten weißen Augenlider?

»Kennen Sie diese Dame, Sir?«, erkundigte Inspektor Muramba sich behutsam bei Justin.

»Ja. Ja, danke«, antwortete Justin, jedes Wort sorgfältig abwägend. »Das ist meine Frau Tessa. Wir müssen uns um die Beerdigung kümmern, Sandy. Sie würde hier in Afrika begraben werden wollen, so schnell wie möglich. Sie ist ein Einzelkind. Sie hat keine Eltern mehr. Es gibt niemanden außer mir, der dazu befragt werden müsste. Also am besten so bald wie möglich.«

»Nun, vermutlich wird die Polizei da ein Wörtchen mitzureden haben«, brummte Woodrow und erreichte gerade noch rechtzeitig das gesprungene Waschbecken, wo er sich die Seele aus dem Leib kotzte, während der ewig ritterliche Justin ihm zur Seite stand, den Arm um ihn gelegt, und ihm leise Trost zusprach.

* * *

In dem mit Teppich ausgelegten Allerheiligsten des Gesandschaftsleiters las Mildren dem jungen Mann mit der ausdruckslosen Stimme am anderen Ende der Leitung langsam und deutlich Folgendes vor:

> Mit großer Bestürzung gibt das Hochkommissariat den gewaltsamen Tod von Mrs Tessa Quayle, Gattin von Justin Quayle, dem Ersten Sekretär der Kanzlei, bekannt. Mrs Quayle starb am Ufer des Turkanasees, nahe der Allia Bay. Ihr Fahrer, Mr Noah Katanga, wurde ebenfalls getötet. Mrs Quayle wird uns wegen ihres Engagements für die Rechte der Frauen in Afrika, aber auch wegen ihrer Jugend und Schönheit in Erinnerung bleiben. Wir möchten Mrs Quayles Ehemann Justin und ihren Freunden unser tiefstes Mitgefühl ausdrücken. Die Flagge des Hochkommissariats wird bis auf weiteres auf Halbmast gesetzt. Ein Kondolenzbuch liegt in der Empfangshalle des Hochkommissariats aus.

»Wann bringen Sie das?«

»Schon erledigt«, sagte der junge Mann.

Zweites Kapitel

Die Woodrows wohnten in einer exklusiven Kolonie von Natursteinhäusern mit bleiverglasten Fenstern im Tudorstil und großen englischen Gärten, die sich über die Hügel des Vorortes Muthaiga erstreckt, nur einen Steinwurf entfernt vom Muthaiga Club und der Residenz des britischen Hochkommissars sowie den Wohnsitzen zahlreicher Botschafter aus Ländern, von denen man wahrscheinlich nie gehört hat, bis man einmal die streng bewachten Alleen entlanggefahren ist und die Namenstafeln neben den Hinweisschildern entdeckt hat, die auf Kisuaheli vor bissigen Hunden warnen. Nach dem Bombenattentat auf die US-Botschaft in Nairobi hatte das Außenministerium die Häuser von allen Mitarbeitern im Dienstrang Woodrows und aufwärts mit massiven Eisentoren ausstatten lassen. Diese wurden rund um die Uhr gewissenhaft bewacht von temperamentvollen Baluhya samt Freunden und Verwandten. Zum Schutz der Gärten hatten dieselben klugen Köpfe Elektrozäune verordnet, die nicht nur mit Stacheldrahtrollen aufgerüstet waren, sondern auch mit leistungsstarken Scheinwerfern, die die ganze Nacht hindurch strahlten. In Muthaiga gibt es eine Hackordnung in Fragen der Sicherheit, wie in vielen anderen Fragen auch. Die bescheidensten Häuser haben Flaschenscherben auf den Mauern, die mittelprächtigen immerhin Stacheldraht. Die Sicherheit des diplomatischen Adels aber ist allein durch Eisentore, elektrische Zäune, Bewegungsmelder und grelle Scheinwerfer zu gewährleisten.

Das Haus der Woodrows war dreigeschossig. Die zwei oberen Stockwerke bildeten den von den Sicherheitsdiensten so genannten sicheren Hafen, der durch ein Stahlfaltgitter auf dem ersten Treppenabsatz geschützt wurde, für das nur die Eltern Woodrow einen Schlüssel besaßen. Und in der Gästesuite im Erdgeschoss – die Woodrows bezeichneten es wegen der Hanglage des Hauses als Untergeschoss – befand sich ein weiteres Gitter zur Gartenseite hin, um den Woodrows Schutz vor der eigenen Dienerschaft zu bieten. Das Untergeschoss hatte zwei Räume, die, streng weiß getüncht und mit Gittern vor den Gartenfenstern, entschieden an ein Gefängnis erinnerten. Gloria hatte sie jedoch in Erwartung ihres Gasts mit Rosen aus dem Garten und einer Leselampe aus Sandys Ankleidezimmer herausgeputzt. Den Fernsehapparat und das Radiogerät der Bediensteten hatte sie dazugestellt; denen tat es sicher gut, mal eine Weile darauf zu verzichten. Zwar war es dadurch noch immer kein *Fünf-Sterne*-Hotel – wie sie ihrer Busenfreundin Elena, der englischen Gattin eines butterweichen griechischen Beamten bei den Vereinten Nationen, anvertraute –, doch wenigstens würde der arme Mann die Tür hinter sich zumachen können, wenn ihm danach war, und das war doch das *Mindeste*, wenn man so einen Verlust zu beklagen hatte, nicht wahr, El, und Gloria selbst war es *genauso* gegangen, als Mami starb, aber andererseits haben Tessa und Justin eine – nun ja, eine wirklich *unkonventionelle* Ehe geführt, wenn man es so nennen kann – obwohl ihrer, Glorias, bescheidenen Ansicht nach nicht bezweifelt werden konnte, dass echte Zuneigung im Spiel war, von Justins Seite jedenfalls, was es allerdings von Tessas Seite war – also ganz ehrlich, El, das weiß Gott allein, *wir* werden es jedenfalls nie erfahren.

Worauf Elena, mehrfach geschieden und weltgewandt – beides im Gegensatz zu Gloria –, bemerkte: »Na, dann nimm mal lieber dich und deinen süßen kleinen Arsch in acht, Liebes. Frisch verwitwete Playboys können nämlich ganz schön *scharf* sein.«

* * *

Gloria Woodrow war eine jener vorbildlichen Diplomatengattinnen, die entschlossen sind, stets die gute Seite der Dinge zu sehen. Und war einmal keine gute Seite in Sicht, lachte sie herzlich auf und sagte: »Tja, da haben wir's!« – was das Signal für alle Betroffenen sein sollte, zusammenzuhalten und die Unannehmlichkeiten des Lebens ohne Klage auf sich zu nehmen. Sie war ein loyales Produkt der Privatschulen, die sie besucht hatte und die sie regelmäßig über ihr Fortkommen im Leben auf dem Laufenden hielt. Ebenso begierig verschlang sie jede Neuigkeit über ihre Klassenkameradinnen. Zu jedem Schuljubiläum schickte sie ein humorvolles Glückwunschtelegramm, oder auch, in jüngerer Zeit, eine humorige E-Mail, meistens in Versform, damit nur ja nicht in Vergessenheit geriet, dass sie einst den Lyrikpreis der Schule gewonnen hatte. Sie war auf eine geradlinige Art attraktiv und berühmt für ihre Redseligkeit, zumal in Situationen, in denen es nicht viel zu sagen gab. Und sie hatte diesen eigentümlich eirigen, hässlichen Gang, wie ihn sonst nur die Damen des englischen Hochadels kultivieren.

Dennoch war Gloria Woodrow nicht von Natur aus dumm. An der Universität von Edinburgh hatte man sie vor achtzehn Jahren zu den Begabteren ihres Jahrgangs gezählt, und es hieß, sie hätte, wäre sie nicht so sehr von Woodrow vereinnahmt worden, einen sehr anständigen Abschluss in Politik und Philosophie hinlegen können. In den Jahren darauf freilich hatten Ehe, Mutterschaft und die Unstetigkeit des Diplomatenlebens alle Ambitionen verschüttet, die sie noch gehegt haben mochte. Manchmal schien es zu Woodrows geheimem Kummer so, als hätte sie ihren Verstand bewusst zur Ruhe gebettet, um ihre Rolle als Ehefrau um so perfekter auszufüllen. Gleichzeitig war er ihr dankbar für dieses Opfer und fand es beruhigend, dass sie von seinen geheimen Gedanken nicht die geringste Ahnung zu haben schien und doch bemüht war, sich seinen mutmaßlichen Erwartungen anzupassen. »Wenn ich ein eigenes Leben möchte, sage ich es dir schon«, versicherte sie ihm stets, wenn er sie – in einem Anfall von Schuldbewusstsein oder aus Langeweile – dazu drängte, noch einen akademischen Abschluss zu machen, Jura zu studieren oder Medizin – oder in Gottes Namen wenigstens *irgendwas* zu lesen. »Wenn du mich nicht so magst, wie ich bin ... Das ist natürlich was anderes«, sagte sie dann, seiner konkreten Klage geschickt ins Grundsätzliche ausweichend. »Aber nein, nein, natürlich liebe ich dich so, wie du bist!«, pflegte er zu protestieren und sie gleich darauf leidenschaftlich in die Arme zu nehmen. Und mehr oder weniger glaubte er das auch.

Justin wurde an demselben schwarzen Montag zum geheimen Gefangenen im Untergeschoss, an dem ihm die Nachricht von Tessas Tod überbracht worden war, und zwar zu der Stunde, da die Limousinen auf den Zufahrten der Botschaften ungeduldig zu brummen beginnen, begierig, die Eisentore zu durchbrechen und der nach unerfindlichen Regeln erwählten Tränke des Abends zuzustreben. Ist heute Lumumba-Tag? Merdeka-Tag? Der französische Nationalfeiertag? Egal: Die Landesflagge weht im Garten, die Sprinkler sind abgestellt, der rote Teppich ist ausgerollt, schwarze Diener mit weißen Handschuhen schweben umher, genau wie zu Kolonialzeiten, was wir alle scheinheilig verleugnen. Und im Festzelt des Gastgebers erklingt angemessen patriotische Musik.

Woodrow saß neben Justin in dem schwarzen VW-Transporter. Von der Leichenhalle hatte er ihn zum Polizeipräsidium begleitet und zugesehen, wie Justin in seiner makellosen akademischen Handschrift eine Erklärung über die Identifizierung der Leiche seiner Frau aufsetzte. Woodrow hatte Gloria von der Polizei aus angerufen, um ihr mitzuteilen, dass er, sofern der Verkehr es zuließ, in fünfzehn Minuten mit ihrem *ganz besonderen Gast* eintreffen werde – »und es darf nicht bekannt werden, wo er ist, Darling, wir müssen alles dafür tun, dass er in Deckung bleiben kann«. Was Gloria allerdings nicht davon abgehalten hatte, noch schnell bei Elena anzurufen, obwohl sie mehrmals wählen musste, bis sie durchkam. Sie wollte rasch das Menü fürs Abendessen besprechen – aß der arme Justin gern Fisch oder verabscheute er ihn? Sie wusste es nicht mehr, aber sie hatte irgendwie das Gefühl, dass er in diesen Fragen etwas *heikel* war – und mein Gott, Elena, worüber unterhalte ich mich *um Himmels willen* mit ihm, wenn Sandy ins Büro muss und ich über Stunden alleine bin mit dem armen Mann? Ich meine, alle *richtigen* Themen sind doch tabu.

»Dir fällt schon was ein, keine Sorge, Darling«, versicherte Elena, und es klang nicht *uneingeschränkt* freundlich.

Trotz der Eile fand Gloria noch Zeit, Elena einen kurzen Überblick zu verschaffen über die absolut *grauenhaften* Anrufe der Presse, die sie entgegengenommen hatte. Andere hatte sie gar nicht erst angenommen, sondern sie hatte Juma, ihren Wakamba-Hausdiener, ausrichten lassen, dass Mr und Mrs Woodrow im Augenblick nicht zu sprechen seien – nur war da noch dieser schrecklich gewandte junge Mann vom *Telegraph* gewesen, mit dem sie sich *liebend* gern unterhalten hätte, aber Sandy hatte nein gesagt, unter Androhung der Todesstrafe.

»Vielleicht schreibt er dir ja, Darling«, sagte Elena tröstend.

Der VW-Transporter mit den getönten Scheiben rollte in die Auffahrt. Woodrow sprang heraus, um sich zu vergewissern, dass keine Journalisten da waren, und gleich darauf war Gloria der erste Blick auf Justin, den Witwer, vergönnt, den Mann, der innerhalb von sechs Monaten Frau und Baby verloren hatte. Justin, der betrogene Ehemann, der nicht länger betrogen werden würde. Justin, der für seine leichten Maßanzüge und seinen sanften Blick bekannt war. Ihr geheimer, im Untergeschoss zu versteckender Flüchtling, der jetzt, während er mit dem Rücken zum Publikum der Hecktür entstieg, seinen Strohhut abnahm und allen dankte – Livingstone, dem Fahrer, Jackson, dem Leibwächter, und Juma, der wie üblich nutzlos herumstand. Dazu neigte er abwesend den markanten dunklen Kopf und ging dann mit eleganten Schritten an ihnen vorbei zur Haustür. Sie sah sein Gesicht zuerst im schwarzen Schatten, dann im kurzlebigen Licht der Abenddämmerung. Er kam auf sie zu und sagte: »Guten Abend, Gloria, wie liebenswürdig von Ihnen, mich aufzunehmen«, mit einer so tapferen Beherrschung in der Stimme, dass Gloria hätte in Tränen ausbrechen können, was sie später auch tat.

»Wir sind einfach *froh*, dass wir helfen können, Justin«, murmelte sie und küsste ihn behutsam auf die Wange.

»Und ich nehme an, es gibt nichts Neues von Arnold? Niemand hat angerufen, während wir unterwegs waren?«

»Tut mir Leid, mein Lieber, keinen Pieps. Wir sitzen natürlich alle wie auf glühenden Kohlen.« Er nahm es, dachte sie, natürlich wie ein Held.

Irgendwo im Hintergrund teilte Woodrow ihr in leidendem Ton mit, dass er noch auf eine Stunde ins Büro müsse, Schatz, er würde zwischendurch anrufen. Gloria beachtete ihn kaum. Wen hat *der* denn verloren, dachte sie bissig. Sie hörte Autotüren zuschlagen und den schwarzen Volkswagen wegfahren, doch sie kümmerte sich nicht darum. Ihr Blick ruhte auf Justin, ihrem Mündel, ihrem tragischen Helden. Justin, das wurde ihr jetzt bewusst, war ebenso ein Opfer dieser Tragödie wie Tessa. Tessa war tot, aber Justin war ein Kummer aufgebürdet worden, den zu erleiden ihm aufgetragen war bis ins Grab. Schon hatten seine Wangen an Farbe verloren, hatte sein Gang sich verändert und die Art, wie er die Dinge wahrnahm, die ihm begegneten. Glorias sorgsam gepflegte Staudenrabatten, nach seinen Vorgaben angepflanzt, würdigte er keines Blickes. Ebenso erging es den Essig- und den beiden Wildapfelbäumen, für deren Ableger sie ihm nichts hatte geben können, weil er es sich auf so reizende Weise verbeten hatte. Denn das war *phantastisch* an Justin, und Gloria hatte sich eigentlich nie *richtig* daran gewöhnen können – wie sie Elena im Zuge eines längeren Resümees am selben Abend anvertraute –, was für *ungeheure* Kenntnisse über Pflanzen und Blumen und Gärten er besaß. Und ich frage mich, wo um alles in der Welt hat er das her, El? Von seiner Mutter wahrscheinlich. War sie nicht eine halbe Dudley? Die Dudleys gärtnern ja *alle* wie verrückt, schon seit ewigen Zeiten. Wir sprechen hier nämlich von klassischer englischer *Botanik*, El, nicht von dem, was du in den Sonntagszeitungen zu lesen kriegst.

Nachdem sie ihn die Stufen zur Eingangstür hinauf, durch die Diele und über die Dienstbotentreppe hinunter ins Untergeschoss geleitet hatte, machte Gloria mit ihrem kostbaren Gast eine Führung durch die Gefängniszelle, die ihm für die Dauer der Haft das traute Heim ersetzen sollte: der verzogene Furnierholz-Kleiderschrank, hier können Sie Ihre Anzüge aufhängen, Justin – warum um Gottes willen hatte sie Ebediah nicht fünfzig Shilling mehr gegeben, damit er ihn anstrich? –, die wurmzerfressene Kommode für Ihre Hemden und Socken – warum nur hatte sie nie daran gedacht, sie mit Papier auszulegen?

Doch wie immer war es Justin, der sich entschuldigte. »Ich fürchte, ich habe nicht viel, was ich hineinlegen könnte, Gloria. Mein Haus wird von Bluthunden belagert, und Mustafa muss den Telefonhörer danebengelegt haben. Sandy war so nett, mir anzubieten, dass ich mir von ihm leihen kann, was ich brauche, bis wir Gelegenheit haben, etwas herüberzuschmuggeln.«

»Oh, Justin, wie *dumm* von mir«, rief Gloria errötend.

Doch dann bestand sie darauf – entweder weil sie ihn nicht allein lassen wollte, oder weil sie nicht wusste, wie sie das anstellen sollte –, ihm alles zu zeigen, den furchtbaren, mit Trinkwasserflaschen und Mixgetränken voll gestopften alten Kühlschrank – warum hatte sie das verfaulende Gummi nie erneuern lassen? – und das Eis hier, Justin, halten Sie die Schale einfach unter den Wasserhahn, um es herauszubrechen – und den Elektrokocher aus Plastik, den sie schon immer gehasst hatte, den Marmeladentopf aus Ilfracombe mit den Tetley-Teebeuteln und einem nicht zu übersehenden Sprung, die zerbeulte Huntley-&-Palmer's-Dose mit Zuckerkeksen, falls er vorm Zubettgehen noch etwas naschen wollte – Sandy mag immer, obwohl ihm der Arzt geraten hat, abzunehmen. Und schließlich – Gott sei Dank wenigstens *etwas*, das in Ordnung ist! – die prachtvolle Vase mit den bunten Löwenmäulchen, die sie nach seinen Anweisungen ausgesät und aufgezogen hatte.

»Nun, dann lass ich Sie mal in Ruhe«, sagte sie, doch schon an der Tür, bemerkte sie zu ihrer Schande, dass sie ihm noch nicht ihr Beileid ausgesprochen hatte. »Justin, Darling ...«, begann sie.

»Danke, Gloria, das ist wirklich nicht nötig«, unterbrach er sie mit überraschendem Nachdruck.

Um ihre Gefühlsbezeigung betrogen, mühte sich Gloria, zu einem nüchternen Tonfall zurückzufinden. »Ja, nun, Sie kommen nach oben, wann immer Ihnen danach ist, nicht wahr, mein Lieber? Abendessen ist um acht, theoretisch jedenfalls. Ein kleiner Drink vorher, wenn Sie Lust haben. Tun Sie einfach, was Sie möchten. Oder auch gar nichts. Weiß der *Himmel*, wann Sandy zurück sein wird.« Dankbar begab sie sich nach oben in ihr Schlafzimmer, duschte, zog sich um und erneuerte ihr Make-up, bevor sie bei den Jungen vorbeischaute, die über ihren Hausaufgaben saßen. Eingeschüchtert von der Gegenwart des Todes, waren sie eifrig bei der Arbeit, oder taten jedenfalls so.

»Sieht er schrecklich traurig aus?«, fragte Harry, der Jüngere.

»Ihr werdet ihn morgen sehen. Seid höflich und ernst in seiner Gegenwart, verstanden? Mathilda macht euch ein paar Hamburger. Ihr esst sie im Spielzimmer, nicht in der Küche, klar?« Ein P.S. platzte aus ihr heraus, unwillkürlich, ohne dass sie darüber nachgedacht hatte: »Er ist ein feiner, sehr tapferer Mann, und ihr müsst ihn mit *großem* Respekt behandeln.«

Als sie hinunter in den Salon kam, war sie überrascht, Justin bereits dort vorzufinden. Er hatte nichts gegen einen ordentlichen Whisky-Soda einzuwenden; sich selbst schenkte sie ein Glas Weißwein ein und ließ sich in einem der Sessel nieder, Sandys Sessel eigentlich, aber sie konnte jetzt nicht an Sandy denken. Für Minuten – sie hatte keine Ahnung, wie viele es in Echtzeit waren – sprachen beide kein Wort, doch das Schweigen knüpfte ein Band zwischen ihnen, das Gloria umso deutlicher empfand, je länger es andauerte. Justin nippte an seinem Whisky, und sie bemerkte mit Erleichterung, dass er nicht Sandys enervierende neue Angewohnheit aufgegriffen hatte, die Augen zu schließen und die Lippen zu schürzen, als wolle er den Whisky verkosten. Mit dem Glas in der Hand trat er ans große Flügelfenster, schaute hinaus in den lichtdurchfluteten Garten – zwanzig 150-Watt-Birnen waren an den Hausgenerator angeschlossen und ließen eine Hälfte seines Gesichts hell aufleuchten.

»Das ist es vielleicht, was alle denken«, bemerkte er plötzlich, an eine Unterhaltung anknüpfend, die sie nicht geführt hatten.

»Was denn, mein Lieber?« Gloria war nicht sicher, ob sie sich angesprochen fühlen durfte, fragte aber dennoch, da er offensichtlich jemanden zum Reden brauchte.

»Dass man als jemand geliebt wurde, der man gar nicht war. Dass man eine Art Betrüger ist. Ein Liebesdieb.«

Gloria hatte keine Ahnung, ob es das war, was alle dachten; für sie stand jedoch außer Zweifel, dass niemand so denken sollte. »Natürlich sind Sie *kein* Betrüger, Justin«, sagte sie entschieden. »Sie sind einer der aufrichtigsten Menschen, die ich kenne, und das sind Sie immer gewesen. Tessa hat Sie angebetet, und zwar völlig zu Recht. Sie durfte sich wirklich sehr glücklich schätzen.« Und was den *Liebesdiebstahl* angeht, dachte sie – na, dreimal darf man raten, wer bei den beiden der Liebesdieb gewesen ist!

Justin reagierte nicht auf dieses eilfertig vorgebrachte Lob, jedenfalls nicht soweit sie erkennen konnte, und für eine Weile war nichts weiter zu hören als eine Kettenreaktion bellender Hunde – einer fing an, dann fielen nacheinander alle anderen entlang Muthaigas goldener Meile ein.

»Sie waren immer so *gut* zu ihr, Justin, das wissen Sie doch selbst. Sie dürfen sich nicht für Untaten geißeln, die Sie gar nicht begangen haben. Viele Menschen tun das, wenn sie jemanden verloren haben, und sie tun sich selber Unrecht. Wir können doch nicht hergehen und alle Leute so behandeln, als würden sie jeden Moment tot umfallen, wo würden wir da hinkommen. Na, ist doch wahr! Sie haben immer zu ihr gestanden. Immer«, beteuerte sie, als wolle sie nebenbei andeuten, dass man das von Tessa nicht gerade sagen konnte. Und diese Andeutung war ihm nicht entgangen, dessen war sie sicher: Er war kurz davor, diesen unseligen Arnold Bluhm zur Sprache zu bringen, als Gloria zu ihrem Verdruss den Schlüssel ihres Gatten in der Tür rumoren hörte und wusste, dass damit der Zauber verflogen war.

»Justin, armer Junge, wie geht es Ihnen?«, grüßte Woodrow und goss sich eine ungewöhnlich bescheidene Menge Wein in ein Glas, bevor er sich auf das Sofa fallen ließ. »Es gibt leider nichts Neues. Weder Gutes noch Schlechtes. Keine Hinweise, keine Verdächtigen bisher. Keine Spur von Arnold. Die Belgier stellen einen Hubschrauber zur Verfügung, London noch einen zweiten. Tja, das liebe Geld, unser aller Fluch. Aber schließlich ist er belgischer Staatsbürger, warum also nicht? Wie reizend du heute Abend wieder aussiehst, Schatz. Was gibt's denn zum Abendessen?«

Er hat getrunken, dachte Gloria angewidert. Er tut so, als müsste er länger arbeiten, und trinkt sich im Büro einen, während ich dafür sorge, dass die Jungen ihre Schularbeiten machen. Sie nahm eine Bewegung am Fenster wahr und sah zu ihrer Bestürzung, dass Justin im Begriff war, sich zurückzuziehen – zweifellos abgeschreckt von der ungeheuren Trampeligkeit ihres Mannes.

»Wie, nichts essen?«, protestierte Woodrow. »Müssen doch bei Kräften bleiben, alter Junge.«

»Ich weiß, Sie meinen es gut, aber ich fürchte, ich habe keinen Appetit. Gloria, nochmals vielen Dank. Gute Nacht, Sandy.«

»Und Pellegrin lässt sein allerherzlichstes Beileid aus London ausrichten. Das ganze Außenministerium ist niedergeschmettert, sagt er. Wollte sich nicht persönlich aufdrängen.«

»Bernard ist ein sehr taktvoller Mensch.«

Sie sah die Tür zugehen, sie hörte, wie sich seine Schritte auf der Betontreppe entfernten, sie sah sein leeres Glas, das er auf dem Bambustisch neben dem Flügelfenster abgestellt hatte, und für einen kurzen, erschreckenden Moment war sie überzeugt, sie würde ihn nie mehr wieder sehen.

Woodrow schlang, anders als sonst, sein Essen hinunter, ohne es zu genießen. Gloria, die wie Justin keinen Appetit hatte, sah ihm zu. Juma, der Hausdiener, schlich auf Zehenspitzen um sie herum und beobachtete ihn ebenfalls.

»Wie ist's gegangen?«, murmelte Woodrow verschwörerisch, wobei er seine Stimme demonstrativ dämpfte und Gloria mit einer Handbewegung bedeutete, das Gleiche zu tun.

»Ganz gut«, sagte sie, auf sein Spiel eingehend. »Wenn man bedenkt.« Was machst du dort unten, fragte sie sich. Liegst du im Dunkeln auf dem Bett und quälst dich? Oder starrst du durch die Gitterstäbe in den Garten und sprichst mit ihrem Geist?

»Irgendwas von Bedeutung dabei rausgekommen?«, fragte Woodrow mit leichtem Nuscheln, nicht ohne Probleme bei der Artikulation, aber weiterhin darauf bedacht, die Unterhaltung Jumas wegen nur in Andeutungen zu führen.

»Was denn zum Beispiel?«

»Über unseren Lover-Boy.« Anzüglich grinsend zeigte er mit dem Daumen auf die Begonien und flüsterte affektiert: »Blu'm«, worauf Juma loseilte, einen Wasserkrug zu holen.

Gloria lag stundenlang wach neben ihrem schnarchenden Ehemann. Als sie unten ein Geräusch zu hören glaubte, schlich sie zum Treppenabsatz und spähte aus dem Fenster. Die Stromsperre war vorbei. Ein orangefarbener Schimmer erhob sich über der Stadt bis hinauf zu den Sternen. Aber im erleuchteten Garten lauerte keine Tessa, und auch kein Justin. Gloria kehrte ins Schlafzimmer zurück und fand Harry, der schräg in ihrem Bett lag, den Daumen im Mund und einen Arm über die Brust seines Vaters gestreckt.

* * *

Die Familie war wie immer früh auf den Beinen, doch Justin war ihnen noch zuvorgekommen und drückte sich in seinem zerknitterten Anzug bereits im Haus herum. Er sah erhitzt aus, befand Gloria, ein wenig hektisch, zu viel Farbe unter den braunen Augen. Die Jungen schüttelten ihm ernsthaft wie befohlen die Hand, und Justin erwiderte gewissenhaft ihren Gruß.

»Oh, Sandy, ja, guten Morgen«, sagte er, als Woodrow erschien. »Ob wir uns kurz unterhalten könnten?«

Die beiden Männer zogen sich ins sonnige Esszimmer zurück.

»Es geht um mein Haus«, begann Justin, sobald sie allein waren.

»Haus hier oder Haus in London?«, gab Woodrow den Ball zurück, törichterweise um Aufgeräumtheit bemüht. Und Gloria, die an der Durchreiche zur Küche jedes Wort verfolgte, hätte ihm den Schädel einschlagen können.

»Hier in Nairobi. Tessas private Unterlagen, Korrespondenz mit dem Anwalt. Alles, was mit dem Familienvermögen zusammenhängt. Dokumente, die uns beiden teuer sind. Ich möchte auch nicht, dass ihre Privatbriefe herumliegen und die kenianische Polizei sich nach Belieben bedienen kann.«

»Und was haben Sie sich da überlegt, alter Junge?«

»Ich möchte hin. Jetzt gleich.«

So entschlossen!, schwärmte Gloria. So energisch, trotz allem.

»Lieber Freund, das ist unmöglich. Die Pressefritzen würden wie die Hyänen über Sie herfallen.«

»Ach, das glaube ich eigentlich nicht. Sie werden sicherlich versuchen, mich zu fotografieren. Oder mir etwas zurufen. Aber wenn ich nicht antworte, ist das so ziemlich alles, was sie tun können. Überrumpeln wir sie also, solange sie noch beim Rasieren sind.«

Gloria kannte die Tricks ihres Mannes in- und auswendig. Gleich wird er Bernard Pellegrin in London anrufen. Das macht er immer, wenn er an Porter Coleridge vorbei die Antwort bekommen will, die er hören möchte.

»Passen Sie auf, alter Junge, ich sag Ihnen was. Sie machen mir eine Liste der Dinge, die Sie haben möchten, und ich leite sie irgendwie an Mustafa weiter und lass ihn das Zeug hierher bringen.«

Typisch, dachte Gloria wütend. *Schwanken, verzögern, die bequemste Lösung suchen, immer dasselbe!*

»Mustafa hat keine Ahnung, worauf es ankommt«, hörte sie Justin erwidern, genauso bestimmt wie vorher. »Eine Liste würde ihm da gar nichts nützen. Selbst Einkaufslisten überfordern ihn. Ich *schulde* es ihr, Sandy. Es ist eine Ehrenschuld, und ich muss sie begleichen. Ob Sie mitkommen oder nicht.«

So zeigt sich wahre Klasse!, applaudierte Gloria ihm stumm von der Seitenlinie. *Sehr geschickt, der Mann!* Selbst in diesem Augenblick wäre es ihr nie in den Sinn gekommen – wiewohl ihre Gedanken in viele unerwartete Richtungen schweiften –, dass ihr Gatte seine eigenen Gründe haben könnte, Tessas Haus unbedingt aufsuchen zu wollen.

* * *

Sie erwischten die Presseleute nicht bei der Rasur. Insoweit hatte Justin sich getäuscht. Und wenn, hätten diese dafür nicht den Grasstreifen vor Justins Haus verlassen, wo sie die ganze Nacht in Mietautos kampiert und ihre Abfälle in die Hortensienbüsche geworfen hatten. Ein paar afrikanische Straßenhändler mit Uncle-Sam-Hose und Zylinder hatten einen Stand aufgebaut und verkauften Tee. Andere garten Mais auf Holzkohle. Matte Polizisten hingen um einen abgewrackten Streifenwagen herum, rauchten und gähnten. Ihr Anführer, ein ungeheuer dicker Mann mit poliertem braunem Gürtel und goldener Rolex, hatte es sich bei offener Tür auf dem Beifahrersitz bequem gemacht, die Augen geschlossen. Es war halb acht Uhr morgens. Tief hängende Wolken versperrten die Sicht auf die Innenstadt. Große schwarze Vögel tauschten ihre Plätze auf den Oberleitungen, allzeit bereit, sich auf Futter zu stürzen.

»Vorbeifahren, dann anhalten!«, befahl Woodrow, ganz Soldatensohn, von hinten.

Sie saßen wieder so wie am Vortag. Livingstone und Jackson vorn, Woodrow und Justin auf der Rückbank zusammengepfercht. Der schwarze VW hatte CD-Nummernschilder, aber das traf auf praktisch jedes zweite Fahrzeug in Muthaiga zu. Ein geschultes Auge hätte vielleicht die ersten Zahlen im Kennzeichen als britisch identifiziert, doch so jemanden gab es hier nicht, niemand zeigte Interesse, als Livingstone gemächlich am Tor vorbei und den leichten Hang hinauffuhr. Sanft brachte er den Lieferwagen zum Stehen und zog die Handbremse an.

»Jackson, steigen Sie aus und gehen Sie langsam hinunter zu Mr Quayles Haus. Wie heißt Ihr Wachmann?« Die Frage war an Justin gerichtet.

»Omari«, sagte Justin.

»Sagen Sie Omari, wenn der Transporter heranfährt, soll er das Tor erst im letzten Moment aufreißen und sofort wieder schließen, sobald er durch ist. Bleiben Sie sicherheitshalber bei ihm stehen, damit er auch alles richtig macht. Also los.«

Wie geschaffen für diese Rolle, kletterte Jackson aus dem Lieferwagen, streckte sich, fummelte ein wenig an seinem Gürtel und schlenderte schließlich den Hügel hinab auf Justins eisernes Sicherheitstor zu, wo er, unter den Augen der Journalisten und der Polizei, neben Omari Aufstellung nahm.

»Gut, setzen Sie zurück«, wies Woodrow Livingstone an. »Ganz langsam. Lassen Sie sich Zeit.«

Livingstone löste die Handbremse und ließ den Wagen bei laufendem Motor sanft rückwärts rollen, bis das Heck gerade in Justins Auffahrt hineinragte. Wer dachte, er wolle nur wenden, wurde schnell eines Besseren belehrt –, denn im nächsten Moment hatte Livingstone das Gaspedal durchgetreten und raste rückwärts aufs Tor zu. Die verblüfften Journalisten stoben auseinander. Das Tor flog auf, von Omari auf der einen, von Jackson auf der anderen Seite gezogen. Der Transporter schoss hindurch und das Tor krachte wieder zu. Jackson sprang zurück auf den Beifahrersitz, und Livingstone steuerte den Wagen direkt auf Justins überdachten Eingang zu und die zwei Stufen hinauf, sodass er wenige Zentimeter vor der Haustür stehen blieb, die Justins Hausdiener Mustafa geistesgegenwärtig von innen aufriss. Woodrow schob Justin voran, sprang ihm nach in die Diele und knallte die Tür hinter sich zu.

* * *

Das Haus war verdunkelt. Aus Respekt vor Tessa oder der Pressemeute hatte das Personal die Vorhänge zugezogen. Die drei Männer standen im Flur: Justin, Woodrow, Mustafa. Mustafa weinte leise. Woodrow konnte sein faltiges Gesicht erkennen, es war schmerzverzerrt, die weißen Zähne entblößt, und Tränen liefen ihm aus den Augenwinkeln über die Wangen. Justin hielt Mustafa bei den Schultern und sprach ihm Trost zu. Woodrow war mehr als verblüfft über diese unenglische Gefühlsbekundung, er fand sie geradezu anstößig. Justin zog Mustafa an sich, bis dessen bebendes Kinn auf seiner Schulter ruhte. Peinlich berührt, wandte Woodrow sich ab. Am Ende des Flurs waren aus dem Dienstbotentrakt weitere Schatten aufgetaucht: der einarmige, illegale ugandische Bauernjunge, der Justin im Garten half und dessen Namen Woodrow sich einfach nicht merken konnte, und eine junge Frau namens Esmeralda, ebenfalls illegaler Flüchtling, aber aus dem Süden des Sudan, die ständig Probleme mit Männern hatte. Tessa hatte einer rührseligen Geschichte genauso wenig widerstehen können, wie sie sich den örtlichen Vorschriften beugte. Mitunter hatte ihr Haus gewirkt wie eine panafrikanische Herberge für behinderte Obdachlose. Mehr als einmal hatte Woodrow Justin deswegen Vorhaltungen gemacht, doch es war, als redete er gegen eine Wand. Esmeralda war die Einzige, die nicht weinte. Dafür hatte sie diesen hölzernen Gesichtsausdruck, den Weiße oft für Ungehobeltheit oder Gleichgültigkeit hielten. Woodrow wusste, dass der Eindruck täuschte. Vertrautheit war es, was diese Miene ausdrückte. So geht es zu im wirklichen Leben. Nichts als Leid, Hass und Menschen, die einfach niedergemetzelt werden. Für uns ist dies der Alltag seit unserer Geburt, nicht aber für euch Wazungu.

Justin schob Mustafa sanft beiseite und begrüßte Esmeralda mit einem doppelten Händedruck, für dessen Dauer sie ihre mit geflochtenen Zöpfen bedeckte Schläfe an die seine legte. Woodrow kam es vor, als würde ihm Einlass gewährt in eine Welt der Gefühle, von der er sich nie hätte träumen lassen. Würde Juma derart weinen, wenn Gloria die Kehle durchgeschnitten worden wäre? Den Teufel würde er tun. Oder Ebediah? Oder Glorias neues Dienstmädchen – wie hieß sie noch gleich? Justin drückte den ugandischen Straßenjungen an sich, strich ihm über die Wange, wandte dann allen abrupt den Rücken zu und ergriff mit der rechten Hand das Geländer der Treppe. Und als er sich daran nach oben zog, wirkte er für einen Augenblick wie der alte Mann, der er bald sein würde. Woodrow beobachtete, wie er den im Schatten liegenden Absatz erreichte und in jenem Schlafzimmer verschwand, das Woodrow nie betreten hatte, obwohl er es sich ungezählte Male insgeheim ausgemalt hatte.

Allein zurückgeblieben, wusste Woodrow nicht recht weiter, fühlte sich bedroht, wie immer, wenn er Tessas Haus betrat: ein Junge vom Lande, der in die Stadt kommt. Wenn dies eine Cocktailparty ist, wie kommt es dann, dass ich die Leute nicht kenne? Und für wessen Anliegen sollen wir heute eintreten? In welchem Zimmer wird sie sein? Wo ist Bluhm? Höchstwahrscheinlich an ihrer Seite. Oder in der Küche, und bringt die Dienerschaft so zum Lachen, dass sie sich die Seiten halten müssen. Woodrow besann sich auf den Zweck seiner Anwesenheit und schlich durch den schwach erleuchteten Flur auf den Salon zu. Die Tür war nicht verschlossen. Die Morgensonne warf vereinzelte Strahlen zwischen den Vorhängen hindurch, beleuchtete die Schilde und Masken und die zerfransten, von Querschnittgelähmten handgewebten Überwürfe, mit denen Tessa das trostlose Regierungsmobiliar belebt hatte. Wie schaffte sie es bloß mit solchem Tinnef, alles so hübsch zu machen? Der gleiche Backsteinkamin wie bei uns, die gleichen holzverkleideten Stahlträger, die sich als Eichenbalken à la Good Old England ausgeben. Alles wie bei uns, nur kleiner, weil die Quayles kinderlos und einen Dienstgrad unter uns sind. Warum also sah Tessas Haus so aus, wie man es sich wünschte, und unseres wie dessen phantasielose hässliche Schwester?

In der Mitte des Raums verharrte er, von der Macht der Erinnerung bezwungen. Hier habe ich gestanden und ihr Vorträge gehalten, der Tochter einer Contessa, hier neben dem hübschen Intarsientisch, den ihre Mutter so geliebt haben soll. Hier habe ich mich an die Rückenlehne des zerbrechlichen Satinholzstuhls geklammert und doziert wie ein viktorianischer Vater. Und Tessa dort drüben am Fenster, das Sonnenlicht schien geradewegs durch ihr Baumwollkleid hindurch. Wusste sie, dass ich zu einer nackten Silhouette sprach? Dass ich sie nur ansehen musste, um meinen Traum von ihr in Erfüllung gehen zu sehen, mein Mädchen am Strand, meine Fremde im Zug?

»Ich dachte, ich komme am besten mal selbst vorbei«, beginnt er gewichtig.

»Und warum dachten Sie das, Sandy?«, fragt sie.

Elf Uhr morgens. Kanzleisitzung beendet, Justin sicher nach

Kampala verschickt, wo er an einer dieser sinnlosen dreitägigen Konferenzen zum Thema Effiziente Entwicklungshilfe teilnimmt. Ich bin in einer dienstlichen Angelegenheit hier, aber ich habe mein Auto in einer Seitenstraße geparkt, wie ein schuldbewusster Liebhaber, der die schöne junge Frau seines Beamtenkollegen besucht. Und mein Gott, wie schön sie ist. Und mein Gott, wie jung sie ist. Jung wie ihre hohen, festen Brüste, die sich nie bewegen. Wie kann Justin sie aus den Augen lassen? Wie jung diese grauen, zorngeweiteten Augen und dieses für ihr Alter zu wissende Lächeln. Woodrow kann es zwar im Gegenlicht nicht sehen. Aber er kann es in ihrer Stimme hören. Ihrer neckenden, verwirrenden, rassigen Stimme. Er kann sie sich jederzeit ins Gedächtnis rufen. Wie auch die nackte Silhouette ihrer Taille und die Linie ihrer Schenkel, die aufreizende Geschmeidigkeit ihrer Bewegungen – kein Wunder, dass Justin und sie sich ineinander verliebt haben, sie kommen aus dem gleichen Vollblutstall, zwanzig Jahre auseinander.

»Tess, im Ernst, so kann es nicht weitergehen.«

»Nennen Sie mich nicht Tess.«

»Warum nicht?«

»Der Name ist reserviert.«

Für wen, fragt er sich. Für Bluhm, oder für einen anderen Liebhaber? Quayle nennt sie nie Tess. Ghita auch nicht, soweit Woodrow sich erinnern kann.

»Es geht einfach nicht, dass Sie weiter Ihre Meinung so freimütig äußern. Ihre Ansichten.«

Dann kommt der Teil seiner Rede, den er vorbereitet hat, der Teil, in dem er sie an ihre Pflichten als verantwortungsvolle Ehefrau eines Diplomaten im Dienst Ihrer Majestät erinnert. Aber er kann ihn nicht zu Ende bringen. Beim Wort *Pflicht* fährt sie auf.

»Sandy, *ich* sehe nur Afrika als meine Pflicht an. Und wem fühlen Sie sich verpflichtet?«

Er ist verblüfft, dass er sich auf einmal rechtfertigen soll. »Meinem Land, wenn Sie erlauben, dass ich pathetisch werde. Genau wie Justin. Meinem Ministerium und meinem Gesandtschaftsleiter. Beantwortet das Ihre Frage?«

»Nein, nicht mal annähernd, und das wissen Sie genau. *Meilenweit* daneben.«

»Woher sollte ich was genau wissen?«

»Ich dachte, Sie wären vielleicht gekommen, um mit mir über die bemerkenswerten Dokumente zu sprechen, die ich Ihnen gegeben habe.«

»Nein, Tessa. Ich bin gekommen, um Sie aufzufordern, nicht länger vor aller Welt in dieser Weise über die Untaten der Regierung Moi herzuziehen. Ich bin gekommen, um an Ihren Teamgeist zu appellieren, sich zur Abwechslung endlich einmal – ach, beenden Sie den Satz doch selber«, schließt er rüde.

Hätte ich so mit ihr geredet, wenn ich gewusst hätte, dass sie schwanger war? Wahrscheinlich nicht in diesem Ton. Aber geredet hätte ich mit ihr. Habe ich geahnt, dass sie schwanger war, als ich versuchte, die nackte Silhouette zu ignorieren? Nein, ich habe sie so sehr begehrt, dass es kaum zu ertragen war, und das hat Sie an meiner Stimme und meinen ungelenken Bewegungen gemerkt.

»Wollen Sie damit sagen, dass Sie die Dokumente nicht gelesen haben?« Sie bleibt entschlossen beim Thema Dokumente. »Gleich werden Sie behaupten, Sie hätten keine Zeit dazu gehabt.«

»Natürlich habe ich sie gelesen.«

»Und was halten Sie davon, jetzt wo Sie sie gelesen haben, Sandy?«

»Sie haben mir nichts verraten, was ich nicht bereits wusste, und nichts, woran ich etwas ändern könnte.«

»Aber, Sandy, Sie enttäuschen mich. Wie feige von Ihnen. *Warum* können Sie nichts daran ändern?«

Woodrow waren seine Worte selbst zuwider: »Weil wir Diplomaten sind und keine Polizisten, Tessa. Sie behaupten, die Regierung Moi sei durch und durch korrupt. Das hab ich nie bezweifelt. Das Land stirbt an Aids, es ist bankrott, es gibt keinen Bereich, ob Tourismus, Naturschutz, Bildung, Verkehr, Sozialwesen oder das Kommunikationswesen, der nicht wegen Betrugs, aus Inkompetenz oder Desinteresse zugrunde ginge. Gut beobachtet. Minister und Beamte leiten ganze Lastwagenladungen mit Nahrungsmitteln und Medikamenten um, die für hungernde Flüchtlinge gedacht sind, sagen Sie. Oft mit Wissen der zuständigen Entwicklungshelfer. Natürlich tun sie das. Die Ausgaben dieses Landes für das Gesundheitswesen belaufen sich auf fünf Dollar pro Kopf und Jahr, und zwar bevor sich vom oberen Ende der Hierarchie bis zum unteren jeder seinen Teil vom Kuchen abgeschnitten hat. Die von der Polizei misshandeln routinemäßig jeden, der so unklug ist, diese Dinge öffentlich zur Sprache zu bringen. Auch korrekt. Sie haben deren Methoden untersucht. Die wenden die Wasserfolter an, sagen Sie. Tauchen die Leute erst in Wasser, bevor sie sie schlagen, weil auf diese Weise weniger Spuren bleiben. Sie haben Recht. Genau das machen sie. Die sind nicht wählerisch. Aber wir protestieren nicht dagegen. Außerdem vermieten sie ihre Waffen an befreundete Mörderbanden, die diese beim ersten Tageslicht zurückgeben müssen, weil sie sonst ihre Kaution nicht wiederbekommen. Das Hochkommissariat teilt Ihre Empörung, aber dennoch protestieren wir nicht. Und warum nicht? Weil wir gottseidank hier sind, um *unser* Land zu repräsentieren, nicht *deren* Land. Wir haben fünfunddreißigtausend Briten zu vertreten, die hier in Kenia leben und deren unsichere Existenz vollkommen von Präsident Mois Launen abhängig ist. Und es ist nicht Aufgabe des Hochkommissariats, ihnen das Leben noch schwerer zu machen, als es ohnehin schon ist.«

»Und dann haben Sie noch die britischen Geschäftsinteressen zu vertreten«, stichelt sie.

»Das ist kein Verbrechen, Tessa«, entgegnet er heftig und kämpft darum, seinen Blick von dort loszureißen, wo er unterschwellig hingestarrt hat: den Schatten ihrer Brüste, der sich durch diesen Hauch von einem Kleid hindurch abzeichnet. »Handel ist keine Sünde. Handel mit Entwicklungsländern ist auch keine Sünde. Der Handel hilft ihnen sogar, sich zu entwickeln. Er ermöglicht Reformen. Die Art von Reformen, die wir alle uns wünschen. Durch den Handel werden sie Teil der modernen Welt. Er ermöglicht *uns*, ihnen zu *helfen*. Und wie sollten wir einem armen Land helfen, wenn wir selbst nicht reich wären?«

»So ein Schwachsinn.«

»Wie bitte?«

»Fadenscheiniger, grandioser Schwachsinn. Der reinste Ministeriumsscheiß, wenn ich die Dinge beim Namen nennen soll. Hätte vom verehrten Pellegrin höchstselbst kommen können. Schauen Sie sich doch um. Handel macht die Armen nicht reich.

Profite werden nicht in Reformen investiert. Sie fließen korrupten Regierungsbeamten in die Tasche und auf Schweizer Bankkonten.«

»Das bestreite ich ganz entschieden –«

Tessa fällt ihm ins Wort. »Also ad acta gelegt und vergessen. Stimmt's? Zur Zeit keine weiteren Schritte notwendig, gezeichnet Sandy. Großartig. Das Mutterland der Demokratie entlarvt sich einmal mehr als Heuchlerin, die Freiheit und Menschenrechte für alle predigt, nur da nicht, wo fette Gewinne für sie selbst herausspringen.«

»Das ist absolut ungerecht! Ja, Mois Leute *sind* Gauner, und der alte Mann wird noch ein paar Jahre am Ruder bleiben. Aber Besserung ist in Sicht. Ein Wort ins richtige Ohr – ein Boykott der Entwicklungshilfe seitens der Geberländer – sanfte Diplomatie –, das alles hat seine Wirkung. Und man ist gerade dabei, Richard Leakey ins Kabinett zu berufen, um die Korruption einzudämmen und das Vertrauen der Investoren wiederzugewinnen, damit sie sicher sein können, dass sie mit ihren Mitteln nicht Mois Machenschaften finanzieren.« Inzwischen klingt er wie eine offizielle Dienstanweisung, das ist ihm bewusst. Schlimmer noch, Tessa weiß es auch, wie ihr demonstratives Gähnen beweist. »Kenia mag keine rechte Gegenwart haben, aber es hat eine Zukunft«, fasst er tapfer zusammen und wartet auf ein Zeichen von ihr. Wartet auf das Angebot eines wie auch immer zusammengeschusterten Waffenstillstands.

Zu spät fällt ihm ein, dass Tessa nicht zu Kompromissen neigt, ebenso wenig wie ihre Busenfreundin Ghita. Die beiden sind jung genug zu glauben, dass es so etwas wie einfache Wahrheiten gibt.

»Das Dokument, das ich Ihnen übergeben habe, nennt Namen, Daten und Bankkonten«, bleibt sie unerbittlich am Ball. »Einzelne Minister werden beim Namen genannt und belastet. Wäre das nicht Grund für ein Wort ins richtige Ohr? Oder hört da draußen keiner zu?«

»Tessa.«

Sie entgleitet ihm immer mehr, und dabei ist er gekommen, um ihr näher zu sein.

»Sandy.«

»Ich nehme Ihr Anliegen zur Kenntnis. Ich hab's gehört. Aber um Himmels willen – im Namen der Vernunft –, Sie können doch nicht ernsthaft verlangen, dass die Regierung Ihrer Majestät in Gestalt von Bernard Pellegrin eine Hexenjagd auf bestimmte Minister der kenianischen Regierung eröffnet! Ich meine, Gott – es ist ja nicht so, dass wir Briten über Korruption erhaben wären. Soll der kenianische Hochkommissar in London *uns* auffordern, *unseren* Stall aufzuräumen?«

»Das ist reinster Humbug, und das wissen Sie auch«, faucht Tessa. Ihre Augen funkeln.

Er hat nicht mit Mustafa gerechnet, der leise eingetreten ist und mit großer Sorgfalt zunächst einen kleinen Tisch auf den Teppich zwischen ihnen stellt, darauf dann ein silbernes Tablett mit einer silbernen Kaffeekanne und dem mit Shortbread gefüllten silbernen Konfektkorb ihrer verstorbenen Mutter. Diese Störung inspiriert offensichtlich Tessas stets wachen Sinn fürs Theatralische, denn sie kniet sich aufrecht vor den kleinen Tisch – die Schultern gestrafft, sodass ihr Kleid über den Brüsten spannt – und verziert ihre Worte mit humorvollen Spitzen über seine geschmacklichen Vorlieben.

»Wie war das noch gleich, Sandy, mögen Sie ihn schwarz oder mit einem Hauch Sahne?«, fragt sie gespielt vornehm. *Dies ist das Pharisäerleben, das wir führen* – gibt sie ihm damit zu verstehen –, *vor unserer Tür liegt ein ganzer Kontinent im Sterben, und wir stehen oder knien hier und trinken Kaffee von einem silbernen Tablett, während nur eine Straße weiter Kinder verhungern, Kranke sterben und miese Politiker das Land ruinieren, die nur aufgrund von falschen Versprechungen gewählt wurden.* »Eine Hexenjagd – wo Sie gerade davon sprechen – wäre ein ausgezeichneter Anfang. Ich sage: Prangert sie an, schlagt ihnen die Köpfe ab und stellt sie dann aufgespießt am Stadttor aus. Das Problem ist nur, dass es so nicht funktioniert. Die gleiche Schandliste wird Jahr für Jahr in den Zeitungen von Nairobi veröffentlicht, und stets sind es dieselben kenianischen Politiker, die darin aufgeführt werden. Keiner wird gefeuert, keiner wird vor Gericht gestellt.« Sie dreht sich auf Knien zu ihm um und reicht ihm die Tasse. »Aber das stört Sie nicht weiter, stimmt's? Sie sind ein Mann des Status quo. Diese Entscheidung haben Sie für sich getroffen. Man hat sie Ihnen nicht abgezwungen. Sie haben sie selbst getroffen. Sie, Sandy. Eines Tages haben Sie sich im Spiegel angeschaut und gedacht: ›Hallo, ich da, von jetzt an werde ich die Welt so nehmen, wie ich sie vorfinde. Für Britannien werde ich dabei das Bestmögliche herausholen, genau das wird meine Pflicht sein. Ganz egal, ob ich damit einigen der abscheulichsten Regime auf diesem Erdball in die Hände spiele, ich werde trotzdem meine Pflicht tun.‹« Sie bietet ihm Zucker an. Er lehnt stumm ab. »Und daher können wir uns leider nicht einigen, nicht wahr? Ich möchte protestieren. Und Sie möchten, dass ich meinen Kopf neben Ihren in den Sand stecke. Was der einen Pflicht, ist des anderen blinder Fleck. Nichts Neues.«

»Und Justin?«, spielt Woodrow seine letzte Karte nutzlos aus. »Wie passt er ins Bild, frage ich mich?«

Tessa erstarrt, als vermute sie eine Falle. »Justin ist Justin«, antwortet sie argwöhnisch. »Er hat seine Wahl getroffen, so wie ich die meine.«

»Und Bluhm ist Bluhm, nehme ich an.« Von Eifersucht und Wut getrieben, kann Woodrow das Spotten nicht lassen, obwohl er sich geschworen hat, den Namen auf keinen Fall zu erwähnen. Tessa ihrerseits ist gewillt, die Bemerkung einfach zu überhören. Sie reißt sich mit eiserner Disziplin zusammen, beißt die Lippen aufeinander und wartet, dass er sich weiter lächerlich macht. Was er denn auch tut. Und zwar gehörig. »Sie meinen nicht, dass Sie vielleicht Justins Karriere schaden könnten?«, fragt er von oben herab.

»Sind Sie deswegen zu mir gekommen?«

»In erster Linie, ja.«

»Und ich dachte, Sie wollten mich vor mir selbst schützen. Nun stellt sich heraus, dass Sie Justin vor mir schützen wollen. Wie ausgesprochen kameradschaftlich von Ihnen.«

»Ich hatte angenommen, Ihre und Justins Interessen wären identisch.«

Ein kurzes, freudloses Lachen zeigt, wie sehr der Ärger in ihr hochkocht. Doch anders als Woodrow verliert Tessa nicht die Beherrschung. »Meine Güte, Sandy, Sie sind wahrscheinlich die einzige Person in Nairobi, die auf so einen Gedanken kommen kann!« Sie erhebt sich, das Spiel ist aus. »Sie sollten jetzt besser gehen. Sonst kommen wir noch ins Gerede. Sie können beruhigt sein, ich werde Ihnen keine weiteren Dokumente schicken. Wir wollen doch den Reißwolf des Hochkommissars nicht zu sehr beanspruchen, oder? Am Ende kostet Sie das Karrierepunkte.«

Während er diese Szene noch einmal durchlebte, nicht zum ersten Mal in den zwölf Monaten, seit sie stattgefunden hatte, und erneut spürte, wie erniedrigt er sich gefühlt hatte und wie enttäuscht, als ihm beim Verlassen des Hauses ihr verächtlicher Blick im Rücken brannte, zog Woodrow verstohlen eine schmale Schublade des heiß geliebten Intarsientisches von Tessas Mutter auf und stöberte darin herum. Er nahm alles in die Hand, was er fand. Ich war betrunken, ich war von Sinnen, rechnete er sich als mildernden Umstand an. Ich musste einfach etwas Unbesonnenes tun. Ich wollte das Dach über meinem Kopf zum Einsturz bringen, damit ich den Himmel sehen konnte.

Ein Blatt Papier – das war alles, wonach er Ausschau hielt, während er sich hektisch durch Schubladen und Regale wühlte –, ein unbedeutendes Blatt amtlichen blauen Briefpapiers, einseitig beschrieben, und zwar von mir. Das Unsagbare wird darin in Worte gefasst, Worte, die ausnahmsweise einmal nicht herumlavieren, kein *Einerseits dies, aber andererseits kann ich nichts daran ändern* – unterzeichnet nicht mit S oder SW, sondern mit Sandy in gut lesbarer Handschrift und beinahe noch mit WOODROW in Großbuchstaben. Als wollte er der ganzen Welt und Tessa Quayle zeigen, dass ein gewisser Sandy Woodrow, Kanzleivorsteher im britischen Hochkommissariat in Nairobi, nachdem er an jenem Abend in sein Büro zurückgekehrt war, sich – ganz schüchterner Verliebter – ein großzügig bemessenes Glas Scotch neben den Ellbogen gestellt hatte und sich, von ihrer nackten Silhouette heimgesucht, einen fünfminütigen Aussetzer gestattete und in einem einzigartigen Akt kalkulierten Wahnsinns Karriere, Ehe und Familie aufs Spiel setzte, in der fehlgeleiteten Hoffnung, so sein Leben besser mit seinen Gefühlen in Einklang zu bringen.

Und, nachdem das Unerhörte geschrieben war, hatte er den besagten Brief in einen Briefumschlag Ihrer Majestät gesteckt und ihn mit seiner whiskyfeuchten Zunge versiegelt. Er hatte ihn sorgsam adressiert und – die innere Stimme der Vernunft ignorierend, die ihn beschwor, eine Stunde zu warten, einen Tag, ein ganzes Leben, lieber noch einen Scotch zu trinken, Heimaturlaub zu beantragen oder den Brief wenigstens erst morgen früh abzuschicken, nachdem er eine Nacht darüber geschlafen hatte –, hatte ihn nach oben zur Poststelle des Hochkommissariats getragen. Der einheimische Angestellte, ein Kikuyu namens Jomo – benannt nach dem großen Kenyatta –, sah keinen Anlass, sich zu fragen, warum wohl der Leiter der Kanzlei einen selbst überbrachten Brief mit der Aufschrift »Persönlich« an die nackte Silhouette der schönen jungen Frau eines Kollegen und Untergebenen schicken wollte. Er warf den Brief umstandslos in einen Sack mit der Aufschrift NAIROBI, NICHT GEHEIM und rief ihm ein unterwürfiges »Nacht, Mr Woodrow, Sir« hinterher.

* * *

Alte Weihnachtskarten.

Alte Einladungen, auf denen Tessa das »Nein« angekreuzt hatte. Andere waren mit dem emphatischeren Kommentar »Nie im Leben« versehen.

Alte Gute-Besserungs-Karten von Ghita Pearson mit Abbildungen indischer Vögel.

Eine Rolle Geschenkband, ein Weinkorken, ein Packen Diplomaten-Visitenkarten, zusammengehalten von einer Büroklammer.

Aber kein kleiner Bogen amtlichen blauen Briefpapiers, der mit einem auftrumpfend hingekritzelten »Ich liebe dich, ich liebe dich, ich liebe dich, Sandy« endete.

Woodrow schlich schnell an den verbliebenen Borden entlang, schlug wahllos Bücher auf, öffnete Schmuckkästchen, gab sich geschlagen. Reiß dich zusammen, Mann, beschwor er sich, entschlossen, dem Fehlschlag etwas Gutes abzugewinnen. Na schön: kein Brief. Warum *sollte* da auch einer sein? Bei *Tessa*? Nach *zwölf Monaten*? Hatte ihn wahrscheinlich am selben Tag noch in den Papierkorb gestopft. Eine Frau wie sie, zwanghafte Flirterin, der Ehemann ein Schlappschwanz. Die hatte wahrscheinlich zweimal im Monat einen Antrag gekriegt. Dreimal! Einmal in der Woche! Täglich! Er schwitzte. In Afrika brach ihm der Schweiß in schmierigen Strömen aus, trocknete dann wieder. Er stand leicht vorgebeugt da, ließ ihn herunterrinnen, lauschte.

Was macht der verdammte Kerl da oben? Was schleicht er da herum? Private Unterlagen, hatte er gesagt. Anwaltskorrespondenz. Was für Unterlagen bewahrte sie da oben auf, die zu privat waren fürs Erdgeschoss? Das Telefon im Salon klingelte. Es musste schon die ganze Zeit über geklingelt haben, seit sie das Haus betreten hatten, doch ihm wurde es erst jetzt bewusst. Journalisten? Liebhaber? Wen kümmert's? Er ließ es klingeln. Er rief sich die Raumaufteilung im Obergeschoss seines eigenen Hauses in Erinnerung und schloss auf die Räume in diesem. Justin befand sich direkt über ihm, links von der Treppe, von unten aus gesehen. Dort war das Ankleidezimmer, da das Bad und da das Elternschlafzimmer. Von Tessa wusste er, dass sie das Ankleidezimmer zum Arbeitszimmer umfunktioniert hatte. *Nicht nur Männer haben ihre Höhlen, Sandy. Wir Mädels haben auch welche,* hatte sie in provozierendem Ton zu ihm gesagt, als wollte sie ihm die Funktionen einzelner Körperteile erklären. Der Rhythmus änderte sich. Jetzt sammelst du irgendwelches Zeug im Zimmer ein. Was für Zeug? *Dokumente, die uns beiden teuer sind.* Mir unter Umständen auch, dachte Woodrow, und im Rückblick auf seine Torheit wurde ihm ein wenig übel.

Plötzlich fand er sich am Fenster zum Garten wieder, schob den Vorhang beiseite und erblickte Girlanden von Blütensträuchern, Justins ganzer Stolz an jedem »Tag der offenen Tür« für die rangniederen Mitarbeiter, wenn er Erdbeeren mit Sahne und kalten Weißwein servierte und eine Führung durch sein Elysium veranstaltete. »Ein Jahr Gartenarbeit in Kenia ist so viel wert wie zehn Jahre in England«, pflegte er auf seinen komischen kleinen Wallfahrten durch die Kanzlei zu behaupten, wenn er Blumen an die Jungs und Mädels verteilte. Recht bedacht, war es das einzige Thema, bei dem man ihn je prahlen hörte. Woodrow spähte seitlich den Hang entlang. Das Haus der Quayles lag nicht weit von seinem entfernt. So wie der Hügel verlief, konnte man am Abend die Lichter des anderen sehen. Sein Blick blieb an dem Fenster hängen, an dem er allzu oft gestanden und hier herüber gestarrt hatte. Mit einem Mal war er den Tränen so nah wie nie zuvor. Ihre Haare streiften sein Gesicht. Er konnte in ihren Augen schwimmen und ihr Parfüm und den Duft nach warmem, süßem Gras riechen, den sie verströmte, wenn man zu Weihnachten im

Muthaiga Club mit ihr tanzte und rein zufällig mit der Nase in ihre Haare geriet. Es sind die Vorhänge, begriff er, während er hartnäckig mit den Tränen kämpfte. Sie haben ihren Duft bewahrt, und ich stehe direkt daneben. Einem Impuls folgend, ergriff er den Vorhang mit beiden Händen, um sein Gesicht darin zu vergraben.

»Danke, Sandy. Tut mir Leid, dass Sie warten mussten.«

Er fuhr herum, ließ den Vorhang fallen. Justin stand in der Tür und wirkte so verstört, wie Woodrow sich fühlte. Er hielt eine orangefarbene, wurstförmige Gladstone-Tasche aus Leder im Arm, prall gefüllt und ziemlich abgeschabt, mit Messingschrauben, Messingecken und Messingvorhängeschlössern an beiden Enden.

»Alles geregelt, alter Junge? Ehrenschuld beglichen?«, fragte Woodrow, noch etwas verwirrt, doch als guter Diplomat sofort wieder in der Lage, Charme zu versprühen. »*Sehr* schön. Das wär's dann also. Und Sie haben alles gefunden, weswegen Sie hergekommen sind?«

»Ich glaube schon. Ja. Mehr oder weniger.«

»Sie klingen unsicher.«

»Tatsächlich? War nicht beabsichtigt. Die gehörte ihrem Vater«, erläuterte er mit Blick auf die Tasche.

»Sieht eher aus wie die von 'nem Abtreibungsarzt«, sagte Woodrow bemüht kumpelhaft.

Er fragte, ob er ihm helfen könne, doch Justin zog es vor, seine Beute selbst zu tragen. Woodrow stieg in den Transporter, Justin kletterte hinterher und setzte sich, ohne die alten ledernen Tragegriffe auch nur einen Moment loszulassen. Die höhnischen Rufe der Journalisten drangen durch die dünnen Wagenwände:

»Glauben Sie, dass Bluhm es ihr besorgt hat, Mr Quayle?«

»He, Justin, mein Verleger bietet Kohle ohne Ende.«

Aus Richtung des Hauses glaubte Woodrow trotz des klingelnden Telefons ein Baby weinen zu hören, dann erkannte er, dass es Mustafa war.

Drittes Kapitel

Die Presseberichte über Tessas Ermordung waren zunächst nicht halb so verheerend, wie Woodrow und sein Hochkommissar befürchtet hatten. Arschlöcher, die genau wissen, wie man aus einer Mücke einen Elefanten macht, bemerkte Coleridge umsichtig, sind offenbar ebenso gut in der Lage, aus einem Elefanten eine Mücke zu machen. Was sie anfangs auch taten. »Mord im Busch. Frau eines britischen Gesandten fällt Killern zum Opfer«, waren die ersten Meldungen überschrieben, und mit dieser gesunden Haltung, von den seriösen Blättern etwas feiner, vom Boulevard etwas gröber formuliert, leisteten sie der kritischen Öffentlichkeit gute Dienste. Die wachsenden Gefahren, denen Entwicklungshelfer in aller Welt ausgesetzt sind, wurden hervorgehoben. Scharfe Kommentare beklagten das Unvermögen der Vereinten Nationen, die eigenen Leute zu schützen und wiesen auf die steigenden Kosten für humanitäre Helfer hin, die mutig genug seien, ihr Leben aufs Spiel zu setzen. Es gab aufgeregte Spekulationen über gesetzlose Eingeborene, die es auf Menschenfleisch abgesehen hätten, über rituelle Tötungen, Hexerei und den grausigen Handel mit Menschenhäuten. Um die Existenz umherziehender Banden, illegale Einwanderer aus dem Sudan, aus Somalia und Äthiopien wurde viel Aufhebens gemacht. Gar keins dagegen um die unwiderlegbare Tatsache, dass Tessa und Bluhm unter den Augen von Gästen und Belegschaft in der Nacht vor ihrem Tod eine Hütte miteinander geteilt hatten. Bluhm war ein »belgischer Entwicklungshelfer« – korrekt – »ein fachärztlicher Berater der Vereinten Nationen« – falsch – »ein Experte für Tropenkrankheiten« – falsch –, und es wurde befürchtet, er sei von den Mördern zwecks Erpressung von Lösegeld verschleppt oder schon getötet worden.

Was den erfahrenen Dr. Arnold Bluhm und seinen jungen, schönen Schützling miteinander verband, war ihr humanitäres Engagement, ihr Einsatz für die Armen. Mehr nicht. Noah schaffte es nur bis in die ersten Meldungen und starb dann ein zweites Mal. Schwarzes Blut ist, wie jeder Zeitungsvolontär weiß, keine Nachricht, aber eine Enthauptung ist immerhin eine Erwähnung wert. Die Scheinwerfer waren erbarmungslos auf Tessa gerichtet, das High-Society-Mädchen, das zur Oxbridge-Anwältin wurde, die Prinzessin Diana der Armen Afrikas, die Mutter Teresa der Slums von Nairobi und der Engel des diplomatischen Diensts, der nicht wegschauen wollte. Ein Leitartikel im *Guardian* machte viel Gewese darum, dass die »Diplomatin [sic] des Neuen Jahrtausends« ihren Tod ausgerechnet in der Nähe von Leakeys Wiege der Menschheit gefunden hatte, und zog daraus den beunruhigenden Schluss, wir alle könnten – auch wenn es Veränderungen im Verhältnis der Rassen geben mochte – die tiefen Brunnen der Barbarei nicht ergründen, die sich in der Finsternis unserer Herzen auftäten. Der Beitrag büßte etwas von seiner Überzeugungskraft dadurch ein, dass ein mit den afrikanischen Verhältnissen offenbar wenig vertrauter Redakteur Tessas Ermordung vom Turkanasee an die Ufer des Tanganjikasees verlegte.

Es gab jede Menge Fotos von ihr. Das fröhliche Baby Tessa in den Armen ihres Vaters, des Richters, ein Bild aus der Zeit, da Seine Ehren noch ein bescheidener Anwalt war, der sich mit lumpigen anderthalb Millionen pro Jahr durchs Leben schlagen musste. Die zehnjährige Tessa in ihrer Höhere-Töchter-Schule mit Zöpfen und Reithosen, im Hintergrund das brave Pony. (Obwohl ihre Mutter eine italienische Contessa war, hatten sich die Eltern, wie lobend erwähnt wurde, klugerweise für eine englische Erziehung entschieden.) Tessa als goldiger Teenager im Bikini, ihr unversehrter Hals vom Bildredakteur kunstvoll hervorgehoben. Tessa mit keck aufgesetztem Barett, akademischem Talar und Minirock. Tessa im lächerlichen Aufzug der britischen Anwaltschaft, in die Fußstapfen des Vaters tretend. Tessa an ihrem

Hochzeitstag, daneben der alte Eton-Schüler Justin mit seinem unverkennbaren Eton-Lächeln.

Was Justin betraf, so zeigte sich die Presse ungewöhnlich zurückhaltend, teils, weil sie das strahlende Bild der Heldin des Monats nicht trüben wollte, teils, weil es herzlich wenig über ihn zu sagen gab. Justin war einer der »loyalen Beamten im mittleren Dienst des Außenministeriums« – soll heißen: Bürohengst –, ein »in die diplomatische Tradition hineingeborener« langjähriger Junggeselle, der vor seiner Ehe die Fahne in einigen der unpopulärsten Krisenherden der Welt hochgehalten hatte, darunter Aden und Beirut. Kollegen wussten sich lobend über seine Kaltblütigkeit in schwierigen Situationen zu äußern. In Nairobi hatte er ein »modern ausgerüstetes internationales Forum« zu Entwicklungsfragen geleitet. Niemand gebrauchte das Wort »Abstellgleis«. Nicht unkomisch war, dass es außer den Hochzeitsbildern offenbar kaum Fotos von ihm gab. Ein »Familienschnappschuss« zeigte einen umwölkten, in sich gekehrten Jüngling, der, im Nachhinein betrachtet, schon damals zu früher Witwerschaft ausersehen schien. Dieses Bild stammte, wie Justin auf Drängen seiner Gastgeberin enthüllte, aus einem Gruppenfoto des Etonschen Rugbyteams.

»Ich wusste ja gar nicht, dass Sie Rugbyspieler waren, Justin! Wie schneidig von Ihnen«, rief Gloria, die es sich zur Aufgabe gemacht hatte, ihm jeden Morgen nach dem Frühstück die aus dem Hochkommissariat weitergeleiteten Beileidsbriefe und Zeitungsausschnitte zu übergeben.

»Es war kein bisschen schneidig«, erwiderte er in einem seiner seltenen Temperamentsausbrüche, die Gloria so genoss. »Ich wurde da hineingezwungen von einem ausgesprochen groben Hausaufseher, der der Ansicht war, wir wären keine Männer, bevor wir uns nicht gegenseitig den Schädel eingeschlagen hätten. Die Schule hatte kein Recht, dieses Foto freizugeben.« Dann, etwas ruhiger: »Ich bin überaus dankbar, Gloria.«

Was er überhaupt immer war, wie sie Elena berichtete: dankbar für Getränke und Mahlzeiten und für seine Gefängniszelle. Dankbar für ihre gemeinsamen Spaziergänge im Garten und die kleinen Seminare über Freilandpflanzen – besonders schmeichelhaft äußerte er sich über das weiße und violette Steinkraut, das sie *endlich* dazu hatte überreden können, sich unter dem Wollbaum auszubreiten. Dankbar für ihre Hilfe bei der Planung der bevorstehenden Beerdigung. Zu diesem Zweck hatte sie sowohl die Grabstätte als auch die Leichenhalle besichtigt, übrigens in Begleitung von Jackson, da Justin auf Londoner Geheiß von einer Ausgangssperre betroffen war, bis der Aufruhr sich gelegt hatte. Ein diesbezügliches Fax aus dem Außenministerium, an Justins Büro im Hochkommissariat adressiert und unterzeichnet mit »Alison Landsbury, Leiterin der Personalabteilung«, hatte Gloria ziemlich aus der Fassung gebracht. Sie konnte sich nicht erinnern, dass sie je zuvor in ihrem Leben so nah daran gewesen wäre, die Beherrschung zu verlieren.

»Justin, es ist einfach *empörend*, wie man Sie behandelt. ›Händigen Sie Ihre Hausschlüssel aus, bis geeignete Schritte seitens der Behörden unternommen wurden‹, ja, du meine Güte! Was denn für Behörden? Die *kenianischen* Behörden? Oder diese Plattfüße von Scotland Yard, die sich bisher noch nicht mal die Mühe gemacht haben, bei Ihnen vorzusprechen?«

»Aber Gloria, ich *bin* doch bereits in meinem Haus gewesen«, wandte Justin beschwichtigend ein. »Wozu eine Schlacht schlagen, die längst gewonnen ist? Ist die Sache mit dem Friedhof geregelt?«

»Ja, wir sollen um halb drei dort sein. Und um zwei bei ›Lees Leichenhalle‹. Eine Anzeige geht morgen an die Zeitungen.«

»Und sie wird neben Garth liegen.« – Garth, sein toter Sohn, benannt nach Tessas Vater, dem Richter.

»So nahe, wie es möglich war, mein Lieber. Unter demselben Jakarandabaum. Zusammen mit einem kleinen Afrikaner.«

»Sie sind zu liebenswürdig«, sagte er ihr zum zigsten Mal und zog sich ohne ein weiteres Wort ins Untergeschoss zu seiner Gladstone-Tasche zurück.

Die Tasche war seine Trösterin. Zweimal bereits hatte Gloria durch die Gitter seines Gartenfensters einen Blick auf ihn werfen können, wie er, den Kopf in die Hände gestützt, bewegungslos auf dem Bett saß und auf die Tasche zu seinen Füßen starrte. Ihre geheime, nur mit Elena geteilte Überzeugung war, dass sie Bluhms Liebesbriefe enthielt. Er hatte sie vor neugierigen Blicken bewahrt – nicht Sandys Verdienst – und wartete nun, bis er die

Kraft finden würde zu entscheiden, ob er sie lesen oder verbrennen sollte. Elena pflichtete Gloria bei, hielt aber Tessa für eine dumme kleine Schlampe, weil sie die Briefe aufbewahrt hatte. »Lesen und wegschmeißen, lautet meine Devise, Darling.« Als Gloria bemerkte, dass Justin kaum sein Zimmer verließ, weil er dann die Tasche unbeaufsichtigt lassen musste, schlug sie ihm vor, diese in den Weinkeller zu sperren – ein Verschlag, der sich mit dem Eisengitter harmonisch in die gefängnisartige Grimmigkeit des Untergeschosses fügte.

»Und Sie behalten den Schlüssel, Justin«, verkündete sie mit großer Geste. »Hier. Und wenn Sandy eine Flasche braucht, muss er zu Ihnen kommen und drum bitten. Vielleicht trinkt er dann weniger.«

* * *

Ein Redaktionsschluss folgte dem nächsten, und Woodrow und Coleridge waren fast bereit zu glauben, ihr Damm habe gehalten. Entweder hatte Wolfgang seine Angestellten und Gäste erfolgreich zum Schweigen verdonnert, oder die Presse war so besessen vom Schauplatz des Verbrechens, dass niemand sich die Mühe machte, in der Oase zu recherchieren, versicherten sie sich gegenseitig. Coleridge persönlich wandte sich mit der dringenden Bitte an den versammelten Ältestenrat des Muthaiga Club, jeglichem Tratsch im Namen der englisch-kenianischen Solidarität einen Riegel vorzuschieben. Woodrow richtete eine ähnliche Predigt an die Mitarbeiter des Hochkommissariats. Was immer wir insgeheim glauben mögen, beschwor er sie, wir dürfen nichts tun, was das Feuer schüren könnte, und seine weisen, mit großem Ernst vorgebrachten Worte verfehlten ihre Wirkung nicht.

Doch sie hatten sich nur etwas vorgemacht, wie Woodrow im Grunde seines rationalen Herzens von Anfang an gewusst hatte. Als der Presse gerade die Puste ausging, brachte eine belgische Zeitung eine Titelgeschichte, in der Tessa und Bluhm einer »leidenschaftlichen Liaison« bezichtigt wurden; als Beweise dienten eine Kopie aus dem Gästebuch der Oase sowie Augenzeugenberichte, denen zufolge das Liebespaar am Vorabend von Tessas

Ermordung in intimer Zweisamkeit zu Abend gegessen hatte. Das war ein gefundenes Fressen für die britischen Sonntagszeitungen: Über Nacht wurde Bluhm zum Prügelknaben der Fleet Street. Bisher war er Dr. med. Arnold Bluhm gewesen, kongolesischer Adoptivsohn eines im Bergbau reich gewordenen belgischen Ehepaares, ausgebildet in Kinshasa, Brüssel und an der Sorbonne, mönchisch lebender Arzt, in allen Kriegsgebieten heimisch, selbstloser Menschenretter von Algier. Von nun an war er Bluhm, der Verführer. Bluhm, der Ehebrecher. Bluhm, der Fanatiker. Eine Seite-drei-Reportage über die mörderischen Ärzte der Geschichte zeigte Fotos von Bluhm und O. J. Simpson unter der eingängigen Überschrift »Welcher Zwilling ist der Doktor?«. Für diesen Typ Zeitungsleser wurde Bluhm bald zum Inbegriff des schwarzen Killers. Er hatte die Frau eines Weißen umgarnt, ihr die Kehle durchgeschnitten, den Fahrer geköpft und war in den Busch geflüchtet, um nach einem neuen Opfer Ausschau zu halten oder zu tun, was immer diese Salonschwarzen machen, wenn sie erst einmal ihre Urinstinkte wieder entdeckt haben. Um den Vergleich noch sinnfälliger zu machen, hatte man Bluhms Bart wegretuschiert.

Den ganzen Tag lang hielt Gloria das Schlimmste von Justin fern, da sie befürchtete, es werde ihn aus dem Gleichgewicht bringen. Er bestand jedoch darauf, alles zu sehen, und zwar ungeschminkt. So wurde es Abend. Doch schließlich rang sie sich vor Woodrows Rückkehr durch. Sie schenkte Justin ein Glas Whiskey ein und trug widerwillig den ganzen reißerischen Stapel zu ihm hin. Beim Betreten seines Kerkers war sie hell empört, ihren Sohn Harry vorzufinden, der Justin am wackligen Kiefernholztisch gegenüberhockte, beide mit konzentriertem Stirnrunzeln über ein Schachspiel gebeugt. Eine Welle der Eifersucht erfasste sie.

»Harry, Schatz, das ist *äußerst* rücksichtslos von dir, den armen Mr Quayle zum *Schachspielen* zu nötigen, wenn –«

Aber Justin fiel ihr ins Wort. »Ihr Sohn hat einen überaus beweglichen Verstand, Gloria«, versicherte er. »Sandy wird sich noch umgucken, glauben Sie mir.« Er nahm ihr den Zeitungsstapel ab, setzte sich lustlos damit aufs Bett und blätterte ihn kurz durch. »Arnold ist sich über unsere Vorurteile sehr wohl im Klaren, wissen Sie«, fuhr er im selben beiläufigen Ton fort. »Falls er noch am Leben ist, wird er kaum überrascht sein. Und falls nicht, kann es ihm egal sein, stimmt's?«

Aber die Presse hatte noch einen weiteren Pfeil im Köcher, tödlicher, als Gloria es sich in ihren schlimmsten Träumen hätte vorstellen können.

* * *

Unter den etwa ein Dutzend kleinen, mehr oder weniger im Einmannbetrieb hergestellten und vertriebenen örtlichen Blättchen, die das Hochkommissariat abonniert hatte, gab es eins, das ein besonders bemerkenswertes Talent an den Tag legte, nicht unterzugehen. Es nannte sich, ganz schmucklos, AFRIKA KORRUPT, und seine publizistische Strategie – falls dieser Ausdruck anwendbar war auf die ungestümen Impulse, von denen es angetrieben schien – bestand darin, Schlamm aufzuwühlen ohne Rücksicht auf Rasse, Hautfarbe, Wahrheit oder deren Konsequenzen. Angebliche Fälle von Diebstahl, begangen von Ministern und Bürokraten der Regierung Moi, wurden darin ebenso angeprangert wie der »gaunerische und korrupte Lebensstil« von Entwicklungshilfe-Bürokraten.

Das fragliche Blatt – hinfort als Ausgabe 64 bekannt – war jedoch keinem derartigen Thema gewidmet. Es war ein einzelner, beidseitig bedruckter, grellrosa Papierbogen von fast einem Quadratmeter Größe. Zusammengefaltet passte er bequem in die Jackentasche. Ein dicker schwarzer Rand signalisierte, dass die anonymen Herausgeber der Ausgabe 64 trauerten, und die Schlagzeile bestand aus dem einzelnen Wort TESSA in schwarzen, zehn Zentimeter großen Buchstaben. Ein Exemplar davon wurde Woodrow am Samstag nachmittag von niemand Geringerem überbracht als dem kränklichen, ungehobelten, bebrillten, schnauzbärtigen Zweimetermann Tim Donohue persönlich. Es klingelte an der Haustür, als Woodrow gerade mit den Jungen im Garten Cricket spielte. Gloria, normalerweise eine unermüdliche Wicket-Hüterin, kämpfte im Obergeschoss mit Kopfschmerzen; Justin hatte sich unter Deck verzogen und saß bei geschlossenen Vorhängen in seiner Zelle. Woodrow lief ins Haus und spähte, eine journalistische List argwöhnend, durch den Spion. Vor der

Tür aber stand Donohue, ein verlegenes Grinsen auf dem langen, traurigen Gesicht, und wedelte mit etwas, das aussah wie eine rosafarbene Serviette.

»Tut mir schrecklich Leid zu stören, alter Junge. Heiliger Samstag und so weiter. Scheint aber, als sei die sprichwörtliche Kacke ein wenig am Dampfen.«

Mit unverhohlenem Widerwillen führte Woodrow ihn in den Salon. Was um Himmels willen führt der Kerl jetzt wieder im Schilde? Wo wir schon dabei sind, was um Himmels willen führt er *überhaupt* im Schilde? Woodrow hatte die »Freunde«, wie man die Spione im Außenministerium herzlos nannte, noch nie gemocht. Donohue war nicht gewandt, hatte weder besondere sprachliche Fähigkeiten noch Charme. Allem Anschein nach war sein Haltbarkeitsdatum abgelaufen. Seine Tage schien er mit den sehr viel beleibteren Mitgliedern der Nairobier Geschäftswelt auf dem Golfplatz zu verbringen, seine Abende beim Bridge. Dennoch lebte er auf beachtlich großem Fuß, in einem prächtigen Haus mit vier Dienern und einer verblühten Schönheit namens Maud, die genauso krank aussah wie er. Bildete Nairobi seine Sinekure? Hatten sie ihn am Ende einer glanzvollen Karriere hierher in die Wüste geschickt? Woodrow hatte gehört, dass die »Freunde« derlei zu tun pflegten. Seiner Einschätzung nach war Donohue nichts als überflüssiger Ballast in einem Beruf, der per definitionem parasitär und veraltet war.

»Einer meiner Jungs hat sich zufällig ein bisschen auf dem Marktplatz herumgetrieben«, erklärte Donohue. »Ein paar Typen haben dort diese Flugblätter verteilt und sich dabei irgendwie verdächtig benommen. Also hat mein Mann sich gedacht: Da nehm ich doch auch gleich eins mit.«

Die Titelseite vereinte drei Nachrufe auf Tessa, angeblich verfasst von drei afrikanischen Freundinnen. Alle im gleichen afroenglischen Kauderwelsch: ein bisschen von der Kanzel, ein bisschen Volkes Stimme, ein paar entwaffnende Gefühlsaufwallungen. Tessa, so brachte es jede der Schreiberinnen auf ihre eigene Weise zum Ausdruck, hatte mit der Tradition gebrochen. Durch ihren Reichtum, ihre Herkunft, ihre Ausbildung und ihr Aussehen schien sie dazu bestimmt, mit den ärgsten der weißen Suprematen von Kenia zu tanzen und zu feiern. Stattdessen vertrat sie das genaue Gegenteil all dessen, wofür diese standen. Tessa revoltierte gegen ihre Klasse, ihre Rasse, gegen alles, was sie einengte, sei es ihre Hautfarbe, seien es die Vorurteile der ihr sozial Gleichgestellten oder die Ketten einer konventionellen Diplomatenehe.

»Wie hält Justin sich denn so?«, fragte Donohue, während Woodrow las.

»Ach, danke, eigentlich ganz gut.«

»Hab gehört, er war neulich in seinem Haus.«

»Soll ich das nun lesen oder nicht?«

»Ganz schön starke Beinarbeit, alter Junge, wie ihr die Raubtiere da vor der Tür ausgespielt habt, ich muss schon sagen. Sie sollten zu uns überwechseln. Ist er da?«

»Ja, empfängt aber keine Besucher.«

So wie Afrika zu Tessa Quayles Wahlheimat geworden war, las Woodrow, hatte sie die Sache der Frauen Afrikas zu ihrer Religion gemacht.

TESSA KÄMPFTE FÜR UNS, AUF WELCHEM SCHLACHTFELD AUCH IMMER, GEGEN WELCHE TABUS AUCH IMMER. SIE KÄMPFTE FÜR UNS AUF VORNEHMEN SEKTEMPFÄNGEN, VORNEHMEN DINNERPARTYS UND ALLEN ANDEREN VORNEHMEN VERANSTALTUNGEN, ZU DENEN SIE LEICHTSINNIGERWEISE EINGELADEN WAR, UND IHRE BOTSCHAFT WAR IMMER DIESELBE. NUR DIE EMANZIPATION DER AFRIKANISCHEN FRAU KANN UNS VOR DER DUMMHEIT UND DER KORRUPTION UNSERER MÄNNER RETTEN. UND ALS TESSA ENTDECKTE, DASS SIE SCHWANGER WAR, BESTAND SIE DARAUF, IHR AFRIKANISCHES KIND IM KREISE DER AFRIKANISCHEN FRAUEN ZU BEKOMMEN, DIE SIE LIEBTE.

»O mein Gott«, rief Woodrow leise aus.

»Im Grunde das, was ich auch gedacht habe«, stimmte Donohue zu.

Der letzte Absatz war in Großbuchstaben gedruckt. Mechanisch las Woodrow weiter.

GOODBYE MAMA TESSA. WIR SIND DIE KINDER DEINES MUTES. DANKE, DANKE, MAMA TESSA, FÜR DEIN LEBEN. VIELLEICHT

LEBT ARNOLD BLUHM NOCH, ABER DU BIST ZWEIFELLOS TOT. FALLS DIE BRITISCHE KÖNIGIN ORDEN AUCH POSTUM VERLEIHT, DANN WOLLEN WIR HOFFEN, DASS SIE, ANSTATT HERRN PORTER COLERIDGE FÜR SEINE VERDIENSTE UM DIE BRITISCHE SELBSTGEFÄLLIGKEIT ZUM RITTER ZU SCHLAGEN, DIR DAS VIKTORIAKREUZ ZUERKENNT, MAMA TESSA, TEURE FREUNDIN, FÜR DEINE AUSSERGEWÖHNLICHE TAPFERKEIT ANGESICHTS POSTKOLONIALER BORNIERTHEIT.

»Das Beste steht eigentlich auf der Rückseite«, sagte Donohue.
Woodrow drehte das Blatt um.

†

MAMA TESSAS AFRIKANISCHES BABY

TESSA QUAYLE BRACHTE SICH STETS MIT LEIB UND SEELE DORT EIN, WO IHRE ÜBERZEUGUNGEN SIE HINFÜHRTEN. GLEICHES ERWARTETE SIE AUCH VON ANDEREN. ALS TESSA IM UHURU-KRANKENHAUS VON NAIROBI LAG, BESUCHTE IHR SEHR ENGER FREUND DR. ARNOLD BLUHM SIE JEDEN TAG UND, EINIGEN BERICHTEN ZUFOLGE, AUCH BEINAHE JEDE NACHT. ER BRACHTE SICH SOGAR EIN FELDBETT MIT, SO DASS ER NEBEN IHR IN IHREM KRANKENZIMMER SCHLAFEN KONNTE.

Woodrow faltete das Flugblatt zusammen und steckte es in die Tasche. »Das bring ich mal eben bei Porter vorbei, wenn's Ihnen recht ist. Ich darf es doch behalten?«
»Gehört Ihnen, alter Junge. Mit Empfehlungen der Firma.«
Woodrow bewegte sich auf die Tür zu, doch Donohue machte keine Anstalten, ihm zu folgen.
»Kommen Sie?«, fragte Woodrow.
»Dachte, ich bleib noch ein bisschen, wenn Sie nichts dagegen haben. Wollte dem armen Justin meine Aufwartung machen. Wo ist er? Oben?«
»Und ich dachte, wir wären uns einig, dass Sie das nicht tun.«
»Waren wir? Oh, kein Problem. Ein andermal. Ihr Haus, Ihr Gast. Sie haben nicht zufällig auch Bluhm hier irgendwo versteckt?«

»Seien Sie nicht albern.«

Unbeirrt hüpfte Donohue an Woodrows Seite, federte in den Knien, machte sich einen Spaß daraus. »Soll ich Sie mitnehmen? Liegt praktisch auf dem Weg. Dann brauchen Sie Ihr Auto nicht rauszuholen. Zu heiß, um zu Fuß zu gehen.«

Da er noch immer halb befürchtete, Donohue würde zurückschleichen, um es erneut bei Justin zu versuchen, nahm Woodrow das Angebot an und sah dann dem Wagen nach, bis er hinter dem Hügel verschwand. Porter und Veronica Coleridge saßen im Garten und sonnten sich, hinter sich die Villa des Hochkommissars im Landhausstil, vor sich den makellosen Rasen und die von Unkraut befreiten Blumenbeete, die dem Garten jedes reichen Börsenmaklers alle Ehre gemacht hätten. Coleridge saß in der Hollywoodschaukel und studierte Dokumente aus einem Aktenkoffer. Seine blonde Frau Veronica, in kornblumenblauem Kleid und einen verdrückten Strohhut auf dem Kopf, lag ausgestreckt auf dem Gras neben einem gepolsterten Laufgitter. Darin rollte ihre Tochter Rosie auf dem Rücken hin und her und bewunderte durch die Lücken zwischen ihren Fingern das Blattwerk einer Eiche, während Veronica ihr etwas vorsummte. Woodrow überreichte Coleridge das Flugblatt und wartete auf die fälligen Kraftausdrücke. Aber nichts kam.

»Wer liest diesen Mist?«

»Jeder Schreiberling in der Stadt, würde ich meinen«, sagte Woodrow dumpf.

»Worauf stürzen die sich als nächstes?«

»Das Krankenhaus«, erwiderte er beklommen.

Zusammengesunken in einem der Kordsessel in Coleridges Arbeitszimmer lauschte Woodrow mit einem Ohr den gesetzten Worten, die dieser mit seinem verhassten Vorgesetzten in London über das abhörsichere Telefon wechselte, das er im Schreibtisch verschlossen aufbewahrte. Doch vor Augen stand ihm jener Traum, den er bis an sein Lebensende nicht würde abschütteln können, wie sein weißer Körper im Tempo eines Kolonialherrn die langen, überfüllten Flure des Uhuru-Krankenhauses durchschritt und allenfalls kurz stehen blieb, um irgendeinen Uniformierten nach der richtigen Treppe, dem richtigen Stockwerk, der richtigen Station, der richtigen Patientin zu fragen.

»Pellegrin, der Arsch, sagt, wir sollen alles unter den Teppich kehren«, verkündete Porter Coleridge und knallte den Hörer auf die Gabel. »Schnell und so gründlich wie möglich. Unter den größten verdammten Teppich, den wir finden können. Typisch.«

Durchs Fenster beobachtete Woodrow, wie Veronica Rosie aus dem Laufgitter hob und mit ihr auf dem Arm ins Haus ging. »Ich dachte, wir wären längst dabei«, protestierte er, noch immer in seinen Traum versunken.

»Was Tessa in ihrer Freizeit gemacht hat, war allein ihre Sache. Das gilt auch für alles, was sie mit Bluhm oder für irgendwelche wohltätigen Zwecke getrieben hat. Unter der Hand, und nur, wenn wir gefragt werden: Wir haben ihre Kreuzzüge respektiert, hielten sie aber für unzureichend fundiert und spleenig. Aber wir geben keine Kommentare ab zu unverantwortlichen Behauptungen der Sensationspresse.« Eine Pause, in der er mit seinem Selbstekel rang. »Und wir sollen durchblicken lassen, sie sei verrückt gewesen.«

»Warum, um alles in der Welt?« Woodrow war mit einem Schlag hellwach.

»Es ist nicht unsere Sache, uns das zu fragen. Der Tod ihres Babys hat sie aus der Bahn geworfen, aber sie war schon vorher labil. Sie ist in London zu einem Seelenklempner gegangen, was es glaubwürdiger macht. Die Sache stinkt mir außerordentlich. Wann ist die Beerdigung?«

»Frühestens Mitte nächster Woche.«

»Eher geht es nicht?«

»Nein.«

»Warum nicht?«

»Wir warten auf den Obduktionsbericht. Und für Beerdigungen muss man einen Termin vereinbaren.«

»Sherry?«

»Nein, danke. Ich sollte wohl besser heimwärts traben.«

»Das Ministerium wünscht die Formulierung ›schwer geprüft‹. Sie war unser Kreuz, aber wir haben es tapfer getragen. Kriegen Sie das hin, schwer geprüft zu erscheinen?«

»Ich glaube nicht.«

»Ich auch nicht. Ich finde es absolut zum *Kotzen.*«

Die Worte waren ihm so schnell entwischt, so aufrührerisch

und entschlossen, dass Woodrow für einen Moment zweifelte, ob er recht gehört hatte.

»Pellegrin, der Mistkerl, sagt, das sei eine absolut verbindliche Richtlinie«, fuhr Coleridge im Ton beißender Verachtung fort. »Keine Zweifler, keine Abweichler. Können Sie damit umgehen?«

»Ich denke schon.«

»Wie schön von Ihnen. *Ich* weiß nicht, ob ich es kann. Sämtliche Äußerungen von ihr – von ihr und Bluhm, gemeinsam oder einzeln – egal wem gegenüber – Sie und ich eingeschlossen – und egal, über was, Hummeln oder Bienen, die sie unterm Hintern hatte – Angelegenheiten aus Tierreich, Pflanzenwelt, Politik *oder Pharmazie*« – eine unerträglich lange Pause, in der Coleridges Blick mit der Glut eines Häretikers auf ihm ruhte, der zum gemeinsamen Verrat auffordert – »liegen außerhalb unserer Zuständigkeit und wir wissen absolut nichts davon. Hab ich mich klar ausgedrückt, oder soll ich's Ihnen noch mal mit Geheimtinte an die Wand schreiben?«

»Sie haben sich klar ausgedrückt.«

»Pellegrin hat sich nämlich *sehr* klar ausgedrückt. Kein bisschen unklar.«

»Nun, das hätte ich auch nicht angenommen.«

»Haben wir Kopien gemacht von dem Zeug, das sie Ihnen nie gegeben hat? Das wir nie gesehen, nie in den Händen gehabt und schon gar nicht an unser porentief reines Gewissen rangelassen haben?«

»Alles, was sie uns gegeben hat, ist an Pellegrin gegangen.«

»Wie schlau von uns. Und Sie sind guten Mutes, Sandy? Immer schön Kopf hoch, auch wenn die Zeiten hart sind und Tessas Ehemann bei Ihnen im Gästezimmer hockt?«

»Ich denke, ja. Wie ist es mit Ihnen?«, fragte Woodrow, der seit einiger Zeit, von Gloria ermutigt, die wachsenden Unstimmigkeiten zwischen Coleridge und London wohlgefällig beobachtete und sich fragte, wie er sie sich am besten zunutze machen könnte.

»Bin mir nicht sicher, ob ich wirklich guten Mutes bin«, antwortete Coleridge offenherziger als sonst Woodrow gegenüber. »Gar nicht sicher. Genauer gesagt, bin ich sogar mächtig unsicher, ob ich auch nur irgendwas an der Sache billigen kann. Nein, ich kann es nicht. Ich weigere mich. Zur Hölle mit Bernard

Arschloch Pellegrin und seinen Machenschaften. Und was für ein Arschloch er ist. Noch nicht mal Tennis spielen kann der Kerl. Und das werd ich ihm sagen.«

An jedem anderen Tag hätte Woodrow einen solch unzweideutigen Beweis für tief greifende Unstimmigkeiten willkommen geheißen und sein wenn auch bescheidenes Bestes getan, sie weiter zu schüren. Heute aber war seine Erinnerung an das Krankenhaus so lebhaft und hartnäckig, dass er sich ihr nicht entziehen konnte, was ihn mit Feindseligkeit gegenüber einer Welt erfüllte, die ihn gegen seinen Willen gefangen hielt.

Der Fußweg von der Residenz des Hochkommissars zu seinem Haus nahm nicht mehr als zehn Minuten in Anspruch. Unterwegs wurde er zur wandelnden Zielscheibe für bellende Hunde, bettelnde Kinder, die ihm nachliefen und »fünf Shilling, fünf Shilling« riefen, und wohlmeinende Autofahrer, die ihn mitnehmen wollten. Und doch hatte er, als er schließlich in die Auffahrt einbog, jene Stunde seines Lebens noch einmal durchlebt, die in seinem Gedächtnis brannte wie eine einzige Anklage.

* * *

Sechs Betten stehen in dem Zimmer im Uhuru-Krankenhaus, jeweils drei an einer Wand. Auf keinem liegen Decken oder Kissen. Der Fußboden ist aus Beton. Es gibt Oberlichter, aber sie sind nicht geöffnet. Obwohl es Winter ist, geht kein Luftzug, und der Gestank von Ausscheidungen und Desinfektionsmitteln ist so heftig, dass Woodrow das Gefühl hat, ihn gleichzeitig zu riechen und mit allen Poren in sich aufzunehmen. Tessa liegt im mittleren Bett an der linken Wand und hat ein Kind an der Brust. Mit Bedacht hebt er sich ihren Anblick noch auf. Die Betten neben ihr sind leer, bis auf brüchige Gummiunterlagen, die auf die Matratzen geknöpft sind. Auf der anderen Zimmerseite liegt ein sehr junges Mädchen zusammengekrümmt auf der Seite, den Kopf flach auf der Matratze, ihr nackter Arm hängt über die Bettkante. Ein Junge im Teenageralter kauert auf dem Boden dicht neben ihr, den beschwörenden Blick aus weit aufgerissenen Augen unverwandt auf ihr Gesicht gerichtet, und fächelt ihr mit einem Stück Pappe Luft zu. Daneben sitzt eine würdige alte Dame mit weißem Haar kerzengerade im Bett und liest, eine Hornbrille auf der Nase, in der Missionsbibel. Sie trägt ein baumwollenes Kangatuch von der Sorte, mit der Touristen sich gerne kostümieren. In dem dritten Bett an der rechten Wand liegt eine Frau, die einen Kopfhörer aufhat und das, was sie hört, mit mürrischer Miene begleitet. Der Schmerz hat sich ihr in das zutiefst gottesfürchtige Gesicht eingegraben. All dies nimmt Woodrow wie ein Spion zur Kenntnis, während er Tessa aus den Augenwinkeln beobachtet und sich fragt, ob sie ihn wohl bemerkt hat.

Bluhm jedenfalls hat ihn gesehen. Er hat den Kopf gehoben, sobald Woodrow mit unsicherem Schritt das Zimmer betreten hat. Er ist von seinem Platz an Tessas Bett aufgestanden, hat sich gebückt, um ihr etwas ins Ohr zu flüstern, und ist dann still auf ihn zugekommen, um seine Hand zu ergreifen und »Willkommen« zu murmeln, von Mann zu Mann. Willkommen wozu? Willkommen bei Tessa, mit Empfehlungen ihres Liebhabers? Willkommen in diesem stinkenden Höllenpfuhl der lethargisch Leidenden? Doch Woodrows einzige Antwort ist ein ehrerbietiges »Schön, Sie zu sehen, Arnold«, worauf Bluhm diskret zur Tür hinausschlüpft.

Wenn englische Frauen stillen, so tun sie das – nach Woodrows begrenzter Erfahrung mit dieser Spezies – in züchtiger Zurückhaltung. So war es auf alle Fälle bei Gloria gewesen. Sie knöpfen ihre Bluse auf, ganz wie ein Mann es tun würde, setzen dann aber alles daran zu verbergen, was sich darunter befindet. Tessa jedoch fühlt sich in der stickigen afrikanischen Luft nicht zu solcher Sittsamkeit verpflichtet. Sie ist nackt bis zur Taille, um die sie ein Kangatuch gewickelt hat, ähnlich dem der alten Frau. Das Kind hält sie an die linke Brust, die rechte ist entblößt und wartet. Ihr Oberkörper ist schmal, fast durchscheinend. Ihre Brüste sind, selbst nach der Geburt, so leicht und makellos, wie er es sich oft genug ausgemalt hat. Das Kind ist schwarz. Blauschwarz vor Tessas marmorweißer Haut. Eine winzige schwarze Hand hat die Brust gefunden, die sie nährt, und betastet sie mit unheimlicher Zuversicht, von Tessa behütet, die langsam ihre großen, grauen Augen hebt und Woodrows Blick begegnet. Er sucht nach Worten, findet aber keine. Er beugt sich, einen Bogen um das Kind machend, über sie. Die linke Hand auf das Kopfende ihres Bettes gestützt, drückt er ihr einen Kuss auf die Stirn. Zu seiner Überraschung bemerkt er ein

Notizbuch neben dem Bett, dort wo Bluhm gesessen hat. Es balanciert schräg auf einem winzigen Tisch, neben einem Glas mit abgestandenem Wasser und einigen Kugelschreibern. Es ist aufgeschlagen, und Tessa hat etwas hineingeschrieben in ihrer undeutlichen, spinnenartigen Handschrift, die nur eine schlechte Erinnerung an die in Privatschulen gelehrte Schreibschrift ist, die er bei ihr vermuten würde. Er lässt sich im Damensitz auf der Bettkante nieder, während er immer noch überlegt, was er sagen könnte. Aber es ist Tessa, die das Wort ergreift; schwach, mit einer von Medikamenten und erlittenem Schmerz erstickten Stimme, die dennoch unnatürlich beherrscht wirkt, noch immer imstande, den spöttischen Ton anzuschlagen, den sie stets für ihn bereit hat.

»Er heißt Baraka«, sagt sie. »Das bedeutet Segen. Aber das wussten Sie natürlich.«

»Guter Name.«

»Es ist nicht meiner.« Woodrow sagt nichts. »Seine Mutter kann ihn nicht selbst stillen«, erläutert sie. Sie spricht langsam und träumerisch.

»Dann ist es ein Glück für ihn, dass er Sie hat«, erwidert Woodrow artig. »Wie geht es Ihnen, Tessa? Ich habe mir schreckliche Sorgen um Sie gemacht, Sie können es sich nicht vorstellen. Es tut mir ja so Leid. Wer kümmert sich um Sie, abgesehen von Justin? Ghita und wer noch?«

»Arnold.«

»Ich meine natürlich auch abgesehen von Arnold.«

»Sie haben mal zu mir gemeint, dass ich Zufälle anziehe«, sagt sie, seine Frage ignorierend. »Indem ich mich exponiere, sorge ich dafür, dass etwas geschieht.«

»Ich habe Sie deswegen bewundert.«

»Tun Sie das noch?«

»Selbstverständlich.«

»Sie stirbt«, sagt sie, wendet den Blick von ihm ab und starrt zur anderen Seite des Zimmers. »Seine Mutter. Wanza.« Sie sieht zu der Frau mit dem baumelnden Arm hinüber und zu dem stummen Jungen, der neben ihr hockt. »Nur zu, Sandy. Wollen Sie nicht fragen, woran?«

»Woran?«, fragt er gehorsam.

»Am Leben. Der ersten Todesursache, wie die Buddhisten lehren. Überbevölkerung. Unterernährung. Leben im Dreck.« Sie wendet sich dem Kind zu. »Und Gier. Gierige Menschen in diesem Fall. Ein Wunder, dass sie dich nicht auch getötet haben. Aber das haben sie nicht, oder? Am Anfang haben sie Wanza zweimal am Tag besucht. Sie hatten Angst.«

»Wer?«

»Die Zufälle. Die Gierigen. In schönen weißen Kitteln. Sie haben sie beobachtet, sie ein bisschen gepikst, ihre Werte abgelesen, mit den Schwestern gesprochen. Inzwischen kommen sie nicht mehr.« Das Baby tut ihr weh. Sie legt es sanft zurecht und nimmt den Faden wieder auf. »Für Christus war das kein Problem. Christus konnte sich zu den Sterbenden ans Bett setzen und die magischen Worte sprechen, die Leute lebten weiter, und alle haben Beifall geklatscht. Die Zufälle konnten das nicht. Deshalb sind sie auch wieder gegangen. Sie haben sie getötet, und jetzt wissen sie die richtigen Worte nicht.«

»Die Armen«, sagt Woodrow, bewusst auf sie eingehend.

»Nein.« Sie dreht den Kopf und zuckt vor Schmerz zusammen, dann deutet sie mit einem Nicken auf die andere Seite. »Das sind die Armen. Wanza. Und der da auf dem Fußboden. Kioko, ihr Bruder. Er ist achtzig Kilometer gelaufen, von seinem Dorf bis hierher, um die Fliegen von dir fern zu halten, nicht wahr, das hat er gemacht, dein Onkel?«, sagt sie zu dem Baby, das sie sich auf den Schoß gelegt hat, und klopft ihm sanft auf den Rücken, bis es aufstößt. Sie hebt ihre andere Brust leicht an, damit das Kind besser saugen kann.

»Tessa, hören Sie.« Woodrow beobachtet, wie ihre Augen ihn abschätzig mustern. Sie kennt die Stimme. Sie kennt alle seine Stimmen. Er sieht, wie sich der Schatten des Verdachts auf ihr Gesicht legt. Sie hat mich rufen lassen, weil sie etwas von mir wollte, aber jetzt ist ihr wieder eingefallen, wer ich bin. »Tessa, bitte, hören Sie mich an. Niemand stirbt. Niemand ist umgebracht worden. Sie haben Fieber, Sie phantasieren. Sie sind furchtbar müde. Lassen Sie's gut sein. Gönnen Sie sich etwas Ruhe. Bitte.«

Sie wendet ihre Aufmerksamkeit wieder dem Kind zu, streicht ihm mit der Fingerspitze über die winzige Wange. »Du bist das Schönste, was ich je in meinem Leben berührt habe«, flüstert sie ihm zu. »Und dass du das nie vergisst.«

»Das tut er bestimmt nicht«, versichert Woodrow aus tiefstem Herzen, und der Klang seiner Stimme bringt ihr seine Anwesenheit wieder zu Bewusstsein.

»Was macht das Treibhaus?«, fragt sie – ihr Name für das Hochkommissariat.

»Wächst und gedeiht.«

»Ihr alle könntet einpacken und morgen nach Hause fahren. Es würde nicht den geringsten Unterschied machen.« Sie klingt etwas zerstreut.

»Das sagen Sie mir jedes Mal.«

»Afrika ist hier. Ihr seid dort.«

»Lassen Sie uns darüber streiten, wenn Sie wieder bei Kräften sind«, schlägt Woodrow mit seiner versöhnlichsten Stimme vor.

»Können wir das?«

»Natürlich.«

»Und Sie werden zuhören?«

»Aufmerksam wie ein Habicht.«

»Und wir werden Ihnen von den gierigen Zufällen in den weißen Kitteln erzählen. Und Sie glauben uns. Abgemacht?«

»Wir?«

»Arnold und ich.«

Die Erwähnung Bluhms bringt Woodrow auf den Boden der Tatsachen zurück. »Ich werde tun, was ich unter den gegebenen Umständen tun kann. Was es auch sein mag. Solange es im Rahmen bleibt. Versprochen. Und jetzt sehen Sie zu, dass Sie sich ein wenig ausruhen. Bitte.«

Tessa denkt darüber nach. »Er verspricht zu tun, was er unter den gegebenen Umständen tun kann«, erklärt sie dem Kind. »Solange es im Rahmen bleibt. Na dann, ein Mann, ein Wort. Wie geht's Gloria?«

»Sie nimmt großen Anteil. Hat mir liebe Grüße aufgetragen.«

Tessa seufzt erschöpft, lässt sich, das Kind noch an der Brust, in die Kissen sinken und schließt die Augen. »Dann gehen Sie heim zu ihr. Und schreiben Sie mir keine Briefe mehr«, sagt sie. »Und lassen Sie Ghita in Ruhe. Die spielt auch nicht mit.«

Er erhebt sich und wendet sich zum Gehen. Aus irgendeinem Grund erwartet er, Bluhm in der Tür stehen zu sehen, und zwar in der Haltung, die er am meisten verabscheut: lässig an den Türrahmen gelehnt, die Daumen wie ein Cowboy in den handgearbeiteten Gürtel geschoben, mit diesem strahlend weißen Grinsen, umrahmt von seinem großspurigen schwarzen Bart. Aber der Eingang ist leer, der Flur fensterlos und dunkel, wie ein Luftschutzkeller nur von einer Reihe schwacher Lampen beleuchtet. Woodrow bahnt sich den Weg an kaputten, mit reglosen Körpern beladenen Betten vorbei, der Geruch von Blut und Exkrementen steigt ihm in die Nase und vermischt sich mit dem süßlichen, an Pferde erinnernden Duft Afrikas. Und er fragt sich, ob dieser Schmutz, dieses Elend nicht Teil dessen ist, was Tessa so attraktiv für ihn macht: Mein ganzes Leben lang bin ich vor der Realität davongelaufen, Tessas wegen werde ich jetzt von ihr angezogen.

Er kommt in eine Halle voller Menschen und erblickt Bluhm, der in ein hitziges Gespräch mit einem anderen Mann vertieft ist. Zuerst hört er Bluhms Stimme – versteht allerdings nicht seine Worte –, die durchdringend und anklagend zwischen den Stahlträgern widerhallt. Dann kontert der andere Mann. Manche Menschen muss man nur einmal sehen, und sie bleiben einem ewig im Gedächtnis. Für Woodrow ist dieser andere Mann so jemand: Er ist kompakt gebaut, hat einen dicken Bauch, ein glänzendes, fleischiges Gesicht und vermittelt das Bild abgrundtiefer Verzweiflung. Sein sonnenverbrannter Schädel wird nur spärlich bedeckt von schütterem rötlichblonden Haar. Sein knospig gespitzter Mund öffnet sich zu einem Ausdruck des Flehens und der Verneinung. In seinen Augen, kugelrund vor Gekränktheit, spiegelt sich ein Grauen, das beide Männer zu teilen scheinen. Seine fleckigen Hände sind überaus kräftig, und um den Kragen seines Khakihemdes ziehen sich Schweißränder. Der Rest des Mannes ist unter einem weißen Arztkittel verborgen.

Und wir werden Ihnen von den gierigen Zufällen in den weißen Kitteln erzählen.

Woodrow geht verstohlen weiter. Er ist fast auf gleicher Höhe mit ihnen, doch keiner der beiden wendet den Kopf. Sie sind zu sehr in ihren Streit vertieft. Woodrow eilt mit schnellen Schritten unbemerkt an ihnen vorbei, und ihre lauten Stimmen verlieren sich im allgemeinen Lärm.

* * *

Donohues Wagen stand wieder in der Auffahrt, ein Anblick, der Woodrow stinkwütend machte. Er stürmte nach oben, duschte sich, zog ein frisches Hemd an und war danach noch genauso wütend wie vorher. Im Haus war es ungewöhnlich still für einen Samstag, und als er einen Blick aus dem Badezimmerfenster warf, wusste er auch warum. Donohue, Justin, Gloria und die Jungen saßen um den Gartentisch und spielten Monopoly. Woodrow verachtete alle Brettspiele, aber Monopoly gegenüber empfand er einen geradezu blinden Hass, nicht unähnlich seinen Gefühlen für die »Freunde« und alle anderen Mitglieder der britischen Geheimdienstgemeinde. Was zum Teufel fällt ihm ein, hier wieder aufzukreuzen, nachdem ich ihm erst vor ein paar Minuten gesagt habe, er solle sich gefälligst fern halten? Und was ist das für ein seltsamer Ehemann, der sich hinsetzt und fröhlich 'ne Runde Monopoly spielt, nur wenige Tage, nachdem man seine Frau abgeschlachtet hat? Hausgäste, pflegten Woodrow und Gloria das alte chinesische Sprichwort zu zitieren, sind wie Fische: Sie fangen nach drei Tagen an zu stinken. Aber für Gloria schien Justin mit jedem Tag besser zu riechen.

Woodrow ging nach unten in die Küche und blickte aus dem Fenster. Natürlich kein Personal am Samstagnachmittag. Ist doch viel schöner, wenn wir für uns sind, Darling. Nur sind wir *nicht* für uns, sondern *du* bist für *dich*. Und mit diesen zwei Männern, die um dich herumscharwenzeln, siehst du verdammt noch mal viel glücklicher aus als mit *mir*!

Draußen am Tisch war Justin gerade auf einer in fremdem Besitz befindlichen Straße gelandet und musste ein ganzes Bündel Geldscheine herausrücken, während Gloria und die Jungen vor Freude johlten und Donohue schimpfte, dies sei ja wohl auch höchste Zeit. Justin hatte seinen blöden Strohhut auf, der ihm, wie alles, was er trug, ganz ausgezeichnet stand. Woodrow füllte Wasser in den Kessel und stellte ihn auf den Gasherd. Ich werde ihnen Tee rausbringen, dann wissen sie, dass ich wieder da bin – vorausgesetzt, sie sind nicht zu sehr mit sich selbst beschäftigt. Kurz entschlossen besann er sich eines Besseren, trat forsch in den Garten hinaus und marschierte geradewegs auf den Tisch zu.

»Justin, tut mir Leid, dazwischenzufunken. Ob wir uns mal

kurz unterhalten könnten?« Und zu den anderen – meine eigene Familie starrt mich an, als hätte ich das Hausmädchen vergewaltigt: »Wollte nicht euer Spiel stören, Leute. Dauert nur ein paar Minuten. Wer gewinnt?«

»Niemand«, sagte Gloria spitz, während Donohue sein ungehobeltes Grinsen zeigte.

Die beiden Männer standen in Justins Zelle. Woodrow hätte den Garten vorgezogen, wenn er nicht besetzt gewesen wäre. So aber standen sie sich in dem trostlosen Schlafraum gegenüber, und hinter dem Gitter lag Tessas Gladstone-Tasche – die Gladstone-Tasche von Tessas *Vater*. *Mein* Weinkeller. *Sein* Scheißschlüssel. Die Tasche ihres *berühmten* Vaters. Woodrow stellte erschrocken fest, dass seine Umgebung sich veränderte, als er zu sprechen anhob. Statt des eisernen Bettgestells sah er plötzlich den Intarsientisch vor sich, den Tessas Mutter so geliebt hatte. Und dahinter den steinernen Kamin mit Einladungen obendrauf. Und auf der anderen Seite, dort wo die imitierten Holzbalken zusammenzulaufen schienen, tauchte Tessas nackte Silhouette vor der Verandatür auf. Er zwang sich zurück in die Gegenwart, und die Täuschung verschwand.

»Justin.«

»Ja, Sandy.«

Doch zum zweiten Mal innerhalb kürzester Zeit wich er der beabsichtigten Konfrontation aus. »Eine der örtlichen Flugschriften hat eine Art *liber amicorum* über Tessa veröffentlicht.«

»Wie nett von ihnen.«

»Darin steht eine Menge unzweideutiges Zeug über Bluhm. Die Andeutung, er persönlich habe ihr geholfen, das Kind zur Welt zu bringen. Und die nicht sehr diskret formulierte Folgerung, das Baby könne auch von ihm sein. Tut mir Leid.«

»Sie meinen Garth.«

»Ja.«

Justins Stimme war angespannt und klang für Woodrow ebenso unnatürlich hoch wie seine eigene. »Ja, na schön, dieser Schluss ist in den vergangenen Monaten hin und wieder gezogen worden, Sandy, und bei dem derzeitigen Klima werden wir sicher mehr dergleichen zu hören bekommen.«

Obwohl Woodrow ihm die Gelegenheit dazu gab, deutete Justin mit keinem Wort an, dass die Schlussfolgerung falsch war. Wodurch sich Woodrow genötigt sah nachzuhaken, getrieben von einer schuldbewussten inneren Macht.

»Es wird außerdem behauptet, dass Bluhm so weit ging, ein Feldbett mit ins Krankenhaus zu bringen, damit er neben ihr schlafen konnte.«

»Wir haben es uns geteilt.«

»Wie bitte?«

»Manchmal hat Arnold darauf geschlafen, manchmal ich. Wir haben uns abgewechselt, je nachdem, wie es mit unserer Arbeitszeit zu vereinbaren war.«

»Dann macht es Ihnen also nichts aus?«

»Was denn?«

»Dass man so über sie redet, dass er sich so intensiv um sie gekümmert hat – mit Ihrem Einverständnis offenbar –, während sie eigentlich als Ihre Frau hier in Nairobi war.«

»*Eigentlich*? Sie *war* meine Frau, verdammt noch mal!«

Woodrow hatte mit Justins Wut ebenso wenig gerechnet wie zuvor mit Coleridges Reaktion. Er war zu sehr damit beschäftigt gewesen, seine eigene Wut zu zügeln. Er hatte seine Stimme gedämpft, und in der Küche war es ihm vorhin gelungen, etwas von der Anspannung abzuschütteln. Justins Ausbruch kam für ihn wie aus heiterem Himmel und verblüffte ihn. Er hatte Zerknirschung erwartet und, wenn er ehrlich war, Beschämung, aber nicht bewaffneten Widerstand.

»Was genau wollen Sie eigentlich von mir wissen?«, fragte Justin. »Ich glaube, ich verstehe nicht recht.«

»Ich muss es wissen, Justin. Das ist alles.«

»Was? Ob ich meine Frau überwacht habe?«

Woodrow verlegte sich aufs Bitten und trat gleichzeitig den Rückzug an. »Sehen Sie, Justin – ich meine, sehen Sie's von meiner Warte – nur für einen Moment, okay? Die ganze Weltpresse wird sich darauf stürzen. Ich habe ein Recht, es zu wissen.«

»Was zu wissen?«

»Ob Tessa und Bluhm sonst noch was angestellt haben, das Schlagzeilen machen wird – morgen oder in den nächsten sechs Wochen«, schloss er mit einer Spur Selbstmitleid.

»Was sollte das sein?«

»Bluhm war ihr Guru. Na ja, stimmt doch? Was immer er sonst noch war.«

»So?«

»Sie hatten gemeinsame Anliegen. Sie haben Missstände aufgedeckt. Menschenrechtsgeschichten. Bluhm hatte doch so eine Art Überwachungsfunktion – richtig? Oder seine Arbeitgeber jedenfalls. Und Tessa –«, er verlor den Faden, und Justin schaute ihm dabei zu. »Sie hat ihm geholfen. Völlig nachvollziehbar. Unter den gegebenen Umständen. Hat ihren Anwaltsverstand eingebracht.«

»Könnten Sie mir freundlicherweise sagen, worauf Sie hinauswollen?«

»Ihre Unterlagen. Das ist alles. Was in ihrem Besitz war. Die Sachen, die Sie sich letztens geholt haben. Wir beide.«

»Was ist damit?«

Woodrow riss sich zusammen: Ich bin dein Vorgesetzter, verdammt noch mal, nicht irgendein hergelaufener Bittsteller. Wollen doch mal sehen, wer hier wem was zu sagen hat.

»Ich brauche Ihre Zusicherung – dass alle Unterlagen, die sie in diesen Angelegenheiten gesammelt hat – in ihrer Eigenschaft als Ihre Frau hier – mit diplomatischem Status – quasi als Vertreterin Ihrer Majestät – dem Ministerium übergeben werden. Nur unter dieser Bedingung habe ich Sie am Dienstag zu Ihrem Haus gebracht, sonst wären wir doch nicht hingefahren.«

Justin hatte sich nicht gerührt. Nicht ein Finger, nicht ein Augenlid zuckte, als Woodrow sich den Vorgang mit dieser Lüge nachträglich zurechtbog. Den Rücken zum Licht, verharrte er regungslos wie damals Tessas nackte Silhouette.

»Die andere Zusicherung, die ich Ihnen abverlangen muss, versteht sich von selbst«, fuhr Woodrow fort.

»Welche andere Zusicherung?«

»Ihre eigene Verschwiegenheit in der Angelegenheit. Was immer Sie von Tessas Aktivitäten wissen – ihrer agitatorischen Arbeit – ihrer so genannten Entwicklungshilfe, die außer Kontrolle geraten ist.«

»Wessen Kontrolle?«

»Ich meine lediglich, dass Sie, wo immer Ihre Frau in offizielle Gefilde vorgedrungen ist, an die Regeln der Vertraulichkeit gebunden sind wie wir alle. Der Befehl kommt von ganz oben, fürchte ich.« Er versuchte, es wie einen Scherz klingen zu lassen, aber keiner der beiden lächelte. »Befehl von Pellegrin.«

Und Sie sind guten Mutes, Sandy? Auch wenn die Zeiten hart sind und Tessas Ehemann bei Ihnen im Gästezimmer hockt?

Justin machte endlich den Mund auf. »Danke, Sandy. Ich weiß sehr wohl zu würdigen, was Sie alles für mich getan haben. Ich bin dankbar, dass Sie mir ermöglicht haben, mein eigenes Haus aufzusuchen. Aber jetzt muss ich die Miete am Piccadilly kassieren, wo ich ein Hotel besitze, das mir viel einbringt.«

Worauf er zu Woodrows Verblüffung in den Garten zurückkehrte, sich neben Donohue setzte und das Monopoly-Spiel dort wieder aufnahm, wo es unterbrochen worden war.

Viertes Kapitel

Die von der britischen Polizei waren richtige Lämmer. Das sagte jedenfalls Gloria, und falls Woodrow anderer Ansicht war, ließ er es sich nicht anmerken. Doch selbst Porter Coleridge, dessen Beschreibung seiner Begegnung mit ihnen freilich recht knapp ausfiel, erklärte sie für »überraschend zivilisiert, wenn man bedenkt, was für Arschlöcher es sind«. Und das *Netteste* an ihnen – so Glorias Bericht an El von ihrem Schlafzimmer aus, nachdem sie am zweiten Tag von Justins Befragung die Beamten ins Esszimmer geführt hatte –, das Netteste *überhaupt* war, El, dass man wirklich das Gefühl hatte, sie wollten *helfen*, und nicht den armen, lieben Justin noch mehr quälen oder in Verlegenheit bringen. Rob, der junge Mann, war richtig süß – na, also *wirklich*, El, der kann keinen Tag älter als fünfundzwanzig sein! Hat ein bisschen was von einem Schauspieler, aber einer von der bescheidenen Sorte. Jedenfalls kann er die blauen Jungs von der Nairobier Polizei, mit denen sie zusammenarbeiten müssen, unglaublich gut nachmachen. Und Lesley – eine *Frau*, Darling, wohlgemerkt, was uns *alle* überrascht hat und zeigt, wie wenig wir heute von dem wirklichen England wissen –, also ihre Kleidung war vielleicht aus der letzten Saison, aber davon abgesehen, tja, mal ganz ehrlich, du wärst nie drauf gekommen, dass sie nicht unsere Art Erziehung genossen hat. Nicht wegen der Sprache natürlich, es redet ja doch *niemand* mehr, wie er es beigebracht bekommen hat, das würde sich ja keiner *trauen*. Aber die bewegt sich *völlig* selbstverständlich in deinem Salon, sehr gelassen und selbstbewusst, und fühlt sich offenbar *wohl*. Sie hat ein nettes warmes Lächeln und schon ein paar graue Strähnen im Haar, die sie vernünftigerweise so lässt, und ein, wie Sandy es nennt, angenehmes *Schweigen*, so dass man nicht andauernd Konversation zu machen braucht, wenn sie mal eine Pause einlegen, damit der arme Justin sich ausruhen kann. Schade war nur, dass Gloria absolut *keine* Ahnung hatte, was zwischen ihnen allen eigentlich vorging, weil sie sich ja kaum den ganzen Tag an die Durchreiche in der Küche stellen und lauschen konnte, na und erst recht nicht, wenn die Diener sie beobachteten. Also, das konnte ich doch nicht, oder, El?

War Gloria schon der Gegenstand der Gespräche zwischen Justin und den beiden Polizeibeamten verborgen geblieben, so wusste sie noch weniger über deren Fühlungnahme mit ihrem Ehemann – aus dem einfachen Grund, weil dieser es unterließ, ihr davon zu erzählen.

* * *

Der erste Wortwechsel zwischen Woodrow und den beiden Beamten war geprägt von ausgesuchter Höflichkeit. Die Beamten versicherten, sie seien sich der heiklen Natur ihrer Aufgabe bewusst, und es liege nicht in ihrer Absicht, die weiße Gemeinde von Nairobi bloßzustellen et cetera. Woodrow wiederum sagte Unterstützung von Seiten seiner Mitarbeiter und aller in Frage kommenden Einrichtungen zu. Amen. Die Beamten versprachen, Woodrow über ihre Ermittlungen auf dem Laufenden zu halten, soweit es sich mit den Anweisungen vereinbaren lasse, die sie von Scotland Yard erhielten. Woodrow wies leutselig darauf hin, sie dienten alle derselben Königin, und wenn Vornamen gut genug für Ihre Majestät seien, dann doch wohl auch für uns.

»Wie lässt sich denn eigentlich Justins Tätigkeit hier im Hochkommissariat beschreiben, Mr Woodrow?«, fragte Rob, der junge Mann, höflich und ignorierte die Aufforderung zur vertraulicheren Anrede.

Rob war ein Londoner Marathonläufer und schien nur aus Ohren und Knien, Ellbogen und Schneid zu bestehen. Lesley, die seine klügere ältere Schwester hätte sein können, trug eine praktische große Tasche bei sich, die, so amüsierte sich Woodrow im

Stillen, alles aufnehmen konnte, was Rob zum Laufen brauchte – Jod, Salztabletten, Ersatzschnürsenkel für die Laufschuhe –, die aber in Wirklichkeit, soweit er sehen konnte, nichts weiter enthielt als ein Aufnahmegerät, Kassetten und eine bunte Sammlung von Stenoblöcken und Notizbüchern.

Woodrow tat, als müsse er nachdenken. Er legte die Stirn in angemessene Falten, was den wahren Profi verriet. »Nun, zunächst einmal ist er unser interner Eton-Mann«, sagte er, und alle hatten ihre Freude an diesem trefflichen Scherz. »Also, *grundsätzlich*, Rob, ist er unser britischer Vertreter im East African Donors' Effectiveness Committee, besser bekannt unter dem Akronym EADEC«, fuhr er fort, sich einer Deutlichkeit befleißigend, die Robs beschränkter Intelligenz entgegenkam. »Das zweite E stand ursprünglich für ›Efficacy‹, ›Effizienz‹, aber das ist ein Wort, mit dem nicht allzu viele Leute hier vertraut sind, daher haben wir es gegen ›Effectiveness‹, ›Effektivität‹ ausgetauscht, was ein wenig benutzerfreundlicher ist.«

»Was hat es für eine Aufgabe, dieses Komitee?«

»EADEC ist ein relativ *neues* beratendes Organ, Rob, das seinen Sitz hier in Nairobi hat. Es setzt sich aus Vertretern aller Geberländer zusammen, die Entwicklungshilfe leisten und sich auch sonst in Ostafrika sozial engagieren, in welcher Form auch immer. Seine Mitglieder werden von den Botschaften und Hochkommissariaten der jeweiligen Geberländer entsandt. Das Komitee tritt einmal wöchentlich zusammen und erstattet alle zwei Wochen Bericht.«

»An wen?«, fragte Rob, der Woodrows Antworten mitschrieb.

»Alle Mitgliedsländer natürlich.«

»Worüber?«

»Über das, was der Name sagt«, erklärte Woodrow geduldig und übte Nachsicht mit den Manieren des jungen Mannes. »Es geht um *Effizienz*, besser gesagt, die *Effektivität* der Hilfsmaßnahmen. In der Entwicklungshilfe ist *Effektivität* sozusagen der Goldstandard. Mitgefühl versteht sich von selbst«, fügte er mit einem entwaffnenden Lächeln hinzu, das ausdrücken sollte, wir sind schließlich alle mitfühlende Menschen. »EADEC befasst sich mit der heiklen Frage, welcher Teil eines jeden Dollars eines einzelnen Geberlands tatsächlich sein Ziel erreicht, und wie viel verlustreiche Überschneidungen und unnütze Konkurrenz es zwischen den Organisationen vor Ort gibt. Dafür muss sich das Komitee, wie leider Gottes wir alle, mit den drei großen Rs der Entwicklungshilfe herumschlagen: Reduplikation, Rivalität und Rationalisierung. Es wägt Gemeinkosten gegen Produktivität ab und« – mit dem Lächeln eines Weisen, der andere an seiner Weisheit teilhaben lässt – »gibt die eine oder andere *zaghafte* Empfehlung ab, vor dem Hintergrund, dass es – anders als ihr Burschen – über keinerlei Exekutivgewalt verfügt und keine Möglichkeit zur Durchsetzung seiner Vorschläge hat.« Ein liebenswürdiges Neigen des Kopfes kündigte eine kleine Vertraulichkeit an: »Unter uns, ich bin mir nicht sicher, ob es wirklich die beste Idee aller Zeiten war. Aber sie stammt von unserem eigenen hochverehrten Außenminister, und sie ließ sich gut vereinbaren mit aktuellen Forderungen nach größerer Transparenz, einer moralisch fundierten Außenpolitik und anderen fragwürdigen Patentrezepten. Also haben wir das Komitee nach Kräften gefördert. Manche sagen zwar, die UNO solle den Job erledigen. Andere behaupten dagegen, die UNO tue das bereits. Und wieder andere meinen, die UNO sei Teil der Krankheit. Sie haben die Wahl.« Ein vornehmes Schulterzucken bekräftigte diese Einladung.

»Teil welcher Krankheit?«, fragte Rob.

»EADEC hat keine Befugnis, Untersuchungen vor Ort anzustellen. Trotzdem bleibt Korruption einer der Hauptfaktoren und muss ins Kalkül einbezogen werden, wenn man Ausgaben und Erfolg in Beziehung setzen will. Man sollte Korruption nicht mit natürlichem Schwund und Inkompetenz verwechseln, obwohl sie durchaus verwandt sind.« Er suchte nach einer allgemein verständlichen Analogie. »Nehmen Sie die gute alte britische Wasserversorgung, angelegt so um 1890. Wasser verlässt das Reservoir. Einiges davon kommt, wenn Sie Glück haben, sogar aus Ihrem Wasserhahn. Aber es gibt ein paar ziemlich undichte Leitungen auf dem Weg. Wenn jetzt dieses Wasser von der Allgemeinheit großherzig gespendet wurde, dann kann man nicht zulassen, dass es einfach so versickert, oder? Schon gar nicht, wenn Ihr Job von den unberechenbaren Launen der Wähler abhängt.«

»Mit wem bringt ihn diese Komiteetätigkeit in Kontakt?«, fragte Rob.

»Mit ranghohen Diplomaten der internationalen Gemeinschaft hier in Nairobi. Überwiegend Botschaftsräte oder darüber. Hier und da ein Erster Sekretär, aber eher selten.« Er schien anzunehmen, dies bedürfe einer Erklärung. »EADEC musste bewusst *hoch angesiedelt* werden, meiner Einschätzung nach. Mit dem Kopf in den Wolken sozusagen. Sobald es sich auf das Niveau praktischer Notwendigkeiten hinabbegeben würde, würde es schnell zu einer Art Super-NGO – für Sie: Nicht-Regierungsorganisation, Rob – und an den eigenen Maßstäben gemessen werden. Ich habe diesen Standpunkt mit großer Entschiedenheit vertreten. Sicher: EADEC muss hier in Nairobi sitzen und Bodenkontakt haben, über die örtlichen Gegebenheiten Bescheid wissen. Völlig klar. Aber das Komitee fungiert dennoch in erster Linie als Denkfabrik. Es muss leidenschaftslos den Überblick bewahren. Es ist unbedingt notwendig, dass es – Sie erlauben, dass ich mich selbst zitiere – eine *emotionsfreie Zone* bleibt. Und Justin ist der Schriftführer des Komitees. Nicht sein eigenes Verdienst: Wir waren turnusmäßig an der Reihe. Er führt Protokoll, stellt das Forschungsmaterial zusammen und entwirft die vierzehntägigen Berichte.«

»Tessa war keine emotionsfreie Zone«, wandte Rob nach kurzem Nachdenken ein. »Tessa war Emotion pur, nach allem, was wir hören.«

»Ich fürchte, Sie haben zu viel Zeitung gelesen, Rob.«

»Nein, gar nicht. Ich habe mir ihre Arbeitsberichte angesehen. Sie war voller Elan dabei. Bis über die Ohren in der Scheiße, Tag und Nacht.«

»Und alles mehr als notwendig, kein Zweifel. Sehr löblich. Aber kaum jener Objektivität förderlich, zu der das Komitee als internationales beratendes Organ unbedingt verpflichtet ist«, sagte Woodrow liebenswürdig und ignorierte Robs Abstieg in die Gossensprache – wie er es auch, selbstverständlich auf einem ganz anderen Niveau, im Falle des Hochkommissars tat.

»Sie sind also getrennte Wege gegangen«, folgerte Rob, der sich zurücklehnte und mit dem Bleistift gegen seine Zähne klopfte. »Er war objektiv, sie emotional. Er ging lieber auf Nummer sicher, sie liebte die Gefahr. Ich verstehe. Im Grunde, glaube ich, wusste ich das schon vorher. Wie aber passt Bluhm da hinein?«

»In welchem Sinne?«

»Bluhm. Arnold Bluhm. Doktor. Wie passt Bluhm ins Bild von Tessas Leben und Ihrem?«

Mit einem kleinen Lächeln deutete Woodrow an, dass er gewillt war, über diese eigenwillige Formulierung hinwegzusehen. *Mein* Leben? Was hatte *ihr* Leben mit *meinem* zu tun? »Es gibt hier eine Vielzahl mit Spenden finanzierter Organisationen, wie Sie sicherlich wissen. Alle unterstützt von verschiedenen Ländern und von diversen wohltätigen und anderen Einrichtungen bezuschusst. Unser braver Präsident Moi hasst sie *en bloc.*«

»Warum?«

»Weil sie tun, was eigentlich Aufgabe seiner Regierung wäre. Außerdem umgehen sie sein System der Korruption. Bluhms Organisation ist eine eher bescheidene. Sie ist belgisch, mit privaten Spenden finanziert und medizinisch ausgerichtet. Das ist auch schon alles, was ich Ihnen darüber sagen kann, fürchte ich«, fügte er mit einer Offenheit hinzu, die dazu einlud, seine Unkenntnis in dieser Angelegenheit zu teilen.

Aber so leicht war es nicht, sie auf seine Seite zu bringen.

»Es ist eine Art Überwachungsverein«, informierte Rob ihn knapp. »Dessen Ärzte klappern die anderen NGOs ab, suchen Krankenhäuser auf, überprüfen Diagnosen und korrigieren sie. ›Vielleicht ist es doch nicht Malaria, Herr Kollege, vielleicht ist es Leberkrebs.‹ Dann überprüfen sie die Behandlung. Außerdem befassen sie sich mit Epidemiologie. Was ist mit Leakey?«

»Was soll mit Leakey sein?«

»Bluhm und Tessa waren auf dem Weg zu seiner Ausgrabungsstätte – korrekt?«

»So heißt es.«

»Wer ist dieser Leakey eigentlich? Was treibt der?«

»Er ist so eine Art weißer afrikanischer Legende. Ein Anthropologe und Archäologe, der zusammen mit seinen Eltern am Ostufer des Turkanasees nach den Ursprüngen der Menschheit geforscht hat. Nach dem Tod seiner Eltern hat er deren Werk fortgeführt. Er war Direktor des Nationalmuseums hier in Nairobi und hat später das Ministerium für Tier- und Landschaftsschutz übernommen.«

»Ist dann aber zurückgetreten.«

»Oder zurückgetreten worden. Das ist eine komplizierte Geschichte.«

»Jedenfalls ist er Moi ein Dorn im Auge, oder?«

»Er hat politisch gegen Moi opponiert und wurde dafür brutal zusammengeschlagen. Zur Zeit erlebt er eine Art Wiederauferstehung als Geißel der kenianischen Korruption. Der Internationale Währungsfonds und die Weltbank fordern seine Aufnahme in die Regierung.«

Als Rob sich zurücklehnte und Lesley das Feld überließ, wurde deutlich, dass die Unterscheidung, die Rob in Bezug auf die Quayles getroffen hatte, auch auf den Stil der beiden Polizeibeamten anwendbar war. Rob stieß seine Worte rüde aus wie ein Mann, der Mühe hat, seine Emotionen zurückzuhalten. Lesley dagegen war die Leidenschaftslosigkeit in Person.

»Was für ein Typ Mann ist denn dieser Justin?«, sinnierte sie, als betrachtete sie ihn wie eine historische Gestalt aus längst vergangener Zeit. »Abgesehen von seiner Arbeit und diesem Komitee. Was sind seine Interessen, Vorlieben, was für einen Lebensstil hat er, wer ist er?«

»Ach, mein *Gott*, ja, wer von uns kann schon sagen, wer er ist?«, deklamierte Woodrow vielleicht eine Spur zu theatralisch, worauf Rob sich wieder mit dem Bleistift gegen die Zähne trommelte und Lesley nachsichtig lächelte. Also begann Woodrow mit charmantem Widerstreben eine Liste von Justins eher spärlichen Eigenschaften herunterzubeten: ein begeisterter Gärtner – obwohl, wenn man darüber nachdachte, nicht mehr ganz so begeistert, seit Tessa ihr Baby verloren hat – gibt für ihn nichts Schöneres, als sich am Samstagnachmittag in den Blumenbeeten abzuplagen – ein *Gentleman*, was immer das heißen mag – ein *richtiger* Eton-Absolvent – natürlich übertrieben höflich im Umgang mit den hiesigen Angestellten – einer dieser Burschen, bei denen man sich darauf verlassen kann, dass sie bei der alljährlichen Party des Hochkommissars die Mauerblümchen nicht versauern lassen – hat was von einem alten Junggesellen – wie er darauf kam, konnte Woodrow im Augenblick nicht ganz festmachen –, seines Wissens kein Golfer oder Tennisspieler, kein Jäger oder Angler, überhaupt kein Freiluftfanatiker, abgesehen von seiner Gärtnerei. Und natürlich ein erstklassiger Diplomat, mit allen Wassern gewaschen, ein Profi, jede Menge praktische Erfahrung, zwei oder drei Fremdsprachen, sehr verlässlich, *absolut* loyal gegenüber den Vorgaben aus London. Und – hier das bittere Ende, Rob – ohne eigenes Verschulden im Beförderungsstau stecken geblieben.

»Und er pflegt keinen fragwürdigen Umgang oder dergleichen?«, fragte Lesley mit einem Blick in ihr Notizbuch. »Sie können sich nicht vorstellen, dass er in zwielichtigen Nachtclubs verkehrt, während Tessa auf Exkursion ist?« Die Frage konnte kaum ernst gemeint sein. »Das wäre wohl nicht sein Ding, wenn ich richtig verstanden habe?«

»*Nachtclubs*? Justin? Was für eine köstliche Vorstellung! Das Annabel's vielleicht, vor fünfundzwanzig Jahren. Wie kommen Sie bloß auf *die* Idee?« Woodrow lachte so herzhaft wie seit Tagen nicht mehr.

Rob klärte ihn bereitwillig auf. »Durch unseren Vorgesetzten, Mr Gridley, der für eine Weile als Verbindungsoffizier in Nairobi war. Er sagt, ein Nachtclub sei der geeignetste Ort, wenn man einen Killer anheuern wolle. Es gibt einen an der River Road, nur einen Block von der New Stanley entfernt, also ganz günstig gelegen, wenn man dort wohnt. Für fünfhundert Dollar pusten sie weg, wen man will. Hälfte auf die Hand, Hälfte hinterher. In einigen Clubs sogar weniger, meint er, aber da stimmt dann die Qualität oft nicht.«

»Hat Justin Tessa geliebt?«, fragte Lesley, während Woodrow noch lächelte.

Der entspannten Atmosphäre gemäß, die sich zwischen ihnen entwickelte, warf Woodrow die Arme hoch und schickte einen unterdrückten Schrei gen Himmel. »Ach, du meine Güte! Wer liebt schon wen in dieser Welt und warum?« Und als Lesley ihn nicht unverzüglich von dieser Frage entband: »Sie war schön. Geistreich. Jung. Er war in den Vierzigern, als er sie kennen lernte. Steuerte unaufhaltsam auf die Midlife-Crisis zu, war einsam, dann verknallt, der Wunsch nach Häuslichkeit wuchs. *Liebe?* Wenn Sie es so nennen wollen, bitte.«

Aber wenn das eine Einladung an Lesley sein sollte, ihre eigenen Ansichten kundzutun, so wurde sie ausgeschlagen. Lesley schien sich, ebenso wie Rob neben ihr, mehr für die subtile Veränderung von Woodrows Gesichtszügen zu interessieren: die Vertiefung der Hautfalten im oberen Wangenbereich, die blassroten Flecken, die in der Halsgegend auftauchten, das leichte, unwillkürliche Mahlen des Unterkiefers.

»Und Justin war nicht wütend auf Tessa – wegen ihres Engagements zum Beispiel?«

»Warum sollte er?«

»Ist es ihm nicht auf die Nerven gegangen, wenn sie sich lautstark darüber ausließ, dass gewisse westliche Firmen, britische eingeschlossen, die Afrikaner übers Ohr hauen – zu hohe Preise für technische Dienste verlangen, ihre veralteten Medikamente hier teuer verscheuern? Afrikaner als Versuchskaninchen missbrauchen, um neue Medikamente zu testen – die alte Geschichte, oft gehört, aber selten bewiesen?«

»Ich bin mir sicher, dass Justin sehr stolz auf ihre Arbeit war. Viele von unseren Ehefrauen legen die Hände in den Schoß. Tessas Engagement machte vieles wett.«

»Er war also nicht wütend auf sie«, drängte Rob.

»Justin ist einfach nicht der *Typ*, der wütend wird. Nicht im landläufigen Sinn. Wenn überhaupt, war es ihm peinlich.«

»War es *Ihnen* peinlich? Hier im Hochkommissariat, meine ich?«

»Was denn, um Himmels willen?«

»Tessas Engagement. Ihre speziellen Interessen. Standen die je im Widerspruch zu britischen Interessen?«

Woodrow nahm Zuflucht zu seinem verwirrtesten und entwaffnendsten Stirnrunzeln. »Die britische Regierung kann durch humanitäres Handeln nicht in Verlegenheit gebracht werden, Rob. Das sollten Sie wissen.«

»Wir lassen uns gerne darüber belehren, Mr Woodrow«, warf Lesley ruhig ein. »Wir sind noch neu hier.« Und nachdem sie ihn eine Weile gemustert hatte, packte sie, ohne dass ihr freundliches Lächeln auch nur für eine Sekunde nachließ, ihre Notizbücher und das Aufnahmegerät zurück in ihre Tasche. Mit Hinweis auf andere Verpflichtungen in der Stadt machte sie den Vorschlag, ihre Unterredung am nächsten Tag um die gleiche Zeit fortzusetzen.

»Wissen Sie, ob Tessa sich irgendjemandem anvertraut hat?«, fragte sie in beiläufigem Ton, als sie sich zu dritt zur Tür begaben.

»Außer Bluhm, meinen Sie?«

»Ich dachte eigentlich an Freundinnen.«

Demonstrativ schien Woodrow in seiner Erinnerung zu stöbern. »Nein. Nein, ich glaube nicht. Niemand, der sich mir aufdrängen würde. Aber ich nehme an, das könnte ich auch nicht wissen, oder?«

»Sie könnten schon, falls es jemand aus Ihrem Mitarbeiterstab wäre. Ghita Pearson zum Beispiel«, kam Lesley ihm zu Hilfe.

»Ghita? Oh, natürlich, ja, Ghita. Und man kümmert sich gut um Sie, ja? Sie haben einen Wagen und alles? Gut.«

Ein ganzer Tag verging und eine ganze Nacht, bevor sie wiederkamen.

* * *

Diesmal war es Lesley, nicht Rob, die die Sitzung eröffnete, und sie tat es mit einer Frische, die darauf schließen ließ, dass seit dem letzten Treffen etwas Ermutigendes passiert war. »Tessa hat kurz vorher Geschlechtsverkehr gehabt«, teilte sie in heller, sich vor Tatendrang schier überschlagender Stimme mit, während sie ihre Besitztümer ausbreitete wie Beweisstücke vor Gericht – Bleistifte, Notizbücher, Kassettenrekorder, Radiergummi. »Wir gehen von einer Vergewaltigung aus. Das ist noch inoffiziell, obwohl ich annehme, wir werden es morgen alle in der Zeitung lesen können. Bisher ist lediglich ein vaginaler Abstrich gemacht worden, den man sich unterm Mikroskop angeguckt hat, um zu sehen, ob die Spermien noch leben. Sie waren tot, aber man nimmt an, dass es Sperma von mehr als einer Person ist. Womöglich ein ganzer Cocktail. Unserer Ansicht nach wird sich das allerdings nicht mehr feststellen lassen.«

Woodrow ließ den Kopf in die Hände sinken.

»Wir müssen die Erklärung unserer eigenen Schlauköpfe abwarten, bevor wir letzte Klarheit haben.« Lesley beobachtete ihn, während sie sprach.

Rob klopfte wie am Vortag mit dem Bleistift lässig gegen seine großen Zähne.

»Und das Blut auf Bluhms Jacke stammt von Tessa«, fuhr Lesley im selben freimütigen Ton fort. »Vorläufig, wohlgemerkt.

Die können hier nur die Blutgruppen feststellen. A und B. Alles andere müssen wir zu Hause machen.«

Woodrow hatte sich erhoben, was er auch gern bei informellen Zusammenkünften im Hochkommissariat tat, um die Atmosphäre aufzulockern. Langsam schlenderte er zum Fenster ans andere Ende des Zimmers hinüber und gab vor, die scheußliche Skyline der Stadt zu betrachten. Ein ungewöhnliches Donnern lag in der Luft und jener undefinierbare Geruch der Spannung, die dem wundersamen afrikanischen Regen vorausgeht. Im Gegensatz dazu strahlte Woodrow Ruhe und Gelassenheit aus. Niemand konnte die zwei oder drei Schweißtropfen sehen, die seine Achseln verlassen hatten und an den Rippen hinunterkrochen wie fette Insekten.

»Hat man es Quayle schon mitgeteilt?«, fragte er, und wunderte sich – wie vielleicht auch die beiden Beamten –, warum der Witwer einer vergewaltigten Frau plötzlich ein Quayle war, und kein Justin mehr.

»Wir hielten es für besser, wenn er es von einem Freund erfährt«, antwortete Lesley.

»Von Ihnen«, schlug Rob vor.

»Selbstverständlich.«

»Außerdem ist es natürlich auch möglich – wie Les gerade gesagt hat –, dass Tessa und Arnold sich noch eine kleine Abschiedsnummer gegönnt haben. Ob Sie das allerdings erwähnen wollen, bleibt Ihnen überlassen.«

Was wird wohl der Tropfen sein, der das Fass zum Überlaufen bringt?, ging es Woodrow durch den Kopf. Was muss noch passieren, bevor ich dieses Fenster öffne und hinausspringe? Vielleicht war es das, was ich eigentlich von ihr wollte: dass sie mich über die Grenzen dessen hinaustrieb, was ich ertragen kann.

»Eigentlich mögen wir Bluhm ja«, entfuhr es Lesley in kameradschaftlicher Verzweiflung, als liege ihr sehr daran, dass auch Woodrow dieses Gefühl teilte. »Sicher, wir müssen auf den *anderen* Bluhm gefasst sein, die Bestie in Menschengestalt. Und dort, wo wir herkommen, tun die friedfertigsten Menschen die schrecklichsten Dinge, wenn sie dazu getrieben werden. Aber wer hat ihn getrieben – falls er getrieben wurde? Niemand, es sei denn, Tessa selbst.«

Lesleys Pause schien dazu gedacht, Woodrow Gelegenheit zu einem Kommentar zu geben; der aber machte von seinem Recht zu schweigen Gebrauch.

»Wenn es so etwas wie einen guten Menschen gibt, dann Bluhm«, insistierte sie, als wäre guter Mensch eine Kategorie wie *Homo sapiens*. »Er hat sehr viel Gutes getan. Nicht zur Selbstdarstellung, sondern weil er es für richtig hielt. Er hat Leben gerettet, sein eigenes aufs Spiel gesetzt, hat an schrecklichen Orten gearbeitet und das nicht mal für Geld, hat Menschen auf seinem Dachboden versteckt. Nun, sind Sie nicht auch dieser Ansicht, Sir?«

Wollte sie ihn reizen? Oder erstrebte sie lediglich von einem reifen Beobachter Aufklärung über die Beziehung zwischen Tessa und Bluhm?

»Ich bin mir sicher, dass er einiges an Verdiensten vorzuweisen hat«, gab Woodrow zu.

Rob stieß ein ungeduldiges Schnauben aus. »Hören Sie. Vergessen wir seine Verdienste. Ganz persönlich: Mögen Sie ihn, ja oder nein? Ganz schlicht und einfach.« Bei diesen Worten warf er sich in eine neue Sitzhaltung.

»Mein Gott«, gab Woodrow über die Schulter zurück, diesmal darauf bedacht, es mit der Theatralik nicht zu übertreiben, ohne aber auf einen Anflug von Verzweiflung in seiner Stimme ganz zu verzichten. »Gestern hieß es, definieren Sie *lieben*, heute heißt es, definieren Sie *mögen*. Wir sind wohl neuerdings im coolen Britannien auf absolute Definitionen aus, oder?«

»Wir haben nur nach Ihrer Meinung gefragt, Sir«, sagte Rob.

Vielleicht war es das *Sir*, das den Erfolg brachte. Bei ihrem ersten Zusammentreffen hatte es Mr Woodrow geheißen oder, wenn sie sich ganz mutig fühlten, Sandy. Jetzt waren sie beim Sir angelangt, was Woodrow deutlich machte, dass diese beiden jungen Polizeibeamten mitnichten seine Kollegen waren, nicht seine Freunde, sondern Außenseiter aus der Unterschicht, die ihre Nasen in den exklusiven Klub steckten, der ihm seit siebzehn Jahren Ansehen und Schutz gewährte. Er verschränkte die Hände hinter dem Rücken und straffte die Schultern, dann drehte er sich langsam um, bis er seinen Befragern in die Augen sah.

»Arnold Bluhm hat ein einnehmendes Wesen«, erklärte er wie ein Dozent von oben herab quer durch den Raum. »Er sieht gut aus, besitzt einen gewissen Charme. Witz, falls man diese Art von Humor mag. So etwas wie Ausstrahlung – vielleicht macht das der schmucke kleine Bart. Für alle, die leicht zu beeindrucken sind, ist er ein afrikanischer Volksheld.« Womit er sich wieder von ihnen abwandte, als erwartete er, dass sie ihre Sachen packten und das Haus verließen.

»Und für jene, die nicht so leicht zu beeindrucken sind?«, fragte Lesley, die seine abgewandte Haltung dazu nutzte, ihn eingehend in Augenschein zu nehmen: die Hände, die sich hinter seinem Rücken gegenseitig Trost spendeten, das nicht belastete, wie zur Selbstverteidigung angehobene Knie.

»Oh, wir sind sicherlich in der Minderheit«, erwiderte Woodrow mit samtener Stimme.

»Ich stelle mir nur vor, dass es für Sie beunruhigend gewesen sein könnte – vielleicht auch ärgerlich, in Ihrer verantwortlichen Position als Leiter der Kanzlei –, das sich all dies vor Ihren Augen abspielte und Sie gar nichts tun konnten, um dem Einhalt zu gebieten. Ich meine, Sie konnten schlecht zu Justin gehen und zu ihm sagen: ›Schau dir den bärtigen schwarzen Mann da drüben an, der macht mit deiner Frau rum‹, nicht wahr, das wäre nicht gegangen. Oder sehe ich das falsch?«

»Wenn ein Skandal das hohe Ansehen der Gesandtschaft zu schädigen droht, dann habe ich das Recht – sogar die Pflicht – zu intervenieren.«

»Und haben Sie das getan?«, fragte Lesley.

»Im Prinzip, ja.«

»Bei Justin? Oder direkt bei Tessa?«

»Das Problem war doch ganz offensichtlich, dass ihr Verhältnis zu Bluhm zu gut getarnt war, wenn man so will«, wich Woodrow der Frage aus. »Der Mann ist ein angesehener Arzt. Er wird von den Hilfsorganisationen sehr geschätzt. Tessa war seine ergebene Helferin. Auf der Oberfläche lief alles völlig korrekt ab. Man kann nicht einfach hergehen und die beiden des Ehebruchs bezichtigen, ohne Beweise zu haben. Man kann höchstens sagen: Sieh mal, dein Verhalten könnte falsch gedeutet werden, also sei doch bitte etwas vorsichtiger.«

»Und zu wem haben Sie das gesagt?«, hakte Lesley nach und kritzelte etwas in eins ihrer Notizbücher.

»So einfach ist das nicht. Das war nicht mit einem Mal – mit einer Unterhaltung – abgetan.«

Lesley beugte sich vor, vergewisserte sich, dass die Spule im Aufnahmegerät sich drehte. »Zwischen Ihnen und Tessa?«

»Tessa war eine brillant konstruierte Maschine, bei der die Hälfte der Zahnräder fehlte. Bevor sie ihren kleinen Sohn verlor, war sie ein bisschen wild. So weit, so gut.« Woodrow, der sich anschickte, seinen Verrat an Tessa zu besiegeln, musste an Porter Coleridge denken, wie er in seinem Arbeitszimmer gesessen und voller Wut Pellegrins Anweisungen zitiert hatte. »Aber *hinterher* – und das sage ich mit großem Bedauern – hatten nicht wenige von uns das Gefühl, es habe sie vollkommen aus der Bahn geworfen.«

»War sie nymphoman?«, fragte Rob.

»Ich fürchte, diese Frage bewegt sich etwas außerhalb meines Horizonts«, entgegnete Woodrow eisig.

»Sagen wir einfach, sie hat schamlos geflirtet«, schlug Lesley vor. »Mit jedem.«

»Wenn Sie darauf bestehen.« Niemand hätte unbeteiligter klingen können. »So etwas ist schwer zu beurteilen, nicht wahr? Schöne junge Frau, unumstrittene Ballkönigin, älterer Ehemann – ist es Flirten, was sie macht? Oder ist sie einfach nur sie selbst und hat ihren Spaß? Trägt sie ein tief ausgeschnittenes Kleid und flaniert herum, sagen die Leute, sie sei leichtlebig. Trägt sie was anderes, sagt man, sie sei langweilig. So ist das weiße Nairobi nun mal. Vielleicht ist es überall so. Ich bin da kein Experte.«

»Hat sie mit Ihnen geflirtet?«, fragte Rob, nachdem er seine Zähne ein weiteres Mal mit dem Bleistift bearbeitet hatte.

»Ich hab's Ihnen doch schon gesagt. Es war unmöglich festzustellen, ob sie geflirtet oder nur ihrer guten Laune freien Lauf gelassen hat«, zeigte Woodrow sich ungeheuer gewandt.

»Haben Sie denn, äh, möglicherweise ein ganz klein bisschen zurückgeflirtet?«, wollte Rob wissen. »Sehen Sie mich nicht so an, Mr Woodrow. Sie sind in den Vierzigern, steuern unaufhaltsam auf die Midlife-Crisis zu, genau wie Justin. Sie waren scharf auf sie, warum auch nicht? Ich wette, ich wär's gewesen.«

Woodrow erholte sich so schnell, dass er es selbst kaum mitbekam. »Oh, ach ja, mein Lieber. Hab an nichts anderes gedacht. Tessa, Tessa, Tag und Nacht. War von ihr besessen. Da können Sie jeden fragen.«

»Das haben wir bereits getan«, sagte Rob.

* * *

Am nächsten Morgen wollte es dem heimgesuchten Woodrow scheinen, als zeigten die Vernehmungsbeamten eine geradezu unanständige Eile, ihm auf die Pelle zu rücken. Rob stellte das Aufnahmegerät auf den Tisch, Lesley schlug ein großes rotes Notizbuch bei einer durch ein Gummiband markierten Doppelseite auf und eröffnete die Befragung.

»Wir haben Grund zu der Annahme, dass Sie Tessa im Krankenhaus besucht haben, kurz nachdem sie ihr Baby verlor. Ist das korrekt, Sir?«

Woodrows Welt geriet ins Wanken. Wer in Gottes Namen hat ihnen *das* erzählt? Justin? Das kann nicht sein, sie haben noch nicht mit ihm gesprochen, ich würde es wissen.

»Moment mal«, forderte er in scharfem Ton.

Lesleys Kopf fuhr hoch. Rob, der dabei war, seine langen Gliedmaßen zu ordnen, hielt sich die Hand flach vor die Nase, als wollte er sein Gesicht glatt streichen, und beobachtete Woodrow über die Fingerspitzen hinweg.

»Soll das heute Morgen das Thema sein?«, verlangte Woodrow zu wissen.

»Unter anderem«, räumte Lesley ein.

»Könnten Sie mir dann bitte erklären – und bedenken Sie, dass unser aller Zeit kostbar ist –, was um alles in der Welt ein Krankenbesuch bei Tessa mit der Suche nach ihrem Mörder zu tun hat? Um Letzteres geht es Ihnen doch.«

»Wir suchen nach einem Motiv«, sagte Lesley.

»Sie sagten mir, Sie hätten eins. Vergewaltigung.«

»Vergewaltigung passt nicht mehr. Nicht als Motiv. Die Vergewaltigung war ein Nebeneffekt. Vielleicht ein Ablenkungsmanöver, damit wir denken, wir hätten es mit einem zufälligen Totschlag zu tun, keinem geplanten Mord.«

»Eine vorsätzliche Tat«, erläuterte Rob, und seine großen braunen Augen fixierten Woodrow mit leerem Blick. »Ein Anschlag, ein Mordunternehmen sozusagen.«

Woodrows Gehirn setzte einen kurzen, erschreckenden Moment aus. Dann aber schoss es ihm durch den Kopf: *Unternehmen*. Warum sagt er *Unternehmen*?

Unternehmen im Sinne von Unternehmer? Eine Ungeheuerlichkeit! Zu weit hergeholt, als dass ein seriöser Diplomat auch nur einen Gedanken daran verschwenden würde!

Danach war sein Kopf absolut leer. Nicht einmal die banalsten und bedeutungslosesten Worte fielen ihm mehr ein, die ihn hätten retten können. Er kam sich vor wie eine Art Computer, der eine Kette von stark verschlüsselten Daten aus einem abgesperrten Bereich seines Gehirns abruft, sichtet und dann verwirft.

Von wegen Unternehmen. Es war Zufall. Ungeplant. Im Blutrausch begangen nach afrikanischer Art.

»Was hat Sie also ins Krankenhaus geführt?«, hörte er Lesley auf einmal fragen. »Warum haben Sie Tessa dort besucht, nachdem ihr Baby gestorben war?«

»Weil sie mich darum gebeten hatte. Über ihren Mann. In meiner Eigenschaft als Justins Vorgesetzter.«

»War sonst noch jemand zu der Party eingeladen?«

»Nicht, dass ich wüsste.«

»Vielleicht Ghita?«

»Sie meinen Ghita Pearson?«

»Kennen Sie noch eine andere Ghita?«

»Ghita Pearson war nicht anwesend.«

»Also nur Sie und Tessa«, sprach Lesley beim Schreiben in ihr Notizbuch laut mit. »Welche Rolle spielte die Tatsache, dass Sie Justins Vorgesetzter sind?«

»Sie war um Justins Wohlergehen besorgt und wollte sich vergewissern, dass mit ihm alles in Ordnung war.« Woodrow nahm sich bewusst Zeit für seine Antwort, um sich nicht auf ihr verschärftes Tempo einzulassen. »Ich hatte versucht Justin zu überreden, sich für einige Zeit beurlauben zu lassen, aber er zog es vor, auf seinem Posten zu bleiben. Die alljährliche Ministerkonferenz des EADEC stand an, und er war fest entschlossen, sich der Vorbereitung zu widmen. Das habe ich ihr erklärt und versprochen, weiterhin ein Auge auf ihn zu haben.«

»Hatte sie ihren Laptop bei sich?«, schaltete Rob sich ein.

»Wie bitte?«

»Was ist daran so schwierig? Hatte sie ihren Laptop bei sich – neben sich, auf einem Tisch, unter dem Bett, im Bett? Ihren Laptop. Tessa liebte ihren Laptop. Sie hat E-Mails verschickt. E-Mails an Bluhm. E-Mails an Ghita. E-Mails an einen kranken Jungen in Italien, um den sie sich gekümmert hat, und an einen alten Freund in London. E-Mails an Gott und die Welt, praktisch rund um die Uhr. Hatte sie ihren Laptop bei sich?«

»Danke für die ausführliche Erklärung. Nein, ich habe keinen Laptop gesehen.«

»Vielleicht ein Notizbuch?«

Ein Zögern, währenddessen er in seinem Gedächtnis kramte und seine Lüge formulierte. »Keins, das mir aufgefallen wäre.«

»Irgendwelche, die Ihnen nicht aufgefallen sind?«

Woodrow ließ sich nicht herab zu antworten. Rob lehnte sich zurück und betrachtete mit demonstrativer Muße die Zimmerdecke.

»Was für einen Eindruck hat sie denn gemacht?«, erkundigte er sich.

»Keine Frau ist in Hochform, wenn sie gerade ihr Kind verloren hat.«

»Also, wie war sie drauf?«

»Sie war schwach. Deprimiert. Hat unzusammenhängend geredet.«

»Aber Sie haben nur über Justin gesprochen. Ihren geliebten Ehemann.«

»Soweit ich mich erinnere, ja.«

»Wie lange waren Sie bei ihr?«

»Ich habe nicht auf die Zeit geachtet, aber ich würde meinen, dass es so etwa zwanzig Minuten gewesen sind. Ich wollte sie nicht ermüden.«

»Sie haben also zwanzig Minuten lang über Justin geredet. Ob er auch brav seinen Brei isst und so.«

»Es gab ein paar Unterbrechungen«, sagte Woodrow und errötete leicht. »Wenn jemand fiebert und erschöpft ist und gerade sein Kind verloren hat, ist es nicht so einfach, eine klare Unterhaltung zu führen.«

»War sonst noch jemand anwesend?«

»Wie ich bereits sagte. Ich bin allein hingegangen.«

»Das war nicht meine Frage. Ich habe gefragt, ob sonst noch jemand anwesend war.«

»Wer soll das gewesen sein?«

»Wer immer gerade anwesend war. Eine Krankenschwester, ein Arzt. Ein anderer Besucher. Freunde von ihr. Weiblich. Männlich. Afrikanisch. Dr. Bluhm zum Beispiel. Warum muss ich Ihnen alles aus der Nase ziehen, Sir?«

Zum Zeichen seiner Verärgerung machte Rob Verrenkungen wie ein Speerwerfer, schleuderte zuerst eine Hand in die Luft und schlug dann umständlich ein langes Bein über das andere. Woodrow war unterdessen wieder sichtlich bemüht, in seinem Gedächtnis fündig zu werden: Er runzelte die Stirn, bis sich die Augenbrauen in ebenso amüsierter wie reumütiger Geste fast berührten.

»Jetzt, wo Sie's sagen, Rob, ja, Sie haben völlig Recht. Wie clever von Ihnen. Bluhm war da, als ich eintraf. Wir haben einander begrüßt, dann ist er gegangen. Ich würde schätzen, unsere Anwesenheit hat sich um gut und gerne zwanzig Sekunden überschnitten. Na, fünfundzwanzig, weil Sie es sind.«

Doch Woodrows zur Schau gestellte Unbekümmertheit war schwer erkämpft. Wer zum Teufel hatte dem erzählt, dass Bluhm bei Tessa war? Woodrows größte Sorge hatte allerdings weitaus tiefere Wurzeln; sie reichten bis in die dunkelsten Abgründe auf der anderen Seite seiner Seele hinab, wo sie wiederum jene Kausalkette berührten, an die zu glauben er sich weigerte und die er auf Porter Coleridges wütende Anordnung hin vergessen sollte.

»Was hat Bluhm denn dort gemacht? Was glauben Sie, Sir?«

»Er hat mir keine Erklärung angeboten, genauso wenig wie Tessa. Er ist schließlich Arzt, nicht wahr. Abgesehen von allem anderen.«

»Was hat Tessa gemacht?«

»Im Bett gelegen. Was haben Sie denn angenommen, was sie gemacht hat?«, platzte er heraus, für einen Moment kopflos. »Flohhüpfen gespielt?«

Rob streckte beide Beine von sich und bewunderte wie beim

Sonnenbaden von ferne seine riesigen Füße. »Weiß ich's?«, sagte er. »Was haben wir angenommen, was sie gemacht hat, Les?«, reichte er die Frage weiter an seine Kollegin. »Flohhüpfen sicher nicht. Sie liegt also im Bett. Was aber macht sie im Bett, fragen wir uns?«

»Sie stillt ein schwarzes Baby, könnte ich mir vorstellen«, sagte Lesley. »Ein Baby, dessen Mutter im Sterben liegt.«

Für eine Weile hörte man im Zimmer nur die Schritte vom Flur und die aufheulenden Motoren der Autos, die sich auf der anderen Seite des Tals durch die Stadt kämpften. Rob streckte seinen schlaksigen Arm aus und schaltete das Aufnahmegerät ab.

»Wie Sie sehr richtig bemerkten, Sir, ist unser aller Zeit kostbar«, begann er höflich. »Vergeuden Sie sie also gefälligst nicht, indem Sie unseren Fragen ausweichen und uns wie den letzten Dreck behandeln.« Er schaltete das Aufnahmegerät wieder ein. »Seien Sie so gut, uns mit Ihren eigenen Worten von der sterbenden Frau im Krankenzimmer und von ihrem kleinen Baby zu erzählen, Mr Woodrow, Sir«, fuhr er fort. »Bitte. Und woran sie gestorben ist, wer versucht hat, sie zu heilen, und auf welche Weise, und auch alles andere, was Sie darüber zufällig noch wissen.«

In die Ecke getrieben und wütend über seine Isoliertheit, verlangte es Woodrow instinktiv nach der Unterstützung seines Gesandschaftsleiters, doch wurde er augenblicklich daran erinnert, dass Coleridge im Moment den Unabkömmlichen spielte. So hatte Mildren ihm am Vorabend bedeutet, als Woodrow um ein Gespräch unter vier Augen gebeten hatte, dass sein Herr und Meister sich mit dem amerikanischen Botschafter in Klausur begeben habe und nur in Notfällen erreichbar sei. Und an diesem Morgen führte Coleridge »die Geschäfte von der Residenz aus«, wie es hieß.

Fünftes Kapitel

Woodrow ließ sich nicht so leicht entmutigen. In seiner Laufbahn als Diplomat hatte er schon so manche erniedrigende Situation durchzustehen gehabt, und die Erfahrung hatte ihn gelehrt, dass man in solchen Fällen am besten fuhr, wenn man sich weigerte, zur Kenntnis zu nehmen, dass irgendetwas nicht in Ordnung war. Diese Lektion beherzigte er auch jetzt, indem er in kurzen Sätzen eine denkbar knappe Darstellung der Szene im Krankenzimmer gab. Ja, gestand er – ein wenig überrascht, dass sie sich so sehr für die Details von Tessas Krankenhausaufenthalt interessierten –, er erinnere sich dunkel, dass eine von Tessas Mitpatientinnen geschlafen oder im Koma gelegen habe. Und dass Tessa deren Baby als Amme gedient habe, da die Frau selbst nicht in der Lage gewesen sei, es zu stillen. Tessas Leid habe dem Kind zur Freude gereicht.

»Hatte die kranke Frau einen Namen?«, fragte Lesley.

»Ich kann mich an keinen erinnern.«

»War jemand bei der kranken Frau – ein Verwandter oder Freund?«

»Ihr Bruder. Ein Junge im Teenageralter, der aus ihrem Dorf gekommen war. So hat Tessa es erzählt, aber angesichts ihres Zustands würde ich sie nicht als verlässliche Quelle ansehen.«

»Ist Ihnen der Name des Bruders bekannt?«

»Nein.«

»Oder der Name des Dorfes?«

»Nein.«

»Hat Tessa Ihnen gesagt, was der Frau fehlte?«

»Das meiste von dem, was sie sagte, ergab wenig Sinn.«

»Also ergab der Rest sehr wohl Sinn«, hob Rob hervor. Die Nachsicht, die er plötzlich auszustrahlen schien, war geradezu unheimlich. Seine dürren Glieder waren zur Ruhe gekommen. Und mit einem Mal hatte er alle Zeit der Welt. »In ihren klaren Momenten, was hat Tessa Ihnen da über die kranke Frau erzählt, die mit ihr auf dem Zimmer lag, Mr Woodrow?«

»Dass sie im Sterben liege. Dass ihre Krankheit, die sie nicht näher bezeichnete, mit den sozialen Verhältnissen zusammenhänge, in denen sie gelebt habe.«

»Aids?«

»Davon hat sie nichts gesagt.«

»Wäre ja mal was anderes.«

»In der Tat.«

»Wurde die Frau wegen dieser nicht benannten Krankheit behandelt?«

»Anzunehmen. Warum hätte sie sonst im Krankenhaus liegen sollen?«

»Von Lorbeer?«

»Wem?«

»Lorbeer.« Rob buchstabierte den Namen. »Holländischer Mischling. Rothaarig oder blond. Mitte fünfzig. Dick.«

»Habe nie von dem Mann gehört«, entgegnete Woodrow mit absolut überzeugendem Gesichtsausdruck, während seine Eingeweide sich zusammenkrampften.

»Haben Sie jemanden gesehen, der sie behandelt hat?«

»Nein.«

»Wissen Sie, wie sie behandelt wurde? Oder womit?«

»Nein.«

»Sie haben niemanden gesehen, der ihr eine Pille oder eine Spritze verabreicht hätte?«

»Wie ich schon sagte: Während meiner Anwesenheit befand sich keinerlei Krankenhauspersonal im Zimmer.«

Die frisch erlangte Muße gab Rob alle Zeit, über diese Antwort nachzudenken und seine Reaktion darauf abzuwägen. »Wie steht's mit *anderem* Personal?«

»Nicht in meiner Anwesenheit.«

»Und in Ihrer Abwesenheit?«

»Woher soll ich das wissen?«

»Von Tessa. Von dem, was Tessa Ihnen in ihren klaren Momenten erzählt hat«, erläuterte Rob und grinste breit; seine gute Laune wirkte langsam beunruhigend, wie der Vorbote eines Witzes, der noch gar nicht erzählt worden ist. »Wurde die kranke Frau in Tessas Krankenzimmer – deren Baby sie gestillt hat – laut Tessa von *irgendjemandem* medizinisch versorgt?«, fragte er geduldig und wählte seine Worte sorgfältig, als gehorchte er den Regeln eines nicht näher bezeichneten Gesellschaftsspiels. »Erhielt die kranke Frau Besuch, wurde sie untersucht oder beobachtet oder behandelt – von wem auch immer: männlich oder weiblich, schwarz oder weiß, Arzt oder Nichtarzt, Krankenschwester, Außenstehender, Insider, Reinigungspersonal, Besucher oder einfach irgendjemand?« Er lehnte sich zurück: Jetzt sieh zu, wie du dich da wieder rauswindest.

Woodrow wurde allmählich das ganze Ausmaß seiner Zwangslage deutlich. Was wussten sie noch alles, von dem sie bisher nichts hatten verlauten lassen? Der Name Lorbeer hatte in seinem Kopf wie Totengeläut gedröhnt. Was würden sie ihm noch für Namen an den Kopf werfen? Was konnte er abstreiten, ohne einzuknicken? Was hatte Coleridge ihnen erzählt? Warum verweigerte er ihm jeglichen Rückhalt, jegliche Kooperation? Plauderte er womöglich hinter Woodrows Rücken alles aus?

»Da war diese Geschichte, die Tessa erzählt hat, der zufolge war die Frau von kleinen Männern in weißen Kitteln besucht worden«, sagte er herablassend. »Ich nahm an, dass sie es geträumt hatte. Oder träumte, während sie es erzählte. Ich habe dem keinerlei Bedeutung beigemessen.« Und das solltet ihr auch nicht, schien er damit sagen zu wollen.

»Warum haben die Weißkittel sie besucht? In Tessas Geschichte. In ihrem Traum, wie Sie es nennen.«

»Weil die Männer in den weißen Kitteln die Frau umgebracht haben. Zwischendurch hat Tessa die Männer auch *Zufälle* genannt.« Er hatte sich dafür entschieden, bei der Wahrheit zu bleiben, sie aber ins Lächerliche zu ziehen. »Ich glaube, sie hat sie auch als gierig bezeichnet. Sie hätten sie heilen wollen, waren dazu aber nicht in der Lage. Das Ganze war nichts als Humbug.«

»In welcher Weise heilen?«

»Das hat sie nicht verraten.«

»Und wie haben die sie umgebracht?«

»Das ist leider genauso unklar geblieben.«

»Hat Tessa irgendwas davon aufgeschrieben?«

»Von dieser Geschichte? Wie sollte sie?«

»Hat sie sich Notizen gemacht? Hat sie Ihnen aus irgendwelchen Aufzeichnungen vorgelesen?«

»Ich hab's Ihnen doch gesagt. Meines Wissens hatte sie kein Notizbuch.«

Rob neigte den Kopf zur Seite, als wolle er Woodrow aus einem anderen, womöglich aufschlussreicheren Blickwinkel betrachten. »Arnold Bluhm glaubt nicht, dass die Geschichte nichts als Humbug ist. Er findet nicht, dass sie keinen Sinn ergibt. Arnold ist der Ansicht, dass Tessa mit allem, was sie gesagt hat, voll ins Schwarze getroffen hat. Stimmt's, Les?«

* * *

Alles Blut war aus Woodrows Gesicht gewichen, er konnte es fühlen. Doch selbst als ihre erschütternden Worte in ihm nachbebten, blieb er so standfest wie nur je ein erfahrener Diplomat, der die Stellung halten musste. Irgendwie, irgendwo entdeckte er die Stimme. Und die Entrüstung. »Entschuldigung. Soll das heißen, Sie haben Bluhm *gefunden*? Das ist ja eine Ungeheuerlichkeit!«

»Sie meinen, Sie möchten gar nicht, dass wir ihn finden?«, fragte Rob verblüfft.

»Nichts dergleichen. Ich meine, dass Sie unter bestimmten Voraussetzungen hier sind und die klare Verpflichtung haben, das Hochkommissariat zu unterrichten, sobald Sie Bluhm gefunden oder mit ihm gesprochen haben.«

Aber Rob schüttelte bereits den Kopf. »Wir haben ihn nicht gefunden, Sir. Wünschte, es wäre so. Wir haben jedoch ein paar Unterlagen von ihm gefunden. Allerlei nützliche Notizen, könnte man sagen, die in seiner Wohnung herumlagen. Nichts Sensationelles, leider. Aufzeichnungen zu Krankheitsfällen, die bestimmt für irgendjemanden von Interesse sein könnten, schätze ich. Kopien von einigen unhöflichen Briefen, die der Doktor an diese oder jene Firma, an Laboratorien oder Unikliniken in aller Welt geschickt hat. Das wär's dann auch schon, oder, Les?«

»›Herumliegen‹ ist eigentlich etwas übertrieben«, räumte Lesley ein. »›Versteckt‹ trifft es eher. Ein Stapel war an der Rückseite eines Bilderrahmens festgeklebt, ein anderer unter der Badewanne. Hat uns einen ganzen Tag gekostet. Na, fast jedenfalls.« Sie befeuchtete ihren Finger und schlug eine Seite des Notizbuchs um.

»Außerdem hatten die Typen sein Auto vergessen«, rief ihr Rob in Erinnerung.

»War schon eher eine Müllkippe als eine Wohnung, als sie damit fertig waren«, stimmte Lesley zu. »Nicht gerade professionell. Tür eintreten und mitnehmen, was einem in die Finger fällt. So was gibt's allerdings in London inzwischen auch. Sobald jemand als vermisst oder tot in der Zeitung auftaucht, stehen noch am selben Morgen die Gauner auf der Matte und bedienen sich. Unsere Leute von der Verbrechensverhütung sind ganz schön sauer darüber. Was dagegen, wenn wir Ihnen kurz noch ein paar Namen hinwerfen, Mr Woodrow?« Sie sah ihn mit ihren grauen Augen durchdringend an.

»Fühlen Sie sich ganz wie zu Hause«, sagte Woodrow, als täten sie das nicht längst.

»Kovacs – vermutlich ungarisch – Frau – jung. *Raben*schwarze Haare, *lange* Beine – fehlen nur noch ihre Maße – Vorname unbekannt, Forscherin.«

»An die *würden* Sie sich erinnern«, sagte Rob.

»Leider nicht.«

»Emrich. Doktor der Medizin, betreibt wissenschaftliche Forschung, den ersten akademischen Grad in Petersburg erworben, dann noch einen in Leipzig, Forschungstätigkeit in Danzig. Weiblich. Eine Beschreibung liegt nicht vor. Sagt der Name Ihnen was?«

»Von so jemandem habe ich in meinem ganzen Leben nicht gehört. Ich kenne niemanden, auf den die Beschreibung zutrifft, niemand dieses Namens, niemand dieser Herkunft oder dieser Berufsrichtung.«

»Verflixt, Sie kennen sie wirklich nicht, was?«

»Und unser alter Freund Lorbeer«, schaltete Lesley sich fast entschuldigend ein. »Vorname unbekannt, Herkunft unbekannt, wahrscheinlich halb holländisch oder burisch, die beruflichen Qualifikationen ein Rätsel. Das Problem ist, dass wir aus Bluhms Aufzeichnungen zitieren und ihm sozusagen auf Gedeih und Verderb ausgeliefert sind. Er hat die drei Namen nebeneinander eingekreist wie bei einer graphischen Darstellung, mit klitzekleinen Beschreibungen in jedem Kreis. Lorbeer und die beiden Doktorinnen. Lorbeer, Emrich, Kovacs. Ganz schöner Zungenbrecher. Wir hätten Ihnen ja eine Kopie mitgebracht, aber wir haben zur Zeit einige Bedenken, was Fotokopierer betrifft. Sie kennen ja die hiesige Polizei. Und die Copyshops – na ja, denen würden wir, ehrlich gesagt, nicht mal das Vaterunser zum Kopieren geben, oder, Rob?«

»Nehmen Sie doch unseren«, entfuhr es Woodrow allzu schnell.

Ein beschauliches Schweigen folgte. Woodrow erlebte es wie einen Anfall von Taubheit, kein Auto fuhr vorbei, kein Vogel sang und niemand ging den Flur vor seiner Tür entlang. Es war Lesley, die das Schweigen brach. Sie beharrte darauf, dass Lorbeer der Mann sei, den sie und Rob am dringendsten zu befragen wünschten.

»Lorbeer ist außerordentlich mobil. Es heißt, er sei im pharmazeutischen Bereich tätig. Es heißt, er sei im letzten Jahr mehrmals in Nairobi aufgetaucht, aber die Kenianer können ihn nicht aufspüren, wen wundert's. Es heißt, er sei auf Tessas Zimmer im Uhuru-Krankenhaus gewesen, während sie dort lag. *Bullig* ist eine andere Beschreibung, die wir gefunden haben. Und Sie sind absolut sicher, dass Ihnen noch nie ein Mediziner namens Lorbeer mit rötlichen Haaren und bulliger Erscheinung über den Weg gelaufen ist, ein Arzt möglicherweise? Auf irgendeiner Ihrer Reisen?«

»Hab nie von dem Mann gehört. Nicht im Entferntesten.«

»Das kriegen wir ziemlich oft zu hören«, warf Rob von der Seite ein.

»Tessa kannte ihn. Bluhm auch«, sagte Lesley.

»Was nicht bedeutet, dass ich ihn kenne.«

»Und wer oder was ist die weiße Pest?«, fragte Rob.

»Ich habe keine Ahnung.«

Dann gingen sie und ließen ihn mit einem immer größer werdenden Fragezeichen zurück.

* * *

Sobald er sicher sein konnte, dass sie weg waren, griff Woodrow zum Telefonhörer und rief Coleridge über die Hausleitung an. Erleichtert hörte er seine Stimme.

»Haben Sie eine Minute Zeit?«

»Ich glaube schon.«

Er traf ihn am Schreibtisch sitzend an, die gespreizten Finger einer Hand an die Stirn gelegt. Coleridge trug gelbe Hosenträger mit Pferden darauf und machte einen misstrauischen, streitlustigen Eindruck.

»Ich brauche die Zusicherung, dass wir Londons volle Rückendeckung in dieser Sache haben«, legte Woodrow los, ohne Platz zu nehmen.

»Mit *wir* meinen Sie wen genau?«

»Sie und mich.«

»Und mit London meinen Sie Pellegrin, nehme ich an.«

»Wieso? Hat sich irgendwas geändert?«

»Nicht, dass ich wüsste.«

»Oder soll sich was ändern?«

»Nicht, dass ich wüsste.«

»Nun, drücken wir's mal so aus: Hat Pellegrin Rückendeckung?«

»Oh, Bernard genießt *immer* Rückendeckung.«

»Bleiben wir also bei unserem Kurs oder nicht?«

»Bleiben wir dabei zu lügen, meinen Sie? Selbstverständlich.«

»Warum können wir uns dann nicht einigen auf – auf das, was wir sagen?«

»Gute Frage. Ich weiß nicht. Wäre ich ein gottesfürchtiger Mann, ich würde mich davonschleichen und beten. Aber so leicht ist das verdammt noch mal nicht. Das Mädchen ist tot. Das ist das eine. Und wir leben. Das ist das andere.«

»Also haben Sie ihnen die Wahrheit gesagt?«

»Nein, nein, um Gottes willen. Hab 'n Gedächtnis wie 'n Sieb. Tut mir ganz furchtbar Leid.«

»*Werden* Sie ihnen die Wahrheit sagen?«

»Denen? Nein, nein, niemals. Alles Arschlöcher.«

»Warum können wir dann unsere Aussagen nicht abstimmen?«

»Genau. Warum nicht? Warum eigentlich nicht? Sie haben es erfasst, Sandy. Was hindert uns daran?«

* * *

»Es geht um Ihren Besuch im Uhuru-Krankenhaus, Sir«, nahm Lesley den Faden kurzerhand wieder auf.

»Ich dachte, das Thema hätten wir bei unserer letzten Sitzung abgehakt.«

»Nein, Ihr anderer Besuch. Der zweite. Ein bisschen später. Die Einlösung sozusagen.«

»Die *Einlösung*? Wovon?«

»Eines Versprechens, das Sie ihr offenbar gegeben haben.«

»Wovon reden Sie? Ich verstehe Sie nicht.«

Rob dagegen verstand Lesley sehr gut, was er nicht verschwieg: »Es war doch eigentlich ganz deutlich ausgedrückt, Sir. Haben Sie sich ein zweites Mal mit Tessa im Krankenhaus getroffen? Etwa vier Wochen nach ihrer Entlassung vielleicht? Haben Sie sich im Warteraum der gynäkologischen Station getroffen, wo sie einen Termin hatte? So steht es nämlich in Arnolds Aufzeichnungen, und bisher hat sich alles bestätigt, was dort steht, jedenfalls soweit ungebildete Leute wie wir das beurteilen können.«

Arnold, konstatierte Woodrow. Nicht mehr Bluhm.

Der Soldatensohn in ihm ging mit sich zu Rate, und er tat es mit jener eiskalten Überlegung, die sich in allen Krisensituationen bisher als seine größte Tugend erwiesen hatte. Gleichzeitig lief allerdings in seiner Erinnerung die Szene in dem überfüllten Krankenhaus ab, als hätte eine andere Person sie erlebt. Tessa hat eine Korbtasche mit Bambusgriffen bei sich. Er sieht das Ding zum ersten Mal, aber für den Rest ihres kurzen Lebens wird es zum Bild der zähen Frau gehören, das sie nach dem Tod ihres Babys von sich geschaffen hat, damals als sie im Krankenhaus das Zimmer mit einer sterbenden Frau geteilt und deren Baby gestillt hat.

Dazu passten das sparsamere Make-up, das kürzere Haar und der finstere Blick – der sich nicht sehr von dem ungläubigen Starren unterschied, mit dem Lesley ihn in diesem Moment bedachte, während sie auf die bearbeitete Version des Ereignisses wartete. Die Lampen flackern, wie überall in diesem Krankenhaus. Breite Streifen von Sonnenlicht zerschneiden das Halbdunkel. Kleine Vögel flattern zwischen den Balken hin und her. Tessa lehnt mit dem Rücken an einer schiefen Wand, gleich neben einer übel riechenden Cafeteria mit orangefarbenen Stühlen. Und obwohl sich eine Unmenge von Menschen durch den Raum schiebt, sieht er sie sofort. Sie hält ihre Korbtasche mit beiden Händen an den Unterbauch gepresst, und die Art, wie sie da steht, erinnert ihn daran, wie die Nutten damals in den Torwegen und Eingängen gelehnt hatten, als er noch jung und leicht zu beeindrucken war. Die Wand liegt im Schatten, weil die Sonnenstrahlen nicht bis in die Ecken des Raumes reichen, und vielleicht ist das der Grund, weshalb Tessa sich gerade diesen Platz ausgesucht hat.

»Sie sagten, Sie würden mich anhören, wenn ich zu Kräften gekommen bin«, erinnert sie ihn mit leiser, rauer Stimme, die er kaum wiedererkennt.

Es ist seit seinem Besuch bei ihr auf dem Krankenzimmer das erste Mal, dass sie ein Wort miteinander wechseln. Er bemerkt, wie zerbrechlich ihre Lippen ohne den disziplinierenden Lippenstift wirken. Er bemerkt die Leidenschaft in ihren grauen Augen, und sie macht ihm Angst, wie ihm alle Leidenschaft Angst macht, seine eigene eingeschlossen.

»Das Treffen, von dem Sie sprechen, war nicht privater Natur«, teilte er Rob mit, um Lesleys unnachgiebigem Blick zu entgehen. »Es war rein beruflich. Tessa behauptete, sie sei auf Dokumente gestoßen, die, wenn sie sich als echt herausstellten, politisch brisant gewesen wären. Sie bat mich, sie in der Klinik zu treffen, um mir dort die Unterlagen zu geben.«

»Und wie ist sie darauf gestoßen?«, fragte Rob.

»Sie hatte Beziehungen. Das ist alles, was ich weiß. Freunde in den Hilfsorganisationen.«

»Wie zum Beispiel Bluhm.«

»Unter anderem. Es war nicht das erste Mal, dass sie sich mit skandalträchtigen Geschichten an das Hochkommissariat wandte, sollte ich hinzufügen. Sie hatte es sich mehr oder weniger zur Gewohnheit gemacht.«

»Mit Hochkommissariat sind Sie selbst gemeint?«

»Wenn wir von mir in meiner Eigenschaft als Leiter der Kanzlei sprechen, ja.«

»Warum hat sie die Dokumente nicht Justin gegeben? Er hätte sie doch weiterreichen können?«

»Justin durfte nicht ins Spiel gebracht werden. Das war ihr fester Wille, und seiner offenbar auch.« Verriet er zu viel, drohte erneut Gefahr? Woodrow verstrickte sich weiter: »Ich habe diesen Wunsch respektiert. Offen gesagt, habe ich jedes Zeichen von Skrupel ihrerseits respektiert.«

»Warum hat sie die Sachen nicht Ghita gegeben?«

»Ghita ist neu und jung und eine von den hiesigen Angestellten. Sie wäre kein angemessener Übermittler gewesen.«

»Sie haben sich also getroffen«, fasste Lesley zusammen. »Im Krankenhaus. Im Wartesaal der Gynäkologie. War das nicht ein ziemlich auffälliger Treffpunkt: zwei Weiße unter lauter Afrikanern?«

Ihr wart da, dachte er, der Panik nahe. Ihr habt das Krankenhaus aufgesucht. »Es waren nicht die Afrikaner, vor denen sie Angst hatte. Sondern die Weißen. Da ließ sie nicht mit sich reden. Unter Schwarzen fühlte sie sich sicher.«

»Hat sie das so gesagt?«

»Das habe ich geschlossen.«

»Woraus?« Jetzt wieder Rob.

»Aus ihrer Haltung in diesen letzten Monaten. Nach der Sache mit dem Baby. Mir gegenüber und der weißen Gemeinde insgesamt. Und ihrer Einstellung zu Bluhm. Bluhm konnte nichts falsch machen. Er war schwarz, gut aussehend und Arzt. Und Ghita ist Halbinderin« – ins Blaue hinein.

»Wie hat Tessa die Verabredung mit Ihnen getroffen?«, fragte Rob.

»Sie hat mir eine Mitteilung nach Hause geschickt, überbracht von ihrem Hausdiener Mustafa.«

»Wusste Ihre Frau, dass Sie sich mit Tessa treffen würden?«

»Mustafa hat die Nachricht an meinen Hausdiener gegeben, der sie an mich weiterleitete.«

»Und Sie haben Ihrer Frau nichts davon erzählt?«

»Ich habe die Angelegenheit als vertraulich betrachtet.«

»Warum hat sie Sie nicht angerufen?«

»Meine Frau?«

»Tessa.«

»Sie hat den Telefonen des diplomatischen Diensts misstraut. Aus gutem Grund. Wir alle tun das.«

»Warum hat sie die Dokumente nicht einfach Mustafa mitgegeben?«

»Sie wollte Zusicherungen von mir haben. Garantien.«

»Warum hat sie Ihnen die Unterlagen nicht hergebracht?« Wieder war es Rob, der die Schraube enger drehte.

»Aus dem Grund, den ich Ihnen bereits genannt habe. Sie war an einen Punkt gelangt, wo sie dem Hochkommissariat nicht mehr traute. Sie wollte sich nicht beschmutzen lassen, ja nicht einmal in der Nähe gesehen werden. Sie tun so, als wären ihre Handlungen logisch gewesen. Es fällt schwer, Logik mit Tessa in ihren letzten Lebensmonaten in Verbindung zu bringen.«

»Und warum nicht Coleridge? Warum mussten immerzu Sie es sein? An ihrem Bett im Krankenhaus? Kannte sie sonst niemanden hier?«

Für einen kurzen, gefährlichen Moment machte Woodrow sich mit seinen Inquisitoren gemein. Ja, warum eigentlich ich?, wollte er von Tessa in einem Anfall von Selbstmitleid wissen. Weil du mir in deiner verdammten Eitelkeit keine Wahl gelassen hast. Weil es dir Freude gemacht hat, dass ich dir Leib und Seele versprach, obwohl wir doch beide wussten, ich würde sie in der Stunde der Wahrheit nicht hergeben und du sie nicht haben wollen. Weil die Kämpfe mit mir dir die Gelegenheit gaben, auf all das loszugehen, was du so gern an England gehasst hast. Weil ich eine Art Archetyp für dich war. »Nur Rituale und kein Glaube« – deine Worte. Wir stehen uns gegenüber, nur zwanzig Zentimeter voneinander getrennt, und ich wundere mich, dass wir gleich groß sind, bis ich bemerke, dass sich eine Stufe am Fuße der schiefen Wand entlangzieht, die du, wie viele andere Frauen auch, erklommen hast, um von deinem Mann gesehen zu werden. Unsere Gesichter befinden sich auf gleicher Höhe, und trotz der neuen Strenge an dir ist es wieder Weihnachten, ich tanze mit dir und rieche den süßen, warmen Grasduft in deinen Haaren.

»Sie hat Ihnen also einen Stapel Papiere ausgehändigt«, sagte Rob. »Worum ging es darin?«

Ich nehme von dir den großen Umschlag entgegen, und die Berührung deiner Finger macht mich verrückt. Mit Absicht schürst du das Feuer in mir, du weißt es und kannst gar nicht anders, als mich erneut an den Rand des Wahnsinns zu treiben, obwohl du mich niemals dorthin begleiten würdest. Ich habe kein Jackett an. Du beobachtest, wie ich mein Hemd aufknöpfe und den Umschlag an meiner nackten Haut nach unten gleiten lasse, bis er mit der unteren Kante zwischen Hosenbund und Hüfte steckt. Du beobachtest, wie ich das Hemd wieder zuknöpfe, und mich überkommt ein Gefühl der Scham, als hätte ich dich gerade geliebt. Als guter Diplomat lade ich dich auf einen Kaffee in die Cafeteria ein. Du lehnst ab. Wir stehen voreinander wie Tänzer, die auf die Musik warten, was allein ihre körperliche Nähe zueinander rechtfertigen könnte.

»Rob hat Sie gefragt, um was es in den Unterlagen ging«, rief Lesley ihm wieder ins Bewusstsein.

»Es ging darin um einen angeblichen Skandal.«

»Hier in Kenia?«

»Die Korrespondenz wurde als geheim eingestuft.«

»Von Tessa?«

»Seien Sie doch nicht albern. Wie sollte sie irgendetwas als geheim einstufen?«, fauchte Woodrow, der gleich darauf seine hitzige Reaktion bedauerte.

Sie müssen sie zwingen, etwas zu unternehmen, Sandy, beschwörst du mich. Dein Gesicht ist blass vor Leid und Entschlossenheit. Deiner Neigung zur Theatralik hat die Erfahrung wirklicher Tragik nichts anhaben können. In deinen Augen schimmern Tränen, die seit dem Verlust deines Babys nicht mehr versiegt sind. Deine Stimme drängt, zugleich liebkost sie mich, du ziehst alle Register, wie eh und je. *Wir brauchen einen Fürsprecher, Sandy. Einen von außerhalb. Jemand Offizielles, Fähiges. Versprechen Sie's mir. Wenn ich Ihnen die Treue halten kann, können auch Sie mir treu bleiben.*

Also sage ich es. Ich lasse mich, genau wie du, von der Macht des Augenblicks hinreißen. *Ich glaube. An Gott. An die Liebe. An Tessa.* Wenn wir zusammen auf der Bühne stehen, *glaube* ich. Bring mich um Kopf und Kragen, wie jedes Mal, wenn ich dich treffe, und du verlangst es mir ab, weil auch du süchtig bist nach diesen unmöglichen Beziehungen und theatralischen Szenen. *Ich verspreche es*, sage ich, und du lässt es mich wiederholen. *Ich verspreche es, ich verspreche es. Ich liebe dich, und ich verspreche es.* Und das ist das Stichwort, das du brauchst, um mir einen Kuss auf die Lippen zu geben, auf den Mund, der soeben das beschämende Versprechen gegeben hat: einen Kuss, der mich zum Schweigen verpflichtet und den Vertrag besiegelt; eine kurze Umarmung, die mich an unsere Abmachung bindet und mir erlaubt, den Duft deiner Haare zu riechen.

»Die Unterlagen wurden per Diplomatenpost an den zuständigen Staatssekretär in London geschickt«, erklärte Woodrow Rob. »Von da an unterlagen sie der Geheimhaltung.«

»Warum?«

»Wegen der schwerwiegenden Anschuldigungen, die sie enthielten.«

»Gegen wen?«

»Dazu darf ich nichts sagen, fürchte ich.«

»Eine Firma? Eine Einzelperson?«

»Kein Kommentar.«

»Aus wie vielen Seiten bestand das Dokument, was meinen Sie?«

»Fünfzehn, zwanzig. Es war noch eine Art Anhang dabei.«

»Irgendwelche Fotos, Illustrationen, Beweisstücke?«

»Kein Kommentar.«

»Irgendwelche Bänder, Disketten? Aufgezeichnete Geständnisse, Erklärungen?«

»Kein Kommentar.«

»An welchen Staatssekretär haben Sie die Sachen geschickt?«

»Sir Bernard Pellegrin.«

»Haben Sie eine Kopie angefertigt und hier behalten?«

»Wir verfolgen grundsätzlich die Politik, hier so wenig brisantes Material wie möglich aufzubewahren.«

»Haben Sie eine Kopie behalten oder nicht?«

»Nein.«

»Wie waren die Unterlagen erstellt worden?«

»Was meinen Sie?«

»Waren sie mit der Hand geschrieben oder maschinell?«

»Maschinegeschrieben.«

»Womit?«

»Ich kenne mich mit Schreibmaschinen nicht aus.«

»Ein elektronischer Drucktyp vielleicht? Von einem Textverarbeitungsprogramm? Einem Computer? Erinnern Sie sich an die Schriftart? Was für ein Font es war?«

Woodrow zuckte unwillig die Achseln, fast aggressiv.

»Es war nicht vielleicht eine kursive Schrift?« Rob blieb beharrlich.

»Nein.«

»Oder diese simulierte, verschlungene Handschrift, die es auch gibt?«

»Es war eine ganz normale Antiqua.«

»Elektronisch geschrieben.«

»Ja.«

»Dann erinnern Sie sich ja doch. War auch der Anhang maschinell geschrieben?«

»Wahrscheinlich.«

»In derselben Schrift?«

»Wahrscheinlich.«

»Also ungefähr fünfzehn bis zwanzig Seiten, ausgedruckt in ganz normaler Antiquaschrift. Danke sehr. Haben Sie Rückmeldung aus London erhalten?«

»Nach einiger Zeit, ja.«

»Von Pellegrin?«

»Vielleicht war es Sir Bernard, vielleicht aber auch einer seiner Untergebenen.«

»Welchen Inhalts?«

»Es seien keinerlei Schritte erforderlich.«

»Gab es eine Begründung dafür?« Nach wie vor war es Rob, der seine Fragen wie Boxhiebe austeilte.

»Die in dem Dokument vorgelegten so genannten Beweise seien von vornherein tendenziös. Jegliche Nachforschungen zu ihrem Gehalt würden daher ergebnislos bleiben und unsere Beziehungen zum Gastland belasten.«

»Haben Sie Tessa berichtet, dass die Antwort so lautete – keinerlei Schritte erforderlich?«

»Nicht in diesen Worten.«

»Was *haben* Sie ihr denn erzählt?«, fragte Lesley.

Gab Woodrows neue Marschroute, die Wahrheit zu sagen, ihm seine Antwort ein – oder war es der leise Drang, sich zu offenbaren? »Ich habe ihr gesagt, was nach meinem Gefühl für sie akzeptabel war, angesichts ihres Zustands und des Verlustes, den sie erlitten hatte, und in Anbetracht der Bedeutung, die sie den Dokumenten beimaß.«

Lesley hatte das Aufnahmegerät ausgeschaltet und war dabei, ihre Notizbücher einzupacken. »Welche Lüge war denn für sie akzeptabel, Sir? Ihrer Einschätzung nach?«, fragte sie.

»Dass London sich der Sache angenommen habe. Weitere Schritte würden vorbereitet.«

Einen glücklichen Moment lang glaubte Woodrow, die Sitzung sei beendet. Aber Rob ließ noch nicht locker.

»Eine Sache noch, wenn Sie nichts dagegen haben, Mr Woodrow. Bell, Barker & Benjamin. Auch bekannt als ThreeBees.«

Woodrow zuckte nicht mit der Wimper.

»Haben überall ihre Anzeigen in der Stadt. ›ThreeBees – Bienenfleißig im Dienste Afrikas‹ und so weiter. Die Hauptniederlassung ist nicht weit von hier. Großes neues Glasgebäude, das aussieht wie Dr. Who's Dalek.«

»Ja, und?«

»Nun, wir haben uns gestern Abend das Firmenprofil mal näher angesehen, nicht wahr, Les? Ein erstaunliches Unternehmen. Glaubt man gar nicht. Hat die Finger drin in ganz Afrika, ist aber durch und durch britisch. Hotels, Reisebüros, Zeitungen, Sicherheitsunternehmen, Banken, Goldminen, Kohle und Kupfer, Import von Autos, Schiffen und Lastwagen – ich könnte ewig weitermachen mit der Aufzählung. Und außerdem eine hübsche Palette von Medikamenten. ›ThreeBees – Unser Honig für Ihre Gesundheit.‹ Das haben wir heute Morgen auf dem Weg hierher entdeckt, stimmt's, Les?«

»Ganz hier in der Nähe«, bestätigte Lesley.

»Und mit Mois Leuten stecken sie auch unter einer Decke, nach allem was man hört. Privatflugzeuge, Frauen bis zum Abwinken.«

»Ich nehme an, Sie wollen über kurz oder lang auf etwas Bestimmtes hinaus.«

»Eigentlich nicht. Ich wollte nur Ihr Gesicht beobachten, während ich darüber rede. Was ich hiermit getan habe. Vielen Dank für Ihre Geduld.«

Lesley war noch immer mit ihrer Tasche beschäftigt. So wenig, wie sie sich für diesen letzten Wortwechsel interessiert hatte, konnte es sein, dass sie ihn womöglich gar nicht mitbekommen hatte.

»Leuten wie Ihnen sollte das Handwerk gelegt werden, Mr Woodrow«, sinnierte sie laut und schüttelte verwundert ihr weises Haupt. »Sie glauben, Sie würden die Probleme der Welt lösen, dabei sind Sie selbst das Problem.«

»Was nichts anderes heißen soll als: Sie sind ein verdammter Lügner«, erläuterte Rob.

Diesmal begleitete Woodrow sie nicht zur Tür. Er blieb auf seinem Posten hinter dem Schreibtisch und lauschte, wie sich die Schritte seiner Gäste entfernten. Dann rief er beim Empfang an und bat in beiläufigem Ton darum, unterrichtet zu werden, wenn sie das Gebäude verlassen hatten. Als dies geschehen war, machte er sich schnurstracks auf den Weg zu Coleridges Büro. Coleridge war, wie er genau wusste, nicht am Platz, da er zu einer Besprechung im kenianischen Ministerium für Auswärtige Angelegenheiten weilte. Mildren sprach gerade auf der Hausleitung. Er wirkte unangenehm entspannt.

»Es ist dringend«, sagte Woodrow, um den Gegensatz zu dem, was Mildren sich da gerade erlaubte, deutlich zu machen.

Woodrow setzte sich an Coleridges leeren Schreibtisch und beobachtete, wie Mildren dem Safe des Hochkommissars eine weiße Kodekarte entnahm, die er mit großem Eifer in das abhörsichere Telefon einführte.

»Wen wollen Sie eigentlich sprechen?«, fragte Mildren mit der Unverschämtheit, die Privatsekretäre aus der Unterschicht Hochgestellten gegenüber gern an den Tag legen.

»Verschwinden Sie«, sagte Woodrow.

Und sobald er allein war, wählte er die Nummer von Sir Bernard Pellegrin.

* * *

Sie saßen auf der Veranda, zwei Diplomatenkollegen, die sich nach dem Dinner noch einen Schlummertrunk im erbarmungslos grellen Licht der Sicherheitsbeleuchtung gönnten. Gloria hatte sich in den Salon begeben.

»Es gibt wohl keine angemessene Art, dies zu sagen, Justin«, begann Woodrow. »Also sag ich es einfach. Es besteht die große Wahrscheinlichkeit, dass sie vergewaltigt wurde. Es tut mir furchtbar Leid. Für Tessa und für Sie.«

Und es tat Woodrow wirklich Leid, wie denn auch nicht? Manchmal musst du etwas gar nicht fühlen, um zu wissen, dass du es fühlst. Manchmal hat man auf deinen Gefühlen schon so viel herumgetrampelt, dass selbst eine weitere schreckliche Nachricht nur mehr ein lästiges Detail darstellt, das es zu verarbeiten gilt.

»Natürlich steht die Obduktion noch aus, daher sage ich es inoffiziell und unter Vorbehalt«, fuhr er, Justins Blick meidend, fort. »Aber es scheint kein Zweifel zu bestehen.« Er hatte das Bedürfnis, Justin Trost zu spenden. »Die Polizei ist sogar der Ansicht, dass es die Situation überschaubarer macht – endlich hat man ein Motiv. Der Fall bekommt eine allgemeine Stoßrichtung, auch wenn man noch nichts Näheres mit Bestimmtheit sagen kann.«

Justin saß still und aufmerksam da, ein Brandyglas in beiden Händen, als wäre es ein Preis, den man ihm gerade übergeben hatte.

»Es besteht nur die *Wahrscheinlichkeit*?«, wandte er schließlich ein. »Wie überaus merkwürdig. Wie kann das sein?«

Woodrow hatte zwar nicht damit gerechnet, dass er sich schon wieder bohrenden Fragen würde stellen müssen, aber auf erschreckende Weise war es ihm sogar willkommen, als ritte ihn der Teufel.

»Nun, offenkundig müssen sie sich die Frage stellen, ob es ein Einverständnis gegeben haben könnte. Das ist reine Routine.«

»Was für ein Einverständnis und mit wem?«, fragte Justin verwirrt.

»Tja, mit, äh – wen auch immer sie im Auge haben. Wir können ihnen nicht die Arbeit abnehmen, nicht wahr?«

»Nein, das stimmt. Armer Sandy. Man scheint Ihnen alle unangenehmen Aufgaben aufs Auge zu drücken. Aber jetzt sollten wir uns um Gloria kümmern. Wie gut sie doch beraten war, uns allein zu lassen. Es wäre ihrer zarten englischen Haut bestimmt nicht zuträglich gewesen, hier draußen mit dem gesamten Insektenreich Afrikas zusammenzutreffen.« Justin verspürte plötzlich großen Widerwillen, in Woodrows Nähe zu sein. Er erhob sich und riss die Verandatür auf. »Gloria, meine Liebe, wir haben Sie sträflich vernachlässigt.«

Sechstes Kapitel

Justin Quayle begrub seine auf so vielfältige Weise gemordete Frau auf dem schönen afrikanischen Friedhof Langata unter einem Jakarandabaum, zwischen ihrem tot geborenen Sohn Garth und einem fünfjährigen Kikuyu-Jungen, über den ein kniender Gipsengel mit einem Schutzschild wachte, auf dem geschrieben stand, er weile nun bei den himmlischen Heerscharen. Hinter ihr ruhte in Gott Horatio John Williams aus Dorset und zu ihren Füßen Miranda K. Soper, in ewiger Liebe. Doch Garth und der kleine afrikanische Junge, der Gitau Karanja hieß, waren Tessas nächste Gefährten. Sie lag Schulter an Schulter mit ihnen, so wie Justin es gewünscht und Gloria es nach angemessener Verteilung der von Justin gespendeten Mittel für ihn erwirkt hatte. Justin hielt sich während der gesamten Zeremonie abseits von den anderen. Er stand – Tessas Grab zur Linken, das von Garth zur Rechten – volle zwei Schritte vor Woodrow und Gloria. Die beiden hatten sich bis dahin dicht an seiner Seite gehalten, um ihm Trost zu bieten, aber auch, um ihn vor der Zudringlichkeit der Presse zu schützen. Denn diese nahm ihre Pflicht gegenüber der Öffentlichkeit ernst und ging unerbittlich der Aufgabe nach, Fotos und weiteres Material über den gehörnten britischen Diplomaten und Möchtegern-Vater zu ergattern. Schließlich hatte dessen massakrierte weiße Frau ein Kind ihres afrikanischen Liebhabers zur Welt gebracht – so die dreisteren Gazetten – und lag jetzt neben dem Totgeborenen in einem Winkel fern der Heimat begraben, einem Winkel, der von nun an für immer England sein würde.

Neben den Woodrows, aber deutlich von ihnen getrennt, stand in einem Sari Ghita Pearson, den Kopf gebeugt und die Hände in zeitloser Trauerhaltung gefaltet, und neben ihr der totenbleiche Porter Coleridge mit seiner Frau Veronica. Woodrow kam es vor, als lebten die beiden an Ghita die Beschützerinstinkte aus, die sie sonst an ihrer abwesenden Tochter Rosie ausgelassen hätten.

Der Friedhof Langata liegt auf einem weiten Plateau aus rotem Schlamm, üppig bewachsen mit hohem Gras und blühenden, stimmungsvoll wirkenden Zierbäumen, ein paar Meilen vom Stadtzentrum entfernt und in direkter Nachbarschaft zu Kibera, einem der größeren Slums von Nairobi. Über dieser riesigen braunen Schlammwüste voll qualmender Blechhütten wölbt sich eine Dunstglocke aus ungesundem afrikanischem Staub. Im ständig wachsenden Kibera leben eine halbe Million Menschen, eingezwängt in das Flusstal des Nairobi, das überquillt von Abwässern, Plastiktüten, bunten Lumpen, Bananen- und Apfelsinenschalen, Maiskolben und allem, was eine Stadt sonst noch gerne an solchen Orten ablädt. Gegenüber dem Friedhof befinden sich das gepflegte Gebäude des Kenianischen Fremdenverkehrsbüros sowie der Eingang zum Wildpark und irgendwo dahinter die baufälligen Baracken des Wilson Airport, des ältesten Flughafens von Kenia.

Auf die Woodrows und viele andere Trauergäste wirkte Justins selbst gewählte Einsamkeit so kurz vor der eigentlichen Beerdigung ebenso unheilverkündend wie heldenhaft. Es war, als nähme er Abschied nicht nur von Tessa, sondern auch von seiner Karriere, von Nairobi, seinem tot geborenen Sohn und seinem ganzen bisherigen Leben. Seine bedenkliche Nähe zum Rand des Grabs schien das anzudeuten. Unvermeidlich entstand der Eindruck, als verschwände vieles, wenn nicht alles von dem Justin, den sie kannten, mit Tessa im Jenseits.

Nur einer der Lebenden schien seiner Beachtung wert zu sein, wie Woodrow bemerkte, und das waren weder der Priester noch die Wache haltende Ghita Pearson, weder sein Gesandtschaftsleiter, der reservierte, bleiche Porter Coleridge, noch die Journalisten, die um den besten Platz, den optimalen Blickwinkel für ihre Kameras wetteiferten. Weder die einander untergehakt haltenden englischen Ehefrauen, die mit Leidensmienen um die verblichene Schwester trauerten, deren Schicksal so leicht das ihre hätte sein können, noch das Dutzend übergewichtiger kenianischer Polizisten, die nervös an ihren Lederkoppeln herumfingerten.

Nein, es war Kioko. Der Junge, der in Tessas Zimmer im Uhuru-Krankenhaus auf dem Boden gesessen und am Bett seiner sterbenden Schwester gewacht hatte und der zehn Stunden zu Fuß von seinem Dorf hergelaufen war, um sie in ihrer letzten Stunde nicht allein zu lassen. Er war erneut zehn Stunden gelaufen, um an diesem Tag bei Tessa zu sein. Justin und Kioko wurden einander zur selben Zeit gewahr und tauschten einen langen Blick gegenseitigen Verstehens. Kioko war von allen Anwesenden der Jüngste, fiel Woodrow auf. Mit Rücksicht auf afrikanische Traditionen hatte Justin sich die Teilnahme jüngerer Trauergäste verbeten.

Tessas Leichenzug war an den weißen Torpfosten am Eingang des Friedhofs angelangt. Riesige Kakteen, Reifenspuren im roten Schlamm und fromme Bananen-, Feigen- und Eisverkäufer säumten den Pfad zu ihrem Grab. Der Priester war ein alter, ergrauter Schwarzer. Woodrow erinnerte sich, dass er ihm auf einer von Tessas Partys einmal die Hand geschüttelt hatte. Der Priester hatte Tessa überschwänglich verehrt, und er predigte mit Inbrunst seinen Glauben an ein Leben nach dem Tode. Aber angesichts des Verkehrs von der Straße und der Flugzeuge in der Luft – ganz zu schweigen von anderen Bestattungen in der Nähe, dem Schmettern geistlicher Musik von Lastwagen voller Trauergäste, den über Megafone wetteifernden Rednern, die zu Freunden und Angehörigen sprachen, die im Gras um die Särge ihrer Lieben hockten und picknickten – angesichts all dessen war es nicht weiter verwunderlich, dass nur wenige der geflügelten Worte des Gottesmannes die Ohren seiner Zuhörer erreichten. Justin jedenfalls, so er überhaupt etwas wahrnahm, zeigte sich vollkommen unberührt. Gepflegt wie immer in dem dunklen Zweireiher, den er für diesen Anlass gewählt hatte, hielt er den Blick unverwandt auf Kioko gerichtet, der sich wie er selbst ein eigenes Plätzchen abseits der anderen gesucht hatte und irgendwie den Eindruck eines Erhängten machte, denn seine schmalen Füße schienen kaum den Boden zu berühren, die Arme hingen herab, und sein Kopf war wie in ständigem Fragen schräg nach oben gereckt.

Tessas letzte Reise war nicht wirklich glatt verlaufen, aber das wäre auch weder Woodrows noch Glorias Wunsch gewesen. Stillschweigend fanden es beide angemessen, dass die letzte Handlung um Tessa jenes Element von Unberechenbarkeit enthielt, das ihr ganzes Leben charakterisiert hatte. Die Woodrows waren früh aufgestanden, obwohl es keinen ersichtlichen Grund dafür gegeben hatte. Gloria war mitten in der Nacht plötzlich eingefallen, dass sie gar keinen dunklen Hut hatte. Ein Telefonat im Morgengrauen ergab, dass Elena zwei besaß, die aber, im Stil der Zwanziger, eher aussähen wie Pilotenmützen, ob Gloria das etwas ausmache? Vom Wohnsitz ihres griechischen Mannes wurde ein Dienst-Mercedes auf den Weg gebracht, der einen schwarzen Hut in einer Plastiktüte von Harrod's ablieferte. Gloria schickte ihn umgehend zurück, da ihr das schwarze Spitzenkopftuch ihrer Mutter doch lieber war: Sie würde es tragen wie eine *mantilla*. Und schließlich sei Tessa ja zur Hälfte Italienerin gewesen, erklärte sie.

»Aus Spanien, Darling«, erwiderte Elena.

»Unsinn«, gab Gloria zurück. »Ihre Mutter war eine toskanische Contessa. Das habe ich im *Telegraph* gelesen.«

»Die *mantilla*, Darling«, korrigierte Elena geduldig. »*Mantillas* sind aus Spanien, nicht aus Italien, fürchte ich.«

»Aber ihre Mutter war *trotzdem* Italienerin, verdammt«, fauchte Gloria – um fünf Minuten später wieder bei Elena anzurufen: Der Stress sei schuld an ihrer schlechten Laune.

Inzwischen waren die Woodrow-Jungen in die Schule verfrachtet worden, Woodrow selbst zum Hochkommissariat aufgebrochen, und Justin stand in Schlips und Kragen im Esszimmer herum und klagte, ihm fehlten Blumen. Nicht Blumen aus Glorias Garten, sondern aus dem eigenen. Er wolle die duftenden gelben Freesien, die er, wie er sagte, das ganze Jahr über nur für Tessa gezüchtet habe und die immer im Wohnzimmer auf sie gewartet hätten, wenn sie von ihren Exkursionen nach Hause gekommen sei. Er brauche mindestens zwei Dutzend davon für Tessas Sarg. Glorias Überlegungen, wie man die Blumen am besten herbeischaffen könne, wurden von dem wirren Anruf einer Lokalzeitung unterbrochen, die gerade eine Meldung vorbereitete: Man habe in einem ausgetrockneten Flussbett fünfzig Meilen östlich des Turkanasees Bluhms Leiche gefunden. Ob sich jemand dazu äußern wolle? Gloria schrie »Kein Kommentar!«, und knallte den Hörer auf die Gabel. Aber sie war doch erschüttert und innerlich zerrissen, weil sie nicht so recht wusste, ob sie Justin diese Neuigkeit jetzt gleich mitteilen oder damit bis nach der Beerdigung warten sollte. Mit großer Erleichterung nahm sie daher fünf Minuten später einen Anruf von Mildren entgegen, der erklärte, Woodrow sei in einer Besprechung, aber etwaige Gerüchte über Bluhms Leiche seien völlig haltlos: Die Leiche, für die eine Gruppe somalischer Banditen zehntausend Dollar verlange, sei mindestens hundert Jahre alt, wenn nicht tausend, und ob er wohl kurz mit Justin sprechen könne?

Gloria holte Justin ans Telefon und blieb geschäftig neben ihm stehen, als er sagte, ja – das sei ihm recht – sehr freundlich, er werde ganz bestimmt vorbereitet sein. Aber worin Mildrens Freundlichkeit bestand und worauf Justin sich vorbereiten wollte, blieb im Dunkeln. Und nein, danke – sagte Justin mit Nachdruck zu Mildren, was das Dunkel nur vertiefte –, er wünsche bei der Ankunft nicht abgeholt zu werden, er ziehe es vor, seine eigenen Vorbereitungen zu treffen. Dann legte er auf und bat Gloria – ziemlich spitz, wenn man bedachte, was sie alles für ihn getan hatte –, aus dem Zimmer zu gehen, er habe ein R-Gespräch mit seinem Anwalt in London zu führen. Das hatte er in den letzten Tagen bereits zweimal getan, ebenfalls ohne Gloria in seine Überlegungen mit einzubeziehen. Und so zog sie sich demonstrativ taktvoll in die Küche zurück, um an der Durchreiche zu lauschen –, fand dort aber den tief bekümmerten Mustafa vor, der mit einem Korb voll gelber Freesien, die er auf eigene Initiative in Justins Garten geschnitten hatte, ungebeten zur Hintertür hereingeschneit war. Immerhin gab dies Gloria einen Vorwand, zurück in den Salon zu marschieren, in der Hoffnung, wenigstens noch den Schluss von Justins Gespräch mitzubekommen. Er legte jedoch gerade auf, als sie eintrat.

Und plötzlich, ohne dass ihnen bewusst war, wie die Zeit verging, waren sie zu spät dran. Gloria, die inzwischen angekleidet war, hatte ihr Gesicht noch nicht einmal *angerührt*, niemand hatte auch nur einen *Bissen* gegessen, dabei war es schon weit nach Mittag; Woodrow wartete draußen im Volkswagen, Justin stand mit den nun zu einem Strauß gebundenen Freesien in der Eingangshalle, Juma lief mit einem Tablett voller Käsesandwichs von einem zum andern, und Gloria versuchte sich zu entscheiden, ob sie die *mantilla* unterm Kinn knoten oder über die Schultern legen sollte, wie ihre Mutter es immer getan hatte.

Und zwischen Justin und Woodrow auf die Rückbank des Transporters gequetscht, musste sie sich eingestehen, was Elena ihr seit Tagen ständig erzählt hatte: Sie, Gloria, hatte sich Hals über Kopf in Justin verliebt, etwas, das ihr seit Jahren nicht mehr passiert war. Allein die Vorstellung, dass er nun jederzeit verschwinden konnte, stürzte sie in abgrundtiefe Verzweiflung. Andererseits, hatte Elena es auf den Punkt gebracht, würde seine Abreise ihr zumindest erlauben, den Kopf klar zu bekommen und ihre ehelichen Pflichten wieder normal zu erfüllen. Und falls sich herausstellen sollte, dass seine Abwesenheit ihre zärtlichen Gefühle für ihn nur steigerte, nun, so hatte Elena wagemutig angedeutet, da habe Gloria ja allerlei Möglichkeiten, das in London zu regeln.

Die Fahrt durch die Stadt kam Gloria holpriger vor als gewöhnlich, und deutlicher, als ihr lieb sein konnte, spürte sie Justins warmen Oberschenkel an ihrem eigenen. Als der Volkswagen vor der Leichenhalle vorfuhr, hatte sie einen Kloß im Hals, das Taschentuch lag ihr als feuchtes Knäuel in der Hand, und sie hätte nicht mehr sagen können, ob sie nun um Tessa oder Justin trauerte. Die Hecktür wurde von außen geöffnet, Justin und Woodrow sprangen hinaus und ließen Gloria allein auf der Rückbank zurück bei Livingstone, der vorne sitzen blieb. Keine Journalisten, oder vielmehr: noch keine, stellte sie dankbar fest und versuchte, ihre Fassung wiederzugewinnen. Sie beobachtete ihre beiden Männer durch die Windschutzscheibe, wie sie die Stufen vor dem eingeschossigen Granitgebäude emporstiegen, dessen Dachkonstruktion entfernt an den Tudorbogen erinnerte. Justin trug einen seiner maßgeschneiderten Anzüge, und sein grauschwarzes Haar, das man ihn niemals kämmen oder bürsten sah, lag wie immer perfekt. In der Hand hielt er die gelben Freesien – und sein Gang war der eines Kavallerieoffiziers, die rechte Schulter vorgeschoben wie bei allen, die mit den Dudleys verwandt waren. Warum schien es nur immer so, als ginge Justin voran und Sandy folge ihm? Und warum wirkte Sandy neuerdings so unterwürfig, wie ein *Butler*?, klagte sie bei sich.

Wird Zeit, dass er sich mal einen neuen Anzug kauft; in diesem aus Sergestoff sieht er ja aus wie ein Privatdetektiv.

Die beiden verschwanden in der Vorhalle. »Papiere unterschreiben, Schatz«, hatte Sandy ihr von oben herab erklärt. »Freigabe des Leichnams und all dieser Unsinn.« Warum behandelt er mich auf einmal wie sein kleines Weibchen? Hat er vergessen, dass ich die ganze verdammte Beerdigung organisiert habe? Eine Schar schwarz gekleideter Träger hatte sich vor dem Nebeneingang der Leichenhalle versammelt. Die Tür schwang auf, und ein schwarzer Leichenwagen, an dessen Seite in dreißig Zentimeter großen, weißen Buchstaben unnötigerweise das Wort LEICHENWAGEN stand, rollte rückwärts auf die Männer zu. Gloria erhaschte einen flüchtigen Blick auf honigfarben gebeiztes Holz und gelbe Freesien, als der Sarg zwischen schwarzen Jacketts hindurch auf die offene Ladefläche glitt. Die müssen den Strauß mit Klebeband auf dem Deckel befestigt haben. Wie sonst kann man Freesien dazu bringen, unbeweglich auf einem Sarg liegen zu bleiben? Justin dachte aber auch an alles. Der Leichenwagen schwenkte auf den Vorplatz, die Träger waren eingestiegen. Gloria schniefte ausgiebig, dann putzte sie sich die Nase.

»Schlimme Sache, Madam«, ließ Livingstone vom Fahrersitz verlauten. »Ganz, ganz schlimme Sache.«

»Ja, das ist es, Livingstone«, sagte Gloria, dankbar, etwas Konventionelles zu hören und sagen zu dürfen. Man wird dich beobachten, junge Frau, ermahnte sie sich streng. Zeit, dass du dich zusammenreißt und ein gutes Beispiel gibst. Die Hecktür wurde aufgerissen.

»Alles in Ordnung, Mädchen?«, fragte Woodrow fröhlich und ließ sich neben sie plumpsen. »Waren sie nicht großartig, Justin? So einfühlsam und so professionell.«

Untersteh dich, mich Mädchen zu nennen, herrschte sie ihn wütend an – aber nur bei sich.

* * *

Beim Betreten der St. Andrew's Church nahm Woodrow die Gesamtheit der dort Versammelten in sich auf. Mit einem einzigen Rundumblick erfasste er die bleichen Coleridges und hinter ihnen

Donohue mit seiner seltsamen Frau Maud, die verblüht wirkte wie eine ehemalige Revuetänzerin, und neben ihnen Mildren alias Mildred neben einer magersüchtigen Blondine, von der es hieß, sie lebe mit ihm in seiner Wohnung. Die Kampftrinker vom Muthaiga Club – Originalton Tessa – hatten sich zu einem militärischen Block formiert. Auf der anderen Seite des Ganges erkannte er eine Abordnung vom Welternährungsprogramm und eine weitere, die sich vollständig aus Afrikanerinnen zusammensetzte, manche von ihnen mit Hüten, andere in Jeans, aber alle mit demselben finster entschlossenen, kämpferischen Blick, wie er typisch war für Tessas radikale Freunde. Hinter ihnen stand verloren eine Gruppe gallisch wirkender, undefinierbar arrogant erscheinender junger Männer und Frauen, die Frauen mit Kopfbedeckung, die Männer mit offenem Kragen und Dreitagebart. Woodrow kam nach einigem Rätseln zu dem Schluss, dass es sich um Mitglieder von Bluhms belgischer Organisation handeln musste, und dachte böse: Die fragen sich bestimmt, ob sie nicht nächste Woche schon wieder hier sind, wegen Arnold. Neben ihnen hatten sich die illegalen Dienstboten der Quayles aufgereiht: der Hausbursche Mustafa, Esmeralda aus dem Südsudan und der einarmige Ugander, Name unbekannt. Und in der ersten Reihe ragte neben ihrem verschwindend kleinen, griechischen Ehemann die gut gepolsterte, rothaarige Elena höchstselbst auf, Woodrows *bête noire*, behangen mit dem schwarzen Trauerschmuck ihrer Großmutter.

»Sag mir, Darling, soll ich den schwarzen Schmuck tragen, oder wäre das zu viel des Guten?«, hatte sie um acht Uhr morgens von Gloria wissen wollen. Und Gloria hatte ihr nicht ohne Hintergedanken geraten, es ruhig zu wagen.

»Offen gesagt, El, bei anderen könnte das leicht übertrieben wirken. Aber bei *deinem* Teint, Darling – tu's einfach.«

Und kein einziger Polizist, stellte Woodrow befriedigt fest, weder kenianisch noch britisch. Hatte Bernard Pellegrin seinen Zauberstab geschwungen? Wer würde wagen, das laut zu sagen.

Woodrow schielte noch einmal verstohlen zu Coleridge hinüber; wie bleich und verhärmt er aussah. Woodrow musste an ihr bizarres Gespräch vergangenen Samstag in der Residenz denken und verfluchte Coleridge insgeheim, weil er so unentschlossen und zimperlich war. Sein Blick kehrte zu Tessas Sarg zurück, der feierlich vor dem Altar aufgebahrt war. Justins gelbe Freesien balancierten sicher obenauf. Woodrow traten Tränen in die Augen, doch er schickte sie energisch dorthin zurück, wo sie hergekommen waren. Die Orgel spielte das Nunc Dimitis, und Gloria sang aus voller Kehle mit. Sie kannte es auswendig. Vom Abendgottesdienst in ihrem Internat, dachte Woodrow. Oder in meinem. Er empfand gegenüber beiden Schulen den gleichen Hass. Sandy und Gloria, unfrei geboren. Der Unterschied ist nur, dass ich es weiß und sie nicht. *Herr, nun lässest du deinen Diener in Frieden fahren*. Das wünsche ich mir manchmal tatsächlich. Einfach verschwinden zu können und nie mehr zurückzukehren. Aber wo könnte ich Frieden finden? Wieder ruhte sein Blick auf dem Sarg. Ich habe dich geliebt. So spricht es sich viel leichter aus, in der Vergangenheitsform. Ich habe dich geliebt. Ich war der Idiot mit dem Kontrollzwang, der sich selbst nicht unter Kontrolle hatte, wie du mir netterweise einmal erklärt hast. Tja, und jetzt sieh dir an, was sie mit dir gemacht haben. Und *warum* sie es mit dir gemacht haben.

Und, nein, den Namen Lorbeer habe ich noch nie gehört. Ich kenne keine langbeinigen ungarischen Schönheiten, die Kovacs heißen, und ich bin *nicht* bereit, mir noch irgendwelche unbewiesenen, unausgegorenen Theorien anzuhören, die mir wie Kirchenglocken im Kopf dröhnen, und ich habe *absolut* kein Interesse an den geschmeidigen, olivbraunen Schultern der schillernden Ghita Pearson in ihrem Sari. Ich weiß nur eins, Tessa: Nach dir braucht niemals wieder jemand zu erfahren, was für ein ängstliches Kind im Körper dieses Soldaten wohnt.

* * *

Um sich abzulenken, fing Woodrow an, sich eingehend mit den Kirchenfenstern zu beschäftigen. Die Heiligen, alle weiß und männlich. Keine Bluhms. Tessa hätte Zustände gekriegt. Ein Gedenkfenster erinnerte an einen hübschen weißen Jungen im Matrosenanzug, symbolisch umringt von Dschungeltieren, die ihn anbeteten. *Eine gute Hyäne riecht Blut auf zehn Kilometer*. Wieder drohten Tränen, ihn zu überwältigen, und Woodrow richtete seine Aufmerksamkeit auf den guten alten heiligen

Andreas, der aussah wie ein Zwillingsbruder des Jagdgehilfen Macpherson, damals, als sie mit den Jungen zum Lachsfischen ans Loch Awe gefahren waren. Die grimmigen schottischen Augen, der rostfarbene schottische Bart. Was die wohl von uns halten mögen, fragte er sich, als er seinen tränenverschleierten Blick über die schwarzen Gesichter unter den Anwesenden schweifen ließ. Was haben wir uns damals bloß dabei gedacht, als wir hier mit unserem weißen britischen Gott und unserem weißen schottischen Heiligen hausieren gingen, obwohl doch dieses Land für uns nie etwas anderes war als ein Abenteuerspielplatz für heruntergekommene Lebemänner?

»Ich persönlich versuche, Wiedergutmachung zu leisten«, antwortest du, als ich dir beim Flirt auf der Tanzfläche des Muthaiga Club ebendiese Frage stelle. Aber du antwortest niemals auf eine Frage von mir, ohne sie umzudrehen und gegen mich zu verwenden: »Und was machen *Sie* hier, Mr Woodrow?« Die Band ist laut, und wir müssen eng beieinander tanzen, wenn wir uns hören wollen. Ja, das sind meine Brüste, sagen deine Augen, als ich einen Blick nach unten wage. Ja, das sind meine kreisenden Hüften da unterhalb deiner Hände, die auf meiner Taille ruhen. Auch die kannst du dir ansehen, dich an ihrem Anblick weiden. Das tun die meisten Männer. Also gib dir heute Mühe so zu tun, als wärst du eine Ausnahme

»Ich denke doch, dass meine Tätigkeit hier darin besteht, den Kenianern zu helfen, mit den Dingen umzugehen, die wir ihnen gegeben haben«, schreie ich wichtigtuerisch gegen die Musik an und spüre, wie dein Körper erstarrt und sich, fast noch ehe ich den Satz beendet habe, meinen Händen entwindet.

»Wir haben ihnen überhaupt nichts *gegeben*! Sie haben es sich *genommen*! Mit vorgehaltener Waffe! Wir haben ihnen nichts gegeben – gar nichts!«

Woodrow fuhr mit einem Ruck herum. Gloria neben ihm ebenfalls, und auch die Coleridges auf der anderen Seite des Ganges. Draußen vor der Kirche hatte jemand geschrien, dann krachte es, als würde Glas zertrümmert. Durch das offene Portal beobachtete Woodrow, wie zwei verängstigte Küster in schwarzen Anzügen das Zufahrtstor zum Vorplatz schlossen, während behelmte Polizisten bereits den Zaun abriegelten; sie schwangen metallverstärkte Schlagstöcke, beidhändig, wie Baseballspieler, die sich für den nächsten Schlag locker machen. An der Straße, wo sich die Studenten versammelt hatten, brannte ein Baum, und darunter lagen ein paar umgestürzte Autos, deren Insassen vor Angst nicht auszusteigen wagten. Vom anfeuernden Gebrüll der Menge begleitet, hob eine glänzend schwarze Limousine wankend vom Boden ab, ein Volvo wie der von Woodrow, getragen von einer Schar junger Männer und Frauen. Der Wagen schwebte höher, schwankte, kippte, erst auf die Seite, dann auf den Rücken, und fiel schließlich mit lautem Krachen abrupt neben seinen Brüdern nieder. Die Polizisten gingen zum Angriff über. Worauf immer sie bis dahin auch gewartet hatten, jetzt war es passiert. Eben noch hatten sie untätig herumgestanden, nun aber schlugen sie eine rote Schneise durch die fliehende Menge und blieben allenfalls stehen, um die schon Gestürzten mit einem Hagel weiterer Schläge zu bedecken. Ein Panzerwagen fuhr vor, und ein halbes Dutzend blutiger Körper wurde auf die Ladefläche geworfen.

»Die Universität ist ein einziges Pulverfass, mein Lieber«, hatte Donohue auf Woodrows Frage nach den Risiken erklärt. »Es gibt keine Stipendien mehr, die Angestellten werden nicht mehr bezahlt, Studienplätze werden nur noch an dumme Reiche vergeben, Wohnheime und Lehrsäle sind überfüllt, die Klos verstopft, die Türen geklaut, und die Brandgefahr ist enorm, weil auf den Fluren über offenem Holzkohlefeuer gekocht wird. Es gibt keinen Strom, kein elektrisches Licht um zu lesen, ja nicht mal Bücher, die man lesen könnte. Die ärmeren Studenten gehen auf die Straße, weil die Regierung, ohne irgendwen zu fragen, die Hochschulen privatisiert und Bildung nur noch für die Reichen da ist, und weil Examensergebnisse gefälscht werden und die Regierung die Studenten dazu zwingen will, sich ihre Bildung im Ausland zu holen. Außerdem hat die Polizei gestern ein paar Studenten umgebracht, was deren Freunde aus irgendwelchen Gründen nicht einfach hinnehmen wollen. Noch Fragen?«

Die Tore wurden geöffnet, die Orgel setzte ein. Gottes Geschäfte konnten wieder aufgenommen werden.

* * *

Die Hitze auf dem Friedhof war aggressiv und quälend. Der alte, grauhaarige Priester hatte seine Rede beendet, aber der Lärm ringsum hatte sich nicht gelegt, und die Sonne fuhr wie mit Dreschflegeln dazwischen. Auf einer Seite von Woodrow dröhnte in voller Lautstärke eine Rockversion des Ave Maria aus einem Ghettoblaster, der von einer Gruppe schwarzer Nonnen in grauer Tracht umringt wurde. Eine Fußballmannschaft von Blazerträgern hatte sich auf der anderen Seite um einen Wurfstand mit leeren Bierdosen versammelt und lauschte einem Solosänger, der einem Teamkameraden das Abschiedslied sang. Und auf dem Wilson Airport fand offenbar eine Art Flugschau statt, denn alle zwanzig Sekunden brausten bunt bemalte Kleinflugzeuge über sie hinweg. Der alte Priester ließ sein Gebetbuch sinken. Die Träger traten an den Sarg und griffen nach den Gurten. Justin, immer noch allein, schien ins Taumeln zu geraten. Woodrow machte einen Schritt nach vorn, um ihn zu stützen, aber Gloria hielt ihn mit einer behandschuhten Kralle zurück.

»Er will sie für sich *allein*, Idiot«, zischte sie unter Tränen.

Die Presse bewies kein solches Taktgefühl. Für genau dieses Foto waren sie gekommen: Schwarze Träger senken ermordete Weiße in afrikanische Erde vor den Augen des betrogenen Gatten. Ein pockennarbiger Mann mit Bürstenhaarschnitt, dem mehrere Kameras vor dem Bauch baumelten, reichte Justin eine Schaufel voll Erde, in der Hoffnung, einen Schnappschuss davon zu ergattern, wie der Witwer Erde auf den Sarg streute. Justin schob die Schaufel beiseite. Dabei fiel sein Blick auf zwei in Lumpen gekleidete Männer, die eine hölzerne Schubkarre mit plattem Reifen an das Grab schoben. Nasser Zement schwappte über den Rand.

»Was machen Sie da, bitte?«, fragte Justin so heftig, dass sich aller Augen auf ihn richteten. »Könnte sich freundlicherweise jemand bei diesen Herren erkundigen, was sie mit dem Zement vorhaben? Sandy, ich brauche einen Dolmetscher, bitte.«

Ohne Gloria weiter zu beachten, trat der Chargé d'affaires Woodrow rasch an Justins Seite. Die drahtige Sheila aus Tim Donohues Abteilung sprach erst mit den beiden Männern, dann mit Justin.

»Sie sagen, sie tun das für alle reichen Leute, Justin«, erklärte sie.

»Sie tun was? Ich verstehe nicht. Erklären Sie mir das.«

»Der Zement. Soll Eindringlinge abhalten. Grabräuber. Reiche Leute werden mit Eheringen und schönen Kleidern begraben. Wazungu sind besonders gefährdet. Sie sagen, der Zement sei so gut wie eine Versicherung.«

»Wer hat ihnen die Anweisung gegeben?«

»Niemand. Das kostet fünftausend Shilling.«

»Sie sollen gehen, bitte. Sind Sie so nett und sagen ihnen das, Sheila? Ich wünsche ihre Dienste nicht und werde ihnen kein Geld geben. Sie sollen ihre Schubkarre nehmen und gehen.« Dann aber – vielleicht traute er ihr nicht zu, seinen Wunsch mit dem nötigen Nachdruck vorzutragen – marschierte Justin selbst zu den beiden Männern hinüber, trat zwischen Schubkarre und den Rand des Grabes, streckte wie Moses einen Arm aus, zeigte über die Köpfe der Trauergäste hinweg und befahl: »Gehen Sie, bitte. Auf der Stelle. Vielen Dank.«

Die Trauernden traten zur Seite und bildeten eine Gasse entlang des Wegs, den sein ausgestreckter Arm wies. Die Männer schoben mit ihrer Karre ab, und Justin blickte ihnen nach, bis sie verschwunden waren. In der flimmernden Hitze schienen sie geradewegs in den leeren Himmel zu ziehen. Justin drehte sich wieder um, steif wie ein Zinnsoldat, und wandte sich an die Pressemeute.

»Ich möchte, dass Sie gehen, bitte«, sagte er in die Stille hinein, die sich in all dem Lärm ausgebreitet hatte. »Sie waren sehr freundlich. Ich danke Ihnen. Auf Wiedersehen.«

Und zum Erstaunen der Anwesenden packten die Journalisten still und leise ihre Kameras und Notizbücher ein, murmelten »Wiedersehen, Justin« oder Ähnliches und zogen ab. Justin kehrte an seinen einsamen Platz am Kopfende von Tessas Sarg zurück. Im selben Augenblick trat eine Gruppe afrikanischer Frauen vor und baute sich im Halbkreis am Grab auf. Sie trugen alle die gleiche Uniform: ein blau geblümtes Rüschenkleid und ein Kopftuch aus demselben Stoff. Einzeln hätten sie vielleicht verloren gewirkt, aber als Gruppe waren sie stark. Und dann begannen sie zu singen, anfangs noch leise. Niemand dirigierte sie, es gab keine Begleitinstrumente, die meisten Sängerinnen weinten, doch ihr Gesang wurde durch die Tränen nicht beeinträchtigt. Sie sangen mehrstimmig, abwechselnd Englisch und Kisuaheli, und wurden mit jeder Wiederholung lauter: *Kwa heri, Mama Tessa ... Kleine Mama, lebe wohl ...* Woodrow versuchte, auch die restlichen Worte zu verstehen. *Kwa heri, Tessa ... Tessa, gute Freundin, lebe wohl ... Du bist zu uns gekommen, Mama Tessa, kleine Mama, hast uns dein Herz geschenkt ... Kwa heri, Tessa, lebe wohl.*

»Wo zum Teufel kommen die denn her?«, zischte Woodrow Gloria zu.

»Von da unten«, flüsterte Gloria und wies mit dem Kopf in Richtung Kibera am Fuß des Hügels.

Der Gesang schwoll an, als der Sarg in die Erde gesenkt wurde. Justin folgte ihm mit dem Blick und zuckte zusammen, als er unten aufsetzte. Noch einmal zuckte er, als die erste Schaufel Erde auf den Deckel prasselte und eine zweite die gelben Freesien unter sich begrub. Plötzlich erhob sich ein schrecklicher Schrei aus der Menge, kurz wie das Kreischen einer rostigen Türangel, die hastig bewegt wird, aber lange genug, dass Woodrow mitbekam, wie Ghita Pearson in Zeitlupe auf die Knie, dann seitwärts auf eine wohlgeformte Hüfte sank und ihr Gesicht in den Händen vergrub. Dann ließ sie sich, ein ebenso unwahrscheinlicher Anblick, von Veronica Coleridge auf die Beine helfen und nahm wieder ihre Trauerhaltung ein.

Hatte Justin Kioko etwas zugerufen? Oder handelte der Junge aus eigenem Antrieb? Leicht wie ein Schatten war er an Justins Seite geglitten und hatte, ganz ohne Scham, in einer Geste der Zuneigung dessen Hand ergriffen. Gloria sah durch eine neue Flut von Tränen, wie die beiden Hände sich bewegten, bis sie eine für beide bequeme Haltung gefunden hatten. So vereint, sahen der trauernde Gatte und der trauernde Bruder zu, wie Tessas Sarg unter der Erde verschwand.

* * *

Justin reiste noch am selben Abend aus Nairobi ab. Zu Glorias ewigem Verdruss hatte Woodrow ihr nichts davon gesagt. Der Esstisch war für drei gedeckt, Gloria hatte eigenhändig den Rotwein entkorkt und eine Ente in den Backofen geschoben, »um uns alle etwas aufzuheitern«. Sie hörte Schritte im Flur und nahm voller Freude an, Justin habe sich zu einem Drink vor dem Essen entschlossen, wir beide allein, während Sandy oben den Jungen noch etwas vorliest. Und plötzlich standen dort im Flur seine abgewetzte Gladstone-Tasche und ein graugrüner Koffer, den Mustafa ihm gebracht hatte, beide mit Etiketten beklebt, und Justin stand daneben, einen Regenmantel über dem Arm und eine Reisetasche über die Schulter gehängt, und wollte ihr den Schlüssel zum Weinkeller zurückgeben.

»Aber Justin, Sie *gehen* doch nicht!«

»Sie waren überaus nett zu mir, Gloria. Ich weiß gar nicht, wie ich Ihnen jemals danken kann.«

»Entschuldige, Darling«, flötete Woodrow und sprang, zwei Stufen auf einmal nehmend, die Treppe hinunter. »Kleines Versteckspiel, musste leider sein. Wollte nicht, dass die Dienstboten die Sache herumtratschen. Anders ließ es sich nicht deichseln.«

Im selben Augenblick läutete es an der Haustür. Es war Livingstone, der Fahrer, der sich von einem Freund einen roten Peugeot ausgeliehen hatte, damit sie nicht mit den verräterischen Diplomatenkennzeichen am Flughafen vorfahren mussten. Auf dem Beifahrersitz hockte Mustafa und starrte finster drein wie ein bloßes Abbild seiner selbst.

»Aber wir müssen Sie begleiten, Justin! Wir müssen Sie zum Flughafen bringen! Ich bestehe darauf! Ich wollte Ihnen doch noch eins von meinen Aquarellen mitgeben! Was soll denn dort aus Ihnen werden?«, rief Gloria außer sich. »Wir können Sie doch nicht einfach so ziehen lassen, an einem solchen Abend – *Darling*!«

Das *Darling* war eigentlich an Woodrow gerichtet, aber es hätte durchaus auch Justin gemeint sein können, denn als es aus ihr heraussprudelte, brach Gloria in Tränen aus, die letzten eines langen, tränenreichen Tages. Hemmungslos schluchzend drückte sie Justin an sich, tätschelte ihm den Rücken, presste ihre Wange an seine und flüsterte: »Ach, geh nicht, oh, bitte, oh, Justin«, und anderes, weniger deutlich Artikuliertes, ehe sie sich tapfer von ihm losriss, ihren Mann mit dem Ellbogen zur Seite schob, die Treppe hinauf in ihr Zimmer rannte und die Tür zuknallte.

»Bisschen überreizt«, erklärte Woodrow grinsend.

»Das sind wir alle«, sagte Justin, ergriff Woodrows Hand und schüttelte sie. »Noch mal danke für alles, Sandy.«

»Wir bleiben in Verbindung.«

»Ja, natürlich.«

»Und Sie sind ganz sicher, dass Sie kein Empfangskommitee haben wollen? Die Jungs sind wild entschlossen, alles richtig zu machen.«

»Ganz sicher, danke. Tessas Anwälte sind auf meine Ankunft vorbereitet.«

Und damit schritt Justin die Stufen zu dem roten Auto hinunter, flankiert von Mustafa, der die Gladstone-Tasche trug, und Livingstone, der den graugrünen Koffer genommen hatte.

»Ich habe für Sie alle bei Mr Woodrow Umschläge hinterlegt«, sagte Justin zu Mustafa, als sie losgefahren waren. »Und den hier übergeben Sie bitte Ghita Pearson persönlich. Sie wissen ja, was ich mit persönlich meine.«

»Sie sind ein guter Mensch und werden es immer bleiben, Mzee«, verkündete Mustafa wie ein Prophet und ließ den Umschlag in den Tiefen seiner Baumwolljacke verschwinden. Doch seiner Stimme war anzuhören, dass er Justin seine Abreise aus Afrika nicht verzeihen konnte.

* * *

Der Flughafen, obwohl erst kürzlich generalüberholt, war ein einziges Chaos. Gruppen erschöpfter Touristen standen schwitzend in langen Schlangen, legten sich mit Reiseleitern an und verfrachteten hektisch riesige Rucksäcke auf die Laufbänder der Röntgenapparate. Die Angestellten an den Abfertigungsschaltern brüteten über jedem einzelnen Ticket und murmelten dann endlos in ihre Telefonhörer. Unverständliche Lautsprecherdurchsagen verbreiteten Panik, der Gepäckträger und Polizisten träge zusahen. Aber Woodrow hatte alles organisiert. Justin war kaum aus dem Wagen gestiegen, als ihn auch schon ein Vertreter von British Airways in ein kleines, vor den Blicken der Öffentlichkeit geschütztes Büro komplimentierte.

»Ich möchte, dass meine Freunde mitkommen, bitte«, sagte Justin.

»Kein Problem.«

Während Livingstone und Mustafa sich hinter ihm herumdrückten, händigte man ihm einen Bordpass aus, der auf den Namen Alfred Brown ausgestellt war. Er beobachtete, wie man seinen graugrünen Koffer mit einem entsprechenden Etikett versah.

»Und die Tasche hier nehme ich als Handgepäck mit ins Flugzeug«, erklärte er bestimmt.

Der Mann von British Airways, ein junger, blonder Neuseeländer, hob die Gladstone-Tasche an, als wollte er sie wiegen, und stieß ein übertrieben angestrengtes Keuchen aus. »Das Familiensilber, Sir?«

»Das meiner Gastgeber«, ging Justin auf den Scherz ein, aber seine Miene machte deutlich, dass er in dieser Frage nicht mit sich reden ließ.

»Wenn *Sie* die tragen können, können *wir* das auch«, erklärte der blonde Neuseeländer und gab Justin die Tasche zurück. »Ich wünsche einen guten Flug, Mr Brown. Wir helfen Ihnen gern wieder bei der Ankunft, wenn Ihnen das recht ist.«

»Sehr freundlich von Ihnen.«

Justin wandte sich zur letzten Verabschiedung um und ergriff Livingstones Riesenfäuste mit beiden Händen. Mustafa, der solche Szenen nicht ertragen konnte, hatte sich bereits davongemacht, geräuschlos wie immer. Justin betrat, die Gladstone-Tasche fest im Griff, hinter seinem Führer die Ankunftshalle. Dort wurde sein Blick angezogen von einer drallen, riesenhaften Frau undefinierbarer Rasse, die ihn von der Wand herab angrinste. Sie war bestimmt sieben Meter groß, maß an der breitesten Stelle fast zwei Meter – die einzige Reklame in der ganzen Halle. Sie trug die Uniform einer Krankenschwester, auf die an den Schultern je drei goldene Bienen genäht waren. Drei weitere leuchteten von der Brusttasche ihres weißen Kittels, und sie hielt einer bunt gemischten Schar von glücklichen Kindern und Eltern ein Tablett mit pharmazeutischen Leckerbissen hin. Es war für jeden etwas dabei: Flaschen mit goldbrauner Medizin, die eher nach Whisky für den Papa aussah, Pillen mit Schokoüberzug für die Kinderchen, und für die Mama allerlei Mittel zur Schönheitspflege, die mit nackten, sich nach der Sonne reckenden Göttinnen verziert waren. Am oberen und unteren Rand des Plakats verkündeten grellrote Lettern der ganzen Menschheit die frohe Botschaft:

Three Bees

Bienenfleißig im Dienste Afrikas!

Das Plakat fesselte ihn.

Genau wie es Tessa gefesselt hatte.

Während er es anstarrt, hört er von rechts ihre spöttischen Kommentare. Noch benommen von der Reise und beladen mit Handgepäck, sind sie beide erst vor wenigen Minuten aus London eingetroffen. Es ist das erste Mal, dass sie afrikanischen Boden betreten. Kenia – ganz Afrika – wartet auf sie. Doch ausgerechnet dieses Plakat erregt Tessas Aufmerksamkeit.

»Justin, sieh dir das an! Du guckst ja gar nicht hin.«

»Was ist denn? Natürlich gucke ich hin.«

»Die haben unsere Bienen geklaut! Da hält sich jemand für Napoleon! So eine Dreistigkeit! Das ist ein Skandal! Du musst was unternehmen!«

Und das war es in der Tat. Ein Skandal. Freilich ein eher komischer. Napoleons drei Bienen, die Symbole seines Ruhms, das in Ehren gehaltene Wahrzeichen von Tessas geliebter Insel Elba, auf der der große Mann seine erste Verbannung abgesessen hatte, waren schamlos nach Kenia verschleppt und in die Sklaverei der Werbung verkauft worden. Als er das Plakat jetzt wieder sah, konnte Justin nur staunen, welch obszöne Zufälle das Leben bereitzuhalten wusste.

Siebtes Kapitel

Justin Quayle hockte steif auf dem ihm unerwartet zugewiesenen Business-Class-Sitz im vorderen Teil des Flugzeugs, die Gladstone-Tasche über seinem Kopf verstaut, und starrte an seinem Spiegelbild vorbei in die Schwärze des Raums. Er war frei. Nicht begnadigt, nicht versöhnt, nicht getröstet, nicht erlöst. Nicht befreit von den Albträumen, in denen sie tot war, und aus denen er mit der Erkenntnis erwachte, dass das die Wirklichkeit war. Nicht frei vom Schuldgefühl des Überlebenden. Nicht frei von Sorge um Arnold. Aber endlich frei, auf seine eigene Weise zu trauern. Befreit aus seinem fürchterlichen Gefängnis; befreit von den Wärtern, die er zu hassen gelernt hatte; befreit davon, in seinem Zimmer im Kreis herumzulaufen wie ein Strafgefangener in der Zelle, fast in den Wahnsinn getrieben von den verwirrenden Gedanken in seinem Kopf und den erbärmlichen Umständen seiner Haft. Er war befreit von der Stummheit der eigenen Stimme, davon, auf seiner Bettkante zu sitzen und unentwegt nach dem *Warum* zu fragen. Befreit von den beschämenden Momenten, in denen er so niedergeschlagen, müde und ausgelaugt gewesen war, dass er sich beinahe hätte einreden können, ihn kümmere das alles absolut nicht, die Ehe sei sowieso ein Wahnsinn gewesen, jetzt sei sie vorbei, wofür er doch dankbar sein könne. Und wenn Trauer, wie er einmal gelesen hatte, eine Form der Untätigkeit war, dann war er jetzt auch befreit von dieser Untätigkeit, die nichts anderes kannte als Trauer.

Auch war er befreit von der Vernehmung durch die Polizei, bei der ein Justin, den er nicht wieder erkannte, auf die Bühne getreten war und seine Bürde in tadellos geformten Sätzen den ratlosen Befragern vor die Füße gelegt hatte – oder jedenfalls so viel davon, wie sein verwirrter Instinkt für ratsam befand. Das Verhör begann damit, dass sie ihn des vorsetzlichen Mordes beschuldigten.

»Uns drängt sich ein Szenario auf, mit dem wir Sie konfrontieren müssen«, beginnt Lesley fast entschuldigend. »Sie sollen schließlich wissen, worum es geht, auch wenn uns klar ist, wie schmerzhaft das alles für Sie sein muss. Man nennt es Dreiecksverhältnis, und Sie sind dabei der eifersüchtige Ehemann. Sie haben den Auftrag für diesen Mord erteilt. Und er wurde ausgeführt, während Ihre Frau und deren Liebhaber so weit von Ihnen entfernt waren wie möglich, was immer gut ist fürs Alibi. Sie haben sie beide umbringen lassen, aus Rache. Sie haben Arnold Bluhms Leiche aus dem Jeep entfernen und beseitigen lassen, damit wir denken, dass Bluhm der Mörder ist, und nicht Sie. Im Turkanasee wimmelt es von Krokodilen. Kein Problem also, Arnold verschwinden zu lassen. Außerdem haben Sie, wie man hört, eine hübsche Erbschaft zu erwarten, was uns noch ein zweites Motiv liefert.«

Sie beobachten ihn, wie ihm wohl bewusst ist, warten auf ein Zeichen von Schuld, Unschuld, Entrüstung, Verzweiflung – auf irgendein Zeichen –, aber vergeblich. Justin zeigt zunächst einmal gar keine Regung. Er sitzt da auf einem Stuhl aus Woodrows Ensemble unechter Stilmöbel, gepflegt, nachdenklich und etwas abwesend, die gespreizten Fingerspitzen berühren den Tisch, als hätte er gerade einen Akkord auf dem Klavier angeschlagen und lauschte, wie er verklang. Lesley beschuldigt ihn des Mordes, doch die einzige sichtbare Reaktion, die sie bekommt, die einzige Verbindung zu seinem Innenleben, ist ein leichtes Stirnrunzeln.

»Ich hatte das Wenige, was Woodrow mir freundlicherweise über den Fortgang Ihrer Ermittlungen mitgeteilt hat, eigentlich so verstanden«, widerspricht Justin, mehr in der betulich abwägenden Art eines Akademikers als in der eines trauernden Ehemanns, »dass Sie von einer *Zufallstat* ausgehen, nicht von einem vorsätzlichen Mord.«

»Woodrow redet doch nur Mist«, sagt Rob, die Stimme mit Rücksicht auf ihre Gastgeberin gesenkt.

Es steht noch kein Aufnahmegerät auf dem Tisch. Die bunten Notizbücher liegen unberührt in Lesleys Tasche. Es geschieht nichts, was die Angelegenheit beschleunigen oder ihr einen förmlichen Anstrich verleihen könnte. Gloria hat Tee serviert und sich nach einem längeren Vortrag über das kürzliche Ableben ihres Bullterriers nur widerstrebend zurückgezogen.

»Wir haben jetzt die Spuren eines zweiten Fahrzeugs gefunden, das fünf Meilen vom Tatort entfernt geparkt war«, erläutert Lesley. »Es war in einem ausgetrockneten Flussbett versteckt, südwestlich der Stelle, an der Tessa ermordet wurde. Wir haben einen Ölfleck entdeckt und die Überreste eines Feuers.«

Justin blinzelt, als wäre das Tageslicht ein wenig zu hell, dann neigt er höflich den Kopf, um zu zeigen, dass er zuhört.

»Außerdem frisch vergrabene Bierflaschen und Zigarettenstummel«, fährt Lesley ernst fort, als mache sie Justin für all dies verantwortlich. »Sobald Tessas Jeep vorbeikam, ist das Geisterauto aus seinem Versteck aufgetaucht und hat sich drangehängt. Dann hat es auf gleiche Höhe aufgeschlossen. Ein Vorderrad von Tessas Jeep wurde mit einem Jagdgewehr zerschossen. Für uns sieht das nicht nach einer Zufallstat aus.«

»Wir würden eher von einem Mordanschlag sprechen«, greift Rob den Faden auf. »Geplant von bezahlten Profis und ausgeführt auf Geheiß einer oder mehrerer unbekannter Personen. Wer immer ihnen den Wink gab, wusste sehr gut über Tessas Pläne Bescheid.«

»Und die Vergewaltigung?«, erkundigt sich Justin betont gleichgültig, den Blick starr auf seine gefalteten Hände gerichtet.

»Zur Vertuschung oder einfach so«, erwidert Rob trocken. »Entweder die Kerle haben den Kopf verloren oder es mit Überlegung getan.«

»Was uns zur Frage des Motivs zurückbringt, Justin«, sagt Lesley.

»Ihres Motivs«, betont Rob. »Es sei denn, Ihnen fällt was Besseres ein.«

Ihre Gesichter sind wie Kameras von zwei Seiten auf ihn gerichtet, aber Justin bleibt für ihre Blicke so unempfänglich wie für ihre Andeutungen. Vielleicht ist er sich – zurückgezogen in sein Inneres – weder des einen noch des anderen bewusst. Lesley greift mit einer Hand in ihre Tasche und tastet nach dem Aufnahmegerät, besinnt sich dann aber eines Besseren. Die Hand verharrt wie in flagranti ertappt, während sie den Rest ihres Körpers ganz Justin zudreht, diesem Formulierungskünstler, dieser Ein-Mann-Kommission.

»Aber ich kenne doch gar keine Killer«, wendet er mit leerem Blick ein, als wäre damit der entscheidende Fehler in ihrer Argumentation aufgedeckt. »Ich habe niemanden beauftragt und niemandem die Anweisung gegeben. Ich habe mit dem Mord an meiner Frau nicht das Geringste zu tun. Nicht in dem Sinne, auf den Sie abzielen. Ich habe ihren Tod nicht gewünscht, habe ihn nicht veranlasst.« Justin stockt, verliert kurz die Kontrolle über seine Stimme und fährt dann fort. »Ich beklage ihn über alle Maßen.«

Und diese Worte kommen mit solcher Entschiedenheit, dass die Beamten für einen Moment nicht wissen, was sie sagen sollen, und es vorziehen, Glorias Aquarelle von Singapur zu betrachten, die in einer Reihe über dem steinernen Kamin hängen, ein jedes mit einem Schild ausgezeichnet: »£199 UND ZWAR OHNE DIE VERDAMMTE MWST!« Überall sind der gleiche leer gefegte Himmel, eine Palme und eine Vogelschar zu sehen, und auf jedem Bild prangt der Name der Künstlerin in so auftrumpfenden Buchstaben, das man ihn bequem von der anderen Straßenseite aus lesen könnte. Zur Freude aller Sammler ist zusätzlich noch das jeweilige Entstehungsdatum angegeben.

Schließlich wirft Rob, mit der Arroganz, weniger der Selbstsicherheit seines Alters, den Kopf hoch und platzt heraus: »Sie hatten also nichts dagegen, dass Ihre Frau mit Bluhm geschlafen hat? Ich glaube, die meisten Männer wären in so einem Fall doch wohl ein wenig irritiert.« Er klappt den Mund wieder zu und erwartet, dass Justin das tut, was ein betrogener Ehemann nach Robs rechtschaffener Meinung nun tun müsste: weinen, erröten, wüten – gegen die eigene Unzulänglichkeit oder die Treulosigkeit eines Freundes. Aber wieder enttäuscht ihn Justin.

»Darum geht es schlicht und einfach nicht«, antwortet er mit solchem Nachdruck, dass er sich selbst zu überraschen scheint.

Er fährt hoch, blickt sich um, als wollte er sehen, wer ihm dazwischengeredet hat, wen er sich vorknöpfen muss. »Mag sein, dass es den Zeitungen darum geht. Vielleicht auch Ihnen. Aber für mich war das nie der Punkt und ist es auch jetzt nicht.«

»Was ist denn dann der Punkt?«, erkundigt sich Rob.

»Ich habe versagt.«

»Inwiefern? Sie konnten nicht, meinen Sie?« Und mit männlichem Hohnlachen: »Im Bett versagt, ja?«

Justin schüttelt den Kopf. »Indem ich mich abgesondert habe.« Seine Stimme wird zu einem bloßen Murmeln. »Indem ich sie allein habe machen lassen. Indem ich mich gedanklich zurückgezogen, eine unmoralische Vereinbarung mit ihr getroffen habe. Was ich nie hätte tun dürfen. Und sie auch nicht.«

»Was für eine Vereinbarung war das denn?«, fragt Lesley, bewusst zuckersüß nach Robs vorsätzlicher Rohheit.

»Sie folgt ihrem Gewissen, ich mache weiter meinen Job. Das war eine unmoralische Aufteilung. Wir hätten es nicht dazu kommen lassen dürfen. Es war, als hätte ich sie in die Kirche geschickt mit dem Auftrag, für uns beide zu beten. Es war, als würde man einen Kreidestrich mitten durchs Haus ziehen und sagen: Wir sehen uns dann im Bett.«

Unbeeindruckt von der Offenheit dieses Eingeständnisses und den tagelangen Selbstvorwürfen, die darin zum Ausdruck kommen, macht Rob Anstalten, Justin herauszufordern. Auf seinem düsteren Gesicht liegt noch das ungläubige Hohnlachen von eben. Sein geöffneter Mund ist rund wie die Mündung eines großkalibrigen Gewehrs. Lesley ist an diesem Tag jedoch schneller als Rob. Die Frau in ihr ist hellwach und empfänglich für Untertöne, die Robs männliches Ohr vor Aggressivität nicht wahrnimmt. Und als Rob sich ihr zuwendet, sie quasi um Erlaubnis bittet für sein nächstes Manöver – Justin vielleicht wieder mit Arnold Bluhm zu reizen, oder mit anderen Fragen, die versprechen, sie näher an den Mord heranzuführen –, schüttelt Lesley den Kopf. Sie zieht ihre Hand aus der Tasche und winkt verstohlen ab, als wollte sie sagen: »Langsam, langsam.«

»Wie haben Sie beide sich denn überhaupt kennengelernt?«, fragt sie Justin, so wie eine Zufallsbekanntschaft auf einer langen Reise.

Ein genialer Einfall von Lesley: ihm das Ohr einer Frau und das Verständnis einer Fremden anzubieten, erst einmal innezuhalten und ihn vom gegenwärtigen Schlachtfeld in friedlichere Gefilde zurückzubringen, die Vergangenheit. Und Justin geht auf ihr Angebot ein. Seine Schultern entspannen sich, er schließt halb die Augen und erzählt abwesend mit der zutiefst privaten Stimme der Erinnerung, wie es war. Erzählt es genau so, wie er es sich wohl schon hundert Mal selbst vergegenwärtigt hat in den Stunden seiner Qual.

* * *

»Wann ist denn, Ihrer Ansicht nach, ein Staat kein Staat, Mr Quayle?«, erkundigte Tessa sich liebenswürdig, eines ruhigen Mittags vor vier Jahren in Cambridge, in einem altehrwürdigen, unter dem Dach gelegenen Hörsaal, durch dessen Oberlicht staubige Sonnenstrahlen schräg hereinfielen. Es waren die allerersten Worte, die sie an ihn richtete, und sie riefen Gelächter hervor unter der eher trägen Zuhörerschaft von fünfzig Juristenkollegen, die sich ebenso wie Tessa für ein zweiwöchiges Sommerseminar über »Das Gesetz und die verwaltete Gesellschaft« eingeschrieben hatten. Justin wiederholt diese Worte jetzt für die Beamten und erklärt, wie es ihn in seinem Dreiteiler aus feinem Flanell von Hayward auf jenes Podium verschlagen hatte, hinter das Sprechpult, das er mit beiden Händen umklammert hielt. Und wie typisch diese Situation für sein Leben bis zu jenem Zeitpunkt gewesen war. Längst hat er sich abgewandt und spricht statt zu den beiden Beamten in die im Tudorstil eingerichteten Erker des Woodrowschen Esszimmers.

»Quayle wird es machen!«, hatte irgendein Scherge im Büro des Staatssekretärs am späten Abend des Vortags ausgerufen, keine elf Stunden, bevor der Vortrag gehalten werden sollte. »Schafft mir Quayle her!« Er meinte Quayle, den ewigen Junggesellen, den vielseitig Einsetzbaren, den Schwarm aller alternden Debütantinnen, den Letzten einer aussterbenden Art, Gott sei Dank gerade aus dem verdammten Bosnien zurückgekehrt und für einen Afrikaeinsatz ausersehen, aber noch im Lande. Quayle, der *überzählige* Mann, den man allein deshalb kennen sollte, weil er einem aus der Klemme half, wenn man eine Dinnerparty gab und einem ein einzelner Herr fehlte. Dazu tadellose Umgangsformen und wahrscheinlich schwul – in diesem Punkt verfügten allerdings einige der attraktiveren Ehefrauen über andere Informationen, wenn sie diese auch nicht preisgaben.

»Justin, sind Sie das? Hier Haggarty. Sie waren im College ein paar Jahrgänge über mir. Passen Sie auf, der Staatssekretär soll morgen in Cambridge eine Rede vor einem Haufen aufstrebender Jungjuristen halten. Das Problem ist nur: Er kann nicht. Er muss in einer Stunde nach Washington –«

Und Justin, der gute Junge, ging die Sache bereits in Gedanken durch: »Tja, wenn der Vortrag schon geschrieben ist – also, ich meine, wenn es nur darum geht, ihn abzulesen –«

Haggarty fiel ihm ins Wort: »Sein Wagen steht um Punkt neun Uhr mit Fahrer vor Ihrer Tür, keine Minute später. Der Vortrag ist Schrott. Er hat ihn selbst verfasst. Sie können ihn sich auf der Fahrt zu Gemüte führen. Justin, Sie sind ein echter Kumpel.«

Hier stand er also, der Eton-Kumpel, nachdem er den ödesten Vortrag gehalten hatte, der ihm jemals untergekommen war – geschwollen, von oben herab, genauso geschwätzig wie sein Autor, der inzwischen wahrscheinlich den ganzen Luxus genoss, der einem Staatssekretär in Washington DC nur zustand. Auf den Gedanken, dass er sich vielleicht Fragen aus dem Publikum würde stellen müssen, war Justin überhaupt nicht gekommen. Als nun aber Tessa die ihre losgeworden war, kam es ihm ebenso wenig in den Sinn, die Antwort zu verweigern. Tessa saß im geometrischen Mittelpunkt des Saals, und da gehörte sie auch hin. Justin drängte sich, als er die Fragerin erspähte, der törichte Eindruck auf, dass ihre Kollegen aus Ehrerbietung vor ihrer Schönheit rund um sie herum einige Plätze freigelassen hatten. Der Kragen ihrer weißen Bluse reichte, wie der eines untadeligen Chormädchens, bis an ihr Kinn. Ihre Blässe und die geisterhafte Zartheit ließen sie wie verloren aussehen. Man verspürte den Wunsch, sie in eine Decke einzuwickeln und zu beschützen. Die durch das Oberlicht dringende Sonne brachte ihr dunkles Haar so zum Glänzen, dass er ihr Gesicht zunächst gar nicht ausmachen konnte. Mehr zu ahnen als zu erkennen waren die breite, blasse Stirn, die großen, ernsten Augen und das runde, energische Kinn. Doch das Kinn kam erst später. Vorerst war sie ein Engel. Was er nicht wusste, jedoch nur zu bald entdecken sollte, war die Tatsache, dass dies ein kämpferischer Engel war.

»Nun – ich *vermute*, die Antwort auf Ihre Frage wäre« – hob Justin an –, »und korrigieren Sie mich bitte, falls Sie anderer Meinung sind –« womit er den Graben zwischen den Generationen und den Geschlechtern überbrückte und generell den Eindruck vermittelte, sie seien gleichberechtigte Gesprächspartner –, »dass ein Staat nicht mehr als Staat gelten kann, wenn er nicht in der Lage ist, seine elementarsten Pflichten zu erfüllen. Könnten Sie dem grundsätzlich zustimmen?«

»Die elementarsten Pflichten wären welche?«, gab der verlorene Engel zurück.

»*Nun* –« begann Justin erneut, nicht mehr sicher, worauf er eigentlich hinauswollte, und nahm zunächst Zuflucht zu Gesten, die nicht als Paarungssignale missverstanden werden und ihm daher, so hoffte er, Schutz oder sogar Immunität sichern konnten. »*Nun* –« eine gequälte Handbewegung, der Zeigefinger des Eton-Absolventen tippte gegen die ergrauende Kotelette, sank wieder herab. »Ich würde sagen, dass heutzutage als Voraussetzungen für einen *zivilisierten Staat*, grob gesprochen, gelten könnten: das Wahlrecht, ähm – Schutz von Leben und Eigentum – ähm, ein funktionierendes Rechtssystem, Gesundheit und Bildung für alle, wenigstens zu einem gewissen Grad – dann die Aufrechterhaltung einer intakten administrativen Infrastruktur – und Straßen, Güterverkehr, Kanalisation und so weiter – und – ja, was noch? – ah ja, eine gerechte Steuererhebung. Wenn ein Staat nicht wenigstens ein Minimum der genannten Dinge gewährleisten kann – dann muss man wohl sagen, dass der Vertrag zwischen Staat und Bürgern auf einer ziemlich *wackeligen* Grundlage steht. Und wenn er in *allen* diesen Punkten versagt, dann könnte man von einer Bankrotterklärung sprechen. Mit einem solchen Staat wäre kein Staat mehr zu machen.« Ein Witz, aber keiner lachte. »Beantwortet das Ihre Frage?«

Er hatte angenommen, der Engel würde einen Augenblick der Besinnung brauchen, um über diese tief schürfende Auskunft nachzudenken, und war daher einigermaßen verwirrt, als sie ihm kaum Zeit ließ, seine Ausführungen zum Abschluss zu bringen, bevor sie erneut zuschlug.

»Können Sie sich demnach eine Situation vorstellen, in der Sie sich persönlich verpflichtet fühlen würden, den Staat zu *untergraben*?«

»Ich persönlich? In diesem Land? Ach, du meine Güte, selbstverständlich nicht«, antwortete Justin angemessen schockiert. »Wo ich doch gerade erst nach Hause gekommen bin.« Verächtliches Gelächter aus dem Publikum, das geschlossen hinter Tessa stand.

»Unter keinen Umständen?«

»Ich kann mir keine vorstellen.«

»Wie steht es mit anderen Ländern?«

»Nun, ich bin kein Bürger anderer Länder, nicht wahr?« Das Lachen tendierte schon etwas mehr zu seiner Seite. »Glauben Sie mir, es ist Arbeit genug, Aussagen über *ein* Land zu treffen.« – Weiteres Gelächter, das ihm Mut machte. »Meiner Ansicht nach ist mehr als eins einfach nicht –«

Während er noch nach dem passenden Adverb suchte, holte sie schon zum nächsten Schlag aus; einer ganzen Serie von Schlägen, wie sich zeigte, die auf seinen Kopf und Körper niederprasselten.

»Warum muss man Bürger eines Landes sein, um ein Urteil darüber fällen zu können? Sie verhandeln doch mit anderen Ländern, oder? Sie machen Geschäfte mit ihnen. Sie verschaffen ihnen durch Handelsvereinbarungen Legitimität. Wollen Sie uns sagen, es gebe eine ethische Norm, die nur für *Ihr* Land gilt, und eine weitere für alle anderen Länder? Oder was *wollen* Sie uns eigentlich sagen?«

Justin war zuerst verlegen, dann wütend. Ein wenig zu spät fiel ihm ein, dass er noch sehr erschöpft war von seinem Aufenthalt im verdammten Bosnien und sich eigentlich erholen sollte. Momentan war er dabei, sich für einen neuen Posten in Afrika einzulesen – einen wie üblich schaurigen, vermutete er. Er war nicht in sein Vaterland zurückgekehrt, um für irgendwelche abwesenden Staatssekretäre den Prügelknaben zu spielen, geschweige denn, deren miserable Reden zu halten. Und er wollte verdammt sein, wenn er, Justin, der ewige Junggeselle, sich an den Pranger stellen ließ von einer allerdings wunderschönen Nervensäge, die ihm die Rolle eines klassischen Vertreters britischer Oberschichtsborniertheit zuweisen wollte. Noch immer lag Gelächter in der Luft, doch es war ein Gelächter auf Messers Schneide, es konnte sich auf diese oder jene Seite schlagen. Na schön: Wenn sie sich in Szene setzen wollte, dann konnte er das auch. Dick auftragend wie der beste Schmierenkomödiant, zog er seine wohlgeformten Augenbrauen hoch und hielt sie dort. Er trat einen Schritt vor und warf die Hände in die Luft, die Innenflächen zur Selbstverteidigung nach außen gekehrt.

»Gnädigste«, begann er – und das Gelächter entlud sich zu seinen Gunsten. »Ich *glaube*, Gnädigste – ich habe den *fürchterlichen* Verdacht –, Sie wollen mich zu einer Diskussion über meine *moralischen Grundsätze* verführen.«

Worauf das Publikum in einen wahren Beifallssturm ausbrach – alle außer Tessa. Die Sonne, die auf sie herabgeschienen hatte, war verschwunden. Justin konnte jetzt ihr schönes Gesicht genauer sehen, und er las darin Kränkung und den Wunsch zu fliehen. Und plötzlich kannte er sie sehr gut – in diesem Moment sogar besser als sich selbst. Er verstand die Bürde der Schönheit und den Fluch, ewig ein Ereignis zu sein, und ihm wurde klar, dass er einen Sieg errungen hatte, an dem ihm nicht das Geringste lag. Er war sich seiner eigenen Unsicherheiten bewusst und erkannte, dass Unsicherheit auch an ihr nagte. Sie fühlte sich wegen ihrer Schönheit dazu verpflichtet, sich immer Gehör zu verschaffen. Gerade hatte sie sich dazu durchgerungen, es zu riskieren, aber es war nicht gut für sie gelaufen, und sie wusste nicht, wie sie wieder ans sichere Ufer finden sollte, wo immer das sein mochte. Ihm fiel ein, was für ein Gefasel er da von sich gegeben und mit was für oberflächliche Antworten er sie abgefertigt hatte, und er dachte: Sie hat völlig Recht, ich bin ein Schwein, ja, schlimmer noch, ich bin ein angejahrter Lackaffe aus dem Ministerium, der Stimmung gegen ein schönes junges Mädchen macht, das getan hat, was ihr ganz natürlich erschien. Und in dem Bewusstsein, dass er sie k.o. geschlagen hatte, kam er ihr eiligst zu Hilfe.

»Wenn wir allerdings einmal für einen Augenblick *ernsthaft* sein wollen«, verkündete er in sehr viel förmlicherem Ton, quer durch den Saal an sie gerichtet, während das Gelächter gehorsam erstarb, »dann haben Sie in der Tat den Finger auf *den* wunden Punkt gelegt, der buchstäblich uns allen in der internationalen Gemeinschaft zu schaffen macht. Wer hat denn eine weiße Weste? Wie muss eine ethisch fundierte Außenpolitik aussehen? Nun gut. Einigen wir uns darauf, dass es so etwas wie ein liberaler Humanismus ist, der die besseren Nationen heute verbindet. Was uns aber *trennt*, ist genau die Frage, die Sie gestellt haben: Wann wird ein vorgeblich humanistischer Staat zu repressiv, als dass wir ihn noch akzeptieren könnten? Was passiert, wenn unsere nationalen Interessen bedroht sind? Wer ist dann der Humanist? Mit anderen Worten, wann drücken wir den Alarmknopf, der die Vereinten Nationen herbeiruft – angenommen, sie folgen dem Ruf, was wiederum eine ganz andere Frage ist? Denken Sie an Tschetschenien, an Burma, an Indonesien – an drei Viertel der so genannten Entwicklungsländer –«

Und so weiter, und so fort. Metaphysische Schaumschlägerei der übelsten Sorte, wie er umstandslos bereit gewesen wäre zuzugeben, aber er paukte sie damit heraus. Eine Art Diskussion entwickelte sich, Standpunkte wurden eingenommen und Banalitäten breitgetreten. Die Sitzung dauerte länger als vorgesehen und wurde daher als Triumph gewertet.

»Ich würde gerne einen Spaziergang mit Ihnen machen«, sagte Tessa zu Justin, als sich die Teilnehmer zerstreuten. »Sie könnten mir von Bosnien erzählen«, fügte sie wie entschuldigend hinzu.

Sie gingen durch die Gärten von Clare College, und anstatt ihr von dem verdammten Bosnien zu erzählen, erklärte Justin ihr jede einzelne Pflanze. Mit Vor- und Zunamen, und wovon sie sich ernährte. Tessa hielt seinen Arm und hörte still zu, abgesehen von gelegentlichen Fragen wie »Warum *machen* sie das?« oder »Wie geht denn das?«. Und dies hatte zur Folge, dass er die ganze Zeit redete, wofür er zunächst dankbar war, denn dies war seine Methode, andere Menschen auf Distanz zu halten. Das Problem war nur, dass er mit Tessa am Arm weniger ans Distanzwahren dachte als daran, wie zerbrechlich ihre Knöchel in den schweren Stiefeln wirkten, die die Mode derzeit vorschrieb. Sie setzte stetig einen Fuß vor den anderen auf dem schmalen Weg, den sie entlangliefen, und Justin war überzeugt, dass sie nur zu stolpern brauchte, um sich die Beine zu brechen. Und wie leicht ihr Körper im Gehen mitunter gegen den seinen stieß, so als würden sie nicht gehen, sondern segeln.

Nach dem Spaziergang nahmen sie noch ein spätes Mittagessen in einem italienischen Restaurant ein. Es ärgerte Justin, dass die Kellner mit Tessa flirteten, bis sich herausstellte, dass sie eine halbe Italienerin war, wodurch es ihm irgendwie akzeptabel erschien und er in die Lage versetzt wurde, nebenbei mit seinem Italienisch anzugeben, auf das er recht stolz war. Doch dann bemerkte er, wie ernst sie geworden war, wie nachdenklich, und wie unsicher ihre Hände sich bewegten, als wären Messer und Gabel zu schwer für sie, wie vorher ihre Stiefel im Garten.

»Sie haben mich beschützt«, erklärte sie, noch immer auf Italienisch, ihr über den Teller gebeugtes Gesicht hinter den Haaren versteckt. »Sie werden mich immer beschützen, nicht wahr?«

Und Justin antwortete, überhöflich wie immer: Ja, nun, wenn es nötig sein sollte, werde er das selbstverständlich tun. Oder besser gesagt, er werde es versuchen. Soweit er sich später erinnern konnte, waren dies die einzigen Worte, die sie während des Essens gewechselt hatten, obwohl Tessa ihm später zu seiner Verblüffung versicherte, er habe äußerst brillant über drohende Konflikte im Libanon gesprochen, einer Gegend, über die er schon Jahre nicht mehr nachgedacht hatte, ferner über die Dämonisierung des Islams in den westlichen Medien und die lächerliche Haltung westlicher Liberaler, deren Intoleranz nur noch von ihrer Ignoranz übertroffen werde. Es habe sie sehr beeindruckt, mit welcher Leidenschaft er dieses wichtige Thema behandelt habe, was Justin nur noch mehr verwirrte, da – soweit er sich bewusst war – seine Ansichten in dieser Angelegenheit völlig zwiespältig waren.

Aber dann geschah etwas mit Justin, das sich, wie er teils mit Begeisterung, teils mit Erschrecken registrierte, seiner Kontrolle entzog. Er war ganz aus Versehen in ein wunderbares Theaterstück geraten, das ihn vollkommen gefangen nahm. Er befand sich in einem anderen Element, er spielte eine Rolle, und es war eine Rolle, die er schon oft im Leben hatte spielen wollen, ohne es je wirklich fertig zu bringen. Wohl wahr, ein- oder zweimal hatte er Anzeichen eines ähnlichen Gefühls bei sich beobachten können, doch nie zuvor mit einer derart impulsiven Zuversicht und Hingabe. Gleichzeitig sandte der erfahrene Frauenheld in ihm die eindringlichsten Warnsignale aus: Vergiss es, mit der gibt es Probleme, die ist zu jung für dich, zu real, zu ernsthaft; sie kennt die Spielregeln nicht.

Das alles änderte jedoch nichts. Nach dem Mittagessen, die Sonne schien noch immer auf sie herab, begaben sie sich auf den Fluss, und er zeigte ihr, was alle guten Liebhaber ihren Damen auf dem Cam zu beweisen haben: Vor allem, wie geschickt er war, wie sicher und entspannt er in seiner Weste auf dem instabilen Heck eines Stechkahns balancieren, dabei eine lange Stange handhaben und in zwei Sprachen witzige Konversation treiben konnte –, denn genau das habe er getan, schwor sie hoch und heilig, während er sich später nur noch daran erinnern konnte, wie zerbrechlich ihr zarter Körper in der weißen Bluse und dem schwarzen Hosenrock gewirkt hatte, und an ihre ernsten Augen, die auf eine Weise in sein Inneres zu blicken schienen, der er nichts entgegensetzen konnte. Nie zuvor in seinem Leben hatte er sich so zu jemandem hingezogen und derart hilflos dem Zauber einer Frau ausgeliefert gefühlt. Sie fragte ihn, wo er so viel über Pflanzen gelernt habe, und er antwortete: »Von unseren Gärtnern.« Sie fragte ihn nach seinen Eltern, und da musste er zugeben – wenn auch widerwillig, denn gewiss verletzte er damit ihre egalitären Prinzipien –, dass er aus gutem Hause stammte und zudem betucht war, und dass die Gärtner von seinem Vater entlohnt worden waren, der auch für eine lange Reihe von Kindermädchen, Internaten, Universitäten und Auslandsaufenthalten aufgekommen war, ebenso wie für alles andere, was erforderlich erschien, ihm den Weg in den »Familienbetrieb« zu ebnen, wie sein Vater das Außenministerium nannte.

Doch zu seiner großen Erleichterung schien sie diese Beschreibung seiner Herkunft für völlig angemessen zu halten, und machte selbst auch gleich ein paar entsprechende Geständnisse. Sie selbst sei ebenfalls in privilegierte Verhältnisse hineingeboren worden, vertraute sie ihm an. Doch ihre Eltern seien beide im Verlauf der letzten neun Monate gestorben, beide an Krebs. »Ich bin also eine Waise«, erklärte sie mit gespielter Unbekümmertheit, »und kann nach Hause kommen, wann ich will.« Worauf sie eine Weile lang einfach so dasaßen, jeder für sich und doch wie enge Vertraute.

»Ich habe den Wagen ganz vergessen«, sagte Justin irgendwann zu ihr, als würde dies allen weiteren Aktivitäten einen Riegel vorschieben.

»Wo haben Sie ihn geparkt?«

»Gar nicht. Ich bin mit einem Fahrer hier. Es ist ein Wagen der Regierung.«

»Können Sie ihn nicht anrufen?«

Erstaunlicherweise hatte sie ein Handy bei sich und er die Nummer des Fahrers in der Hosentasche. Also vertäute er das Boot, setzte sich neben sie und wies den Fahrer an, allein nach London zurückzukehren. Ihnen beiden war bewusst, dass es war, als würde man einen Kompass fortwerfen, die Verbindung zur Außenwelt abbrechen. Als sie genug vom Fluss hatten, nahm Tessa ihn mit zu sich und schlief mit ihm. Warum sie das tat, und was sie in ihm sah, als sie es tat, und was er in ihr sah, oder was das Wochenende aus ihnen beiden gemacht hatte: Das würden Zeit und Gewohnheit zeigen, sagte sie, während sie Justin auf dem Bahnhof mit Küssen eindeckte. Tatsache sei, dass sie ihn liebe, und alles Übrige werde sich schon von selbst ergeben, wenn sie erst verheiratet seien. Und befangen in dem Wahn, der ihn ergriffen hatte, gab Justin wiederholt ähnlich unbesonnene Erklärungen ab, schmückte sie weiter aus. Allzu gern ließ er sich von dieser Welle der Torheit davontragen, obwohl er sich in einem Winkel seines Bewusstseins durchaus im Klaren darüber war, dass dieser Überschwang ihn eines Tages teuer zu stehen kommen konnte.

Sie verhehlte nicht, dass sie einen älteren Liebhaber wollte. Wie viele schöne junge Frauen, die er kennen gelernt hatte, hatte sie die Nase voll von Männern ihres Alters. In Wendungen, die ihn insgeheim abstießen, beschrieb sie sich als Vamp, als Flittchen und als eine kleine Teufelin, aber er war zu hingerissen, um Einspruch zu erheben. Wie er später herausfand, stammten alle diese Ausdrücke von ihrem Vater, den er von da an verabscheute, was er aber sorgfältig vor ihr verbarg, da sie ihren Vater wie einen Heiligen verehrte. Ihr Verlangen nach Justins Liebe, erklärte sie, sei wie ein unstillbarer Hunger in ihr, und Justin konnte nur beteuern, dass für ihn ohne Frage das Gleiche gelte. Und in dem Augenblick glaubte er selbst daran.

Kaum dass er achtundvierzig Stunden in London war, riet ihm sein Instinkt allerdings zur Flucht. Er war von einem Tornado erfasst worden, aber Tornados richteten, wie er aus Erfahrung wusste, eine Menge Schaden, auch kollateraler Art, an und zogen dann weiter. Die noch nicht spruchreife Versetzung in ein afrikanisches Rattenloch erschien ihm plötzlich verlockend. Je länger er sich seine Liebesbeteuerungen vorsagte, desto mehr beunruhigten sie ihn: Das ist doch alles nicht wahr, ich bin im falschen Film. Er hatte eine ganze Reihe Affären gehabt und erhoffte sich einige weitere – allerdings nur in denkbar streng geregelten und vorgefassten Bahnen, mit Frauen, die ebenso wenig wie er geneigt waren, ihren gesunden Menschenverstand der Leidenschaft zu opfern. Die grausamere Wahrheit aber war: Tessas Glauben machte ihm Angst, denn als überzeugter Pessimist glaubte er selbst an nichts; nicht an die menschliche Natur, nicht an Gott, nicht an die Zukunft und ganz bestimmt nicht an die universelle Macht der Liebe. Die Menschen waren schlecht und würden es immer bleiben. Die Welt beherbergte eine kleine Anzahl vernünftiger Menschen, und Justin war zufällig einer von ihnen. Ihre Aufgabe war es seiner schlichten Ansicht nach, die Menschheit von ihren schlimmsten Exzessen abzuhalten – unter dem Vorbehalt, dass auch der Vernünftige herzlich wenig dagegen tun konnte, wenn zwei feindliche Lager entschlossen waren, sich gegenseitig in Stücke zu reißen, egal wie unbarmherzig er auch vorgehen mochte in seinem Bemühen, der Unbarmherzigkeit zu wehren. Letzten Endes, sagte sich der Meister des hehren Nihilismus, bleibt den zivilisierten Menschen heute nichts anderes mehr übrig, als nach der Prämisse vorzugehen: Augen zu und durch. Es war daher um so bedauerlicher, dass Justin, der jede Form von Idealismus mit äußerster Skepsis betrachtete, sich ausgerechnet mit einer jungen Frau eingelassen hatte, die zwar in vielerlei Hinsicht erfreulich ungehemmt war, sich jedoch nicht imstande sah, auch nur einen Schritt zu tun, ohne sich vorher über ihren moralischen Standpunkt klar zu werden. Flucht war die einzig vernünftige Alternative.

Aber als er in den folgenden Wochen mit allem gebotenen Feingefühl seinen Rückzug einleiten wollte, kam er allmählich zu der Erkenntnis, was für ein Wunder da geschehen war. Kleine Abendessen, die für die reuevolle Abschiedsszene vorgesehen waren, verwandelten sich in Feste der Verzauberung, gefolgt von immer berauschenderen sexuellen Freuden. Er begann sich für seine heimliche Treulosigkeit zu schämen. Tessas lebhafter Idealismus schreckte ihn nicht, sondern amüsierte ihn, spornte ihn auf ganz ungetrübte Weise sogar an. Es musste ja jemand so fühlen und sich entsprechend äußern. Nur hatte er bislang starke Überzeugungen für den natürlichen Feind des Diplomaten gehalten, die es zu ignorieren galt. Oder man ließ ihnen freien Lauf und versuchte, ihre Energien in harmlose Kanäle zu lenken. Doch jetzt betrachtete er sie zu seiner eigenen Überraschung als Zeichen von Courage und Tessa als ihre Bannerträgerin.

Und diese Erkenntnis wurde begleitet von einer neuen Selbstwahrnehmung. Er war nicht länger der Schwarm aller alternden Debütantinnen, der leichtfüßige Junggeselle, der sich den Fesseln der Ehe behände zu entziehen verstand. Justin war zur drolligen Vaterfigur geworden, ein Mann, der ein hübsches junges Mädchen anbetete, ihr, wie man so schön sagt, jeden Wunsch von den Lippen ablas und ihr stets ihren Willen ließ. Doch war er auch ihr Beschützer, ihr Fels, ihr Ruhepol, ihr liebevoller älterer Gärtner mit dem Strohhut. Justin begrub seinen Fluchtplan und steuerte geradewegs auf Tessa zu, was er – das wollte er den Polizeibeamten vermitteln – niemals bereut hatte. Er hatte niemals mehr zurückgeblickt.

* * *

»Nicht einmal, als Tessa Sie immer öfter in Verlegenheit brachte?«, fragt Lesley, nachdem Rob und sie, insgeheim verblüfft über Justins Offenheit, eine Weile respektvoll geschwiegen haben.

»Ich habe es Ihnen doch gesagt. Es gab Fragen, in denen wir uns nicht einig waren. Ich wartete also. Entweder darauf, dass sie sich mäßigen würde, oder darauf, dass das Außenministerium uns Rollen zuwies, die miteinander in Einklang zu bringen waren. Der Status der Ehefrauen im diplomatischen Dienst ist ständig im Fluss. Sie dürfen in den Ländern, in denen sie stationiert sind, kein Geld verdienen. Wenn der Ehemann versetzt wird, müssen sie mit ihm umziehen. Eben noch verfügen sie über alle erdenklichen Freiheiten, und im nächsten Moment sollen sie sich benehmen wie eine Geisha der Diplomatie.«

»Sind das Tessas Worte oder Ihre?« Lesley lächelt bei der Frage.

»Tessa hat nie darauf gewartet, dass man ihr Freiheiten gewährte. Sie hat sie sich genommen.«

»Und auch Bluhm hat Sie nicht in Verlegenheit gebracht?«, fragt Rob grob.

»Das ist völlig nebensächlich, aber Bluhm war nicht ihr Liebhaber. Sie waren durch ganz andere Dinge miteinander verbunden. Tessas größtes Geheimnis war ihre Tugend. Sie liebte es zu schockieren.«

Das ist zu viel für Rob. »Vier Nächte lang in einer Tour, Justin?«, protestiert er. »Eine gemeinsame Hütte am Turkanasee? Eine Frau wie Tessa? Und Sie wollen uns ernsthaft glauben machen, dass sie es nicht miteinander getrieben haben?«

»Sie glauben ja doch, was Sie wollen«, erwidert Justin, der Apostel der Abgeklärtheit. »Ich habe nicht den geringsten Zweifel.«

»Warum?«

»Weil sie es mir gesagt hat.«

Und darauf wissen sie keine Antwort mehr. Aber Justin hat noch etwas auf dem Herzen, und Stück für Stück gelingt es ihm, von Lesley ermuntert, es auszusprechen.

»Sie hatte ein Stück Konvention geheiratet«, beginnt er unbeholfen. »Mich. Keinen hochherzigen Wohltäter. Sondern mich. Sie dürfen sie wirklich nicht als jemand Exotisches betrachten. Ich hatte keinen Zweifel – und sie auch nicht, als wir hier ankamen –, dass sie sich mehr oder weniger einfügen würde in den Orden der Geishas der Diplomatie, über den sie sich lustig machte. Auf ihre eigene Art, gewiss. Aber ohne aus der Reihe zu tanzen.« Sich ihrer ungläubigen Blicke bewusst, überlegt er sorgfältig. »Nach dem Tod ihrer Eltern hatte sie sich selbst Angst eingejagt. Jetzt, wo sie mich als Ruhepol hatte, wollte sie der allzu großen Freiheit wieder den Rücken kehren. Das war der Preis, den sie dafür zu zahlen bereit war, keine Waise mehr zu sein.«

»Und was hat Tessa zu diesem Sinneswandel bewogen?«, fragt Lesley.

»*Wir*«, erwidert Justin heftig. Er meint das andere *Wir:* Wir, die sie überlebt haben. Wir, die Schuldigen. »Unsere Selbstgefälligkeit«, sagt er, die Stimme senkend. »*Das* alles hier.« Und er macht eine Handbewegung, die nicht nur das Esszimmer und Glorias abscheuliche, über dem Kaminsims angepinnte Aquarelle umfasste, sondern das ganze Haus, in dem sie sich befinden, samt seiner Bewohner, und, so kann man schließen, auch alle anderen Häuser in der Straße. »Wir, die wir dafür bezahlt werden zu sehen, was los ist, und lieber wegschauen. Wir, die wir mit gesenktem Blick am eigentlichen Leben vorbeispazieren.«

»Hat sie das gesagt?«

»Ich sage das. Das ist das Bild, das Tessa von uns gewonnen hat. Sie war reich seit ihrer Geburt, aber das hat sie nicht beeindruckt. Geld interessierte sie nicht. Sie benötigte sehr viel weniger davon als die so genannten Aufsteiger. Aber sie wusste, dass es keine Entschuldigung dafür gab, sich gleichgültig zu verhalten gegenüber dem, was sie sah und hörte. Sie wusste, sie hatte eine Verpflichtung.«

An dieser Stelle vertagt Lesley die Sitzung auf den nächsten Tag um dieselbe Zeit, falls es Justin recht sei. Das ist es.

Und British Airways schien denselben Gedanken gefasst zu haben, denn in der Business-Class wurden jetzt die Lichter gelöscht und letzte Bestellungen für die Nacht entgegengenommen.

Achtes Kapitel

Sie sagten, Sie hätten mit dem Mord an Ihrer Frau nichts zu tun, Justin. Jedenfalls *nicht in dem Sinne, auf den wir abzielten*«, ruft ihm Lesley in Erinnerung.

Rob rekelt sich, während Lesley ihr Spielzeug auspackte: die bunten Notizbücher, Bleistifte, das kleine Aufnahmegerät, das am Vortag nicht angerührt worden ist, das Radiergummi. Justin hat die Hautfarbe eines Gefängnisinsassen und eine Landkarte kleiner Fältchen um die Augen, wie seit neuestem jeden Morgen. Ein Arzt würde frische Luft verordnen.

»Nun, in welchem Sinne denn, wenn ich fragen darf?« Lesley muss sich über den Tisch beugen, um Justins Antwort zu verstehen.

»Ich hätte mit ihr gehen müssen.«

»Nach Lokichoggio?«

Justin schüttelt den Kopf.

»Zum Turkanasee?«

»Egal wohin.«

»Hat sie das gesagt?«

»Nein. Sie hat mich nie kritisiert. Wir haben einander keine Vorschriften gemacht. Wir haben uns nur ein einziges Mal gestritten, und da ging es um Methoden, weniger um Inhalte. Arnold ist nie ein Hindernis gewesen.«

»Worum genau ging es bei dem Streit?«, will Rob wissen, entschlossen, die Angelegenheit weiterhin betont nüchtern anzugehen.

»Nach dem Verlust unseres Babys habe ich Tessa angefleht, mit mir zurück nach England oder Italien zu gehen. Oder wo immer sie hinwollte. Es kam nicht in Frage für sie. Sie hatte eine Aufgabe, Gott sei's gedankt, einen Grund zu überleben, und zwar hier in Nairobi. Sie war auf eine große soziale Ungerechtigkeit gestoßen, ein großes Verbrechen. Diese Ausdrücke hat sie benutzt. Das war aber alles, was ich wissen durfte. Und in meinem Beruf ist gezielte Ahnungslosigkeit eine Kunstform.« Er dreht sich zum Fenster und starrt mit leerem Blick hinaus. »Haben Sie gesehen, wie die Menschen in den Slums hier leben?«

Lesley schüttelt den Kopf.

»Einmal hat Tessa mich mitgenommen. In einem schwachen Moment, wie sie später sagte, wollte sie, dass ich ihren Arbeitsplatz inspiziere. Ghita Pearson hat uns begleitet. Ghita und Tessa standen sich sozusagen von Natur aus nahe. Es war fast zum Lachen, wie viel sie gemeinsam hatten. Beide Mütter waren Ärztinnen, beide Väter Juristen. Sie waren beide katholisch erzogen worden. Wir haben eine Klinik besucht. Vier Betonwände und ein Blechdach und tausend Menschen, die vor der Tür warteten.« Für einen Augenblick vergisst er, wo er sich befindet. »Armut dieses Ausmaßes ist eine Wissenschaft für sich, darüber kann man nicht alles an einem Nachmittag lernen. Dennoch war es von da an schwierig für mich, die Stanley Street entlang zu gehen, ohne –«, er stockt wieder, »ohne das andere Bild im Kopf zu haben.« Nach Woodrows aalglatten Ausweichmanövern klingen Justins Worte wie die reine Wahrheit. »Diese große Ungerechtigkeit – das große Verbrechen – war, was Tessa am Leben hielt. Unser Baby war fünf Wochen tot. Tessa saß allein zu Hause und starrte die Wände an. Mustafa rief mich immer wieder im Hochkommissariat an – ›Kommen Sie nach Hause, Mzee, sie ist krank, sie ist krank.‹ Aber nicht ich war es, der sie wieder zum Leben erweckt hat. Es war Arnold. Arnold verstand Tessa. Arnold teilte dieses Geheimnis mit ihr. Sie brauchte nur sein Auto in der Auffahrt zu hören, schon war sie ein anderer Mensch. ›Gibt's was Neues? Gibt's was Neues?‹ Sie meinte Informationen. Fortschritte. Wenn er wieder weg war, zog sie sich in ihr kleines Arbeitszimmer zurück und plagte sich bis spät in die Nacht.«

»An ihrem Computer?«

Ein Anflug von Argwohn bei Justin, den er schnell wieder abschüttelt. »Sie hatte ihre Unterlagen, sie hatte ihren Computer. Sie hatte das Telefon, das sie mit größter Umsicht benutzte. Und sie hatte Arnold, wann immer er abkömmlich war.«

»Und Sie hat das überhaupt nicht gestört?«, spottet Rob, unangemessenerweise in seinen überheblichen Ton zurückfallend. »Ihre Frau sitzt rum und bläst Trübsal und wartet nur darauf, dass Dr. Wunderbar endlich auftaucht?«

»Tessa war verzweifelt. Und wenn sie hundert Bluhms gebraucht hätte, sie hätte sie von mir aus alle haben können, zu welchen Bedingungen auch immer.«

»Und Sie wussten nichts über das große Verbrechen, dem Ihre Frau angeblich auf der Spur war«, nimmt Lesley den Faden wieder auf, noch immer nicht überzeugt. »Absolut nichts. Weder, worum es ging, noch, wer die Opfer und wer die Hauptakteure waren. Das haben die beiden alles von Ihnen fern gehalten, Bluhm und Tessa. Und Sie blieben außen vor.«

»Ich habe ihnen ihren Freiraum gelassen«, bestätigt Justin unbeirrbar.

»Ich verstehe einfach nicht, wie Sie so *überleben* konnten«, beharrt Lesley ihrerseits, legt das Notizbuch beiseite und breitet die Hände aus. »Getrennt, aber zusammen – so wie Sie's beschreiben –, das ist – das ist, als würde man nicht mehr miteinander reden. Oder schlimmer.«

»Wir haben nicht überlebt«, erinnert Justin sie schlicht. »Tessa ist tot.«

* * *

Vielleicht haben sie geglaubt, dass damit die Zeit der intimen Geständnisse vorbei sei, dass nun eine Phase der Peinlichkeiten, der Verlegenheit oder gar des Widerrufs folgen würde. Aber Justin hat gerade erst angefangen. Mit einem Ruck setzt er sich aufrecht hin, wie jemand, der beim Kartenspiel den Einsatz erhöht. Seine Hände sinken auf die Schenkel, als warteten sie dort auf weitere Befehle. Er gewinnt wieder die Macht über seine Stimme, die wie von einer inneren Kraft getrieben aus großer Tiefe an die Oberfläche drängt, in die unangenehm abgestandene Luft des Woodrowschen Esszimmers, in dem noch der Soßengeruch vom Abendessen des Vortags hängt.

»Sie war so *impulsiv*«, erklärt er stolz, und wieder zitiert er Vorträge, die er sich selbst Stunde um Stunde gehalten hat. »Das habe ich von Anfang an geliebt an ihr. Sie wollte unbedingt sofort ein Kind haben. Der Tod ihrer Eltern musste so schnell wie möglich kompensiert werden! Warum bis zur Hochzeit warten? Ich hielt sie zurück. Das hätte ich nicht tun sollen. Ich berief mich auf die Konvention – weiß der Himmel, warum. ›Na schön‹, sagte sie, ›wenn wir verheiratet sein müssen, um ein Baby zu bekommen, dann lass uns auf der Stelle heiraten.‹ Also fuhren wir nach Italien und heirateten auf der Stelle, zum großen Vergnügen meiner Kollegen.« Justin ist jetzt selbst ein wenig amüsiert. »›Quayle ist verrückt geworden! Der alte Justin hat seine Tochter geheiratet! Hat Tessa eigentlich schon ihr Abitur?‹ Als sie nach drei Jahren vergeblicher Anläufe schwanger wurde, hat sie geweint. Ich auch.«

Er hält inne, doch niemand unterbricht seinen Redefluss.

»Die Schwangerschaft veränderte sie. Aber nur zum Guten. Tessa wuchs hinein in ihre Rolle als Mutter. Äußerlich behielt sie ihr unbeschwertes Wesen. Aber in ihrem Innern erwachte ein tiefes Gefühl der Verantwortung. Ihr Engagement gewann für sie neue Bedeutung. Wie man mir sagte, ist das nichts Ungewöhnliches. Was vorher wichtig war, wurde jetzt zur Berufung, ja, praktisch zum Schicksal. Noch im siebten Monat kümmerte sie sich tagsüber um die Kranken und Sterbenden und kam abends zurück, um zur albernen Dinnerparty irgendeines Diplomaten in der Stadt zu gehen. Je näher der Geburtstermin rückte, desto entschlossener war sie, dem Baby eine bessere Welt zu bereiten. Nicht nur *unserem* Kind. *Allen* Kindern. Mittlerweile hatte sie ihr Herz an ein afrikanisches Krankenhaus gehängt. Wenn ich sie gezwungen hätte, in eine private Klinik zu gehen, hätte sie es getan, aber das wäre wie ein Verrat an ihr gewesen.«

»Inwiefern?«, murmelt Lesley.

»Tessa entschied ganz bewusst zwischen beobachtetem und geteiltem Leid. Beobachtetes Leid ist das Leid der Journalisten. Es ist das Leid der Diplomaten. Oder Fernsehleid, das vorbei ist, sobald man den blöden Kasten ausschaltet. Wer dem Leiden zusieht und nichts unternimmt, war für sie nicht viel besser als jene, die es verursachen. Sie nannte sie die schlechten Samariter.«

»Aber *sie* hat doch was dagegen unternommen«, wendet Lesley ein.

»Deswegen eben das afrikanische Krankenhaus. Manchmal steigerte sie sich da so hinein, dass sie ihr Kind sogar im Slum von Kibera zur Welt bringen wollte. Gott sei Dank ist es Arnold und Ghita gemeinsam gelungen, ihr die Unverhältnismäßigkeit einer solchen Aktion vor Augen zu führen. Arnold besitzt Autorität in Sachen Leid. Nicht nur, dass er Folteropfer in Algerien behandelt hat, er ist selbst gefoltert worden. Er hatte sich den Ausweis eines Verdammten dieser Erde wahrlich verdient. Ich hatte das nicht.«

Rob stürzt sich darauf, als wäre dieser Punkt nicht schon zur Genüge behandelt worden. »Es ist ein bisschen schwer zu begreifen, wo Sie da eigentlich ins Spiel kamen, oder? Ist man nicht ein bisschen wie das fünfte Rad am Wagen, wenn man so hoch oben in den Wolken schwebt? Sie, mit Ihrem Leid eines Diplomaten und Ihrer hohen Kommission?«

Aber Justins Nachsicht kennt keine Grenzen. Und manchmal ist er schlicht zu wohlerzogen, um zu widersprechen. »Sie hat mich vom aktiven Dienst befreit, wie sie es nannte«, bestätigt er mit vor Scham gesenkter Stimme. »Sie hat sich allerlei Scheinargumente ausgedacht, die es mir leicht machen sollten. Die Welt brauche uns beide, behauptete sie; mich, um das System von innen zu bewegen, und sie, um ihm von außen zuzusetzen. ›Ich bin diejenige, die an den moralischen Staat glaubt‹, sagte sie dann. ›Wenn ihr Typen eure Arbeit nicht machen würdet, welche Hoffnung hätten wir anderen dann noch?‹ Wir wussten beide, dass das nur Sophisterei war. Das System brauchte meine Arbeit nicht. Genauso wenig wie ich. Was für einen Sinn hatte sie denn auch? Ich schrieb Berichte, die niemand zur Kenntnis nahm, und empfahl Maßnahmen, die nie ergriffen wurden. Tessa war jede Form der Täuschung fremd. Außer in meinem Fall. Für mich hat sie sogar sich selbst getäuscht.«

»Hatte sie jemals Angst?«, fragt Lesley ganz leise, um die beichtfreudige Stimmung nicht zu stören.

Justin überlegt, dann gestattet er sich ein mattes Lächeln. »Einmal hat sie zu der amerikanischen Botschafterin gesagt, wenn sie ängstlich wäre, müsste sie ja dauernd die Hosen voll haben. Ihre Exzellenz waren nicht amüsiert.«

Auch Lesley lächelt, aber nicht lange. »Und diese Entscheidung, ihr Baby in einem afrikanischen Krankenhaus zur Welt zu bringen«, fragt sie mit einem Blick in ihr Notizbuch. »Können Sie uns bitte sagen, wann und unter welchen Umständen sie getroffen wurde?«

»Es gab da eine Frau aus einem der Slumdörfer im Norden, die Tessa regelmäßig besucht hat. Wanza, Nachname unbekannt. Sie litt an irgendeiner mysteriösen Krankheit. Man hatte sie für eine Spezialbehandlung ausersehen. Durch Zufall landeten sie beide im selben Zimmer im Uhuru-Krankenhaus, und Tessa hat sich mit ihr angefreundet.«

Können auch die beiden Polizisten diesen vorsichtigen Unterton hören, der sich in seine Stimme geschlichen hat, fragt sich Justin.

»Wissen Sie, was für eine Krankheit?«

»Nur ganz allgemein: dass es eine potenziell lebensbedrohliche Sache war.«

»Hatte sie Aids?«

»Ob die Krankheit im Zusammenhang mit Aids stand, weiß ich wirklich nicht. Mein Eindruck war, dass die Befürchtungen eher in eine andere Richtung gingen.«

»Das ist doch ziemlich ungewöhnlich, nicht wahr, dass eine Frau aus den Slums zur Entbindung in ein Krankenhaus geht?«

»Sie stand unter Beobachtung.«

»Unter wessen Beobachtung?«

Es ist das zweite Mal, dass Justin sich der Selbstzensur unterwirft. Andere zu täuschen, liegt ihm eigentlich nicht. »Eine der medizinischen Stationen, nehme ich an. In ihrem Dorf. Einem Elendsviertel. Sie sehen, wie vage meine Informationen sind. Wirklich erstaunlich, wie es mir gelungen ist, so vieles nicht zu wissen.«

»Und Wanza ist gestorben, nicht wahr?«

»Sie starb am letzten Tag von Tessas Krankenhausaufenthalt, in der Nacht.« Dankbar, seine Zurückhaltung ablegen zu können, rekonstruiert Justin den Vorgang für die Beamten. »Ich war den ganzen Abend bei ihr auf dem Zimmer gewesen, aber Tessa bestand darauf, dass ich nach Hause ging und mich ein paar Stunden schlafen legte. Das Gleiche hat sie Arnold und Ghita gesagt. Sonst haben wir abwechselnd an ihrem Bett gewacht. Arnold hatte ein Feldbett besorgt. Morgens um vier rief Tessa mich an. Auf ihrem Zimmer gab es kein Telefon, also hat sie das der Schwestern benutzt. Sie war tief erschüttert. Hysterisch ist eigentlich der treffendere Ausdruck, nur dass Tessa, wenn sie hysterisch wurde, nicht dazu neigte, laut zu werden. Wanza war verschwunden. Ebenso das Baby. Tessa war nachts aufgewacht und hatte Wanzas Bett leer vorgefunden, und auch das Kinderbett war nicht mehr da. Ich fuhr zum Uhuru-Krankenhaus. Arnold und Ghita trafen im selben Augenblick ein. Tessa war untröstlich. Es war, als hätte sie innerhalb weniger Tage ein zweites Kind verloren. Zu dritt konnten wir sie überzeugen, dass es besser für sie wäre, zur Genesung nach Hause zu kommen. Nachdem Wanza tot und das Baby verschwunden war, fühlte sie sich nicht mehr zum Bleiben verpflichtet.«

»Tessa hat die Leiche nicht zu sehen bekommen?«

»Sie hat darum gebeten, aber ihr wurde gesagt, das sei nicht möglich. Wanza sei gestorben, und ihr Baby sei von ihrem Bruder ins Dorf der Mutter gebracht worden. Für das Krankenhaus war damit der Fall erledigt. Krankenhäuser halten sich nicht gern mit dem Tod auf«, fügt er hinzu. Er spricht aus Erfahrung. Bei Garth war es genauso.

»Hat Arnold es geschafft, die Leiche zu sehen?«

»Er kam zu spät. Sie war zur Leichenhalle gebracht worden und verloren gegangen.«

Lesley versucht nicht, ihr Erstaunen zu verbergen, und macht große Augen. Rob beugt sich rasch vor, greift nach dem Aufnahmegerät und überzeugt sich, dass die Spule hinter dem kleinen Fenster sich dreht. »Verloren gegangen? Man verliert doch keine Leichen!«, ruft er aus.

»Man hat mir im Gegenteil versichert, dass das in Nairobi recht häufig vorkommt.«

»Was ist mit dem Totenschein?«

»Ich kann nur weitergeben, was ich von Arnold und Tessa gehört habe. Ich weiß nichts von einem Totenschein. Es war nie von einem die Rede.«

»Und keine Obduktion?« Lesley hat sich erholt.

»Soviel ich weiß, nicht.«

»Hat Wanza Besuch im Krankenhaus bekommen?«

Justin denkt nach, findet aber offenbar keinen Grund, die Antwort zu verweigern. »Ihr Bruder Kioko. Er hat neben ihr auf dem Boden geschlafen, wenn er nicht die Fliegen von ihr fern hielt. Und Ghita Pearson legte Wert darauf, sich auch zu ihr zu setzen, wenn sie Tessa besuchte.«

»Sonst noch jemand?«

»Ein weißer Arzt, glaube ich. Ich bin mir nicht sicher.«

»Dass er weiß war?«

»Dass er Arzt war. Ein Weißer im weißen Kittel. Mit einem Stethoskop.«

»Kam er allein?«

Zurückhaltung legt sich wieder wie ein Schatten über Justins Stimme. »Er wurde von einer Gruppe Studenten begleitet. Jedenfalls hielt ich sie dafür. Sie waren jung. Und sie trugen ebenfalls weiße Kittel.«

Auf deren Taschen jeweils drei goldene Bienen gestickt waren, könnte er hinzufügen, aber der Vorsatz, den er gefasst hatte, hält ihn davon ab.

»Warum sprechen Sie von Studenten? Hat Tessa gesagt, dass es Studenten waren?«

»Nein.«

»Arnold?«

»Arnold hat sich in meiner Gegenwart überhaupt nicht dazu geäußert. Es ist eine reine Vermutung von mir. Sie waren eben jung.«

»Und ihr Anführer? Der Arzt, falls er einer war. Hat Arnold irgendwas über ihn gesagt?«

»Zu mir nicht. Wenn er ein Anliegen hatte, wird er es dem Mann selbst vorgetragen haben – dem Mann mit dem Stethoskop.«

»In Ihrer Gegenwart?«

»Jedenfalls nicht in meiner Hörweite.« Beinahe jedenfalls.

Beide, Rob und Lesley, beugen sich vor, um nur ja jedes Wort mitzubekommen. »Erzählen Sie.«

Justin hat schon angefangen. Einen kurzen Waffenstillstand

lang ist er bereit, mit ihnen gemeinsame Sache zu machen. Die Zurückhaltung ist dabei allerdings nicht aus seiner Stimme gewichen. Sei wachsam und vorsichtig, scheinen die Ringe unter seinen müden Augen zu besagen. »Arnold hat den Mann beiseite genommen. Am Arm. Den Mann mit dem Stethoskop. Sie haben miteinander gesprochen, so wie Ärzte es tun. Leise, aber ohne die Köpfe zusammenzustecken.«

»Auf Englisch?«

»Ich glaube ja. Wenn Arnold französisch oder Kisuaheli spricht, verändert sich seine Körperhaltung.« Und wenn er englisch redet, neigt er dazu, etwas lauter zu werden, könnte Justin hinzufügen.

»Beschreiben Sie ihn – den Typen mit dem Stethoskop«, verlangt Rob.

»Er war kräftig. Beleibt. Rundes Gesicht. Nicht sehr gepflegt. Ich erinnere mich an Wildlederschuhe. Ich weiß noch, wie komisch mir das vorkam, ein Arzt in Wildlederschuhen. Ich weiß auch nicht, warum. Aber die Schuhe sind mir in Erinnerung geblieben. Sein Kittel war irgendwie schmuddelig. Wildlederschuhe, schmuddeliger Kittel, hochrotes Gesicht. Kam mir ein bisschen wie ein Showman vor. Wenn der weiße Kittel nicht gewesen wäre, hätte ich ihn für einen Impresario gehalten.« Und dann die drei auf die Tasche gestickten goldenen Bienen, abgeschabt, aber deutlich erkennbar. Genau wie bei der Krankenschwester auf dem Plakat im Flughafen, fällt Justin ein. »Er schien sich zu schämen«, fügt er zu seiner eigenen Überraschung hinzu.

»Weswegen?«

»Wegen seiner Anwesenheit. Wegen dem, was er dort tat.«

»Wie kommen Sie darauf?«

»Er konnte Tessa nicht ansehen. Niemanden von uns. Er hat überallhin geschaut, nur nicht zu uns.«

»Haarfarbe?«

»Blond. Blond bis rötlich. Man sah es seinem Gesicht an, dass er wohl gern einen trinkt. Das rötliche Haar hat das noch hervorgehoben. Wissen Sie was über ihn? Tessa war überaus neugierig, was ihn betraf.«

»Bart? Schnäuzer?«

»Glatt rasiert. Nein, stimmt nicht. Er hatte einen Zweitagebart. Die Stoppeln hatten einen goldenen Schimmer. Tessa hat ihn wiederholt nach seinem Namen gefragt. Er hat die Auskunft verweigert.«

Wieder poltert Rob dazwischen. »Wie hat denn die Unterhaltung auf Sie gewirkt? War es Streit? War es eine freundliche Konversation? Haben sie sich gegenseitig zum Essen eingeladen? Was ging da vor?«

Die Vorsicht meldet sich zurück. Ich habe nichts gehört. Nur beobachtet. »Arnold schien zu protestieren – ihm etwas vorzuwerfen. Und der Arzt leugnete es. Mein Eindruck war –« Justin hält inne, um seine Worte mit aller Sorgfalt zu wählen. Traue niemandem, hat Tessa gesagt. Niemandem außer Ghita und Arnold. Versprich es mir. Ich verspreche es. »Ich hatte den Eindruck, dass es nicht die erste Auseinandersetzung der beiden war. Mir kam es vor, als sei ich Zeuge der Fortsetzung einer längeren Meinungsverschiedenheit. So hat es sich mir jedenfalls im Nachhinein dargestellt. Wie die Wiederaufnahme von Feindseligkeiten zwischen zwei zerstrittenen Parteien.«

»Die Sache hat Sie also beschäftigt?«

»Ja, ja«, bestätigt Justin wenig überzeugend. »Ich hatte übrigens auch den Eindruck, dass Englisch nicht die Muttersprache des Doktors ist.«

»Aber Sie haben darüber weder mit Arnold noch mit Tessa gesprochen?«

»Als der Mann gegangen war, ist Arnold an Tessas Bett zurückgekehrt, hat ihren Puls gemessen und ihr etwas ins Ohr geflüstert.«

»Was Sie wiederum nicht gehört haben?«

»Nein, und ich sollte es auch nicht.« Zu fadenscheinig, schießt es Justin durch den Kopf. Gib dir mehr Mühe. Und ihren Blicken ausweichend erklärt er: »Das war eine Rolle, an die ich mich bereits gewöhnt hatte, aus ihrem Kreis ausgeschlossen zu sein.«

»Was für Medikamente hat Wanza bekommen?«, fragt Lesley.

»Ich habe keine Ahnung.«

Dabei hat er sehr wohl eine Ahnung. Gift. Er hat Tessa vom Krankenhaus abgeholt und steht nun zwei Stufen unter ihr auf der Treppe zum Schlafzimmer, ihr Gepäck in der einen Hand, die

Tasche mit Garths ersten Strampelanzügen, Nachtzeug und Windeln in der anderen. Er belauert jede ihrer Bewegungen wie ein Ringer, denn wie Tessa nun mal ist, kann sie sich natürlich nicht helfen lassen. Doch sobald sie zu straucheln beginnt, lässt er die Taschen fallen und fängt sie auf, noch bevor ihre Knie nachgeben. Er spürt, wie furchtbar leicht sie ist, spürt ihr Zittern und ihre Verzweiflung, als sie bitter zu klagen beginnt, nicht wegen des toten Garth, sondern wegen der toten Wanza. *Sie haben sie umgebracht!*, platzt es aus ihr heraus, ihm direkt ins Gesicht, weil er sie so dicht an sich gedrückt hält. *Diese Schweine haben Wanza umgebracht, Justin! Sie haben sie mit ihrem Gift getötet.* Wer denn, Liebes, fragt er und streicht ihr die schweißnassen Haare aus dem Gesicht. Wer hat sie getötet? Erzähl. Seinen Arm um ihren abgemagerten Rücken gelegt, schiebt er sie sanft die Treppe hinauf. Was für Schweine, Liebes? *Diese Schweine von ThreeBees. Diese verdammten Scharlatane. Die uns bewusst nicht angesehen haben!* Was sind das für Ärzte? – Er hebt Tessa hoch und legt sie aufs Bett, lässt nicht zu, dass sie noch einmal fällt. Haben sie Namen, diese Ärzte? Sag doch.

Tief in Gedanken versunken, dringt Lesleys Stimme an sein Ohr, die ihm genau dieselbe Frage stellt. »Sagt Ihnen der Name Lorbeer etwas, Justin?«

Im Zweifelsfall immer lügen, hat er sich geschworen. Selbst in der Hölle, immer lügen. Wenn ich niemandem mehr traue – nicht mal mir selbst – und den Toten gegenüber loyal sein will, immer lügen.

»Ich fürchte nicht«, erwidert er.

»Nicht irgendwann aufgeschnappt – am Telefon? Bei einem Gespräch zwischen Arnold und Tessa? Lorbeer, deutsch, holländisch – vielleicht auch ein Schweizer?«

»Der Name Lorbeer ist mir noch in keinem Zusammenhang begegnet.«

»Kovacs – eine Frau aus Ungarn? Dunkle Haare, soll sehr gut aussehen?«

»Hat sie einen Vornamen?« Was wieder so viel heißen soll wie nein, nur dass es diesmal sogar die Wahrheit ist.

»Den haben sie alle nicht«, antwortet Lesley, der Verzweiflung nahe. »Emrich. Auch eine Frau. Aber blond. Nein?« Sie gibt sich geschlagen und wirft ihren Bleistift auf den Tisch. »Wanza stirbt also«, sagt sie. »Das ist amtlich. Getötet von einem Mann, der Sie nicht ansehen wollte. Und heute, sechs Monate später, wissen Sie immer noch nicht, woran. Sie ist einfach so gestorben.«

»Es hat mir jedenfalls niemand gesagt. Ich weiß nicht, ob Tessa und Arnold die Todesursache kannten, ich kenne sie nicht.«

Rob lehnt sich auf seinem Stuhl zurück und stößt einen bühnenreifen Seufzer aus, während Lesley sich vorbeugt, das Kinn auf die Hand gestützt, und Justin mit melancholischem Gesichtsausdruck weise anblickt.

»Und Sie haben sich das nicht alles nur ausgedacht«, fragt sie ihn über die Fingerknöchel hinweg. »Diese ganze Story über die sterbende Frau namens Wanza, ihr Baby, den so genannten Arzt, der sich wegen irgendwas schämt, und die so genannten Studenten in weißen Kitteln? Das ist nicht zufällig von vorn bis hinten ein einziges Lügengewebe?«

»Was für ein absurder Gedanke! Warum, um alles in der Welt, sollte ich Ihre Zeit vergeuden, indem ich eine solche Geschichte erfinde?«

»Das Uhuru-Krankenhaus hat keine Akte über Wanza«, erklärt Rob, genauso entmutigt. »Tessa hat existiert, und auch der arme Garth. Aber Wanza nicht. Sie ist nie dort gewesen, wurde niemals aufgenommen, nie von einem Arzt behandelt, keinem echten und keinem falschen, niemand hat sie untersucht, niemand hat ihr etwas verschrieben. Ihr Baby wurde nie geboren, sie ist nie gestorben, ihre Leiche ist niemals verloren gegangen, weil sie niemals existiert hat. Unsere Les hier hat sich an einige von den Krankenschwestern rangemacht, aber die wissen nichts, rein gar nichts, stimmt's, Les?«

»Jemand war vor mir da und hat ein vertrauliches Gespräch mit ihnen geführt«, lautet Lesleys Erklärung.

* * *

Justin fuhr herum, als er die Stimme eines Mannes von hinten hörte. Aber es war nur der Steward, der sich nach seinem Befinden erkundigte. Ob Mr Brown vielleicht irgendwelche Hilfe bei der Bedienung der Sitzarmatur benötige? Nein, danke, Mr

Brown zog es vor, die Rückenlehne senkrecht gestellt zu lassen. Oder mit dem Videogerät? Danke sehr, nein, kein Bedarf. Ob er denn dann vielleicht die Blende vor seinem Fenster heruntergezogen haben wolle? Nein, danke vielmals – mit Nachdruck –, Justin ließ sein Fenster zum Kosmos lieber offen. Wie es dann eventuell mit einer schönen warmen Decke für Mr Brown wäre? Aus unheilbarer Höflichkeit nahm Justin die Decke entgegen und richtete seinen Blick wieder hinaus in den schwarzen Raum, wo in diesem Augenblick Gloria, ohne anzuklopfen, ins Esszimmer platzt, ein Tablett mit pappigen Sandwiches in Händen. Während sie es auf dem Tisch abstellt, schielt sie verstohlen in Lesleys Notizbuch, doch leider vergeblich, denn Lesley hat geschickterweise schnell eine neue Seite aufgeschlagen.

»Sie werden mir aber hoffentlich unseren armen Gast nicht überanstrengen, meine Lieben? Er hat so schon schwer genug zu tragen, nicht wahr, Justin?«

Worauf Gloria Justin auf die Wange küsst und varietéreif abgeht, das nunmehr leere Tablett in Händen, während sie alle drei gleichzeitig aufspringen, um ihrer Aufseherin die Tür zu öffnen.

* * *

Nach Glorias Auftritt verläuft das Gespräch für eine Weile stockend. Sie kauen auf ihren Sandwiches herum, Lesley schlägt ein neues Notizbuch auf, ein blaues diesmal, und Rob lässt mit vollem Mund eine Reihe scheinbar unzusammenhängender Fragen vom Stapel.

»Kennen Sie vielleicht jemanden, der unablässig Sportsman-Zigaretten raucht?« – in einem Ton, als wäre das Rauchen von Sportsmans ein Schwerverbrechen.

»Nicht, dass ich wüsste, nein. Wir beide haben Zigarettenrauch gehasst.«

»Ich meinte nicht nur zu Hause. Irgendwo anders.«

»Trotzdem nein.«

»Kennen Sie jemanden, der einen grünen Safarijeep mit langem Achsstand besitzt, in gutem Zustand, kenianisches Kennzeichen?«

»Der Hochkommissar nennt einen gepanzerten Jeep oder etwas in der Art sein Eigen, aber das ist wohl nicht das, was Sie im Auge haben.«

»Kennen Sie irgendwelche Burschen in den Vierzigern, durchtrainierte Militärtypen, blank polierte Schuhe, braun gebrannt?«

»Mir fällt niemand ein, leider.« Justin begleitet dieses Geständnis mit einem Lächeln der Erleichterung, endlich außerhalb der Gefahrenzone zu sein.

»Schon mal was von einem Ort namens Marsabit gehört?«

»Ja, ich glaube. Ja, Marsabit, natürlich. Warum?«

»Oh, gut. Sehr gut. Wir haben tatsächlich davon gehört. Wo ist das denn?«

»Am Rande der Wüste Chalbi.«

»Also östlich vom Turkanasee?«

»Ja, wenn mich die Erinnerung nicht trügt. Es ist eine Art Verwaltungszentrum. Ein Treffpunkt für Wandervögel aus der ganzen Region da oben im Norden.«

»Schon mal dagewesen?«

»Nein, leider Gottes.«

»Kennen Sie jemanden, der da war?«

»Nein, ich glaube nicht.«

»Irgendeine Vorstellung, was für Einrichtungen dem geplagten Reisenden in Marsabit zur Verfügung stehen?«

»Ich glaube, es gibt dort ein Hotel. Und eine Polizeiwache. Und einen Nationalpark.«

»Aber Sie waren nie dort.« War Justin nicht. »Oder haben jemanden hingeschickt? *Zwei* Jemande zum Beispiel?« Hatte Justin nicht. »Woher wissen Sie dann so viel über den Ort? Übernatürliche Fähigkeiten?«

»Wenn ich einen Posten antrete, mache ich mir die Mühe, vorher die Landkarte zu studieren.«

»Man hat uns von einem grünen Safarijeep mit langem Achsstand berichtet, der zwei Abende vor dem Mord in Marsabit Station gemacht hat, Justin«, erklärt Lesley, als dieser rituelle Schlagabtausch vorbei ist. »Zwei Weiße saßen drin. Zwei weiße Jäger, wie es scheint. Körperlich fit, etwa Ihr Alter, Khakikleidung, geputzte Schuhe, wie Rob schon sagte. Haben mit niemandem geredet, nur miteinander. Haben nicht mit einer Schar schwedischer Mädchen an der Bar geflirtet. Haben im Laden Vorräte gekauft.

Benzin, Zigaretten, Wasser, Bier, Lebensmittel. Zigaretten Marke Sportsman, das Bier, Whitecap in Flaschen. Whitecap gibt es nur in Flaschen. Am nächsten Morgen sind sie abgefahren, Richtung Westen durch die Wüste. Wenn sie in einem Rutsch durchgefahren sind, könnten sie das Ufer des Turkanasees am nächsten Abend erreicht haben. Sie hätten es sogar bis Allia Bay schaffen können. Die leeren Bierflaschen, die wir in der Nähe des Tatorts gefunden haben: Whitecaps. Die Zigarettenkippen: Sportsmans.«

»Entschuldigen Sie die naive Frage, aber führt das Hotel in Marsabit kein Gästebuch?«, erkundigt sich Justin.

»Die Seite fehlt!« Mit diesem Triumphschrei meldet Rob sich zurück. »Zur Unzeit herausgerissen, sehr bedauerlich. Und die Belegschaft in Marsabit kann sich ums Verrecken nicht an die Männer erinnern. Die haben solche Angst, dass sie sich nicht mal mehr an ihren eigenen Namen erinnern. Wir vermuten, dass auch mit ihnen jemand unter vier Augen gesprochen hat. Dieselben Leute, die sich mit dem Krankenhauspersonal unterhalten haben.«

Diese Aussage aber kommt Robs Schwanengesang in seiner Rolle als Justins Henker gleich, eine Tatsache, die er nun selbst anzuerkennen scheint. Mürrisch zupft er sich am Ohr und schaut fast entschuldigend drein. Justin dagegen kommt jetzt erst so richtig in Schwung. Sein Blick schweift unruhig zwischen Rob und Lesley hin und her. Er wartet auf die nächste Frage, und als diese ausbleibt, stellt er selbst eine.

»Und was ist mit der Kraftfahrzeugzulassungsstelle?«

Doch diese Bemerkung ruft bei den beiden Beamten höhnisches Gelächter hervor: »In Kenia?«

»Dann eben die Autoversicherungen. Die Importeure, die Lieferanten. So viele grüne Safarijeeps mit langem Achsstand kann es in Kenia doch nicht geben. Nicht, wenn man systematisch sucht.«

»Die blauen Jungs von der hiesigen Polizei arbeiten mit Hochdruck daran«, sagt Rob. »Wenn wir sehr nett zu ihnen sind, haben sie im nächsten Jahrtausend vielleicht eine Antwort. Die Importeure waren offen gesagt auch nicht gerade clever«, fährt er mit einem verschmitzten Blick auf Lesley fort. »Schon mal von einer kleinen, feinen Firma namens Bell, Barker & Benjamin gehört, auch als ThreeBees bekannt? Oder von ihrem Präsidenten auf Lebenszeit, einem gewissen Sir Kenneth K. Curtiss, Golfer und Gauner, von seinen Freunden Kenny K. genannt?«

»Jeder in Afrika hat von ThreeBees gehört.« Justin ruft sich energisch zur Ordnung. Im Zweifelsfall immer lügen. »Und natürlich auch von Sir Kenneth. Eine bemerkenswerte Persönlichkeit.«

»Beliebt?«

»Bewundert trifft es eher, würde ich sagen. Er ist Besitzer eines populären kenianischen Fußballvereins. Und trägt seine Baseballmütze verkehrt herum«, fügt er so angewidert hinzu, dass die Beamten lachen müssen.

»Bei ThreeBees hat man große, na, sagen wir: Hilfsbereitschaft an den Tag gelegt, aber viel gebracht hat es nicht«, nimmt Rob den Faden wieder auf. »Sehr hilfsbereit, aber wenig hilfreich. ›Kein Problem, Officer! Bis Mittag haben Sie es, Officer!‹ Aber das war vor einer Woche.«

»So ist das leider mit den Leuten hier«, klagt Justin mit einem müden Lächeln. »Haben Sie es denn bei den Autoversicherungen versucht?«

»ThreeBees macht auch in Kfz-Versicherungen. Na ja, liegt nahe, nicht wahr? Die Haftpflichtversicherung gibt's gratis dazu, wenn man ein Auto bei denen kauft. Aber das war auch keine große Hilfe. Nicht, was grüne Safarijeeps in gutem Zustand angeht.«

»Verstehe«, sagt Justin ausdruckslos.

»Tessa hatte wohl nicht zufällig ThreeBees auf dem Kieker, oder?«, fragt Rob gewohnt beiläufig. »Kenny K. scheint dem Thron des Herrn Moi doch recht nahe zu stehen, und bei so was stellten sich ihr doch eigentlich immer die Nackenhaare auf, nicht wahr?«

»Oh, anzunehmen«, gibt Justin ebenso ungerührt zurück. »Früher oder später bestimmt.«

»Was erklären könnte, warum wir vom noblen Haus ThreeBees gerade im entscheidenden Punkt keine Hilfe bekommen. Nicht nur in der Frage des mysteriösen Fahrzeugs, sondern ebenfalls in ein oder zwei anderen Angelegenheiten, die nicht direkt damit zu tun haben. Schließlich sind sie auch in anderen Bereichen groß im Geschäft, nicht wahr? Alles, was sich denken lässt, vom Hustensaft bis zu Privatjets, haben sie uns erzählt, stimmt's, Les?«

Justin lächelt reserviert, geht aber nicht weiter auf das Thema ein, obwohl er durchaus versucht ist, eine amüsante Bemerkung über den von Napoleon geliehenen Ruhm zu machen oder darüber, was für einen absurden Zufall Tessas Verbindung zur Insel Elba darstellt. Er unterdrückt auch jeden Hinweis auf den Abend, an dem er Tessa nach Hause gebracht hat, und auf jene Schweine bei ThreeBees, die Wanza mit ihrem Gift getötet haben.

»Aber ThreeBees stand nicht auf Tessas schwarzer Liste, sagen Sie«, fährt Rob fort. »Das überrascht mich eigentlich, wenn ich mir ansehe, was über diese Firma von ihren zahlreichen Kritikern gesagt wird. ›Die eiserne Faust im eisernen Handschuh‹ hat sie, wenn ich mich recht entsinne, ein Parlamentsabgeordneter erst kürzlich genannt, im Zusammenhang mit irgendeinem fast vergessenen Skandal. Nicht anzunehmen, dass *der* in naher Zukunft mal eine Safari geschenkt bekommt, was, Les?« – »Bestimmt nicht«, sagt Les. – »Kenny K. und die ThreeBees. Klingt wie der Name einer Rockband. Aber soweit Sie wissen, hat Tessa keine ihrer Fatwas gegen sie ausgerufen?«

»Nein, meines Wissens nicht«, sagt Justin. Der Begriff Fatwa bringt ihn zum Lächeln.

Rob lässt nicht locker. »Auf Grund von – was weiß ich – schlechten Erfahrungen, die Tessa und Arnold bei ihrer Arbeit vor Ort gemacht haben? Vergehen irgendwelcher Art, oder sagen wir: pharmazeutischer Art? Sie hat sich doch aber ganz schön intensiv mit medizinischen Fragen befasst, oder? Das tut Kenny K. auch, wenn er sich nicht gerade auf dem Golfplatz mit Mois Leuten rumtreibt oder mit seinem Jet durch die Gegend brummt und bienenfleißig noch ein paar weitere Firmen aufkauft.«

»Tatsächlich«, antwortet Justin, so distanziert, ja, geradezu desinteressiert, dass jedem klar sein muss: Von ihm ist in dieser Sache nichts Aufschlussreiches mehr zu erwarten.

»Wenn ich Ihnen also sagen würde, dass Tessa und Arnold im Laufe der letzten Wochen wiederholt bei zahlreichen Abteilungen des weit verzweigten Hauses ThreeBees Protest eingelegt hätten – dass sie Briefe geschrieben hätten, telefonisch und persönlich vorstellig geworden wären und ständig an der Nase herumgeführt worden wären –, würden Sie dann immer noch sagen, dass Ihnen das nicht in irgendeiner Form zu Ohren gekommen ist. Das ist eine Frage.«

»Ja, das würde ich sagen, fürchte ich.«

»Tessa schreibt einen wütenden Brief nach dem anderen an Kenny K. persönlich, die durch Boten überbracht oder per Einschreiben verschickt werden. Sie ruft dreimal am Tag seine Sekretärin an und bombardiert ihn selbst mit E-Mails. Sie versucht ihn auf seiner Farm am Naivashasee und am Eingang zu seinen repräsentativen neuen Büroräumen abzufangen, aber seine Jungs warnen ihn rechtzeitig, und er benutzt zum unaussprechlichen Vergnügen seiner Belegschaft die Hintertreppe. All dies wäre Ihnen völlig neu, so wahr Ihnen Gott helfe?«

»Mit oder ohne Gottes Hilfe: Es ist mir neu.«

»Überrascht sehen Sie aber nicht gerade aus.«

»Ach nein? Merkwürdig. Und ich dachte, ich sei erstaunt. Vielleicht zeige ich meine Gefühle nicht so deutlich, wie ich sollte.« Diese Mischung aus Zorn und Beherrschung trifft die Beamten offenbar unvorbereitet, denn sie heben ihre Köpfe so ruckartig, als wollten sie ihm salutieren.

* * *

Ihre Reaktion interessiert Justin jedoch nicht. Seine Täuschungsmanöver haben einen ganz anderen Hintergrund als die von Woodrow. Während dieser sich fleißig auf seine Vergesslichkeit berief, wird Justin von halb verschollenen Erinnerungen bedrängt, die plötzlich von allen Seiten auf ihn einstürmen: Gesprächsfetzen von Tessa und Bluhm, die er aus falschem Ehrgefühl absichtlich überhört hatte, und die jetzt wieder in ihm hochkommen; Tessas Ärger, der sich hinter ihrem Stillschweigen verbarg, wann immer der Name Kenny K. in ihrer Gegenwart ausgesprochen wurde – wenn es zum Beispiel um seine bevorstehende Aufnahme ins britische Oberhaus ging, die im Muthaiga Club als sichere Sache gehandelt wurde, oder um die hartnäckigen Gerüchte um eine Fusion von ThreeBees mit einem noch größeren multinationalen Konzern. Justin erinnert sich an Tessas strikten Boykott aller ThreeBees-Produkte – ihren antinapoleonischen Feldzug, hatte sie ihn ironisch getauft –, der nicht nur die üblichen Nahrungs- und Reinigungsmittel betraf, die zu kaufen Tessas Armee obdachloser Haushaltshelfer bei Todesstrafe untersagt war, sondern auch die von ThreeBees betriebenen Straßencafés und Tankstellen sowie die von ThreeBees hergestellten Autobatterien und Motoröle. Nichts davon durfte Justin benutzen, wenn sie zusammen mit dem Auto unterwegs waren. Zusätzlich hatte er auch jetzt wieder ihr wüstes Schimpfen im Ohr, in das sie ausbrach, wann immer ein ThreeBees-Plakat mit Napoleons gestohlenem Emblem von den Reklametafeln auf sie herabgrinste.

»Wir bekommen recht häufig den Ausdruck *radikal* zu hören, Justin.« Lesley hob den Blick von ihren Notizen, um einmal mehr seinen Gedankengang zu unterbrechen. »War Tessa eine Radikale? Wo wir herkommen, bedeutet radikal auch militant. ›Macht kaputt, was euch kaputtmacht‹, und so weiter. Auf dieser Schiene ist Tessa aber nicht gefahren, oder? Und auch Arnold nicht. Oder doch?«

Justins Antwort klingt so müde, als wäre sie ein Entwurf, den er für einen pedantischen Abteilungsleiter bereits mehrfach überarbeitet hat.

»Tessa war der Überzeugung, dass die unverantwortliche Jagd nach Profit die Erde zerstört, und ganz besonders die Länder der Dritten Welt. Unter dem Deckmantel der Investitionen ruiniert das westliche Kapital die natürliche Umwelt und fördert die Herausbildung von Kleptokratien. So lautete ihre These, die man heutzutage wohl kaum mehr als radikal bezeichnen kann. Solche Äußerungen habe ich schon häufig in den Fluren der internationalen Gemeinschaft gehört. Sogar in meiner Kommission.«

Wieder hält Justin inne, denn ihm drängt sich die Erinnerung an den unschönen Anblick des mehr als übergewichtigen Kenny K. auf, wie dieser am ersten Abschlag des Muthaiga Club den Schläger schwingt, während ihm Tim Donohue, der überalterte Chefspion, Gesellschaft leistet.

»Folgt man dieser These, so ist Entwicklungshilfe an Dritte-Welt-Länder nichts anderes als Ausbeutung unter einem anderen Namen«, greift Justin den Faden wieder auf. »Nutznießer sind die Länder, die gegen Zinsen Gelder zur Verfügung stellen, lokale afrikanische Politiker und Beamte, die hohe Bestechungssummen kassieren, ferner westliche Auftragnehmer und Rüstungsfirmen, die riesige Profite einstecken. Die Opfer sind die einfachen Leute, die Entwurzelten, die Armen und die ganz Armen. Und die Kinder, die keine Zukunft haben«, zitiert er abschließend Tessa, in Gedanken bei Garth.

»Glauben Sie das auch?«, fragt Lesley.

»Für mich ist es ein bisschen spät, noch an irgendetwas glauben zu wollen«, antwortet Justin demütig, und es herrscht einen Moment lang Schweigen, bevor er – schon weniger demütig – hinzufügt: »Tessa war eine absolute Ausnahme: eine Juristin, die an Gerechtigkeit glaubte.«

»Was wollten die beiden bei der Leakey-Grabung?«, fragt Lesley, nachdem sie seine Aussage schweigend zur Kenntnis genommen hat.

»Vielleicht hatte Arnold dort im Auftrag seiner NGO zu tun. Leakey gehört nicht zu denen, die das Wohl der eingeborenen Afrikaner missachten.«

»Vielleicht«, räumt Lesley ein und schreibt bedächtig etwas in ihr Notizbuch. »Kannte Tessa Leakey persönlich?«

»Ich glaube nicht.«

»Und Arnold?«

»Ich habe keine Ahnung. Vielleicht sollten Sie Leakey fragen.«

»Mr Leakey hatte von beiden noch nie gehört, bis er letzte Woche seinen Fernseher eingeschaltet hat«, antwortet Lesley düster. »Mr Leakey verbringt momentan die meiste Zeit in Nairobi, wo er für Moi den Saubermann zu spielen versucht und große Schwierigkeiten hat, sich Gehör zu verschaffen.«

Rob sieht Lesley fragend an. Sie gibt ihm mit einem unauffälligen Nicken ihr Einverständnis. Daraufhin beugt sich Rob vor und versetzt dem Aufnahmegerät einen aggressiven Schubs in Justins Richtung: Hier, sprich da rein!

»Also, was versteht man unter dem Begriff ›Weiße Pest‹?«, fragt er mit Nachdruck, und sein überheblicher Ton legt nahe, dass Justin persönlich für ihre Ausbreitung verantwortlich ist. »Die Weiße Pest«, wiederholt er, als Justin zögert. »Kommen Sie schon, was ist das?«

Justins Gesichtsausdruck ist einmal mehr stoisch und unbewegt. Er flüchtet sich in seinen offiziellen Tonfall. Erneut tun sich vor Justin mögliche Verbindungspfade auf, doch sie alle hat Tessa zuerst beschritten, und er hat die Absicht, ihr allein nachzugehen.

»Die Weiße Pest, das war früher ein gebräuchlicher Ausdruck für Tuberkulose«, verkündet er. »Tessas Großvater ist an dieser Krankheit gestorben. Sie hat als Kind seinen Tod miterlebt. Tessa besaß auch ein Buch, das diesen Titel trug.« Dass dieses Buch auf ihrem Nachttisch gelegen hat, bis es in die Gladstone-Tasche gewandert ist, behält Justin für sich.

Jetzt ist es an Lesley, vorsichtig zu sein. »Hatte sie aus diesem Grund ein spezielles Interesse an Tbc?«

»Ob es ein spezielles Interesse war, weiß ich nicht. Wie Sie vorhin selbst sagten, hat sie sich, bedingt durch ihre Arbeit in den Slums, für eine ganze Reihe von medizinischen Problemen interessiert. Tuberkulose war eins davon.«

»Aber wenn ihr Großvater daran gestorben ist, Justin –«

»Was Tessa besonders missfallen hat, war die sentimentale Verklärung der Krankheit in der Literatur«, fällt Justin ihr ernst ins Wort. »Keats, Stevenson, Coleridge, Thomas Mann – sie hat immer gesagt, dass alle, die Tbc romantisch finden, sich mal an das Sterbebett ihres Großvaters hätten setzen sollen.«

Wieder sucht Robs stiller Blick Lesleys Zustimmung und bekommt sie gewährt. »Würde es Sie also überraschen zu hören, dass wir bei einer nicht autorisierten Durchsuchung von Arnold Bluhms Wohnung die Durchschrift eines alten Briefs gefunden haben, den er an den Chef der Marketing-Abteilung von ThreeBees geschickt hatte und in dem er vor den Nebenwirkungen eines neuen Medikaments zur Kurzzeittherapie gegen Tuberkulose warnt, das von ThreeBees vertrieben wird?«

Justin zögert keine Sekunde. Die gefährliche Wendung des Verhörs ruft seine diplomatischen Fertigkeiten wach. »Warum sollte es mich überraschen? Bluhms NGO hat ja von Haus aus ein großes fachliches Interesse an Dritte-Welt-Medikamenten. Arzneimittel sind der größte Skandal in Afrika. Wenn es eins gibt, was die Gleichgültigkeit des Westens gegenüber dem Leid Afrikas deutlich macht, dann ist es der erbärmliche Mangel an wirksamen Medikamenten. Und außerdem die schändlich hohen Preise, die die Pharmafirmen seit dreißig Jahren dafür verlangen.« Er zitiert Tessa, aber ohne ihr die Worte zuzuschreiben. »Ich bin sicher, dass Arnold Dutzende solcher Briefe geschrieben hat.«

»Dieser hier war versteckt«, sagt Rob. »Zusammen mit einem Haufen technischer Daten, aus denen wir nicht schlau werden.«

»Nun, hoffen wir, dass Sie Arnold bald bitten können, sie für Sie zu entschlüsseln – wenn er zurück ist«, sagt Justin spröde und verhehlt nicht, wie überaus geschmacklos er es findet, dass sie ohne Bluhms Wissen in seinen Sachen gewühlt und seine Briefe gelesen haben.

Lesley übernimmt wieder die Führung. »Tessa besaß einen Laptop, nicht wahr?«

»Ja, in der Tat.«

»Welches Fabrikat?«

»Ich komme nicht auf den Namen. Klein, grau und japanisch – das ist so ungefähr alles, was ich Ihnen darüber sagen kann.«

Eine glatte Lüge. Er weiß es, sie wissen es. Den Gesichtern der Beamten nach zu urteilen, belastet nun ein Gefühl des Verlusts ihre Beziehung zu ihm, ein Hauch von enttäuschter Freundschaft. Aber für Justin ist es anders. Justin kennt nur noch diese starre Verweigerungshaltung, wenn er sie auch diplomatisch verbrämt. Denn dies ist die Schlacht, für die er sich Tage und Nächte hindurch gewappnet hat in der Hoffnung, dass er sie nie würde schlagen müssen.

»Sie hatte ihn in ihrem Arbeitszimmer, richtig? Wo auch ihre Pinnwand war, wo sie ihre Papiere und ihre Forschungsunterlagen aufbewahrte.«

»Wenn sie ihn nicht bei sich hatte, ja.«

»Hat sie ihn benutzt, um Briefe damit zu schreiben?«

»Ich glaube schon.«

»Und E-Mails?«

»Häufig.«

»Und sie hat auch Sachen ausgedruckt, ja?«

»Manchmal.«

»Vor fünf oder sechs Monaten hat sie einen langen Text geschrieben – ungefähr achtzehn Seiten Brief nebst Anhang. Es war ein Protest gegen irgendeinen Missbrauch, wahrscheinlich medizinischer oder pharmazeutischer Art oder beides. Eine Fallgeschichte, die Beschreibung einer sehr ernsten Angelegenheit, die sich hier in Kenia abspielte. Hat sie Ihnen den Text gezeigt?«

»Nein.«

»Und Sie haben ihn auch nicht gelesen – auf eigene Faust, ohne Tessas Wissen?«

»Nein.«

»Sie wissen also gar nichts darüber. Wollen Sie das damit sagen?«

»Ich fürchte ja.« Mit einem bedauernden Lächeln schluckt Justin.

»Wir haben uns nämlich gefragt, ob dies womöglich etwas mit dem großen Verbrechen zu tun hatte, dem sie auf der Spur zu sein glaubte.«

»Verstehe.«

»Und ob ThreeBees etwas mit diesem großen Verbrechen zu tun haben könnte.«

»Möglich ist das.«

»Aber sie hat Ihnen den Text nicht gezeigt?«, fragt Lesley beharrlich.

»Wie ich schon mehrfach sagte: nein.« Fast hätte er hinzugefügt: »Verehrteste.«

»Können Sie sich vorstellen, dass es darin in irgendeiner Weise um ThreeBees ging?«

»Nun, ich habe nicht die geringste Ahnung.«

In Wirklichkeit hatte er alle Ahnung der Welt. Dies war die schlimmste Zeit gewesen. Die Zeit, als er befürchtete, sie verloren zu haben; als ihr junges Gesicht sich mit jedem Tag weiter verhärtete und ihre jungen Augen einen eifernden Glanz bekamen; als sie jede Nacht in ihrem kleinen Büro vor dem Laptop hockte, umgeben von Papierstapeln, die übersät waren mit Unterstreichungen und Querverweisen wie ein juristischer Schriftsatz. Es war die Zeit, als sie ihre Mahlzeiten einnahm, ohne wahrzunehmen, was sie auf dem Teller hatte, und dann ohne Gruß zu ihrer Arbeit zurückeilte; die Zeit, als scheue Dorfbewohner vom Land leise an die Hintertür klopften, um Tessa zu besuchen, mit ihr auf der Veranda saßen und aßen, was Mustafa ihnen servierte.

»Sie hat also mit Ihnen über diesen Text nicht einmal *gesprochen*?« Lesley tat ungläubig.

»Ich fürchte, nein.«

»Auch nicht in Ihrer Gegenwart – sagen wir, mit Arnold oder Ghita?«

»Tessa und Arnold hielten Ghita, zu ihrem eigenen Wohl, in den letzten Monaten auf Distanz. Was mich betrifft, so hatte ich den Eindruck, dass sie mir tatsächlich misstrauten. Sie glaubten, dass ich mich in einem Interessenskonflikt im Zweifelsfall für die Seite der Krone entscheiden würde.«

»Und stimmt das?«

Nie im Leben, schießt es ihm durch den Kopf. Aber in seiner Antwort drückt er die Ambivalenz aus, die sie von ihm erwarten. »Da ich mit dem Text, von dem Sie sprechen, nicht vertraut bin, kann ich diese Frage leider nicht beantworten.«

»Aber diesen Text hätte sie doch über ihren Laptop ausgedruckt, oder? Auch wenn sie Ihnen diese achtzehn Seiten nicht gezeigt hat.«

»Möglich. Oder über Bluhms. Oder über den von Freunden.«

»Wo ist er denn jetzt, der Laptop? In diesem Moment?«

Die Antwort folgt nahtlos.

Woodrow hätte einiges von ihm lernen können.

Keine auffällige Körpersprache, kein Zittern in der Stimme, kein übertriebenes Atemholen.

»Auf der Liste ihrer Habseligkeiten, die mir von der kenianischen Polizei vorgelegt wurde, habe ich den Laptop vergeblich gesucht. Er ist dort, wie auch eine Reihe anderer Dinge, bedauerlicherweise nicht aufgeführt.«

»In Loki hat niemand einen Laptop bei ihr gesehen«, merkt Lesley an.

»Na ja, dort wird wohl niemand ihr Gepäck untersucht haben.«

»In der Oase hat keiner einen bemerkt. Hatte sie ihn bei sich, als Sie Tessa zum Flughafen gefahren haben?«

»Sie hatte den Rucksack mit, den sie auf ihren Exkursionen immer benutzte. Der ist auch verschwunden. Sie hatte eine kleine Reisetasche dabei, in der ihr Laptop vielleicht war. Manchmal hat sie ihn da hineingesteckt. In Kenia ist es für eine einzelne Frau nicht ratsam, teures elektronisches Gerät offen sichtbar mitzuführen.«

»So einzeln war Tessa ja nun auch wieder nicht, oder?«, erinnert Rob ihn. Das folgende Schweigen hält so lange an, dass am Ende die Spannung spürbar wächst, wer es als erster brechen wird.

»Justin«, sagt Lesley schließlich. »Als Sie letzten Dienstag Morgen mit Woodrow in Ihrem Haus gewesen sind, was haben Sie da mitgenommen?«

Justin tut so, als ginge er in Gedanken eine Liste durch. »Oh ... Familienpapiere ... private Korrespondenz, Tessas Stiftung betreffend ... einige Hemden, Strümpfe ... einen dunklen Anzug für die Beerdigung ... ein paar Schmuckstücke mit Erinnerungswert ... ein paar Krawatten.«

»Sonst nichts?«

»Mehr fällt mir auf Anhieb nicht ein. Nein.«

»Und wenn Sie etwas länger nachdenken?«, fragt Rob.

Justin lächelt müde, sagt aber nichts.

»Wir haben mit Mustafa gesprochen«, sagt Lesley. »Wir haben ihn gefragt: Mustafa, wo ist Miss Tessas Laptop? Er hat sich ganz schön in Widersprüche verwickelt. Erst hatte sie ihn mitgenommen, dann wieder nicht. Als Nächstes hatten ihn die Journalisten gestohlen. Der einzige, der ihn *nicht* genommen hatte, das waren Sie, Justin. Wir haben uns gedacht, dass er vielleicht versucht, Sie zu decken, wobei er sich nicht gerade geschickt anstellt.«

»Nun, so etwas kommt eben dabei heraus, wenn man die Hausangestellten unter Druck setzt.«

»Wir haben ihn nicht unter Druck gesetzt«, faucht Lesley, schließlich doch einmal ärgerlich, zurück. »Wir sind äußerst behutsam mit ihm umgegangen. Wir haben ihn nach Tessas Pinnwand gefragt. Wie es kommt, dass sie voller Stecknadeln und Einstichlöcher ist, aber keine einzige Notiz dran hängt? Er habe sie aufgeräumt, sagte er. Ganz alleine, ohne Hilfe. Mustafa kann kein Englisch lesen, es ist ihm nicht gestattet, Tessas Sachen anzurühren, aber er räumt ihre Pinnwand leer. Wir haben ihn gefragt, was er mit den Merkzetteln gemacht hat. Sie verbrannt, erzählt er. Wer ihm gesagt habe, er solle sie verbrennen. Niemand. Wer ihm gesagt habe, er solle die Pinnwand leer räumen? Niemand. Am allerwenigsten Mr Justin. Wie gesagt, wir glauben, dass er versucht, Sie zu decken. Wir glauben, dass *Sie* die Zettel genommen haben, nicht Mustafa. Wir glauben, dass Mustafa Sie auch deckt, was den Laptop betrifft.«

Justin verfällt erneut in den Zustand künstlicher Gelassenheit, der Fluch und Tugend seiner Profession zugleich ist. »Ich fürchte, Sie berücksichtigen unsere kulturellen Unterschiede hier nicht ausreichend, Lesley. Die nahe liegendere Erklärung ist doch, dass der Laptop mit Tessa zum Turkanasee gereist ist.«

»Zusammen mit den Zetteln von ihrer Pinnwand? Das glaube ich nicht, Justin. Haben Sie sich während Ihres Besuchs erlaubt, irgendwelche Disketten einzustecken?«

Und in diesem Moment – aber nur in diesem – lässt Justin seine Deckung fallen. Denn während er einerseits entschlossen ist, alles zu leugnen, interessiert es ihn, Antworten zu erhalten.

»Nein, aber ich gestehe, dass ich danach gesucht habe. Der Großteil Tessas rechtlicher Korrespondenz war darauf gespeichert. Sie pflegte ihrem Anwalt in allen möglichen Angelegenheiten E-Mails zu schicken.«

»Und Sie haben sie nicht gefunden.«

»Sie waren *immer* auf ihrem Schreibtisch«, beteuert Justin überschwänglich, in dem Wunsch, das Problem mit ihnen zu teilen. »In einem hübsch lackierten Kästchen, das ihr ebenjener Anwalt letztes Jahr zu Weihnachten geschenkt hat. Auf dem Kästchen waren chinesische Schriftzeichen. Tessa hat sie sich von einem chinesischen Entwicklungshelfer übersetzen lassen und war entzückt, als sich herausstellte, dass es sich um eine Tirade gegen die verhassten westlichen Kapitalisten handelte. Ich kann nur vermuten, dass es denselben Weg gegangen ist wie der Laptop. Vielleicht hat Tessa auch die Disketten mit nach Loki genommen.«

»Warum hätte sie das tun sollen?«, fragt Lesley skeptisch.

»Ich bin nicht sehr beschlagen, was Informationstechnologie angeht. So Leid mir das tut. Im Polizeiprotokoll sind auch keine Disketten verzeichnet«, fügte Justin hinzu, als erhoffe er sich Rat von ihnen.

Rob überlegt laut. »Was immer sich auf den Disketten befand, müsste eigentlich auch auf dem Laptop sein. Es sei denn, Tessa hätte alles auf Disketten heruntergeladen und dann die Festplatte gelöscht. Aber wer würde so was tun und warum?«

»Tessa war, wie ich bereits sagte, sehr auf Sicherheit bedacht.«

Als beide nachdenklich schweigen, schließt sich Justin an.

Da fragt Rob grob: »Und wo sind Tessas Unterlagen jetzt?«

»Auf dem Weg nach London.«

»Per Diplomatenpost?«

»Nun, darüber bestimme ich. Das Außenministerium ist überaus hilfsbereit.«

Vielleicht ist es der Widerhall von Woodrows Ausflüchten darin, der Lesley veranlasst, auf ihrem Stuhl nach vorn zu rutschen und ihrem Ärger unverhohlen Luft zu machen.

»Justin!«

»Ja, Lesley.«

»Tessa hat doch *Nachforschungen* betrieben, oder? Vergessen Sie die Disketten. Vergessen Sie den Laptop. Wo sind ihre Unterlagen – ihre *sämtlichen* Unterlagen – schwarz auf weiß und *in diesem Moment*?«, verlangt sie zu wissen. »Und wo sind die Zettel von der Pinnwand?«

Justin schlüpft wieder in seine künstliche Rolle und schenkt Lesley ein tolerantes Stirnrunzeln, mit dem er ihr zu verstehen gibt, dass er sein Bestes tun wird, sich ihrem Willen zu fügen, selbst wenn sie sich höchst unvernünftig aufführt. »Zweifellos bei meiner persönlichen Habe. Wenn Sie aber wissen wollen, in welchem Koffer genau, da wäre ich doch etwas überfragt.«

Lesley wartet, bis ihr Atem wieder ruhiger geht. »Wir möchten Sie bitten, alle Ihre Gepäckstücke für uns zu öffnen. Wir möchten Sie bitten, uns *auf der Stelle* nach unten zu begleiten und uns *alles* zu zeigen, was Sie am Dienstag aus Ihrem Haus mitgenommen haben.«

Sie steht auf, gefolgt von Rob, der zur Tür geht und Abmarschbereitschaft signalisiert. Nur Justin bleibt sitzen. »Ich fürchte, das ist nicht möglich«, sagt er.

»Und warum nicht?«, fährt Lesley ihn an.

»Aus demselben Grund, aus dem ich die Unterlagen überhaupt an mich genommen habe. Sie sind privat und persönlich. Ich habe nicht die Absicht, Ihnen oder sonst jemandem Einblick zu gewähren, solange ich sie nicht selbst gelesen habe.«

Hochrot im Gesicht entgegnet Lesley: »Wenn wir in England wären, Justin, würde ich Ihnen, ehe Sie sich's versehen, eine Vorladung um die Ohren hauen.«

»Aber wir sind nun mal nicht in England. Sie haben keinen Durchsuchungsbefehl und meines Wissens keinerlei Befugnisse hier vor Ort.«

Lesley ignoriert ihn. »Wenn wir in England wären, würde ich mir sofort einen Durchsuchungsbefehl holen und dieses Haus von oben bis unten auf den Kopf stellen. Jedes Schmuckstück, jedes Blatt Papier und jede Diskette würde ich beschlagnahmen, alles, was Sie aus Tessas Arbeitszimmer mitgenommen haben. Und den Laptop. Und ich würde alles einzeln durchkämmen.«

»Aber Sie haben doch schon *mein* Haus durchsucht, Lesley«, protestiert Justin gelassen von seinem Sessel aus. »Ich kann mir nicht vorstellen, dass Woodrow erfreut wäre, wenn Sie jetzt auch noch seins auf den Kopf stellen würden. Und ich werde Ihnen ganz sicher nicht gestatten, bei mir zu versuchen, was Sie bei Arnold einfach ohne dessen Einwilligung getan haben.«

Lesleys saure Miene und die Röte in ihrem Gesicht zeigen, wie gekränkt sie ist. Rob dagegen ist ganz blass geworden und starrt sehnsüchtig auf seine geballten Fäuste.

»Warten Sie's nur ab, morgen sprechen wir uns wieder«, sagt Lesley, als sie sich zum Gehen wenden.

Aber aufgeschoben heißt in diesem Fall auch aufgehoben, ihren hitzigen Worten zum Trotz. Die ganze Nacht und bis in den Vormittag hinein sitzt Justin auf der Bettkante und wartet, dass Rob und Lesley wie angedroht zurückkehren, bewaffnet mit ihren einstweiligen Verfügungen, Vorladungen und Durchsuchungsbefehlen und begleitet von einem Trupp blauer Jungs von der kenianischen Polizei, die ihnen die Drecksarbeit abnehmen. Wie seit Tagen geht Justin im Kopf alle Möglichkeiten und Verstecke durch. Er denkt wie ein Kriegsgefangener, betrachtet Wände, Fußböden und Decken und fragt sich: *Wo?* Er fasst den Plan, Gloria ins Vertrauen zu ziehen, verwirft ihn wieder. Ein weiterer Plan greift auf Mustafa und Glorias Hausdiener zurück. Wieder ein anderer betrifft Ghita. Doch das Einzige, was er von seinen Inquisitoren hört, ist ein Anruf von Mildren, der ihm mitteilt, die Polizeibeamten würden anderswo benötigt, und nein, es gebe nichts Neues von Arnold. Und als der Tag der Beerdigung naht, werden die Beamten noch immer anderswo benötigt – so jedenfalls kommt es Justin vor, als er hin und wieder den Blick über die Trauergäste schweifen lässt und die Abwesenheit seiner Freunde bemerkt.

* * *

Das Flugzeug war in ein Land immer währender Vordämmerung eingetaucht. Vor Justins Kabinenfenster wälzten sich endlose Wellen eines gefrorenen Meeres der bleichen Unendlichkeit entgegen. Um ihn herum schliefen in weiße Leichentücher gehüllte Passagiere in der unheimlichen Haltung von Toten. Eine Frau hielt den Arm hoch, als hätte eine Kugel sie aus dem Leben gerissen, während sie jemandem zuwinkte. Ein Mann hatte den Mund zu einem stummen Schrei geöffnet, eine Totenhand aufs Herz gelegt. Allein und als einziger aufrecht sitzend, wandte Justin sich wieder dem Fenster zu. Sein Gesicht schwebte darin neben Tessas, wie die Masken von Menschen, die er einst gekannt hatte.

Neuntes Kapitel

Es ist einfach furchtbar!«, heulte eine Gestalt mit schütterem Haar im voluminösen braunen Mantel, entriss Justin den Gepäckwagen und raubte ihm mit einer ungestümen Umarmung die Sicht. »Es ist so gemein und so verdammt unfair und so furchtbar schrecklich. Erst Garth, und jetzt Tessa.«

»Danke, Ham.« Justin erwiderte die Umarmung, so gut es eben ging, mit beiden Armen fest an den Körper gepresst. »Und danke, dass du zu dieser unchristlichen Stunde hergekommen bist. Nein, das nehme ich, danke sehr. Du kannst den Koffer tragen.«

»Ich wäre auch bei der Beerdigung gewesen, wenn du mich gelassen hättest! Mein Gott, Justin!«

»Es war besser, dass du hier die Stellung gehalten hast«, sagte Justin freundlich.

»Ist der Anzug warm genug? Muss doch arschkalt sein hier, nach dem sonnigen Afrika.«

Arthur Luigi Hammond war alleiniger Inhaber der Anwaltskanzlei Hammond Manzini mit Sitz in London und Turin. Hams Vater hatte mit Tessas Vater an der juristischen Fakultät in Oxford und später in Mailand allerhand Unfug getrieben. Und gemeinsam hatten sie in einer großen Kirche in Turin zwei adelige italienische Schwestern geheiratet, deren Schönheit legendär war. Nachdem die eine Tessa zur Welt gebracht hatte, war die andere mit Ham niedergekommen. Und als die Kinder größer wurden, verbrachten sie die Ferien zusammen auf Elba, fuhren miteinander zum Skilaufen nach Cortina und machten, praktisch Bruder und Schwester, gleichzeitig ihren Universitätsabschluss – Ham mit Verdiensten im Rugby und einer hart erkämpften Drei in Jura, Tessa mit einer Eins. Seit dem Tod von Tessas Eltern hatte Ham die Rolle des weisen Onkels übernommen, der mit glühendem Eifer das Familienvermögen verwaltete, ruinös vorsichtige Investitionen für sie tätigte und mit der ganzen Autorität seines vor der Zeit kahl werdenden Kopfes die Freigebigkeit seiner Cousine zügelte, während er selbst stets vergaß, ihr Rechnungen zu stellen. Er war schwer gebaut, mit rosig glänzendem Gesicht, seine Augen blitzten vor Schalk, und seine Gefühle spiegelten sich auf seinem beweglichen Gesicht wider. Wenn Ham Rommé spielt, pflegte Tessa zu sagen, erkennst du eher als er, was für ein Blatt er hat, und zwar daran, wie breit sein Grinsen ist, wenn er die Karten aufnimmt.

»Warum schmeißt du das Ding nicht einfach hinten rein?«, röhrte Ham, als sie in sein winziges Auto kletterten. »Na gut, dann stell es eben auf den Boden. Was hast du denn da drin? Heroin?«

»Kokain«, sagte Justin, während er diskret die Reihe der vereisten Autos musterte. Bei der Passkontrolle hatten ihn zwei weibliche Beamte mit auffallender Gleichgültigkeit durchgewinkt. In der Gepäckhalle hatten zwei gelangweilt wirkende Männer in Anzügen und mit Erkennungsmarken jeden gemustert außer Justin. Drei Wagen weiter steckten ein Mann und eine Frau in einem beigefarbenen Ford die Köpfe zusammen und studierten eine Karte. In einem zivilisierten Land kann man nie wissen, meine Herren, hatte der abgebrühte Ausbilder beim Sicherheitstraining gern gesagt. Am besten ist es, Sie gehen davon aus, dass Sie nicht allein sind.

»Fertig?«, fragte Ham schüchtern und schnallte sich an.

England war wunderschön. Die flachen Strahlen der Morgensonne vergoldeten die gefrorenen Äcker von Sussex. Ham fuhr wie immer: mit neunzig, wo hundert erlaubt war, und zehn Meter hinter dem hustenden Auspuff des nächsten sich anbietenden Lastwagens.

»Meg lässt herzlich grüßen«, verkündete er rau, was seine hochschwangere Frau ihm aufgetragen hatte. »Sie hat eine Woche nur geheult. Ich auch. Muss jetzt noch heulen, wenn ich nicht verdammt aufpasse.«

»Das tut mir Leid, Ham«, sagte Justin schlicht und nahm ohne Bitterkeit hin, dass Ham einer jener Trauernden war, die Trost bei den Hinterbliebenen suchen.

»Ich wünschte nur, sie würden den Scheißkerl finden«, platzte es einige Minuten später aus Ham heraus. »Und wenn sie ihn aufgeknüpft haben, können sie gleich auch noch diese Schweine aus der Fleet Street in die Themse werfen. Meg ist im Augenblick bei ihrer verdammten Mutter«, fügte er hinzu. »Das müsste doch reichen, damit's endlich losgeht.«

Sie fuhren schweigend weiter. Ham starrte finster auf den stinkenden Laster vor ihnen, und Justin betrachtete verwirrt das fremde Land, das er ein halbes Leben lang im Ausland vertreten hatte. Der beigefarbene Ford hatte sie überholt, an seine Stelle war ein rundlicher Motorradfahrer in schwarzem Leder gerückt. In einem zivilisierten Land kann man nie wissen.

»Du bist übrigens reich«, trompetete Ham, als Felder und Wiesen den Ausläufern der Großstadt Platz machten. »Nicht, dass du vorher ein Bettler gewesen wärst, aber jetzt stinkst du vor Geld. Das Geld ihres Vaters, das ihrer Mutter, die Stiftung, der ganze Laden. Und du bist alleiniger Bevollmächtigter für ihre Wohltätigkeitsgeschichten. Sie meinte, du wüsstest schon, was damit zu tun ist.«

»Wann hat sie das gesagt?«

»Einen Monat, bevor sie das Baby verloren hat. Wollte sicherstellen, dass alles koscher ist für den Fall, dass sie's nicht überlebt. Na ja, was zum Teufel sollte ich denn machen, Herrgott noch mal?«, fragte er flehentlich, weil er Justins Schweigen als Vorwurf missdeutete. »Sie war meine Klientin, Justin. Ich war ihr Anwalt. Hätte ich's ihr ausreden sollen? Dich anrufen?«

Justin machte, während er den Außenspiegel im Blick behielt, die angemessenen Laute zu seiner Beschwichtigung.

»Und der andere Testamentsvollstrecker ist Bluhm, verdammt«, fügte Ham hinzu, etwas zu heftig für die geplante Beiläufigkeit. »Vollstrecker ist wohl das passende Wort.«

Die ehrwürdigen Räumlichkeiten der Kanzlei Hammond Manzini befanden sich in einer durch ein Tor zugänglichen Sackgasse namens Ely Place, verteilt auf zwei wurmstichige Obergeschosse mit getäfelten Wänden, an denen in Auflösung befindliche Bilder der ruhmreichen Verstorbenen hingen. In zwei Stunden schon würden zweisprachige Angestellte in schmierige Telefonhörer murmeln, während Hams in Twinsets gekleidete Damen sich mit der modernen Technik herumschlügen. Doch morgens um sieben Uhr lag Ely Place noch verlassen da, abgesehen von dem Dutzend Autos, die im Rinnstein parkten, und dem gelben Licht, das in der Krypta der Kapelle St. Etheldra brannte. Unter dem Gewicht von Justins Gepäck ächzend, stiegen die beiden Männer vier baufällige Treppen hinauf zu Hams Büro, danach noch eine fünfte zu seiner Dachklause. In der winzigen Wohnküche hing das Foto eines schlankeren Ham, wie er unter dem Jubel eines studentischen Publikums ein Tor erzielt. In dem winzigen Schlafzimmer, in dem Justin sich umzog, schnitten Ham und seine Braut Meg eine dreistöckige Hochzeitstorte an, angefeuert von den Fanfaren in Strumpfhosen gekleideter italienischer Trompeter. Und in dem winzigen Bad, wo Justin unter die Dusche sprang, hing ein primitives Ölgemälde von Hams Geburtshaus im kältesten Northumbria, das der Grund für seine ständige Geldknappheit war.

»Vom Nordflügel hat's das verdammte Dach weggerissen«, schrie Ham stolz durch die Küchenwand, während er Eier aufschlug und mit Pfannen klapperte. »Schornstein, Ziegel, Wetterfahne, Uhr, alles hin. Meg war auf Rosanne ausgeritten, Gott sei Dank. Wäre sie im Gemüsegarten gewesen, hätte sie den Glockenturm glatt ins Kreuz gekriegt.«

Justin drehte den Heißwasserhahn auf und verbrühte sich gleich die Hand. »Das muss ja ein schöner Schreck für sie gewesen sein«, sagte er mitfühlend, während er kaltes Wasser beimischte.

»Hat mir dieses *außergewöhnliche* kleine Buch zu Weihnachten geschickt«, dröhnte Ham zum Brutzeln des Schinkens. »Nicht Meg. Tess. Hat sie dir's zufällig mal gezeigt? Das kleine Buch, das sie mir geschenkt hat? Zu Weihnachten?«

»Nein, Ham, ich glaube nicht –« Justin massierte sich Seife ins Haar in Ermangelung von Shampoo.

»So'n indischer Mystiker. Rahmi Soundso. Kommt dir das bekannt vor? Der Rest vom Namen fällt mir bestimmt gleich ein.«

»Leider nicht.«

»Geht darum, dass wir uns alle lieben sollten, auch ohne feste Bindung. Scheint mir ziemlich viel verlangt.«

Von der Seife geblendet, stieß Justin ein verständnisvolles Knurren aus.

»*Freedom, Love and Action* – das ist der Titel. Was zum Teufel soll ich Tessas Ansicht nach mit Freiheit, Liebe und Action wohl anfangen? Ich bin verheiratet, verdammt noch mal. Hab ein Baby in Vorbereitung. Und außerdem bin ich Katholik, Mensch. Tess war selber Katholikin, bevor sie abgefallen ist. Diese Göre.«

»Ich vermute, sie wollte dir danken für all die Scherereien, die du ihretwegen hattest.« Justin ergriff die sich bietende Gelegenheit für diesen Schuss ins Blaue, war aber darauf bedacht, den beiläufigen Ton ihrer Unterhaltung zu bewahren.

Die Verbindung zur anderen Wandseite riss vorübergehend ab. Das Brutzeln wurde lauter, gefolgt von ketzerischen Kraftausdrücken und dem Geruch nach Angebranntem.

»Was für Scherereien sollen denn das gewesen sein?«, brüllte Ham misstrauisch. »Ich dachte, du solltest von den Scherereien gar nichts wissen. Super geheim waren die, laut Tessa. ›Strengstens fern zu halten von allen Justins. Oder Sie gefährden Ihre Gesundheit.‹ Hat sie als Betreff in jede ihrer E-Mails eingebaut.«

Justin hatte ein Handtuch gefunden, aber vom Reiben wurde das Brennen in den Augen nur schlimmer. »*Gewusst* habe ich davon eigentlich nichts, Ham. Ich habe es sozusagen erraten«, erläuterte er mit gleich bleibender Beiläufigkeit durch die Wand hindurch. »Was solltest du für sie tun? Das Parlament in die Luft jagen? Das Trinkwasser vergiften?« Keine Antwort. Das Kochen nahm Ham vollkommen in Anspruch. Justin tastete nach einem sauberen Hemd. »Na, versuch nicht, mir zu erzählen, du hättest subversive Flugblätter über die Schulden der Dritten Welt verteilen müssen«, sagte er.

»Verdammte Firmenakten«, tönte es über neuerliches Töpfeklappern hinweg zurück. »Möchtest du zwei Eier oder eins? Sind von unseren Hühnern.«

»Eins reicht völlig, danke. Was für Dokumente waren das?«

»Das war das Einzige, wofür sie sich interessiert hat. Jedes

Mal, wenn sie dachte, ich würde dick und bequem: *zack*, kam wieder eine E-Mail über Firmenakten.« Weiteres Geklapper ließ Ham vom Thema abkommen. »Hat beim Tennis gemogelt, wusstest du das? In Turin. Oh ja. Das kleine Biest und ich haben als Kinder mal bei so 'nem Mixed-Turnier zusammen gespielt. Hat das ganze Match über schamlos geschummelt. Jeder Ball, der knapp die Linie getroffen hat: aus gegeben. Konnte einen halben Meter drin gewesen sein, war ihr ganz egal. *Aus*. ›Ich bin Italienerin‹, meinte sie. ›Ich darf das.‹ ›Von wegen‹, hab ich gesagt. ›Du bist durch und durch englisch, genau wie ich.‹ Gott weiß, was ich gemacht hätte, wenn wir gewonnen hätten. Den Pokal zurückgegeben, schätze ich. Nee, doch nicht. Sie hätte mich umgebracht. Oh Gott. Entschuldige.«

Justin ging ins Wohnzimmer und nahm Platz vor einer fettgetränkten Halde aus Schinken, Ei, Würstchen, geröstetem Brot und Tomaten. Ham stand da, eine Hand vor dem Mund, noch ganz benommen wegen seiner missglückten Wortwahl.

»Was denn für Firmen, Ham? Ach, guck doch nicht so. Sonst vergeht mir noch der Appetit aufs Frühstück.«

»Besitzverhältnisse«, sagte Ham durch die Finger und setzte sich Justin gegenüber an den winzigen Tisch. »Die ganze Sache drehte sich um Besitzrechte. Wer der Eigentümer von zwei piekfeinen kleinen Firmen auf der Isle of Man ist. Hat sonst noch jemand Tess zu ihr gesagt?«, fragte er, noch immer nachdenklich. »Außer mir.«

»Nicht in meiner Gegenwart. Und mit Sicherheit nicht in ihrer. Das Copyright für Tess lag allein bei dir.«

»Hab sie schrecklich lieb gehabt, weißt du.«

»Und sie dich auch. Um was für Firmen ging es denn?«

»Um geistiges Eigentum. Hab's nie mit Tess gemacht, wohl gemerkt. Standen uns zu nahe.«

»Und falls du's wissen willst: Das Gleiche gilt für Bluhm.«

»Ist das amtlich?«

»Er hat sie auch nicht ermordet. Genauso wenig wie du und ich.«

»Bestimmt?«

»Bestimmt.«

Hams Miene hellte sich auf. »Die gute Meg war sich da nicht

so sicher. Kannte Tess nicht so wie ich, weißt du. War was ganz Besonderes. Gibt's nicht noch mal. ›Tess hat gute Freunde‹, hab ich Meg gesagt. ›Kumpel. Sex hat nichts damit zu tun.‹ Ich werd ihr erzählen, was du gesagt hast, wenn ich darf. Wird sie aufheitern. Dieser ganze Mist in der Presse. Hat mich auch irgendwie verunsichert.«

»Wo waren denn diese Firmen eingetragen? Wie hießen sie? Erinnerst du dich?«

»Natürlich. Wie sollte ich mich nicht erinnern, wo die alte Tess mir jeden zweiten Tag damit in den Ohren gelegen hat.«

Während er vor sich hin murrte, schenkte Ham Tee ein, wozu er beide Hände nahm, da er beim Gießen den Deckel der Kanne festhalten musste. Als die Operation abgeschlossen war, setzte er sich wieder, die Teekanne weiter in den Händen wiegend, und senkte den Kopf, als wolle er darauf zum Angriff blasen.

»Also gut«, begann er aggressiv. »Nenn mir die heimlichtuerischsten, verlogensten, heuchlerischsten und verschlossensten organisierten Schlauberger, die ich je das zweifelhafte Vergnügen hatte kennen zu lernen.«

»Verteidigungsministerium«, schlug Justin unaufrichtigerweise vor.

»Falsch. Pharmaindustrie. Die von der Verteidigung sind Waisenknaben dagegen. Hab's jetzt rausgekriegt. Wusst ich's doch. Lorpharma und Pharmabeer.«

»*Wie bitte?*«

»Stand in irgend so 'nem Ärzteblatt. Lorpharma hat das Molekül entdeckt und Pharmabeer das Verfahren patentiert. Wusst ich's doch. Wie die auf solche Namen kommen, das weiß Gott allein.«

»Was für ein Verfahren?«

»Das Molekül herzustellen, Blödmann, was glaubst du denn?«

»Was für ein Molekül?«

»Weiß der Himmel. Ist schlimmer als Juristenkauderwelsch. Wörter, die ich noch nie gehört hab und hoffentlich nie wieder hören werde. Man muss die Verbraucher nur mit Wissenschaft blenden. Sie auf ihre Plätze verweisen.«

Nach dem Frühstück gingen sie gemeinsam nach unten und brachten die Gladstone-Tasche in Hams Tresorraum, gleich neben seinem Büro, unter. Die Lippen diskret geschürzt, die Augen himmelwärts gerichtet, drehte Ham die Kombination, zog die Stahltür auf und ließ Justin allein eintreten. Vom Eingang aus beobachtete er, wie Justin die Tasche auf den Boden stellte, neben einen Stapel altehrwürdiger Lederkästen, auf deren Deckel die Turiner Firmenadresse geprägt war.

»Pass auf, das war aber erst der Anfang«, warnte Ham mit gespielter Entrüstung. »Das Vorspiel sozusagen. Danach kamen die Namen der Direktoren sämtlicher Unternehmen, die zu dem Konzern Karel Vita Hudson gehören, mit Sitz in Vancouver, Seattle, Basel und jedem Ort, den du dir nur vorstellen kannst, von Oshkosh bis East Pinner. Und: ›Was ist dran an dem weit verbreiteten Gerücht über den bevorstehenden Zusammenbruch des alten und ehrwürdigen Hauses Bums, Birmingham und Bienenstich GmbH, oder wie sie noch gleich heißen, bekannt jedenfalls auch als ThreeBees, deren Vorsitzender auf Lebenszeit und Herr des Universums ein gewisser Sir Kenneth K. Curtiss ist?‹ Und ob sie sonst noch Fragen hatte, möchtest du wissen? Ja, verdammt, das hatte sie. Ich hab ihr gesagt, sie sollte sich das Zeug aus dem Internet holen, aber sie meinte, auf die meisten Informationen, die sie interessierten, hätte sie keinen Zugriff oder wie man das nennt, wenn sich jemand von Otto Normalverbraucher nicht über die Schulter gucken lassen will. Also sag ich zu ihr: ›Tess, mein Mädchen‹, sag ich, ›dafür brauch ich doch *Wochen*. Wenn nicht Monate!‹ Hat sie was darauf gegeben? Zur Hölle, nein. Aber schließlich war es Tess. Ich wär ohne Fallschirm aus 'nem Ballon gesprungen, wenn sie es mir befohlen hätte.«

»Und was ist dabei herausgekommen?«

Ham glühte bereits vor unschuldigem Stolz. »KVH Vancouver und Basel halten einundfünfzig Prozent Anteile an den piekfeinen Biotechnologiefirmen auf der Isle of Man, Lordingsbums und Pharma-was-weiß-ich. ThreeBees in Nairobi haben die alleinigen Import- und Vertriebsrechte für besagtes Molekül und seine Derivate auf dem gesamten afrikanischen Kontinent.«

»Ham, du bist unglaublich!«

»Lorpharma und Pharmabeer sind im Besitz ein und derselben Dreierbande. Oder waren es vielmehr, bis sie ihre einundfünfzig

Prozent verkauft haben. Ein Kerl, zwei Bräute. Der Kerl heißt Lorbeer. Lor plus Beer plus Pharma ergibt Lorpharma und Pharmabeer. Die Bräute sind beides Ärztinnen. Unter der Anschrift eines Schweizer Gnoms, der in einem Briefkasten in Liechtenstein wohnt.«

»Namen?«

»Lara Soundso. Hab's in meinen Unterlagen. Ach ja, Lara Emrich.«

»Und die andere?«

»Hab ich vergessen. Nee, halt. Kovacs. Vorname unbekannt. War Lara, in die ich mich verknallt hab. Früher mal mein Lieblingslied. Aus *Doktor Schiwago*. Tessas auch damals. *Scheiße.*« In der folgenden Pause schnäuzte Ham sich ausgiebig, und Justin wartete geduldig.

»Und was hast du mit diesen kostbaren Informationen gemacht, nachdem du auf sie gestoßen warst, Ham?«, erkundigte Justin sich behutsam.

»Hab ihr den ganzen Kram per Telefon nach Nairobi durchgegeben. War völlig aus dem Häuschen, die Gute. Hat mich ihren Helden genannt –« Ham brach ab, erschrocken über Justins Miene. »Nicht *euer* Telefon, du Idiot. Bei irgendeiner Freundin von ihr auf dem Land. ›Du gehst in eine Telefonzelle, Ham, und rufst mich sofort unter folgender Nummer zurück. Hast du was zu schreiben?‹ Spielte schon immer gerne den Boss, die Kleine. War aber verdammt vorsichtig, was Telefone anging. In meinen Augen ein bisschen paranoid. Aber gut, manche Paranoiker haben wirklich Feinde, stimmt's?«

»Tessa ja«, bestätigte Justin, und Ham warf ihm einen schrägen Blick zu, der mit jedem Augenblick intensiver wurde.

»Du meinst doch nicht, dass es das war, was passiert ist, oder?«, fragte Ham mit gedämpfter Stimme.

»Inwiefern?«

»Ist meine alte Tess diesen Pharmabrüdern in die Quere gekommen?«

»Denkbar wäre es.«

»Aber ich meine, Herrgott noch mal, Mensch, du willst doch damit nicht etwa sagen, sie hätten sie zum Schweigen gebracht? Ich mein, klar, ich weiß, das sind keine Pfadfinder.«

»Ich bin mir sicher, sie sind alle glühende Philantropen. Bis hinunter zum kleinsten Millionär.«

Ein langes Schweigen folgte. Am Ende war es Ham, der es brach.

»Gottogott. Tja. Da ist behutsames Vorgehen angesagt, wie?«

»Genau.«

»Ich hab sie in die Scheiße geritten durch diesen Anruf.«

»Nein, Ham. Du hast dir für sie ein Bein ausgerissen, und sie hat dich geliebt.«

»Tja. Oh Mann. Kann ich irgendwas tun?«

»Ja. Besorg mir eine Schachtel. Ein stabiler Pappkarton würde reichen. Hast du so was?«

Froh, eine Aufgabe zu haben, stürmte Ham los und kehrte nach einigem Gefluche mit einem Plastikkorb zurück. Justin kauerte vor der Gladstone-Tasche nieder, löste die Verschlüsse und packte, während er Ham mit seinem Rücken die Sicht versperrte, den Inhalt der Tasche dahinein.

»Und wenn du jetzt so gut wärst, mir einen Stapel deiner langweiligsten Akten über das Anwesen der Manzinis zu geben. Alten Kram. Den du aufbewahrst, aber nie anguckst. Nur so viel, dass diese Tasche voll wird.«

Also besorgte Ham ihm auch die Akten: so alt und eselsohrig, wie Justin sie offenbar haben wollte. Er half Justin, sie in die leere Tasche zu packen. Beobachtete, wie der die Tasche zumachte und verschloss, wie er dann, mit der Tasche in der Hand, die Sackgasse hinunterging und ein Taxi nahm. Als Justin seinen Blicken entschwand, seufzte Ham »Heilige Mutter!«, und es war ihm ernst mit dieser Anrufung der Jungfrau Maria.

* * *

»Guten *Morgen*, Mr Quayle, Sir. Darf ich kurz Ihre Tasche haben, Sir? Ich muss sie durchleuchten, wenn's recht ist. Die neuen Vorschriften. Das gab's zu unserer Zeit noch nicht, wie? Oder zu Zeiten Ihres Herrn Vaters. Danke, Sir. Und hier haben Sie Ihren Schein, alles im grünen Bereich, wie man so sagt.« Mit gesenkter Stimme: »Es tut mir so Leid, Sir. Wir sind alle tief betroffen.«

»Guten Morgen, Sir! Schön, dass Sie wieder bei uns sind.« Und weiter mit ebenfalls gesenkter Stimme: »Unser Mitgefühl, Sir. Auch von meiner Frau.«

»Unser allerherzlichstes Beileid, Mr Quayle.« Die nächste Stimme atmet Justin Bierdunst ins Ohr. »Miss Landsbury bittet Sie, gleich nach oben zu kommen, Sir. Willkommen zu Hause.«

Doch das Außenministerium war kein Zuhause mehr. Die groteske Eingangshalle, erbaut, um indischen Prinzen Angst einzujagen, vermittelte nur mehr prahlerische Machtlosigkeit. Und die Porträts der hochmütigen Freibeuter mit ihren Perücken schenkten ihm kein vertrautes Lächeln mehr.

»Justin. Ich bin Alison. Wir sind uns noch nicht begegnet. Wie überaus schrecklich, sich unter *solchen* Umständen kennen zu lernen. Wie geht es Ihnen?« Alison Landsbury erschien ganz bewusst beherrscht in der fast vier Meter hohen Tür zu ihrem Büro und umfasste mit beiden Händen seine Rechte, um diese nach einem kräftigen Druck wieder loszulassen. »Wir sind alle ganz *furchtbar* traurig, Justin. Wirklich *entsetzt*. Und Sie sind so tapfer. Dass Sie nach so kurzer Zeit zu uns kommen. Sind Sie überhaupt in der Lage zu einem vernünftigen Gespräch? Ich kann mir gar nicht vorstellen, wie Sie das schaffen!«

»Ich hätte gern gewusst, ob es etwas Neues über Arnold gibt.«

»Arnold? Ah, der mysteriöse Dr. Bluhm. Nein, leider nicht. Wir müssen auf das Schlimmste gefasst sein«, sagte sie, ohne jede Andeutung, was das ihrer Ansicht nach wohl sein könnte. »Immerhin ist er kein britischer Staatsbürger, nicht wahr?« Sie schlug einen fröhlicheren Ton an. »Die guten Belgier müssen sich schon selbst um ihre Leute kümmern.«

Ihr Zimmer war zwei Stockwerke hoch, hatte vergoldete Friese, schwarze Heizkörper aus Kriegszeiten und einen Balkon mit Aussicht auf höchst private Gärten. Es gab zwei Sessel, und Alison Landsbury hatte ihre Strickjacke über die Rückenlehne des einen gelegt, damit sich niemand aus Versehen in ihren setzte. In einer Thermoskanne stand Kaffee bereit, so dass ihr Rendezvous nicht unterbrochen zu werden brauchte. Der dicken Luft nach zu urteilen hatten erst kurz zuvor andere Personen den Raum verlassen. Vier Jahre Ministerin in Brüssel, drei Jahre Verteidigungsexpertin in Washington, zitierte Justin im Geiste das Who's Who. Danach drei Jahre in London als Mitglied des parlamentarischen Geheimdienstausschusses. Vor sechs Monaten zur Leiterin der Personalabteilung ernannt. Unser einziger Kontakt bisher: ein Brief, der mir nahe legt, meiner Frau die Flügel zu stutzen – einfach ignoriert. Ein Fax mit der Anordnung, mein eigenes Haus nicht zu betreten – kam zu spät. Justin fragte sich, in was für einem Haus Alison leben mochte, und er gestand ihr eine Luxuswohnung in einem der herrschaftlichen Backsteinbauten hinter Harrod's zu, günstig gelegen zu ihrem Bridge-Club am Wochenende. Sie war sechsundfünfzig, drahtig und trug Tessas wegen Schwarz. Am Mittelfinger der linken Hand steckte der Siegelring eines Mannes. Justin vermutete, dass er ihrem Vater gehört hatte. Ein Foto an der Wand zeigte sie beim Abschlag in Moor Park. Auf einem anderen – das ihr in Justins Augen nicht unbedingt zur Ehre gereichte – schüttelte sie Helmut Kohl die Hand. Bald wird ein Frauen-College nach dir benannt, und du heißt Dame Alison, dachte er.

»Ich habe mir den ganzen Morgen überlegt, was ich Ihnen alles *nicht* sagen werde«, begann sie, und ihre Stimme füllte den Raum bis in den letzten Winkel. »Und worauf wir uns jetzt noch nicht einigen müssen. Ich werde Sie *nicht* fragen, wie Sie sich Ihre Zukunft vorstellen. Oder Ihnen sagen, wie *wir* sie uns vorstellen. Dafür sind wir alle noch viel zu aufgeregt«, schloss sie mit schulmeisterlicher Zufriedenheit. »Übrigens, ich bin wie ein Rührkuchen. Glauben Sie nur nicht, dass ich aus mehreren Schichten bestehe. Ich bin überall gleich, egal wo Sie mich anschneiden.«

Vor ihr auf dem Tisch stand ein Laptop, es hätte gut und gern Tessas sein können. Beim Sprechen pickte sie mit einem grauen, an der Spitze wie eine Häkelnadel gekrümmten Stab gegen den Bildschirm. »Es gibt allerdings ein paar Dinge, die ich Ihnen sagen *muss*, und das will ich auch gleich tun.« Pick. »Ah. Genesungsurlaub bis auf weiteres, das ist das Erste. Bis auf weiteres, weil es natürlich von medizinischen Gutachten abhängt. Genesung, weil Sie traumatisiert sind, ob es Ihnen bewusst ist oder nicht.« Basta. Pick. »Wir bieten auch persönliche Beratungen an, und ich fürchte, mit zunehmender Erfahrung sind wir inzwischen ganz gut darin.« Ein trauriges Lächeln und noch ein Picken. »Dr. Shand. Emily wird Ihnen draußen Dr. Shands *coordonnées* geben. Sie haben einen vorläufigen Termin morgen um elf, den können Sie aber, wenn nötig, noch ändern. Es ist in der Harley Street, wo auch sonst? Stört es Sie, wenn es eine Frau ist?«

»Überhaupt nicht«, erwiderte Justin aufgeschlossen.

»Wo sind Sie untergebracht?«

»In unserem Haus. Meinem Haus. Ist es jetzt wohl. In Chelsea.«

Sie runzelte die Stirn. »Ist das nicht der Familiensitz?«

»Von Tessas Familie.«

»Ah. Aber Ihr Vater hat doch ein Haus in der Lord North Street. Ein sehr schönes, wenn ich mich recht erinnere.«

»Das hat er kurz vor seinem Tod verkauft.«

»Haben Sie die Absicht, in Chelsea zu bleiben?«

»Fürs Erste.«

»Wenn Sie dann bitte Emily auch von *diesem* Haus die *coordonnées* geben würden, bevor Sie gehen.«

Zurück zum Bildschirm. Brauchte sie ihn, um sich zu informieren oder um sich dahinter zu verstecken?

»Das bei Dr. Shand ist keine einmalige Sache, sondern was Längerfristiges. Sie berät Einzelpersonen, sie berät Gruppen. Und sie fördert den Austausch zwischen Patienten mit ähnlichen Problemen. Soweit die Sicherheitslage es erlaubt, selbstverständlich.« Pick. »Und falls Sie geistlichen Beistand wünschen, anstelle oder zusätzlich, können wir Vertreter aller Glaubensrichtungen nennen, die auf Herz und Nieren geprüft sind; Sie brauchen also nur zu fragen. Unser Standpunkt ist, man sollte ruhig *alles* versuchen, sofern es sicherheitstechnisch vertretbar ist. Wenn Dr. Shand nicht die Richtige für Sie ist, wenden Sie sich an uns, und wir suchen Ihnen jemand anders.«

Vielleicht bieten Sie auch Akupunktur an, dachte Justin. Und gleichzeitig fragte er sich, warum man ihm Beichtväter anbot, die von der Sicherheitsabteilung für unbedenklich erklärt worden waren, obwohl er doch gar keine Geheimnisse zu offenbaren hatte.

»Ach, ja. Hätten Sie gern eine *Zuflucht*, Justin?« Pick.

»Wie bitte?«

»Einen Ort der Ruhe. Um mal alles hinter sich zu lassen, bis der Aufruhr sich gelegt hat. Sie könnten sich dort *völlig* anonym aufhalten, Ihr inneres Gleichgewicht wieder finden, lange Spaziergänge in der Natur machen, mal eben schnell nach London kommen, wenn wir Sie brauchen oder Sie uns, dann schnell wieder zurück. Es ist ein Angebot. Kein *ganz* kostenloses in Ihrem Fall, aber von der Regierung großzügig subventioniert. Möchten Sie mit Dr. Shand darüber sprechen, bevor Sie sich entscheiden?«

»Wenn Sie meinen.«

»Ja, das meine ich.« Pick. »Sie sind in der letzten Zeit schwer gedemütigt worden, noch dazu in aller Öffentlichkeit. Wie hat sich das auf Sie ausgewirkt, können Sie das sagen?«

»Ich fürchte, ich habe mich nicht sehr viel in der Öffentlichkeit aufgehalten. Sie haben mich versteckt gehalten, falls Sie sich erinnern.«

»Dennoch haben Sie darunter gelitten. Niemand lässt sich gern als betrogener Ehemann hinstellen, niemand hat es gern, wenn die Presse in seinem Liebesleben rumschnüffelt. Trotzdem, Sie hassen uns nicht. Sie sind nicht wütend, fühlen sich nicht erniedrigt, hegen keinen Groll. Sie wollen keine Rache. Sie werden es überleben. Aber sicher. Sie sind doch einer von der alten Garde.«

Nicht sicher, ob das eine Frage war, eine Beschwerde oder einfach nur ihre Definition von Durchhaltevermögen, ging Justin darüber hinweg und richtete seine Aufmerksamkeit lieber auf eine vor sich hin welkende, pfirsichfarbene Begonie, deren Topf zu nahe an der Kriegsheizung stand.

»Ich habe hier eine Mitteilung aus der Buchhaltung. Wollen Sie gleich alles hören, oder wird es Ihnen zu viel?« Sie wartete gar nicht erst auf seine Antwort. »Sie erhalten *selbstverständlich* weiter Ihr volles Gehalt. Die Verheiratetenzulage, fürchte ich, muss gestrichen werden, mit Wirkung von dem Tag an, als Sie wieder ledig waren. Dies sind heikle Fragen, Justin, die aber dennoch in Angriff genommen werden müssen. Nach meiner Erfahrung tut man das am besten sofort und fügt sich. Die normale Rückreiseunterstützung hängt allerdings noch von der endgültigen Entscheidung über ihren weiteren Einsatzort ab, zur Anwendung kommt aber natürlich wiederum der Ledigentarif. Also, Justin, ist das jetzt genug?«

»Genug Geld?«

»Genug an Information, damit Sie vorläufig zurechtkommen.«

»Warum? Gibt es noch mehr?«

Sie legte die Häkelnadel beiseite und wandte sich ihm ganz zu. Vor Jahren hatte Justin einmal die Kühnheit besessen, in einem großen Kaufhaus an Piccadilly eine Reklamation vorzubringen, und war mit dem gleichen eisigen Geschäftsführerinnenblick konfrontiert worden.

»Bislang nicht, Justin. Uns ist jedenfalls nichts weiter bekannt. Wir sitzen wie auf glühenden Kohlen. Der Fall Bluhm ist ungeklärt, und die ganze grausige Pressegeschichte wird weiterlaufen, bis so oder so Klarheit besteht. Und Sie treffen sich mit Pellegrin zum Lunch.«

»Ja.«

»Nun, er ist ein *ungeheuer* guter Mensch. Sie sind sehr standhaft gewesen, Justin, Sie haben unter großem Druck Haltung bewahrt, und das ist nicht unbemerkt geblieben. Sie waren bestimmt einer entsetzlichen Belastung ausgesetzt. Nicht nur *nach* Tessas Tod, sondern auch schon vorher. Wir hätten entschiedener vorgehen und Sie beide nach Hause holen sollen, solange es noch möglich war. Leider sieht so eine falsche Entscheidung in Fragen der Toleranz im Nachhinein oft aus, als hätte man es sich zu leicht gemacht.« Erneut verpasste sie dem Bildschirm einen Piekser und musterte Justin mit wachsendem Unwillen. »Und Sie haben der Presse keine Interviews gegeben, nicht wahr? Sie haben *nichts* verlauten lassen, offiziell oder inoffiziell?«

»Nur der Polizei gegenüber.«

Sie ließ es dabei bewenden. »Das werden Sie auch in Zukunft nicht tun. Versteht sich von selbst. Sagen Sie nicht einmal ›kein Kommentar‹. In Ihrem Zustand haben Sie das Recht, einfach den Hörer aufzulegen.«

»Das wird mir sicherlich nicht schwer fallen.«

Pick. Pause. Prüfender Blick auf den Bildschirm. Prüfender Blick auf Justin. Blick zurück auf den Bildschirm. »Und Sie haben keinerlei Papiere oder sonstige Unterlagen, die uns gehören? Die – wie soll ich es ausdrücken? – unser *geistiges Eigentum* darstellen? Man hat Sie das schon gefragt, aber ich muss Sie noch einmal fragen für den Fall, dass inzwischen etwas aufgetaucht ist oder in Zukunft auftaucht. *Ist* irgendetwas aufgetaucht?«

»In Bezug auf Tessa?«

»Ich spreche von ihren außerehelichen Aktivitäten.« Sie ließ sich viel Zeit, bevor sie erläuterte, was darunter zu verstehen sei. Und während sie es tat, wurde Justin langsam – und vielleicht reichlich spät – klar, dass Tessa gewissermaßen eine monströse Beleidigung für Alison darstellte, eine Schande für ihre Eliteschulen, ihre soziale Klasse, ihr Geschlecht, ihr Land und für den diplomatischen Dienst, den sie beschmutzt hatte. Wenn man diesen Gedanken weiterspann, war Justin das Trojanische Pferd, das Tessa in die Zitadelle hineingeschmuggelt hatte. »Ich denke an jegliche Art von Forschungsunterlagen, die sie, auf legitime oder andere Weise, im Zuge ihrer Ermittlungen oder wie immer sie das nannte, an sich gebracht haben könnte«, fügte sie mit unverhohlenem Abscheu hinzu.

»Ich weiß nicht einmal, wonach ich suchen sollte«, beschwerte sich Justin.

»Das wissen wir auch nicht. Und es fällt uns wirklich sehr schwer zu begreifen, wie sie überhaupt eine solche Haltung einnehmen konnte.« Plötzlich brach sich der Ärger, der in ihr geschwelt hatte, Bahn. Das hatte Alison nicht beabsichtigt, da war Justin sich sicher; sie hatte vielmehr mit aller Kraft versucht, ihn im Zaum zu halten. Aber jetzt war er offensichtlich ihrer Kontrolle entglitten. »Es ist wirklich sehr *ungewöhnlich* – besonders wenn man sich ansieht, was seither ans Licht gekommen ist –, dass es Tessa überhaupt möglich war, zu so einer *Person* zu werden. Porter ist auf seine Art ein hervorragender Gesandschaftsleiter gewesen, aber ich kann mich des Eindrucks nicht erwehren, dass er sich einen Gutteil der Verantwortung hierfür zuschreiben muss.«

»Wofür genau?«

Plötzlich, und völlig überraschend für Justin, hatte sie sich wieder gefangen. Es war, als hätte jemand den Schalter umgelegt. Sie saß still da, die Augen fest auf den Bildschirm gerichtet. Sie hielt die Häkelnadel unbewegt in Bereitschaft und legte sie dann sanft auf den Tisch, als hätte sie bei einem militärischen Begräbnis ihr Gewehr bei Fuß gestellt.

»Nun ja, Porter«, lenkte sie ein. Dabei hatte Justin ihr keinen Grund gegeben einzulenken.

»Was ist mit ihm passiert?«, fragte Justin.

»Ich finde es absolut bewundernswert, wie die beiden für dieses arme Kind alles geopfert haben.«

»Ich auch. Aber was haben sie nun wieder geopfert?«

Sie schien seine Verwirrung zu teilen. Schien einen Verbündeten in ihm zu suchen, und sei es zu dem einzigen Zweck, Porter Coleridge zu verunglimpfen. »Es ist in diesem Beruf so furchtbar schwer zu entscheiden, Justin, wann man ein Machtwort sprechen muss. Man *möchte* die Leute ja als Individuen behandeln, man wäre so *gern* imstande, die persönlichen Umstände jedes Einzelnen zu berücksichtigen.« Falls Justin gedacht hatte, sie wolle ihren Angriff auf Porter etwas relativieren, so sah er sich schwer getäuscht. Alison sammelte lediglich neue Munition. »Aber Porter – machen wir uns nichts vor – war vor Ort und wir nicht. Wir können nicht eingreifen, wenn man uns im Dunkeln lässt. Man darf nicht von uns verlangen, hinterher die Scherben aufzusammeln, wenn man uns vorher nicht informiert hat. Hab ich Recht?«

»Ich denke schon.«

»Und wenn Porter zu blauäugig und zu sehr in Anspruch genommen war von seinen *schrecklichen* familiären Problemen – die keiner von uns bestreitet –, um zu erkennen, was sich da direkt vor seiner Nase entwickelte – die Sache mit Bluhm und so weiter, entschuldigen Sie –, dann hatte er doch in Sandy einen absolut erstklassigen und sehr zuverlässigen Stellvertreter an seiner Seite, der ihm die Sachlage jederzeit und in aller Deutlichkeit darlegen konnte. Was Sandy auch getan hat. Bis zum Überdruss, wie es scheint. Aber ohne Erfolg. Ich meine, es ist völlig klar, dass das Kind – das arme Mädchen – Rosie oder wie sie gleich heißt – Porters *gesamte* außerdienstliche Aufmerksamkeit in Anspruch nimmt. Und dafür ernennt man jemanden nicht *unbedingt* zum Hochkommissar. Nicht wahr?«

Justin machte ein mitfühlendes Gesicht, das Verständnis für ihr Dilemma erkennen ließ.

»Ich will Sie ja nicht bedrängen, Justin. Ich frage Sie nur. Wie ist es möglich – wie *war* es möglich – vergessen Sie Porter für einen Moment –, dass Ihre Frau sich einer ganzen *Reihe* von Aktivitäten widmen konnte, ohne dass Sie, nach eigenem Bekunden, davon Kenntnis hatten? Na schön. Sie war eine moderne Frau. Welch ein Glück für sie. Sie hat ihr eigenes Leben gelebt, hatte ihre Bekannten.« Demonstratives Schweigen. »Ich will damit nicht sagen, dass Sie sie an die Leine hätten legen sollen, das wäre sexistisch. Aber ich frage Sie, wie es denn nun wirklich möglich war, dass Sie absolut keine Ahnung hatten von ihren *Aktivitäten* – ihren Nachforschungen – ihren – wie soll ich es ausdrücken? Am liebsten würde ich *Einmischungen* sagen.«

»Wir hatten eine Übereinkunft«, sagte Justin.

»Aber natürlich. Ihr Leben war ein gleichberechtigtes Nebeneinander. Aber im selben Haus, Justin! Wollen Sie wirklich behaupten, Sie habe Ihnen nichts erzählt, nichts gezeigt, nichts davon mit Ihnen geteilt? Es fällt mir sehr schwer, das zu glauben.«

»Mir auch«, stimmte Justin zu. »Aber das ist es wohl leider, was passiert, wenn man den Kopf in den Sand steckt.

Pick. »Also, haben Sie sich einen Computer geteilt?«

»Ob ich was habe?«

»Die Frage ist völlig eindeutig. Haben Sie Tessas Laptop-Computer gemeinsam benutzt, oder hatten Sie auf andere Weise Zugriff darauf? Vielleicht ist es Ihnen ja nicht bekannt, aber sie hat dem Ministerium unter anderem einige brisante Dokumente zukommen lassen. In denen sie gegen gewisse Leute schwerwiegende Anschuldigungen erhoben hat. Ihnen schreckliche Dinge zur Last gelegt hat. Damit hätte sie großen Schaden anrichten können.«

»*Wem* hätte denn Schaden entstehen können, Alison?«, fragte Justin, der behutsam versuchte, ihr auf diese Weise vielleicht Informationen zu entlocken.

»Das ist nicht der Punkt, Justin«, antwortete sie streng. »Der Punkt ist, ob Sie Tessas Laptop haben, und wenn nicht, wo er sich in diesem Moment befindet, und was darauf gespeichert ist.«

»Wir haben ihn uns nicht geteilt, lautet die Antwort auf Ihre erste Frage. Er gehörte ihr und nur ihr. Ich wüsste nicht einmal, wie man ihn bedient.«

»Ums Bedienen machen Sie sich mal keine Gedanken. Er ist in Ihrem Besitz, das ist die Hauptsache. Scotland Yard wollte ihn von Ihnen haben, aber Sie sind, sehr klug und sehr loyal, zu dem

Schluss gekommen, dass er im Ministerium besser aufgehoben ist als in deren Händen. Wir sind dankbar dafür und haben es registriert.«

Das war eine Feststellung, eine Entweder-oder-Frage. Kreuzen Sie A an für »Ja, ich habe ihn«, oder B für »Nein, ich habe ihn nicht«. Das war ein Befehl und eine Herausforderung und ihrem kristallharten Blick nach zu urteilen, eine Drohung.

»Und die Disketten natürlich«, fügte sie hinzu, während sie auf seine Antwort wartete. »Sie war eine tüchtige Frau – das macht die Sache ja so schwierig –, und sie war Juristin. Mit Sicherheit hat sie von allem, was ihr wichtig war, Kopien gemacht. Unter den gegebenen Umständen stellen auch diese Disketten einen Verstoß gegen die Sicherheitsbestimmungen dar, und daher hätten wir sie ebenfalls gern.«

»Es gibt keine Disketten. Und es gab auch keine.«

»Aber natürlich. Wie hätte sie ihren Computer betreiben sollen ohne Disketten?«

»Ich habe überall gesucht. Es waren keine da.«

»Wie überaus merkwürdig.«

»Ja, nicht wahr?«

»Wenn ich's mir recht überlege, ist es wohl das *Beste*, Justin, wenn Sie alles, was Sie haben, ins Ministerium bringen, *sobald* Sie ausgepackt haben, und uns alles Weitere überlassen. Um Ihnen den Schmerz und die Verantwortung zu ersparen. Ja? Folgende Abmachung: Alles, was unsere Interessen nicht berührt, gehört *ausschließlich* Ihnen. Wir drucken es aus und übergeben es Ihnen, und niemand hier wird es lesen oder auswerten oder in irgendeiner Form speichern. Sollen wir jetzt gleich jemanden mit Ihnen schicken? Wäre das eine Hilfe, ja?«

»Ich bin mir nicht sicher.«

»Nicht sicher, ob Sie jemanden dabeihaben wollen? Aber das sollten Sie. Ein sympathischer Kollege auf derselben Rangstufe wie Sie? Jemand, dem Sie voll und ganz vertrauen können? Überzeugt Sie das nicht?«

»Verstehen Sie, es war Tessas. Sie hat ihn gekauft, sie hat ihn benutzt.«

»Ja und?«

»Und deshalb bin ich mir gar nicht so sicher, dass Sie das von mir verlangen sollten. Ihnen ihr Eigentum zur Plünderung zu überlassen, nur weil sie tot ist.« Müde schloss er für einen Moment die Augen, dann schüttelte er den Kopf, um wieder wach zu werden. »Aber letzten Endes steht das ja gar nicht zur Debatte, nicht wahr?«

»Warum denn nicht, bitte schön?«

»Weil ich ihn nicht habe.« Justin war zu seiner eigenen Überraschung aufgestanden, denn er musste sich unbedingt strecken und brauchte frische Luft. »Wahrscheinlich hat ihn die kenianische Polizei gestohlen. Die klauen fast alles. Danke, Alison. Sie waren sehr freundlich.«

Die Gladstone-Tasche vom Pförtner wiederzubekommen, dauerte etwas länger, als man normalerweise erwarten durfte.

»Tut mir Leid, dass ich zu früh dran bin«, sagte Justin, während er wartete.

»Aber das sind Sie keineswegs, Sir«, gab der Pförtner errötend zurück.

* * *

»Justin, mein Lieber!«

Justin hatte dem Portier am Eingang des Klubs seinen Namen noch nicht halb genannt, da kam ihm Pellegrin zuvor, stapfte die Treppe hinunter und belegte ihn mit Beschlag, wie immer ein joviales Lächeln auf den Lippen: »Er gehört zu mir, Jimmy, verstauen Sie seine Tasche in Ihrer Rumpelkammer und tragen ihn bei mir ein.« Dann ergriff er Justins Hand und legte ihm mit Schwung den anderen Arm auf die Schulter, eine kraftvolle, ganz unenglische Geste der Freundschaft und Anteilnahme.

»Wird's Ihnen auch nicht zu viel?«, fragte er Vertrauen heischend, nachdem er sich vergewissert hatte, dass niemand in Hörweite war. »Wir können auch im Park spazieren gehen, wenn's Ihnen lieber ist. Oder die Sache verschieben. Brauchen's nur zu sagen.«

»Mir geht es gut, Bernard. Wirklich.«

»Das Biest von Landsbury hat Sie nicht völlig fertig gemacht?«

»Kein bisschen.«

»Ich hab uns einen Platz im Speisesaal reservieren lassen. Es gibt auch an der Bar was zu Essen, aber da muss man praktisch vom Schoß essen, und ein Haufen runzliger Ehemaliger sitzt herum und jammert über Suez. Wollen Sie vorher noch mal pinkeln gehen?«

Der Speisesaal war ein erhöhter Katafalk, an dessen blauer Himmelsdecke gemalte Cherubim posierten. Die von Pellegrin erwählte Stätte der Andacht befand sich in einer der Ecken, abgeschirmt durch eine blank polierte Granitsäule und einen traurigen Drachenbaum. Um sie herum saß die zeitlose Whitehall-Bruderschaft im steril-grauen Anzug und mit Einheitsfrisur. Dies war einmal meine Welt, erklärte Justin ihr. Als ich dich heiratete, war ich noch einer von ihnen.

»Schaffen wir uns das Schwierigste zuerst vom Hals«, schlug Pellegrin herrisch vor, nachdem ein westindischer Ober in mauvefarbenem Dinnerjacket ihnen Speisekarten in der Form von Tischtennisschlägern überreicht hatte. Das war ein taktvoller Zug, typisch Pellegrin, der seinem Image eines »anständigen Kerls« entsprach, denn indem sie die Speisekarten studierten, konnten sie einander beschnuppern und vorerst Blickkontakt vermeiden. »Flug erträglich?«

»Sehr, danke. Man hat mich in die Business Class gesetzt.«

»Ein wunderbares, ganz ganz *wunderbares* Mädchen, Justin«, murmelte Pellegrin über die Kante seines Pingpongschlägers hinweg. »Mehr sage ich nicht.«

»Ich danke Ihnen, Bernard.«

»Große Seele, großer Schneid. Pfeif auf alles andere. Fleisch oder Fisch? Heut ist nicht Montag –, was haben Sie denn da unten in Afrika gegessen?«

Justin hatte vom Beginn seiner Karriere an immer wieder mit Bernard Pellegrin zu tun gehabt. In Ottawa war er Bernards Nachfolger gewesen, und in Beirut hatten sie für kurze Zeit gemeinsam Dienst getan. Dann hatten sie zusammen in London einen Kurs »Überleben als Geisel« besucht und dabei so einiges Denkwürdige gelernt: Wie stellt man fest, dass man von einer Gruppe bewaffneter Schurken verfolgt wird, die den Tod nicht fürchten? Wie wahrt man seine Würde, wenn man, Augen verbunden, Hände und Füße mit Klebeband gefesselt, in den Kofferraum eines Mercedes geworfen wird? Und welches ist die beste Methode, aus einem hoch gelegenen Fenster zu springen, angenommen, man könnte die Treppe nicht benutzen, hätte aber die Füße frei?

»Journalisten sind Arschlöcher«, erklärte Pellegrin vertraulich, nach wie vor aus der Deckung seiner Speisekarte heraus. »Wissen Sie, was ich eines Tages tun werde? Denen unangemeldet auf die Bude rücken. Das tun, was sie mit Ihnen gemacht haben, nur umgekehrt. Einen Haufen Leute anheuern und vor der Tür auftauchen, wenn der Herr Chefredakteur es gerade mit seinem Flittchen treibt. Ihre Kinder auf dem Schulweg fotografieren. Die Ehefrau fragen, wie ihr Alter im Bett ist. Den Scheißern mal zeigen, wie es sich anfühlt, wenn man am falschen Ende sitzt. Sie wollten bestimmt mit dem Maschinengewehr auf die Mistkerle los?«

»Eigentlich nicht.«

»Genau wie ich. Heuchlerische Bande von Analphabeten. Das Heringsfilet ist in Ordnung. Von Räucheraal muss ich furzen. Seezunge Müllerin ist gut, falls Sie Seezunge mögen. Wenn nicht, nehmen Sie sie gebraten.« Er schrieb etwas auf den Block mit den Vordrucken. Oben stand Sir Bernard P in Computerschrift, auf der linken Seite war das Speisenangebot aufgeführt, auf der Rechten gab es Kästchen zum Ankreuzen, und am unteren Ende war noch Platz für die Unterschrift des Klubmitglieds.

»Seezunge wäre mir sehr recht.«

Pellegrin hört nie zu, fiel Justin wieder ein. Auf diese Weise hat er sich den Ruf eines großen Unterhändlers erworben.

»Gebraten?«

»Müllerinart.«

»Landsbury gut in Form?«

»Topfit.«

»Hat sie Ihnen auch erzählt, dass sie wie ein Rührkuchen ist?«

»Ich fürchte, ja.«

»Das bringt sie bei jeder Gelegenheit. Hat sie mit Ihnen über Ihre Zukunft gesprochen?«

»Ich bin traumatisiert und bis auf weiteres krank geschrieben.«

»Krabben, ja?«

»Danke, ich glaube, ich hätte lieber die Avocado«, sagte Justin und beobachtete, wie Pellegrin zweimal Krabbencocktail ankreuzte.

»Sie werden froh sein zu hören, dass das Außenministerium die Einnahme von alkoholischen Getränken zum Mittagessen inzwischen offiziell missbilligt«, sagte Pellegrin und überraschte Justin mit einem strahlenden Lächeln. Und dann mit einem weiteren, für den Fall, dass die Botschaft nicht angekommen war. Und Justin erinnerte sich, dass jedes Lächeln austauschbar war: gleiche Dauer, gleiche Intensität, gleicher Gehalt an spontaner Wärme. »Sie allerdings sind ein Trauerfall, und es ist meine schmerzliche Pflicht, Ihnen Gesellschaft zu leisten. Die haben einen schlichten Meursault hier, der ganz passabel ist. Schaffen Sie Ihre Hälfte?« Sein silberner Drehbleistift kreuzte das entsprechende Kästchen an. »Sie sind übrigens entlastet. Kopf aus der Schlinge. Entkommen. Herzlichen Glückwunsch.« Er riss das beschriebene Blatt vom Block ab und beschwerte es mit dem Salzstreuer, damit es nicht wegwehen konnte.

»Entlastet wovon?«

»Vom Mordverdacht, was sonst? Sie haben weder Tessa noch ihren Fahrer umgebracht, Sie haben keine Auftragskiller in irgendwelchen Lasterhöhlen angeheuert, und Sie haben auf Ihrem Dachboden auch nicht Bluhm an den Eiern aufgehängt. Sie gehen ohne jeden Fleck auf der Weste aus dem Gerichtssaal. Mit besten Empfehlungen, Ihre Polizei.« Das Bestellformular lag nicht mehr unter dem Salzstreuer. Der Ober musste es weggenommen haben, aber in seinem körperlosen Zustand war Justin das Manöver entgangen. »Was pflanzt man sich denn da unten in Afrika so in den Garten? Hab Celly versprochen, Sie zu fragen.« Celly war die Kurzform für Céline, Pellegrins Furcht einflößende Frau. »Exoten? Sukkulenten? Nicht mein Fall, fürchte ich.«

»Eigentlich praktisch alles«, hörte Justin sich sagen. »Das Klima in Kenia ist außerordentlich mild. Ich wusste gar nicht, dass ich Flecken auf meiner Weste hätte haben können, Bernard. Es gab wohl so was wie eine *Theorie*, nehme ich an. Aber das war doch wohl nur eine sehr vage Hypothese.«

»Hatten alle möglichen Theorien, die Armen. Reichlich entlegene Theorien, im Vertrauen gesagt. Sie müssen irgendwann mal nach Dorchester rauskommen. Mit Celly drüber reden. Am besten ein ganzes Wochenende. Spielen Sie Tennis?«

»Leider nicht.«

Sie hatten alle möglichen Theorien, wiederholte er ununterbrochen bei sich. *Die Armen.* Pellegrin spricht über Rob und Lesley, im selben Ton, wie Landsbury über Porter Coleridge. Dieser Scheißkerl Tom Sowieso solle jetzt Belgrad kriegen, sagte Pellegrin gerade, hauptsächlich, weil der Minister den Anblick seines Gesichts in London nicht mehr ertragen könne, und wer könne das schon? Dick Irgendwer bekomme bei der nächsten Runde seinen Ritter hinterhergeworfen und mit ein bisschen Glück falle er noch die Stufen hoch ins Schatzamt – Gott stehe unserer Wirtschaft bei, kleiner Scherz –, aber klar, der alte Dick sei der New-Labour-Regierung seit fünf Jahren unermüdlich in den Hintern gekrochen. Ansonsten sei alles beim Alten. Der diplomatische Dienst werde weiter von den gleichen Absolventen traditionsloser Universitäten mit blassem Akzent und Marken-Pullovern überlaufen – Justin erinnerte sich an sie aus seiner Zeit vor Afrika –, in zehn Jahren werde »keiner von uns« mehr übrig sein. Der Ober servierte zwei Krabbencocktails. Justin beobachtete ihr Eintreffen wie in Zeitlupe.

»Aber sie waren halt noch jung, nicht wahr«, sagte Pellegrin nachsichtig, wieder im für ein Requiem angemessenen Ton.

»Die Neulinge im diplomatischen Corps? Natürlich.«

»Ihre kleinen Polizisten in Nairobi. Jung und hungrig, die Glücklichen. Wie wir alle mal waren.«

»Ich fand sie ziemlich gescheit.«

Pellegrin kaute stirnrunzelnd. »Ist *David* Quayle irgendwie mit Ihnen verwandt?«

»Mein Neffe.«

»Haben ihn letzte Woche eingestellt. Ist erst einundzwanzig, aber wie soll man der Wirtschaft heutzutage sonst ein Schnippchen schlagen? Patenkind von mir hat letzte Woche bei Barclay's angefangen, kriegt fünfundvierzigtausend im Jahr plus Extras. Dumm wie Bohnenstroh und noch nicht trocken hinter den Ohren.«

»Schön für David. Ich wusste gar nichts davon.«

»Mal ehrlich, außerordentliche Entscheidung von Gridley, eine Frau nach Afrika zu schicken. Frank hat mit Diplomaten zu tun gehabt. Kennt sich aus. Wer von denen da unten in Afrika nimmt denn einen weiblichen Polypen ernst? Mois blaue Jungs bestimmt nicht, so viel ist sicher.«

»Gridley?«, wiederholte Justin, während der Nebel in seinem Kopf sich lichtete. »Doch nicht Frank *Arthur* Gridley? Der Bursche, der für die Sicherheit der Diplomaten verantwortlich war?«

»Derselbe, Gott steh uns bei.«

»Aber das ist eine absolute Null. Ich habe mit ihm zu tun gehabt, als ich in der Protokollabteilung war.« Justin bemerkte selbst, dass seine Lautstärke den im Klub akzeptablen Level überschritt und versuchte sich zusammenzureißen.

»Nur Stroh im Kopf«, stimmte Pellegrin fröhlich zu.

»Wie um Himmels willen kommt denn ausgerechnet der dazu, den Mord an Tessa zu untersuchen?«

»Abgeschoben in die Abteilung Schwerverbrechen. Spezialist für Fälle in Übersee. Sie wissen doch, wie die Bullen ticken«, sagte Pellegrin, während er sich den Mund mit Krabben, Brot und Butter voll stopfte.

»Ich weiß, wie Gridley tickt.«

Während er auf seinen Krabben herumkaute, verfiel Pellegrin vollends in einen erzkonservativen Telegrammstil. »Zwei junge Polizeibeamte, einer davon 'ne Frau. Der andere hält sich für Robin Hood. Spektakulärer Fall, die Augen der Welt sind auf sie gerichtet. Sehen ihre Namen schon in Leuchtschrift.« Er korrigierte den Sitz seiner Serviette am Hals. »Also brüten sie *Theorien* aus. Es geht nichts über eine gute Theorie, wenn man einen halbgebildeten Vorgesetzten beeindrucken will.« Er nahm einen Schluck und attackierte dann den Mund mit einem Zipfel seiner Serviette. »Auftragskiller – korrupte afrikanische Regierungen – multinationale Konzerne – *phantastischer Stoff*! Mit ein bisschen Glück kriegen sie vielleicht sogar 'ne Rolle bei der Verfilmung.«

»Welchen Multi hatten sie denn im Auge?« Justin gelang es, die abscheuliche Vorstellung von einem Film über Tessas Tod von sich zu schieben.

Pellegrin blickte auf, sah ihm für einen Moment forschend in die Augen, lächelte, lächelte noch einmal. »Nur so eine Redewendung«, erklärte er wegwerfend. »Nicht wörtlich zu nehmen. Diese Jungbullen waren von Anfang an auf dem falschen Dampfer«, nahm er den Faden wieder auf, während der Ober nachschenkte. »Beklagenswert, eigentlich. Verdammt erbärmlich. Nicht Sie, Matthew, alter Junge«, sagte er zu dem Ober, vom Geist der Verbrüderung mit ethnischen Minderheiten erfüllt. »Und auch kein Mitglied dieses Klubs, wie ich mit nicht geringer Freude sagen darf.« Der Ober ergriff die Flucht. »Zwischendurch haben sie sogar versucht, es Sandy anzuhängen, ob Sie's glauben oder nicht. Irgendeine abgefahrene Theorie, dass er in sie verliebt war und sie beide aus Eifersucht hat ermorden lassen. Als sie damit nicht weiterkamen, sind sie auf die Verschwörungstheorie verfallen. Das Einfachste von der Welt. Pick dir ein paar Fakten heraus, misch sie, leih dein Ohr ein paar verstimmten Panikmachern, die ihr eigenes Süppchen kochen, gib noch ein oder zwei geläufige Namen dazu, und du kannst dir jede verdammte Geschichte stricken, die dir gefällt. Was Tessa getan hat, wenn ich das sagen darf. Na ja, *Sie* wissen ja Bescheid.«

Justin blickte ins Leere, schüttelte den Kopf. Das hab ich nicht gehört. Ich sitze wieder im Flugzeug, und das ist nur ein Traum. »Nein, ich fürchte nicht«, sagte er.

Pellegrin hatte sehr kleine Augen. Das war Justin nie zuvor aufgefallen. Vielleicht waren sie aber auch von normaler Größe, und er hatte nur die Angewohnheit entwickelt, sie unter feindlichem Beschuss zusammenzuziehen – wobei als Feind, soweit Justin erkennen konnte, jeder zu gelten hatte, der Pellegrin auf etwas festzunageln versuchte, was er gerade gesagt hatte, oder das Gespräch auf unabgestecktes Terrain lenkte.

»Seezunge in Ordnung? Sie hätten lieber die Müllerinart nehmen sollen. Ist nicht so trocken.«

Seine Seezunge sei ausgezeichnet, sagte Justin und verzichtete auf den Hinweis, dass er ja um Seezunge Müllerin gebeten hatte. Wunderbar auch der schlichte Meursault. Wunderbar, wie *wunderbares Mädchen*.

»Sie haben sie also nicht zu sehen bekommen, ihre große Streitschrift. Die große Streitschrift von ihr und Bluhm, wenn Sie verzeihen. Das ist Ihre Darstellung, Justin, und dabei wollen Sie bleiben, ja?«

»Streitschrift worüber? Die Polizei hat mir dieselbe Frage gestellt. Und Alison indirekt auch. Was für eine Streitschrift?« Seine Strategie war so einfach, dass er selbst schon anfing zu glauben, was er sagte. Er lag wieder auf der Lauer, aber gut getarnt diesmal.

»Ihnen hat sie die Seiten nicht gezeigt, dafür aber Sandy«, sagte Pellegrin und spülte die Mitteilung mit reichlich Wein hinunter. »Ist es das, was ich glauben soll?«

Justin saß kerzengerade. »*Was* hat sie?«

»Oh ja. Geheime Rendezvous, mit allen Schikanen. Tut mir Leid. Hab geglaubt, Sie wüssten Bescheid.«

Aber du bist erleichtert, dass es nicht so ist, dachte Justin, während er Pellegrin noch immer verwirrt anstarrte. »Und was hat Sandy dann damit gemacht?«, fragte er.

»Hat sie Porter gezeigt. Porter war unentschlossen. Porter trifft einmal im Jahr eine Entscheidung, wenn's hoch kommt. Sandy hat das Zeug mir geschickt. Gemeinsam verfasst und als vertraulich gekennzeichnet. Nicht von Sandy. Von Tessa und Bluhm. Diese Helden der Entwicklungshilfe widern mich übrigens an, falls Sie mal Dampf ablassen wollen. Reines Teddybärenpicknick, Beschäftigungstherapie für die internationale Bürokratengemeinde. Bin abgeschweift. Entschuldigung.«

»Und was haben *Sie* damit gemacht? Um Gottes willen, Bernard!«

Ich bin der betrogene Witwer, am Ende meiner Weisheit. Ich bin die gekränkte Unschuld, allerdings nicht ganz so unschuldig, wie ich klinge. Ich bin der gedemütigte Ehemann, vorgeführt von seiner treulosen Frau und ihrem Liebhaber. »Kann mir bitte *endlich* mal jemand verraten, worum es hier eigentlich geht?«, fuhr er in gereiztem Ton fort. »Eine halbe Ewigkeit bin ich Sandys unfreiwilliger Gast gewesen. Er hat kein Sterbenswörtchen gesagt von einem geheimen Rendezvous mit Tessa oder Arnold oder sonst jemandem. Was für eine *Streitschrift*? Und *worüber*?« Er ließ nicht locker.

Pellegrin lächelte wieder. Einmal. Zweimal. »Dann ist das alles neu für Sie. Sehr gut.«

»Allerdings. Und ich blicke da einfach nicht durch.«

»Eine Frau wie Tessa, halb so alt wie Sie, widerspenstig, zieht ihr eigenes Ding durch – ist es Ihnen da nie in den Sinn gekommen, sie mal zu fragen, was zum Teufel sie treibt?«

Der gute Pellegrin ist sauer, bemerkte Justin. Genau wie Landsbury. Wie ich. Wir alle sind sauer und tun alles, es zu verbergen.

»Nein, ist es nicht. Und sie war keineswegs halb so alt wie ich.«

»Nie einen Blick in ihr Tagebuch geworfen, nie mal ganz aus Versehen absichtlich an den Nebenapparat gegangen. Nie ihre Post gelesen oder heimlich in ihren Computer reingesehen. Absolut nichts.«

»Nichts von alledem.«

Pellegrin dachte laut, den Blick auf Justin gerichtet. »Ist also nichts zu Ihnen durchgedrungen. Nichts Böses gehört, nichts Böses gesehen. Erstaunlich.« Er hatte Mühe, seinen Sarkasmus im Zaum zu halten.

»Sie war Juristin, Bernard. Kein kleines Mädchen. Sie war eine qualifizierte, sehr gewiefte Anwältin. Das scheinen Sie zu vergessen.«

»Ach ja? Da bin ich mir nicht so sicher.« Pellegrin setzte seine Lesebrille auf, um sich zur unteren Hälfte seiner Seezunge vorzuarbeiten. Nachdem er die Rückengräte freigelegt hatte, hielt er sie mit Messer und Gabel hoch und schaute sich wie ein hilfloser Invalide nach einem Ober um, der ihm einen Teller bringen könnte. »Hoffe nur, dass sie sich darauf beschränkt hat, Sandy Woodrow ihr Anliegen vorzutragen, das ist alles. Der Hauptperson ist sie jedenfalls ordentlich auf die Nerven gegangen, so viel steht fest.«

»Welcher Hauptperson? Meinen Sie sich selber?«

»Curtiss. Kenny K. höchstpersönlich.« Ein Teller wurde gereicht, und Pellegrin legte die Gräte darauf. »Wundert mich, dass sie sich nicht vor seine verdammten Rennpferde geworfen hat. Warum gehst du nicht gleich damit nach Brüssel? Zur UNO? Trittst im Fernsehen damit auf. Wenn so ein Mädel es sich erst in den Kopf gesetzt hat, die Welt zu retten, dann wendet sie sich an wen auch immer, und die Folgen sind ihm scheißegal.«

»Das ist überhaupt nicht wahr«, sagte Justin, der gleichermaßen gegen seine Verwunderung und die ernsthafte Wut ankämpfen musste, die in ihm hochstieg.

»Wie bitte?«

»Tessa hat alles getan, um mich zu schützen. Und auch ihr Land.«

»Indem sie Schlamm aufwühlte? Indem sie aus 'ner Mücke einen Elefanten machte? Indem sie den Chef ihres Mannes belästigte? Sich mit Bluhm am Arm auf überarbeitete Firmenmanager stürzte? Ist nicht gerade, was ich mir unter den eigenen Mann schützen vorstelle. Wenn Sie mich fragen, sieht das mehr nach einer todsicheren Methode aus, dem armen Burschen sämtliche Aussichten kaputtzumachen. Nicht dass Ihre beruflichen Aussichten zu dem Zeitpunkt noch allzu rosig waren, wenn wir mal ehrlich sein wollen.« Zwischendurch ein Schluck Mineralwasser. »Ah, jetzt hab ich's. Jetzt kann ich mir vorstellen, wie es abgelaufen ist.« Zweifaches Lächeln. »Sie wissen *wirklich* nichts über die Hintergründe. Dabei bleiben Sie.«

»Ja, ich bin vollkommen durcheinander. Erst fragt die Polizei mich, dann Alison, nun Sie – war ich wirklich so ahnungslos? Die Antwort ist: Ja, ich war es, und ja, ich bin es immer noch.«

Pellegrin schüttelte bereits ungläubig und belustigt den Kopf. »Wie wär's hiermit, alter Junge? Hören Sie mal zu. Damit könnte ich leben. Und Alison auch. Sie sind zu Ihnen gekommen. Alle beide. Tessa und Arnold. Hand in Hand. ›Hilf uns, Justin. Wir sind einem Verbrechen auf der Spur. Alteingesessene britische Firma vergiftet unschuldige Kenianer, benutzt sie als Versuchskaninchen und weiß der Himmel. Ganze Dörfer voller Leichen, und hier ist der Beweis. Lies es dir durch.‹ Stimmt's?«

»Sie haben nichts Dergleichen getan.«

»Bin noch nicht fertig. Niemand will Ihnen was anhängen, okay? Alle Türen stehen Ihnen offen. Sie haben nur Freunde hier.«

»Das habe ich gemerkt.«

»Sie hören den beiden zu. Anständiger Kerl, der Sie sind. Sie lesen sich das achtzehnseitige Weltuntergangsszenario durch und erklären die beiden für verrückt. Wenn sie beabsichtigten, die englisch-kenianischen Beziehungen für die nächsten zwanzig Jahre zu ruinieren, hätten sie das Patentrezept dafür gefunden. Kluger Bursche. Würde Celly mir mit so was kommen, ich würde ihr ordentlich in den Hintern treten. Und würde, genau wie Sie, so tun, als hätte das Ganze nie stattgefunden. Hat es also auch nicht. Stimmt's? Wir vergessen es so schnell wie Sie. Nichts davon in Ihrer Akte, nichts in Alisons kleinem schwarzen Buch. Abgemacht?«

»Sie sind aber nicht zu mir gekommen, Bernard. Niemand hat

mir eine Geschichte zugespielt, niemand hat mir ein Weltuntergangsszenario gezeigt, wie Sie es nennen. Weder Tessa noch Bluhm, noch sonst jemand. Mir ist das alles vollkommen schleierhaft.«

»Diese Ghita Pearson, wer zum Teufel ist das?«

»Eine junge Angestellte der Kanzlei. Anglo-indisch, sehr intelligent. Vor Ort eingestellt. Die Mutter ist Ärztin. Warum?«

»Und davon abgesehen?«

»Eine Freundin von Tessa. Und von mir.«

»Könnte sie das Zeug gesehen haben?«

»Diese Streitschrift? Bestimmt nicht.«

»Warum nicht?«

»Tessa hätte Ghita davon fern gehalten.«

»Nun, Sandy Woodrow hat sie nicht gerade davon fern gehalten.«

»Ghita ist nicht stark genug für so was. Und sie möchte sich im Dienst eine Karriere aufbauen. Tessa hätte sie nicht in eine unangenehme Situation bringen wollen.«

Pellegrin fehlte Salz, und er verteilte es, indem er sich einen kleinen Haufen in die linke Hand schüttete, winzige Prisen davon mit Daumen und Zeigefinger der rechten Hand verstreute und schließlich beide Hände aneinanderrieb.

»Wie auch immer. Sie sind aus dem Schneider«, rief er Justin in Erinnerung, als sei dies immerhin der Trostpreis. »Wir werden nicht am Gefängnistor stehen und Ihnen *baguettes au fromage* durchs Gitter schieben müssen.«

»Das sagten Sie bereits. Ich bin froh darüber.«

»Das ist die gute Nachricht. Die schlechte Nachricht – Ihr Kumpel Arnold. Ihrer und Tessas.«

»Hat man ihn gefunden?«

Pellegrin schüttelte grimmig den Kopf. »Man ist ihm auf die Schliche gekommen, doch gefunden hat man ihn nicht. Es besteht aber Hoffnung.«

»Inwiefern auf die Schliche gekommen? Wie meinen Sie das?«

»Das sind gefährliche Gewässer, mein Lieber. In Ihrem Zustand sollten Sie sich davon besser fern halten. Wünschte, wir könnten diese Unterhaltung in ein paar Wochen führen, wenn Sie sich zurechtgefunden haben, aber das geht leider nicht. Mordermittlungen werden ohne Ansehen der Person geführt. Sie haben ihren eigenen Rhythmus, ihre eigenen Gesetze. Bluhm war Ihr Freund, Tessa Ihre Frau. Macht keinem von uns Spaß, Ihnen sagen zu müssen, dass Ihr Freund Ihre Frau ermordet hat.«

Justin starrte Pellegrin mit unverhohlenem Erstaunen an, aber der war zu sehr mit seinem Fisch beschäftigt, um es zu bemerken. »Und was ist mit all den Hinweisen, die man gefunden hat?«, hörte er sich fragen, mit einer Stimme, die von einem Eisplaneten zu stammen schien. »Der grüne Safarijeep? Die Bierflaschen und Zigarettenstummel? Die zwei Männer, die in Marsabit gesichtet wurden? Was ist mit – ich weiß nicht – ThreeBees und allem anderen, nach dem mich die britische Polizei gefragt hat?«

Pellegrin zeigte schon das erste eines doppelten Lächelns, bevor Justin zu Ende gesprochen hatte. »Neue Beweise, mein Lieber. Und ich fürchte, sie sind stichhaltig.« Er steckte sich ein weiteres Stück Brötchen in den Mund. »Die Bullen haben seine Klamotten gefunden. Bluhms. Am Seeufer vergraben. Nicht die Safarijacke, die hat er zur Täuschung im Jeep gelassen. Hemd, Hose, Unterhose, Strümpfe, Schuhe. Und wissen Sie, was man in der Hosentasche gefunden hat? Die Autoschlüssel. Vom Jeep. Mit denen er den Jeep abgeschlossen hat. Und damit war die ganze Angelegenheit für ihn wohl genauso abgeschlossen. Kommt bei Verbrechen aus Leidenschaft ziemlich häufig vor, hab ich mir sagen lassen. Man bringt jemanden um, schließt die Tür hinter sich und damit auch einen Teil des eigenen Gehirns. Das Ganze ist nie geschehen. Erinnerung gelöscht. Klassischer Fall.«

Von Justins ungläubigem Gesicht irritiert, unterbrach er sich kurz, und als er weitersprach, ließ sein Ton erkennen, dass er sein abschließendes Urteil in der Sache verkündete.

»Für mich war es Oswald, Justin. Lee Harvey Oswald hat John F. Kennedy erschossen. Niemand hat ihm dabei geholfen. Arnold Bluhm ist durchgedreht und hat Tessa getötet. Der Fahrer hatte was dagegen, also hat Bluhm ihm auch gleich eins mit dem Messer verpasst und den Kopf zur Freude der Hyänen in die Büsche geworfen. *Basta*. Irgendwann kommt der Moment, nach all der Hirnwichserei und dem Herumphantasieren, da muss man sich mit dem Offensichtlichen abfinden. Noch ein bisschen klebrigen Karamelpudding? Apfelkompott?« Er gab dem Ober ein Zeichen, er solle den Kaffee servieren. »Darf ich Ihnen noch ein paar warnende Worte mit auf den Weg geben, unter Freunden?«

»Oh, ich bitte darum.«

»Sie sind krank geschrieben. Sie machen gerade die Hölle durch. Aber Sie sind ein alter Kämpe, Sie kennen die Regeln und sind immer noch Afrika-Experte. Und Sie gehören zu meiner Truppe.« Und damit Justin nicht auf den Gedanken kam, dies sei eine allzu romantische Definition seines Status, fuhr er fort: »Es gibt da draußen jede Menge Traumjobs für jemanden, der sein Leben auf die Reihe kriegt. Aber auch jede Menge Orte, wo ich nicht mal begraben sein möchte. Und falls Sie so genannte vertrauliche Informationen verbergen – in Ihrem Kopf oder sonstwo –, dann gehören die ganz klar uns und nicht Ihnen. Heute geht es in der Welt rauer zu, als in der, wo wir aufgewachsen sind. Es laufen eine Menge böser Buben herum, die alles wollen und viel zu verlieren haben. Das führt zu schlechten Manieren.«

Wie wir leider am eigenen Leib erfahren haben, dachte Justin im Innern seiner Glaskapsel. Er erhob sich wie schwerelos vom Tisch und war überrascht, sein Bild in einer großen Zahl von Spiegeln gleichzeitig zu sehen. Er sah sich aus allen Blickwinkeln, in jedem Abschnitt seines Lebens: Justin, das Kind, das sich in riesengroßen Häusern verirrte, der Freund von Köchen und Gärtnern. Justin, der Rugbystar in der Schule. Justin, der ewige Junggeselle, der seine Einsamkeit in flüchtigen Abenteuern zu vergessen sucht. Justin, die große Hoffnung des Außenministeriums und der hoffnungslose Fall, an der Seite seines Freundes, des Drachenbaums, Justin, der frisch verwitwete Vater seines toten und einzigen Sohnes.

»Sie waren sehr freundlich, Bernard. Ich danke Ihnen.«

Was so viel heißen sollte wie: Danke für den Meisterkurs in Sophisterei, wenn er damit überhaupt etwas sagen wollte. Danke für den Vorschlag, einen Film über die Ermordung meiner Frau zu machen, und dafür, dass Sie auf dem letzten Rest Gefühl herumgetrampelt sind, das mir noch geblieben war. Danke für Tessas achtzehnseitiges Weltuntergangsszenario, ihre geheimen Rendezvous mit Woodrow und andere verlockende Einzelheiten, die Sie mir in Erinnerung gerufen haben. Dank auch für die warnenden Worte unter Freunden und für das stählerne Glitzern, das

Sie dabei in den Augen hatten. Denn wenn ich genau hinschaue, entdecke ich das gleiche Glitzern auch bei mir.

»Sie sind ganz blass geworden«, sagte Pellegrin vorwurfsvoll. »Irgendwas nicht in Ordnung, mein Lieber?«

»Mir geht's gut. Erst recht nach diesem Gespräch mit Ihnen, Bernard.«

»Schlafen Sie sich erst mal aus. Laden den Akku wieder auf. Und wir müssen dieses Wochenende im Auge behalten. Bringen Sie einen Freund mit. Jemanden, der ein bisschen Tennis spielen kann.«

»Arnold Bluhm hat keiner Seele jemals etwas zuleide getan«, sagte Justin langsam und deutlich, als Pellegrin ihm in seinen Regenmantel half und ihm seine Tasche zurückgab. Aber er war sich nicht sicher, ob er es laut sagte oder nur zu den tausend Stimmen, die in seinem Kopf kreischten.

Zehntes Kapitel

Wann immer er in der Ferne an das Haus dachte, tat er es mit Widerwillen: groß, verwahrlost und in unerträglichem Maß von den Eltern geprägt. Das Haus Nummer vier einer grünen Seitenstraße in Chelsea hatte zur Straße hin einen Garten, der stets verwildert blieb, ungeachtet aller Pflege, die Justin ihm angedeihen ließ, wenn er auf Heimaturlaub war. Die Überreste von Tessas Baumhaus steckten wie ein verrottendes Rettungsfloß in der abgestorbenen Eiche, die sie ihm nicht zu fällen erlaubt hatte. Zerplatzte Luftballons weit zurückliegender Jahrgänge und allerlei Fetzen von Drachen hingen aufgespießt in den dünnen, verkrüppelten Ästen. Als er das verrostete Eisentor aufstieß und über einen Sumpf aus verrottendem Laub schob, schlüpfte der schielende Kater der Nachbarn aufgeschreckt ins Unterholz. Und um die beiden mürrischen Kirschbäume musste er sich vermutlich ernsthaft Gedanken machen, denn sie waren von der Kräuselkrankheit befallen.

Vor dem Haus hatte ihm schon den ganzen Tag gegraut, und bereits die ganze letzte Woche, während er seine Strafe im Untergeschoss abgesessen hatte, und auf dem langen Fußmarsch nach Westen durch das einsame Halbdunkel eines Londoner Winternachmittags, während er versuchte, sich einen Weg durch das Labyrinth der Ungeheuerlichkeiten in seinem Kopf zu bahnen und ihm die Gladstone-Tasche immer wieder ans Bein stieß. Das Haus beherbergte jenen Teil von Tessa, an dem er keinen Anteil gehabt hatte und nun auch nicht mehr haben würde.

Ein scharfer Wind rüttelte an der Markise des Obst- und Gemüsehändlers auf der anderen Straßenseite, wirbelte Blätter auf und scheuchte vereinzelte Feierabendkunden den Bürgersteig entlang. Justin aber hatte zu viel mit sich zu tun, als dass er, trotz seines leichten Anzugs, die Kälte bemerkt hätte. Die gefliesten Stufen zur Eingangstür knirschten unter seinen Füßen, als er sie schwungvoll hochging. Oben angelangt, drehte er sich um und warf einen langen Blick zurück, ohne recht zu wissen, wonach er eigentlich Ausschau hielt. Ein Penner lag eingemummt unter dem Geldautomaten der National Westminster Bank. Ein Mann und eine Frau saßen streitend in einem falsch geparkten Auto. Ein dünner Mann in Hut und Regenmantel sprach in sein Handy. In einem zivilisierten Land kann man nie wissen. Das fächerförmige Fenster über der Haustür war von innen erleuchtet. Um nicht unerwartet hereinzuplatzen, drückte Justin auf den Klingelknopf und hörte den vertrauten rostigen Klang der Glocke, die wie ein Schiffshorn auf dem Treppenabsatz des ersten Stocks anschlug. Wer wohl zu Hause ist, fragte er sich, während er auf das Geräusch nahender Schritte wartete. Aziz, der marokkanische Maler, und sein Freund Raoul? Petronilla, die junge nigerianische Frau, die auf der Suche war nach Gott, und ihr fünfzigjähriger Priester aus Guatemala? Gazon, der abgemagerte französische Arzt und Kettenraucher, der mit Arnold in Algerien zusammengearbeitet hatte und das gleiche bedauernde Lächeln besaß wie dieser, dieselbe Angewohnheit, mitten im Satz zu verstummen, die Augen in schmerzlicher Erinnerung halb zu schließen und zu warten, bis er sich von Gott weiß was für Albträumen befreit hatte und den Faden wieder aufnehmen konnte?

Da er weder Stimmen noch Schritte hörte, drehte Justin den Schlüssel im Schloss und betrat die Diele in der Erwartung, den Duft afrikanischen Essens zu riechen und Reggaemusik aus dem Radio sowie lebhaftes Geplauder aus der Küche zu hören.

»Hallo!«, rief er. »Ich bin's. Justin.«

Keine Antwort, keine Musik, keine Düfte oder Stimmen aus der Küche. Nicht das geringste Geräusch, außer dem Rauschen des Verkehrs draußen auf der Straße und dem Echo seiner eigenen Stimme, das auf der Treppe nach oben kroch. Stattdessen erblickte er Tessas Kopf, aus einer Zeitung ausgeschnitten und mit

Pappe verstärkt, inmitten einer Reihe von Marmeladentöpfen, in denen Blumensträuße steckten. Und zwischen zwei Töpfen lag ein gefaltetes Blatt Papier, vermutlich aus Aziz' Zeichenblock gerissen, auf dem Tessas verschwundene Mieter handschriftlich ihre Trauer und Liebe zum Ausdruck brachten: *Justin, wir konnten einfach nicht bleiben*, mit Datum vom letzten Montag.

Er faltete das Blatt wieder zusammen und legte es an seinen Platz zurück. Den Blick starr geradeaus gerichtet, nahm er Haltung an und blinzelte die Tränen aus den Augen. Justin ließ die Gladstone-Tasche in der Diele stehen und ging, an der Wand Halt suchend, zur Küche. Er machte die Kühlschranktür auf. Leer bis auf eine vergessene Arzneiflasche, auf dem Etikett ein ihm unbekannter Frauenname. Annie Soundso. Wahrscheinlich eine von Gazons Frauen. Justin tastete sich den Flur entlang zum Esszimmer und schaltete das Licht an.

Das scheußliche Esszimmer ihres Vaters im Tudorstil. Zu beiden Seiten des Tisches je sechs mit Schnörkeln verzierte Stühle für befreundete Anhänger des Größenwahns. An den Schmalseiten je ein bestickter Sessel für das königliche Paar. *Daddy wusste, dass es furchtbar hässlich war, aber er liebte es trotzdem so, und ich auch*, hatte Tessa ihm mitgeteilt. *Tja, also ich nicht*, hatte er gedacht, *aber der Himmel verhüte, dass ich dir das verrate*. In den ersten Monaten ihres Zusammenlebens hatte Tessa von nichts anderem gesprochen als von ihrer Mutter und ihrem Vater, bis sie unter Justins geschickter Führung begann, deren Geister zu vertreiben, indem sie das Haus mit Menschen ihres Alters füllte, je verrückter, desto fröhlicher: Trotzkisten aus Eton, trunksüchtige polnische Prälaten und orientalische Mystiker, dazu die Hälfte aller Schmarotzer dieser Welt. Aber nachdem sie Afrika für sich entdeckt hatte, wurde sie geradliniger, und die Nummer vier verwandelte sich in einen Zufluchtsort für introvertierte Entwicklungshelfer und Aktivisten jeglicher, auch zweifelhafter, Couleur. Justins Blick, den er über die Zimmereinrichtung schweifen ließ, blieb missbilligend auf dem Ruß hängen, der sich sichelförmig um den Marmorkamin herum zog und auch Kaminbock und Kamingitter bedeckte. Dohlen, dachte er. Und ließ den Blick weiter wandern, bis er erneut auf dem Ruß hängen blieb. Jetzt kamen auch seine Gedanken mit und blieben daran hängen. Justin ging mit sich zu Rate. Oder mit Tessa, was so ziemlich auf das Gleiche hinauslief.

Was für *Dohlen*?

Und *wann*?

Die Notiz in der Diele trägt das Datum von Montag.

Ma Gates kommt jeden Mittwoch – Ma Gates alias Mrs Dora Gates, Tessas altes Kindermädchen. Wurde nie anders als Ma Gates genannt.

Und wenn Ma Gates nicht auf dem Posten ist, kommt ihre Tochter Pauline.

Und wenn auch die verhindert ist, bleibt immer noch ihre etwas ordinäre Schwester Debbie.

Und es war schlicht undenkbar, dass eine dieser Frauen einen solchen Rußfleck übersehen hätte.

Daher mussten die Dohlen ihren Angriff *nach* dem letzten Mittwoch und *vor* dem heutigen Abend geflogen haben.

Wenn also das Haus am *Montag* geräumt worden war – siehe Notiz – und Ma Gates am *Mittwoch* sauber gemacht hatte, was hatte es dann auf sich mit diesem frischen Abdruck eines Sportschuhs mit starkem Profil, der Größe nach von einem Mann, der sich ganz deutlich im Ruß abzeichnete?

Auf der Anrichte stand ein Telefon, daneben lag ein Adressbuch. Ma Gates' Nummer stand in Tessas roter Kritzelschrift auf dem Inneneinband. Justin wählte und bekam Pauline an den Apparat, die in Tränen ausbrach und den Hörer ihrer Mutter weiterreichte.

»Es tut mir so furchtbar Leid«, sagte Ma Gates langsam und deutlich. »Uns fehlen die Worte, Mr Justin. Es gibt keine dafür.«

Justin begann sein Verhör. So geduldig und behutsam, wie es nur möglich war, wobei er weitaus mehr zuhörte als fragte. Ja, Ma Gates war wie immer am Mittwoch da gewesen, von neun bis zwölf, sie wollte es einfach ... Es gab ihr die Möglichkeit, ganz allein mit Miss Tessa zu sein ... Sie hatte sauber gemacht, wie immer, nicht geschludert, nichts vergessen ... Und sie hatte sich die Zeit genommen, zu weinen und zu beten ... Und wenn er nichts dagegen hätte, würde sie gern weiterhin kommen, bitte, immer mittwochs, so wie früher, als Miss Tessa noch am Leben war. Nicht wegen des Geldes, sondern wegen der Erinnerungen ...

Ruß? Auf keinen Fall! Da war kein Ruß auf dem Esszimmerboden am Mittwoch, sonst hätte sie ihn doch bestimmt gesehen und weggewischt, bevor jemand hineintreten könnte. Der Londoner Ruß war ja so schmierig! Bei diesen großen Kaminen achtete sie immer *besonders* auf Ruß! Nein, nein, Mr Justin, der Schornsteinfeger hatte mit Sicherheit keinen Schlüssel.

Wusste Mr Justin vielleicht, ob man Dr. Arnold schon gefunden hatte, denn von allen Herren, die das Haus je betreten hatten, war ihr Dr. Arnold der liebste gewesen, egal, was man jetzt in den Zeitungen las. Die sogen sich ja doch alles nur aus den Fingern ...

»Das ist sehr freundlich von Ihnen, Mrs Gates.«

Justin machte den Kronleuchter im Salon an und gestattete sich einen Blick auf all die Dinge, die für immer mit Tessa verbunden waren: die beim Reiten gewonnenen Rosetten aus ihrer Kindheit; Tessa bei ihrer Erstkommunion; ihr Hochzeitsfoto, sie beide auf den Stufen der winzigen Kirche Sant' Antonio auf Elba. Doch was Justin nicht aus dem Kopf ging, war der Kamin. Die Feuerstelle war aus Schiefer, der Rost ein niedriges viktorianisches Ding, eine Mischung aus Messing und Stahl, mit Messinghaken für das Kaminbesteck. Feuerstelle und Rost waren rußbedeckt. Derselbe Ruß zog schwarze Linien über die Stahlgriffe der Zangen und des Schüreisens.

Hier haben wir es also mit einem wunderbaren Geheimnis der Natur zu tun, erzählte er Tessa: Zwei verschiedene Dohlenkolonien suchen sich exakt denselben Zeitpunkt aus, um in zwei nicht miteinander verbundenen Schornsteinen Ruß loszuschlagen. Was schließen wir daraus? Du als Juristin und ich als geschützte Art?

Im Salon war allerdings kein Fußabdruck. Wer immer den Esszimmerkamin durchsucht haben mochte, hatte freundlicherweise einen Fußabdruck hinterlassen. Wer aber im Salonkamin herumgestöbert hatte – ob derselbe oder jemand anders –, hatte dies nicht getan.

Doch warum sollte überhaupt jemand in einem Kamin herumstöbern, geschweige denn in zweien? Sicher, alte Kamine gelten gemeinhin als Verstecke für Liebesbriefe, Testamente, beschämende Tagebücher und Beutel voller Goldtaler. Wahr ist auch, dass der Legende nach Geister in Schornsteinen hausen. Dass der Wind alte Schornsteine benutzt, um seine Geschichten zu erzählen, von denen viele geheim sind. Und auch an diesem Abend wehte ein kalter Wind, der an den Fensterläden rüttelte und durch die Türschlösser pfiff. Aber warum *diese* Kamine durchsuchen? *Unsere* Kamine? Warum in Nummer vier? Es sei denn natürlich, dass die Kamine Teil einer allgemeinen Durchsuchung des ganzen Hauses waren – ein Nebenschauplatz des Hauptangriffs gewissermaßen.

Justin blieb auf dem Treppenabsatz stehen, um Tessas Hausapotheke in Augenschein zu nehmen, ein altes, nichtsnutziges italienisches Gewürzschränkchen, das in der Ecke des Treppenaufgangs hing und auf das sie selbst ein grünes Kreuz gemalt hatte. Nicht umsonst war sie die Tochter einer Ärztin. Die Tür des Schränkchens stand einen Spaltbreit offen. Justin stieß sie ganz auf.

Geplündert. Umgekippte Pflasterdosen, Mull, verstreutes Boraxpulver – ein heilloses Durcheinander. Als er die Tür zumachte, schrillte das Telefon, das neben seinem Kopf im Treppenhaus hing.

Wenn es für dich ist, sagte er zu Tessa, werde ich sagen müssen, dass du tot bist. Ist es für mich, werde ich mir Beileidsbekundungen anhören müssen. Oder es ist der Rührkuchen, der wissen will, ob ich alles Notwendige hier habe, um still und brav mein Trauma zu pflegen. Auf jeden Fall ist es jemand, der stundenlang nur das Besetztzeichen gehört hat, während ich mit Ma Gates telefoniert habe.

Er nahm den Hörer ab und hörte eine Frau, die geschäftig auf ihn einredete. Blecherne Stimmen tönten im Hintergrund, Schritte hallten. Eine geschäftige Frau an einem belebten Ort mit Steinfußboden. Eine geschäftige Frau aus dem Londoner East End und mit dem Humor und der forschen Stimme einer Straßenhändlerin.

»Also! Kann ich bitte mit Mr Justin Quayle sprechen, falls er zu Hause ist?« Sie sagte es so feierlich, als wäre sie im Begriff, einen Kartentrick vorzuführen. Und zur Seite gewandt, fuhr sie fort: »Er ist da, Darling, ich kann ihn hören.«

»Hier Quayle.«

»Willst du selbst mit ihm sprechen, Darling?« Darling wollte nicht. »Hier ist nämlich Blumen Jeffrey's, Mr Quayle, aus der King's Road. Wir haben hier einen reizenden Strauß – ich verrate Ihnen aber nicht, was es ist –, den wir auf alle Fälle heute Abend bei Ihnen abliefern sollen, falls Sie da sind, und so schnell wie möglich, und ich soll nicht sagen, von wem, stimmt's, Darling?« Das tat es offenbar. »Also, wie wär's, wenn ich den Jungen jetzt gleich vorbeischicke, Mr Quayle? In zwei Minuten ist er da, stimmt's, Kevin? Oder in einer, wenn Sie ihm was Anständiges zu trinken geben.«

Dann schicken Sie ihn her, sagte Justin zerstreut.

* * *

Justin blieb vor Arnolds Zimmer stehen, das so genannt wurde, weil Arnold, wenn er zu Gast war, stets mit Hilfe eines vergessenen Stücks seinen Besitzanspruch anmeldete – einem Paar Schuhe, einem elektrischen Rasierer, einem Wecker, einem Stapel Papiere über das katastrophale Scheitern der medizinischen Hilfe für die Dritte Welt. Beim Anblick von Arnolds Kamelhaarstrickjacke, die über der Rückenlehne eines Stuhls hing, blieb Justin wie angewurzelt stehen und hätte beinahe Arnolds Namen gerufen. Dann begann er doch, sich dem Schreibtisch zu nähern.

Durchsucht.

Schubladen aufgestemmt, Unterlagen und Schreibpapier herausgerissen und achtlos wieder hineingeworfen.

Das Schiffshorn dröhnte. Justin rannte die Treppe hinab und rief sich selbst zur Ruhe, bevor er die Tür erreichte. Kevin, der Blumenjunge, war eine Figur wie aus einem Dickens-Roman: klein und mit von der winterlichen Kälte glänzend roten Wangen. Die Lilien und Iris, die er im Arm hielt, waren genauso groß wie er selbst. Ein weißer Umschlag war an dem Draht befestigt, der die Stengel zusammenhielt. Justin wühlte in einer Handvoll kenianischer Shillinge, fand zwei englische Pfund, gab sie dem Jungen und machte die Tür schnell wieder zu. Er öffnete den Umschlag und entnahm ihm eine weiße Karte, die in dickes Papier eingeschlagen war, damit die Schrift nicht durchschimmern konnte. Die Nachricht war mit Computer geschrieben worden.

Justin, verlassen Sie das Haus heute Abend um halb acht. Nehmen Sie eine mit Zeitungen voll gepackte Aktentasche mit. Gehen Sie zum Cineflex-Palast in der King's Road. Kaufen Sie eine Eintrittskarte für Kino zwei, und sehen Sie sich den Film bis neun Uhr an. Verlassen Sie den Saal durch den Seitenausgang (West), vergessen Sie die Aktentasche nicht. Halten Sie Ausschau nach einem blauen Minibus, der in der Nähe des Ausgangs parkt. Sie werden den Fahrer wieder erkennen. Verbrennen Sie dies.

Keine Unterschrift.

Justin untersuchte den Umschlag, hielt ihn an die Nase, schnüffelte an der Karte, konnte nichts riechen, wusste auch nicht, was er zu riechen erwartete. Er brachte Karte und Umschlag in die Küche, zündete sie mit einem Streichholz an und warf sie, den Gepflogenheiten des Sicherheitstrainings für Mitglieder des diplomatischen Dienstes gemäß, in die Spüle. Nachdem sie verbrannt waren, rührte er die Asche auseinander und bugsierte die Fetzen in den Ausguss. Er ließ das Wasser länger als nötig laufen. Immer zwei Stufen auf einmal nehmend, stieg er wieder die Treppen hinauf, bis er zum Dachboden gelangte. Nicht Eile war es, die ihn antrieb, sondern Entschlossenheit: *nicht denken, handeln*. Er stand vor der verschlossenen Dachbodentür. Hielt einen Schlüssel bereit. Er wirkte energisch, aber auch besorgt: ein verzweifelter Mann, der Mut sammelte für den großen Sprung. Justin warf die Tür auf und marschierte in den winzigen Flur, von wo aus man in eine Reihe von Dachgeschossräumen kam, ausgebaut zwischen den von Dohlen behausten Schornsteinköpfen und einigen geheimen Abschnitten flachen Dachs, ideal für Topfpflanzen und ungestörten Sex. Justin stürmte vorwärts, die Augen fest zusammengekniffen, um sich vor den gleißenden Erinnerungen zu schützen. Kein Gegenstand, kein Bild, kein Stuhl und kein Winkel, den Tessa nicht eingenommen, den sie nicht bewohnt, von dem aus sie nicht zu ihm sprach. Der pompöse Sekretär ihres Vaters, den sie Justin zur Hochzeit vermacht hatte, stand in der vertrauten Nische. Justin öffnete den Deckel. Und, was habe ich dir gesagt? Durchwühlt. Er riss Tessas Kleiderschrank auf und fand Wintermäntel und Kleider, die von den Bügeln gezogen und mit nach außen gekrempelten Taschen ihrem Schicksal überlassen worden waren. Wirklich, Liebes, du hättest sie aufhängen können. *Du weißt genau, dass ich das getan habe und dass jemand anders sie runtergerissen hat.* Darunter förderte er Tessas alte Notentasche zutage, die von allen Dingen im Haus am ehesten als Aktentasche durchging.

»Lass uns dies zusammen tun«, sagte er zu ihr, laut diesmal.

Bevor er ging, nahm er sich noch die Zeit, sie heimlich durch die offene Schlafzimmertür zu beobachten. Sie war aus dem Badezimmer gekommen und stand nackt vor dem Spiegel, den Kopf zur Seite gedreht, während sie ihr nasses Haar kämmte. Einer ihrer nackten Füße war wie der einer Ballerina auf ihn gerichtet, was sie eigentlich immer tat, wenn sie nackt war. Eine Hand hatte sie zum Kopf geführt. Als Justin sie ansah, fühlte er dieselbe unbeschreibliche Entfremdung von ihr, die er auch empfunden hatte, als sie noch lebte. Du bist zu vollkommen, zu jung, erklärte er. Ich hätte dir deine Freiheit lassen sollen. *Blödsinn*, erwiderte sie lieb, und gleich war ihm viel wohler.

In der Küche im Erdgeschoss fand er einen Stapel alter Ausgaben von *Kenyan Standard*, *Africa Confidential*, *The Spectator* und *Private Eye*. Er stopfte sie alle in die Notentasche, ging in die Diele zurück und warf einen letzten Blick auf die behelfsmäßige Gedenkstätte und die Gladstone-Tasche. Ich lasse sie am besten da, wo die sie gleich finden, falls sie mit ihrer Arbeit heute Morgen im Ministerium nicht zufrieden waren, erklärte er Tessa und trat hinaus in die eisige Dunkelheit. Für den Gang zum Kino brauchte er zehn Minuten. Saal zwei war zu drei Vierteln leer. Er achtete nicht auf den Film. Zweimal musste er sich, die Notentasche in der Hand, zur Männertoilette schleichen, um unbeobachtet auf seine Armbanduhr sehen zu können. Um fünf vor neun verließ er den Saal durch den Westausgang und fand sich in einer bitterkalten Seitenstraße wieder. Ein parkender blauer Minibus starrte ihm entgegen, und für einen Moment durchzuckte ihn der absurde Gedanke, es wäre der grüne Safarijeep aus Marsabit. Die Scheinwerfer wurden kurz aufgeblendet. Eine eckige Gestalt mit Seemannsmütze hockte hinter dem Steuer.

»Hecktür«, befahl Rob.

Justin ging nach hinten und sah, dass die Tür bereits offen war;

Lesleys Arm reckte sich ihm entgegen, um die Notentasche in Empfang zu nehmen. Justin landete in tiefster Finsternis auf einem Holzsitz und fand sich nach Muthaiga zurückversetzt, auf die Bank des VW-Busses, Livingstone am Steuer und neben ihm Woodrow, der Anweisungen erteilte.

»Wir observieren Sie, Justin«, erklärte Lesley. Im Dunkeln klang ihre Stimme eindringlich, und doch seltsam bedrückt. Es war, als hätte auch sie einen schweren Verlust erlitten. »Das Überwachungsteam ist Ihnen zum Kino gefolgt, wir gehören dazu. Jetzt überwachen wir die Seitentür, für den Fall, dass Sie da rauskommen. Es besteht immer die Möglichkeit, dass die Zielperson sich langweilt und die Vorführung frühzeitig verlässt. Das haben Sie gerade getan. Und zwar in fünf Minuten, wie wir der Einsatzleitung melden werden. Wo wollen Sie hin?«

»Richtung Osten.«

»Dann rufen Sie sich ein Taxi und fahren nach Osten. Wir werden die Nummer des Taxis weitergeben. Folgen werden wir Ihnen nicht, weil Sie uns wieder erkennen könnten. Vor dem Kino wartet ein zweiter Überwachungswagen auf Sie, und für unvorhergesehene Fälle steht in der King's Road ein weiterer bereit. Falls Sie lieber zu Fuß gehen oder die U-Bahn nehmen, schicken sie Ihnen ein paar unauffällige Passanten hinterher. Fahren Sie mit dem Bus, wird man das dankbar zur Kenntnis nehmen, denn nichts ist leichter, als hinter einem Londoner Bus im Stau zu stehen. Wenn Sie in eine Telefonzelle gehen und jemanden anrufen, werden sie mithören. Sie haben die Genehmigung des Innenministeriums. Das funktioniert überall, egal von wo aus Sie telefonieren.«

»Warum?«, fragte Justin.

Seine Augen gewöhnten sich langsam an die Lichtverhältnisse. Rob hatte seinen langen Oberkörper über die Rückenlehne des Fahrersitzes gebeugt, um an der Unterhaltung teilzunehmen. Er schien ebenso niedergeschlagen zu sein wie Lesley, gab sich aber feindseliger.

»Weil Sie uns verarscht haben«, sagte er.

Lesley zog die Zeitungen aus Tessas Notentasche und stopfte sie in eine Plastiktüte. Ein Bündel großer Umschläge lag vor ihren Füßen, vielleicht ein Dutzend, die sie anstelle der Zeitungen in die Tasche tat.

»Ich weiß nicht, was Sie meinen«, sagte Justin.

»Na, dann geben Sie sich mal ein bisschen Mühe«, riet Rob ihm. »Wir handeln auf geheimen Befehl, oder? Wir sagen Mr Gridley, was Sie gerade tun. Irgendjemand da oben weiß bestimmt, *warum* Sie das tun, aber wir nicht. Wir sind nur die Handlanger.«

»Wer hat mein Haus durchsucht?«

»In Nairobi oder in Chelsea?«, konterte Rob höhnisch.

»Chelsea.«

»Es steht uns nicht zu, danach zu fragen. Das Team wurde für vier Stunden abberufen, so lange also, bis die Sache erledigt war, von wem auch immer. Das ist alles, was wir wissen. Gridley hat einen Polizisten in Uniform vor die Tür gestellt, für den Fall, dass jemand ins Haus wollte. Er hätte dann sagen sollen, die Beamten seien dabei, einen Diebstahl in dem Haus zu untersuchen, und der Besucher solle sich gefälligst verziehen. Falls es überhaupt ein Polizist war, was ich bezweifle.« Rob klappte den Mund wieder zu.

»Rob und ich sind von dem Fall abgezogen worden«, sagte Lesley. »Gridley würde uns liebend gern auf die Orkney-Inseln schicken, um dort den Verkehr zu regeln, aber er traut sich nicht.«

»Man hat uns einfach von *allem* abgezogen«, warf Rob ein. »Wir sind Unpersonen. Das haben wir allein Ihnen zu verdanken.«

»Er will uns da haben, wo er uns im Auge behalten kann«, sagte Lesley.

»Wenn's geht, auch noch beim Pinkeln«, sagte Rob.

»Er hat zwei neue Beamte nach Nairobi geschickt, die der Polizei vor Ort bei der Suche nach Bluhm zur Seite stehen sollen, und *das war's*«, sagte Lesley. »Kein Herumschnüffeln mehr, kein Abweichen vom Kurs. Basta.«

»Kein Rätseln über die Zwei aus Marsabit und kein Gejammer mehr über sterbende Niggerfrauen und Phantomärzte«, sagte Rob. »Gridleys eigene wunderbare Worte. Und unsere Ersatzleute dürfen nicht mit uns sprechen, damit sie sich nicht bei uns infizieren, diese beiden Hirnlosen. Die haben nur noch ein Jahr abzureißen, genau wie Gridley selbst.«

»Eine Angelegenheit der Sicherheitsstufe eins, und Sie spielen darin eine Rolle.« Lesley drückte den Verschluss der Notentasche zu, behielt sie aber auf dem Schoß. »Was für eine Rolle, wird nicht verraten. Gridley will alles über Sie wissen. Wen Sie treffen und wo, wer zu Ihnen ins Haus kommt, wen Sie anrufen, was Sie essen, mit wem. Tag für Tag. Sie sind eine wichtige Figur in einer Top-secret-Operation, mehr dürfen wir nicht wissen. Wir sollen tun, was man uns sagt, und uns ansonsten um unseren eigenen Kram kümmern.«

»Wir waren noch keine zehn Minuten wieder im Yard, da hat er schon rumgeschrien, er wolle alle Notizbücher, Bänder und Beweismittel auf seinem Schreibtisch haben, und zwar *sofort*«, erzählte Rob. »Also haben wir ihm die Sachen übergeben. Die Originalunterlagen, vollständig und ungekürzt. Natürlich erst, nachdem wir Kopien gemacht hatten.«

»Das ruhmreiche Haus ThreeBees darf nie wieder erwähnt werden, und das ist ein Befehl«, ergänzte Lesley. »Weder die Produkte noch die Methoden, noch die Mitarbeiter. Alles, was Staub aufwirbeln könnte, ist unerwünscht.«

»Was für Staub?«

»Da gibt's viele Möglichkeiten«, schaltete sich Rob ein. »Suchen Sie sich eine aus. Curtiss ist unantastbar. Er ist gerade dabei, eine riesige britische Waffenlieferung an die Somalis über die Bühne zu bringen. Das Embargo stört dabei natürlich, aber er hat sich einen Trick ausgedacht, es zu umgehen. Er hat gute Aussichten, Großbritannien den Zuschlag zu verschaffen, wenn es demnächst darum geht, ganz Ostafrika mit hochmodernen Telekommunikationssystemen auszurüsten. Britischen.«

»Und all dem stehe *ich* im Weg?«

»Sie stehen ständig im Weg, *basta*«, antwortete Rob boshaft. »Wenn Sie nicht gewesen wären, hätten wir die Bande eiskalt erwischt. Jetzt ist unsere Karriere im Eimer, und wir können wieder ganz von vorne anfangen.«

»Die glauben, Sie wissen alles, was Tessa gewusst hat«, erklärte Lesley. »Könnte schädlich für Ihre Gesundheit sein.«

»Die?«

Doch Rob musste seiner Wut weiter Luft verschaffen. »Es war ein abgekartetes Spiel, von Anfang an, und Sie haben mitgemischt. Die blauen Jungs von der kenianischen Polizei haben uns nur ausgelacht, und die Halunken von ThreeBees ebenso. Ihr Freund und Kollege Woodrow hat uns nach Strich und Faden belogen. Genau wie Sie. Sie waren unsere einzige Chance, und auch Sie haben uns vor den Kopf gestoßen.«

»Wir haben noch eine einzige Frage an Sie, Justin«, übernahm Lesley, kaum weniger verbittert. »Sie schulden uns wenigstens *eine* ehrliche Antwort. Können Sie sich irgendwohin zurückziehen? An einen sicheren Ort, wo Sie in Ruhe lesen können? Am besten im Ausland.«

In Justins Kopf arbeitete es. »Was passiert, wenn ich heimgehe und meine Nachttischlampe ausmache? Bleibt ihr Burschen dann in Chelsea vor dem Haus postiert?«

»Das Team begleitet Sie nach Haus, und es bringt Sie ins Bett. Die Späher schlafen ein paar Stunden, die Lauscher bleiben in Ihrer Telefonleitung. Die Späher kommen am nächsten Morgen in aller Frische wieder und helfen Ihnen beim Aufstehen. Die beste Zeit für Sie wäre zwischen ein und vier Uhr früh.«

»Dann habe ich einen Ort, wo ich hin kann«, sagte Justin nach kurzem Nachdenken.

»Phantastisch«, sagte Rob. »Wir nicht.«

»Wenn es im Ausland ist, reisen Sie über Land und Wasser«, sagte Lesley. »Steigen Sie, sobald Sie im Land sind, auf andere Verkehrsmittel um, Überlandbusse, Regionalzüge. Kleiden Sie sich unauffällig, rasieren Sie sich täglich, sehen Sie niemandem in die Augen. Mieten Sie kein Auto, buchen Sie keinen Flug, nicht von hier nach dort, nicht mal im Inland. Es heißt, dass Sie reich sind.«

»Das stimmt.«

»Dann besorgen Sie sich Bargeld, möglichst viel. Verwenden Sie weder Kreditkarten noch Reiseschecks, halten Sie sich von allen Handys fern. Melden Sie kein R-Gespräch an, nennen Sie nicht Ihren Namen am Telefon, sonst springen die Computer an. Rob hat Ihnen einen Pass und einen Presseausweis des *Telegraph* gemacht. War sauschwer, Ihr Foto zu bekommen. Er musste erst im Außenministerium anrufen und sagen, wir bräuchten eins für die Akten. Rob hat Freunde an Stellen, wo wir eigentlich gar keine Freunde haben dürften, stimmt's, Rob?« Keine Antwort. »Die Ausweise sind nicht perfekt, weil Robs Freunde zu wenig Zeit hatten, nicht wahr, Rob? Benutzen Sie sie also nicht zur Ein- und Ausreise in England. Abgemacht?«

»Ja«, sagte Justin.

»Sie sind Peter Paul Atkinson, Zeitungsreporter. Und tragen Sie *niemals* zwei Pässe auf einmal bei sich, egal, was Sie vorhaben.«

»Warum machen Sie das?«, fragte Justin.

»Und was interessiert Sie das?«, entgegnete Rob wütend aus dem Dunkel. »Wir hatten eine Aufgabe zu erledigen, das ist alles. Und es hat uns gar nicht gefallen, dass man sie uns weggenommen hat. Jetzt geben wir sie zum Verpfuschen an Sie weiter. Vielleicht dürfen wir ja, wenn die uns feuern, mal ab und an Ihren Rolls-Royce waschen.«

»Vielleicht machen wir es auch für Tessa.« Lesley ließ die Notentasche in seine Arme fallen. »Auf geht's, Justin. Sie haben uns nicht getraut. Möglicherweise zu Recht. Aber wenn Sie es getan hätten, wären wir jetzt vielleicht am Ziel. Wo immer das sein mag.« Sie langte nach dem Türgriff. »Passen Sie auf sich auf. Die gehen über Leichen. Aber das haben Sie ja gemerkt.«

Justin entfernte sich und hörte noch, wie Rob in sein Mikrofon sprach. *Candy kommt aus dem Kino. Ich wiederhole, Candy kommt aus dem Kino, hat ihre Handtasche dabei.* Die Tür des Minibusses schlug hinter ihm zu. *Abgeschlossen*, dachte Justin. Er ging noch ein Stück. Candy nimmt ein Taxi, und sie ist ein Mann.

* * *

Justin stand in Hams Büro am langen Schiebefenster und horchte auf das Zehn-Uhr-Läuten, das das nächtliche Dröhnen der Stadt übertönte. Er schaute auf die Straße hinunter, ein wenig vom Fenster abgerückt, so dass er zwar selbst gut sehen, seinerseits aber nicht so leicht gesehen werden konnte. Auf dem Schreibtisch brannte eine matte Leselampe. Ham hatte es sich in einem Ohrensessel in der Ecke bequem gemacht, den Generationen unzufriedener Klienten abgewetzt hatten. Draußen stieg kalter Nebel vom Fluss auf und bildete eine Reifschicht auf dem Zaun vor der winzigen Kapelle St. Etheldra, in der Tessa so oft mit ihrem

Schöpfer gehadert hatte. Eine grün beleuchtete Anschlagtafel belehrte die Passanten darüber, dass die Kapelle der Ordenskongregation der Rosminianer zurückgegeben worden sei. Beichten, Segnungen und Hochzeiten nach Absprache. Einzelne Andachtsuchende huschten verspätet die Stufen zur Krypta hoch. Tessa war nicht dabei. Auf dem Fußboden stand Hams Plastikkorb mit dem ehemaligen Inhalt der Gladstone-Tasche. Tessas Notentasche lag auf dem Schreibtisch, und daneben stapelten sich die von Ham mit größtem Eifer zusammengestellten Ausdrucke, Faxe, Fotokopien, Telefonnotizen, Postkarten und Briefe, die sich im Laufe seiner Korrespondenz mit Tessa angesammelt hatten.

»Ziemliches Chaos, fürchte ich«, stellte Ham betreten fest. »Ich kann Tessas letzte E-Mails nicht finden.«

»Du kannst sie nicht *finden*?«

»Auch die von anderen Leuten nicht. Der Computer hat sich einen Virus eingefangen. Das verdammte Ding hat die E-Mails gelöscht und die halbe Festplatte geschluckt. Der EDV-Mann arbeitet noch dran. Wenn er etwas wiederherstellen kann, lass ich es dir zukommen.«

Sie hatten sich über Tessa unterhalten, dann über Meg und über Cricket, auch dies ein Gegenstand, an dem der großherzige Ham hing. Justin war kein Cricketfan, gab sich aber alle Mühe, ein wenig Begeisterung zu zeigen. Ein fleckiges Reiseplakat von Florenz hing im Halbdunkel.

»Beauftragst du immer noch diesen lahmen Kurierdienst, Ham, einmal die Woche Turin hin und zurück?«

»Aber klar, Alter. Ist natürlich geschluckt worden. Wie alles. Dieselben Leute, nur jetzt ein noch größeres Gemurkse.«

»Und du benutzt auch weiter diese hübschen Hutschachteln aus Leder mit dem Firmennamen drauf, die ich heute Morgen in deinem Safe gesehen habe?«

»Die wären das Allerletzte, was hier verschwindet, wenn's nach mir geht.«

Justin spähte nach unten auf die schwach erleuchtete Straße. Sie waren noch da: die korpulente Frau in ihrem unförmigen Mantel und der hagere Mann mit den O-Beinen eines Jockeys, seinem verdrückten Filzhut und seiner Skijacke, deren Kragen er bis an die Nase hochgeschlagen hatte. Sie starrten seit zehn Minuten auf das Anschlagbrett von St. Etheldra, obwohl man alles, was dort an diesem eiskalten Februarabend mitgeteilt wurde, innerhalb von zehn Sekunden auswendig lernen konnte. In einem zivilisierten Land weiß man manchmal eben doch Bescheid.

»Sag mal, Ham.«

»Alles, was du willst, alter Junge.«

»Hatte Tessa nicht in Italien Geld fest angelegt?«

»Haufenweise. Willst du die Auszüge sehen?«

»Muss nicht sein. Gehört das jetzt mir?«

»Hat es schon immer. Gemeinsame Konten, weißt du nicht mehr? Was mir gehört, soll auch ihm gehören. Hab ihr das auszureden versucht. Meinte, ich solle die Klappe halten. Typisch.«

»Dann könnte dein Freund in Turin mir also was schicken, ja? An diese oder jene Bank? Irgendwo ins Ausland, zum Beispiel.«

»Kein Problem.«

»Oder an jemanden, den ich ihm nennen würde. Sofern der Ausweis vorgelegt wird.«

»Es ist deine Kohle, Mensch. Tu damit, was du willst. Lass es dir gut gehen, das ist die Hauptsache.«

Der Jockey ohne Pferd stand jetzt mit dem Rücken zum Anschlagbrett und gab vor, die Sterne zu betrachten. Die Frau im unförmigen Mantel blickte auf die Uhr. Justin dachte wieder an die Worte des langweiligen Ausbilders in seinem Sicherheitstraining. *Beschatter sind Schauspieler. Am schwersten fällt es ihnen, nichts zu tun.*

»Ich habe da einen Freund, Ham. Ich habe ihn bisher nie erwähnt. Peter Paul Atkinson. Er genießt mein vollstes Vertrauen.«

»Rechtsanwalt?«

»Natürlich nicht. Dafür habe ich ja dich. Er ist Journalist beim *Daily Telegraph*. Ein alter Freund aus frühen Studientagen. Ich möchte, dass er uneingeschränkte Vollmacht in allen meinen Angelegenheiten hat. Falls ihr, du oder deine Leute in Turin, je Anweisungen von ihm bekommen solltet, bitte ich euch, sie so zu behandeln, als kämen sie von mir.«

Ham druckste ein wenig herum und rieb sich die Nasenspitze. »Das geht nicht so einfach, mein Lieber. Es reicht nicht, einfach mit dem Zauberstab zu fuchteln. Dafür brauch ich seine Unterschrift und alles. Eine Handlungsvollmacht von dir. Wahrscheinlich sogar beglaubigt.«

Justin ging zu Ham in die Sesselecke herüber und zeigte ihm den Atkinson-Pass.

»Vielleicht könntest du die Einzelheiten hier abschreiben«, schlug er vor.

Ham wandte sich zunächst dem Foto auf der Rückseite zu und verglich es, ohne dass sich sein Ausdruck merklich veränderte, mit Justins Gesicht. Dann widmete er sich den Angaben zur Person. Langsam blätterte er die mit zahlreichen Stempeln versehenen Seiten um.

»Ist ja mächtig viel gereist, dein Kumpel«, bemerkte er stoisch.

»Und wird dies auch weiterhin tun, vermute ich.«

»Ich brauche eine Unterschrift. Ohne Unterschrift läuft überhaupt nichts.«

»Lass mir einen Moment Zeit, dann bekommst du eine.«

Ham erhob sich, gab Justin den Pass zurück und ging bedächtigen Schrittes zu seinem Schreibtisch. Er zog eine Schublade auf, der er einige offiziell aussehende Formulare und Schreibpapier entnahm. Justin legte den Pass aufgeschlagen unter die Leselampe und machte, während Ham ihm diensteifrig über die Schulter linste, erst ein paar Schreibübungen, bevor er seine Geschäfte einem gewissen Peter Paul Atkinson übertrug, c/o Kanzlei Hammond Manzini, London und Turin.

»Ich lass es notariell beglaubigen«, sagte Ham. »Von mir.«

»Eine Sache noch, wenn's dir nichts ausmacht.«

»Himmel.«

»Ich werde dir schreiben müssen.«

»Soviel du willst, alter Junge. Würd mich freuen, von dir zu hören.«

»Aber nicht hierher. Überhaupt nicht nach England. Und auch nicht an dein Büro in Turin, wenn ich dir das zumuten darf. Ich meine mich zu erinnern, dass du eine ganze Schar von Tanten in Italien hast. Könnte vielleicht eine von ihnen Post für dich entgegennehmen und sie sicher verwahren, bis du das nächste Mal zu Besuch kommst?«

»Es gibt da so einen alten Drachen, wohnt in Mailand«, sagte Ham schaudernd.

»Ein alter Drachen in Mailand ist genau das, was wir brauchen. Vielleicht kannst du mir die Adresse geben.«

* * *

Mitternacht in Chelsea. In Blazer und grauer Flanellhose saß Justin, der pflichtbewusste Beamte, an dem scheußlichen Esstisch und ging im Schein eines noch aus Artus' Zeiten stammenden Kronleuchters seiner Schreibtätigkeit nach. Mit Füllfederhalter auf kostbarem Briefpapier. Er hatte mehrere Entwürfe zerrissen, bevor er zufrieden war, doch noch immer kamen ihm sein Stil und seine Handschrift ganz fremd vor.

Liebe Alison,
vielen Dank für Ihre wohlerwogenen Vorschläge bei unserer Zusammenkunft heute Morgen. Das Ministerium hat in kritischen Situationen stets Menschlichkeit bewiesen und auch heute keine Ausnahme gemacht. Ich habe gründlich über Ihr Angebot nachgedacht und mich ausführlich mit Tessas Anwälten beraten. Wie es scheint, sind ihre Angelegenheiten in den zurückliegenden Monaten ziemlich vernachlässigt worden, und es ist dringend erforderlich, dass ich mich ihrer annehme. Fragen des Wohnsitzes und der steuerlichen Veranlagung sind zu klären, nicht zu vergessen die Verfügung über Immobilien hier und im Ausland. Ich bin daher zu dem Schluss gekommen, dass ich mich zunächst einmal diesen geschäftlichen Angelegenheiten widmen möchte, und ich vermute, dass mir diese Aufgabe nicht unwillkommen ist. Und so hoffe ich, Sie können sich noch eine oder zwei Wochen gedulden, bevor ich zu Ihren Vorschlägen Stellung nehme. Was den Genesungsurlaub betrifft, so neige ich zu der Ansicht, dass ich den guten Willen des Ministeriums nicht unnötig strapazieren sollte. Ich habe in diesem Jahr noch keinen Urlaub genommen, und ich glaube, mir stehen, zusätzlich zu meinem Jahresurlaub, weitere fünf Wochen Versetzungsurlaub zu. Ich würde es vorziehen, das in Anspruch zu nehmen, was mir zusteht, bevor ich auf Ihre Großzügigkeit zurückkomme. Nochmals herzlichen Dank.

Eine scheinheilige, unaufrichtige Beruhigungspille, stellte er mit Befriedigung fest. Justin, der unheilbar korrekte Beamte, macht einen großen Wirbel darum, ob es angemessen ist, sich krank schreiben zu lassen, während er die Angelegenheiten seiner ermordeten Frau abwickelt. Er ging in die Diele und warf noch einen Blick auf die Gladstone-Tasche, die unter dem Beistelltisch mit der Marmorplatte lag. Eins der kleinen Vorhängeschlösser war aufgebrochen und kaputt. Das andere fehlte ganz. Der Inhalt war aufs Geratewohl in die Tasche zurückgestopft. Ihr seid so *ungeschickt*, dachte er verächtlich. Es sei denn, ihr wollt mir Angst machen, schoss es ihm durch den Kopf, in dem Fall wärt ihr ziemlich gut. Er prüfte den Inhalt seiner Jacketttaschen. Mein Pass, der echte, zu benutzen bei der Ausreise aus Großbritannien. Geld. Keine Kreditkarten. Mit entschlossener Miene machte er sich daran, die Beleuchtung im Haus so zu verändern, als hätten sich die Bewohner zu Bett begeben.

Elftes Kapitel

Der Berg zeichnete sich schwarz vor dem dunkler werdenden Himmel ab, und dieser Himmel war ein Chaos aus rasenden Wolken, launischen Inselwinden und heftigem Februarregen. Die gewundene Straße war übersät mit Kieselsteinen und rotem Schlamm vom durchweichten Abhang. Manchmal verwandelte sie sich in einen Tunnel aus überhängenden Kiefernzweigen, und manchmal war sie ein Abgrund, der hunderte Meter zum schäumenden Mittelmeer hin abfiel. Wenn Justin um eine Kurve bog, musste er darauf gefasst sein, dass das Meer sich ohne ersichtlichen Grund wie eine Wand vor ihm aufzutürmen schien, nur um gleich darauf, hinter der nächsten Kurve, wieder in die Tiefe zu stürzen. Doch in welche Richtung er auch fuhr, der Regen kam immer von vorn, und wenn er auf die Windschutzscheibe prasselte, spürte Justin, dass der Jeep unter ihm bebte wie ein altes Pferd, das kaum mehr die Kraft hat, den schweren Karren weiterzuziehen. Den ganzen Weg aber hielt die alte Bergfestung von Monte Capanne über ihn Wache, mal hoch oben, mal zu seiner Rechten unvermutet auf einem Gebirgskamm hockend, und so lockte sie ihn immer weiter voran, narrte ihn wie ein Irrlicht.

»Wo zum Teufel ist es bloß? Ich könnte schwören, irgendwo auf der linken Seite«, beschwerte er sich laut, teils bei sich selbst, teils bei Tessa. Als er erneut auf einem Kamm anlangte, fuhr er entnervt an den Straßenrand und legte die Fingerspitzen an die Stirn, während er sich im Geiste zu orientieren versuchte. Er war dabei, die übertriebenen Gesten der Einsamkeit anzunehmen.

Unter ihm lagen die Lichter von Portoferraio. Vor ihm, auf dem Festland jenseits des Wassers, funkelte Piombino. Nach links und rechts war eine Schneise in den Wald gehauen. Hier haben dir deine Mörder in ihrem grünen Safarijeep aufgelauert, erklärte er ihr in Gedanken. Hier haben sie ihre stinkenden Sportsmans geraucht, ihre Whitecap-Flaschen geleert und darauf gewartet, dass ihr, du und Arnold, vorbeigefahren kommt. Justin hatte sich rasiert, die Haare gekämmt und ein frisches Jeanshemd angezogen. Sein Gesicht fühlte sich heiß an, es pochte in seinen Schläfen. Links oder rechts? Er entschied sich für links. Der Jeep hüpfte über einen ungebärdigen Wust von Zweigen und Kiefernnadeln. Die Bäume teilten sich, der Himmel hellte sich auf, und es war beinahe wieder Tag. Unterhalb von Justin, am Fuße einer Lichtung, lag eine Gruppe alter Bauernhäuser. *Die werde ich nie verkaufen, und die vermiete ich auch nicht*, hast du mir erklärt, als du mich zum ersten Mal hierher geführt hast. *Ich werde sie Leuten geben, die mir wichtig sind, und später verbringen wir hier unseren Lebensabend.*

Nachdem er den Jeep abgestellt hatte, wanderte Justin durch nasses Gras auf das nächst gelegene Häuschen zu. Es war ein hübsches, flaches Gebäude mit frisch gekalkten Wänden und alten, rosafarbenen Dachziegeln. In den unteren Fenstern brannte Licht. Er hämmerte kräftig an die Tür. Eine von einem Holzfeuer stammende Rauchwolke stieg im Schutz des Waldes bedächtig aus dem Schornstein empor, bis sie schließlich doch vom Wind ergriffen und verweht wurde. Zerzauste schwarze Vögel zogen schimpfend ihre Kreise. Die Tür öffnete sich, eine Bäuerin mit knallbuntem Kopftuch stieß einen Schmerzensschrei aus, senkte den Kopf und flüsterte etwas in einer Sprache, von der er wusste, dass er sie nicht verstand. Den Kopf noch immer gesenkt, den Körper seitwärts gedreht, ergriff sie Justins Hand und drückte sie sich abwechselnd an die Wangen, bevor sie andächtig seinen Daumen küsste.

»Wo ist Guido?«, fragte er auf Italienisch, während er ihr ins Haus folgte.

Sie öffnete eine Zimmertür. Guido saß an einem langen Tisch unter einem Holzkreuz, ein gebeugter, atemloser alter Mann von zwölf Jahren, spindeldürr, mit ruhelosen Augen im bleichen Gesicht. Seine abgezehrten Hände ruhten unbeschäftigt auf dem Tisch, und es fiel schwer, sich vorzustellen, was Guido bis eben getan haben mochte. Er war allein in dem niedrigen dunklen Zimmer, an dessen Decke sich Balken entlangzogen, er las nicht, spielte nicht, starrte nur ins Leere. Den schmalen Kopf zur Seite gelegt, beobachtete er mit offenem Mund, wie Justin das Zimmer betrat, dann erhob er sich, wankte, am Tisch Halt suchend, auf Justin zu und machte einen Satz, um ihn zu umarmen. Er hatte jedoch zu kurz gezielt, und seine Arme sanken kraftlos nach unten, als Justin ihn auffing und festhielt.

»Er will sterben, wie sein Vater und die Signora«, klagte seine Mutter. »›Alle guten Menschen sind im Himmel‹, sagt er. ›Alle schlechten Menschen bleiben hier.‹ Bin ich ein schlechter Mensch, Signor Justin? Sind Sie etwa ein schlechter Mensch? Hat die Signora uns aus Albanien geholt, seine Behandlung in Mailand bezahlt und uns in dieses Haus gebracht, damit wir vor Trauer um sie sterben?« Guido verbarg sein eingefallenes Gesicht in den Händen. »Erst fällt er in Ohnmacht, dann geht er ins Bett und schläft. Er isst nichts, nimmt seine Medizin nicht. Geht nicht zur Schule. Heute Morgen habe ich, gleich als er ins Bad gegangen ist, sein Zimmer abgeschlossen und den Schlüssel versteckt.«

»Und es ist sehr gute Medizin«, sagte Justin leise, die Augen auf Guido gerichtet.

Kopfschüttelnd begab die Mutter sich in die Küche, wo sie mit Töpfen klapperte und heißes Wasser aufsetzte. Justin führte Guido an den Tisch zurück und setzte sich zu ihm.

»Hörst du mir zu, Guido?«, fragte er auf Italienisch.

Guido schloss die Augen.

»Alles bleibt genauso, wie es war«, sagte Justin entschieden. »Deine Schulgebühren, der Arzt, das Krankenhaus, deine Medikamente, alles, was nötig ist, damit du gesund wirst. Die Miete, das Essen, deine Studiengebühren, wenn du auf die Universität gehst. Wir werden alles genauso machen, wie sie es für dich geplant hat. Wir dürfen doch ihre Erwartungen nicht enttäuschen, oder?«

Die Augen niedergeschlagen, dachte Guido einen Augenblick darüber nach, bevor er widerstrebend den Kopf schüttelte: Nein, das dürfen wir nicht, räumte er ein.

»Spielst du noch Schach? Sollen wir eine Partie machen?«

Nochmals ein Kopfschütteln, seltsam züchtig: Der Respekt vor Signora Tessas Andenken verbietet es, Schach zu spielen.

Justin nahm Guidos Hand und hielt sie fest. Dann schüttelte er sie sanft, wartete auf den Anflug eines Lächelns. »Und was machst du so, wenn du einmal nicht mit Sterben beschäftigt bist?«, fragte er auf Englisch. »Hast du die Bücher gelesen, die wir dir geschickt haben? Ich dachte, du wärst inzwischen ein Experte in Sachen Sherlock Holmes.«

»Mr Holmes ist ein großer Detektiv«, antwortete Guido, ebenfalls auf Englisch, aber ohne zu lächeln.

»Und was ist mit dem Computer, den die Signora dir geschenkt hat?«, fragte Justin, ins Italienische wechselnd. »Tessa meinte, du seist ein großes Ass. Ein Genie, hat sie gesagt. Ihr habt euch doch mit Leidenschaft E-Mails hin- und hergeschickt. Ich war schon ganz eifersüchtig. Sag mir nicht, dass du deinen *Computer* aufgegeben hast, Guido!«

Die Frage rief einen zornigen Ausbruch in der Küche hervor. »Natürlich hat er ihn aufgegeben! Er hat alles aufgegeben! Vier Millionen Lire hat sie das Ding gekostet! Früher hat er den ganzen Tag davorgehockt, klack, klack, klack. Klack, klack, klack. ›Du verdirbst dir die Augen‹, hab ich ihm gesagt, ›du wirst krank, wenn du dich die ganze Zeit so konzentrierst.‹ Und nun, nichts mehr. Sogar der Computer muss sterben.«

Guidos Hand immer noch in seiner, sah Justin ihm eindringlich in die abgewandten Augen. »Ist das wahr?«

Das war es.

»Aber das ist ja *schrecklich*, Guido. Du wirfst dein Talent weg«, klagte Justin. Jetzt zeichnete sich doch ein schwaches Lächeln auf Guidos Gesicht ab. »Die menschliche Rasse braucht dringend helle Köpfe wie dich. Hörst du mich?«

»Vielleicht.«

»Und erinnerst du dich noch an Signora Tessas Computer, den, auf dem sie mit dir geübt hat?«

Selbstverständlich erinnerte Guido sich – sogar mit einem Anflug mächtiger Überlegenheit, um nicht zu sagen Selbstgefälligkeit.

»Na schön, der ist nicht so gut wie deiner. Deiner ist ein paar Jahre neuer und schneller, besser. Ja?«

Oh ja. In der Tat. Und das Lächeln wurde breiter.

»Tja, Guido, ich bin ein Dummkopf. Im Gegensatz zu dir kann ich nicht mal richtig mit *ihrem* Computer umgehen. Das Problem ist jetzt, dass Signora Tessa einen Haufen von Mitteilungen darauf hinterlassen hat, einige für mich sind auch dabei, und ich habe wirklich große Angst, dass die mir verloren gehen. Und ich glaube, sie würde wollen, dass du derjenige bist, der dafür sorgt, dass ich sie nicht verliere. Okay? Sie hat sich nämlich sehr gewünscht, einen Sohn wie dich zu haben. Genau wie ich. Die Frage ist also: Kommst du in die Villa und hilfst mir zu lesen, was sich auf ihrem Laptop befindet?«

»Hast du den Drucker?«

»Ja.«

»Das Diskettenlaufwerk?«

»Das auch.«

»CD-Laufwerk? Modem?«

»Und das Handbuch. Und die Kabel und einen Adapter. Aber ich bin trotzdem eine absolute Niete, und wenn es irgendwas zu vermurksen gibt, dann schaff ich das mit Sicherheit.«

Guido war bereits aufgestanden, doch Justin zog ihn sanft zum Tisch zurück.

»Heute Abend noch nicht. Du sollst erst mal schlafen, aber morgen in aller Frühe komme ich, wenn du magst, und hole dich mit dem Jeep ab. Hinterher musst du aber in die Schule. Ja?«

»Ja.«

»Sie sind sicher müde, Signor Justin«, murmelte Guidos Mutter, als sie den Kaffee vor ihn hinstellte. »So viel Trauer ist schlecht für das Herz.«

* * *

Zwei Nächte und zwei Tage war er jetzt auf der Insel, doch wenn ihm jemand nachgewiesen hätte, dass es in Wirklichkeit bereits eine ganze Woche war – er wäre nicht überrascht gewesen. Justin hatte die Kanalfähre nach Boulogne genommen, dort eine Bahnfahrkarte gelöst, bar bezahlt, und hatte dann unterwegs, lange bevor die erste Fahrkarte ihre Gültigkeit verlor, eine zweite für ein anderes Reiseziel gekauft. Seinen Pass hatte er, wenn er sich nicht sehr täuschte, nur einmal und dann auch nur flüchtig vorgezeigt, nämlich als er aus der Schweiz nach Italien einreiste, durch eine schroffe und wunderschöne Gebirgsschlucht. Und es war sein eigener Ausweis gewesen. Dessen war er sich vollkommen sicher. Er hatte Lesleys Anweisung gehorcht und Ham gebeten, ihm den Pass von Mr Atkinson vorauszuschicken, da er nicht riskieren wollte, mit zweien erwischt zu werden. Welche Schlucht und welcher Zug es aber gewesen waren – um das zu bestimmen, hätte er die Karte konsultieren und Vermutungen darüber anstellen müssen, in welcher Stadt er überhaupt eingestiegen war.

Weite Strecken der Reise war Tessa an seiner Seite gewesen, und hin und wieder hatten sie miteinander gelacht – meistens auf einen entwaffnenden Kommentar hin, den Tessa mit gedämpfter Stimme zu einem meist belanglosen Vorfall zum Besten gegeben hatte. Sonst aber hatten sie, Schulter an Schulter, den Kopf zurückgelegt und die Augen geschlossen, in Erinnerungen geschwelgt wie ein altes Ehepaar, bis sie ihn plötzlich wieder verließ und der Kummer ihn überwältigte, als sei er ein Tumor, von dem er die ganze Zeit über gewusst hatte. Und Justin Quayle trauerte so heftig um seine tote Frau, dass die schlimmsten Stunden in Glorias Untergeschoss dagegen ebenso verblassten wie das Begräbnis in Langata, der Besuch in der Leichenhalle oder im Dachgeschoss von Nummer vier.

Justin fand sich auf dem Bahnhof in Turin wieder und nahm ein Hotelzimmer, um sich frisch zu machen. Dann kaufte er zwei gebrauchte Leinenkoffer, in denen er Tessas Unterlagen und Gegenstände unterbringen wollte, die ihm zu Reliquien geworden waren. Signor Justin, *si*, versicherte ihm – unter Beileidsbekundungen, die gerade ihrer Aufrichtigkeit wegen schmerzten – der junge Anwalt im schwarzen Anzug, Erbe der Manzini-Hälfte der Kanzlei, die Hutschachteln seien sicher und pünktlich eingetroffen, zusammen mit der Anweisung von Ham, Nummer fünf und sechs *ungeöffnet* und nur Justin *persönlich* auszuhändigen. Und sollte es noch *irgendetwas* geben, was der junge Mann tun könne, sei es rechtlicher, geschäftlicher oder *anderer* Natur, dann verstehe es sich von selbst, dass die Familie Manzini ihr loyales Verhältnis nicht mit dem tragischen Tod der Signora beende, und so weiter. Oh, und da sei natürlich noch das Geld, fügte er geringschätzig hinzu und zählte gegen Justins Unterschrift fünfzigtausend US-Dollar in Scheinen ab. Worauf Justin sich in die Abgeschiedenheit eines leeren Konferenzzimmers zurückzog, wo er Tessas Reliquien und Mr Atkinsons Pass umpackte an ihren neuen Ruheort: in die Leinenkoffer. Kurze Zeit später nahm er ein Taxi nach Piombino, wo er gerade rechtzeitig kam, um an Bord eines protzigen Hotelhochhauses zu gehen, das sich als Schiff ausgab und im Begriff war, abzulegen mit Ziel Portoferraio auf Elba.

In dem gigantischen Selbstbedienungsrestaurant an Bord war er der einzige Gast. Die Koffer zu beiden Seiten neben sich, setzte er sich so weit enfernt wie möglich vom übergroßen Fernseher hin und zwang sich dazu, einen Meeresfrüchtesalat, ein Salamibaguette und eine halbe Flasche wirklich schlechten Rotweins zu sich zu nehmen. Beim Anlegen in Portoferraio überfiel ihn das vertraute Gefühl der Schwerelosigkeit, als er sich in den unbeleuchteten Innereien des Schiffs durch das Parkdeck kämpfte, wo ungehobelte Lastwagenfahrer ihre Motoren aufheulen ließen oder einfach auf ihn zufuhren und ihn, samt seiner Koffer, gegen das verschraubte Stahlgehäuse des Unterschiffs drängten, sehr zur Freude der Träger, die gar nicht daran dachten, ihm ihre Hilfe anzubieten.

Es war tiefer Winter und bitterkalt, als Justin zitternd und wütend auf den Kai kletterte, und die wenigen Fußgänger bewegten sich mit ungewohnter Eile durch die Abenddämmerung. Aus Angst, erkannt oder, noch schlimmer, mit Mitleidsbekundungen konfrontiert zu werden, drückte er seinen Hut tief in die Stirn und schleppte die Koffer zum nächsten wartenden Taxi. Erleichtert stellte er fest, dass das Gesicht des Fahrers ihm nicht vertraut war. Auf der zwanzigminütigen Fahrt erkundigte der Mann sich, ob er Deutscher sei, worauf Justin erwiderte, er sei Schwede. Die aus dem Stegreif gegebene Antwort erwies sich als sehr zweckmäßig, denn der Mann stellte keine weiteren Fragen.

Die Villa Manzini lag im Norden der Insel, unmittelbar an der Küste. Der Wind blies direkt vom Meer herüber, schüttelte die Palmen, peitschte die Mauern, schlug gegen die Fensterläden und Dachziegel und ließ es in den Nebengebäuden knarren. Justin blieb allein im trügerischen Licht des Mondes stehen, wo das Taxi ihn abgesetzt hatte, am Eingang zu einem gepflasterten Hof mit einer uralten Wasserpumpe und einer Olivenpresse. Er wartete, bis seine Augen sich an die Dunkelheit gewöhnt hatten. Die Villa ragte bedrohlich vor ihm auf. Zwei Reihen Pappeln, gepflanzt von Tessas Großvater, markierten den Weg von der Haustür zum Meeresufer. Nach und nach unterschied Justin Katen der Hausbediensteten, Steintreppen, Torpfosten und schemenhafte Bruchstücke römischen Mauerwerks. Nirgendwo brannte Licht. Der Gutsverwalter trieb sich, nach Hams Aussage, mit seiner Verlobten in Neapel herum. Der Haushalt war zwei reisenden Frauen aus Österreich anvertraut, die sich als Malerinnen bezeichneten und ihr Lager in einer leer stehenden Kapelle auf der anderen Seite des Grundstücks aufgeschlagen hatten. Tessas Mutter, die *dottoressa* – ein Titel, dem man auf der Insel den Vorzug vor der *Contessa* gab –, hatte die beiden Arbeiterkaten umgebaut und zur Freude der deutschen Touristen Romeo und Giulietta getauft. Sie wurden von einer Ferienhausagentur in Frankfurt verwaltet.

Na dann, willkommen zu Hause, sagte er zu Tessa, für den Fall, dass sie nach der langen Reise noch nicht gemerkt hatte, wo sie waren.

Die Hausschlüssel wurden auf einem Vorsprung in der Holzverkleidung der Wasserpumpe aufbewahrt. *Erst nimmst du den Deckel ab, Darling – hier, so –, dann langst du mit dem ganzen Arm hinein und wenn du Glück hast, fischst du sie heraus. Dann schließt du die Eingangstür auf und führst deine Braut ins Schlafzimmer und liebst sie, hier, so.* Aber Justin führte sie nicht ins Schlafzimmer, er wusste einen besseren Ort. Er nahm die Leinenkoffer wieder auf und marschierte über den Hof. Der Mond war entgegenkommend genug, gerade in diesem Moment hinter den Wolken hervorzutreten, um ihm den Weg zu beleuchten und helle Streifen zwischen den Pappeln hindurch zu werfen. An der hintersten Ecke des Hofes angelangt, ging er durch eine enge, an eine alte römische Seitenstraße gemahnende Gasse auf eine Olivenholztür zu, in die Napoleons Wappenbiene geschnitzt war, zu Ehren des großen Mannes selbst – so die Familienlegende –, der sich, da er die anregende Unterhaltung und den noch anregenderen Wein von Tessas Ururgroßmutter zu schätzen wusste, während der zehn rastlosen Monate seines Exils zum Stammgast in der Villa ernannt hatte.

Justin wählte den größten Schlüssel aus dem Bund und drehte

ihn im Schloss. Die Tür gab ächzend nach. *Hier haben wir unser Geld gezählt*, erklärt sie ihm ernst, in ihrer Rolle als Manzini-Erbin, Braut und Fremdenführerin. *Heute werden die einzigartigen Manzini-Oliven nach Piombino verschifft, wo sie gepresst werden wie alle anderen auch. Aber zu Lebzeiten meiner Mutter, der* dottoressa, *war dieser Raum noch das Allerheiligste. Hier haben wir das Öl, Krug für Krug, registriert, bevor es bei sorgsam kontrollierter Temperatur unten in der* cantina *eingelagert wurde. Hier haben wir – du hörst ja gar nicht zu.*

»Das liegt daran, dass du mich gerade verführst.«

Du bist mein Ehemann, und ich verführe dich, wann immer ich will. Pass gut auf. In diesem Raum wurde sämtlichen Bauern der Wochenlohn in die Hand gezählt, und die haben es meist mit einem Kreuz quittiert und zwar im Hauptbuch, das größer war als das englische Reichsgrundbuch.

»Tessa, ich kann nicht –«

Was kannst du nicht? Natürlich kannst du. Du bist doch sonst so einfallsreich. Hier haben wir auch die aneinander geketteten Lebenslänglichen aus dem Zuchthaus auf der anderen Seite der Insel aufgenommen. Daher das Guckloch in der Tür. Daher die Eisenringe in der Wand, wo man die Sträflinge festmachen konnte, bis sie in die Olivenhaine gebracht wurden. Bist du nicht stolz auf mich? Eine Nachkommin von Sklavenhaltern?

»Unermesslich.«

Warum schließt du dann die Tür ab? Bin ich deine Gefangene?

»In alle Ewigkeit.«

Der Ölraum war ein niedriges, mit Holz ausgeschlagenes Gemach; die Fenster lagen zu hoch für neugierige Augen: Weder die Auszahlung der Löhne konnte beobachtet werden, noch die angeketteten Sträflinge, und schon gar nicht die beiden Frischverheirateten, die sich zärtlich auf dem Ledersofa liebten, das steif an der Wand zum Meer stand. Der Zähltisch war glatt und quadratisch, und in den gewölbten Nischen dahinter befanden sich zwei Tischlerwerkbänke. Justin musste seine ganze Kraft aufbieten, um sie über die Steinplatten zum Tisch zu ziehen und sie so dort aufzustellen, dass sie die Flügel zu beiden Seiten bildeten. Über der Tür befand sich ein Bord mit alten, aus dem Gut geräuberten Flaschen. Justin holte sie herunter, staubte sie mit seinem Taschentuch ab und stellte sie auf den Tisch, wo sie ihm als Briefbeschwerer dienen sollten. Die Zeit war stehen geblieben. Er spürte weder Durst noch Hunger, noch Müdigkeit. Nachdem er auf jede Werkbank einen Koffer gestellt hatte, packte er die ihm so teuren Bündel aus und legte sie auf den Zähltisch, wobei er sorgfältig darauf achtete, sie genau in die Mitte zu platzieren, damit sie in ihrer Trauer oder ihrem Wahnsinn nicht etwa auf die Idee kamen, sich über die Kante zu stürzen. Vorsichtig begann er, das erste Bündel Schicht für Schicht zu enthüllen – Tessas Baumwollmorgenmantel, ihre Angorastrickjacke, die sie am Tag vor ihrem Aufbruch nach Lokichoggio getragen hatte, ihre Seidenbluse, noch mit ihrem Geruch am Kragen –, bis er den Schatz in Händen hielt: ein glatter grauer Kasten, dreißig mal fünfundzwanzig Zentimeter groß, auf dem Deckel das kunstvolle Logo des japanischen Herstellers. Es war unversehrt nach Tagen des Reisens und Nächten höllischer Einsamkeit. Dem zweiten Bündel entnahm er die anderen Teile. Anschließend transportierte er alles behutsam und Stück für Stück zu einem alten Kiefernholzschreibtisch am anderen Ende des Raums.

»Später«, versprach er ihr laut. »Hab Geduld, Frau.«

Er atmete jetzt leichter, holte einen Radiowecker aus seinem Handgepäck und drehte daran, bis er die Lokalfrequenz des BBC World Service gefunden hatte. Während seiner ganzen Reise hatte er sich über die ergebnislose Suche nach Arnold auf dem Laufenden gehalten. Nachdem Justin den Radiowecker für die nächste Nachrichtensendung gestellt hatte, richtete er seine Aufmerksamkeit auf den ungleichmäßigen Haufen von Briefen, Akten, Zeitungsausschnitten, Ausdrucken und Stapeln offenbar amtlicher Unterlagen, die ihm in einem anderen Leben Zuflucht vor der Realität geboten hätten. Aber nicht in dieser Nacht, beim besten Willen nicht. Diese Unterlagen boten vor nichts Zuflucht, weder Lesleys Polizeiakten noch Hams Dokumentation der gebieterischen Anfragen, die Tessa an ihn gerichtet hatte, weder Tessas eigene, ordentlich sortierte Bündel von Briefen, Aufsätzen, Zeitungsausschnitten, pharmazeutischen und medizinischen Texten, Mitteilungen an sich selbst von der Pinnwand in ihrem Arbeitszimmer, noch die fiebrigen Notizen aus dem Krankenhaus, die Rob und Lesley aus ihrem Versteck in Arnold Bluhms

Wohnung geborgen hatten. Das Radio hatte sich eingeschaltet. Justin hob den Kopf und lauschte. Von dem vermissten Arnold Bluhm, dem Doktor der Medizin, der im Verdacht stand, Tessa Quayle, die Frau eines britischen Gesandten, ermordet zu haben, hatte der Nachrichtensprecher wieder einmal nichts zu berichten. Als die Andacht vorbei war, grub Justin in Tessas Papieren, bis er den Gegenstand gefunden hatte, den er während seiner gesamten Nachforschungen unbedingt hatte bei sich haben wollen. Tessa hatte ihn aus dem Krankenhaus mitgebracht – *das Einzige, was sie von Wanzas Sachen zurückgelassen haben.* Sie hatte ihn aus einem ungeleerten Papierkorb neben Wanzas verlassenem Bett gerettet, und nach ihrer Rückkehr lag er tage- und nächtelang wie ein Mahnmal auf dem Schreibtisch in ihrem Arbeitszimmer: eine kleine Pappschachtel, rot und schwarz, zwölf mal neun Zentimeter, leer. Vom Schreibtisch war diese Schachtel in die mittlere Schublade gewandert, wo Justin sie bei seiner allzu hastigen Durchsuchung von Tessas Habe gefunden hatte. Nicht vergessen, nicht verschmäht. Aber abgeschoben, platt gedrückt, beiseite gestoßen, während Tessa sich dringlicheren Angelegenheiten gewidmet hatte. Auf allen vier Seiten stand der Name Dypraxa in einem Streifen, der sich rundherum zog. In der Schachtel der Beipackzettel, der Indikationen und Kontraindikationen verzeichnete. Und auf dem Deckel drei lustige kleine, goldene Bienen in Pfeilformation. Justin führte die Schachtel wieder einer Bestimmung zu, indem er sie öffnete und auf ein leeres Regalbrett an der Wand direkt vor sich hinstellte. *Kenny K. mit seinen ThreeBees hält sich für Napoleon*, hatte Tessa im Fieber Justin zugeflüstert. *Und ihr Stich ist tödlich, wusstest du das?* Nein, Darling, das wusste ich nicht, schlaf weiter.

* * *

Lesen.

Reisen.

Die Gedanken beruhigen.

Das Denken beschleunigen.

Voranstürmen und doch stillstehen, geduldig sein wie ein Heiliger und impulsiv wie ein Kind.

Nie zuvor in seinem Leben war Justin so wissbegierig gewesen. Für weitere Vorbereitungen war keine Zeit mehr. Tag und Nacht hatte er sich gewappnet seit ihrem Tod. Er hatte dem widerstanden, aber gleichzeitig hatte er sich gewappnet. In Glorias schrecklichem Untergeschoss. Bei den Verhören durch die Polizei, als das Widerstandleisten bisweilen unerträglich geworden war, hatte er sich dennoch in einem schlaflosen Winkel seines Kopfes darauf vorbereitet. Auf dem endlosen Heimflug, in Alison Landsburys Büro, in Pellegrins Klub, in Hams Kanzlei und im Haus mit der Nummer vier hatte er sich, während ihm Hunderte von Sachen durch den Kopf gingen, darauf vorbereitet. Jetzt galt es, den großen Sprung zu wagen, mitten hinein in ihre geheime Welt; jeden Wegweiser und Meilenstein entlang ihrer Reiseroute zu erkennen; seine eigene Identität auszulöschen und ihre wieder aufleben zu lassen; Justin zu töten und Tessa zum Leben zu erwecken.

Wo beginnen?

Überall!

Welchem Weg folgen?

Allen!

Der Beamte in ihm hatte sich zur Ruhe gesetzt. Angefeuert von Tessas Ungeduld, war Justin niemandem außer ihr mehr Rechenschaft schuldig. Wo immer sie nur oberflächlich vorgegangen war, wollte er es auch tun, wo methodisch, wollte er ihrer Methode gehorchen. Wo sie intuitiv einen Sprung machte, da wollte er sich von ihr an die Hand nehmen lassen und mit ihr springen. War er hungrig? Wenn Tessa es nicht war, war er es auch nicht. War er müde? Wenn Tessa die halbe Nacht in ihrem Morgenmantel am Schreibtisch hocken konnte, dann konnte Justin die ganze Nacht aufbleiben, und auch den ganzen nächsten Tag, und die nächste Nacht noch dazu!

Einmal riss er sich von der Arbeit los, um die Speisekammer der Villa zu plündern, und kehrte mit Salami, Oliven, Knäckebrot, Reggiano und Mineralwasser zurück. Ein anderes Mal – dämmerte der Abend oder der Morgen?, ihm blieb nur die Erinnerung an graues Licht – war er in ihrem Krankenhaustagebuch bis zu dem Eintrag über die Besuche Lorbeers und seiner Gefolgschaft an Wanzas Krankenbett vorgedrungen, als er plötzlich bemerkte, dass er eine Runde in dem von Mauern umgebenen Garten machte. Hier hatte er, aus Liebe zu Tessa und unter ihrem liebevollen Blick, Hochzeitslupinen, Hochzeitsrosen und die unvermeidlichen Hochzeitsfreesien gepflanzt. Das Unkraut reichte Justin bis zu den Knien und durchnässte seine Hosenbeine. Eine einzelne Rose stand in Blüte. Da fiel ihm ein, dass er die Tür zum Ölraum offen gelassen hatte. Er hastete über den gepflasterten Hof zurück, nur um festzustellen, dass sie abgeschlossen war und der Schlüssel in der Tasche seines Jacketts steckte.

* * *

Ausschnitt aus der *Financial Times:*

ThreeBees – Bienenfleißig

Es sind Gerüchte im Umlauf, nach denen der Playboy und Senkrechtstarter Kenneth K. Curtiss von der Firma ThreeBees, einem Unternehmen mit Schwerpunkt in der Dritten Welt, sich in eine Vernunftehe mit dem schweizerisch-kanadischen Pharmagiganten Karel Vita Hudson stürzen will. Wird KVH sich am Altar blicken lassen? Kann ThreeBees die Mitgift aufbringen? Ja, ja und nochmals ja, lautet die Antwort, sofern das für Kenny K. typische Vabanquespiel im Pharmabereich genug Geld abwirft. Die in der abgeschotteten und überaus profitträchtigen Welt der Pharmaindustrie wohl beispiellose Vereinbarung sieht dem Vernehmen nach vor, dass die in Nairobi ansässige Firma ThreeBees ein Viertel der geschätzten £500 Millionen an Forschungs- und Entwicklungskosten für DYPRAXA, KVHs neues Wundermittel gegen Tbc, übernehmen wird, um im Gegenzug die exklusiven Verkaufs- und Vertriebsrechte für ganz Afrika sowie einen nicht benannten Anteil an den weltweit aus dem Verkauf des Medikaments erzielten Gewinnen zu erhalten.

In Nairobi äußerte sich ThreeBees-Sprecherin Vivian Eber denn auch vorsichtig begeistert: »Das ist genial. Ganz typisch für den einmaligen Kenny K. Es ist ein geradezu humanitärer Akt, gut für die Firma, gut für die Aktionäre, gut für Afrika. DYPRAXA ist so leicht zu verabreichen wie Smarties. Im Kampf gegen die erschreckende weltweite Ausbreitung neuer Tbc-Stämme wird ThreeBees an vorderster Front stehen.«

Der KVH-Vorsitzende Dieter Korn, der gestern Abend in Basel vor die Presse trat, beeilte sich, Ebers Optimismus zu bekräftigen: »DYPRAXA ersetzt eine strapaziöse, sechs- bis achtmonatige Behandlung durch zwölfmaliges Tablettenschlucken. Wir glauben, in ThreeBees die richtigen Partner gefunden zu haben, um in Afrika den Weg für DYPRAXA zu bereiten.«

Handgeschriebene Mitteilung von Tessa an Bluhm, vermutlich in Arnolds Wohnung gefunden:

Arnold, mein Herz,
du wolltest mir ja nicht glauben, dass die von KVH schlecht sind. Ich hab's jetzt nachgeprüft. Die von KVH sind sehr schlecht. Vor zwei Jahren wurden sie beschuldigt, halb Florida zu verpesten, wo sie eine große »Anlage« besitzen, kamen aber mit einer Verwarnung davon. Die Kläger hatten den unbestrittenen Nachweis erbracht, dass KVH den zulässigen Anteil an toxischen Einleitungen um neunhundert Prozent überschritten hatte und dadurch Naturschutzgebiete, Feuchtgebiete, Flüsse, Strände und wahrscheinlich auch die Milch vergiftet hat. KVH hat eine ähnliche Anlage auch in Indien betrieben, wo in der Gegend von Madras zweihundert Kinder an Krankheiten gestorben sein sollen, die damit in Zusammenhang gebracht werden. Die Gerichtsverhandlung in Indien wird erst in ca. fünfzehn Jahren eröffnet werden oder noch später, falls die von KVH weiterhin die richtigen Leute schmieren. Berühmt ist KVH auch als Vorkämpfer in dem humanitären Feldzug der Pharmaindustrie, das Leben ihrer Patente im Interesse leidender weißer Milliardäre zu verlängern. Gute Nacht, Darling. Zweifle nie wieder an dem, was ich sage. Ich bin unfehlbar. Genau wie du. T.

Ausschnitt aus dem Wirtschaftsteil des *Guardian*, London:

Glückliche Bienen

Der dramatische Wertanstieg (40 Prozent in zwölf Wochen) des in Nairobi ansässigen Unternehmens ThreeBees spiegelt das wachsende Vertrauen des Marktes in die kürzlich von der Firma erworbene, in ganz Afrika gültige Lizenz für das neuartige und preiswerte Heilmittel gegen multiresistente Tbc, Dypraxa. Aus seinem Haus in Monaco ließ ThreeBees Vorstandschef Kenneth K. Curtiss verlauten: »Was ThreeBees nützt, nützt auch Afrika. Und was Afrika nützt, nützt auch den Europäern und Amerikanern und dem Rest der Welt.«

Ein einzelner Ordner, von Tessa mit der handschriftlichen Kennzeichnung HIPPO versehen, enthält den Briefwechsel – etwa vierzig Schreiben, zunächst herkömmliche Briefe, dann ausgedruckte E-Mails – zwischen Tessa und einer Frau namens Birgit, die für eine unabhängige, in Bielefeld ansässige, pharmakritische Initiative namens Hippo arbeitet. Das Logo im Briefkopf erläutert, dass die Organisation ihren Namen dem griechischen Arzt Hippokrates, geboren um 460 v.Chr., verdankt, dessen Eid alle Ärzte ablegen müssen. Die Korrespondenz beginnt ziemlich förmlich, wird aber zunehmend lockerer, sobald sie per E-Mail geführt wird. Die Hauptfiguren werden darin schon nach kurzer Zeit mit Spitznamen benannt. Aus KVH wird der Riese, aus Dypraxa die Pille, aus Lorbeer der Goldmacher. Aus Birgits Quelle, die sie mit Informationen über Karel Vita Hudsons Aktivitäten beliefert, wird »unsere Freundin«, und unsere Freundin muss stets und unbedingt geschützt werden, denn »was sie uns berichtet, verstößt gegen alle Schweizer Gesetze«.

E-Mail-Ausdruck, Birgit an Tessa:

> ... für seine beiden Ärztinnen, Emrich und Kovacs, hat der Goldmacher eine Firma auf der Isle of Man gegründet, vielleicht sogar zwei Firmen, denn das war ja noch zu Zeiten des Kommunismus. Unsere Freundin meint, L. habe die Firmen auf den eigenen Namen angemeldet, damit die Frauen

keinen Ärger mit den Behörden bekommen. Seitdem gibt es dauernd Streit zwischen den beiden Frauen. Wissenschaftlich und auch persönlich. Beim Riesen darf niemand Details wissen. Emrich ist vor einem Jahr nach Kanada ausgewandert. Kovacs ist in Europa geblieben, hauptsächlich Basel. Das Elefantenmobile, das du Carl geschickt hast, ist toll. Er hat sich wie verrückt darüber gefreut, und jetzt trompetet er jeden Morgen wie ein Elefant, um mir mitzuteilen, dass er wach ist.

E-Mail-Ausdruck, Birgit an Tessa:

Hier noch etwas zur Geschichte der Pille. Als der Goldmacher vor fünf Jahren für die von den Frauen entwickelte Verbindung finanzielle Unterstützung brauchte, ging nicht alles glatt. Er wollte einige deutsche Pharmakonzerne zum Sponsern überreden, aber die sträubten sich, weil sie sich keine großen Profite versprachen. Das Problem mit den Armen ist immer das Gleiche: Sie sind nicht reich genug, um teure Medikamente zu kaufen! Der Riese ist spät eingestiegen und auch erst nach umfangreicher Marktforschung. Unsere Freundin meint auch, dass er eine sehr clevere Vereinbarung mit BBB geschlossen hat. Ein richtiger Geniestreich, das arme Afrika zu verkaufen und die Welt der Reichen für sich zu behalten! Der Plan ist ganz simpel und das Timing perfekt. Die Pille soll zwei oder drei Jahre lang in Afrika getestet werden. Bis dahin, so kalkuliert KVH, wird Tbc auch im Westen ein GROSSES PROBLEM sein. Und in drei Jahren wird BBB finanziell so tief in Schwierigkeiten stecken, dass der Riese die Firma für ein paar Pfennige aufkaufen kann! Deswegen glaubt unsere Freundin, dass BBB auf das falsche Pferd gesetzt hat und der Riese die Peitsche in der Hand hält. Carl liegt neben mir und schläft. Liebe Tessa, ich wünsche dir, dass du ein so hübsches Baby bekommst, wie Carl eins ist. Es wird bestimmt ein großer Kämpfer, genau wie seine Mutter! Ciao, B.

Letzter Eingang in der Korrespondenzakte Birgit/Tessa:

Unsere Freundin meldet höchst geheimnisvolle Aktivitäten

beim Riesen im Hinblick auf BBB und Afrika. Vielleicht hast du in ein Wespennest gestochen? Die Kovacs wird in aller Heimlichkeit nach Nairobi eingeflogen, wo der Goldmacher sie in Empfang nehmen wird. Alle sagen böse Dinge über die schöne Lara. Sie sei eine Verräterin, eine Hure usw. Wie kommt es, dass ein so langweiliger Konzern plötzlich so leidenschaftlich wird?! Pass auf dich auf, Tessa. Ich glaube, du bist vielleicht ein bisschen zu *waghalsig* – wie heißt das auf Englisch? Es ist schon spät, und ich komme nicht drauf, aber vielleicht kann dein lieber Mann es für dich übersetzen! B.

P.S. Du musst bald mal nach Bielefeld kommen, Tessa, es ist eine schöne und stille kleine Stadt, sie wird dir gefallen! B.

* * *

Es ist Abend. Tessa ist hochschwanger. Sie geht im Salon des Hauses in Nairobi auf und ab, setzt sich zwischendurch hin, steht wieder auf. Arnold hat ihr gesagt, sie dürfe nicht mehr nach Kibera, bis das Baby da ist. Selbst das Sitzen vor dem Laptop ermüdet sie. Nach fünf Minuten muss sie aufstehen und wieder herumgehen. Justin hat sich zeitig auf den Weg nach Hause gemacht, um bei ihr zu sein, wenn die Wehen einsetzen.

»Wer oder was ist *waghalsig*?«, will sie von ihm wissen, als er das Haus betritt.

»Wer ist *was*?«

Natürlich spricht sie das Wort englisch aus, und es klingt eher wie »weckhälzig«. Sie muss es noch zweimal wiederholen, bevor bei Justin der Groschen fällt.

»Tollkühn«, antwortet er vorsichtig. »Draufgängerisch. Warum?«

»Bin ich *waghalsig*?«

»Niemals. Ausgeschlossen.«

»Jemand hat mich gerade so genannt, deswegen. Und *wie* draufgängerisch ich sein kann, in meinem Zustand.«

»Nur das nicht«, bittet Justin inständig, und beide brechen in Lachen aus.

* * *

Brief von Oakey, Oakey & Farmeloe, Anwaltskanzlei mit Sitz in London, Nairobi und Hongkong, an Ms T. Abbott, Postfach Nairobi:

Sehr geehrte Ms Abbott,
wir vertreten die Firma ThreeBees in Nairobi, die uns eine Reihe von Briefen übergeben hat, von Ihnen an Sir Kenneth Curtiss persönlich gerichtet, den Vorstandsvorsitzenden des genannten Unternehmens, sowie an weitere Direktoren und Mitglieder des Vorstands.
Wir müssen Sie darauf hinweisen, dass das Produkt, auf das Sie Bezug nehmen, alle erforderlichen klinischen Testverfahren durchlaufen hat, von denen viele auf der Grundlage strengerer Vorgaben durchgeführt wurden, als in den entsprechenden Vorschriften auf nationaler und internationaler Ebene festgelegt ist. Wie Sie ganz richtig konstatieren, wurde das Produkt in Deutschland, Polen und Russland nach umfasssenden Tests bereits zugelassen. Auf Wunsch der kenianischen Gesundheitsbehörden erfolgte zudem eine unabhängige Prüfung der Zulassung durch die Weltgesundheitsorganisation WHO. Eine Kopie des entsprechenden Zertifikats liegt diesem Brief bei.
Wir machen Sie daher darauf aufmerksam, dass jede weitere Einlassung Ihrerseits oder von Seiten Ihrer Partner in dieser Sache, sei sie an die Firma ThreeBees oder eine andere Stelle gerichtet, als böswillige und ungerechtfertigte Verunglimpfung dieses hoch angesehenen Produkts sowie Schädigung des guten Namens und der Marktposition seines Vertreibers, der Firma ThreeBees, Nairobi, angesehen wird. In einem solchen Fall sind wir angewiesen, auf der Stelle und ohne weitere Rücksprache mit unserem Mandanten ein gerichtliches Verfahren einzuleiten.
Mit freundlichen Grüßen ...

* * *

»Alter Freund. Könnten wir uns mal kurz unterhalten.«

Tim Donohue spricht, und Justin ist der alte Freund, vor dessen innerem Auge die Szene noch einmal abläuft. Man hatte sich geeinigt, das Monopoly-Spiel vorübergehend zu unterbrechen; Woodrows Söhne sind verspätet zum Karatetraining geeilt, und Gloria ist in die Küche gegangen, um etwas zu trinken zu holen. Woodrow hat sich beleidigt wieder ins Hochkommissariat verzogen. Justin und Tim sitzen sich daher allein am Gartentisch gegenüber, umgeben von Riesenbeträgen in Spielgeld.

»Was dagegen, wenn ich im Interesse des Allgemeinwohls kurz heiligen Boden betrete?«, erkundigt sich Donohue mit leiser, gepresster Stimme, die nicht weiter dringt als nötig.

»Wenn es sein muss.«

»Muss es. Es geht um diese ungebührliche Fehde, die Ihre selige Gattin gegen Kenny K. geführt hat. Hat ihn auf seiner Farm überfallen, den Ärmsten. Zu den unmöglichsten Zeiten angerufen. Ihm böse Briefe in den Klub geschickt.«

»Ich weiß nicht, wovon Sie sprechen.«

»Natürlich nicht. Im Augenblick auch nicht gerade das passendste Thema. Besonders, wenn die Polizei in Hörweite ist. Unter den Teppich kehren, lautet unser Rat. Zu irrelevant. Brenzlige Zeiten für uns alle. Kenny eingeschlossen.« Und mit erhobener Stimme: »Sie halten sich großartig. Da bleibt einem nur grenzenlose Bewunderung, stimmt's, Gloria?«

»Er leistet wirklich Übermenschliches, nicht wahr, Justin, mein Lieber?«, bestätigt Gloria und stellt das Tablett mit Gin und Tonic auf den Tisch.

Unser Rat, erinnert sich Justin, während er noch das Anwaltsschreiben anstarrt. Nicht seiner. Ihrer.

* * *

E-Mail-Ausdruck Tessa an Ham:

> Liebster Cousin, mein Engel. Unser Maulwurf bei BBB schwört, dass sie finanziell tiefer in der Tinte sitzen, als man durchblicken lässt. Sie sagt, dass Kenny K. internen Gerüchten zufolge alle Teile der Firma, die nichts mit Pharmazie zu tun haben, zugunsten eines zwielichtigen südamerikanischen Syndikats mit Sitz in Bogota belasten will! Frage: Kann er all seine

Anteile an der Firma abstoßen, ohne vorher die Aktionäre zu informieren? Ich weiß noch weniger über Unternehmensrecht als du, und das will was heißen. Klär mich gefälligst auf! Alles, alles Liebe, Tessa.

Doch Ham hatte keine Zeit, Tessa aufzuklären, selbst wenn er, früher oder später, durchaus dazu imstande gewesen wäre, und Justin ging es genauso. Denn jetzt war das Geklapper eines betagten Autos zu hören, das sich die Auffahrt hinaufquälte, und kurz darauf klopfte es energisch an der Tür. Justin sprang auf, lief zum Guckloch der Sträflinge und blickte in Vater Emilio Dell'Oros wohlgenährtes Gesicht, das der Gemeindepriester in mitleidsvolle Falten gelegt hatte. Justin öffnete ihm die Tür.

»Aber was machen Sie nur für Sachen, Signor Justin?«, dröhnte der Priester mit der Stimmgewalt eines Opernsängers, während er ihn umarmte. »Warum muss ich von Mario, dem Taxifahrer, hören, dass sich der Gatte der Signora, halb wahnsinnig vor Trauer, in der Villa eingeschlossen hat und sich als Schwede ausgibt? Wofür ist denn ein Priester da, um Himmels willen, wenn nicht dafür, den Hinterbliebenen Beistand zu leisten und seinem gramgebeugten Sohn ein tröstender Vater zu sein?«

Justin nuschelte etwas von Einsamkeit, die er gesucht habe.

»Aber Sie arbeiten ja!« Er linste über Justins Schulter hinweg auf die im Ölraum verstreuten Stapel von Papieren. »Sogar im größten Leid dienen Sie Ihrem Land! Kein Wunder, dass ihr Engländer über ein größeres Reich geherrscht habt als Napoleon!«

Justin murmelte so viel wie, ein Diplomat sei immer im Dienst.

»Wir Priester auch, mein Sohn, wir Priester doch auch! Auf jede Seele, die sich Gott zuwendet, kommen hundert, die es nicht tun!« Er trat näher. »Aber *la signora* war eine Gläubige, Signor Justin. Genau wie ihre Mutter, die *dottoressa*, obwohl beide es bestritten haben. Bei soviel Liebe für ihre Mitmenschen, wie hätten sie sich da Gott verschließen können?«

Justin gelang es, den Geistlichen von der Tür des Ölraums zu verscheuchen und in den Salon der ungeheizten Villa zu bugsieren, wo er ihn, unter den abblätternden Fresken offensichtlich frühreifer Cherubim, mit einem und dann gleich einem weiteren Glas des Manzini-Weins versorgte, während er selbst sich an seinem ersten

Glas festhielt. Klaglos nahm Justin die Versicherung des ehrwürdigen Vaters hin, dass Tessa sicher in Gottes Armen ruhe, erhob keine Einwände gegen das Ansinnen, an ihrem nächsten Namenstag für Tessa eine Gedenkmesse abzuhalten, und ließ ihn widerspruchslos in Justins Namen großzügige Spenden verteilen für den Restaurierungsfonds der Kirche sowie für die Erhaltung der einzigartigen Festung auf der Insel, einem Juwel des mittelalterlichen Italiens, das, wie gelehrte Gutachter und Archäologen versicherten, schon bald einstürzen werde, falls nicht Mauern und Fundamente mit Gottes Hilfe abgesichert werden könnten ... Als er den guten Mann zu seinem Wagen begleitete, war Justin so ängstlich darauf bedacht, ihn nicht länger aufzuhalten, dass er sich ohne Widerspruch segnen ließ, bevor er zu Tessa zurückeilte.

Sie erwartete ihn mit verschränkten Armen.

Ich weigere mich, an die Existenz eines Gottes zu glauben, der zulässt, dass unschuldige Kinder leiden.

»Warum willst du dann kirchlich heiraten?«

Um sein Herz zu erweichen, antwortete sie.

* * *

DU VERSAUTE HURE. HÖR AUF, DEINEM NIGGERDOKTOR DEN SCHWANZ ZU LUTSCHEN! GEH ZURÜCK ZU DEINEM LÄCHERLICHEN EUNUCHEN VON EHEMANN UND BENIMM DICH. HÖR AUF, DEINE SCHEISSNASE IN UNSERE ANGELEGENHEITEN ZU STECKEN, UND ZWAR SOFORT! SONST WIRST DU ERLEDIGT, DAS VERSPRECHEN WIR DIR HOCH UND HEILIG.

Der schlichte Bogen Schreibmaschinenpapier, den Justin in seinen zitternden Händen hielt, sollte niemandes Herz erweichen. Die Botschaft war in fetten schwarzen Lettern getippt, je gut einen Zentimeter hoch. Die Unterschrift fehlte, was nicht weiter überraschte. Die Rechtschreibung war, schon eher überraschend, einwandfrei. Und Justins Reaktion war so heftig, so von Vorwürfen erfüllt und leidenschaftlich, dass er für ein paar erschreckende Sekunden die Geduld mit Tessa verlor.

Warum hast du mir nichts davon *gesagt*? Es mir nicht *gezeigt*? Ich war dein Ehemann, angeblich dein Beschützer, dein Mann, deine verdammte bessere Hälfte!

Ich gebe auf. Ohne mich. Du erhältst eine Morddrohung, findest sie im Briefkasten. Du nimmst sie in die Hand. Du liest sie – einmal. *Uff!* Dann hältst du sie, wenn es dir so geht wie mir, von dir weg, weil sie so ekelhaft ist, so körperlich abstoßend, dass du sie nicht in der Nähe deines Gesichts ertragen kannst. Aber du liest sie noch einmal. Und noch einmal. Bis du sie auswendig kennst. So wie ich.

Und was machst du dann? Rufst du mich an – »Liebling, etwas Furchtbares ist passiert, du musst sofort nach Hause kommen«? Springst du ins Auto? Fährst wie der Teufel zum Hochkommissariat, wedelst mit dem Brief vor meiner Nase und marschierst mit mir in Porters Büro? Ja, von wegen! Nichts von alledem. Zu stolz bist du, wie üblich. Du zeigst mir den Brief nicht, du sagst mir nichts davon, du verbrennst ihn nicht. Du hältst ihn geheim. Du legst ihn zu den Akten. Verbirgst ihn tief in einer Schublade deines Schreibtisches, wo ich nichts zu suchen habe. Mich hättest du dafür ausgelacht: Und doch ordnest du den Brief in deine Unterlagen ein und wahrst genau die vornehme Diskretion, für die du *mich* gern verspottet hast. Wie du es danach noch mit dir aushalten konntest – wie du es mit *mir* aushalten konntest –, das weiß der Himmel. Der weiß vielleicht auch, wie du mit dieser Drohung leben konntest, aber das ist deine Sache. Also danke. Vielen Dank, okay? Danke für diesen höchsten Beweis an ehelicher Apartheid. Bravo. Und nochmals danke.

Sein Zorn verrauchte so schnell, wie er gekommen war, und zurück blieben heiße Scham und Reue. Du konntest sie nicht ertragen, nicht wahr? Die Vorstellung, jemandem diesen Brief tatsächlich zu zeigen. Und damit einen Erdrutsch auszulösen, den du nicht mehr unter Kontrolle gehabt hättest. Das Zeug über Bluhm, das Zeug über mich. Es war einfach zu viel. Du hast uns davor beschützt. Uns alle. Aber ja. Hast du Arnold davon erzählt? Natürlich nicht. Er hätte versucht, ihn dir auszureden, deinen Entschluss weiterzumachen.

* * *

Justin wandte sich wieder ab von dieser wohlwollenden Interpretation.

Zu nett, zu harmlos. Tessa war zäher, härter. Und wenn sie in Rage war, auch richtig gemein.

Denk an den Verstand der Anwältin in ihr. Den eiskalten Pragmatismus. Denk an die knallharte junge Frau, die Blut sehen will.

Tessa wusste, dass sie auf der richtigen Spur war. Die Morddrohung war der Beweis. Man stößt keine Morddrohungen aus, wenn man sich nicht bedroht fühlt.

An diesem Punkt »Foul« zu schreien, hätte bedeutet, sich in die Hände der Behörden zu begeben. Die Briten waren hilflos. Sie hatten keinerlei Amtsgewalt, keine Gerichtsbarkeit. Also blieb ihr nur, den Brief den kenianischen Behörden zu zeigen.

Aber zu denen hatte Tessa kein Vertrauen. Es war ihre vielfach geäußerte Überzeugung, dass die Fangarme von Mois Regierung bis in den letzten Winkel des kenianischen Lebens reichten. Tessa setzte all ihr Vertrauen, auch mit Rücksicht auf Justins Stellung, in die Briten: Siehe ihr heimliches Stelldichein mit Woodrow.

Wäre sie zur kenianischen Polizei gegangen, hätte sie dort erst einmal eine Liste ihrer Feinde erstellen müssen, der realen wie der potenziellen. Die Verfolgung des großen Verbrechens wäre mit einem Schlag beendet gewesen. Sie wäre gezwungen worden, die Jagd abzublasen. Darauf hätte sie sich nie eingelassen. Das große Verbrechen war ihr wichtiger als ihr eigenes Leben.

Nun, das ist es mir auch. Wichtiger als meins.

* * *

Während Justin noch darum ringt, sein inneres Gleichgewicht wieder zu finden, fällt sein Blick auf einen von Hand adressierten Umschlag, den er in einem anderen Leben in blinder Hast aus derselben Schublade gezogen hat wie die leere Dypraxa-Schachtel. Die Handschrift kommt ihm bekannt vor, aber ihm fällt nicht ein, zu wem sie gehört. Der Umschlag ist aufgerissen. Darin steckt ein einzelner, gefalteter Bogen des amtlichen blauen Briefpapiers des Hochkommissariats. Die Schrift darauf ist fahrig, die Worte rasch hingeschrieben, getrieben von Eile wie von Leidenschaft.

Tessa, meine Liebe, die ich über alles liebe und immer lieben werde,
während ich hier sitze und schreibe, ist dies das Einzige, was ich absolut sicher weiß, die eine Selbsterkenntnis, der ich mir gewiss bin. Du hast mich heute schrecklich behandelt, allerdings nicht so schrecklich wie ich dich. Wir waren nicht wir selbst bei diesem Gespräch. Ich begehre dich und bete dich an, so sehr, dass ich es kaum noch ertragen kann. Ich bin bereit, wenn du es bist. Lass uns unsere lächerlichen Ehen hinschmeißen und weglaufen, wohin du willst und wann du willst. Und wenn es bis ans Ende der Welt sein soll: um so besser. Ich liebe dich, ich liebe dich, ich liebe dich.

Diesmal fehlte die Unterschrift nicht. Klar und deutlich stand sie da, die Größe der Buchstaben durchaus mit denen der Morddrohung vergleichbar: Sandy. Ich heiße Sandy, wollte er damit sagen, und du kannst es ruhig der ganzen verdammten Welt erzählen.

Datum und Uhrzeit waren ebenfalls festgehalten. Selbst in der größten Liebesqual blieb Sandy Woodrow ein gewissenhafter Mensch.

Zwölftes Kapitel

Justin, der betrogene Ehemann, steht regungslos im Mondschein und starrt auf den silbrigen Meereshorizont. In tiefen Zügen atmet er die kalte Nachtluft. Ihm ist, als hätte er etwas Übles gerochen und müsste seine Lungen reinigen. *Sandy macht aus Schwäche Stärke*, hast du mir mal gesagt. *Sandy täuscht erst sich und dann uns alle ... Sandy ist der Feigling, der sich hinter großen Gesten und großen Worten verstecken muss, weil er sonst vollkommen schutzlos dastehen würde ...*

Aber wenn dir das alles wirklich bewusst war, was in Gottes Namen hast du denn getan, um dir das hier einzubrocken, fragte er das Meer, den Himmel und den peitschenden Nachtwind.

Überhaupt nichts, erwiderte sie gelassen. *Sandy hat mein Flirten mit einem Versprechen verwechselt, genauso wie er deine guten Manieren mit Schwäche verwechselt.*

Dennoch lässt Justin es zu – fast scheint es wie ein Luxus, den er sich gestattet –, dass ihm für einen Moment das Zutrauen schwindet, wie es ihm ja auch in Arnolds Fall, im tiefsten Innern seines Herzens, mitunter geschwunden ist. Doch da regt sich etwas in seiner Erinnerung. Etwas, das er am Tag zuvor gelesen hat, am Abend, oder sogar noch einen Abend davor. Aber was war es? Ein Ausdruck, Tessa an Ham. Eine lange E-Mail, die Justin auf den ersten Blick zu intim erschienen war und die er deshalb zunächst in einem Ordner abgelegt hat, der jenen Rätseln gewidmet ist, die er in Angriff nehmen will, sobald er sich stark genug dazu fühlt. Er kehrt zurück in den Ölraum, gräbt den Ausdruck aus und prüft das Datum.

E-Mail-Ausdruck Tessa an Ham, abgeschickt exakt elf Stunden nachdem Woodrow, gegen die Dienstvorschrift über die Verwendung amtlichen Briefpapiers verstoßend, der Frau eines Kollegen seine Liebe erklärt hat.

> Ich bin kein kleines Mädchen mehr, Ham, und es wird Zeit, dass ich allem Mädchengetue abschwöre, aber welches Mädchen macht das schon, selbst wenn es einen dicken Bauch hat? Und jetzt habe ich mir auch noch einen Fünf-Sterne-Widerling angelacht, der scharf auf mich ist. Das Problem ist, dass Arnold und ich endlich auf Gold gestoßen sind – genauer gesagt: auf Unrat, und zwar von der übelsten Sorte –, und wir sind dringend auf besagten Widerling angewiesen, der an den Schaltstellen der Macht ein Wort für uns einlegen soll, denn das ist der einzige Weg, den ich als Justins Frau und als die loyale Britin, die ich trotz allem sein will, einschlagen kann. Höre ich dich sagen, ich sei noch immer das skrupellose Luder, dem es Spaß macht, Männer am Gängelband zu haben, egal ob es Widerlinge sind oder nicht? Nun, sag es nicht, Ham. Sag es nicht, selbst wenn es wahr sein sollte. Halt einfach den Mund. Denn ich muss meine Versprechen halten, genau wie du, mein Lieber. Und ich brauche dich treuen alten Kumpel, der zu mir hält und mir erklärt, dass ich im Grunde ein liebes Mädchen bin, denn das bin ich. Und wenn du das nicht tust, geb ich dir den feuchtesten Kuss, den du je gekriegt hast, seit ich dich in deinem Matrosenanzug in den Rubicon gestoßen habe. Alles Liebe, mein Schatz. Ciao. Tessa.
> PS: Ghita sagt, ich sei eine Hure. Alles Liebe, Tess

Die Angeklagte ist unschuldig im Sinne der Anklage, teilte Justin ihr mit. Und ich darf mich mal wieder ordentlich schämen, wie immer.

* * *

Wunderbar besänftigt, fuhr Justin mit seinem Puzzlespiel fort.

Auszug aus Rob und Lesleys gemeinsamem Bericht an Inspektor Frank Gridley, Abteilung für Überseeverbrechen, Scotland Yard, über ihre dritte Unterredung mit Woodrow, Alexander Henry, Leiter der Kanzlei im Britischen Hochkommissariat, Nairobi.

Der Befragte gibt mit Nachdruck wieder, was er als Meinung von Sir Bernard Pellegrin, dem Afrika-Experten des Außenministeriums, bezeichnet und wonach weitere Nachforschungen im Sinne von Tessa Quayles Memorandum die Beziehungen der britischen Regierung zur Republik Kenia unnötig gefährden und britischen Handelsinteressen schaden würden ... Unter Berufung auf Sicherheitsinteressen weigert sich der Befragte, den Inhalt des besagten Memorandums zu enthüllen ... Der Befragte bestreitet jegliche Kenntnis eines neuartigen Medikaments, das derzeit von der Firma ThreeBees in Afrika auf den Markt gebracht wird ... Der Befragte weist uns darauf hin, dass Bitten um Einsichtnahme in Tessa Quayles Memorandum direkt an Sir Bernard zu richten seien, vorausgesetzt, dass es noch existiert, was der Befragte geneigt ist zu bezweifeln. Der Befragte schildert Tessa Quayle als eine lästige, hysterische Frau und als psychisch labil in Angelegenheiten, die mit ihrem sozialen Engagement zusammenhängen. Wir verstehen dies als bequemen Vorwand, um die Bedeutung ihres Memorandums herunterzuspielen. Wir stellen hiermit den Antrag, so schnell wie möglich ein formelles Gesuch an das Außenministerium zu richten und darin um Herausgabe von Kopien aller Unterlagen zu ersuchen, die dem Befragten von der verstorbenen Tessa Quayle übergeben wurden.

Randnotiz in Rot, unterzeichnet von F. Gridley, Inspektor: MIT SIR B. PELLEGRIN GESPROCHEN. GESUCH IM INTERESSE DER NATIONALEN SICHERHEIT ABGELEHNT.

Auszüge aus medizinischen Fachzeitschriften unterschiedlichster Herkunft, die in angemessen unverständlicher Ausdrucksweise die sensationellen Vorzüge des neuartigen Medikaments Dypraxa priesen, seine »fehlende Mutagenität« und seine »lange Halbwertzeit im Organismus von Ratten«.

Auszug aus dem *Haiti Journal of Health Sciences*, worin vorsichtige Bedenken gegen Dypraxa angemeldet werden, geschrieben von einem pakistanischen Arzt, der klinische Studien in einer haitianischen Forschungsklinik durchgeführt hat. Die Wendung »potenzielle Toxizität« hat Tessa rot unterstrichen; als Schreckgespenster werden Leberversagen, innere Blutungen, Schwindelgefühle, die Schädigung des Sehnervs beschworen.

Auszug aus der folgenden Ausgabe desselben Blattes, in der ein starkes Aufgebot medizinischer Eminenzen mit eindrucksvollen Professuren und Titeln den vernichtenden Gegenschlag führt und sich dabei auf dreihundert Testfälle beruft. Der Artikel bezichtigt den armen Pakistani der »Voreingenommenheit« und »Verantwortungslosigkeit gegenüber seinen Patienten« und lässt Beschimpfungen auf ihn herabregnen.

(Handschriftliche Bemerkung von Tessa: Diese unvoreingenommenen Meinungsführer sind durch die Bank als »freie Mitarbeiter« mit KVH verbunden und dürfen auf der Suche nach viel versprechenden Forschungsprojekten im Biotech-Bereich nach Lust und Laune um die Welt reisen.)

Von Tessa handschriftlich erstellte Auszüge aus einem Buch mit dem Titel *Klinische Studien* von Stuart Pocock – ihre Lieblingsmethode, um sich Sachverhalte einzuprägen. Einige Passagen im Kontrast zum nüchternen Stil des Autors durch rote Unterstreichungen hervorgehoben:

> Nicht nur Studenten, sondern auch viele Klinikärzte neigen dazu, der medizinischen Fachliteratur mit allzu großem Respekt zu begegnen. Bekannte Zeitschriften wie *Lancet* oder *New England Journal of Medicine* stehen in dem Ruf, neue medizinische Fakten zu präsentieren, die hieb- und stichfest sind. Vielleicht wird dieser naive Glaube an das »klinische Evangelium« durch den dogmatischen Stil gefördert, dessen sich viele Autoren befleißigen, sodass die jedem Forschungsprojekt innewohnenden Unschärfen häufig unangemessen gewichtet sind ...

(Tessas Anmerkung: Selbst in den angeblich seriösen Zeitschriften erscheinen ständig Artikel, die von der Pharmaindustrie lanciert werden.)

> Was die Vorträge bei wissenschaftlichen Tagungen und die Werbeanzeigen der Pharmafirmen betrifft, so ist noch größere Skepsis geboten ... die Gefahr der Voreingenommenheit ist nicht zu unterschätzen ...

(Tessas Anmerkung: Nach Arnolds Aussage geben die großen Pharmakonzerne Unsummen aus, um Wissenschaftler und Ärzte zu kaufen, die dann Werbung für ihre Produkte machen. Birgit berichtet, dass KVH kürzlich fünfzig Millionen Dollar für ein großes amerikanisches Ausbildungskrankenhaus gespendet hat, dazu noch die Gehälter und Spesen für drei Topmediziner und sechs wissenschaftliche Assistenten. Einflussnahme mittels universitärer Einrichtungen ist noch leichter: Lehrstühle, Biotech-Labore, Stiftungen zu Forschungszwecken etc. »Es wird immer schwerer, wissenschaftliche Meinungen zu finden, die nicht gekauft sind.« – Arnold.)

Mehr von Stuart Pocock:

> ... es besteht immer die Gefahr, dass Autoren dazu überredet werden können, positive Ergebnisse stärker zu betonen, als eigentlich gerechtfertigt wäre.

(Tessas Anmerkung: Im Gegensatz zur übrigen Presse drucken Pharmazeitschriften nur ungern schlechte Nachrichten.)

> ... Selbst wenn sie einen Bericht über ihre negativen Forschungsergebnisse vorlegen, wird dieser eher in einem obskuren Fachblatt veröffentlicht als in einer der großen Fachzeitschriften ... folglich können solche Widerlegungen eines früher publizierten positiven Berichts oft nicht einer gleich großen Öffentlichkeit zugänglich gemacht werden.
> ... Viele Studien sind so unzulänglich angelegt, dass eine

unvoreingenommene Auswertung von Therapien nicht zu erwarten ist.

(Tessas Anmerkung: Sind darauf angelegt, etwas zu belegen, nicht, es in Frage zu stellen, m.a.W.: schlimmer als wertlos.)

Es mag Fälle geben, wo Autoren Daten bewusst so auswählen, dass sie einen Beleg für positive ...

(Tessas Anmerkung: Egal, wie lange sie suchen müssen.)

Auszug aus der Londoner *Sunday Times*, unter der Überschrift »Arzneimittelfirma gefährdet Patienten bei Klinikstudien«. Ausgiebig markiert und unterstrichen von Tessa und offenbar an Arnold Bluhm gefaxt oder für ihn kopiert, denn über dem Text steht: Arnie, hast du DAS schon gesehen?!

Eine der größten Arzneimittelfirmen der Welt setzte Hunderte von Patienten dem Risiko einer potenziell tödlichen Infektion aus, indem sie im Vorfeld einer landesweit durchgeführten Arzneimittelstudie sechs Krankenhäusern entscheidende Sicherheitshinweise vorenthielt.

Bis zu 650 Personen unterzogen sich in Großbritannien einer Operation und wurden damit Versuchsobjekte einer Studie, die von Bayer, dem deutschen Pharmariesen, lanciert wurde, obwohl eine von dem Unternehmen selbst durchgeführte Forschungsreihe gezeigt hatte, dass die Unverträglichkeit des getesteten Medikaments mit anderen Arzneimitteln dessen Fähigkeit, Bakterien abzutöten, erheblich beeinträchtigt.

Das Ergebnis dieser früheren Forschungsreihe, das der *Sunday Times* vorliegt, wurde den beteiligten Krankenhäusern vor Beginn der neuen Studie nicht zugänglich gemacht.

In der Folge des Verfahrens, über dessen Mängel die Patienten und ihre Angehörigen bis heute im Unklaren gelassen werden, zog sich nahezu die Hälfte der in einer Klinik in Birmingham operierten Probanden verschiedene lebensbedrohliche Infektionen zu.

Unter Berufung auf den Datenschutz verweigert Bayer jegliche Zahlenangaben in Bezug auf postoperative Infektionen und Todesfälle.

»Die Studie wurde erst durchgeführt, nachdem sie von der zuständigen Aufsichtsbehörde und den örtlichen Ethikkommissionen genehmigt worden war«, sagte ein Sprecher.

Eine ganzseitige Anzeige in Farbe, ausgerissen aus einer populären afrikanischen Zeitschrift, mit der Überschrift: ICH GLAUBE AN WUNDER! In der Bildmitte eine junge, hübsche afrikanische Mutter in tief ausgeschnittener weißer Bluse und langem Rock, ein strahlendes Lächeln auf dem Gesicht. Das glückliche Baby sitzt seitlich auf ihrem Schoß, eine Hand an die Brust der Mutter gelegt. Eine Schar von glücklichen Brüdern und Schwestern drängt sich ringsum, der gut aussehende Vater thront über ihnen. Alle, einschließlich der Mutter, bewundern das auffallend gesunde Baby. Am unteren Bildrand steht geschrieben: THREEBEES GLAUBT AUCH AN WUNDER! Aus dem Mund der hübschen jungen Mutter steigt eine Sprechblase mit den Worten: »Als man mir sagte, dass mein Baby Tbc hat, habe ich gebetet. Als mein Hausarzt mir von Dypraxa erzählte, wusste ich, dass meine Gebete erhört worden waren!«

Justin wendet sich wieder der Polizeiakte zu.

Auszug aus dem Bericht der Beamten über ihr Verhör von Pearson, Ghita Janet, ortsansässige Angestellte der Kanzlei im britischen Hochkommissariat, Nairobi:

Wir haben die Befragte dreimal verhört, und zwar neun Minuten, vierundfünfzig Minuten und neunzig Minuten. Auf Wunsch der Befragten fanden die Verhöre diskret auf neutralem Boden (im Haus einer Freundin) statt. Die Befragte ist vierundzwanzig Jahre alt, anglo-indischer Herkunft, hat britische Klosterschulen (römisch-katholisch) besucht, ist die Adoptivtochter eines Akademikerehepaars (Anwalt und Ärztin), beide strenggläubige Katholiken. Die Befragte hat ihr Examen an der Universität von Exeter mit Auszeichnung abgelegt (Anglistik, Amerikanistik und Kunst des Commonwealth). Sie ist offensichtlich intelligent und wirkte sehr nervös. Unser Eindruck war, dass sie nicht nur unter großem Kummer litt, sondern auch ausgesprochen verängstigt war. So machte die Befragte verschiedentlich Aussagen, die sie dann wieder zurückzog, z.B.: »Tessa wurde ermordet, weil man sie zum Schweigen bringen wollte.« Oder: »Wer sich mit der Pharmaindustrie anlegt, muss damit rechnen, dass man ihm die Kehle durchschneidet.« Oder: »Einige Pharmafirmen sind in Wirklichkeit getarnte Waffenhändler.« Auf Nachfrage weigerte sie sich, diese Bemerkungen zu belegen, und verlangte, dass sie aus dem Protokoll gestrichen wurden. Sie wies ferner die Vermutung zurück, dass BLUHM die Turkana-Morde begangen haben könnte. BLUHM und QUAYLE, sagte sie, seien »nicht das Thema«, sondern »die beiden besten Menschen der Welt«, und die Leute um sie herum hätten »nur eine schmutzige Phantasie« gehabt.

Mit unseren Fragen konfrontiert, gab die Befragte zunächst vor, sie unterliege dem Gesetz zur amtlichen Schweigepflicht, und behauptete dann, sie habe der Verstorbenen Geheimhaltung geschworen. Bei unserem dritten und letzten Treffen nahmen wir der Befragten gegenüber eine aggressivere Haltung ein und wiesen sie darauf hin, dass sie durch das Verschweigen von Informationen Tessas Mörder decke und die Suche nach BLUHM behindere. Redigierte Protokolle sind als Anhänge A und B beigefügt. Die Befragte hat diese Protokolle gelesen, weigert sich aber, sie zu unterzeichnen.

ANHANG A

Frage: Haben Sie Tessa Quayle jemals bei ihren Einsätzen vor Ort begleitet oder sie dabei unterstützt?

Antwort: An Wochenenden und in meiner Freizeit habe ich Arnold und Tessa mehrmals in den Kibera-Slums und ins Landesinnere begleitet, um ihnen dort in Kliniken zu helfen und als Zeugin bei der Verabreichung von Medikamenten zugegen zu sein. Das ist die spezielle Aufgabe von Arnolds NGO. Bei einigen der Medikamente, die Arnold untersucht hat, stellte sich heraus, dass das Verfallsdatum längst abgelaufen und ihr Zustand destabil war, was nicht heißt, dass sie nicht noch zu einem gewissen Grad wirksam sein konnten. Andere Medikamente wurden bei Krankheiten verabreicht, für deren Behandlung sie nicht bestimmt sind. Wir waren außerdem in der Lage, ein häufiges Phänomen zu bestätigen, das aus anderen Teilen Afrikas bekannt ist. Nämlich dass auf manchen Beipackzetteln die Indikationen und Kontraindikationen für den Dritte-Welt-Markt umgeschrieben werden, um den Anwendungsbereich des betreffenden Medikaments weit über das hinaus zu erweitern, wofür es in den entwickelten Ländern zugelassen ist. So wird z.B. ein Mittel, das in Europa oder den USA zur Linderung starker Schmerzen bei Krebsfällen verabreicht wird, hier als Mittel gegen Menstruationsbeschwerden und Gelenkschmerzen angeboten. Ohne dass irgendwelche Kontraindikationen aufgeführt werden. Wir haben auch festgestellt, dass die afrikanischen Ärzte, selbst wenn sie die korrekte Diagnose stellen, regelmäßig das falsche Medikament verschreiben, weil es ihnen einfach an der richtigen Unterweisung fehlt.

F.: Gehörte ThreeBees zu den betroffenen Unternehmen, die mit solchen Medikamenten handeln?

A.: Jeder weiß, dass Afrika der pharmazeutische Mülleimer der Welt ist und ThreeBees eines der bedeutendsten Unternehmen, die in Afrika pharmazeutische Produkte vertreiben.

F.: War also ThreeBees in diesem Fall betroffen?

A.: In einigen Fällen war ThreeBees betroffen.

F.: War es ThreeBees Verschulden?

A.: Ja, gut.

F.: In wie vielen Fällen? Wie hoch ist der Anteil?

A.: (*nach allerlei Ausflüchten*) In allen.

F.: Wiederholen Sie das, bitte. Wollen Sie damit sagen, dass in allen Fällen, wo Sie ein zu beanstandendes Produkt gefunden haben, es von ThreeBees auf den Markt gebracht worden war?

A.: Ich glaube nicht, dass wir darüber reden sollten, solange die Möglichkeit besteht, dass Arnold vielleicht noch am Leben ist.

ANHANG B

F.: Können Sie sich erinnern, ob es ein bestimmtes Produkt gab, für das Arnold und Tessa sich besonders interessiert haben?

A.: Das können Sie doch nicht machen. Nein, das geht nicht.

F.: Ghita. Wir versuchen zu verstehen, warum Tessa ermordet wurde und warum Sie glauben, dass wir Arnold in größere Gefahr bringen, wenn wir über diese Dinge reden.

A.: Es war überall.

F.: Was war überall? Warum weinen Sie? Ghita.

A.: Die Menschen sind daran gestorben. In den Dörfern. In den Slums. Arnold war davon überzeugt. Es sei ein gutes Medikament, sagte er. In weiteren fünf Jahren Entwicklungszeit wäre man wahrscheinlich am Ziel. An dem grundlegenden Konzept des Medikaments gab es nichts auszusetzen. Es war auf kurze Behandlungszeiten angelegt, es war billig und patientenfreundlich. Aber sie hatten es zu eilig damit. Die Tests waren selektiv konzipiert. Deckten nicht alle Nebenwirkungen ab. Man hatte Versuche mit trächtigen Ratten, Affen, Kaninchen und Hunden gemacht und keine Probleme gehabt. Aber beim Menschen – okay, da gab es Probleme, aber die gibt es immer. Das ist die Grauzone, die die Pharmafirmen ausnutzen. Da hängt es dann von der Statistik ab, und mit Statistiken kann man ja beweisen, was man will. Arnold war der Ansicht, dass sie einfach zu sehr darauf versessen gewesen waren, das Produkt vor der Konkurrenz auf den Markt zu bringen. Es gibt so viele Regeln und Vorschriften, dass man meinen sollte, so was sei unmöglich, aber Arnold sagte, dass es andauernd geschieht. Vor Ort sieht die Sache eben ganz anders aus, als sie von einem noblen UNO-Büro in Genf aus erscheint.

F.: Wer war der Hersteller?

A.: Ich möchte jetzt wirklich nicht mehr weitermachen.

F.: Wie hieß das Medikament?

A.: Warum haben sie es nicht ausgiebiger getestet? Die Kenianer können nichts dafür. Als Dritte-Welt-Land kann man keine Wünsche äußern. Man muss nehmen, was man kriegt.

F.: War es Dypraxa?

A.: *(unverständlich)*

F.: Ghita, beruhigen Sie sich bitte, und sagen Sie's uns einfach. Wie heißt das Medikament, wofür ist es gedacht, und wer stellt es her?

A.: Fünfundachtzig Prozent der Aidserkrankungen der Welt entfallen auf Afrika, wussten Sie das? Wie viele von diesen Menschen haben Zugang zu Medikamenten? Ein Prozent! Das ist kein menschliches Problem mehr! Das ist ein ökonomisches Problem! Die Männer können nicht arbeiten. Die Frauen können nicht arbeiten! Es ist eine Heterosexuellen-Krankheit, deswegen gibt es so viele verwaiste Kinder! Sie können ihre Familien nicht ernähren! Sie schaffen gar nichts mehr! Sie sterben einfach!

F.: Sprechen wir also über ein Aidsmedikament?

A.: Nicht, solange Arnold noch lebt! ... Es hat damit zu tun. Wo Tuberkulose grassiert, da vermutet man Aids ... Nicht immer, aber meistens ... Das hat Arnold jedenfalls gesagt.

F.: Litt Wanza an Nebenwirkungen dieses Medikaments?

A.: *(unverständlich)*

F.: Ist Wanza an diesem Medikament gestorben?

A.: Nicht, solange Arnold am Leben ist! Ja, Dypraxa. Und jetzt gehen Sie.

F.: Warum wollten sie zur Leakey-Grabung?

A.: Ich weiß es nicht! Raus jetzt!

F.: Was steckte hinter ihrer Reise nach Lokichoggio? Abgesehen von Gruppenstunden zur Rolle der Frau?

A.: Nichts! Hören Sie auf!

F.: Wer ist Lorbeer?

A.: *(unverständlich)*

EMPFEHLUNG

Eine formelle Bitte ist an das Hochkommissariat zu richten und der Zeugin Personenschutz anzubieten, wenn sie zu einer vollständigen Aussage bereit ist. Ihr sollte zugesichert werden, dass keine ihrer Informationen über die Aktivitäten Bluhms und der Verstorbenen in einer Weise verwendet wird, die Bluhm gefährden könnte, vorausgesetzt, er ist noch am Leben.

EMPFEHLUNG AUS SICHERHEITSGRÜNDEN ABGELEHNT.

F. Gridley (Inspektor)

Das Kinn in die Hand gestützt, starrte Justin die Wand an. Erinnerungen an Ghita, die zweitschönste Frau von Nairobi. Tessas selbst ernannte Schülerin, die nur davon träumt, einer verderbten Welt die Regeln des Anstands nahe zu bringen. *Ghita ist wie ich, ohne die schlechten Seiten*, pflegte Tessa zu sagen.

Ghita, die letzte Unschuldige, sitzt für ein Gespräch unter vier Augen mit der hochschwangeren Tessa im Garten von Nairobi, um bei grünem Tee die Probleme der Welt zu lösen, während Justin, der krankhaft glückliche Skeptiker und werdende Vater, sich mit einem Strohhut auf dem Kopf schneidend und jätend, aufbindend und bewässernd durch die Blumenbeete arbeitet und den unbedarften Engländer mittleren Alters spielt.

»Pass bitte auf deine Füße auf, Justin«, pflegten sie ihm besorgt zuzurufen und ihn so vor den Treiberameisen zu warnen, die nach dem Regen in Kolonnen aus dem Boden hervormarschiert kamen, imstande, einen Hund oder ein kleines Kind durch rein zahlenmäßige Überlegenheit zu überwältigen und zu töten. Gegen Ende ihrer Schwangerschaft befürchtete Tessa, dass die Ameisen das Bewässern für einen Regenschauer zur unpassenden Jahreszeit halten könnten.

Ghita, die alles und jedes schockiert, seien es jene gegen Geburtenregelung in der Dritten Welt eintretende Katholiken, die im

Nyayo-Stadion demonstrativ Kondome verbrennen, oder amerikanische Tabakfirmen, die ihren Zigaretten Stoffe beimischen, um Kinder süchtig zu machen, oder somalische Warlords, die Splitterbomben über wehrlosen Dörfern abwerfen lassen, oder jene Waffenfabrikanten, die diese Bomben herstellen.

»Was *sind* das nur für Leute, Tessa?«, flüsterte sie dann mit ernster Stimme. »Was geht in denen vor, sag doch mal! Reden wir hier über das, was man Erbsünde nennt? Wenn du mich fragst, über noch etwas viel Schlimmeres. Ich finde, zur Erbsünde gehört ein Hauch von Unschuld. Aber wo findet man heute noch Unschuld, Tessa?«

Und kam Arnold vorbei, was er an den Wochenenden häufig tat, wandte die Unterhaltung sich konkreteren Dingen zu. Dann wurden die Köpfe zusammengesteckt, die Gesichter ernst und angespannt, und wenn Justin der Schalk ritt und er ihnen beim Gießen der Blumen bedenklich nahe kam, wechselten sie demonstrativ das Thema, bis er zu einem entfernter gelegenen Beet weitergezogen war.

* * *

Polizeibericht über ein Treffen mit Vertretern der Firma ThreeBees, Nairobi:

Wir hatten um einen Gesprächstermin bei Sir Kenneth Curtiss gebeten, und verstanden die Antwort so, dass er uns empfangen wollte. Bei Ankunft in der Firmenzentrale teilte man uns mit, Sir Kenneth sei für eine Audienz zu Präsident Moi bestellt worden und müsse anschließend zu einem Strategiegespräch mit Karel Vita Hudson (KVH) nach Basel fliegen. Uns wurde vorgeschlagen, uns stattdessen mit unseren Fragen an die Marketingdirektorin der Firma ThreeBees zu wenden, eine gewisse Ms Y. Rampuri. Es stellte sich aber heraus, dass Frau Rampuri in Familienangelegenheiten unterwegs und nicht verfügbar war. Also riet man uns, einen neuen Termin für ein Gespräch mit Sir Kenneth oder Ms Rampuri zu vereinbaren. Nachdem wir auf unseren engen Zeitrahmen hingewiesen hatten, wurde uns schließlich ein Gespräch mit »leitenden Angestellten« angeboten, und nach einer Stunde Wartens wurden wir von einer Ms V. Eber und einem Mr D. K. Crick empfangen, die beide in der Kundenbetreuung arbeiteten. Ebenfalls anwesend war ein Mr P. R. Oakey, der sich als »Anwalt der Londoner Seite« vorstellte und »zufällig in anderen Geschäften in Nairobi« war.

Ms Vivian Eber ist eine große, attraktive Afrikanerin, Ende Zwanzig, hat an einer amerikanischen Universität Wirtschaft studiert.

Mr Crick stammt aus Belfast, ist etwa gleich alt, von beeindruckendem Körperbau, und spricht mit leichtem nordirischen Akzent.

Spätere Nachforschungen haben ergeben, dass es sich bei Mr Oakey, dem Londoner Anwalt, um Percy Ranelagh Oakey von der Londoner Kanzlei Oakey, Oakey & Farmeloe handelt. Mr Oakey hat vor kurzem mehrere große Pharmakonzerne, darunter KVH, in einer Sammelklage auf Schadenersatz erfolgreich vertreten. Bei unserem Gespräch wurde uns dies nicht mitgeteilt.

Zu D. K. Crick siehe den Anhang.

PROTOKOLL

1. Entschuldigungen im Namen von Sir Kenneth K. Curtiss und Ms Y. Rampuri.
2. Äußerung des Bedauerns von Seiten BBB (Crick) über den Tod von Tessa Quayle und Besorgnis betr. das Schicksal von Dr. Arnold Bluhm.

BBB (CRICK): Die Lage in diesem verfluchten Land wird von Tag zu Tag brenzliger. Die Sache mit Mrs Quayle, einfach entsetzlich. Sie war eine gute Frau, die sich in der ganzen Stadt hohes Ansehen erworben hat. Wie können wir Ihnen helfen? Fragen Sie nur. Der Chef persönlich lässt grüßen und hat uns angewiesen, Ihnen in jeder erdenklichen Weise behilflich zu sein. Er empfindet Hochachtung für die britische Polizei.

POLIZEI: Wir haben gehört, dass Arnold Bluhm und Tessa Quayle sich mit mehreren Schreiben an ThreeBees gewandt haben, in denen es um Dypraxa ging, dieses neue Tbc-Medikament, das von Ihrer Firma vertrieben wird.

BBB (CRICK): Ach, wirklich? Wir sind da nicht auf dem Laufenden. Sie müssen wissen, Ms Eber hat eher mit PR zu tun, und ich bin gewissermaßen von anderen Tätigkeiten freigestellt, bis die betriebsinterne Umstrukturierung abgeschlossen ist. Der Chef ist der Meinung, dass jeder, der untätig herumsitzt, eine Geldverschwendung darstellt.

POLIZEI: Die Schreiben haben zu einem Gespräch zwischen Quayle, Bluhm und einigen Mitarbeitern Ihres Unternehmens hier geführt, und wir möchten Sie um die Möglichkeit der Einsichtnahme in die Protokolle dieser Sitzung und alle anderen diesbezüglichen Unterlagen bitten.

BBB (CRICK): In Ordnung, Rob. Kein Problem. Wir helfen Ihnen gern. Nur, wenn Sie sagen, Mrs Quayle habe sich schriftlich an ThreeBees gewandt – wissen Sie zufällig auch, an welche Abteilung genau? In unserem Bienenkorb hier wimmelt es nämlich nur so von Mitarbeitern, das können Sie mir glauben!

POLIZEI: Mrs Quayle hat Briefe, E-Mails und Telefonate an Sir Kenneth persönlich gerichtet, an sein Privatbüro, an Ms Rampuri und an so ziemlich alle Vorstandsmitglieder hier in Nairobi. Einige der Briefe hat sie gefaxt und die Originale mit der Post geschickt. Andere hat sie persönlich abgegeben.

BBB (CRICK): Prima. Damit werden wir sicher etwas anfangen können. Und Sie sind vermutlich im Besitz von Kopien dieser Korrespondenz?

POLIZEI: Im Augenblick noch nicht.

BBB (CRICK): Aber Sie wissen vermutlich, wer von unserer Seite an dem Gespräch teilgenommen hat?

POLIZEI: Wir sind davon ausgegangen, dass Sie das wissen.

BBB (CRICK): Du liebe Zeit. Was wissen Sie denn überhaupt?

POLIZEI: Wir haben schriftliche und mündliche Zeugenaussagen, dass solche Schreiben eingereicht wurden. Mrs Quayle hat Sir Kenneth sogar auf seiner Farm aufgesucht, als er das letzte Mal in Nairobi war.

BBB (CRICK): Ach, wirklich? Nun, das ist mir neu, muss ich gestehen. Hatte sie einen Termin?

POLIZEI: Nein.

BBB (CRICK): Und wer hat sie eingeladen?

POLIZEI: Niemand. Sie ist einfach so hingefahren.

BBB (CRICK): Toll. Tapferes Mädchen. Wie weit ist sie gekommen?

POLIZEI: Offenbar nicht weit genug, denn hinterher hat sie versucht, Sir Kenneth hier in seinem Büro zu sprechen, aber wieder ohne Erfolg.

BBB (CRICK): Nicht zu fassen. Auch der Chef ist eben bienenfleißig unterwegs. Eine Menge Leute wollen eine Menge Gefallen von ihm. Und nur wenige haben Glück.

POLIZEI: Es ging nicht um einen Gefallen.

BBB (CRICK): Worum denn?

POLIZEI: Um Antworten. Soweit wir wissen, hat Mrs Quayle Ihrem Chef Sir Kenneth auch eine Reihe von Fallgeschichten vorgelegt, in denen die Nebenwirkungen des Medikaments auf namentlich bekannte Patienten beschrieben wurden.

BBB (CRICK): Tatsächlich? Himmel! Von Nebenwirkungen ist mir gar nichts bekannt. Ist sie Wissenschaftlerin, Ärztin? Ich sollte wohl sagen: War sie das?

POLIZEI: Sie war eine besorgte Bürgerin, sie war Anwältin und Bürgerrechtlerin. Und sie hat sich stark in Hilfsprojekten engagiert.

BBB (CRICK): Sie haben eben das Wort »vorgelegt« gebraucht. Wie darf ich das verstehen?

POLIZEI: Persönlich hier in diesem Gebäude abgeliefert, zu Händen von Sir Kenneth.

BBB (CRICK): Hat man ihr den Empfang bestätigt?

POLIZEI: (*zeigt die Bescheinigung vor*)

BBB (CRICK): Ah. Verstehe. Ein Paket erhalten. Fragt sich nur: Was war in dem Paket? Aber Sie haben ja sicher Kopien. Von diesen ganzen Fallgeschichten. Haben Sie doch bestimmt.

POLIZEI: Wir gehen davon aus, sie schon bald zu erhalten.

BBB (CRICK): Ach ja? Nun, das würde uns schon sehr interessieren, sie uns mal anzusehen, stimmt's, Viv? Immerhin ist Dypraxa zur Zeit unser Verkaufsschlager, unser Flaggschiff, wie der Chef das nennt. Da draußen gibt es viele glückliche Mütter und Väter und Kinder, denen es dank Dypraxa wieder besser geht. Wenn also Mrs Quayle etwas daran auszusetzen hatte, müssen wir das unbedingt erfahren, damit wir handeln können. Wäre der Chef jetzt hier, er hätte das sicher als Erster gesagt. Leider ist er einer von den Leuten, die ihr halbes Leben im Flugzeug verbringen. Dennoch überrascht es mich, dass er sie hat abblitzen lassen. Das sieht ihm gar nicht ähnlich. Andererseits, ein so beschäftigter Mann wie er –

BBB (EBER): Wir haben ein geregeltes Verfahren zur Bearbeitung von Kundenbeschwerden über unsere pharmazeutischen Produkte, Rob. Unser Haus ist ja nur für den Vertrieb zuständig. Wir importieren, wir verkaufen. Vorausgesetzt, die kenianische Regierung hat ein Medikament genehmigt und die Kliniken wollen es anwenden, treten wir als Vermittler in Erscheinung. Und damit hört unsere Verantwortung auch praktisch schon auf. Natürlich lassen wir uns in Fragen der Vorratshaltung beraten und sorgen dafür, dass in den Lagern die richtige Temperatur und Luftfeuchtigkeit herrscht und so weiter. Aber im Wesentlichen liegt die Verantwortung beim Hersteller und bei der kenianischen Regierung.

POLIZEI: Wie sieht es mit klinischen Studien aus? Müssen nicht auch Sie welche durchführen?

BBB (CRICK): Nein. Ich fürchte, in dem Punkt haben Sie Ihre Hausaufgaben nicht ordentlich gemacht, Rob. Keine Studien, falls Sie an groß angelegte Testreihen denken, Doppelblindtests und Ähnliches.

POLIZEI: Was denn dann?

BBB (CRICK): Es gibt keine Studien mehr, wenn ein Medikament erst einmal in einem Land, zum Beispiel Kenia, vermarktet wird. Das wäre nicht ratsam. Wenn ein Medikament in einem Land vermarktet wird und man die lokalen Gesundheitsbehörden zu hundert Prozent hinter sich hat, ist die Sache gelaufen, um es mal so zu sagen.

POLIZEI: Aber irgendwelche Experimente, Stichproben oder was auch immer müssen Sie doch machen?

BBB (CRICK): Hören Sie. Kommen Sie mir nicht mit Spitzfindigkeiten, ja? Wenn es um Erfahrungen geht, die wir mit einem Medikament machen, einem hervorragenden Medikament wie diesem hier, wenn wir den Markt eines anderen, bedeutenden Landes erobern wollen – außerhalb Afrikas –, zum Beispiel die USA – nun gut, ja, ich gebe zu, da könnte man das, was wir hier machen, indirekt als Tests bezeichnen. Aber auch nur in diesem Sinne. Im Sinne von Vorbereitung auf das, was vor uns liegt: der Tag nämlich, an dem ThreeBees und KVH gemeinsam den spannenden neuen Markt erobern werden, von dem ich gerade gesprochen habe. Können Sie mir folgen?

POLIZEI: Nicht ganz. Ich warte noch auf das Wort Versuchskaninchen.

BBB (CRICK): Dazu kann ich nur sagen, dass es für alle Beteiligten am besten ist, wenn jeder einzelne Patient in gewisser Weise zum Nutzen der Allgemeinheit ein Präzedenzfall ist. Von Versuchskaninchen kann da nicht die Rede sein. Also, Vorsicht!

POLIZEI: Und die Allgemeinheit, das wäre der amerikanische Markt, ja?

BBB (CRICK): Nein, verdammt. Ich sage lediglich, dass jedes Ergebnis, alles, was wir in Erfahrung bringen, alle Aufzeichnungen, die wir über Patienten machen – dass dies alles sorgfältig festgehalten und überprüft und als späteres Referenzmaterial nach Seattle, Vancouver und Basel weitergeleitet wird. Zur Erleichterung des Verfahrens, wenn wir das Produkt in einem anderen Land zur Zulassung anmelden wollen. Auf diese Weise sind wir immer auf der sicheren Seite. Hier in Kenia jedenfalls haben wir die Gesundheitsbehörden hinter uns.

POLIZEI: Und was tun die dann? Die Leichen verschwinden lassen?

P. R. OAKEY: Das haben Sie jetzt nicht gesagt, Rob, und wir haben es nicht gehört. Doug hat sich Ihnen gegenüber außerordentlich offen und freimütig geäußert. Vielleicht schon zu freimütig. Ja, Lesley?

POLIZEI: Was machen Sie mit Beschwerden, die bei Ihnen eingehen? Abheften?

BBB (CRICK): Nun Les, wir leiten sie direkt an den Hersteller weiter, an Karel Vita Hudson. Dann antworten entweder wir nach Rücksprache mit KVH, oder KVH antwortet nach Belieben auch direkt. Das wird von Fall zu Fall entschieden. So in etwa müssen Sie sich das vorstellen, Rob. Können wir sonst noch etwas für Sie tun? Vielleicht sollten wir einen weiteren Gesprächstermin vereinbaren, für den Fall, dass Sie Ihre Unterlagen bald beisammen haben?

POLIZEI: Einen Moment noch! Es macht Ihnen doch nichts aus? Unseren Informationen zufolge sind Tessa Quayle und Dr. Arnold Bluhm im vorigen November persönlich und auf Ihre Einladung hier vorstellig geworden – auf Einladung von ThreeBees –, um mit Ihnen über Nebenwirkungen Ihres Produkts Dypraxa zu sprechen. Bei dieser Gelegenheit haben sie Mitarbeitern Ihres Hauses auch Kopien der Fallgeschichten vorgelegt, die sie zuvor bereits Sir Kenneth Curtiss geschickt hatten. Wollen Sie behaupten, dass es zu diesem Gespräch keinerlei schriftliche Aufzeichnungen gibt, nicht einmal über die Namen der beteiligten Mitarbeiter von ThreeBees?

BBB (CRICK): Können Sie mir das Datum nennen, Rob?

POLIZEI: Uns liegt eine Notiz vor, nach dem von ThreeBees der 18. November, 11 Uhr, vorgeschlagen wurde. Der Termin wurde vereinbart mit dem Büro von Ms Rampuri, Ihrer Marketingdirektorin, die ja angeblich zur Zeit nicht verfügbar ist.

BBB (CRICK): Ist mir neu, ehrlich. Was sagen Sie dazu, Viv?

BBB (EBER): Mir auch, Doug.

BBB (CRICK): Hören Sie, ich könnte doch für Sie in Yvonnes Terminkalender nachsehen.

POLIZEI: Gute Idee. Wir helfen Ihnen dabei.

BBB (CRICK): Moment, Moment. Ich muss sie natürlich erst fragen. Yvonne ist eine mächtige Frau. Ohne ihre Erlaubnis würde ich niemals in ihrem Terminkalender blättern, genauso wenig wie in Ihrem, Lesley.

POLIZEI: Dann rufen Sie sie an. Wir bezahlen's auch.

BBB (CRICK): Ausgeschlossen, Rob.

POLIZEI: Wieso?

BBB (CRICK): Sie müssen wissen, Rob, Yvonne und ihr Freund sind in Mombasa, auf einer Megahochzeit. Das sind die »Familienangelegenheiten«, die wir vorhin erwähnt haben. Ganz heiße Sache, kann ich Ihnen sagen. Jedenfalls dürfte Montag nun wirklich der früheste Zeitpunkt sein, mit ihr Kontakt aufzunehmen. Ich weiß nicht, ob Sie jemals auf einer Hochzeit in Mombasa waren, aber ich sage Ihnen –

POLIZEI: Lassen wir den Terminkalender. Was ist mit den Papieren, die die beiden ihr gegeben haben?

BBB (CRICK): Sie meinen diese so genannten Fallgeschichten, von denen Sie eben gesprochen haben?

POLIZEI: Unter anderem.

BBB (CRICK): Na ja, wenn es sich tatsächlich um Fallgeschichten handelt, um eine – offenbar – fachliche Erörterung von Symptomen, Indikationen, Dosierung – und Nebenwirkungen, Rob – ja, dann ist es so, wie wir bereits gesagt haben, und das alles ist längst beim Hersteller gelandet. Also in Basel, in Seattle, in Vancouver. Also wirklich, verdammt. Es wäre ja geradezu verantwortungslos, *kriminell* von uns – habe ich recht, Viv? –, wenn wir uns damit nicht *unverzüglich* an die Fachleute wenden würden. Das ist nicht einfach Firmenpolitik. Ich würde sagen, das ist ein ehernes Gesetz bei ThreeBees. Was meinen Sie, Viv?

BBB (EBER): Allerdings. Gar keine Frage, Doug. Der Chef besteht darauf. Sobald ein Problem auftaucht, müssen wir KVH um Hilfe bitten.

POLIZEI: Was erzählen Sie uns da? Das ist doch lächerlich. Was passiert mit Dokumenten, die hier eingereicht werden, Herrgott noch mal?

BBB (CRICK): Ich habe Ihnen doch schon gesagt, dass wir Sie klar und deutlich verstehen. Wir werden Nachforschungen veranlassen und sehen, was dabei herauskommt. Wir sind hier nicht im öffentlichen Dienst, Rob. Und auch nicht bei Scotland Yard. Wir sind hier in Afrika. Wir stecken nicht den lieben langen Tag unsere Nase in die Scheißakten, verstanden? Wir haben Besseres zu tun, als unsere Zeit mit –

P. R. OAKEY: Ich denke, wir haben es hier mit zwei verschiedenen Gesichtspunkten zu tun. Oder drei. Darf ich die mal einzeln durchgehen? Erstens: Wie sicher ist die Erkenntnis der Polizei, dass dieses von Ihnen erwähnte Gespräch zwischen Mrs Quayle, Dr. Bluhm und Vertretern von ThreeBees tatsächlich stattgefunden hat?

POLIZEI: Wie wir bereits erklärt haben, verfügen wir über einen urkundlichen Beweis: eine eigenhändige Notiz von Bluhm, wonach mit Ms Rampuris Büro ein Gespräch für den 18. November vereinbart wurde.

P. R. OAKEY: Vereinbart, das ist eine Sache, Lesley. Ob es tatsächlich stattgefunden hat, eine ganz andere. Wollen wir hoffen, dass Ms Rampuri ein gutes Gedächtnis hat. Ihr Terminkalender ist immer prall gefüllt, soviel steht fest. Der zweite Punkt betrifft den Ton. Können Sie etwas dazu sagen, ob die angeblichen Einlassungen in *feindseligem* Ton gehalten waren? Könnte darin zum Beispiel, auch nur andeutungsweise, von einer gerichtlichen Klage die Rede gewesen sein? *De mortuis* und so weiter, aber nach allem, was man so über Mrs Quayle hört, war sie nicht gerade ein zurückhaltender Typ, richtig? Außerdem war sie Anwältin, wie Sie sagen. Und Dr. Bluhm hat es sich offenbar zur Profession gemacht, die Arbeit der Pharmakonzerne zu überwachen. Wir haben es hier nicht mit Amateuren zu tun.

POLIZEI: Und wenn schon? Wenn jemand an einem Medikament gestorben ist, haben die Leute doch wohl das Recht, feindselig zu werden.

P. R. OAKEY: Nun, Rob, wenn Ms Rampuri, oder schlimmer noch, wenn der Chef eine Klage gewittert hat – vorausgesetzt, er hat diese schriftlichen Unterlagen tatsächlich erhalten, was ja noch durchaus fraglich ist –, dann wäre ihr erster Gedanke bestimmt gewesen, sie an die Rechtsabteilung der Firma weiterzuleiten. Da könnte man also auch noch nachsehen, oder, Doug?

POLIZEI: Ich dachte, Sie sind die Rechtsabteilung.

P. R. OAKEY: (*launig*) Ich bedeute die letzte Rettung, Rob. Nicht die erste Hilfe. Ich bin viel zu teuer.

BBB (CRICK): Wir lassen von uns hören, Rob. Es war uns ein Vergnügen. Beim nächsten Mal können wir doch gemeinsam zu Mittag essen. Aber ich rate Ihnen, erwarten Sie nicht zu viel. Wie gesagt. Wir wühlen hier nicht den ganzen Tag in den Akten. Wir haben viele Eisen im Feuer, und wie der Chef zu sagen pflegt: Wir von ThreeBees brechen Geschäfte nicht übers Knie. Sonst wäre die Firma nicht da, wo sie jetzt steht.

POLIZEI: Wenn wir Sie noch um einen kurzen Augenblick Ihrer kostbaren Zeit bitten dürften, Mr Crick. Wir würden gern mit einem Herrn namens Lorbeer sprechen, wahrscheinlich Doktor Lorbeer, vermutlich deutscher, Schweizer oder holländischer Abstammung. Leider kennen wir seinen Vornamen nicht, aber er soll sehr viel zum Erfolg von Dypraxa hier in Afrika beigetragen haben.

BBB (CRICK): Auf welcher Seite, Lesley?

POLIZEI: Spielt das eine Rolle?

BBB (CRICK): Aber sicher, möchte ich meinen. Wenn dieser Lorbeer wirklich Arzt ist, was Sie anzunehmen scheinen, dürfte er eher beim Hersteller zu finden sein als bei uns. ThreeBees beschäftigt keine Ärzte. Wir sind Laien, wir sind Verkäufer. Zum wiederholten Mal: Sie sollten sich an KVH wenden, Les.

POLIZEI: Hören Sie, kennen Sie diesen Lorbeer oder nicht? Wir sind hier nicht in Vancouver oder Basel oder Seattle. Wir sind in Afrika. Es geht um Ihr Medikament, um Ihr Gebiet. Sie importieren das Zeug, Sie machen Reklame dafür, Sie liefern es aus und verkaufen es. Wenn ich Ihnen sage, dass ein gewisser Lorbeer mit Ihrem Medikament hier in Afrika zu tun hatte, ist Ihnen dieser Lorbeer dann bekannt oder nicht?

P. R. OAKEY: Ich denke, man hat Ihnen eine Antwort gegeben, Rob. Fragen Sie beim Hersteller nach.

POLIZEI: Und was ist mit einer Frau namens Kovacs, möglicherweise Ungarin?

BBB (EBER): Auch Ärztin?

POLIZEI: Sagt Ihnen der *Name* was? Ihr Beruf tut nichts zur Sache. Hat jemand von Ihnen schon mal den Namen Kovacs gehört? Weiblich? Im Zusammenhang mit der Vermarktung dieses Medikaments?

BBB (CRICK): An Ihrer Stelle würde ich mal im Telefonbuch nachsehen, Rob.

POLIZEI: Des Weiteren würden wir gern mit einer gewissen Frau Dr. Emrich sprechen –

P. R. OAKEY: Mir scheint, Sie haben kein Glück, Herrschaften. Es tut mir schrecklich Leid, dass wir Ihnen nicht weiterhelfen können. Wir haben alle Register gezogen, aber anscheinend ist heute nicht unser Tag.

Nachtrag, eine Woche nach diesem Gespräch:

Bei ThreeBees wird behauptet, die versprochenen Nachforschungen seien im Gang, trotzdem teilt man uns mit, dass bis jetzt keine Papiere, Briefe, Fallgeschichten, E-Mails oder Faxe von Tessa Abbott oder Quayle oder Arnold Bluhm gefunden worden seien. KVH bestreitet jede Kenntnis davon, ebenso die Rechtsabteilung von ThreeBees in Nairobi. Unsere Versuche, noch einmal Kontakt mit Eber und Crick aufzunehmen, sind ebenfalls gescheitert. Crick »nimmt an einer Umschulung in Südafrika teil«. Eber wurde »in eine andere Abteilung versetzt«. Vertreter wurden noch nicht benannt. Ms Rampuri bleibt unerreichbar, »bis die betriebsinterne Umstrukturierung abgeschlossen ist«.

EMPFEHLUNG: Scotland Yard sollte direkt bei Sir Kenneth K. Curtiss vorstellig werden und ihn auffordern, die Beziehungen seiner Firma zu der Verstorbenen und zu Dr. Bluhm lückenlos darzustellen; des Weiteren sollte Sir Kenneth K. Curtiss seine Mitarbeiter anweisen, die Suche nach Ms Rampuris Terminkalender und den verschwundenen Dokumenten energisch fortzusetzen, und dafür sorgen, dass Ms Rampuri so bald wie möglich für eine Befragung zur Verfügung steht.

[Abgezeichnet von Inspektor Gridley, aber keinerlei Maßnahmen angeordnet oder dokumentiert.]

ANHANG

Crick, Douglas (Doug) James, geb. 10. Okt. 1970, Gibraltar. (Auszüge aus dem Strafregister des Verteidigungsministeriums und des Militärgerichtshofs.)

Crick, Douglas James, ist der uneheliche Sohn von Crick, David Angus, Angehöriger der Königlichen Marine (unehrenhaft entlassen). Crick senior hat wegen zahlreicher Straftaten, unter anderem zwei Fälle von Totschlag, elf Jahre in britischen Gefängnissen verbüßt. Er führt heute ein Luxusleben in Marbella, Spanien.

Crick, Douglas James, ist im Alter von neun Jahren von Gibraltar nach Großbritannien gekommen, in Begleitung seines Vaters (siehe oben), der bei der Ankunft verhaftet wurde. Crick wurde in Pflege gegeben. Bereits als Pflegekind hatte Crick sich vor Jugendgerichten in einer Reihe von Prozessen unter anderem wegen Drogenhandels, schwerer Körperverletzung, Zuhälterei und öffentlicher Ruhestörung zu verantworten. Er wurde auch der Mittäterschaft bei einem Bandenmord an zwei schwarzen Jugendlichen in Nottingham (1984) verdächtigt, ohne dass es jedoch zu einer Anklage kam.

1989 bewarb sich Crick, angeblich gebessert und charakterlich gefestigt, um Aufnahme in den Polizeidienst. Er wurde abgelehnt, scheint aber zeitweilig als Informant gearbeitet zu haben.

1990 bewarb sich Crick erfolgreich um Aufnahme in die britische Armee, wurde in einer Sondereinheit ausgebildet, dem militärischen Nachrichtendienst zugeteilt und zum Einsatz als Zivilagent im Rang eines Sergeanten nach Nordirland abgestellt. Nach dreijähriger Dienstzeit in Irland wurde Crick zum Gefreiten degradiert und unehrenhaft entlassen. Weiteres zu seiner Dienstzeit konnte nicht ermittelt werden.

D. J. Crick wurde uns als Pressesprecher der Firma ThreeBees vorgestellt, war jedoch bis vor kurzem hauptsächlich als leitende Figur in deren Sicherheitsabteilung bekannt. Dem Vernehmen nach ist er ein enger Vertrauter von Sir Kenneth K. Curtiss, für den er bei zahlreichen Anlässen den persönlichen Leibwächter gemimt hat, allein in den letzten zwölf Monaten bei Curtiss' Besuchen am Golf, in Lateinamerika, Nigeria oder Angola.

* * *

Hat ihn auf seiner Farm überfallen, den Ärmsten, sagt Tim Donohue am Monopoly-Brett in Glorias Garten. *Zu den unmöglichsten Zeiten angerufen. Ihm böse Briefe in den Club geschickt. Unter den Teppich kehren, lautet unser Rat.*

Die gehen über Leichen, sagt Lesley, als sie in Chelsea in der Dunkelheit des Minibusses sitzen. *Aber das haben Sie ja gemerkt.*

Mit dem Echo dieser Sätze im Kopf musste Justin am Zähltisch eingeschlafen sein, denn er erwachte vom Lärm einer Luftschlacht zwischen Landvögeln und Seemöwen – in der Morgendämmerung, die sich bei näherer Betrachtung als Abenddämmerung entpuppte. Und er kam an den Punkt, wo er nicht mehr weitermachen konnte: Er hatte alles gelesen, was es zu lesen gab, und wusste, falls er es denn je bezweifelt hatte, dass er ohne Tessas Laptop nur einen kleinen Teil des großen Puzzles vor Augen hatte.

Dreizehntes Kapitel

Guido stand auf der Eingangsstufe des Häuschens und wartete. Er trug einen zu langen, schwarzen Mantel und einen Schulranzen, der auf seinen Schultern einfach keinen Halt finden konnte. Mit einer dürren Hand umklammerte er die Blechbüchse mit seinen Medikamenten und Pausenbroten. Es war sechs Uhr morgens. Die ersten Strahlen der Frühlingssonne vergoldeten die Spinnweben im Gras auf dem Hang. Justin fuhr den Jeep so nah ans Haus heran wie möglich, und Guidos Mutter beobachtete von einem Fenster aus, wie Guido Justins Hand zurückwies, sich auf den Rücksitz schwang, Arme, Knie, Ranzen, Blechbüchse und Mantelschöße, und wie ein junger Vogel nach seinem ersten Flug neben Justin landete.

»Wie lange wartest du schon?«, fragte Justin, aber Guido runzelte nur die Stirn. *Guido ist ein Meister der Selbstdiagnose*, erinnert ihn Tessa, sehr beeindruckt von ihrem letzten Besuch im Kinderkrankenhaus von Mailand. *Wenn es Guido schlecht geht, ruft er nach der Krankenschwester. Wenn es ihm sehr schlecht geht, ruft er nach der Oberschwester. Und wenn er denkt, er könnte sterben, ruft er nach dem Arzt. Und es gibt keinen, der nicht sofort angelaufen käme.*

»Ich muss um 5 vor 9 am Schultor sein«, erklärte Guido steif.

»Kein Problem.« Sie sprachen Englisch. Das erfüllte Guido mit Stolz.

»Wird's später, komme ich außer Atem in die Klasse. Bin ich früher da, hänge ich rum und falle auf.«

»Verstanden«, sagte Justin und bemerkte mit einem Blick in den Rückspiegel, dass Guidos Gesicht kreidebleich war, so als bräuchte er eine Bluttransfusion. »Und falls du dich das fragen solltest: Wir arbeiten im Ölraum, nicht in der Villa«, fügte Justin beruhigend hinzu.

Guido antwortete nicht, aber als sie die Küstenstraße erreichten, war die Farbe in sein Gesicht zurückgekehrt. Ich kann ihre Nähe manchmal auch nicht ertragen, dachte Justin.

Der Stuhl war Guido zu niedrig, der Hocker zu hoch, also ging Justin allein in die Villa und holte zwei Kissen. Als er zurückkam, stand der Junge bereits an dem Kiefernschreibtisch und hantierte lässig mit dem Zubehör von Tessas Laptop – der Telefonschnur des Modems, den Transformatoren für Computer und Drucker, dem Adapter, dem Druckerkabel und schließlich dem Laptop selbst, den er mit unbarmherziger Respektlosigkeit behandelte: Erst klappte er den Deckel auf, dann stopfte er das Netzkabel in die Buchse, tat aber – Gott sei Dank – noch nicht den Stecker in die Steckdose. Mit derselben Unbekümmertheit schob Guido Modem und Drucker und alles mögliche andere, was er nicht brauchte, beiseite und ließ sich auf den Stuhl mit den Kissen fallen.

»Okay«, sagte er.

»Was ist okay?«

»Einschalten«, erwiderte Guido auf Englisch und wies mit einer Kopfbewegung in Richtung der Steckdose zu seinen Füßen. »Los geht's«, sagte er und reichte Justin das Kabel. Seine Stimme hatte für dessen überempfindliches Gehör einen unangenehmen angloamerikanischen Tonfall angenommen.

»Kann da was schief gehen?«, fragte Justin nervös.

»Was denn, zum Beispiel?«

»Können wir was löschen oder so, aus Versehen?«

»Beim Einschalten? Unmöglich.«

»Warum nicht?«

Guido beschrieb mit seiner Vogelscheuchenhand feierlich einen Bogen um den Bildschirm. »Was da drin ist, hat sie alles gesichert. Was sie nicht sichert, braucht sie nicht, und dann ist es auch nicht da drin. Klingt das vernünftig, oder klingt das vernünftig?«

Vor Justins Augen ging ein feindseliges Gitter nieder, wie immer, wenn jemand Computerchinesisch mit ihm sprach.

»Na schön. Wie du meinst. Dann schalte ich ihn jetzt ein.« Er ging in die Hocke und schob behutsam den Stecker in die Dose. »Ja?«

»Oh Mann!«

Widerwillig drückte Justin auf den Schalter und erhob sich, nur um festzustellen, dass sich auf dem Monitor absolut nichts tat. Er bekam einen trockenen Mund, ihm wurde schlecht. Ich mache einen Fehler. Ich bin ein Trottel, ein Idiot. Ich hätte einen Experten anheuern sollen, nicht ein Kind. Ich hätte selbst lernen sollen, mit diesem verflixten Ding umzugehen. Dann wurde der Bildschirm hell, und eine Schar lächelnder afrikanischer Kinder vor einer Buschklinik mit Blechdach winkte ihm zu; gleich darauf erschien eine Art Luftbild mit farbigen Rechtecken und Ovalen auf blaugrauem Untergrund.

»Was ist das?«

»Der Desktop.«

Justin spähte über Guidos Schulter und las: *Aktenkoffer ... Netzwerkumgebung ... Verbinden.* »Und jetzt?«

»Du willst Dateien sehen? Ich zeig dir welche. Wir gehen in die Dateien rein, und du kannst sie lesen.«

»Ich will sehen, was Tessa gesehen hat. Woran sie gearbeitet hat. Ich will ihre Schritte verfolgen und alles lesen, was hier drin ist. Ich dachte, ich hätte mich deutlich ausgedrückt.«

Er war angespannt, und plötzlich störte ihn Guidos Anwesenheit. Er wollte Tessa wieder für sich haben, am Zähltisch. Er wünschte, es gäbe ihren Laptop gar nicht. Guido lenkte einen Pfeil auf einen Kasten links unten auf Tessas Monitor.

»Was ist das für ein Ding, auf das du da drückst?«

»Die Maus. Das hier sind die letzten neun Dateien, an denen sie gearbeitet hat. Soll ich dir auch die andern zeigen? Kann ich machen, kein Problem.«

Ein Kasten erschien, Überschrift: *Datei öffnen, Eigene Dateien, Tessa*. Er klickte weiter.

»Hier hat sie ungefähr fünfundzwanzig Dateien abgelegt«, erklärte Guido.

»Haben die auch Namen?«

Guido lehnte sich zur Seite, damit Justin besser sehen konnte:

Pharma	**Seuche**	**Tests**
Pharma-allgemein	Seuche-Geschichte	Russland
Pharma-Umweltverschm.	Seuche-Kenia	Polen
Pharma-Dritte Welt	Seuche-Heilverfahren	Kenia
Pharma-Überwachung	Seuche-neu	Mexiko
Pharma-Bestechung	Seuche-alt	Deutschland
Pharma-Rechtsstreit	Seuche-Scharlatane	Mortalität
Pharma-Geld		Wanza
Pharma-Protest		
Pharma-Heuchelei		
Pharma-Tests		
Pharma-Fälschungen		
Pharma-Vertuschungen		

Guido bewegte den Pfeil und klickte. »Arnold. Wer ist denn plötzlich dieser Arnold?«, fragte er.

»Ein Freund von ihr.«

»Der hat hier auch Dateien. Mann, und was für 'ne Menge Dateien der hat!«

»Wie viele denn?«

»Zwanzig. Mehr.« Er klickte weiter. »*Dies und das*. Was kann das sein?«

»Na, alles Mögliche eben«, antwortete Justin unwirsch. »He, Moment! Was machst du da? Du bist zu schnell.«

»Nein, bin ich nicht. Ich mach's extra langsam, für dich. Ich sehe nach, was sie alles in ihrem Aktenkoffer hat. Mann, da sind jede Menge Ordner drin. Ordner eins, Ordner zwei. Und noch viel mehr.« Er klickte. Sein aufgesetzter amerikanischer Akzent trieb Justin in den Wahnsinn. Wo hat er den bloß her? Wahrscheinlich guckt er zu viele amerikanische Filme. Ich werde mit dem Schuldirektor reden müssen. »Siehst du das hier? Das ist der Papierkorb. Da tut sie alles rein, was sie eventuell rausschmeißen will.«

»Sieht so aus, als hätte sie es nicht gemacht.«

»Nun ja, was noch da ist, hat sie behalten. Alles andere hat sie rausgeschmissen.« Er klickte.

»Was heißt AOL?«, fragte Justin.

»America Online. Ein Internet-Provider. Alles, was sie von AOL erhalten und aufgehoben hat, ist in diesem Programm abgelegt, genau wie ihre alten E-Mails. Um neue Nachrichten abzuholen, muss man online gehen. Um Nachrichten *abzuschicken*, muss man ebenfalls online gehen. Solange man nicht online ist, kann man keine Nachrichten abholen oder senden.«

»Das weiß ich selbst. Ist doch klar.«

»Soll ich jetzt online gehen?«

»Noch nicht. Ich will erst sehen, was schon da ist.«

»Alles?«

»Ja.«

»Um das zu lesen, brauchst du Tage. Vielleicht Wochen. Du musst nur mit der Maus draufgehen und klicken. Willst du den Stuhl haben?«

»Bist du absolut sicher, dass nichts schief gehen kann?«, fragte Justin noch einmal, als er sich auf den Stuhl setzte und Guido hinter ihm Aufstellung nahm.

»Was sie gesichert hat, ist sicher. Wie gesagt. Warum sollte sie es sonst sichern?«

»Und ich kann es nicht löschen?«

»Herrgott noch mal, Mann! Das geht nur, wenn du auf Löschen drückst. Aber selbst wenn du das tust, wirst du erst mal gefragt: Justin, willst du das wirklich löschen? Und wenn du es nicht willst, sagst du nein. Das heißt, du drückst auf Nein. Und wenn du auf Nein drückst, heißt das: *Nein. Will ich nicht löschen*. Klick. Das ist alles. Nun mach schon.«

Während Justin sich vorsichtig durch Tessas Labyrinthe klickt, steht Lehrmeister Guido gönnerhaft hinter ihm und gibt ihm mit seiner angloamerikanischen Cyberstimme Kommandos. Wenn Justin auf etwas Neues oder Verwirrendes stößt, unterbricht er sein Tun, nimmt ein Blatt Papier und lässt sich von Guido die einzelnen Schritte diktieren. Ganze Landschaften neuer Informationen entfalten sich vor seinen Augen. Geh hierhin, geh dorthin, geh wieder zurück. Das ist alles viel zu viel, du hast zu viel gesammelt, das kann ich nie mehr aufholen, sagt er zu ihr. Ich könnte jahrelang lesen und wüsste immer noch nicht, ob ich gefunden habe, wonach du gesucht hast.

* * *

Broschüren der Weltgesundheitsorganisation.

Berichte von obskuren medizinischen Kongressen in Genf, Amsterdam und Heidelberg unter der Ägide irgendeines jener unzähligen Ableger des wild wuchernden Gesundheitsimperiums der Vereinten Nationen.

Firmenprospekte, in denen unaussprechliche pharmazeutische Produkte und ihre die Lebensqualität steigernden Eigenschaften gepriesen werden.

Private Aufzeichnungen. Notizen. Ein schockierendes Zitat aus *Time*, umrahmt von Ausrufezeichen und in einer so großen Schrift, dass man es sogar vom anderen Ende des Raums lesen konnte, es sei denn, man war blind oder wendete den Kopf ab. Eine Furcht erregende, allgemeine Aussage, die Tessas Suche nach dem Besonderen beflügeln soll:

> BEI 93 KLINISCHEN TESTS WURDEN 691 GEGENREAKTIONEN REGISTRIERT, VON DENEN JEDOCH NUR 39 AN DIE NATIONALEN GESUNDHEITSBEHÖRDEN GEMELDET WURDEN.

Ein ganzer Ordner für PW. Wer in Gottes Namen ist dieser PW, den sie ja nicht gerade versteckt hat? Verzweiflung. Gib mir was Gedrucktes, das kann ich verstehen. Aber als er *Dies und das* anklickt, springt ihm dort wieder PW ins Auge. Und einen Klick weiter klärt sich alles auf: PW ist die Abkürzung für PharmaWatch, eine selbst ernannte Cyber-Untergrundorganisation, die virtuell in Kansas ansässig ist und sich zum Ziel gesetzt hat, »die Exzesse und üblen Machenschaften der pharmazeutischen Industrie zu entlarven«, nicht zu vergessen »die Unmenschlichkeit selbst ernannter Humanitätsapostel, die die ärmsten Nationen ausbeuten«.

Berichte von so genannten Hinterhofkonferenzen zur Planung von Märschen auf Seattle oder Washington, bei denen die Demonstranten die Weltbank und den Internationalen Währungsfonds mit ihren Ansichten konfrontieren wollten.

Hochtrabendes Gerede von der »Großen Amerikanischen Hydra« und dem »Monster Kapital«. Ein gewagter Artikel von weiß der Himmel wo, Titel: »Der Anarchismus kommt in großem Stil zurück.«

Justin klickt weiter und findet eine Attacke auf den Begriff *Humanität*. Humanität ist Tessas Hasswort, soviel ist klar. Wann immer sie es hört, gesteht sie Bluhm in einer redseligen E-Mail, möchte sie am liebsten zu ihrem Revolver greifen.

Jedes Mal wenn ich höre, wie ein Pharmakonzern sein Vorgehen mit Begriffen wie Humanität, Altruismus oder Pflicht gegenüber der Menschheit rechtfertigt, wird mir schlecht, und das liegt bestimmt nicht daran, dass ich schwanger bin. Sondern daran, dass ich zur gleichen Zeit irgendwo lese, wie die amerikanischen Pharmagiganten die Lebensdauer ihrer Patente zu verlängern versuchen, damit sie bloß nicht ihr Monopol verlieren; denn so können sie verlangen, was sie wollen und das Außenministerium dazu benutzen, den Ländern der Dritten Welt Angst zu machen, damit sie es nicht wagen, das gleiche Produkt zu einem Bruchteil der Kosten der geschützten Version herzustellen. Sicher, was Aids-Medikamente betrifft, haben sie sich zu einer kosmetischen Geste entschlossen. Aber was ist mit –

* * *

Das weiß ich doch alles, denkt er und klickt zum Desktop zurück und von dort zu *Eigene Dateien, Arnold*.

»Was ist das denn?«, fragt er scharf und hebt die Hände von der Tastatur, als wolle er jede Verantwortung von sich weisen. Zum ersten Mal in ihrer Beziehung verlangt Tessa von ihm ein Passwort, bevor sie ihn einlässt. Ein knapper Befehl: PASSWORT, PASSWORT, wie die blinkende Leuchtreklame eines Bordells.

»Scheiße«, sagt Guido.

»Hatte sie ein Passwort, als sie dir beigebracht hat, wie man mit dem Ding hier arbeitet?«, fragt Justin, ohne auf den skatologischen Ausbruch einzugehen.

Guido legt eine Hand auf den Mund, beugt sich vor und tippt mit der anderen Hand fünf Zeichen ein. »Ich«, sagt er stolz.

Fünf Sternchen erscheinen, sonst nichts.

»Was machst du da?«, fragt Justin.

»Meinen Namen eingeben. Guido.«

»Warum?«

»Das war das Passwort«, sagt er und verfällt nervös in wortreiches Italienisch. »Das I ist kein I. Sondern eine Eins. Das O ist eine Null. Tessa war ganz begeistert von dem System. In einem Passwort muss man mindestens eine Ziffer haben, hat sie behauptet.«

»Und warum sind da nur Sternchen?«

»Damit man nicht sehen kann, dass es Guido heißt! Sonst könnte mir ja einer über die Schulter gucken und das Passwort lesen! Aber es funktioniert nicht! Guido ist nicht ihr Passwort!« Er legt beide Hände vors Gesicht.

»Also müssen wir raten«, schlägt Justin vor, um ihn zu beruhigen.

»Raten? Wie denn? Was denn? Was glaubst du, wie oft man da raten darf? Vielleicht dreimal!«

»Du meinst, wenn wir falsch raten, kommen wir nicht rein?«, fragt Justin in einem tapferen Versuch, das Problem auf die leichte Schulter zu nehmen. »He. Du. Immer mit der Ruhe.«

»Genau, dann kommen wir nie rein!«

»Na schön. Dann lass uns mal überlegen. Welche Ziffern sehen sonst noch wie Buchstaben aus?«

»Die Drei könnte ein umgedrehtes E sein. Die Fünf ein S. Da gibt's ein halbes Dutzend. Mehr. So ein Mist –« Immer noch hat er die Hände vor dem Gesicht.

»Und was genau passiert, wenn wir zu oft falsch raten?«

»Dann macht er dicht, lässt keinen Versuch mehr zu. Was dachtest du denn?«

»Für immer?«

»Für immer!«

Justin hört die Lüge in seiner Stimme und lächelt.

»Und du meinst, mehr als drei Versuche haben wir nicht?«

»Bin ich vielleicht ein Lexikon? Oder ein Handbuch? Was ich nicht weiß, kann ich nicht sagen. Könnten drei sein. Könnten aber auch zehn sein. Ich muss jetzt zur Schule. Versuch's doch mal bei der Hotline.«

»Denk nach. Was hat sie nach Guido am liebsten?«

Endlich nimmt Guido die Hände vom Gesicht. »Dich! Wen denn sonst? Justin!«

»Das würde sie nicht machen.«

»Warum nicht?«

»Weil das hier ihr Reich ist, nicht meins.«

»Das denkst du nur! Sei nicht lächerlich. Versuch's mit Justin. Das klappt, ganz bestimmt!«

»Denk nach. Was hat sie *nach* Justin am liebsten?«

»Ich war nicht mit ihr verheiratet. Okay? Aber du!«

Justin denkt *Arnold*, dann *Wanza*. Er versucht es mit *Ghita* und gibt das I als 1 ein. Nichts. Er stößt ein nervöses, verächtliches Schnauben aus, um anzudeuten, dass diese kindische Spielerei unter seiner Würde ist, tatsächlich aber laufen seine Gedanken in alle Richtungen, und er weiß nicht, welcher er folgen soll. Er denkt an *Garth*, ihren toten Vater, und an *Garth*, ihren toten Sohn, und schließt beide aus ästhetischen und emotionalen Gründen aus. Er denkt *Tessa*, aber die ist keine Egomanin. Er denkt *ARNO1D* und *ARN0LD* und *ARN01D*, aber Tessa wäre nicht so dumm, Arnolds Datei mit dem Passwort *Arnold* zu versperren. Er flirtet mit *Maria*, dem Namen ihrer Mutter, dann mit *Mustafa*, dann mit *Hammond*, doch keiner davon drängt sich ihm als Codename oder Passwort auf. Er blickt in ihr Grab hinab und sieht die gelben Freesien auf dem Deckel ihres Sargs unter der rötlichen Erde verschwinden. Er sieht Mustafa in der Küche der Woodrows stehen, den Korb umklammernd. Er sieht sich selbst, wie er sich, den Strohhut auf dem Kopf, im Garten in Nairobi und dann wieder hier auf Elba um die Blumen kümmert. Er gibt das Wort *Freesie* ein und tippt das I als 1. Sieben Sternchen erscheinen, sonst geschieht nichts. Er gibt das Wort noch einmal ein und tippt das S als 5.

»Ob das Ding mir noch eine Chance gibt?«

»Ich bin zwölf Jahre alt, Justin! Zwölf!« Guido beruhigt sich ein wenig. »Kann sein, dass du noch *einen* Versuch hast. Dann ist Schluss. Ich geb's auf, okay? Das ist ihr Laptop. Deiner. Halt mich da raus.«

Justin gibt zum dritten Mal *Freesie* ein, lässt das S als 5, macht aber aus der 1 wieder ein I und starrt plötzlich auf eine unfertige Polemik. Mit Hilfe seiner gelben Freesien ist er in die Datei

Arnold eingedrungen und auf ein Traktat über Menschenrechte gestoßen. Guido hüpft im Zimmer herum.

»Wir haben's geschafft! Sag ich doch! Wir sind phantastisch! *Sie* ist phantastisch!«

* * *

Warum müssen Afrikas Schwule sich verstecken?

Vernehmen Sie die wohltuenden Worte jenes großen Gebieters über öffentliche Moral, Präsident Daniel Arap Moi:

»Worte wie Lesbiertum und Homosexualität existieren in afrikanischen Sprachen nicht.« – Moi, 1995.

»Homosexualität verstößt gegen afrikanische Normen und Religionen und wird auch von den Religionen als große Sünde angesehen.« – Moi, 1998.

Es überrascht nicht, dass Kenias Strafgesetze sich zu hundert Prozent mit Mois Ansichten decken. In den Paragraphen 162–165 ist für »widernatürlichen Geschlechtsverkehr« eine GEFÄNGNISSTRAFE VON FÜNF BIS VIERZEHN JAHREN festgelegt. Ferner geht daraus hervor:

- dass nach kenianischem Gesetz jede sexuelle Beziehung zwischen Männern als VERBRECHEN gilt.
- dass sexuelle Beziehungen zwischen Frauen unbekannt sind.

Welche GESELLSCHAFTLICHEN KONSEQUENZEN hat diese vorsintflutliche Einstellung?

- Schwule Männer heiraten oder haben Affären mit Frauen, um ihre sexuelle Neigung zu verheimlichen.
- Sie sind unglücklich, und ihre Frauen auch.
- Es gibt keine Aufklärungskampagne für schwule Männer, trotz der von Kenia lange geleugneten Aids-Epidemie.
- Teile der kenianischen Gesellschaft sind gezwungen, ein Leben im Verborgenen zu führen. Ärzte, Anwälte, Geschäftsleute, Priester und sogar Politiker leben in ständiger Angst vor Erpressung oder Verhaftung.
- Es entsteht ein Teufelskreis aus Korruption und Unterdrückung, der unsere Gesellschaft noch tiefer in den Morast zieht.

Hier endet der Artikel. Warum?

Und warum, um Himmels willen, speicherst du eine unfertige Polemik über die Rechte der Schwulen unter *Arnold* ab und sicherst sie mit einem Passwort?

Justin kommt plötzlich zu Bewusstsein, dass Guido neben ihm steht. Er hat seine Wanderungen durch den Raum beendet und starrt, weit vorgebeugt und mit verwirrtem Gesichtsausdruck, auf den Bildschirm.

»Wird Zeit, dass ich dich zur Schule bringe«, sagt Justin.

»Wir müssen noch nicht los! Wir haben noch zehn Minuten! Wer ist Arnold? Ist er schwul? Was *machen* Schwule? Meine Mutter dreht durch, wenn ich sie danach frage.«

»Wir gehen jetzt. Könnte ja sein, dass wir hinter einem Traktor hängen bleiben.«

»Lass mich nur noch ihre Mail ansehen. Okay? Es könnte ihr jemand geschrieben haben. Vielleicht Arnold. Willst du nicht ihre Mail sehen? Vielleicht hat sie *dir* eine Nachricht geschickt, die du noch nicht gelesen hast. Also, ich guck jetzt nach. Ja?«

Justin legt dem Jungen behutsam eine Hand auf die Schulter. »Dir passiert nichts. Niemand wird dich auslachen. Jeder bleibt ab und zu mal dem Unterricht fern. Das macht dich nicht zu einem Behinderten. Das macht dich normal. Wir sehen uns ihre Mail an, wenn du zurückkommst.«

* * *

Für die Fahrt zu Guidos Schule und zurück brauchte Justin eine lange Stunde, und in dieser Zeit erlaubte er sich weder geistige Höhenflüge noch voreilige Spekulationen. Als er wieder den Ölraum betrat, ging er nicht zu dem Laptop, sondern zu dem Stapel Papiere, den Lesley ihm im Lieferwagen neben dem Kino gegeben hatte. Mit mehr Selbstvertrauen als zuvor am Laptop blätterte er sich bis zur Fotokopie eines von unbeholfener Hand auf liniertes Papier geschriebenen Briefes durch, der ihm schon bei einer seiner ersten hektischen Suchaktionen aufgefallen war. Kein Datum. Der angehefteten, mit Robs Initialen gezeichneten Notiz zufolge hatte man den Brief zwischen den Seiten eines medizinischen Nachschlagewerks entdeckt, das die beiden Beamten auf dem Fußboden in Bluhms Küche gefunden hatten; enttäuschte Einbrecher mussten es dort hingeworfen haben. Das Schreibpapier alt und verblichen. Als Adresse auf dem Umschlag die Postfachnummer von Bluhms NGO, abgestempelt auf der ehemaligen arabischen Sklaveninsel Lamu.

Mein über alles geliebter Arni,
ich vergesse nie unser Liebe und deine Umarmungen und deine Freundlichkeit zu mir. Welch ein Glück und Segen für mich, dass du unser schöne Insel für deine Urlaub hast gewählt! Ich muss sagen Dank, aber ich sage Dank zu Gott für deine genereuse Liebe und Geschenke und für das Wissen, das wird kommen zu mir bei meine Forschung, für das ich danke dir, und für das Motorrad. Für dich mein Geliebter ich arbeite Tag und Nacht, immer mit Freude in Herz dass mein Geliebter bei jeden Schritt ist bei mir und mich liebt.

Und die Unterschrift? Wie vor ihm Rob, versuchte Justin sie zu entziffern. Rob merkte in seiner Notiz an, die Handschrift, lang gezogen, flach und mit gerundeten Endschnörkeln, deute auf einen arabischen Schreiber hin. Die elegant geschwungene Unterschrift bestand offenbar aus drei Buchstaben: in der Mitte ein Vokal, vorne und hinten je ein Konsonant. Pip? Pet? Pat? Dot? Sinnlos, darüber zu spekulieren. Allem Anschein nach war es tatsächlich eine arabische Unterschrift.

Aber war der Schreiber ein Mann oder eine Frau? War es denkbar, dass eine ungebildete Araberin aus Lamu sich so freimütig äußerte? Und dass sie Motorrad fuhr?

Justin durchquerte den Raum und setzte sich an den Laptop; anstatt jedoch wieder *Arnold* aufzurufen, starrte er nur den leeren Bildschirm an.

* * *

»Wen liebt *Arnold* eigentlich?«, fragt er sie mit geheuchelter Gleichgültigkeit, als sie an einem heißen Sonntagabend in Nairobi nebeneinander auf dem Bett liegen. Am Morgen desselben Tages sind Arnold und Tessa von ihrer ersten gemeinsamen Exkursion zurückgekehrt. Tessa hat sie als eine der wichtigsten Erfahrungen ihres Lebens bezeichnet.

»Arnold liebt die ganze Menschheit«, antwortet sie träge. »Ohne Ausnahme.«

»Schläft er auch mit der ganzen Menschheit?«

»Schon möglich. Ich habe ihn nicht gefragt. Soll ich?«

»Nein. Besser nicht. Vielleicht frage ich ihn selbst.«

»Das wird nicht nötig sein.«

»Bestimmt nicht?«

»Ganz bestimmt nicht.«

Und küsst ihn. Und küsst ihn noch einmal. Bis sie ihn ins Leben zurück geküsst hat.

»Und frag mich das nie wieder«, sagt sie dann noch, das Gesicht in seiner Schulterbeuge, ihre Arme und Beine über seinen. »Sagen wir einfach, Arnold hat sein Herz in Mombasa verloren.« Und drängt sich mit gesenktem Kopf und geraden Schultern noch näher an ihn heran.

* * *

In Mombasa?

Oder in Lamu, hundertfünfzig Meilen nördlich davon?

Justin ging zum Zähltisch zurück und nahm sich jetzt Lesleys Hintergrundbericht vor: »BLUHM, Arnold Moise, Dr. med., vermisst, Opfer oder Verdächtiger.« Keine Skandale, keine Ehe, soweit bekannt kein Lebensgefährte, keine Lebensgefährtin. Zielperson hatte in Algier in einem Wohnheim für junge Ärzte beiderlei Geschlechts ein Einzelapartment bewohnt. Keine Bezugsperson bei seiner NGO ermittelt. Als nächste Verwandte der Zielperson wird seine adoptierte belgische Halbschwester angegeben, wohnhaft in Brügge. Arnold hatte nie Reise- oder sonstige Spesen für einen Partner geltend gemacht und nie etwas anderes als eine Junggesellenunterkunft in Anspruch genommen. Die demolierte Wohnung der Zielperson in Nairobi war nach Lesleys Bericht »eine Mönchsklause mit äußerst asketischer Einrichtung«. Die Zielperson lebte dort allein und ohne Personal. »Zielperson scheint im Privatleben ohne jeden Komfort auszukommen, auch ohne warmes Wasser.«

* * *

»Im Muthaiga Club sind alle überzeugt, dass unser Baby von Arnold dort platziert wurde«, erklärt Justin Tessa mit liebenswürdiger Stimme, während sie in einem indischen Restaurant am Stadtrand sitzen und Fisch essen. Sie ist im vierten Monat schwanger, und obwohl ihre Unterhaltung kaum darauf schließen lässt, ist Justin so vernarrt in sie wie nie zuvor.

»Was heißt ›alle im Muthaiga Club‹?«, fragt sie.

»Elena, die Griechin, nehme ich an. Die hat es Gloria gesagt, und Gloria hat es Woodrow gesagt«, fährt er fröhlich fort. »Was ich da eigentlich machen soll, ist mir nicht ganz klar. In den Club gehen und es auf dem Billardtisch mit dir treiben, wäre eine Möglichkeit, falls du für so was zu haben bist.«

»Also doppeltes Risiko«, sagt sie nachdenklich. »Und doppelte Vorurteile.«

»Doppelt? Wieso?«

Sie senkt den Blick und schüttelt sanft den Kopf. »Diese Mistkerle kennen doch nichts als Vorurteile – belassen wir es dabei.«

* * *

Damals hatte er ihr gehorcht. Nun aber nicht mehr. Wieso *doppelt?*, fragte er sich.

Einfaches Risiko bedeutet Arnolds Ehebruch. Aber doppelt? Worauf bezieht sich das? Auf seine Rasse? Arnold wird diskriminiert wegen seines angeblichen Ehebruchs und wegen seiner Rasse? Also eine doppelte Diskriminierung?

Möglich.

Es sei denn.

Es sei denn, hier spricht einmal mehr die scharfäugige Anwältin in ihr: die Anwältin, die eher eine Todesdrohung ignorierte, als dass sie ihr Streben nach Gerechtigkeit aufgab.

Es sei denn, das *erste* Vorurteil richtete sich nicht gegen einen Schwarzen, der angeblich mit einer verheirateten Weißen schlief, sondern allgemein gegen Homosexuelle, *zu denen Bluhm* – auch wenn seine Gegner das nicht wussten – *gehörte*.

In einem solchen Fall hätte die scharfäugige, warmherzige Anwältin wie folgt argumentiert:

Risiko Nummer eins: Arnold ist homosexuell, aber die hiesigen Vorurteile erlauben ihm nicht, das einzugestehen. Würde er es eingestehen, könnte er sein soziales Engagement nicht fortsetzen, da Moi Nicht-Regierungsorganisationen ebenso verabscheut wie er Homosexuelle hasst, und Arnold im günstigsten Fall aus dem Land werfen würde.

Risiko Nummer zwei: Arnold ist gezwungen, ein Leben im Verborgenen zu führen (siehe den unfertigen Zeitungsartikel von?). Statt sich zu seiner Sexualität zu bekennen, muss er die Rolle des Playboys spielen und zieht so die für rassenüberschreitenden Ehebruch reservierte Kritik auf sich.

Folglich: doppeltes Risiko.

Und warum, fragte er den Ölraum, kann Tessa auch dieses Geheimnis ihrem geliebten Ehemann nicht anvertrauen, warum überlässt sie ihn stattdessen seinen Zweifeln, ehrenrührigen Verdächtigungen, die er weder zugeben will noch kann, noch darf, nicht einmal sich selbst gegenüber?

Ihm fiel der Name des indischen Restaurants ein, das sie so sehr gemocht hatte. Haandi.

* * *

Die Wogen der Eifersucht, die Justin so lange zurückgehalten hatte, schlugen plötzlich über ihm zusammen, verschlangen ihn. Aber es war eine neue Art von Eifersucht: Eifersucht, dass Tessa und Arnold auch noch dieses Geheimnis vor ihm gehabt hatten, zusammen mit all ihren anderen Geheimnissen; dass sie ihn bewusst von ihrem heiß geliebten Zweierzirkel ausgeschlossen hatten, sodass er ihnen nur nachstarren konnte wie ein verzweifelter Voyeur, ohne – trotz all ihrer Beteuerungen – je sicher zu sein, dass es dort gar nichts zu sehen gab und nie etwas zu sehen geben würde; dass zwischen ihnen, wie Ghita Rob und Lesley hatte erklären wollen, ehe sie dann davor zurückschreckte, niemals Funken fliegen würden; dass ihre Beziehung nichts anderes war als genau die Art geschwisterlicher Freundschaft, von der Justin Ham gegenüber gesprochen hatte, ohne im Grunde seines Herzens vollkommen davon überzeugt zu sein.

Ein perfekter Mann – so hatte Tessa Bluhm einmal genannt. Selbst Justin, der Skeptiker, hatte nie anders über ihn gedacht. Ein Mann, der den homoerotischen Nerv in uns allen berührt, hatte er Tessa gegenüber einmal unschuldig bemerkt. Schön und gewinnend. Höflich zu Freunden wie Fremden. Schön von seiner rauchigen Stimme bis zu dem wohlgerundeten, eisengrauen Bart und den großen afrikanischen Augen, die nie umherwanderten, wenn er mit jemandem sprach. Schön in den sparsamen, aber präzisen Gesten, die seine einleuchtenden, trefflich vorgetragenen, intelligenten Ansichten unterstrichen. Schön von den wohlgeformten Knöcheln bis zu dem federleichten, graziösen Körper, fit und geschmeidig wie der eines Tänzers und ebenso diszipliniert in seiner Körperbeherrschung. Nie aufdringlich, nie unvorbereitet, nie harsch, obwohl er auf jeder Party und jeder Versammlung mit Leuten aus der westlichen Welt zusammentraf, die so unwissend waren, dass Justin sich an ihrer Stelle für sie schämte. Sogar die alten Herrschaften im Muthaiga sagten es: Dieser Bluhm, mein Gott, Schwarze wie ihn hat es zu unserer Zeit nicht gegeben, kein Wunder, dass Justins junge Frau für ihn entflammt ist.

Warum also im Namen von allem, was heilig ist, hast du mich nicht von meinen Qualen erlöst?, herrschte er sie wütend an.

Weil ich dir vertraut und von dir ebensolches Vertrauen erwartet habe.

Warum hast du mir nichts gesagt, wenn du mir vertraut hast?

Weil ich das Vertrauen von Freunden nicht missbrauche und von dir verlange, dass du das respektierst und mich dafür bewunderst. Grenzenlos und allezeit.

Weil ich Anwältin bin. Wenn es um Geheimnisse geht – so pflegte sie zu sagen –, *ist ein Grab im Vergleich zu mir eine Plaudertasche.*

Vierzehntes Kapitel

Und Tuberkulose ist ein Riesengeschäft: Fragen Sie Karel Vita Hudson. Die reichsten Nationen müssen jetzt jederzeit mit einer Tuberkulose-Pandemie rechnen, und Dypraxa wird die Milliardenumsätze machen, die alle guten Aktienbesitzer sich erträumen. Die Weiße Pest, der Böse Schnitter, der Große Imitator, der Hauptmann des Todes sucht nicht mehr nur die Elenden dieser Erde heim. Jetzt waltet die Krankheit wieder wie vor hundert Jahren. Wie eine stinkende Giftwolke schwebt sie *am Horizont der westlichen Welt*, auch wenn ihr vorläufig nur die Armen zum Opfer fallen.

– Ein Drittel der Weltbevölkerung ist mit dem Bazillus infiziert,

schreibt Tessa in ihren Computer und markiert und unterstreicht den Text.

– In den Vereinigten Staaten hat die Zahl der Erkrankungen in sieben Jahren um zwanzig Prozent zugenommen ...
– Ein einziger unbehandelter Erkrankter überträgt die Krankheit pro Jahr durchschnittlich auf zehn bis fünfzehn Menschen ...
– Die New Yorker Gesundheitsbehörden sind dazu übergegangen, Tbc-Kranke, die sich nicht freiwillig isolieren lassen, in Haft zu nehmen ...
– Dreißig Prozent der bekannten Tbc-Fälle sind inzwischen resistent gegenüber medikamentöser Behandlung ...

Die Weiße Pest entsteht nicht in uns selbst, liest Justin. Sie wird uns aufgezwungen von schlechtem Atem, schlechten Lebensbedingungen, schlechter Hygiene, schlechtem Wasser und den Versäumnissen schlechter Regierungen.

Reiche Länder hassen sie, weil sie ein ungünstiges Licht auf ihre Haushaltsführung wirft, arme Länder hassen sie, weil sie in vielen Fällen gleichbedeutend mit Aids ist. Manche Länder wollen gar nicht erst zugeben, dass sie davon betroffen sind. Sie leben lieber im Zustand der Lüge, als die Schande einzugestehen.

In Kenia und anderen afrikanischen Ländern ist die Zahl der Tuberkulosefälle seit Ausbruch der Immunschwächekrankheit um das Vierfache gestiegen.

In einer ausführlichen E-Mail zählt Arnold die praktischen Schwierigkeiten einer Behandlung der Krankheit vor Ort auf:

- Diagnose aufwendig und langwierig. Patienten müssen an mehreren aufeinander folgenden Tagen Speichelproben abliefern.
- Laborarbeit unerlässlich, aber Mikroskope kaputt oder gestohlen.
- Farbstoff zum Nachweis des Bazillus nicht vorhanden. Farbstoff verkauft, getrunken, ausgegangen, nicht nachbestellt.
- Behandlung dauert acht Monate. Patienten, die sich nach einem Monat besser fühlen, brechen Behandlung ab oder verkaufen ihre Medikamente. Krankheit kehrt in resistenter Form zurück.
- Tbc-Medikamente werden auf afrikanischen Schwarzmärkten als Heilmittel gegen sexuell übertragbare Krankheiten verkauft. Die Weltgesundheitsorganisation verlangt, dass Patienten ihre Tabletten unter Aufsicht einnehmen sollen. Folge: Auf dem Schwarzmarkt werden Tabletten »nass« oder »trocken« verkauft, je nachdem, ob sie schon jemand im Mund gehabt hat oder nicht ...

Dann die knappe Schlussbemerkung:

Tbc tötet mehr Mütter als jede andere Krankheit. In Afrika

zahlen immer Frauen den Preis. Wanza war ein Versuchskaninchen und wurde zum Opfer.
Ganze Dörfer voller Frauen wie Wanza waren Versuchskaninchen.

* * *

Auszüge aus einem Artikel des *International Herald Tribune*:

»Westen gewarnt: Auch ihn bedrohen resistente Tbc-Stämme«, von Donald G. McNeil Jr., New York Times Service

mit Unterstreichungen von Tessa.

AMSTERDAM – Todbringende resistente Tuberkulosestämme breiten sich nicht nur in den armen Ländern aus, sondern auch in den reichen Ländern des Westens, heißt es in einem Bericht der Weltgesundheitsorganisation und anderer Anti-Tbc-Gruppen.

»Dies ist eine Warnung: Passt auf, Leute, es ist ernst«, erklärt Dr. Marcos Espinal, Hauptautor des Berichts. »Hier lauert eine schwere Krise ...«

Aber das durchschlagendste Argument, über das die internationale Gemeinschaft der Ärzte bei ihrem Kampf um Bereitstellung finanzieller Mittel verfügt, ist die gespenstische Prognose, dass der sprunghafte Anstieg der Erkrankungen in der Dritten Welt dazu führen wird, dass mutierte Stämme etwas Unheilbares und hochgradig Ansteckendes hervorbringen, das auf den Westen übergreifen wird.

Fußnote von Tessa in seltsam beherrscht wirkender Schrift, als unterdrücke sie mit Bedacht jegliches Gefühl:

»Arnold sagt: Russische Einwanderer in die USA, besonders solche, die direkt aus Lagern kommen, bringen alle möglichen Arten multiresistenter Tbc-Stämme mit – und zwar anteilmäßig höher als in Kenia, wo multiresistent NICHT gleichbedeutend mit HIV-positiv ist. Ein Freund von ihm behandelt schwere Fälle im Brooklyner Bezirk Bay Ridge, und die Zahlen sind schon jetzt erschreckend, sagt er. Überall in den USA, in den übervölkerten städtischen Wohngebieten der Minderheiten, nimmt die Zahl der Erkrankungen stetig zu.«

Oder in der Sprache formuliert, die an den Börsen in der ganzen Welt verstanden wird: Wenn der Tbc-Markt sich wie vorhergesagt entwickelt, warten Milliarden und Abermilliarden nur darauf, kassiert zu werden, und zwar von Dypraxa – natürlich vorausgesetzt, dass der Vorlauf in Afrika keine störenden Nebenwirkungen zutage fördert.

Dieser Gedanke veranlasst Justin, sich mit Nachdruck wieder dem Uhuru-Krankenhaus in Nairobi zuzuwenden. Noch einmal wühlt er sich durch die Polizeiakten und fördert sechs fotokopierte, mit Tessas Handschrift fieberhaft bedeckte Seiten zutage, auf denen sie Wanzas Krankengeschichte in der Sprache eines Kindes aufzuzeichnen versucht.

Wanza ist eine allein erziehende Mutter.
Sie kann nicht lesen und nicht schreiben.
Ich habe sie zuerst in ihrem Dorf und später im Kibera-Slum gesehen. Sie wurde von ihrem Onkel schwanger. Er hat sie vergewaltigt und dann behauptet, sie hat ihn verführt. Es ist ihre erste Schwangerschaft. Wanza hat das Dorf verlassen, um nicht noch einmal von ihrem Onkel vergewaltigt zu werden, und auch nicht von einem anderen Mann, der sie belästigte.
Wanza sagt, viele Leute in ihrem Dorf sind krank und haben einen schlimmen Husten. Viele Männer haben Aids, auch Frauen. Zwei Schwangere sind kürzlich gestorben. Genau wie Wanza sind sie in einer fünf Meilen entfernten Klinik gewesen. Wanza wollte nicht mehr in diese Klinik gehen. Sie hatte Angst, dass die Medikamente dort schlecht sind. Das beweist, dass Wanza intelligent ist, denn die meisten eingeborenen Frauen vertrauen Ärzten blind, auch wenn sie sich lieber Spritzen als Pillen geben lassen.
In Kibera wurde sie von einem weißen Mann und einer weißen Frau besucht. Die beiden trugen weiße Kittel, also dachte sie, es sind Ärzte. Sie wussten, aus welchem Dorf sie gekommen war. Sie gaben ihr ein paar Pillen, die gleichen, die sie in der Klinik bekommen hatte.

Wanza sagt, der Name des Mannes ist Law-bear. Ich habe sie den Namen ganz oft sagen lassen. Lor-bear? Lor-beer? Lohrbear? Die weiße Frau hat nicht gesagt, wie sie heißt, aber sie hat Wanza untersucht und Blut, Urin und Speichel von ihr mitgenommen.
Die beiden haben sie noch zweimal in Kibera besucht. Für die anderen Leute in ihrer Hütte haben sie sich nicht interessiert. Sie sagten ihr, sie muss ihr Kind im Krankenhaus zur Welt bringen, weil sie krank ist. Das hat Wanza beunruhigt: Viele Schwangere in Kibera sind krank, sie bringen ihre Kinder aber nicht im Krankenhaus zur Welt.
Lawbear sagte, sie muss nichts bezahlen, alle Kosten werden übernommen. Sie hat nicht gefragt, von wem. Sie sagt, der Mann und die Frau waren sehr besorgt. Sie hat nicht gewollt, dass sie sich solche Sorgen machen. Sie hat einen Witz darüber gemacht, aber die beiden haben nicht gelacht.
Am nächsten Tag wurde sie von einem Auto abgeholt. Das war kurz vor dem Geburtstermin. Es war das erste Mal, dass sie in einem Auto fuhr. Zwei Tage später kam ihr Bruder Kioko ins Krankenhaus, um bei ihr zu sein. Er hatte gehört, dass sie im Krankenhaus war. Kioko kann lesen und schreiben und ist sehr intelligent. Die beiden Geschwister lieben sich sehr. Wanza ist fünfzehn Jahre alt.
Kioko sagt, als eine andere Schwangere aus seinem Dorf im Sterben lag, ist dasselbe weiße Paar gekommen und hat Proben von ihr genommen, genau wie sie es mit Wanza gemacht haben. Während sie im Dorf waren, haben sie erfahren, dass Wanza nach Kibera geflohen ist. Kioko sagt, sie waren sehr neugierig und haben ihn gefragt, wie sie Wanza finden können, und sie haben seine Wegbeschreibung in ein Notizbuch geschrieben. So hat das weiße Paar Wanza in Kibera gefunden und sie zur Beobachtung ins Uhuru-Krankenhaus einliefern lassen. Wanza ist ein afrikanisches Versuchskaninchen, eine von vielen, die Dypraxa nicht überlebt haben.

* * *

Tessa redet mit ihm am Frühstückstisch. Sie ist im siebten Monat schwanger. Mustafa steht dort, wo er immer zu stehen beharrt: gerade noch in der Küche, aber mit einem Ohr an der ein wenig geöffneten Tür, so dass er genau weiß, wann er noch einen Toast machen oder Tee nachschenken muss. Die Stunden am Morgen sind eine glückliche Zeit. Die am Abend auch. Aber morgens fließt das Gespräch am besten.

»Justin.«

»Tessa.«

»Hörst du?«

»Bin ganz Ohr.«

»Wenn ich plötzlich *Lorbeer* rufen würde – einfach so –, was würde dir dazu einfallen?«

»Gewürz.«

»Weiter.«

»Gewürz. Kranz. Cäsar. Herrscher. Sportler. Sieger.«

»Weiter.«

»Einen Lorbeerkranz aufsetzen – Lorbeeren ernten – sich auf seinen Lorbeeren ausruhen – Lorbeerbaum – Lorbeerzweig – Lorbeerbeere – warum lachst du nicht?«

»Aber auf jeden Fall ist es ein deutsches Wort?«, hakt sie nach.

»Deutsch. Substantiv. Maskulinum.«

»Buchstabier es.«

Er gehorcht.

»Könnte es auch Holländisch sein?«

»Schon möglich. Vielleicht. Nicht genauso, aber wohl sehr ähnlich. Hast du dich jetzt auf Kreuzworträtsel verlegt, oder was?«

»Nein, nicht mehr«, antwortet sie nachdenklich. Und damit ist die Sache für Tessa, die Anwältin, erledigt, wie so oft. *Ein Grab ist im Vergleich zu mir eine Plaudertasche.*

* * *

Kein J, kein G, kein A, heißt es in ihren Notizen weiter. Sie meint: Justin, Ghita und Arnold sind nicht anwesend. Sie ist mit Wanza allein im Krankenzimmer.

15:23 Ein bulliger Weißer und eine große Frau, slawischer Typ, kommen rein; beide in weißen Kitteln, der von der Slawin ist am Hals offen. Drei weitere männliche Personen. Alle in weißen Kitteln. Gestohlene Napoleon-Bienen auf den Taschen. Treten an Wanzas Bett und gaffen sie an.
Ich: Wer sind Sie? Was machen Sie mit ihr? Sind Sie Ärzte?
Sie ignorieren mich, starren Wanza an, lauschen auf ihren Atem, prüfen Herz, Puls, Temperatur, Augen, rufen ›Wanza‹. Keine Reaktion.
Ich: Sind Sie Lorbeer? Wer sind Sie alle? Wie heißen Sie?
Slawin: Das geht Sie nichts an.
Abgang.

Die Slawin ein Miststück. Schwarz gefärbte Haare, lange Beine. Wackelt mit den Hüften, kann nicht anders.

Wie ein Mann, der bei einem Verbrechen ertappt wird, schiebt Justin Tessas Notizen hastig unter einen Stapel Papier, springt auf und heftet den Blick in ungläubigem Entsetzen auf die Tür des Ölraums. Jemand klopft energisch. Justin sieht die Tür im Rhythmus der Schläge erzittern und hört durch den Lärm die kommandierende, furchtbar vertraute Donnerstimme eines Angehörigen der herrschenden Klasse von England.

»Justin! Komm raus, Alter! Versteck dich nicht! Wir wissen, dass du da drin bist! Zwei liebe Freunde bringen Trost und Geschenke!«

Justin, erstarrt, ist zu keiner Reaktion fähig.

»Was verkriechst du dich, Alter? Was sollen diese Spielchen? Ist nicht nötig! Wir sind's! Beth und Adrian! Deine Freunde!«

Justin nimmt die Schlüssel vom Sideboard, dann tritt er wie einer, der hingerichtet werden soll, blind ins Sonnenlicht hinaus und steht vor Beth und Adrian Tupper, dem großartigsten Schriftsteller-Duo der Epoche, den weltberühmten Tuppers aus der Toskana.

»*Beth. Adrian.* Wie schön«, verkündet er und knallt die Tür hinter sich zu.

Adrian packt ihn an den Schultern und senkt dramatisch die Stimme. »Justin, mein Lieber. Liebling der Götter. Hm? Hm? Sei ein Mann. Nur«, säuselt er im Ton zutraulichen Mitgefühls. »Du bist einsam. Erzähl mir nichts. *Schrecklich* einsam.« Justin ergibt sich in seine Umarmung und sieht Adrians winzige, tief liegende Augen neugierig über seine Schulter spähen.

»Ach, Justin, wir haben sie ja so gern gehabt«, miaut Beth und zieht die Lippen kläglich nach unten, spitzt sie aber sogleich wieder, um ihm einen Kuss auf die Wange zu geben.

»Wo ist Luigi?«, will Adrian wissen.

»In Neapel. Mit seiner Verlobten. Sie wollen heiraten. Im Juni«, fügt Justin überflüssigerweise hinzu.

»Sollte besser hier sein und dir helfen. Aber so ist das heute, mein Lieber. Keine Loyalität. Niemand will mehr dienen.«

»Der Große ist dem Andenken unserer geliebten Tessa gewidmet, der Kleine ist für den armen Garth und soll daneben gepflanzt werden«, erklärt Beth mit dünner Stimme, die irgendwie ihr Echo verloren hat. »Ich dachte, wir pflanzen sie in Erinnerung an sie, stimmt's, Adrian?«

Im Hof steht ihr Pick-up, die Ladefläche voller rustikaler Holzscheite: Adrians Leser sollen glauben, er schwinge selbst das Beil. Darauf liegen zwei junge Pfirsichbäume mit Plastiksäcken um die Wurzelballen.

»Beth hat eine phantastische Antenne«, tönt Tupper vertraulich. »Die richtige Wellenlänge, mein Lieber. Ständig auf Empfang, stimmt's, Darling? ›Wir müssen ihm Bäume mitbringen‹, hat sie gesagt. So was weiß sie einfach. Sie weiß es.«

»Wir könnten sie jetzt gleich einpflanzen, dann wäre das erledigt«, schlägt Beth vor.

»Nach dem Essen«, sagt Adrian bestimmt.

Ein schlichtes Bauernpicknick – Beths Care-Paket, wie sie es nennt: ein Brot, Oliven, für jeden eine Forelle aus unserer Räucherei, Darling, nur wir drei, und dazu eine Flasche von deinem herrlichen Manzini-Wein.

Höflich bis in den Tod, führt Justin sie zur Villa.

* * *

»Man kann nicht ewig trauern, mein Lieber. Nimm die Juden. Sieben Tage, und dann ist Schluss. Danach sind sie wieder auf den

Beinen, voller Tatendrang. Das ist bei ihnen *Vorschrift*, Darling, verstehst du?«, erklärt Adrian seiner Frau, als wäre sie schwachsinnig.

Sie sitzen unter den Putten im Salon und essen die Forellen vom Schoß, um Beths Vorstellung von einem Picknick gerecht zu werden.

»Das ist bei denen alles schriftlich festgelegt. Was zu tun ist, wer es zu tun hat, für wie lange. Und dann geht's wieder an die Arbeit. Justin sollte es genauso machen. Man darf sich nicht zurückziehen, Justin. Das darf man einfach nicht. Viel zu negativ.«

»Ich ziehe mich ja gar nicht zurück«, wendet Justin ein und verflucht sich, weil er eine zweite Flasche Wein aufgemacht hat.

»Was tust du denn *dann*?«, fragt Tupper und durchbohrt Justin mit seinen kleinen runden Augen.

»Na ja, Tessa hat eine Menge unfertige Sachen hinterlassen«, erklärt Justin lahm. »Da ist als Erstes natürlich ihr Nachlass. Und die Wohltätigkeitsstiftung, die sie gegründet hat. Und allerhand Kleinigkeiten.«

»Hast du einen Computer?«

Den hast du gesehen?!, dachte Justin mit heimlichem Entsetzen. Nein, unmöglich! Dafür war ich zu schnell, das weiß ich ganz genau!

»Die wichtigste Erfindung seit der Druckerpresse, mein Lieber. Habe ich Recht, Beth? Keine Sekretärin, keine Ehefrau, gar nichts. Was für einen benutzt du? Am Anfang haben wir uns noch dagegen gesträubt, stimmt doch, Beth? Ein Fehler.«

»Wir haben die Möglichkeiten nicht gleich erkannt«, erklärt Beth und trinkt einen sehr großen Schluck Wein für eine so kleine Frau.

»Ich habe einfach den genommen, der hier rumstand«, antwortet Justin, wieder halbwegs im Gleichgewicht. »Tessas Anwälte haben mir einen Stapel Disketten übergeben, und ich habe mich so gut es ging da durchgearbeitet.«

»Du bist also fertig. Zeit, nach Hause zu gehen. Zögere nicht. Geh. Dein Land braucht dich.«

»Nun ja, *ganz* fertig bin ich noch nicht, Adrian. Ein paar Tage werde ich schon noch benötigen.«

»Weiß man beim Außenministerium, dass du hier bist?«

»Anzunehmen«, sagt Justin. Wie macht Adrian das bloß? Lässt mir keine Ausrede. Schnüffelt in meinem Privatleben rum, das ihn absolut nichts angeht, und ich stehe daneben und lasse es zu.

Eine Atempause, in der sich Justin zu seiner ungeheuren Erleichterung einen außerordentlich langweiligen Bericht darüber anhören muss, wie das größte Schriftsteller-Duo der Welt gegen jede natürliche Neigung zum Internet bekehrt worden ist – zweifellos die Generalprobe für ein weiteres fesselndes Kapitel eines toskanischen Märchens und einen weiteren Gratiscomputer von den Herstellern.

»Du läufst davon, mein Lieber«, ermahnt ihn Adrian streng, als sie die Pfirsichbäume vom Wagen abladen und zur *cantina* schleppen, so dass Justin sie später einpflanzen kann. »Es gibt so etwas wie Pflicht. Altmodisches Wort heutzutage. Je länger du's rausschiebst, um so schwieriger wird's. Geh nach Hause. Man wird dich mit offenen Armen empfangen.«

»Warum können wir sie nicht jetzt einpflanzen?«, fragt Beth.

»Zu traurig, Darling. Das macht er sicher lieber allein. Der Himmel schütze dich, mein Lieber. Die richtige Wellenlänge. Das Wichtigste überhaupt.«

Also, was war das jetzt?, will Justin von Tupper wissen, als er dem entschwindenden Pick-up nachblickt: reiner Zufall oder eine Verschwörung? Bist du gesprungen, oder hat man dich gestoßen? Hat der Blutgeruch dich hierher gelockt – oder hat Pellegrin dich geschickt? In verschiedenen Phasen seines allzu öffentlichen Lebens war Tupper unter anderem für die BBC und eine üble britische Zeitung tätig gewesen. Aber er hatte auch in den geheimen Hinterzimmern von Whitehall gearbeitet. Justin erinnerte sich an eine besonders boshafte Bemerkung von Tessa. »Was glaubst du wohl, was Adrian mit all dem Wissen anfängt, das er nicht in seinen Büchern verarbeitet?«

* * *

Als er zu Wanza zurückkehrte, stellte er fest, dass Tessas Tagebuch über die Krankheit ihrer Zimmergenossin nach sechs Seiten wenig aufschlussreich abbrach. Lorbeer und sein Team erscheinen noch dreimal im Krankenzimmer. Zweimal spricht Arnold sie an, aber Tessa kann nicht hören, worüber sie reden. Nicht Lorbeer, sondern die sexy Slawin untersucht Wanza, während Lorbeer und sein Gefolge nutzlos daneben stehen. Was danach geschieht, spielt sich nachts ab, als Tessa schläft. Tessa wacht auf, sie ruft und schreit, aber die Krankenschwestern lassen sich nicht blicken. Sie haben zu große Angst. Nur unter erheblichen Schwierigkeiten stöbert Tessa sie auf und zwingt sie, zuzugeben, dass Wanza gestorben ist und man ihr Baby in ihr Dorf zurückgebracht hat.

Justin legte die Blätter zu den Polizeipapieren zurück und begab sich wieder an den Computer. Er fühlte sich miserabel. Er hatte zu viel Wein getrunken. Die Forelle, die offenbar schon zur Halbzeit der Räucherei entflohen war, lag ihm wie Gummi im Magen. Er tippte auf einigen Tasten herum und überlegte, ob er in die Villa gehen und einen Liter Mineralwasser trinken sollte. Plötzlich starrte er in ungläubigem Entsetzen auf den Bildschirm. Er sah weg, schüttelte den Kopf, um ihn freizubekommen, und starrte wieder hin. Er drückte die Hände aufs Gesicht, um die Benommenheit fortzuwischen. Aber als er wieder hinsah, war die Botschaft immer noch da.

DAS PROGRAMM HAT EINE UNERLAUBTE OPERATION AUSGEFÜHRT.
ALLE UNGESICHERTEN DATEN IN ALLEN GEÖFFNETEN FENSTERN
KÖNNEN VERLOREN GEHEN.

Und unter dem Todesurteil eine Reihe von Kästchen, angeordnet wie Särge bei einem Massenbegräbnis: Klicken Sie den an, in dem Sie am liebsten begraben werden möchten. Er ließ die Arme seitlich hängen, legte den Kopf nach hinten und schob sich, indem er die Absätze in den Boden stemmte, mitsamt dem Stuhl vorsichtig vom Computer weg.

»Tupper, du Schwein!«, flüsterte er. »Du verdammtes Schwein.« Aber eigentlich meinte er sich selbst.

Ich muss irgendwas getan haben, oder nicht getan haben. Ich hätte das blöde Ding ausschalten sollen.

Guido. Ich brauche Guido.

Er sah auf die Uhr. In zwanzig Minuten ist die Schule aus, aber

Guido hat gesagt, er will nicht abgeholt werden. Er nimmt lieber den Schulbus, wie die anderen, normalen Jungen, und bittet den Fahrer zu hupen, wenn er ihn am Tor absetzt – erst von dort darf Justin ihn gnädigerweise mit dem Jeep abholen. Justin blieb also nichts anderes übrig als zu warten. Wenn er jetzt noch losgerast wäre, um vor dem Bus da zu sein, wäre er womöglich zu spät gekommen und hätte wieder zurückrasen müssen. Also ließ er den Computer schmollen und nahm am Zähltisch Platz, um sich von dem handfesten Papier, das ihm wesentlich sympathischer war als der Bildschirm, in bessere Laune versetzen zu lassen.

PANA Nachrichtenagentur (24/09/97)
Der Weltgesundheitsorganisation zufolge war in den afrikanischen Ländern südlich der Sahara 1995 die weltweit höchste Anzahl neuer Tuberkulosefälle sowie eine hohe Zahl von Tbc- und HIV-Doppelinfektionen zu verzeichnen.

Das weiß ich schon lange, vielen Dank.

Mega-Städte in den Tropen werden zur Hölle auf Erden
Da illegale Rodungen, Wasser- und Bodenverschmutzung sowie unkontrollierte Ölförderung das Ökosystem der Dritten Welt zerstören, sind immer mehr Landbewohner in Staaten der Dritten Welt gezwungen, auf der Suche nach Arbeit und Überlebensraum in die Städte zu ziehen. Experten rechnen mit der Entstehung von einer zwei- bis dreistelligen Zahl Mega-Städte in den Tropen, in deren gewaltigen, von schlecht bezahlten Arbeitern bevölkerten Slums sich tödliche Krankheiten wie zum Beispiel Tuberkulose auf nie gekannte Weise ausbreiten werden ...

In der Ferne hörte er einen Bus hupen.

* * *

»Du hast es also vermasselt«, sagte Guido in zufriedenem Ton, als Justin ihn an den Schauplatz der Katastrophe führte. »Hast du ihre Mails gelesen?« Er fing schon an, auf der Tastatur herumzutippen.

»Nein, natürlich nicht. Keine Ahnung, wie das geht. Was machst du da?«

»Hast du irgendwas eingegeben und vergessen, es zu speichern?«

»Selbstverständlich nicht. Weder noch. Nein.«

»Dann ist auch nichts passiert. Du hast nichts verloren«, erklärte Guido heiter in seiner Computer-Piktogrammsprache und erweckte die Maschine mit einigen weiteren Eingaben erneut zum Leben. »Können wir jetzt online gehen? *Bitte?*«, bettelte er.

»Wozu?«

»Um ihre Post abzuholen, Herrgott noch mal! Hunderte von Leuten da draußen schicken ihr täglich E-Mails, und du willst sie nicht lesen. Was ist mit den Leuten, die *dir* Grüße und Beileidsbekundungen senden? Willst du nicht wissen, was sie zu sagen haben? Hier drin sind noch E-Mails von mir, die sie nie beantwortet hat! Die sie vielleicht nie gelesen hat!«

Guido war den Tränen nahe. Justin fasste ihn an den Schultern und drückte ihn sanft auf den Hocker vor der Tastatur.

»Erklär mir die Risiken«, sagte er. »Was kann schlimmstenfalls passieren?«

»Gar nichts. Alles ist gesichert. Es gibt keinen schlimmsten Fall. Wir machen mit diesem Computer nur die simpelsten Sachen. Wenn wir abstürzen, ist alles wie vorher. Neue E-Mails speichere ich sofort. Alles andere hat Tessa gespeichert. Vertrau mir.«

Guido verbindet den Laptop mit dem Modem und reicht Justin das Ende eines Kabels. »Zieh den Telefonstecker raus und steck das hier rein. Dann kann's losgehen.«

Justin gehorcht. Guido tippt und wartet. Justin sieht ihm über die Schulter. Hieroglyphen, ein Fenster, noch mehr Hieroglyphen. Pause zum Beten und Nachdenken, dann über den ganzen Bildschirm eine Botschaft, die wie eine Leuchtreklame blinkt und Guido zu einem empörten Aufschrei veranlasst.

Risikogebiet!!

ACHTUNG: GESUNDHEITSGEFAHR.
GEHEN SIE NICHT WEITER. KLINISCHE TESTS HABEN HINWEISE DARAUF ERGEBEN, DASS WEITERE RECHERCHEN TÖDLICHE NEBENWIRKUNGEN HABEN KÖNNEN. MIT BLICK AUF IHRE SICHERHEIT UND IHRE SEELENRUHE IST IHRE FESTPLATTE VON TOXISCHEN STOFFEN GEREINIGT WORDEN.

Einige trügerische Sekunden lang ist Justin nicht ernstlich besorgt. Unter günstigeren Umständen hätte er sich jetzt gern an den Zähltisch gesetzt und den Herstellern einen wütenden Brief wegen ihrer übertriebenen Ausdrucksweise geschrieben. Andererseits hat Guido ihm gerade demonstriert, dass Hunde, die bellen, nicht beißen. Und als er gerade ausrufen will: »Ah, *die* schon wieder, das ist ja wirklich das Letzte!«, sieht er, dass Guido den Kopf nach hinten sinken lässt wie ein Erschossener, seine Finger sich links und rechts neben dem Laptop zusammenkrümmen wie tote Spinnen und sein Gesicht wieder so bleich geworden ist wie in der Zeit vor den Transfusionen.

»Schlimm?«, fragt Justin leise.

Guido wirft sich nach vorn wie ein Pilot in einer Gefahrensituation und klickt sich durch die Notfallmaßnahmen. Offenbar vergeblich, denn er richtet sich wieder auf, schlägt sich mit der Hand an die Stirn, schließt die Augen und lässt ein Furcht erregendes Stöhnen hören.

»Sag mir doch, was da los ist«, bittet Justin. »Nichts kann so schlimm sein, Guido. Sag's mir.« Und als Guido immer noch nicht antwortet: »Du hast ihn ausgeschaltet. Richtig?«

Guido nickt, völlig erstarrt.

»Und jetzt ziehst du den Modemstecker raus.«

Wieder ein Nicken. Immer noch ganz starr.

»Warum tust du das?«

»Ich muss neu booten.«

»Was bedeutet das?«

»Wir müssen eine Minute warten.«

»Warum?«

»Vielleicht zwei.«

»Und was bringt das?«

»Gibt dem Ding Zeit zum Vergessen. Es muss sich beruhigen. Das ist *nicht* normal, Justin. Das ist sehr schlimm.« Er spricht wieder sein Computer-Amerikanisch. »Das sind keine sozial benachteiligten Jugendlichen, die sich einen Spaß erlauben. Das sind total kranke Typen, die dir das angetan haben. Glaub mir.«

»Mir oder Tessa?«

Guido schüttelt den Kopf. »Da hasst euch jemand.« Er schaltet den Computer wieder ein, erhebt sich vom Hocker und holt tief Luft, es klingt wie ein umgekehrter Seufzer. Und Justin erblickt zu seiner Freude die vertrauten schwarzen Kinder, die ihm vom Bildschirm zuwinken.

»Du hast es geschafft«, ruft er. »Guido, du bist ein Genie!«

Aber noch während er das sagt, erscheint an Stelle der Kinder eine lustige kleine Sanduhr, die auf einen schräg stehenden weißen Pfeil gespießt ist. Dann verschwindet auch das Bild, und zurück bleibt blauschwarze Unendlichkeit.

»Die haben ihn abgeschossen«, flüstert Guido.

»Wie?«

»Die haben einen Virus eingeschleust. Der Virus hatte den Befehl, die Festplatte zu löschen. Als Letztes haben sie die Nachricht hinterlassen mit dem Hinweis, was sie getan haben.«

»Dann war es nicht dein Fehler«, sagt Justin ernst.

»Hat sie Backups gemacht?«

»Ich habe alles gelesen, was sie ausgedruckt hat.«

»Ich rede nicht von Ausdrucken! Hat sie Disketten gemacht?«

»Wir haben keine gefunden. Wir vermuten, sie hat sie in den Norden mitgenommen.«

»In den Norden? Was soll das heißen? Warum hat sie sich nicht alles als E-Mail in den Norden geschickt? Warum muss sie Disketten in den Norden schleppen? Versteh ich nicht. *Kapier* ich einfach nicht.«

Justin denkt an Ham, und dann wieder an Guido. Auch in Hams Computer war ein Virus eingedrungen.

»Du hast erzählt, sie habe dir oft E-Mails geschickt«, sagt er.

»Ungefähr einmal in der Woche. Zweimal. Wenn sie's in einer Woche vergessen hat, dann zweimal in der nächsten.« Er spricht Italienisch. Er ist wieder ein Kind, so verloren wie an dem Tag, an dem Tessa ihn gefunden hat.

»Hast du nach deinen E-Mails gesehen, seit sie ermordet wurde?«

Guido schüttelt heftig den Kopf. Das wäre zu viel für ihn gewesen. Das hätte er nicht über sich gebracht.

»Dann könnten wir vielleicht zu dir nach Hause gehen und nachsehen, ob da was ist. Einverstanden? Du hast doch nichts dagegen?«

Als er zwischen den sich schon verdunkelnden Bäumen den Berg hinauffuhr, dachte Justin an nichts und niemanden, außer an Guido. Guido war ein verletzter Freund, und Justin hatte nur den einen Wunsch, ihn sicher nach Hause zu seiner Mutter zu bringen, seine Ruhe wiederherzustellen und dafür zu sorgen, dass er aufhörte, Trübsal zu blasen, dass er wieder so wurde wie früher: ein zwölfjähriges Genie voll gesunder Arroganz; dass er nicht ein Krüppel blieb, dessen Leben mit Tessas Tod geendet hatte. Und wenn *sie* – wer auch immer das sein mochte – mit Guidos Computer dasselbe gemacht hatten wie mit Hams und Tessas, und Justin vermutete das, dann brauchte der Junge jemanden, der ihm so gut es ging Trost spendete und Mut zusprach. Das war das Einzige, was für Justin zählte, es schloss alle anderen Ziele und Gefühle aus, denn sich mit ihnen zu beschäftigen, hätte Anarchie bedeutet. Es hätte bedeutet, vom Pfad rationaler Nachforschungen abzuweichen und die Suche nach Rache mit der Suche nach Tessa zu verwechseln.

Er stellte das Auto ab und schob Guido mit einem Anflug von Fatalismus eine Hand unter den Arm. Und zu Justins Überraschung schüttelte Guido sie nicht ab. Seine Mutter hatte einen Eintopf zubereitet, und frisches Brot, auf das sie besonders stolz war, und Justin bestand darauf, dass sie beide zunächst etwas davon aßen, und er lobte das Essen, während sie ihnen wachsam zusah. Dann holte Guido den Computer aus seinem Zimmer. Vorläufig gingen sie noch nicht online, sondern saßen Schulter an Schulter und lasen Tessas Berichte über die schlafenden Löwen, die sie auf ihren Reisen gesehen hatte, und die SCHRECKLICH verspielten Elefanten, die sich, hätte sie ihnen auch nur die kleinste Gelegenheit dazu gegeben, auf ihren Jeep gesetzt und ihn zerdrückt hätten, und die wirklich HOCHMÜTIGEN Giraffen, die NUR glücklich waren, wenn jemand ihren eleganten Hals bewunderte.

»Möchtest du eine Diskette mit allen E-Mails von ihr?«, fragte Guido, der spürte, dass Justin mehr davon nicht ertragen konnte.

»Das wäre zu freundlich«, sagte Justin ausgesucht höflich. »Und ich möchte auch, dass du mir Kopien von deinen Sachen machst, damit ich sie in Ruhe lesen und dir schreiben kann: deine Aufsätze, deine Hausaufgaben und alles, was du Tessa gern gezeigt hättest.«

Als die Disketten fertig waren, verband Guido das Modem mit dem Telefonanschluss, und sie sahen eine prächtige Herde Thomsongazellen über den Bildschirm galoppieren, der dann aber sofort schwarz wurde. Guido versuchte, zum Desktop zurückzukehren, doch schließlich erklärte er mit belegter Stimme, die Festplatte sei gelöscht worden, genau wie die von Tessa, nur dass hier der verrückte Text über klinische Tests und toxische Stoffe fehlte.

»Und sie hat dir nichts geschickt, was du für sie aufbewahren solltest?«, fragte Justin. Er fand, er hörte sich an wie ein Zollbeamter.

Guido schüttelte den Kopf.

»Nichts, das du an irgendwen weitergeben solltest – sie hat dich nicht als Postamt benutzt oder so?«

Wieder Kopfschütteln.

»Hast du denn jetzt irgendwas verloren, was dir wichtig ist?«

»Nur ihre letzten E-Mails«, flüsterte Guido.

»Na, dann sind wir ja schon zu zweit.« Beziehungsweise zu dritt, wenn man Ham mitzählt, dachte er. »Also, wenn *ich* das verkraften kann, kannst du es auch. Immerhin war ich mit ihr verheiratet. Okay? Vielleicht war in ihrem Computer irgendein Virus, und der hat deinen angesteckt. Wäre das möglich? Sie hat sich was eingefangen und es an dich weitergegeben, ohne es zu merken. Ja? Ich weiß nicht, wovon ich rede, okay? Ich rate. Ich will damit nur ausdrücken, dass wir es niemals wissen werden. Also können wir auch einfach sagen: ›Pech gehabt‹, und uns wieder dem Leben zuwenden. Wir beide. Ja? Und du lässt dir alles kommen, was du brauchst, um das Ding hier wieder in Gang zu setzen. Hörst du? Ich sage dem Büro in Mailand Bescheid, dass sie demnächst von dir hören werden.«

Einigermaßen zuversichtlich, dass Guido sich wieder gefangen hatte, brach Justin auf; das heißt, er fuhr den Hügel hinunter zur Villa, parkte den Jeep auf dem Hof, wo er ihn vorgefunden hatte, holte Tessas Laptop aus dem Ölraum und ging damit ans Meer. Man hatte ihm auf verschiedenen Lehrgängen erklärt, und er glaubte es auch ohne weiteres, dass gewisse clevere Menschen durchaus in der Lage waren, den Text von einer angeblich gelöschten Festplatte wiederherzustellen. Aber solche Leute lebten auf der offiziellen Seite des Lebens, von der er sich längst verabschiedet hatte. Er überlegte, ob er mit Rob und Lesley Kontakt aufnehmen und sie dazu bewegen sollte, ihm zu helfen, aber er wollte sie nicht in Verlegenheit bringen. Außerdem, wenn er ehrlich war, kam ihm Tessas Computer irgendwie besudelt vor, es haftete ihm etwas Obszönes an, das Justin im physischen Sinn loswerden wollte.

Also ging er im Schein des weitgehend verhangenen Mondes auf einen baufälligen Pier hinaus. Auf halbem Weg kam er an einem alten, ihm ziemlich übertrieben scheinenden Schild vorbei, auf dem stand, wer sich jetzt noch weiter vorwage, tue das auf eigene Gefahr. Am Ende des Piers angekommen, übergab er Tessas vergewaltigten Computer der See, dann kehrte er in den Ölraum zurück, um sich bis zum frühen Morgen seine Sorgen von der Seele zu schreiben.

* * *

Lieber Ham,
beiliegend der Erste einer hoffentlich langen Reihe von Briefen an deine liebe Tante. Ich möchte nicht rührselig erscheinen, aber falls ich unter einen Bus geraten sollte, habe ich eine Bitte an dich: Übergib sämtliche Dokumente persönlich dem niederträchtigsten und gemeinsten Angehörigen deines Berufsstandes, zahl ihm, was er will, und bring den Stein ins Rollen. Auf die Art erweisen wir beide Tessa einen guten Dienst.
Dein Justin

Fünfzehntes Kapitel

Sandy Woodrow hatte bis spät in den Abend, als der Whisky endlich die Oberhand über ihn gewann, treu auf seinem Posten im Hochkommissariat ausgeharrt und an seinem Auftritt bei der für den nächsten Tag angesetzten Kanzleibesprechung gefeilt, hatte ihn kritisch durch die Hierarchie seines dienstlichen Ichs nach oben und dann durch jenes andere Ich wieder nach unten wandern lassen, das ihn wie ein unberechenbares Gegengewicht ohne jede Vorwarnung in einen Tumult anklagender Gespenster herabzog und ihn zwang, ihr Geschrei zu übertönen: Ihr existiert gar nicht, ihr seid nur verirrte Randgestalten; ihr habt überhaupt nichts damit zu tun, dass Porter Coleridge urplötzlich nach London abgereist ist, mit Frau und Kind und der fragwürdigen Begründung, er habe sich spontan entschlossen, Heimaturlaub zu nehmen, um eine geeignete Schule für Rosie zu suchen.

Manchmal waren seine Gedanken auf eigene Faust abgeschweift und hatten sich mit höchst subversiven Themen beschäftigt: Scheidung in gegenseitigem Einvernehmen; ob Ghita Pearson oder diese Tara Soundso, die Neue in der Handelsabteilung, als Lebenspartnerin in Frage kommen könnte und, falls ja, welche von ihnen den Jungen eher zusagen würde. Oder ob es nicht am Ende doch besser wäre, dieses Einzelgängerdasein fortzusetzen, von solchen Verbindungen zu träumen, keine zu finden, den Traum in immer weitere Ferne entgleiten zu sehen. Als er dann mit verriegelten Wagentüren und geschlossenen Fenstern nach Hause fuhr, war er jedoch schon wieder imstande, sich als treu sorgenden Familienvater und Ehemann zu sehen – na schön, stets bereit, gewissen Anträgen ein geneigtes Ohr zu leihen, welcher Mann wäre das nicht? –, aber letztlich immer noch der anständige, loyale, vernünftige Soldatensohn, in den Gloria sich vor all den Jahren Hals über Kopf verliebt hatte. Als er sein Haus betrat, war er daher überrascht, um nicht zu sagen verletzt, dass Gloria seine guten Absichten keineswegs telepathisch erahnt hatte und für ihn aufgeblieben war, sondern dass er selbst im Kühlschrank nach etwas Essbarem suchen musste. Verdammt, *ich bin immerhin amtierender Hochkommissar*. Ich habe ein Recht auf ein *wenig* Respekt, sogar in meinem eigenen Haus.

»War was in den Nachrichten?«, rief er kläglich zu ihr hinauf, als er in wenig würdevoller Einsamkeit sein kaltes Rindfleisch verzehrte.

Die dünne Betondecke des Esszimmers war zugleich der Fußboden des Schlafzimmers.

»Hört ihr bei euch keine Nachrichten?«, schrie Gloria zurück.

»Wir sitzen nicht den ganzen Tag rum und hören Radio, falls du das meinst«, antwortete Woodrow, womit er seine Annahme zum Ausdruck brachte, dass Gloria das tat. Erneut wartete er, die Gabel auf halbem Weg zum Mund.

»In Zimbabwe sind wieder zwei weiße Farmer ermordet worden, falls das eine Nachricht ist«, sagte Gloria, nachdem die Verbindung schon fast zusammengebrochen war.

»Das weiß ich selbst! Pellegrin hat uns den ganzen Tag damit genervt. Warum wir Moi nicht einfach überreden können, dass er Mugabe endlich Einhalt gebietet? Aus demselben Grund, aus dem wir Moi nicht überreden können, sich selbst Einhalt zu gebieten. *Das* ist die Antwort.« Er wartete auf etwas wie »Ach Darling, du Ärmster«, aber es kam nur kryptisches Schweigen.

»Sonst nichts?«, fragte er. »In den Nachrichten. Sonst nichts?«

»Was denn?«

Was ist nur in diese verdammte Frau gefahren?, fragte er sich verdrossen und schenkte sich noch ein Glas Rotwein ein. So war sie doch früher nie. Seitdem ihr verwitweter Liebhaber sich nach England abgesetzt hat, schleicht sie nur noch im Haus herum wie eine kranke Kuh. Trinkt nicht mit mir, isst nicht mit mir, kann mir nicht in die Augen sehen. Das andere will sie auch nicht mehr, wobei das auf ihrer Hitliste noch nie besonders weit oben gestanden hat. Vernachlässigt sogar ihr Make-up. Erstaunlich.

Trotzdem freute es ihn, dass sie nichts Neues gehört hatte. Immerhin wusste er ausnahmsweise mal etwas, das sie nicht wusste. Es gelang London nicht oft, auf einer heißen Story zu sitzen, ohne dass irgendein Idiot aus der Presseabteilung vor dem vereinbarten Termin die Medien informierte. Wenn sie die Sache nur noch bis zum nächsten Morgen für sich behielte, hatte er freie Bahn, genau das, worum er Pellegrin gebeten hatte.

»Es geht dabei um Moral, Bernard«, hatte er in seinem besten militärischen Tonfall erklärt. »Ein paar Leute hier werden das ziemlich übel aufnehmen. Ich möchte es ihnen lieber selbst sagen. Besonders jetzt, wo Porter nicht da ist.«

Schadet nie, sie daran zu erinnern, wer zur Zeit die Geschäfte führt. Umsichtig, aber unerschütterlich, so müssen in ihren Augen die Männer an der Spitze sein. Natürlich nicht groß darüber reden; viel besser, wenn London von allein bemerkt, wie glatt hier alles ohne Porter läuft, der sich mit jedem Komma abquält.

Schon sehr unangenehm, um ehrlich zu sein, dieser Schwebezustand. Werden sie oder werden sie nicht? Gut möglich, dass es das ist, was Gloria fertig macht. Keine hundert Meter von hier steht die Residenz des Hochkommissars, mit allem Drum und Dran, der Daimler in der Garage, aber niemand residiert darin. Porter Coleridge, unser Hochkommissar, glänzt durch Abwesenheit. Und ich kleiner Fisch hocke hier und mache seine Arbeit, noch dazu viel besser als er selbst, und muss endlos auf die Entscheidung warten, ob ich, der ich schon längst an seine Stelle gerückt bin, dort nicht bloß als sein Vertreter, sondern als sein offizieller, voll akkreditierter Nachfolger wirken darf, mit allem, was dazu gehört – soll heißen: Residenz, Daimler, Privatbüro, Mildren, fünfunddreißigtausend Pfund Gehaltszulage. Und dem Ritterschlag ein gutes Stück näher.

Aber die Sache hatte einen Riesenhaken. Das Ministerium zögerte traditionell, jemanden *en poste* zu befördern. Man zog es vor, den Betreffenden nach Hause zu holen und von dort auf einen neuen Posten zu schicken. Natürlich hatte es Ausnahmen gegeben, aber nicht viele ...

Seine Gedanken wanderten wieder zu Gloria zurück. *Lady*

Woodrow: Da wird sie sich besser fühlen. Rastlos, das ist sie. Um nicht zu sagen faul. Ich hätte ihr noch ein paar Kinder mehr machen sollen, dann hätte sie was zu tun. Na, wenn sie erst mal in der Residenz wohnt, ist Schluss mit dem faulen Leben. Ein freier Abend die Woche – wenn sie Glück hat. Und streitsüchtig ist sie! Die wüste Zankerei mit Juma vorige Woche wegen einer völlig belanglosen Sache, irgendeiner Verschönerung im Untergeschoss. Und am Montag, das hätte er sich nun wirklich niemals träumen lassen, der Krach mit der alten Hexe Elena, *casus belli* unbekannt.

»Sollten wir nicht mal wieder El und ihren Mann zum Essen einladen, Darling?«, hatte er tapfer vorgeschlagen. »Mit den beiden haben wir schon seit Monaten keinen mehr draufgemacht.«

»Wenn du sie hier haben willst, frag sie doch selbst«, hatte Gloria eisig erwidert, und dabei war es geblieben.

Aber er spürte den Verlust. Gloria ohne Freundin war wie ein Haifisch ohne Zähne. Die Tatsache – die *außerordentliche* Tatsache –, dass sie mit der rehäugigen Ghita Pearson eine Art bewaffneten Waffenstillstand geschlossen hatte, tröstete ihn ganz und gar nicht. Noch vor zwei Monaten hatte Gloria behauptet, Ghita sei weder Fisch noch Fleisch. »Mit englisch erzogenen Brahmanentöchtern, die reden wie wir und sich kleiden wie Derwische, kann ich nichts anfangen«, hatte sie in Woodrows Hörweite zu Elena gesagt. »Außerdem übt die Quayle einen schlechten Einfluss auf sie aus.« Na ja, jetzt war die Quayle tot, und Elena kaltgestellt. Und Ghita, die sich wie ein Derwisch kleidete, war angeheuert worden, Gloria auf eine Führung durch den Slum von Kibera mitzunehmen, mit der groß angekündigten Absicht, sie als Freiwillige bei einer Hilfsorganisation unterzubringen. Und das ausgerechnet zu einer Zeit, als Ghitas eigenes Verhalten Woodrow ernsthaft Sorgen bereitete.

Da war zunächst einmal ihr Verhalten bei der Beerdigung. Gewiss, es steht nirgends geschrieben, wie man sich bei Beerdigungen zu benehmen hat. Trotzdem fand Woodrow ihre Aufführung unerhört. Dann hatte sie eine Phase, wie er sagen würde, aggressiver Trauer durchlebt: Da war sie wie ein Zombie durch die Kanzlei geirrt und hatte sich schlichtweg geweigert, Blickkontakt mit ihm aufzunehmen, und das, obwohl er sie doch früher immerhin als – nun, sagen wir: Kandidatin – betrachtet hatte. Und vorigen Freitag hatte sie, ohne irgendeine Erklärung abzugeben, gefragt, ob sie den Tag frei haben könne; dabei besaß sie als brandneue – und jüngste – Mitarbeiterin der Kanzlei im Prinzip noch gar keinen Anspruch auf so etwas. Doch in seiner Herzensgüte hatte er gesagt: »Nun gut, Ghita, in Ordnung, meinetwegen, aber lassen Sie ihn leben« – nichts Beleidigendes, nur ein harmloser Scherz zwischen einem verheirateten älteren Mann und einem hübschen jungen Mädchen. Doch wenn Blicke töten könnten, hätte er leblos zu ihren Füßen gelegen.

Und was hatte sie mit der Zeit angefangen, die er ihr geschenkt hatte – ohne auch nur zu fragen? Sie war zusammen mit einem Dutzend anderer weiblicher Mitglieder des selbst ernannten Klubs der Tessa-Quayle-Anhänger mit einer Chartermaschine an den verfluchten Turkanasee geflogen und hatte an der Stelle, an der Tessa und Noah ermordet worden waren, einen Kranz niedergelegt, die Trommel geschlagen und Kirchenlieder gesungen! Woodrow erfuhr davon erst am Montag beim Frühstück, als er den *Nairobi Standard* aufschlug und ein Foto erblickte, auf dem sie zwischen zwei riesigen Afrikanerinnen posierte, an die er sich von der Beerdigung her vage erinnerte.

»Ha, Ghita Pearson, *hab* ich dich«, hatte er geschnaubt und Gloria die Zeitung über den Tisch zugeworfen. »Also wirklich, Herrgott, man soll die Toten ruhen lassen und sie nicht alle zehn Minuten wieder ausgraben. Ich dachte immer, sie schwärmt für Justin.«

»Wenn wir nicht den italienischen Botschafter hier gehabt hätten, wäre ich auch hingeflogen«, hatte Gloria mit vorwurfsvoller Stimme erwidert.

Das Licht im Schlafzimmer war aus. Gloria tat so, als schliefe sie.

* * *

»Wenn wir nun bitte alle Platz nehmen wollen, meine Damen und Herren?«

Im Stockwerk über ihnen kreischte ein Elektrobohrer. Woodrow schickte Mildren los, ihn zum Schweigen zu bringen, und machte sich unterdessen demonstrativ an den Papieren auf seinem Schreibtisch zu schaffen. Das Kreischen brach ab. Woodrow ließ sich Zeit, blickte auf und sah die ganze Mannschaft vor sich, auch den atemlosen Mildren. Ausnahmsweise waren Tim Donohue und seine Assistentin Sheila ebenfalls um Teilnahme gebeten worden. Im Moment fanden keine Besprechungen des Hochkommissars statt, zu der die komplette Botschaftsbesatzung einberufen wurde, doch Woodrow hatte in diesem Fall auf vollzähligem Erscheinen bestanden. Daher auch der Militär- und der Geheimdienstattaché sowie Barney Long von der Handelsabteilung. Und die bedauernswerte Sally Aitken, die immerzu stotterte und rot wurde, vom Ministerium für Land- und Fischwirtschaft. Ghita, bemerkte er, saß in ihrer üblichen Ecke, in der sie sich seit Tessas Tod möglichst unsichtbar zu machen versuchte. Zu seiner Verärgerung trug sie immer noch den schwarzen Seidenschal, der ihn an den schmutzigen Verband um Tessas Hals erinnerte. Waren ihre verstohlenen Blicke kokett oder geringschätzig? Wer konnte das bei eurasischen Schönheiten schon sagen?

»Ziemlich traurige Geschichte, Herrschaften, leider«, begann er munter. »Barney, sind Sie so freundlich und schließen die Tür? Nicht abschließen, einfach zumachen reicht schon.«

Gelächter – aber von der nervösen Art.

Er kam gleich zur Sache, genau wie geplant. Den Stier bei den Hörnern packen – schließlich sind wir Profis –, ein notwendiger Eingriff. Aber es hat auch etwas stillschweigend Mutiges, das Gebaren des amtierenden Hochkommissars, als er zunächst in seine Notizen blickt, dann mit dem stumpfen Ende seines Bleistifts darauf klopft und sich in die Brust wirft, bevor er das Wort an die Versammlung richtet.

»Ich habe Ihnen heute Morgen zwei Dinge zu sagen. Das Erste bleibt unter uns, bis Sie in den Nachrichten davon erfahren, den britischen oder kenianischen, je nachdem, wer es früher bringt. Heute um Punkt zwölf Uhr erlässt die kenianische Polizei einen Haftbefehl gegen Dr. Arnold Bluhm wegen vorsätzlichen Mordes an Tessa Quayle und ihrem Fahrer Noah. Die Kenianer haben die belgische Regierung kontaktiert, und Bluhms Arbeitgeber werden im Voraus informiert. Wir haben einen gewissen Vorsprung, weil Scotland Yard an der Sache beteiligt ist und die dortigen Unterlagen an Interpol weitergegeben werden.«

Kaum ein Stuhl knarrt nach der Explosion. Kein Protest, kein verblüfftes Stöhnen. Nur Ghitas rätselhafte Augen sind endlich auf ihn gerichtet, voller Bewunderung oder voller Hass.

»Ich weiß, das ist ein schwerer Schock für Sie alle, besonders für diejenigen unter Ihnen, die Arnold gekannt und geschätzt haben. Wenn Sie Ihren Partnern einen Wink geben wollen, erteile ich Ihnen hiermit die Genehmigung, nach eigenem Ermessen zu verfahren.« Er dachte kurz an Gloria, die Bluhm bis zum Eintreffen der Nachricht von Tessas Tod als Emporkömmling und Gigolo geschmäht hatte, sich jetzt aber unerklärlicherweise Sorgen um sein Wohlergehen machte. »Ich kann nicht so tun, als wäre ich darüber begeistert«, gestand Woodrow und wandelte sich zum spröden Meister der Untertreibung. »Die Presse wird natürlich die üblichen seichten Motive präsentieren. Man wird immer wieder das Verhältnis zwischen Tessa und Bluhm durchhecheln. Und falls man ihn jemals zu fassen bekommt, wird man viel Lärm um seinen Prozess veranstalten. Jedenfalls könnte die Nachricht vom Standpunkt unserer Gesandtschaft aus kaum schlimmer sein. Zur Zeit liegen mir noch keine Informationen über die Güte des Beweismaterials vor. Angeblich ist es hieb- und stichfest, aber das müssen sie ja wohl sagen, oder?« Humor mit einer Prise Härte. »Fragen?«

Offenbar keine. Anscheinend hatte die Neuigkeit allen den Wind aus den Segeln genommen. Sogar Mildren, der schon am Abend zuvor davon erfahren hatte, fiel nichts Besseres ein, als sich an der Nasenspitze zu kratzen.

»Meine zweite Neuigkeit steht in einem gewissen Zusammenhang mit der ersten, ist aber wesentlich heikler. Partner werden *nicht* ohne meine vorherige Zustimmung informiert. Die rangniederen Mitarbeiter werden, falls notwendig, *selektiv* und nach strenger Prüfung jedes Einzelfalles informiert. Und zwar von mir persönlich oder vom Hochkommissar, wenn und falls er zurückkommt. Nicht von Ihnen, bitte. Habe ich mich deutlich genug ausgedrückt?«

Das hatte er. Diesmal nickten die Anwesenden erwartungsvoll, statt ihn nur wie Kühe anzuglotzen. Aller Augen waren auf ihn gerichtet, Ghita hatte ihre erst gar nicht von ihm abgewendet. *Mein Gott, wenn sie nun wirklich in mich verknallt ist? Wie soll ich da je wieder rauskommen?* Er dachte den Gedanken zu Ende. *Natürlich! Deswegen biedert sie sich so bei Gloria an! Erst war sie hinter Justin her, und jetzt ist sie hinter mir her! Sie hat's auf Ehepaare abgesehen, fühlt sich nur sicher, wenn sie auch die Frau auf ihrer Seite hat!* Er straffte sich und fand wieder in die Rolle des unerschrockenen Nachrichtenüberbringers zurück.

»Ich habe Ihnen zu meinem außerordentlichen Bedauern mitzuteilen, dass unser ehemaliger Kollege Justin Quayle spurlos verschwunden ist. Sie wissen vermutlich, dass er bei der Ankunft in London alle Hilfsangebote mit der Begründung ausgeschlagen hat, er wolle die Sache lieber allein durchstehen und so weiter. Immerhin hat er mit der Personalchefin gesprochen und sich am selben Tag mit Pellegrin zum Essen getroffen. Beide schildern ihn als erschöpft, missmutig und feindselig. Armer Kerl. Man hat ihm eine Zuflucht und psychologische Beratung angeboten, aber er hat beides abgelehnt. Inzwischen ist er untergetaucht.«

Jetzt war es Donohue, den Woodrow diskret beobachtete, nicht mehr Ghita. Woodrows Blick war natürlich mit Bedacht auf keinen der beiden gerichtet, sondern wanderte allem Anschein nach zwischen einem Punkt über den Köpfen seiner Zuhörer und den Notizen auf seinem Schreibtisch hin und her. In Wirklichkeit aber ließ er Donohue nicht aus den Augen und kam immer mehr zu der Überzeugung, dass Donohue und seine knochige Sheila wieder einmal längst Bescheid wussten.

»Noch am Tag seiner Ankunft in Großbritannien – genauer gesagt, am *Abend* seiner Ankunft – hat Justin der Leiterin der Personalabteilung einen ziemlich hinterhältigen Brief geschickt, in dem er ihr mitteilt, er nehme Urlaub, um die Angelegenheiten seiner Frau zu regeln. Er hat die normale Post benutzt und sich damit praktisch drei Tage Vorsprung verschafft. Als die Personalabteilung sich in Bewegung setzte, um ihn zurückzuhalten – nur zu seinem Besten, möchte ich hinzufügen –, war er längst von der Bildfläche verschwunden. Es gibt Hinweise darauf, dass er beträchtliche Anstrengungen unternommen hat, seine Spur zu verwischen. Bis nach Elba, wo Tessa ein Haus besaß, hat man ihm folgen können, aber als das Ministerium die Fährte aufgenommen hatte, war er schon wieder abgereist. Wohin, weiß der Himmel, es gibt allerdings Vermutungen. Er hatte natürlich keinen förmlichen Urlaubsantrag gestellt, und das Ministerium seinerseits hatte noch nicht entschieden, wie es ihm am besten wieder auf die Beine helfen sollte – einen Ort für ihn finden, an dem er für ein, zwei Jahre seine Wunden lecken konnte.« Ein Achselzucken, um anzudeuten, wie wenig Dankbarkeit es auf der Welt gab. »Nun, was auch immer er tut, er tut es allein. Und ganz bestimmt tut er es nicht für uns.«

Woodrow warf einen grimmigen Blick ins Publikum und wandte sich dann wieder seinen Notizen zu.

»Die Angelegenheit hat einen Sicherheitsaspekt, zu dem ich Ihnen selbstverständlich nichts sagen darf; jedenfalls fragt sich das Ministerium deshalb doppelt beunruhigt, wo und wie er das nächste Mal auftauchen wird. Man macht sich auch aufrichtig Sorgen um ihn, wie wir alle, nehme ich an. Solange er hier war, hat er sehr viel Haltung und Selbstbeherrschung gezeigt, aber jetzt scheint es ihn gänzlich aus der Bahn geworfen zu haben.« Nun kam der schwierige Teil, aber sie waren gewappnet. »Die Experten liefern uns verschiedene Interpretationen, die von unserem Standpunkt aus allesamt wenig erfreulich sind.«

Der Generalssohn marschiert tapfer weiter.

»Glaubt man den klugen Leuten, die in solchen Fällen aus den Eingeweiden lesen, besteht unter anderem die Möglichkeit, dass Justin sich in einem Zustand der Verdrängung befindet – soll heißen, er weigert sich zu akzeptieren, dass seine Frau tot ist, und hat sich auf die Suche nach ihr gemacht. Das tut sehr weh, aber es geht hier um die Logik eines vorübergehend gestörten Denkens. Jedenfalls hoffen wir, dass es vorübergehend ist. Eine weitere, gleichermaßen wahrscheinliche oder unwahrscheinliche Theorie besagt, er hat einen Rachefeldzug angetreten und sucht jetzt nach Bluhm. Anscheinend hat Pellegrin, natürlich in bester Absicht, durchblicken lassen, Bluhm stehe im Verdacht, Tessa ermordet zu haben. Möglich, dass Justin daraufhin die Initiative ergriffen hat. Traurig. Wirklich sehr traurig.«

Für einige Sekunden wurde Woodrow in seiner stets schwankenden Vorstellung von sich selbst zur Verkörperung dieser Trauer. Er war das anständige Gesicht einer fürsorglichen britischen Beamtenschaft. Er war der römische Preisrichter, der langsam urteilte und noch langsamer verdammte. Er war ein Mann von Welt, der nicht vor harten Entscheidungen zurückschreckte, aber entschlossen war, sich von seinen besten Instinkten leiten zu lassen. Beflügelt von seiner exzellenten Darbietung, glaubte er improvisieren zu können.

»Es scheint, dass Menschen in Justins Zustand häufig Pläne verfolgen, deren sie sich selbst gar nicht bewusst sind. Sie haben auf Autopilot gestellt und warten auf einen Vorwand, um tun zu können, was sie unbewusst ohnehin vorhaben. Ähnlich wie Selbstmörder. Jemand sagt etwas im Scherz – und peng, kommt die Lawine ins Rollen.«

Redete er zu viel? Zu wenig? Kam er vom Thema ab? Ghita starrte ihn an wie eine zornige Prophetin, und in Donohues gelblichen Augen glomm etwas, das Woodrow nicht zu deuten vermochte. Verachtung? Wut? Oder war es nur wieder dieses ewige Getue, als habe er ganz andere Ziele, komme von anderswo her und kehre auch wieder dorthin zurück?

»Aber die plausibelste Erklärung für das, was sich zur Zeit in Justins Kopf abspielt – die Annahme, die am besten zu den bekannten Tatsachen passt und, wie ich Ihnen sagen muss, von unseren Psychologen bevorzugt wird –, ist leider die, dass Justin sich eine Verschwörungstheorie zurechtgebastelt hat, und das wäre dann in der Tat sehr bedenklich. Wer die Realität nicht bewältigen kann, phantasiert sich eine Verschwörung zusammen. Wer nicht akzeptieren kann, dass seine Mutter an Krebs gestorben ist, klagt den Arzt an, der sie behandelt hat. Und die Chirurgen. Und die Anästhesisten. Und die Krankenschwestern. Die natürlich alle unter einer Decke gesteckt haben. Und sich kollektiv *verschworen* haben, die Frau zu beseitigen. Genau diesem Wahn scheint Justin im Falle von Tessas Ermordung verfallen zu sein. Tessa wurde nicht einfach vergewaltigt und ermordet. Tessa ist das Opfer einer internationalen Intrige. Sie ist nicht gestorben, weil sie jung und attraktiv war und entsetzliches Pech hatte, sondern weil *sie* ihren Tod gewünscht haben. Wer *sie* sind – diese Frage zu beantworten, bleibt jedem selbst überlassen. Es kann der Gemüsehändler an der Ecke sein oder die Frau von der Heilsarmee, die neulich geklingelt hat, um Ihnen ihre Zeitschrift anzudrehen. Alle sind daran beteiligt. Alle haben sich verschworen, Tessa umzubringen.«

Verlegenes Lachen. Hatte er zu dick aufgetragen, oder konnten sie ihm folgen? Reiß dich zusammen. Du wirst zu weitschweifig.

»Oder in Justins Fall sind es vielleicht Mois Leute und das Großkapital und das Außenministerium und wir alle hier in diesem Raum. Wir alle sind Feinde. Wir alle sind Verschwörer. Und Justin ist der Einzige, der das weiß; auch dies gehört zu seinem Wahn. In Justins Augen ist nicht Tessa das Opfer, sondern er selbst. Versetzen wir uns in ihn hinein. Wer die Feinde sind, hängt davon ab, wem jemand als letzter zugehört hat, welche Bücher und Zeitungen er in letzter Zeit gelesen, welche Filme er gesehen hat und wo er gerade in seinem Biorhythmus ist. Übrigens heißt es, dass Justin jetzt übermäßig trinkt, was er hier, soweit ich weiß, nicht getan hat. Pellegrin sagt, das Essen für sie beide in seinem Club habe ihn ein ganzes Monatsgehalt gekostet.«

Wieder dieses nervöse Lachen, in das so ziemlich alle außer Ghita einstimmten. Er glitt weiter, wie auf Schlittschuhen, staunte selbst über seine Beinarbeit, schnitt Figuren ins Eis, im Kreis herum und geradeaus. Das ist das, was du an mir am meisten verabscheut hast, sagt er atemlos zu Tessa, als er nach einer Pirouette wieder zu ihr aufschließt. *Das ist die Stimme, die England zugrunde gerichtet hat*, hast du beim Tanzen im Scherz zu mir gesagt. *Das ist die Stimme, die tausend Schiffe versenkt hat, und es waren alles unsere Schiffe*. Sehr komisch. Dann hör dieser Stimme jetzt einmal zu, Mädchen. Hör zu, wie kunstvoll sie den guten Ruf deines ehemaligen Mannes zerstört, dank Pellegrin und meinen fünf hirnerweichenden Jahren in der stets wahrhaftigen Informationsabteilung des Außenministeriums.

Eine Woge des Ekels erfasste ihn, als er für einen Augenblick nur noch Hass empfand gegenüber all den gefühllosen Teilen seines widersprüchlichen Wesens. Es war dieser Ekel, der ihn dazu hätte bringen können, unter dem Vorwand eines dringenden Telefonats oder eines menschlichen Bedürfnisses aus dem Raum zu rennen, um vor sich selbst zu fliehen; oder an den Schreibtisch zu stürzen, die Schublade aufzureißen, ein Blatt des amtlichen blauen Briefpapiers herauszunehmen und die Leere in sich selbst mit

Loyalitätsadressen und Beteuerungen seiner Skrupellosigkeit auszufüllen. Wer hat mir das angetan?, fragte er sich, während er weiterredete. Wer hat mich zu dem gemacht, der ich bin? England? Mein Vater? Die Schule? Meine jämmerliche, verängstigte Mutter? Oder die siebzehn Jahre, die ich für mein Land gelogen habe? »*Irgendwann kommen wir alle in ein Alter, Sandy*«, hast du mir freundlicherweise erklärt, »*in dem unsere Kindheit nicht mehr als Ausrede herhalten kann. Das Problem in Ihrem Fall ist nur, dass Sie dieses Alter erst mit fünfundneunzig erreichen werden.*«

Er fuhr fort. Wieder ganz auf der Höhe.

»Was für eine Verschwörung das im Einzelnen ist, die Justin sich ausgedacht hat, und was *wir* damit zu tun haben, wir hier im Hochkommissariat – ob wir mit den Freimaurern, den Jesuiten, dem Ku-Klux-Klan oder der Weltbank unter einer Decke stecken –, das kann ich Ihnen leider auch nicht sagen. Ich kann Ihnen nur sagen, dass er irgendwo da draußen ist. Er hat bereits einige schwerwiegende Andeutungen gemacht, er ist immer noch sehr überzeugend, sehr sympathisch – wann war er das nicht? –, und es ist durchaus möglich, dass er morgen oder in drei Monaten plötzlich hier auftaucht.« Woodrows Stimme wurde wieder hart. »Für diesen Fall ergeht an Sie alle – gemeinsam und an jeden Einzelnen von Ihnen – die Anweisung – nein, Ghita, ich fürchte, das ist keine Bitte, sondern ein strikter Befehl – welche Gefühle auch immer Sie privat für Justin hegen mögen – und glauben Sie mir, ich sehe das nicht anders, er ist ein angenehmer, freundlicher, großzügiger Zeitgenosse, das wissen wir alle – egal zu welcher Tages- oder Nachtzeit – *mich* zu informieren. Oder Porter, wenn er wieder da ist. Oder –« ein Blick in dessen Richtung – »Mike Mildren.« Beinahe hätte er Mildred gesagt. »Oder, sollte es mitten in der Nacht geschehen, den Diensthabenden hier im Hochkommissariat, und zwar *unverzüglich*. Bevor die Presse oder die Polizei oder sonstwer an ihn rankommt – informieren Sie *uns*.«

Ghitas Augen, heimlich von ihm beobachtet, wirkten dunkler und schmachtender denn je, Donohues wehleidiger. Die der unattraktiven Sheila waren hart wie Diamant und auch genauso ungerührt. »Zur besseren Verständigung – und aus Sicherheitsgründen – hat London Justin den Codenamen *Holländer* gegeben. Wie der Fliegende Holländer. Sollte er Ihnen rein zufällig – das mag weit hergeholt klingen, aber wir haben es hier mit einem schwer gestörten Menschen zu tun, dem unbegrenzte Geldmittel zur Verfügung stehen – sollte er Ihnen also rein zufällig über den Weg laufen – direkt, indirekt, gerüchteweise oder wie auch immer – oder sollte er das bereits getan haben – dann greifen Sie in seinem und auch in unserem Interesse auf der Stelle zum Telefon und sagen: ›Es geht um den Holländer, der Holländer tut dies oder das, ich habe einen Brief vom Holländer, er hat mich gerade angerufen, mir ein Fax oder eine E-Mail geschickt, er sitzt hier vor mir in meinem Sessel.‹ Sind wir uns da alle einig? Fragen. Ja, Barney?«

»Sie sprachen von ›schwerwiegenden Andeutungen‹. Wem gegenüber? Und welchen Inhalts?«

Das war ein heikles Thema. Woodrow hatte über Porter Coleridges abhörsicheres Telefon ausführlich mit Pellegrin darüber gesprochen. »Ein Muster lässt sich dahinter kaum erkennen. Er beschäftigt sich mit pharmazeutischen Fragen. Soweit wir das verstehen, bildet er sich ein, dass die Hersteller – und die *Erfinder* – eines bestimmten Medikaments für den Mord an Tessa verantwortlich sind.«

»Er denkt, man habe ihr nicht die Kehle durchgeschnitten? Er hat doch ihre Leiche gesehen!« Barney wieder, entrüstet.

»Ich fürchte, die Sache mit dem Medikament geht auf ihren traurigen Aufenthalt hier im Krankenhaus zurück. Das Zeug hat ihr Kind getötet. Das war der erste Schuss, den die Verschwörer abgegeben haben. Und als Tessa sich bei den Herstellern beschwert hat, haben sie sie auch noch umgebracht.«

»Ist er gefährlich?« Donohues Sheila stellt die Frage, vermutlich um allen Anwesenden zu demonstrieren, dass sie auch nicht mehr weiß als die anderen.

»Er *könnte* gefährlich werden. So verlautet es aus London. Sein Hauptziel ist das pharmazeutische Unternehmen, das das Gift hergestellt hat. Dann kommen die Wissenschaftler, die es entwickelt haben. Dann die Leute, die es geliefert haben, in diesem Fall also die Firma hier in Nairobi, die es importiert, und das wiederum bedeutet ThreeBees, die wir demnach wohl warnen sollten.« Keinerlei Reaktion von Donohue. »Und lassen Sie mich bitte noch einmal betonen, dass wir es mit einem scheinbar rational denkenden und besonnenen britischen Diplomaten zu tun haben. Erwarten Sie nicht irgendeinen Verrückten mit Asche im Haar und gelben Strumpfbändern und Schaum vorm Mund. Nach außen ist er immer noch der Mensch, den wir alle kennen und lieben. Gepflegt, sorgfältig gekleidet, gut aussehend und *ungeheuer* höflich. Bis er plötzlich losschreit, eine internationale Verschwörung habe sein Kind und seine Frau ermordet.« Pause. Eine persönliche Anmerkung – Gott, über welchen Reichtum dieser Mann verfügt! »Es ist eine Tragödie. Es ist schlimmer als eine Tragödie. Ich nehme an, wir alle, die wir ihm nahe gestanden haben, empfinden so. Aber genau aus diesem Grund bin ich gezwungen, Alarm zu schlagen. *Keine Gefühle*, bitte. Wenn der Holländer Ihnen über den Weg läuft, müssen wir das *sofort* erfahren. Verstanden? Danke. Gibt's noch was anderes, wo wir schon mal alle hier sind? Ja? Ghita.«

* * *

Woodrow hatte oftmals Schwierigkeiten, Ghitas Gefühle richtig zu deuten, aber diesmal war er der Wahrheit ausnahmsweise einmal näher, als er selbst ahnte. Sie stand auf, während alle anderen, einschließlich Woodrow, sitzen blieben. Soviel war ihr klar. Sie stand auf, um gesehen zu werden. Vor allem aber stand sie auf, weil sie in ihrem ganzen Leben noch nie einen solchen Haufen mieser Lügen gehört hatte, und weil sie nicht gewillt war, das einfach so im Sitzen hinzunehmen. Da stand sie nun also, empört, aufgebracht, und schickte sich an, Woodrow ins Gesicht zu sagen, was für ein Lügner er sei. Auch weil sie in ihrem kurzen, verwirrenden Leben noch keine besseren Menschen als Tessa, Arnold und Justin kennen gelernt hatte.

Das alles war Ghita bewusst. Doch als sie den Blick – über den Militärattaché, den Handelsattaché und Mildren, den Privatsekretär des Hochkommissars, über all die ihr zugewandten, strengen Köpfe hinweg – direkt auf die verlogenen, schmeichlerischen Augen Sandy Woodrows richtete, erkannte sie, dass sie einen anderen Weg finden musste.

Tessas Weg. Nicht aus Feigheit, sondern aus taktischen Gründen.

Woodrow ins Gesicht zu sagen, was für ein Lügner er war, würde ihr zu einem kurzen, zweifelhaften Triumph verhelfen, und dann würde man sie entlassen. Und was konnte sie schon beweisen? Nichts. Seine Lügen waren keine reine Erfindung. Sie waren eine großartig konstruierte Verzerrungslinse, die Tatsachen zu Ungeheuern machte und sie dabei immer noch wie Tatsachen aussehen ließ.

»Ja, Ghita?«

Woodrow hatte den Kopf zurückgelegt, die Augenbrauen hochgezogen und den Mund halb geöffnet wie ein Chorleiter, als wollte er mit ihr mitsingen. Sie wandte rasch den Blick von ihm ab. Bei dem alten Donohue verlaufen alle Linien im Gesicht von oben nach unten, dachte sie. Der Hund von Schwester Marie im Kloster hat genauso ausgesehen. Die Backen eines Bluthunds heißen Lefzen, hat Justin mir erklärt. Gestern Abend habe ich mit Sheila Badminton gespielt, und sie sieht mich auch so an. Ghita war selbst erstaunt, als sie sich plötzlich zu den Versammelten sprechen hörte.

»Vielleicht ist es kein guter Zeitpunkt, das jetzt vorzuschlagen, Sandy. Vielleicht sollte ich damit noch ein paar Tage warten«, fing sie an. »Wo gerade so viel passiert.«

»Wo*mit* warten? Spannen Sie uns nicht auf die Folter, Ghita.«

»Uns liegt da eine Anfrage vom Welternährungsprogramm vor, Sandy. Man drängt energisch darauf, dass wir zum nächsten Treffen der Schwerpunktgruppe Hilfe zur Selbsthilfe einen Vertreter von EADEC schicken.«

Das war gelogen. Eine brauchbare, effektive, akzeptable Lüge. Mit erstaunlicher Hinterlist hatte sie aus ihrem Gedächtnis eine alte Anfrage ausgegraben und so aufpoliert, dass sie sich wie eine dringende Einladung anhörte. Sie hatte jedoch nicht die leiseste Ahnung, was sie tun sollte, falls Woodrow sie jetzt aufforderte, ihm das Schreiben zu zeigen. Aber er tat es nicht.

»Hilfe zu *was*, Ghita?«, fragte Woodrow, und die anderen lachten befreit auf.

»Man spricht in diesem Zusammenhang auch von nachhaltiger Hilfe, Sandy«, beschied Ghita ihn streng mit einem Modeausdruck, der ebenfalls aus dem Rundschreiben stammte. »Wie lernt eine Gemeinschaft, die massiv mit Nahrungsmitteln und Medikamenten unterstützt wurde, sich selbst zu erhalten, nachdem sich die Hilfsorganisationen zurückgezogen haben? Darum geht es hier. Welche Vorkehrungen müssen von den Gebern getroffen werden, um sicherzustellen, dass logistische Einrichtungen bestehen bleiben und keine unerwünschten Mangelsituationen eintreten? Solchen Fragen wird große Bedeutung beigemessen.«

»Nun, das klingt ja auch recht vernünftig. Wie lange soll das Palaver dauern?«

»Drei volle Tage, Sandy. Dienstag, Mittwoch und Donnerstag, wahrscheinlich sogar noch etwas länger. Nur stehen wir vor dem Problem, Sandy, dass wir jetzt, wo Justin weg ist, keinen EADEC-Vertreter mehr haben.«

»Und da fragen Sie sich, ob nicht *Sie* an seiner Stelle hingehen sollten«, rief Woodrow und ließ ein Lachen hören, das sagte: Ich kenne die Tricks der hübschen Frauen. »Wo soll die Sache steigen, Ghita? In *Sin City*?« Das war sein Kosename für das Gebäude der Vereinten Nationen.

»Nein, in Lokichoggio, Sandy«, sagte Ghita.

* * *

Liebe Ghita,
ich hatte keine Möglichkeit, Ihnen zu sagen, wie sehr Tessa Sie gemocht hat und wie wichtig ihr die Zeit mit Ihnen gewesen ist. Aber das wissen Sie ja selbst. Ich danke Ihnen für alles, was Sie ihr gegeben haben.
Ich habe eine Bitte an Sie, aber es ist wirklich nur eine Bitte, also machen Sie sich die Mühe nur, wenn Ihnen wirklich danach ist. Sollten Sie auf Ihren Reisen jemals zufällig nach Lokichoggio kommen, sprechen Sie bitte mit einer Sudanesin namens Sarah. Sie war mit Tessa befreundet, spricht Englisch und hat zur Zeit des britischen Mandats bei einer englischen Familie als Hausdienerin gearbeitet. Vielleicht kann sie ein wenig Licht in die Frage bringen, was Tessa und Arnold nach Loki geführt hat. Es ist nur so ein Gefühl, aber in der Rückschau kommt es mir vor, als hätten die beiden sich aufgeregter dorthin auf den Weg gemacht, als man bei der Aussicht

auf einen Workshop zum Thema Geschlechterrolle für sudanesische Frauen erwarten dürfte! Falls da noch etwas war, weiß Sarah womöglich davon.
In der Nacht vor ihrer Abreise hat Tessa kaum geschlafen, und sie hat, selbst für ihre Verhältnisse, außerordentlich viel Gefühl gezeigt, als wir voneinander Abschied nahmen – »den letzten Abschied«, wie Ovid es nennen würde, auch wenn das vermutlich keinem von uns beiden bewusst war. Ich lege eine italienische Adresse bei, an die Sie schreiben können, wenn Sie mir etwas mitzuteilen haben. Aber, bitte, machen Sie sich keine Umstände. Nochmals danke.
Herzlich
Justin

Nicht Holländer. Justin.

Sechzehntes Kapitel

Nach einer strapaziösen, zweitägigen Zugfahrt traf Justin in Bielefeld ein. In einem bescheidenen Hotel gegenüber dem Bahnhof bezog er unter dem Namen Atkinson ein Zimmer, dann machte er einen Stadtrundgang und nahm eine mittelmäßige Mahlzeit ein. Als es dunkel wurde, warf er seinen Brief ein. So machen das Spione immer, dachte er, als er sich dem unbeleuchteten Eckhaus näherte. Diese Wachsamkeit lernen sie von der Wiege an. So überqueren sie eine dunkle Straße, spähen in Hauseingänge, biegen um eine Ecke: Wartest du auf mich? Habe ich dich schon mal gesehen? Aber kaum hatte er den Brief eingeworfen, als sein gesunder Menschenverstand ihn auch schon zur Ordnung rief: Vergiss die Spione, Idiot, du hättest den blöden Brief auch mit dem Taxi schicken können. Und als er jetzt bei Tageslicht zum zweiten Mal auf das Eckhaus zuschritt, quälten ihn ganz andere Ängste: Steht es unter Beobachtung? Haben sie mich gestern Abend gesehen? Wollen sie mich festnehmen, wenn ich da reingehe? Hat jemand beim *Telegraph* angerufen und herausgefunden, dass es mich gar nicht gibt?

Während der Zugfahrt hatte er nur wenig geschlafen und letzte Nacht im Hotel überhaupt nicht. Er reiste nun ohne hinderliches Gepäck: keine Papiere mehr, keine Leinenkoffer, keine Laptops samt Zubehör. Was nicht verloren gehen durfte, hatte er an Hams drakonische Tante in Mailand geschickt. Alles andere lag vier Meter tief auf dem Grund des Mittelmeers. Von seiner Last befreit, bewegte er sich mit sinnbildlicher Leichtigkeit. Seine Gesichtszüge waren kantiger geworden. Ein helleres Licht brannte in seinen Augen. Und Justin war sich dessen bewusst. Er war dankbar, dass Tessas Aufgabe von nun an die seine war.

Das Eckhaus war ein fünfgeschossiges deutsches Schloss mit Türmchen. Das Parterre hatte einen Tigerstreifenanstrich, der erst bei Tageslicht seine wahren Farben enthüllte: Papageiengrün und Orange. Am Abend zuvor im Licht der Bogenlampen war ihm das wie ein blasses Gewirr schwarzer und weißer Flammen erschienen. Weiter oben ein Wandgemälde, von dem herab ihn tapfere Kinder aller Rassen angrinsten, die ihn an die winkenden Kinder von Tessas Laptop erinnerten. Ihre realen Entsprechungen waren durch ein Parterrefenster zu sehen: Dort saßen sie im Kreis um eine gestresste Lehrerin. Eine selbst gemachte Schautafel im Fenster daneben fragte, woher Schokolade kommt, und antwortete mit welligen Fotos von Kakaobohnen.

Gleichgültigkeit heuchelnd, ging Justin erst einmal an dem Haus vorbei, bog links um die Ecke, schlenderte den Bürgersteig entlang und studierte die Namensschilder von Heilpraktikern und Psychologen. *In einem zivilisierten Land kann man nie wissen*. Ein Polizeiauto fuhr langsam vorbei, die Reifen schmatzten auf dem nassen Asphalt. Die Insassen, darunter eine Frau, musterten ihn ausdruckslos. Auf der anderen Straßenseite standen zwei alte Männer mit schwarzen Regenmänteln und schwarzen Filzhüten, als warteten sie auf eine Beerdigung. In dem Fenster hinter ihnen waren die Vorhänge zugezogen. Drei Frauen auf Fahrrädern kamen bergab auf Justin zugerollt. Graffiti an den Wänden traten für die Sache der Palästinenser ein. Er kehrte zu dem bemalten Schloss zurück und blieb vor der Eingangstür stehen. Ein grünes Flusspferd war darauf abgebildet. Ein kleineres grünes Flusspferd klebte auf dem Klingelschild. Von oben schaute ein reich verziertes Erkerfenster auf ihn hinab, das wie ein Schiffsbug aussah. Am Abend zuvor hatte er hier seinen Brief eingeworfen. Ob mich dabei jemand beobachtet hat? Die gestresste Lehrerin gestikulierte hinter dem Fenster, er solle die andere Tür benutzen, aber die war verriegelt. Tut mir furchtbar Leid, gestikulierte er zurück.

»Warum ist die Tür nicht offen?«, fauchte sie ihn an, nachdem sie die Riegel zurückgeschoben und die Tür aufgezogen hatte.

Justin bat noch einmal um Entschuldigung, trat behutsam zwischen die Kinder und sagte »hallo« und »guten Tag«, aber seine Wachsamkeit setzte seiner sonst grenzenlosen Höflichkeit deutliche Grenzen. Er ging an Fahrrädern und einem Kinderwagen vorbei, stieg eine Treppe hoch und gelangte in eine Diele, die er misstrauisch beäugte. Die Einrichtung schien auf das Allernotwendigste beschränkt: ein Trinkwasserspender, ein Kopiergerät, leere Regale, Stapel von Nachschlagewerken und Pappkartons auf dem Fußboden. Durch eine offene Tür sah er eine junge Frau mit Hornbrille und Rollkragenpullover vor einem Bildschirm sitzen.

»Mein Name ist Atkinson«, stellte er sich ihr auf Englisch vor. »Peter Atkinson. Ich habe hier bei Hippo einen Termin mit Birgit.«

»Warum haben Sie nicht angerufen?«

»Ich bin gestern Abend erst spät in die Stadt gekommen. Da fand ich es besser, mich schriftlich anzukündigen. Hat sie jetzt Zeit für mich?«

»Das weiß ich nicht. Fragen Sie sie selbst.«

Er folgte ihr durch einen kurzen Gang zu einer Flügeltür, deren eine Hälfte sie aufstieß.

»Dein *Journalist* ist hier«, erklärte sie mit einer Betonung, als wäre Journalist gleichbedeutend mit heimlicher Liebhaber, dann schritt sie in ihr Büro zurück.

Birgit war eine kleine, lebhafte Frau mit rosigen Wangen, blonden Haaren und der Haltung einer vergnügten Faustkämpferin. Ihr Lächeln war lebhaft und unwiderstehlich. Doch ihr karg eingerichtetes Zimmer machte einen genauso entsagungsvollen Eindruck wie die Diele.

»Um zehn haben wir eine Besprechung«, verkündete sie ein wenig atemlos, als sie seine Hand ergriff. Sie sprach das Englisch ihrer E-Mails. Er hatte nichts dagegen. Mr Atkinson brauchte sich nicht verdächtig zu machen, indem er deutsch mit ihr redete.

»Möchten Sie Tee?«

»Nein, danke.«

Sie zog zwei Stühle an einen niedrigen Tisch und nahm auf einem Platz. »Wenn es um den Einbruch geht – dazu können wir wirklich nichts sagen«, erklärte sie.

»Was für ein Einbruch?«

»Nicht so wichtig. Es ist nicht viel weggekommen. Vielleicht hatten wir vorher zu viel Kram. Jetzt jedenfalls nicht mehr.«

»Wann war das?«

Sie zuckte die Schultern. »Schon länger her. Vorige Woche.«

Justin zog ein Notizbuch aus der Tasche und legte es wie Lesley aufgeschlagen auf die Knie. »Es geht um die Arbeit, die Sie hier leisten«, sagte er. »Meine Zeitung plant eine Artikelserie über Pharmakonzerne und die Dritte Welt. Die Serie soll Großhändler der Gesundheit heißen. Es geht darum, dass die Länder der Dritten Welt als Verbraucher keine Macht haben. Dass es auf der einen Seite die großen Krankheiten gibt, auf der anderen die großen Profite.« Er hatte sich darauf vorbereitet, wie ein Journalist zu reden, war sich nun aber nicht sicher, ob ihm das gelang. »›Die Armen können nicht zahlen, also müssen sie sterben. Wie lange kann das noch so weitergehen? Offenbar haben wir die Mittel, aber nicht den Willen.‹ So was in der Richtung.«

Zu seiner Überraschung zeigte sie ihm ein breites Lächeln. »Und Sie möchten, dass ich Ihnen bis zehn Uhr eine Antwort auf all diese einfachen Fragen gebe?«

»Wenn Sie mir nur erklären könnten, was genau Hippo eigentlich macht, wer Sie finanziert, worin Sie gewissermaßen Ihre Aufgabe sehen«, sagte er ernst.

Sie sprach, und er schrieb in das Notizbuch auf seinen Knien. Sie führte ihm ihr Kabinettstückchen vor, dachte er und gab sich beim Schreiben alle Mühe, interessiert zu wirken. Er dachte daran, dass diese Frau Tessas Freundin und Verbündete gewesen war, ohne ihr je begegnet zu sein, und dass sie sich, wenn sie sich kennen gelernt hätten, zu ihrer Wahl gratuliert haben würden. Er dachte, dass es für einen Einbruch viele Gründe geben konnte und dass einer davon war, die Installation gewisser Vorrichtungen zu tarnen, mit denen man, wie das Außenministerium dies zu nennen geruhte, Spezialerkenntnisse gewinnen konnte. Nur für Erwachsene. Er dachte wieder an sein Sicherheitstraining und den Gruppenbesuch in einem makabren Kellerlabor hinter Carlton Gardens, in dem die Teilnehmer mit eigenen Augen die neuesten cleveren Orte bewundern durften, an denen ultrawinzige Abhörgeräte versteckt werden konnten.

Vorbei die Zeit der Blumentöpfe, Lampenschirme, Verteilerdosen, Deckenfriese und Bilderrahmen; ab jetzt war so ziemlich alles möglich, was man sich vorstellen konnte, von der Heftmaschine auf Birgits Schreibtisch bis hin zu ihrer Sherpajacke am Türhaken.

Er hatte geschrieben, was er schreiben wollte, und sie hatte offenbar gesagt, was sie sagen wollte, denn nun stand sie auf und durchsuchte einen Stapel Broschüren im Regal nach Hintergrundlektüre, die sie ihm überreichen könnte, damit er rechtzeitig zu Beginn ihrer Konferenz um zehn aus ihrem Büro verschwunden war. Beim Suchen sprach sie besorgt über die deutsche Zulassungsbehörde für Arzneimittel und bezeichnete sie als Papiertiger. Und die Weltgesundheitsorganisation bekommt ihr Geld aus Amerika, fügte sie verächtlich hinzu – das heißt, sie begünstigt die großen Konzerne, betet den Profit an und schreckt vor radikalen Entscheidungen zurück.

»Gehen Sie zu irgendeiner WHO-Konferenz – und was sehen Sie da?«, fragte sie, während sie ihm einen Packen Broschüren in die Hand drückte. »Lobbyisten. PR-Leute von den großen Pharmaunternehmen. Zu Dutzenden. Manchmal drei oder vier von einem einzigen Unternehmen. ›Wir laden Sie zum Essen ein. Kommen Sie zu unserem Wochenend-Seminar. Haben Sie den wunderbaren Aufsatz von Professor Soundso gelesen?‹ Aber die Dritte Welt ist nicht so raffiniert. Ihr fehlt es an Geld, ihr fehlt es an Erfahrung. Mit ihrer Diplomatensprache und ihren Tricks können die Lobbyisten sie leicht über den Tisch ziehen.«

Birgit verstummte und schaute ihn fragend an. Justin hielt ihr das aufgeschlagene Notizbuch hin. Er hielt es neben sein Gesicht, so dass sie beim Lesen seine Miene beobachten konnte und die war, so hoffte er, beruhigend und ermutigend zugleich. Zusätzlich hob er warnend den Zeigefinger der freien Linken.

ICH BIN TESSA QUAYLES MANN, UND ICH TRAUE DIESEN WÄNDEN NICHT. KÖNNEN WIR UNS HEUTE ABEND UM HALB SECHS VOR DER ALTEN BURG TREFFEN?

Sie las, dann sah sie ihm an dem erhobenen Zeigefinger vorbei in die Augen und wandte den Blick auch nicht ab, als er, um das

Schweigen zu brechen, das Erstbeste sagte, was ihm in den Kopf kam.

»Sie meinen also, wir brauchen irgendeine unabhängige Weltorganisation, die die Macht hat, sich über diese Unternehmen hinwegzusetzen?«, fragte er ungewollt aggressiv. »Die deren Einfluss beschneidet?«

»Ja«, antwortete sie vollkommen ruhig. »Ich finde, das wäre eine ausgezeichnete Idee.«

Er ging an der Frau im Rollkragenpullover vorbei und winkte ihr so fröhlich zu, wie es sich seiner Meinung nach für einen Journalisten ziemte. »Schon fertig«, versicherte er ihr. »Bin wieder weg. Danke für Ihre Hilfe« – nicht nötig, die Polizei anzurufen, um zu sagen, Sie hätten einen Betrüger im Haus.

Auf Zehenspitzen durchquerte er das Klassenzimmer und versuchte noch einmal, der gestressten Lehrerin ein Lächeln zu entlocken. »Das letzte Mal«, versprach er. Aber die Einzigen, die lachten, waren die Kinder.

Auf der Straße warteten immer noch die zwei Männer mit den Regenmänteln und den schwarzen Hüten auf die Beerdigung. Am Bordstein parkte ein Audi, in dem zwei junge Frauen mit ernster Miene einen Stadtplan studierten. Zurück im Hotel erkundigte er sich aus einer Laune heraus an der Rezeption, ob Post für ihn da sei. Nein, nichts. In seinem Zimmer riss er die belastende Seite aus dem Notizbuch, dann die Seite dahinter, weil die Schrift sich durchgedrückt hatte. Er verbrannte die Blätter im Waschbecken und schaltete die Lüftung ein, um den Rauch loszuwerden. Dann lag er auf dem Bett und fragte sich, was wohl Spione machten, um die Zeit totzuschlagen. Er nickte ein und wurde vom Telefon geweckt. Er nahm ab und erinnerte sich, dass er »Atkinson« sagen musste. Es war die Frau von der Rezeption, »zur Kontrolle«, sagte sie mit der Bitte um Entschuldigung. *Was kontrolliert sie*, um Himmels willen? Aber Spione stellen solche Fragen nicht laut. Sie machen sich nicht verdächtig. Spione liegen in grauen Städten auf weißen Betten und warten.

* * *

Bielefelds alte Burg, auf einem grünen Hügel gelegen, bot Aussicht auf wolkenverhangene Berge. Zwischen den efeubedeckten Wällen gab es Parkplätze, Picknickbänke und einen Stadtgarten. In den wärmeren Monaten ergingen sich die Bielefelder hier gerne auf den von Bäumen gesäumten Spazierwegen, bewunderten die riesigen Blumenbeete und labten sich an bierseligen Mahlzeiten im Restaurant *Zum Jäger*. Doch in den grauen Monaten wirkte die Anlage wie ein verlassener Spielplatz in den Wolken, und genauso kam es Justin an diesem Abend vor, als er das Taxi bezahlte und, da er noch zwanzig Minuten Zeit hatte, möglichst lässig umherspazierte, um den von ihm gewählten Treffpunkt auszukundschaften. Auf dem leeren Parkplatz vor den Befestigungsmauern stand das Regenwasser. Rostige Schilder auf sumpfigen Rasenflächen ermahnten ihn, seinen Hund an der Leine zu führen. Auf einer Bank unterhalb der Mauer saßen kerzengerade zwei alte Männer in Mantel und Schal und beobachteten ihn. Waren das die beiden Alten mit den schwarzen Filzhüten vom Morgen, die auf die Beerdigung gewartet hatten? Was starren die mich so an? Bin ich ein Jude? Bin ich ein Pole? Wie lange dauert es noch, bis euer Deutschland nur ein langweiliges Land von vielen in Europa ist?

Ein einzelner Weg führte zu der Burg, und den schlenderte er jetzt entlang, immer in der Mitte, um nicht in die mit Laub gefüllten Gräben zu geraten. Wenn sie kommt, warte ich, bis sie ausgestiegen ist, erst dann spreche ich sie an, beschloss er. Auch Autos haben Ohren. Aber Birgits Auto hatte keine Ohren, denn es war ein Fahrrad. Auf den ersten Blick sah sie aus wie eine gespenstische Reiterin, die mit wehendem Plastikumhang ihr widerspenstiges Ross über die Kuppe des Hügels trieb. Ihr fluoreszierender Harnisch erinnerte an das Kreuz der Kreuzritter. Langsam materialisierte sich die Erscheinung, und dann war sie kein geflügelter Engel mehr und auch kein atemloser Bote mit Neuigkeiten von der Schlacht, sondern eine junge Mutter, die ein Cape trug und Fahrrad fuhr. Und aus dem Cape ragte nicht ein Kopf, sondern zwei; der zweite gehörte ihrem blonden Söhnchen, das, in einen Kindersitz geschnallt, hinter ihr saß – und für Justins unerfahrenen Blick etwa achtzehn Monate auf der Richterskala maß.

Der Anblick der beiden war für ihn so rundum angenehm, so unerwartet und erfreulich zugleich, dass er zum ersten Mal seit Tessas Tod wieder aufrichtig und ungezwungen lachen konnte.

»Aber wie hätte ich so kurzfristig einen Babysitter bekommen sollen?«, fragte Birgit leicht verschnupft ob seiner Belustigung.

»Aber nicht doch, nicht doch! Das macht doch nichts. Alles in Ordnung. Wie heißt er denn?«

»Carl. Und Sie?«

Das Elefantenmobile, das du Carl geschickt hast, ist toll ... Ich wünsche dir, dass du ein so hübsches Baby bekommst wie Carl.

Er zeigte ihr seinen auf den Namen Quayle ausgestellten Ausweis. Sie prüfte ihn eingehend, Name, Alter, Foto, und warf ihm zwischendurch freimütige Blicke zu.

»Sie haben ihr geschrieben, sie sei *waghalsig*«, erklärte er und sah, wie die Skepsis in ihrer Miene einem Lächeln wich. Sie zog das Cape aus, legte es zusammen und ließ Justin das Fahrrad halten, damit sie Carl von seinem Sitz losschnallen konnte. Und nachdem sie Carl herausgehoben und auf den Weg gestellt hatte, nahm sie die Satteltasche ab und wandte Justin den Rücken zu, um sich von ihm ihren Rucksack packen zu lassen: Carls Flasche, ein Päckchen Zwieback, Ersatzwindeln, ein Tragegurt und zwei Schinken-Käse-Baguettes in Butterbrotpapier.

»Haben Sie heute schon was gegessen, Justin?«

»Nicht viel.«

»Gut. Dann essen wir gleich etwas. Dann sind wir nicht so nervös. Carlchen, das machst du bitte nicht. Wir können los. Carl kann stundenlang spazieren gehen.«

Nervös? Wer ist denn hier nervös? Justin tat so, als studierte er die drohenden Regenwolken, reckte den Hals und drehte sich einmal langsam auf dem Absatz im Kreis. Sie waren noch da, die zwei alten Wachposten auf ihrer Bank.

* * *

»Ich weiß nicht, wie viel Material tatsächlich verschwunden ist«, klagte Justin, nachdem er Birgit die Sache mit Tessas Laptop erzählt hatte. »Ich habe den Eindruck, es müsste noch viel mehr E-Mails geben, die Sie beide sich geschrieben haben und die sie nicht ausgedruckt hat.«

»Über Lara Emrich haben Sie nichts gelesen?«

»Doch, dass sie nach Kanada ausgewandert ist. Aber immer noch für KVH arbeitet.«

»Sie wissen nichts über ihre jetzige Lage – über ihr Problem?«

»Sie hatte Streit mit der Kovacs.«

»Die Kovacs ist unwichtig. Lara Emrich hatte Streit mit KVH.«

»Weswegen denn?«

»Wegen Dypraxa. Sie glaubt, gewisse sehr gravierende Nebenwirkungen nachgewiesen zu haben. KVH streitet das ab.«

»Und wie hat KVH reagiert?«

»Bis jetzt haben sie nur ihren guten Ruf und ihre Karriere zerstört.«

»Das ist alles.«

»Das ist alles.«

Sie gingen eine Zeit lang schweigend weiter. Carl lief vor ihnen her, hob verfaulte Kastanien auf und musste ermahnt werden, sie nicht in den Mund zu stecken. Der Abendnebel wogte wie ein Meer um die Hügel, deren runde Kuppen als Inseln daraus hervorragten.

»Wann ist das passiert?«

»Es passiert noch immer. Sie ist von KVH entlassen worden, und dann auch noch von der Dawes University in Saskatchewan und von der Leitung des Dawes University Hospital. Sie hat versucht, in einer medizinischen Fachzeitschrift einen Artikel über ihre Forschungsergebnisse zu Dypraxa zu veröffentlichen, aber in ihrem Vertrag mit KVH gab es eine Vertraulichkeitsklausel, und deshalb hat man sie und die Zeitschrift verklagt und die Auslieferung verhindert.«

»Und Sie haben Tessa davon erzählt? Das hat sie sicher sehr aufgeregt.«

»Natürlich habe ich ihr das erzählt.«

»Wann?«

Birgit zuckte die Schultern. »Vor drei Wochen vielleicht. Oder zwei. Unsere Korrespondenz hier ist ebenfalls verschwunden.«

»Ihren Computer hat man also auch lahm gelegt?«

»Er wurde gestohlen. Bei dem Einbruch. Ich hatte Tessas Briefe nicht auf Diskette gespeichert und auch nicht ausgedruckt. So.«

So, stimmte Justin schweigend zu. »Irgendeine Vorstellung, wer das getan haben könnte?«

»Niemand hat das getan. Bei großen Firmen ist es immer niemand gewesen. Der Oberboss bespricht sich mit dem Unterboss, der Unterboss bespricht sich mit seinem Stellvertreter, der Stellvertreter spricht mit dem Chef der Sicherheitsabteilung, der spricht mit dem Unterchef, und der mit seinen Freunden, und die sprechen mit ihren Freunden. Und dann tun sie es. Nicht der Boss, nicht der Unterboss, nicht der Stellvertreter und nicht der Unterchef. Nicht die Firma. Eigentlich überhaupt keiner. Aber getan wird es trotzdem. Es gibt keine Papiere, keine Schecks, keine Verträge. Niemand weiß etwas. Niemand war da. Aber getan wird es.«

»Und was ist mit der Polizei?«

»Oh, unsere Polizei ist *sehr* fleißig. Wenn uns ein Computer abhanden gekommen ist, sollen wir's der Versicherung melden und uns einen neuen kaufen, aber bloß nicht die Polizei damit belästigen. Haben Sie Wanza kennen gelernt?«

»Nur im Krankenhaus. Da war sie schon sehr krank. Hat Tessa Ihnen von Wanza berichtet?«

»Dass man sie vergiftet hat. Dass Lorbeer und die Kovacs sie im Krankenhaus besucht haben und dass ihr Baby überlebt hat, Wanza selbst aber nicht. Dass das Medikament sie getötet hat. Oder eine Kombination von Medikamenten. Vielleicht war sie zu dünn, hatte nicht genug Körperfett, um mit dem Medikament fertig zu werden. Vielleicht hätte sie überlebt, wenn sie ihr weniger gegeben hätten. Vielleicht schafft KVH es noch, die Pharmakokinetik zu optimieren, bevor sie das Zeug in Amerika verkaufen.«

»Das hat Tessa gesagt?«

»Ja. ›Wanza war bloß ein Versuchskaninchen. Ich habe sie geliebt, und man hat sie getötet. Tessa.‹«

Justin protestierte bereits. »Herrgott, Birgit, was ist mit Lara Emrich? Wenn sie, die das Medikament mit entwickelt hat, es als nicht sicher einstuft, dann muss doch –«

Birgit fällt ihm ins Wort. »Lara Emrich übertreibt. Fragen Sie die Kovacs. Fragen Sie KVH. Laras Beitrag zur Entwicklung des Dypraxa-Moleküls war absolut minimal. Die Kovacs war das Genie, Lara Emrich ihre Laborgehilfin, und Lorbeer war der Guru. Aber da Lara auch die Geliebte Lorbeers war, hat man ihre Bedeutung natürlich über Gebühr herausgestellt.«

»Wo ist Lorbeer jetzt?«

»Das weiß niemand. Lara weiß es nicht, KVH weiß es nicht – angeblich, jedenfalls. Er hat sich seit fünf Monaten nicht mehr blicken lassen. Vielleicht hat man ihn ebenfalls getötet.«

»Und wo ist die Kovacs?«

»Auf Reisen. Sie reist so viel, dass KVH uns nie sagen kann, wo sie gerade ist oder demnächst mal sein wird. Vorige Woche war sie vielleicht auf Haiti, vor drei Wochen war sie in Buenos Aires oder Timbuktu. Aber wo sie morgen oder nächste Woche sein wird, kann man nicht sagen. Ihre Privatanschrift ist selbstverständlich geheim, ebenso ihre Telefonnummer.«

Carl hatte Hunger. Eben noch hatte er friedlich ein Stöckchen durch eine Pfütze geschleift, jetzt schrie er wie am Spieß. Sie setzten sich auf eine Bank, und Birgit gab ihm die Flasche.

»Wenn Sie nicht dabei wären, würde er sie selbst halten«, sagte sie stolz. »Dann würde er wie ein kleiner Trunkenbold mit der Flasche am Hals herumspazieren. Aber nun ist ein Onkel da, der ihm zusieht, und da will er von Ihnen auch beachtet werden.« Als sie das sagte, fiel ihr plötzlich Justins Trauer ein. »Es tut mir so Leid, Justin«, flüsterte sie. »Wie kann ich das nur in Worte fassen?« Aber so schnell und leise, dass er ausnahmsweise einmal nicht »Danke« oder »Ja, es ist furchtbar« oder »Sehr freundlich von Ihnen« sagen musste, oder irgendeine andere jener leeren Phrasen, die zu äußern er sich angewöhnt hatte, wenn Leute sich verpflichtet fühlten, das Unsagbare auszusprechen.

* * *

Als sie weitergingen, erzählte Birgit von dem Einbruch.

»Ich komme morgens ins Büro – mein Kollege Roland ist auf einer Konferenz in Rio –, sonst ist es ein ganz normaler Tag. Die Türen sind abgeschlossen, ich muss sie wie üblich aufschließen. Zuerst fällt mir nichts auf. Und das ist wichtig. Welcher Einbrecher schließt hinter sich die Türen ab, wenn er geht? Die Polizei hat uns diese Frage auch gestellt. Aber unsere Türen waren ganz bestimmt abgeschlossen. Die Büros sind nicht aufgeräumt, aber das ist normal. Wir bei Hippo putzen unsere Räume selbst. Eine Putzfrau können wir uns nicht leisten, und manchmal haben wir zu viel zu tun, oder wir sind zu faul zum Saubermachen.«

Drei Frauen auf Fahrrädern fuhren mit ernsten Gesichtern an ihnen vorbei, umkreisten den Parkplatz und kamen ihnen auf ihrem Weg den Hügel hinunter wieder entgegen. Justin dachte an die drei Radfahrerinnen vom Morgen.

»Ich gehe zum Telefon, um den Anrufbeantworter abzuhören. So was haben wir nämlich bei Hippo. Ein normales Ding, hat gerade mal hundert Mark gekostet, aber immerhin, und es ist noch da. Wir haben Kontaktleute auf der ganzen Welt, da braucht man einfach einen Anrufbeantworter. Aber die Kassette fehlt. Mist, denke ich, wer hat die verdammte Kassette rausgenommen? Ich gehe in das andere Büro, um eine neue zu holen. Der Computer ist verschwunden. Mist, denke ich, welcher Idiot hat den Computer weggestellt, und wohin? Das ist ein ziemlich großes Gerät, aber es ist nicht unmöglich, es zu bewegen, es sind nämlich Räder drunter. Wir haben eine Neue, eine junge Anwältin, großartiges Mädchen eigentlich, aber eben noch neu. ›Beate‹, sage ich zu ihr, ›wo zum Teufel ist der Computer?‹ Und dann fangen wir an zu suchen. Computer. Kassetten. Disketten. Papiere. Ordner. Alles weg, und die Türen abgeschlossen. Sonst ist nichts von Wert weggekommen. Weder das Geld aus der Geldkassette noch die Kaffeemaschine, das Radio, der Fernseher oder der leere Kassettenrecorder. Das waren keine Drogensüchtigen. Auch keine Profieinbrecher. Und für die Polizei waren das nicht mal Kriminelle. Warum sollten Kriminelle hinter sich die Türen abschließen? Vielleicht haben Sie eine Antwort darauf.«

»Das soll uns etwas sagen«, erwiderte Justin nach einer langen Pause.

»Bitte? Was soll uns das sagen? Ich verstehe nicht.«

»Bei Tessa hat man auch die Türen abgeschlossen.«

»Wie bitte? Was für Türen?«

»Die Türen des Jeeps. Als man sie umgebracht hat. Da haben

sie den Jeep abgeschlossen, damit die Hyänen die Leichen nicht wegholen konnten.«

»Warum?«

»Damit wir Angst bekommen. Das ist auch die Botschaft, die sie auf Tessas Laptop geschrieben haben. An sie gerichtet oder an mich. ›Achtung Gesundheitsgefahr. Gehen Sie nicht weiter.‹ Sie haben Tessa sogar eine Todesdrohung geschickt. Das habe ich erst vor ein paar Tagen herausgefunden. Sie hat mir nie davon erzählt.«

»Das war mutig von ihr«, sagte Birgit.

Dann fielen ihr die Baguettes ein. Sie setzten sich wieder auf eine Bank, und während sie aßen, knabberte Carl an einem Zwieback und sang vor sich hin. Die zwei alten Wachposten marschierten, ohne sie zu beachten, an ihnen vorbei den Hügel hinunter.

»War ein System dabei – bei dem, was sie geklaut haben? Oder haben sie einfach wahllos alles mitgenommen?«

»Wahllos, aber auch mit System. Roland sagt, da gab's kein System, aber Roland ist ein lockerer Typ. Er regt sich nicht so schnell auf. Er ist wie ein Sportler, dessen Herz halb so schnell schlägt wie das von normalen Menschen und der deshalb schneller laufen kann als alle anderen. Aber nur, wenn er will. Wenn es nützlich ist, schnell zu laufen, läuft er schnell. Wenn man nichts tun kann, bleibt er im Bett.«

»Was war das für ein System?«, fragte Justin.

Birgit runzelt die Stirn genau wie Tessa, dachte er. Ein Zeichen von professioneller Besonnenheit. Wie bei Tessa unternahm er keinen Versuch, ihr Schweigen zu stören.

»Wie haben Sie Tessa das Wort *waghalsig* übersetzt?«, fragte sie schließlich.

»Mit leichtsinnig, glaube ich. Oder tollkühn. Warum?«

»In diesem Sinne war auch ich *waghalsig*«, sagte Birgit.

Carl wollte getragen werden; das verlange er sonst nie, sagte sie. Justin konnte gefahrlos darauf bestehen, die Last zu schultern. Sie schnallte sich umständlich den Rucksack vom Rücken, holte den Tragegurt heraus und stellte die Riemen weiter, und erst, als sie mit dem Sitz zufrieden war, hob sie Carl hinein und ermahnte ihn, lieb zu seinem neuen Onkel zu sein.

»Ich war mehr als *waghalsig*. Ich war ein kompletter Idiot.« Sie biss sich auf die Lippe, so peinlich war ihr, was sie zu sagen hatte. »Bei uns wurde ein Brief abgegeben. Vorige Woche. Donnerstag. Per Kurier aus Nairobi. Kein Brief, ein Dokument. Siebzig Seiten. Über Dypraxa. Geschichte, möglicher Nutzen, Nebenwirkungen. Positiv und negativ, aber hauptsächlich negativ, wegen der Todesfälle und Nebenwirkungen. Der Name des Autors fehlte. In wissenschaftlicher Hinsicht war das Ganze absolut objektiv, in anderer Hinsicht allerdings ziemlich verrückt. Adressiert an Hippo, nicht an einen namentlich genannten Empfänger. Nur Hippo. An die Damen und Herren von Hippo.«

»Auf Englisch?«

»Ja, aber nicht von einem Engländer geschrieben, glaube ich. Getippt, also kein Hinweis auf die Handschrift. Es ist darin viel von Gott die Rede. Sind Sie religiös?«

»Nein.«

»Aber Lorbeer ist religiös.«

* * *

Der Nieselregen verstärkte sich gelegentlich zu kurzen Schauern. Birgit saß auf einer Bank. Sie hatten eine Schaukel entdeckt, mit Querstangen rundherum, damit die Kinder nicht herausfallen konnten. Carl musste in eine hineingehoben und angeschubst werden. Er kämpfte mit dem Schlaf. Eine katzenhafte Mattigkeit hatte sich seiner bemächtigt. Er hatte die Augen halb geschlossen und lächelte, während Justin ihn übertrieben vorsichtig anstieß. Ein weißer Mercedes mit Hamburger Kennzeichen fuhr langsam den Hügel hinauf an ihnen vorbei, umrundete einmal den überschwemmten Parkplatz und kam wieder zurück. Am Steuer ein Mann, neben ihm ein zweiter. Justin dachte an die beiden Frauen in dem geparkten Audi am Morgen gegenüber dem Büro von Hippo. Der Mercedes entschwand den Hügel hinunter.

»Tessa hat gesagt, Sie beherrschen alle Sprachen«, sagte Birgit.

»Das heißt aber nicht, dass ich in allen etwas zu sagen habe. Inwiefern waren Sie *waghalsig*?«

»*Dumm* wäre ein passenderer Ausdruck.«

»Also, inwiefern waren Sie dumm?«

»Es war eine Dummheit von mir, dass ich in meiner Aufregung, als der Kurier das Dokument aus Nairobi abgegeben hatte, gleich bei Lara Emrich in Saskatchewan angerufen habe. ›Lara‹, habe ich zu ihr gesagt, ›wir haben hier einen ausführlichen, anonymen, überaus rätselhaften, überaus verrückten, absolut authentischen Aufsatz über Dypraxa erhalten, ohne Absender, ohne Datum, aber ich glaube, er stammt von Markus Lorbeer. Es geht um Todesfälle bei der Verabreichung des Medikaments zusammen mit anderen Medikamenten und wird dir bestimmt sehr weiterhelfen.‹ Ich war so glücklich, weil schon im Titel des Dokuments ihr Name erwähnt wurde. Er lautete nämlich: ›Doktor Emrich hat Recht.‹ ›Der Aufsatz ist verrückt‹, sagte ich zu ihr, aber leidenschaftlich wie eine politische Stellungnahme. Auch sehr polemisch, sehr religiös und geradezu vernichtend, was Lorbeer betrifft. ›Dann ist es von ihm‹, erwiderte sie. ›Markus geißelt sich selbst. Das tut er oft.‹«

»Haben Sie Lara Emrich mal getroffen? Kennen Sie sie persönlich?«

»Nein, nur wie Tessa. Per E-Mail. Wir sind E-Mail-Freundinnen. In dem Aufsatz stand, dass Lorbeer sechs Jahre in Russland war, zwei Jahre unter dem alten kommunistischen Regime, vier Jahre in dem neuen Chaos. Ich erzähle das Lara, aber sie weiß es bereits. Dem Aufsatz zufolge war Lorbeer damals als Vertreter westlicher Pharmakonzerne im Land, hat Funktionäre des russischen Gesundheitswesens bearbeitet und ihnen westliche Medikamente verkauft, erzähle ich ihr. In den sechs Jahren hat er es anscheinend mit acht verschiedenen Gesundheitsministern zu tun gehabt. In dem Zusammenhang wird ein Ausspruch aus dieser Zeit zitiert, und als ich Lara davon erzählen will, unterbricht sie mich und sagt mir, wie er lautet, wörtlich so, wie er in dem Aufsatz steht. ›Die russischen Gesundheitsminister kamen in einem Lada und fuhren in einem Mercedes wieder fort.‹ Das ist ein Lieblingswitz von Lorbeer, sagt sie. Jetzt sind wir beide davon überzeugt, dass er der Verfasser des Dokuments ist. Es ist sein masochistisches Geständnis. Von Lara erfahre ich auch, dass Lorbeers Vater ein deutscher Lutheraner war, sehr calvinistisch, sehr streng – das erklärt wohl die morbiden religiösen Vorstellungen seines Sohnes und dessen Bedürfnis, seine Sünden zu beichten. Haben Sie Ahnung von Medizin? Von Chemie? Oder von Biologie?«

»Für dergleichen war meine Ausbildung ein wenig zu teuer, fürchte ich.«

»In seinem Geständnis behauptet Lorbeer, als Vertreter von KVH habe er mittels Schmeichelei und Bestechung die Zulassung für Dypraxa erhalten. Er beschreibt, wie er Funktionäre kauft, klinische Tests beschleunigt, Eintragung und Importlizenzen für Medikamente beschafft und dabei jedem einzelnen Bürokraten in der Nahrungskette etwas zukommen lässt. In Moskau habe man für fünfundzwanzigtausend Dollar eine positive Beurteilung führender medizinischer Experten erwerben können, schreibt er. Das Problem sei nur, dass man, wenn man einen besteche, auch die anderen, die man nicht brauche, bestechen müsse, weil die sonst, aus Neid oder Verstimmung, das betreffende Medikament heftig kritisieren würden. In Polen sei es kaum anders, aber nicht so teuer. In Deutschland laufe die Einflussnahme subtiler ab, aber auch nicht gerade *sehr* subtil. Lorbeer schildert, wie er einmal einen Jumbojet für KVH charterte und achtzig prominente deutsche Ärzte zu einer Bildungsreise nach Thailand fliegen ließ.« Sie lächelte, während sie das erzählte. »Der Bildungsteil wurde während des Fluges absolviert, und zwar in Form von Filmen und Vorträgen, aber auch in Form von Beluga-Kaviar und sehr alten Cognacs und Whiskys. Alles musste von der besten Qualität sein, schreibt er, weil die braven deutschen Ärzte schon in früher Jugend verdorben worden seien. Mit Champagner gäben sie sich längst nicht mehr zufrieden. In Thailand konnten die Ärzte dann machen, was sie wollten, aber auf Wunsch wurden ihnen zwecks Entspannung auch attraktive Partnerinnen zur Verfügung gestellt. Lorbeer organisierte persönlich einen Hubschrauber, der über einem bestimmten Strand, auf dem die Ärzte sich mit ihren Partnerinnen amüsierten, Orchideen abwarf. Auf dem Rückflug waren keine weiteren Vorträge mehr nötig. Die Ärzte hatten ihre Lektion gelernt. Sie wussten jetzt, wie sie ihre Rezepte auszustellen und ihre wissenschaftlichen Artikel zu schreiben hatten.«

Sie lachte zwar, aber die Geschichte machte ihr so zu schaffen, dass sie glaubte, den entstandenen Eindruck korrigieren zu müssen.

»Das bedeutet aber nicht, dass Dypraxa ein schlechtes Medikament ist, Justin. Dypraxa ist ein hervorragendes Medikament, dessen Testphase noch nicht abgeschlossen ist. Nicht alle Ärzte lassen sich verführen, nicht alle Pharmaunternehmen sind so leichtfertig und gierig.«

Sie spürte, dass sie zu viel redete, und unterbrach sich, aber Justin machte keinen Versuch, sie zu bremsen.

»Die moderne pharmazeutische Industrie ist gerade erst fünfundsechzig Jahre alt. Dort arbeiten fähige Männer und Frauen, sie hat menschliche und soziale Wunder vollbracht, nur hat sie noch kein kollektives Gewissen entwickelt. Lorbeer schreibt, die Pharmakonzerne hätten sich von Gott abgewandt. Er bringt viele Anspielungen auf die Bibel, die ich nicht verstehe. Vielleicht, weil ich Gott nicht verstehe.«

Carl war auf der Schaukel eingeschlafen; Justin hob ihn vorsichtig heraus und ging mit ihm, eine Hand auf seinem warmen Rücken, auf dem Asphalt hin und her.

»Sie sprachen von Ihrem Telefonat mit Lara Emrich«, erinnerte Justin sie.

»Ja, aber ich bin absichtlich abgeschweift, weil es mir peinlich ist, wie dumm ich gewesen bin. Geht es, oder soll ich ihn nehmen?«

»Nicht nötig.«

Der weiße Mercedes hatte am Fuß des Hügels angehalten. Die beiden Männer saßen immer noch darin.

»Wir bei Hippo gehen seit Jahren davon aus, dass unsere Telefone abgehört werden. Wir sind sogar ein bisschen stolz darauf. Gelegentlich wird unsere Post kontrolliert. Wir schicken Briefe an uns selbst und stellen fest, dass sie verspätet und nicht in unberührtem Zustand bei uns eintreffen. Wir haben oft herumgesponnen, dass wir die *Organy* mit irreführenden Informationen füttern könnten.«

»Die was?«

»Das Wort stammt von Lara. Ein russischer Ausdruck aus sowjetischen Zeiten. Es bedeutet: die staatlichen Organe.«

»Das Wort muss ich mir unbedingt merken.«

»Also, vielleicht haben die *Organy* lachend und jubelnd am Telefon zugehört, als ich Lara versprach, ihr gleich eine Kopie des Aufsatzes nach Kanada zu schicken. Sie sagte, leider habe sie kein Faxgerät, denn sie habe ihr ganzes Geld für Anwälte ausgegeben und es sei ihr nicht mehr erlaubt, das Krankenhaus zu betreten. Hätte sie ein Fax gehabt, gäbe es heute vielleicht keine Probleme. Dann hätte sie jetzt eine Kopie von Lorbeers Geständnis, und es wäre egal, dass wir keine mehr haben. Alles wäre noch da. Vielleicht. Vielleicht auch nicht. Beweisen lässt sich gar nichts.«

»Und was ist mit E-Mail?«

»Hat sie auch nicht mehr. Einen Tag, nachdem sie versucht hatte, ihren Artikel zu veröffentlichen, hatte ihr Computer einen Herzinfarkt, von dem er sich nicht wieder erholt hat.«

Birgit saß da, mit roten Wangen, stoisch in ihrem Kummer.

»Und nun?«, soufflierte Justin.

»Nun haben wir den Aufsatz nicht mehr. Er wurde zusammen mit dem Computer und den Akten und den Kassetten gestohlen. Als ich mit Lara telefonierte – ungefähr von siebzehn Uhr bis siebzehn Uhr fünfundvierzig deutscher Zeit –, war sie ganz aufgeregt, überglücklich. Ich auch. ›Warte, bis die Kovacs davon hört‹, sagte sie immer wieder. Jedenfalls haben wir lange miteinander gesprochen und gelacht, und dann dachte ich, morgen früh ist noch Zeit genug, Lorbeers Geständnis zu kopieren. Ich legte es in unseren Safe und schloss ihn ab. Der Safe ist nichts Besonderes, aber auch nicht eben schlecht. Die Einbrecher hatten einen Schlüssel. Als sie gingen, verriegelten sie nicht nur die Türen wieder, sondern sie schlossen auch den Safe ab, nachdem sie den Aufsatz herausgenommen hatten. Wenn man genauer darüber nachdenkt, ist das doch ganz offensichtlich. Sonst aber bemerkt man es erst gar nicht. Was macht ein Riese, wenn er einen Schlüssel braucht? Er lässt seine Zwerge herausfinden, um was für einen Safe es sich handelt, dann ruft er den Riesen an, der den Safe hergestellt hat, und bittet ihn, sich von seinen Zwergen einen Schlüssel machen zu lassen. In der Welt der Riesen ist so etwas normal.«

Der weiße Mercedes hatte sich nicht von der Stelle bewegt. Vielleicht war auch das normal.

* * *

Sie haben eine Schutzhütte gefunden. Links und rechts von ihnen sind Reihen zusammengeklappter Liegestühle aneinander gekettet. Der Regen prasselt und klimpert auf das Blechdach und läuft in Bächen um ihre Füße herum. Carl ist wieder bei seiner Mutter. Er liegt schlafend an ihrer Brust, den Kopf an ihre Schulter geschmiegt. Sie hat einen kleinen Sonnenschirm aufgespannt und hält ihn über Carl. Justin sitzt mit etwas Abstand zu ihnen auf der Bank, vornübergebeugt, die Hände wie zum Gebet zwischen den Knien gefaltet. Das ist es, was mich an Garths Tod so geärgert hat, erinnert er sich. Durch ihn wurde mir meine Lebensbildung vorenthalten.

»Lorbeer hat einen Roman geschrieben«, sagt sie.

»Einen Roman?«

»Ja. Einen Roman, der gleich mit dem Happy End anfängt. Er handelt von zwei schönen jungen Ärztinnen, Emrich und Kovacs heißen sie und arbeiten als Assistentinnen an der Universität Leipzig. Zur Universität gehört ein großes Krankenhaus. Dort forschen sie unter Anleitung kluger Professoren und träumen davon, eines Tages eine großartige Entdeckung zu machen, die die Welt retten wird. Niemand spricht vom Götzen Profit, es sei denn im Zusammenhang mit Profit für die Menschheit. In die Leipziger Uniklinik werden viele aus Sibirien heimkehrende Russlanddeutsche eingeliefert. Sie haben Tbc. Tuberkulose war in den sowjetischen Gefangenenlagern weit verbreitet. Die Patienten sind arm und krank, sie können sich nicht wehren, die meisten haben multiresistente Stämme, viele sterben. Sie unterschreiben alles, sie lassen alles mit sich geschehen, sie machen keine Schwierigkeiten. So erklärt es sich, dass die beiden jungen Ärztinnen Bakterien isolieren und mit noch unerforschten Medikamenten gegen Tbc experimentieren konnten. Sie haben Testreihen an Tieren durchgeführt, vielleicht auch an Medizinstudenten und anderen Mitarbeitern. Medizinstudenten haben kein Geld. Eines Tages werden sie Ärzte sein, die Versuche interessieren sie. Und als Leiter des Forschungsteams haben wir einen Professor, der von diesen Experimenten begeistert ist. Das ganze Team sehnt sich nach seinem Lob, und so machen denn auch alle bei den Experimenten mit. Niemand ist böse, niemand ist kriminell. Es sind junge

Träumer, die ein reizvolles Gebiet zu erforschen haben, und die Patienten sind verzweifelt. Warum nicht?«

»Warum nicht?«, murmelt Justin.

»Und die Kovacs hat einen Freund. Sie hat immer einen Freund. Viele Freunde. Dieser Freund ist Pole, ein guter Mensch. Verheiratet, aber egal. Ihm gehört jedenfalls ein Labor. Ein kleines, effizientes, sinnvoll eingerichtetes Labor in Danzig. Der Pole bietet der Kovacs aus Liebe zu ihr an, sie könne sein Labor jederzeit benutzen. Sie dürfe auch mitbringen, wen sie wolle. Also bringt sie ihre schöne Freundin und Kollegin Lara Emrich mit. Die Kovacs und die Emrich treiben ihre Forschungen voran, die Kovacs und der Pole treiben es im Bett, alle sind zufrieden, niemand spricht vom Götzen Profit. Diese jungen Leute haben nur Ruhm und Ehre und vielleicht ein bisschen Eigenwerbung im Sinn. Und ihre Untersuchungen führen zu positiven Ergebnissen. Patienten sterben immer noch, aber die wären sowieso gestorben. Andere, die sonst auch gestorben wären, können gerettet werden. Die Kovacs und Lara Emrich sind stolz. Sie schreiben Artikel für medizinische Fachzeitschriften. Ihr Professor schreibt Artikel, in denen er sie unterstützt. Andere Professoren unterstützen den Professor, alle sind zufrieden, jeder gratuliert seinem Nachbarn, es gibt keine Feinde. Noch nicht.«

Carl regt sich an ihrer Schulter. Sie tätschelt ihm den Rücken und bläst ihm sachte aufs Ohr. Er lächelt und schläft wieder ein.

»Auch Lara Emrich hat einen Liebhaber. Sie hat einen Mann, der Emrich heißt, aber der reicht ihr nicht. Ich rede von Osteuropa, da war jeder schon mal mit jedem verheiratet. Ihr Liebhaber heißt Markus Lorbeer. Er hat eine südafrikanische Geburtsurkunde, einen deutschen Vater und eine holländische Mutter. Er lebt in Moskau als selbstständiger Pharmavertreter, aber auch als – als Unternehmer, der interessante Entwicklungen auf dem Gebiet der Biotechnologie aufspürt und dann ausschlachtet.«

»Ein Talentsucher.«

»Er ist ungefähr fünfzehn Jahre älter als Lara, er ist mit allen Wassern gewaschen, wie wir sagen, er ist ein Träumer wie sie. Er liebt die Wissenschaft, ist aber kein Wissenschaftler geworden. Er liebt die Medizin, ist aber kein Arzt. Er liebt Gott und die ganze Welt, aber er liebt auch gutes Geld und den Götzen Profit. Er schreibt: ›Der junge Lorbeer ist gläubig, er verehrt den Gott der Christen, er verehrt Frauen, aber er verehrt auch sehr den Götzen Profit.‹ Das ist sein Sündenfall. Er glaubt an Gott, aber er ignoriert ihn. Ich persönlich lehne diese Haltung ab, aber was soll's. Für einen Humanisten ist Gott ein Vorwand, sich nicht humanistisch zu verhalten. Im Leben nach dem Tode werden wir human sein, bis dahin machen wir Profit. Was soll's. ›Lorbeer hat Gottes Geschenk der Erkenntnis angenommen‹ – ich nehme an, damit meint er das Molekül – ›und an den Teufel verkauft.‹ Damit meint er wohl KVH. Dann schreibt er, als Tessa ihn in der Wüste besucht habe, habe er ihr das ganze Ausmaß seiner Sünden gebeichtet.«

Justin richtet sich jählings auf.

»Das hat er geschrieben? Dass er *Tessa* davon erzählt hat? Wann? Im Krankenhaus? Wo hat sie ihn besucht? Was für eine *Wüste*? Was hat das alles zu bedeuten?«

»Wie gesagt, sein Aufsatz ist ziemlich verrückt. Er nennt sie bei ihrem Mädchennamen Abbott, wie ›der Abt‹. ›Als Abbott Lorbeer in der Wüste besuchte, vergoss Lorbeer Tränen.‹ Vielleicht ist das nur ein Traum, ein Märchen. Lorbeer ist zum Büßer in der Wüste geworden. Er ist Elias oder Christus, was weiß ich. Geschmacklos. ›Abbott hat Lorbeer gerufen, Rechenschaft abzulegen vor Gott. Und so hat Lorbeer bei dieser Begegnung in der Wüste Abbott die geheime Natur seiner Sünden erklärt.‹ So schreibt er. Es müssen viele Sünden gewesen sein. Ich kann mich nicht an alle erinnern. Es ging um die Sünde der Eitelkeit und die des falschen Zeugnisses. Dann die Sünde des Hochmuts, glaube ich. Und schließlich die Sünde der Feigheit. Für die rechtfertigt er sich mit keinem Wort, und das macht mich beinahe glücklich. Aber ihn wahrscheinlich auch. Lara sagt, er ist nur bei der Beichte glücklich und beim Sex.«

»Das alles hat er auf Englisch geschrieben?«

Sie nickte. »Manche Passagen lesen sich wie Bibeltexte, dann macht er wieder äußerst detaillierte Angaben über die vorsätzlich ungenaue Anlage der klinischen Testreihen, die Auseinandersetzung zwischen der Kovacs und Lara Emrich und die Probleme, die bei der Kombination von Dypraxa mit anderen Medikamenten auftreten. Nur eine sehr gut informierte Person kann solche Details kennen. Dieser Lorbeer ist mir bei weitem lieber als der Lorbeer zwischen Himmel und Hölle, das muss ich schon sagen.«

»Und er hat sie bei ihrem Mädchennamen genannt? Bewusst mit der Bedeutung ›Abt‹ gespielt?«

»Ja. ›Abbott hat alles aufgeschrieben, was ich ihr gesagt habe.‹ Aber da ist noch eine Sünde. Er hat sie getötet.«

Justin wartete, den Blick auf den schlummernden Carl gerichtet.

»Vielleicht nicht direkt, er drückt sich da undeutlich aus. ›Lorbeer hat sie durch seinen Verrat getötet. Er hat die Sünde des Judas begangen, und so hat er ihr mit bloßen Händen die Kehle durchgeschnitten und Bluhm an einen Baum genagelt.‹ Nachdem ich Lara das vorgelesen hatte, habe ich sie gefragt: ›Lara, sagt Markus hier, dass er Tessa Quayle getötet hat?‹«

»Was hat sie geantwortet?«

»Markus könnte nicht einmal seinen ärgsten Feind töten. Das quält ihn sehr, sagt sie. Dass er ein schlechter Mensch mit gutem Gewissen ist. Sie ist Russin, sehr schwermütig.«

»Aber wenn er Tessa getötet hat, kann er kein guter Mensch sein, oder?«

»Lara schwört, das sei völlig ausgeschlossen. Sie hat eine Menge Briefe von ihm. Sie liebt ihn einfach hoffnungslos. Sie hat schon viele Geständnisse von ihm gehört, aber dieses natürlich nicht. Markus ist sehr stolz auf seine Sünden, sagt sie. Aber da er eitel ist, übertreibt er immer. Er ist kompliziert und vielleicht ein wenig psychotisch, und gerade deswegen liebt sie ihn.«

»Aber sie weiß nicht, wo er ist?«

»Nein.«

Justin starrte mit leerem Blick in die trügerische Dämmerung. »*Judas* hat niemanden getötet«, wandte er ein. »Judas war ein Verräter.«

»Aber das Ergebnis war dasselbe. Sein Verrat war tödlich.«

Wieder eine lange Betrachtung der Dämmerung. »Da fehlt noch jemand. Wenn Lorbeer Tessa verraten hat: An wen hat er sie verraten?«

»Das hat er nur undeutlich ausgedrückt. Vielleicht an die

Mächte der Finsternis. Ich kann nur sagen, woran ich mich erinnere.«

»Die Mächte der Finsternis?«

»In dem Brief hat er etwas von den Mächten der Finsternis geschrieben. Ich hasse diese Ausdrucksweise. Meint er damit KVH? Vielleicht kennt er noch andere Mächte.«

»Wird Arnold in dem Aufsatz häufiger erwähnt?«

»Abbott hatte einen Führer. In dem Aufsatz wird er der Heilige genannt. Der Heilige hat im Krankenhaus mit Lorbeer gesprochen und ihm gesagt, das Medikament Dypraxa sei ein Werkzeug des Todes. Der Heilige war vorsichtiger als Abbott, weil er Arzt ist, und er war auch toleranter, weil er um die Schlechtigkeit der Menschen weiß. Aber die größte Wahrheit liegt bei Lara Emrich. Da ist Lorbeer sich ganz sicher. Lara weiß alles, deshalb darf sie nichts sagen. Die Mächte der Finsternis sind entschlossen, die Wahrheit zu unterdrücken. Und deshalb musste Abbott getötet und der Heilige gekreuzigt werden.«

»*Gekreuzigt*? Arnold?«

»In Lorbeers Märchen ist Bluhm von den Mächten der Finsternis verschleppt und an einen Baum genagelt worden.«

Beide verstummten, es war beinahe, als schämten sie sich.

»Lara sagt auch, Lorbeer trinkt wie ein Russe«, fügte sie wie einen mildernden Umstand hinzu, aber Justin ließ sich nicht ablenken.

»Er schreibt aus der Wüste, schickt den Aufsatz aber per Kurier aus Nairobi«, gab er skeptisch zu bedenken.

»Die Anschrift war getippt, der Begleitschein mit der Hand ausgefüllt. Das Päckchen wurde vom Hotel Norfolk in Nairobi aus abgeschickt. Der Absender war schwer zu entziffern, aber ich glaube, er hieß McKenzie. Vielleicht ein Schotte? Falls es nicht möglich gewesen wäre, das Päckchen abzuliefern, hätte es nicht nach Kenia zurückgeschickt, sondern vernichtet werden sollen.«

»Der Begleitschein hatte vermutlich eine Nummer.«

»Der Begleitschein klebte auf dem Umschlag. Als ich den Aufsatz über Nacht in den Safe gelegt habe, habe ich ihn in den Umschlag gesteckt. Und so ist der natürlich auch verschwunden.«

»Wenden Sie sich an den Kurierdienst. Da gibt's bestimmt eine Kopie.«

»Der Kurierdienst hat keinerlei Unterlagen zu diesem Päckchen. Weder in Nairobi noch in Hannover.«

»Wo finde ich sie?«

»Lara?«

Der Regen prasselte auf das Blechdach, die orangefarbenen Lichter der Stadt verschwammen im Dunst. Birgit riss ein Blatt Papier aus ihrem Kalender und schrieb eine lange Telefonnummer darauf.

»Sie hat ein Haus, jedoch nicht mehr lange. Sie können auch bei der Universität nachfragen, aber Sie müssen vorsichtig sein, denn dort hasst man sie.«

»Hat Lorbeer mit beiden geschlafen, mit Kovacs und mit Emrich?«

»Für Lorbeer wäre das nicht ungewöhnlich. Aber ich glaube, bei dem Streit zwischen den beiden Frauen ging es nicht um Sex, sondern um das Molekül.« Sie verstummte, folgte seinem Blick. Er starrte in die Ferne, doch da war nichts zu sehen außer den Hügeln, die aus dem Nebel ragten. »Tessa hat mir oft geschrieben, wie sehr sie Sie liebt«, sagte sie leise zu seinem abgewandten Gesicht. »Nicht direkt, das war nicht nötig. Sie sagte, Sie seien ein Ehrenmann, und im Fall des Falles würden Sie sich ehrenhaft verhalten.«

Birgit schickte sich an zu gehen. Er reichte ihr den Rucksack, und dann schnallten sie Carl in seinen Kindersitz und zupften das Cape so zurecht, dass sein schläfriger Kopf aus dem Loch schaute. Sie stand leicht gebückt vor ihm.

»Also dann«, sagte sie. »Sie gehen zu Fuß?«

»Ich gehe zu Fuß.«

Sie zog einen Umschlag aus ihrer Jacke.

»Das ist alles, was ich von Lorbeers Roman in Erinnerung behalten habe. Ich habe es für Sie aufgeschrieben. Meine Handschrift ist schrecklich, aber Sie werden es schon entziffern können.«

»Ich danke Ihnen sehr.« Er stopfte den Umschlag in seinen Regenmantel.

»Dann wünsche ich Ihnen einen guten Heimweg«, sagte sie.

Sie wollte ihm die Hand reichen, überlegte es sich dann aber anders und gab ihm einen Kuss auf den Mund: einen ernsten, bedächtigen Kuss – aus Sympathie, zum Abschied –, der zwangsläufig unbeholfen ausfiel, weil sie gleichzeitig das Fahrrad festhalten musste. Dann hielt Justin das Fahrrad, während sie den Helm unterm Kinn festschnallte. Und schließlich schwang sie sich auf den Sattel und radelte den Hügel hinunter davon.

* * *

Ich gehe zu Fuß.

Er ging in der Mitte des Wegs und behielt die dunklen Rhododendronbüsche auf beiden Seiten im Blick. Alle fünfzig Meter stand eine Bogenlampe. Er suchte die schwarzen Bereiche dazwischen mit den Augen ab. Die Abendluft roch nach Äpfeln. Er gelangte an den Fuß des Hügels, schritt auf den geparkten Mercedes zu und passierte die Motorhaube im Abstand von zehn Metern. Kein Licht im Wagen. Vorne saßen zwei Männer, aber soweit er an ihren reglosen Silhouetten erkennen konnte, waren es nicht dieselben zwei, die vorhin den Hügel hinauf und wieder hinunter gefahren waren. Als er weiterging, überholte ihn das Auto. Er ignorierte es bewusst, stellte sich aber vor, dass die zwei Männer ihn beobachteten. Der Mercedes kam an eine Kreuzung und bog links ab. Justin wandte sich nach rechts, in Richtung Stadt. Ein Taxi fuhr vorbei, der Fahrer rief ihm etwas zu.

»Danke, vielen Dank«, rief Justin freundlich zurück, »aber ich gehe lieber zu Fuß.«

Keine Antwort. Er ging jetzt auf dem Bürgersteig, immer am äußeren Rand. An der nächsten Kreuzung gelangte er in eine hell erleuchtete Nebenstraße. In Hauseingängen kauerten junge Männer und Frauen mit erloschenen Augen. An den Ecken standen Männer in Lederjacken und sprachen, den Ellbogen abgewinkelt, in Handys. Er überquerte noch zwei Straßen, dann erblickte er vor sich sein Hotel.

Im Foyer herrschte der übliche, unvermeidliche Abendrummel. Gerade war eine japanische Delegation eingetroffen, Kameras blitzten, Pagen stapelten teure Koffer in den einzigen Aufzug. Justin reihte sich in die Schlange ein, zog den Regenmantel aus und nahm ihn so über den Arm, dass Birgits Umschlag in der Innentasche nicht zu sehen war. Als der Aufzug kam, trat er zurück und ließ die Frauen zuerst hineingehen. Er fuhr bis zur dritten Etage und stieg als einziger aus. Der abscheuliche Korridor mit der fahlen Neonbeleuchtung erinnerte ihn an das Uhuru-Krankenhaus. In jedem Zimmer plärrte ein Fernseher. Sein eigenes hatte die Nummer 311, und als Schlüssel diente ein flaches Stück Plastik mit einem schwarzen Pfeil drauf. Der Lärm rivalisierender Fernsehgeräte machte ihn rasend, und er hatte nicht übel Lust, sich bei irgendjemandem zu beschweren. Wie soll ich bei diesem Krach an Ham schreiben? Er trat in sein Zimmer, legte den Regenmantel über einen Stuhl und erkannte seinen eigenen Fernseher als den Schuldigen. Offenbar hatten die Zimmermädchen ihn angestellt, als sie hier aufräumten, und sich nicht die Mühe gemacht, ihn dann wieder auszuschalten. Er näherte sich dem Kasten. Genau die Art Sendung lief, die ihm besonders zuwider war. Ein halb bekleideter Sänger brüllte zum Entzücken eines ekstatischen jungen Publikums aus vollem Hals ins Mikrofon, und über den Bildschirm rieselte glitzernder Schnee.

Und das war auch das Letzte, was Justin sah, bevor die Lichter ausgingen: leuchtende Schneeflocken auf seinem inneren Bildschirm. Schwärze senkte sich über ihn, und dann fühlte er nur noch, wie er geschlagen wurde. Ihm blieb die Luft weg. Jemand hielt seine Arme fest, ein Klumpen rauhen Stoffs wurde ihm in den Mund gestopft. Seine Beine wurden unter ihm weggerissen, und er kam zu dem Schluss, dass er einen Herzinfarkt hatte. Die Annahme bestätigte sich, als ihm ein zweiter Schlag in den Magen versetzt wurde, der ihm den letzten Rest Atem nahm; als er zu schreien versuchte, geschah nichts, er hatte weder Stimme noch Luft, und der Stoffklumpen würgte ihn.

Jemand kniete auf seiner Brust. Etwas wurde ihm um den Hals gebunden, eine Schlinge, wie er annahm, man will mich hängen, dachte er. Dann sah er Bluhm vor sich, an einen Baum genagelt. Er roch Bodylotion, einen männlichen Duft, und erinnerte sich an Woodrows Körpergeruch und wie er an dessen Liebesbrief geschnüffelt hatte, um festzustellen, ob der auch danach roch. Ausnahmsweise einmal war Tessa aus seinem Gedächtnis verschwunden. Er lag auf dem Fußboden, auf der linken Seite, und was immer man ihm in den Magen gestoßen hatte, stieß man ihm jetzt mit großer Wucht in den Unterleib. Sein Kopf war von einer

Art Kapuze verhüllt, aber noch wurde er nicht gehängt, er lag immer noch auf der Seite. Der Knebel würgte ihn, er erbrach sich, bekam das Zeug aber nicht aus dem Mund und musste es wieder runterschlucken. Hände wälzten ihn auf den Rücken, streckten seine Arme seitlich aus, Handflächen nach oben, Knöchel in den Teppich gedrückt. Die wollen mich kreuzigen, wie Arnold. Aber sie kreuzigten ihn nicht, noch nicht; sie hielten seine Hände unten und verdrehten sie, und der Schmerz war schlimmer als aller Schmerz, den er je erlebt hatte, zusammen: in seinen Armen, in Brust, Beinen und Unterleib. Bitte, dachte er. Nicht meine rechte Hand, sonst kann ich ja nicht mehr an Ham schreiben. Und offenbar erhörten sie sein Gebet, denn der Schmerz ließ nach, und er vernahm eine Männerstimme, norddeutsch, aus Berlin vielleicht, und ziemlich kultiviert. Die Stimme gab den Befehl, das Schwein wieder auf die Seite zu legen und ihm die Hände auf den Rücken zu binden, und der Befehl wurde befolgt.

»Mr Quayle. Hören Sie mich?«

Dieselbe Stimme, doch jetzt sprach sie Englisch. Justin gab keine Antwort. Aber nicht aus Mangel an Höflichkeit, sondern weil es ihm gelungen war, den Knebel auszuspucken, und er sich jetzt noch einmal erbrach, und das Zeug ihm um den Hals in die Kapuze lief. Der Ton des Fernsehers wurde leiser gestellt.

»Das reicht, Mr Quayle. Schluss jetzt damit, okay? Oder es ergeht Ihnen wie Ihrer Frau. Hören Sie mich? Wollen Sie noch mehr Prügel, Mr Quayle?«

Bei dem zweiten »Mr Quayle« wurde ihm noch ein fürchterlicher Tritt in den Unterleib versetzt.

»Vielleicht hören Sie ein bisschen schwer. Wir lassen Ihnen einen Brief hier, okay? Auf Ihrem Bett. Wenn Sie aufwachen, lesen Sie den Brief und lernen ihn auswendig. Und dann gehen Sie nach England zurück, verstanden? Sie stellen keine bösen Fragen mehr. Sie gehen nach Hause und sind ein braver Junge. Das nächste Mal töten wir Sie, wie Bluhm. Eine langwierige Angelegenheit. Hören Sie mich?«

Ein letzter Tritt in den Unterleib verlieh diesen Worten Nachdruck. Er hörte die Tür zufallen.

* * *

Justin lag allein in seiner Dunkelheit und seinem Erbrochenen, auf der linken Seite, die Knie ans Kinn gezogen, die Hände auf den Rücken gefesselt, und das Innere seines Schädels brannte, wie von Stromschlägen, die ihm durch den ganzen Körper jagten. Er lag in schwarzer Todesangst und rief seine versprengten Truppen zum Appell – Füße, Schienbeine, Knie, Weichteile, Bauch, Herz, Hände –, und siehe da, sie waren alle vorhanden, wenn auch nicht in einwandfreiem Zustand. Er bewegte sich in seinen Fesseln und glaubte, in glühende Holzkohle zu fallen. Also verhielt er sich lieber still, und da erwachte in ihm ein grauenhaft angenehmes Gefühl, eine triumphierende, leuchtende Selbsterkenntnis. *Man hat mir das angetan, aber ich bin noch derselbe. Ich bin gestählt. Ich kann noch etwas tun. In meinem Innern bin ich unberührt geblieben. Wenn sie jetzt zurückkommen und das alles noch einmal mit mir machen würden, kämen sie immer noch nicht an diesen unberührten Kern heran. Ich habe die Prüfung bestanden, vor der ich mich mein Leben lang gedrückt habe. Ich habe mein Schmerzdiplom.*

Dann ließ der Schmerz nach, oder aber die Natur kam ihm zu Hilfe, jedenfalls döste er ein; den Mund fest geschlossen, atmete er in der stinkenden, feuchten Nacht seiner Kapuze durch die Nase. Der Fernseher lief immer noch, das konnte er hören. Und wenn er seinen Orientierungssinn nicht eingebüßt hatte, lag er mit dem Gesicht in seine Richtung. Aber die Kapuze war offenbar gut gefüttert, denn er sah nichts, nicht einmal ein Flackern, und als er sich auf enorme Kosten seiner Hände auf den Rücken gewälzt hatte, sah er auch keine Spur von den Deckenlampen über sich, obwohl sie, als er das Zimmer betreten hatte, eingeschaltet gewesen waren und er sich nicht erinnern konnte, gehört zu haben, dass seine Peiniger sie beim Gehen ausgeschaltet hatten. Er wälzte sich auf die Seite und geriet kurz in Panik, während er darauf wartete, dass der stärkere Teil seines Ichs wieder die Oberhand gewann. Denk nach, Mensch. Benutz deinen dämlichen Kopf, der ist schließlich das Einzige, was sie nicht beschädigt haben. *Warum* haben sie ihn nicht beschädigt? Weil sie kein Aufsehen machen wollten. Das heißt, wer auch immer sie geschickt hat, wollte kein Aufsehen. »Das nächste Mal töten wir Sie, wie Bluhm« – aber nicht dieses Mal, so gern sie es vielleicht auch getan hätten. Also schreie ich. Soll ich? Soll ich mich auf dem Boden herumwälzen, gegen die Möbel treten, an die Wände treten, den Fernseher umtreten und mich überhaupt wie ein Tobsüchtiger aufführen, bis irgendwer zu dem Schluss kommt, dass dies kein leidenschaftliches Liebespaar im Rausch sadomasochistischer Ekstase ist, sondern ein gefesselter und verprügelter Engländer mit einem Sack über dem Kopf?

Der ausgebildete Diplomat ging gewissenhaft die Konsequenzen einer solchen Entdeckung durch. Das Hotel ruft die Polizei. Die Polizei nimmt meine Aussage auf und benachrichtigt das zuständige britische Konsulat, in diesem Fall das in Hannover, falls wir da noch eins haben. Auftritt des diensthabenden Konsuls: wütend, dass man ihn vom Essen wegholt, bloß damit er sich wieder mal so einen blöden britischen Staatsbürger in Not ansieht. Sein automatischer Reflex: Er lässt sich meinen Pass zeigen – welchen der beiden, spielt keine Rolle. Wenn es der von Atkinson ist, haben wir ein Problem, denn der ist gefälscht. Um das festzustellen, genügt ein Anruf in London. Wenn es der von Quayle ist, haben wir ein anderes Problem, aber das Ergebnis dürfte in etwa dasselbe sein: Ich werde ungefragt mit dem nächstbesten Flugzeug nach London geschickt, wo mich am Flughafen ein wenig erquickliches Empfangskomitee erwartet.

Seine Beine waren nicht gefesselt. Bis jetzt hatte er sich nicht getraut, sie zu bewegen. Als er es nun aber tat, fingen Bauch und Weichteile Feuer, und gleich darauf standen auch Ober- und Unterschenkel in Flammen. Aber es ging, und als er die Füße aneinander schlug, hörte er die Absätze klicken. Von dieser Entdeckung ermutigt, entschloss er sich zu einem gewagten Schritt und wälzte sich auf den Bauch, was ihm einen unwillkürlichen Schrei entlockte. Er biss sich auf die Lippen, um nicht noch einmal aufzuschreien.

Aber er war zäh und blieb mit dem Gesicht nach unten liegen. Geduldig und immer bedacht, die Nachbarn in den Zimmern zu beiden Seiten nicht zu stören, begann er, an seinen Fesseln zu arbeiten.

Siebzehntes Kapitel

Bei dem Flugzeug handelte es sich um eine von der UNO gecharterte, ältere, zweimotorige Beechcraft, der Pilot war ein fünfzigjähriges Raubein aus Johannesburg, der Kopilot ein stämmiger Afrikaner mit Backenbart. Auf jedem der neun zerschlissenen Sitze stand ein Lunchpaket aus weißer Pappe. Der Schauplatz, Wilson Airport, lag nicht weit von Tessas Grab entfernt, und während die Maschine schwitzend auf der Startbahn wartete, reckte Ghita den Hals, um durchs Fenster den Grabhügel zu erspähen, wobei sie sich fragte, wie lange sie wohl noch auf ihren Grabstein würde warten müssen. Sie sah aber nur silbriges Gras und einen Eingeborenen mit rotem Umhang und Hirtenstab, der, auf einem Bein stehend, seine Ziegen und eine Herde Gazellen bewachte, die unter blauschwarzen Wolkenbergen an Halmen rupften. Ghita hatte ihre Reisetasche unter den Sitz geschoben, aber die Tasche war zu groß, und so musste sie ihre Füße in den Sonntagsschuhen schräg daneben stellen. Im Flugzeug war es furchtbar heiß, und der Pilot hatte die Passagiere bereits darauf hingewiesen, dass Aircondition erst nach dem Start zur Verfügung stehe. Ghitas Unterlagen und das Beglaubigungsschreiben, das sie als EADEC-Delegierte des britischen Hochkommissariats auswies, steckten in dem mit einem Reißverschluss versehenen Fach der Reisetasche. Im Hauptfach ein Nachthemd und ein paar Sachen zum Wechseln. Ich tue das für Justin. Ich trete in Tessas Fußstapfen. Ich habe keinen Grund, mich meiner Unerfahrenheit zu schämen, oder meines Doppelspiels.

Im hinteren Teil des Rumpfs waren Säcke mit kostbarem *miraa* verstaut, einer legalen, leicht narkotisierend wirkenden Pflanze, die bei den Eingeborenen im Norden sehr beliebt war. Langsam breitete sich deren holziger Geruch im Flugzeug aus. Vor Ghita saßen vier abgebrüht wirkende Mitarbeiter von Hilfsorganisationen, zwei Männer, zwei Frauen. Vielleicht gehörten die Säcke mit dem *miraa* ihnen. Ghita beneidete sie wegen ihres beherzten, sorglosen Auftretens, ihrer abgewetzten Kleider und ihres ungewaschenen Engagements. Und erkannte mit einem Anflug von Selbstkritik, dass sie in ihrem Alter waren. Sie wünschte, sie hätte sich die angelernte Unterwürfigkeit abgewöhnen können, hätte nicht mehr immer die Fersen zusammenstellen müssen, wenn sie einem Vorgesetzten die Hand gab – eine Angewohnheit, auf die die Nonnen Wert gelegt hatten. Sie spähte in ihr Lunchpaket und entdeckte zwei Pisang-Sandwiches, einen Apfel, eine Tafel Schokolade und ein Trinkpäckchen mit Maracujasaft. Sie hatte kaum geschlafen und war ausgehungert, aber ihr Anstandsgefühl verbot ihr, schon vor dem Start ein Sandwich zu essen. Am Abend zuvor hatte in ihrer Wohnung ununterbrochen das Telefon geklingelt, weil ihre Freunde von dem Haftbefehl gegen Arnold gehört hatten und ihrer Empörung und ihrem Unglauben Luft machen mussten. Ghitas Position im Hochkommissariat verlangte von ihr, dass sie ihnen gegenüber die Staatsmännin spielte. Todmüde entschloss sie sich um Mitternacht zu einem folgenschweren Schritt; wäre er erfolgreich gewesen, hätte er sie aus dem Niemandsland geführt, in dem sie sich seit drei Wochen wie eine Einsiedlerin verkrochen hatte. Sie kramte aus einem alten Messingtopf, in dem sie allerlei Kleinigkeiten aufbewahrte, einen Zettel hervor, den sie dort versteckt hatte. Hier können Sie uns anrufen, Ghita, falls Sie sich entschließen sollten, wieder mit uns zu reden. Wenn wir nicht da sind, können Sie eine Nachricht hinterlassen; einer von uns beiden ruft dann innerhalb von spätestens einer Stunde zurück. Versprochen. Eine aggressive afrikanische Männerstimme meldete sich, und Ghita hoffte schon, sich verwählt zu haben.

»Ich möchte bitte mit Rob oder Lesley sprechen.«

»Wie heißen Sie?«

»Ich möchte mit Rob oder Lesley sprechen. Ist einer von den beiden da?«

»Wer sind Sie? Nennen Sie sofort Ihren Namen und den Grund Ihres Anrufs.«

»Ich möchte bitte mit Rob oder Lesley sprechen.«

Als am anderen Ende der Hörer aufgeknallt wurde, nahm sie ohne viel Aufhebens hin, dass sie, wie vermutet, ganz allein dastand. In Zukunft konnte ihr keine Tessa, kein Arnold, keine kluge Lesley von Scotland Yard die Verantwortung für ihr Handeln abnehmen. Sich an ihre geliebten Eltern zu wenden, war auch keine Lösung. Ihr Vater, der Anwalt, würde sich ihre Aussage anhören und erklären, es gebe da einerseits dies, andererseits jenes zu bedenken, und dann würde er sie fragen, ob sie für diese sehr schweren Anschuldigungen irgendeinen stichhaltigen Beweis habe. Ihre Mutter, die Ärztin, würde sagen, du bist überarbeitet, Liebes, komm nach Hause und ruh dich ein wenig aus. Dieser Gedanke schwebte noch am deutlichsten in ihrem schläfrigen Kopf, als sie ihren Laptop in der sicheren Erwartung aufklappte, dass auch er randvoll mit Schmerz und Empörung über Arnold angefüllt war. Aber kaum war sie online gegangen, gab der Bildschirm mit einem leisen Knacken den Geist auf. Sie fing noch einmal von vorne an – vergebens. Sie rief ein paar Freunde an, nur, um zu erfahren, dass deren Computer in Ordnung waren.

»Wow, Ghita, vielleicht hast du dir einen dieser verrückten Viren von den Philippinen eingefangen, oder wo diese Cyberfreaks sich rumtreiben!«, hatte eine Freundin neidisch ausgerufen, als wäre Ghita eine ganz besondere Aufmerksamkeit zuteil geworden.

Ja, vielleicht, dachte sie und konnte kaum schlafen, so sehr beunruhigte sie der Gedanke an die E-Mails, die sie verloren hatte, die Plaudereien mit Tessa, die sie nie ausgedruckt hatte, weil sie ihr auf dem Bildschirm lebendiger vorkamen, enger mit Tessa verbunden.

Die Beechcraft war immer noch nicht gestartet, und so wandte sich Ghita, wie es ihre Gewohnheit war, den elementaren Fragen des Lebens zu, wobei sie jedoch der elementarsten von allen geflissentlich aus dem Weg ging: Was mache ich hier und warum? Vor ein paar Jahren hatte sie sich in England – in meinem Leben vor Tessa, wie sie es insgeheim nannte – über die realen und eingebildeten Kränkungen den Kopf zerbrochen, die sie dort tagtäglich wegen ihrer anglo-indischen Herkunft zu erdulden hatte. Sie sah sich selbst als hoffnungslosen Mischling: Zur Hälfte war sie eine Farbige auf der Suche nach Gott, zur anderen Hälfte eine Weiße, anderen Arten überlegen, nur dass sie keine Rechte hatte. Von früh bis spät grübelte sie darüber nach, wo sie in der Welt der Weißen hingehörte, wie und wo sie ihr Engagement und ihre Menschlichkeit einsetzen könnte, und ob sie sich weiter in Tanz und Musik ausbilden lassen sollte, an dem Londoner College, oder ob sie – der Vorstellung ihrer Adoptiveltern entsprechend – ihrem anderen Stern folgen und einen akademischen Beruf ergreifen sollte.

Das erklärt, warum sie eines Morgens, einem spontanen Entschluss folgend, an einem Eignungstest für den diplomatischen Dienst Ihrer Majestät teilnahm, den sie – wenig überraschend, da sie sich niemals mit Politik beschäftigt hatte – nicht bestand; immerhin riet man ihr, sich in zwei Jahren noch einmal zu bewerben. Und irgendwie verhalf allein schon der Entschluss, an dem Test teilzunehmen, wenn der Versuch auch erfolglos blieb, der zugrunde liegenden Idee zum Durchbruch: dass sie zufriedener wäre, wenn sie sich in das System einfügte, statt weiter abseits zu bleiben und damit nicht viel mehr zu erreichen als eine teilweise Befriedigung ihrer künstlerischen Ambitionen.

Und als sie in dieser Phase ihre Eltern in Tansania besuchte, fasste sie, wiederum spontan, den Entschluss, sich um eine Stelle beim dortigen britischen Hochkommissariat zu bewerben und nach Aufstiegsmöglichkeiten zu suchen, wenn sie erst einmal dort arbeitete. Hätte sie das nicht getan, hätte sie Tessa niemals kennen gelernt. Und dann hätte sie sich auch niemals, so dachte sie jetzt, an die vorderste Front begeben, um für die Dinge zu kämpfen, denen treu zu bleiben sie fest entschlossen war – auch wenn sie letztlich auf ziemlich simplen Ideen beruhten: Wahrheit, Toleranz, Gerechtigkeit, Sinn für die Schönheit des Lebens und eine geradezu leidenschaftliche Ablehnung ihres jeweiligen Gegenteils –, vor allem aber der von ihren Eltern ererbten und von Tessa gefestigten Überzeugung, dass das System selbst gezwungen werden muss, diese Tugenden widerzuspiegeln, da es andernfalls keine Daseinsberechtigung hat. Das brachte sie wieder auf die elementarste Frage von allen zurück. Sie hatte Tessa geliebt, sie hatte Bluhm geliebt, sie liebte Justin noch immer und, wenn sie ehrlich war, ein wenig mehr, als angemessen oder zuträglich erscheinen mochte, oder wie man das nennen wollte. Und dass sie für das System arbeitete, verpflichtete sie noch lange nicht, auch die Lügen des Systems hinzunehmen, Verdrehungen, wie sie sie erst gestern aus Woodrows Mund vernommen hatte. Im Gegenteil, es verpflichtete sie, die Lügen abzulehnen und das System wieder dahin zu bringen, wo es hingehörte, nämlich auf die Seite der Wahrheit. Und damit hatte Ghita eine vollkommen befriedigende Antwort auf die Frage bekommen, was sie hier eigentlich machte und warum. »Es ist besser, das System von innen heraus zu bekämpfen«, pflegte ihr Vater – ein Bilderstürmer der anderen Art – zu sagen, »als es von außen anzukläffen.«

Und Tessa, das war ja das Wunderbare, hatte genau dasselbe gesagt.

Die Beechcraft schüttelte sich wie ein alter Hund, holperte los und erhob sich mühsam in die Luft. Unter Ghitas winzigem Fenster breitete sich ganz Afrika aus: riesige Slums, galoppierende Zebraherden, die Blumenplantagen am Naivashasee, das Aberdare-Gebirge und verschwommen am Horizont der Mount Kenya. Und dann wie ein Ozean die endlosen Weiten dunstigen braunen Buschlandes mit vereinzelten grünen Flecken. Das Flugzeug stieß durch Regenwolken, braune Dämmerung erfüllte die Kabine. Dann wieder sengendes Sonnenlicht. Und im selben Augenblick gab es, irgendwo links von Ghita, eine gewaltige Explosion. Plötzlich legte sich das Flugzeug auf die Seite. Lunchpakete, Rucksäcke und Ghitas Reisetasche purzelten durch den Gang, Alarmglocken und Sirenen ertönten, rote Lichter blinkten. Keiner sagte etwas, außer einem alten Afrikaner, der in schallendes Gelächter ausbrach und rief: »Wir lieben dich, Herr, vergiss das bloß nicht!«, was die anderen Passagiere mit Erleichterung und nervöser Belustigung zur Kenntnis nahmen. Das Flugzeug hatte sich noch nicht wieder aufgerichtet. Das Motorengeräusch war kaum noch lauter als ein Flüstern. Der afrikanische Kopilot mit dem Backenbart hatte ein Handbuch gefunden und ging eine Checkliste durch, die Ghita über seine Schulter hinweg zu lesen versuchte. Der raubeinige Pilot drehte sich um und sprach zu seinen feigen Passagieren. Sein ledriger Mund befand sich in der gleichen Schieflage wie die Tragflächen des Flugzeugs.

»Wie Sie vielleicht bemerkt haben, meine Damen und Herren, ist ein Motor ausgefallen«, sagte er trocken. »Das heißt, wir müssen zum Wilson Airport zurück und uns eine von den anderen Maschinen holen.«

Und ich habe keine Angst, stellte Ghita zufrieden fest. Bis Tessa gestorben ist, sind solche Dinge immer nur anderen passiert. Jetzt passieren sie mir, und ich kann damit umgehen.

Vier Stunden später stand sie in Lokichoggio auf der Landebahn.

* * *

»Du bist Ghita?«, brüllte eine junge Australierin gegen den Motorenlärm und das Begrüßungsgeschrei der anderen an. »Hi! Ich bin Judith!«

Sie war groß, rotwangig, strahlte vor Glück und trug einen zerknautschten braunen Filzhut und ein T-Shirt, das für Tee aus Ceylon warb. Sie umarmten sich, spontane Freundinnen an einem wilden, lärmenden Ort. Weiße UN-Frachtflugzeuge starteten und landeten, weiße Lastwagen rangierten mit dröhnenden Motoren, die Sonne glühte wie ein Hochofen, die Hitze sprang Ghita von der Rollbahn ins Gesicht, die Kerosindünste flimmerten ihr vor den Augen und benebelten sie. Von Judith geführt, kletterte sie über Postsäcke auf die Rückbank eines Jeeps und setzte sich neben einen schwitzenden Chinesen mit steifem Kragen und schwarzem Anzug. Jeeps rasten in entgegengesetzter Richtung an ihnen vorbei, gefolgt von einem Konvoi weißer Lastwagen, die zu den Frachtmaschinen unterwegs waren.

»Sie war eine ganz tolle Frau!«, schrie Judith vom Beifahrersitz nach hinten. »Sehr engagiert!« Offenbar sprach sie von Tessa. »Wie kommen die nur auf die Idee, Arnold verhaften zu wollen? So was Dämliches! Der könnte keiner Fliege was zuleide tun. Du hast drei Nächte gebucht, ja? Wir erwarten noch eine Gruppe Ernährungswissenschaftler aus Uganda!«

Judith ist hier, um sich um die Lebenden zu kümmern, nicht um die Toten, dachte Ghita, als der Jeep durch ein Tor ratterte und auf eine befestigte Straße kam. Sie fuhren an einer Barackensiedlung für Mitarbeiter vorbei, Bars, Verkaufsstände, ein Hinweisschild mit der spaßigen Aufschrift PICCADILLY HIER ENTLANG. Vor ihnen erhoben sich sanfte braune Hügel. Ghita sagte, dorthin würde sie gern einmal wandern. Judith antwortete, wenn sie das täte, würde sie nicht mehr zurückkommen.

»Tiere?«

»Menschen.«

Sie näherten sich dem Lager. Auf einem staubigen, roten Feld neben dem Haupteingang spielten Kinder Basketball mit einem weißen Getreidesack, der an einen Pfosten genagelt war. Judith führte Ghita zum Empfang, wo sie ihren Pass abgeben musste. Als sie sich in das Buch eintrug, blätterte sie ein wenig darin herum und fand ausgerechnet die Seite, nach der sie vorgeblich nicht gesucht hatte:

Tessa Abbott, Postfach, Nairobi, Tukul 28

A. Bluhm, Médecins de l'Univers, Tukul 29.

Neben beiden das gleiche Datum.

»Die Pressefritzen haben Freudentänze vollführt«, erzählte Judith begeistert. »Reuben hat fünfzig US-Dollar pro Schuss verlangt, bar auf die Hand. Insgesamt achthundert, das macht achthundert Malbücher plus Buntstifte. Reuben schätzt, das ergibt zwei Dinka-van-Goghs, zwei Dinka-Rembrandts und einen Dinka-Andy-Warhol.«

Reuben, der legendäre Organisator des Camps, erinnerte sich Ghita. Aus dem Kongo. Ein Freund von Arnold.

Sie gingen durch eine breite Allee aus Tulpenbäumen, deren feuerrote Trompetenblüten sich leuchtend von den hängenden Stromkabeln und den weiß getünchten, strohgedeckten *tukuls* abhoben. Ein dürrer Engländer, der aussah wie ein Grundschullehrer, radelte auf einem alten Polizeifahrrad gemessen an ihnen vorbei. Als er Judith erblickte, klingelte er und winkte ihr freundlich zu.

»Duschen und Klos auf der anderen Straßenseite, erste Sitzung morgen früh um Punkt acht Uhr, wir treffen uns vor Hütte 32«, erklärte Judith, als sie Ghita ihre Unterkunft zeigte. »Moskitospray neben dem Bett, und wenn du klug bist, benutzt du das

Netz. Hast du Lust auf ein Bier vorm Abendessen, bei Sonnenuntergang unten im Klub?«

Ja, Ghita hatte Lust.

»Und pass gut auf dich auf. Manche Jungs hier sind ziemlich hungrig, wenn sie von ihren Exkursionen zurückkommen.«

Ghita bemühte sich um einen beiläufigen Ton. »Ach, übrigens, es gibt eine Frau namens Sarah, die wohl mit Tessa befreundet war. Ist sie vielleicht hier, dass ich ihr mal guten Tag sagen kann?«

Sie packte ihre Sachen aus und ging dann, mit Kulturbeutel und Handtuch bewaffnet, tapfer auf die andere Straßenseite. Es hatte geregnet, der Lärm vom Flugplatz klang gedämpfter. Die gefährlichen Hügel wirkten jetzt schwarz und olivgrün. Es roch nach Benzin und Gewürzen. Sie duschte, ging in ihr *tukul* zurück, setzte sich mit ihren Arbeitsunterlagen an einen wackligen Tisch und vertiefte sich, hoffnungslos schwitzend, in die komplizierten Details nachhaltiger Entwicklungshilfe.

* * *

Das Klubhaus von Loki bestand aus einem Baum mit einer ausladenden Krone und einem lang gestreckten Strohdach darunter, einer Bar, deren Rückwand mit Dschungelmotiven bemalt war, und einem Videoprojektor, der verschwommene Bilder von einem längst vergangenen Fußballspiel an eine getünchte Mauer warf, wozu aus den Lautsprechern afrikanische Tanzmusik dröhnte. Entzückte Wiedererkennungsschreie hallten durch die Abendluft, wenn Mitarbeiter von Hilfsorganisationen aus abgelegenen Gebieten sich in verschiedenen Sprachen begrüßten und einander um den Hals fielen. Das hier sollte meine geistige Heimat sein, dachte Ghita sehnsüchtig. Das sind meine Regenbogenleute. Ihre Klassenlosigkeit, ihre Rassenlosigkeit, ihr Eifer, ihre Jugend – das alles entspricht mir. Mach in Loki mit und werde eine Heilige! Flieg in der Gegend rum, halt dich für eine Abenteurerin, genieß die Gefahr! Hol dir Sex, soviel du willst, führ ein Nomadenleben, das dir eine Menge Konflikte erspart! Keine langweilige Büroarbeit, und immer ein bisschen Gras zum Rauchen! Ruhm und Männer, wenn ich vom Einsatz zurückkehre,

Geld und noch mehr Männer, wenn ich mal Urlaub mache! Wer will mehr?

Ich.

Ich will verstehen, warum dieser ganze Mist überhaupt getan werden muss. Und warum jetzt. Ich will den Mut haben, genau wie Tessa, wenn sie besonders zynischer Stimmung war, zu sagen: »Loki ist zum Kotzen. Es hat genauso wenig Daseinsberechtigung wie die Berliner Mauer. Es ist ein Denkmal für das Scheitern der Diplomatie. Was für einen Sinn haben luxuriöse Rettungswagen, wenn unsere verdammten Politiker nichts zur Verhütung von Unfällen tun?«

Mit einem Schlag wurde es dunkel. Gelbe Neonröhren ersetzten das Sonnenlicht, die Vögel verstummten kurz und nahmen ihre Gespräche dann in erträglicher Lautstärke wieder auf. Ghita saß an einem langen Tisch, Judith drei Plätze weiter, einen Arm um einen Anthropologen aus Stockholm gelegt, und Ghita dachte, dass sie sich das letzte Mal so gefühlt hatte, als sie als Neue in die Klosterschule gekommen war. Nur dass in der Klosterschule kein Bier getrunken wurde und nicht ein halbes Dutzend sympathischer junger Männer aus aller Herren Länder an einem Tisch mit ihr gesessen und ihre sexuelle Güteklasse sowie Verfügbarkeit einzuschätzen versucht hatte. Sie lauschte Berichten über Gegenden, von denen sie noch nie gehört hatte, über haarsträubende Abenteuer, die sie, wie sie glaubte, nie bestehen könnte, und gab sich dabei alle Mühe, so zu tun, als kenne sie sich bestens aus und sei nicht sonderlich beeindruckt. Momentan führte ein großspuriger Yankee aus New Jersey das Wort, der Hank the Hawk genannt wurde. Judith zufolge war er ein ehemaliger Boxer und Kredithai, der sich in die Entwicklungshilfe gestürzt hatte, als Alternative zu einem Leben als Verbrecher. Er verbreitete sich über die verfeindeten Splittergruppen in der Nil-Region: wie die SPLE zeitweilig der SPLM in den Arsch gekrochen sei; wie die SSIM einen Vernichtungsfeldzug gegen eine andere Buchstabenkombination führe, deren Männer abschlachte, deren Frauen verschleppe, deren Vieh stehle und ganz allgemein einen Beitrag zu den Millionen Toten leiste, die der hirnlose Bürgerkrieg im Sudan bereits gefordert habe. Und Ghita nippte an ihrem Bier und hörte angestrengt lächelnd zu, denn anscheinend war Hank the Hawks Monolog ausschließlich an sie gerichtet, die Neue am Tisch und seine nächste Eroberung. Umso dankbarer war sie daher, als eine dicke Afrikanerin undefinierbaren Alters in Shorts und Turnschuhen und mit einer Schirmmütze, wie Londoner Straßenhändler sie trugen, aus dem Dunkel auftauchte, ihr auf die Schulter schlug und brüllte: »Ich bin Sarah aus dem Sudan, Kleine, und du musst Ghita sein. Man hat mir gar nicht gesagt, wie hübsch du bist. Komm, lass uns einen Tee trinken.« Und dann führte sie Ghita umstandslos durch ein Labyrinth von Bürohütten zu einem *tukul*, das wie eine Strandhütte auf Stelzen aussah; die Einrichtung bestand aus einem Einzelbett, einem Kühlschrank und einem Bücherregal, in dem die klassische englische Literatur von Chaucer bis James Joyce aufgereiht war.

Und davor gab es eine winzige Veranda mit zwei Stühlen, wo man unter den Sternen sitzen und gegen die Insekten ankämpfen konnte.

* * *

»Wie ich höre, soll Arnold jetzt verhaftet werden«, sagte Sarah ruhig, nachdem sie Tessas Tod gebührend beklagt hatten. »Tja, das ist wohl nur konsequent. Wenn man die Wahrheit vertuschen will, muss man erst einmal eine andere Wahrheit erschaffen, damit die Leute nicht unruhig werden. Sonst fragen sie sich am Ende noch, ob die *richtige* Wahrheit nicht noch irgendwo da draußen lauert, und das geht natürlich nicht.«

Eine Lehrerin, dachte Ghita. Oder Erzieherin. Gewohnt, ihre Gedanken vor unaufmerksamen Kindern auszubreiten und zu wiederholen.

»Nach dem Mord kommt die Vertuschung«, fuhr Sarah genauso bedächtig fort. »Und wir dürfen nicht vergessen, dass eine gute Vertuschung wesentlich schwieriger zu bewerkstelligen ist als ein dilettantischer Mord. Mit einem Verbrechen kommt man vielleicht irgendwie davon. Aber wenn man etwas vertuscht, landet man garantiert im Gefängnis.« Sie veranschaulichte das Problem mit ihren großen Händen. »Man vertuscht *hier* etwas, und schon kommt *da* etwas raus. Also deckt man auch *das* noch zu. Aber kaum dreht man sich um, ist die erste

Stelle wieder undicht. Und dann dreht man sich erneut um und merkt, dass an einer dritten Stelle was rauskommt. Irgendwo guckt immer ein Zeh unter der Decke hervor, das ist so sicher wie das Amen in der Kirche. Also was soll ich dir sagen, Kleine? Ich hab das Gefühl, wir reden nicht über die Dinge, über die du gern reden würdest.«

Ghita ging geschickt vor. Justin, sagte sie, versuche sich ein Bild von Tessas letzten Tagen zu machen. Er hätte gern die Gewissheit, fuhr sie fort, dass Tessas letzter Besuch in Loki erfreulich und erfolgreich gewesen sei. Ob Sarah wisse, welchen Beitrag genau Tessa bei diesem Workshop zum Thema Geschlechterrollen geleistet habe? Ob sie vielleicht einen Vortrag gehalten habe, basierend auf ihren juristischen Kenntnissen oder ihren Erfahrungen mit Frauen in Kenia? Ob sich Sarah an irgendein Ereignis oder irgendeinen schönen Augenblick erinnere, etwas, das Justin interessieren könnte?

Sarah hörte sich das alles gelassen an, ihre Augen unter der Schirmmütze funkelten, und sie nippte an ihrem Tee, während sie unablässig die Moskitos abwehrte und Leute grüßte, die vorbeigingen – »Hallo, Jeannie, du schlimmes Mädchen! Was treibst du dich mit Santo rum, diesem Nichtsnutz? Du willst Justin von all dem hier berichten, Kleine?«

Die Frage brachte Ghita aus dem Konzept. War es gut oder schlecht, dass sie womöglich vorhatte, Justin einen Brief zu schreiben? Gab es denn immer und überall Hintergedanken? Im Hochkommissariat war Justin eine Unperson. Hier etwa auch?

»Nun, Justin liegt bestimmt *viel* daran, dass ich ihm schreibe«, gab sie verlegen zu. »Aber das werde ich nur tun, wenn ich ihm Dinge berichten kann, die ihn beruhigen, falls das möglich ist. Ich meine, ich würde ihm nichts erzählen, was ihm *wehtun* könnte«, beteuerte sie, schon ins Schleudern geraten. »Ich meine, Justin weiß, dass Tessa und Arnold *zusammen* unterwegs waren. Das weiß ja inzwischen die ganze Welt. Was auch immer zwischen den beiden war, er hat sich damit abgefunden.«

»Zwischen den beiden war gar nichts, Kleine, glaub mir«, sagte Sarah mit einem unbeschwerten Lachen. »Das ist alles nur Zeitungsgeschreibsel. Kein Wort davon ist wahr. Das weiß ich ganz sicher. Hi, Abby, alles in Ordnung bei dir? Das ist meine

Schwester Abby. Sie hat schon viele gehabt. War fast viermal verheiratet.«

Der Sinn dieser Erklärungen, falls es einen gab, blieb Ghita verborgen. Sie war zu sehr damit beschäftigt, Argumente zu finden, die untermauern konnten, was sich immer mehr wie eine dumme Lüge anhörte. »Justin will die leeren Stellen ausfüllen«, erklärte sie tapfer. »Die Einzelheiten fein säuberlich in seinem Kopf sortieren. Damit er sich ein Bild machen kann, was sie in den letzten Tagen ihres Lebens getan und gedacht hat. Ich meine – wenn du mir etwas erzählst, was ihm, nun ja, wehtun könnte – würde ich natürlich nicht im Traum daran denken, es ihm weiterzusagen. Nicht im Traum.«

»Fein säuberlich sortieren«, wiederholte Sarah und schüttelte lächelnd den Kopf. »Der Ausdruck gefällt mir. Aber was glaubst *du* denn, Kleine, was die beiden hier getrieben haben? Herumgeturtelt, als wären sie auf Hochzeitsreise? Das war absolut nicht ihre Art.«

»Nein, ich glaube, dass sie an diesem Workshop teilgenommen haben. Warst du auch dabei? Wahrscheinlich hast du ihn sogar geleitet? Ich habe noch gar nicht gefragt, was du hier eigentlich machst. Entschuldige. Tut mir Leid.«

»Du brauchst dich nicht zu entschuldigen, Kleine. Nichts tut dir Leid. Du bist nur ein bisschen ratlos. Noch nicht *säuberlich* genug sortiert.« Sie lachte. »Aber ja, jetzt weiß ich wieder. Ich *habe* an dem Workshop teilgenommen. Kann auch sein, dass ich ihn geleitet habe. Wir machen das abwechselnd. War eine gute Gruppe, das weiß ich noch. Zwei sehr kluge Eingeborenenfrauen aus Dhiak, eine verwitwete Ärztin aus Aweil, ein bisschen aufgeblasen, aber nicht uninteressiert, und zwei Anwaltsgehilfinnen von ich weiß nicht wo. Ein gutes Team, nichts dran auszusetzen. Aber was diese Frauen machen, wenn sie in den Sudan zurückkehren, kann man nicht wissen. Da kann man sich so lange den Kopf zerbrechen, wie man will.«

»Vielleicht ist Tessa mit den Anwaltsgehilfinnen in Kontakt gekommen«, warf Ghita hoffnungsvoll ein.

»Ja, vielleicht, Kleine. Aber viele dieser Frauen sind vorher noch nie mit einem Flugzeug geflogen. Ihnen wird schlecht, sie haben Angst, wir müssen sie erst einmal etwas aufheitern, bevor sie reden und zuhören können – und dazu werden sie ja schließlich hierher gebracht. Manche sind so verängstigt, dass sie überhaupt mit niemandem reden, sie wollen nur wieder nach Hause in ihr erniedrigendes Leben zurück. Mach bloß nicht bei uns mit, Kleine, wenn du Angst vor Misserfolgen hast. Das sag ich jedem. Zähl nur deine Erfolge, lautet mein Rat, und denk niemals an die Situationen zurück, in denen du gescheitert bist. Willst du mich immer noch nach diesem Workshop fragen?«

Ghitas Verwirrung nahm zu. »Na ja, hat sie Eindruck gemacht? Hatte sie Spaß an der Sache?«

»Wie soll ich das denn wissen, Kleine?«

»Es muss doch irgendetwas geben, an das du dich erinnern kannst. Etwas, was sie getan oder gesagt hat. Tessa vergisst man doch nicht so schnell.« Sie merkte, dass sie unhöflich klang, ohne es zu wollen. »Oder Arnold.«

»Nun, ich kann nicht behaupten, dass sie etwas zur Diskussion beigetragen hat, Kleine, denn das hat sie nicht. Tessa hat zu der Diskussion nichts beigetragen. Das kann ich mit absoluter Gewissheit sagen.«

»Und Arnold?«

»Auch nicht.«

»Nicht mal einen Aufsatz vorgelesen oder so was?«

»Nein, gar nichts, Kleine. Weder sie noch er.«

»Sie haben also einfach nur stumm dagesessen? Beide? Es sieht Tessa gar nicht ähnlich, den Mund zu halten. Und Arnold auch nicht. Wie lange hat der Workshop denn gedauert?«

»Fünf Tage. Aber Tessa und Arnold sind nicht fünf Tage lang in Loki geblieben. Das tut fast keiner. Wer hierher kommt, möchte am liebsten gleich wieder weg. Das war bei Tessa und Arnold nicht anders.« Sie musterte Ghita, als wollte sie sie einer Prüfung unterziehen. »Verstehst du, was ich damit sagen will, Kleine?«

»Nein, leider nicht.«

»Vielleicht verstehst du dann, was ich *nicht* sage.«

»Nein, das verstehe ich auch nicht.«

»Also, was willst du denn nun eigentlich?«

»Ich versuche herauszufinden, was sie getan haben. Arnold

und Tessa. In den letzten Tages ihres Lebens. Justin hat mich in einem Brief ausdrücklich darum gebeten.«

»Hast du diesen Brief vielleicht zufällig dabei, Kleine?«

Ghita zog den Brief mit zitternder Hand aus der neuen Umhängetasche, die sie für die Reise gekauft hatte. Sarah ging ins *tukul*, um den Brief im Licht der Deckenlampe zu lesen, und blieb noch einen Moment dort stehen, bevor sie sich mit einem Ausdruck großer Verwirrung wieder auf ihren Stuhl setzte.

»Willst du mir eine Frage beantworten, Kleine?«

»Wenn ich kann.«

»Hat Tessa dir mit ihrem eigenen süßen Mund gesagt, dass sie und Arnold nach Loki wollten, um an einem Workshop zum Thema Geschlechterrollen teilzunehmen?«

»Das hat sie uns allen gesagt.«

»Und du hast das geglaubt?«

»Ja, sicher. Wir alle haben das geglaubt. Auch Justin. Wir glauben es immer noch.«

»Und Tessa war eine gute Freundin von dir? Wie eine Schwester, sagte man mir. Und trotzdem hat sie dir gegenüber nicht einmal *angedeutet*, dass sie einen anderen Grund haben könnte, hierher zu kommen? Oder dass dieser Workshop nur vorgeschoben war, ein Vorwand, genau wie die Tagung hier ein Vorwand für *dich* ist, nehme ich an?«

»Zu Beginn unserer Freundschaft hat Tessa mir so manches erzählt. Aber dann hat sie angefangen, sich Sorgen um mich zu machen. Sie glaubte, mir bereits zu viel erzählt zu haben. Sie wollte mich nicht mit all dem belasten. Ich bin nur befristet angestellt. Sie wusste, dass ich mich um eine feste Anstellung bewerben wollte, dass ich vorhatte, noch einmal eine Aufnahmeprüfung abzulegen.«

»Und hast du das immer noch vor, Kleine?«

»Ja, allerdings. Aber das bedeutet nicht, dass man mir die Wahrheit vorenthalten muss.«

Sarah trank einen Schluck Tee, zupfte an ihrer Kappe und nahm eine bequemere Sitzhaltung ein. »Du bleibst drei Tage hier, wenn ich richtig informiert bin?«

»Ja. Am Donnerstag fliege ich nach Nairobi zurück.«

»Schön. Sehr schön. Die Tagung wird dir gefallen. Judith ist überaus praktisch veranlagt und lässt sich von niemandem was vormachen. Etwas ungeduldig, wenn jemand allzu begriffsstutzig ist, aber nie direkt unfreundlich. Und morgen Abend mache ich dich mit meinem guten Freund Captain McKenzie bekannt. Schon mal von ihm gehört?«

»Nein.«

»Tessa und Arnold haben dir gegenüber nie einen Captain McKenzie erwähnt?«

»Nein.«

»Nun, er ist Pilot hier bei uns in Loki. Heute ist er nach Nairobi geflogen, also seid ihr euch wahrscheinlich in der Luft begegnet. Er muss Vorräte holen und dann noch eine Kleinigkeit erledigen. Captain McKenzie wird dir gefallen. Er weiß sich nicht nur zu benehmen, sondern hat auch noch ein außerordentlich gutes Herz, das kannst du mir glauben. Captain McKenzie entgeht kaum etwas von dem, was hier in der Gegend passiert, auch wenn er das meiste davon für sich behält. Er hat in vielen unerfreulichen Kriegen gekämpft, aber jetzt setzt er sich nur noch für den Frieden ein; deshalb ist er hier in Loki und versorgt mein hungerndes Volk mit Nahrung.«

»Hat er Tessa gut gekannt?«, fragte Ghita ängstlich.

»Captain McKenzie hat Tessa gekannt, und er hat sie für eine großartige Frau gehalten, das war alles. Captain McKenzie würde sich einer verheirateten Frau nie nähern, genauso wenig wie – wie Arnold das tun würde. Aber Captain McKenzie hat Arnold besser gekannt als Tessa. Und er denkt, die Polizei in Nairobi ist völlig verrückt, dass sie Arnold verhaften will, und das will er denen jetzt sagen. Ich nehme an, das ist so ziemlich das Wichtigste, was er diesmal in Nairobi zu erledigen hat. Und was er ihnen zu sagen hat, wird ihnen nicht gefallen, denn Captain McKenzie ist ein Mann, der kein Blatt vor den Mund nimmt, glaub mir.«

»War Captain McKenzie in Loki, als Tessa und Arnold hergekommen sind, um an dem Workshop teilzunehmen?«

»Captain McKenzie war hier. Und er hatte mehr mit Tessa zu tun als ich, Kleine, sehr viel mehr.« Sarah verstummte und schaute eine Weile lächelnd zu den Sternen hinauf; Ghita hatte den Eindruck, sie versuchte zu einer Entscheidung zu gelangen – ob sie alles erzählen oder ihre Geheimnisse für sich behalten sollte, eine

Frage, die Ghita sich in den letzten drei Wochen auch des Öfteren gestellt hatte.

»Also gut«, fuhr Sarah schließlich fort. »Ich habe dir zugehört, ich habe dich beobachtet und sorgfältig über dich nachgedacht. Und ich bin zu dem Ergebnis gekommen, dass du ein intelligentes Mädchen bist und ein guter, anständiger Mensch mit einem ausgeprägten Verantwortungsgefühl, was ich zu schätzen weiß. Aber wenn du das alles doch nicht bist, wenn ich dich also falsch eingeschätzt habe, können wir beide Captain McKenzie in große Schwierigkeiten bringen. Es sind gefährliche Dinge, die ich dir mitzuteilen habe, und wenn du sie erst einmal weißt, gibt es kein Zurück mehr. Also schlage ich vor, du sagst mir jetzt, ob ich dich richtig beurteile. Denn Leute, die zu viel reden, bessern sich nie. Auch das habe ich gelernt. Heute schwören sie auf die Bibel, und morgen haben sie alles vergessen und reden schon wieder zu viel. Die Bibel beeindruckt sie nicht im Geringsten.«

»Ich verstehe«, sagte Ghita.

»Also, wirst du mir nun mitteilen, dass mein Eindruck von dir – das, was ich von dir gesehen und gehört und über dich gedacht habe – falsch ist? Oder soll ich dir erzählen, was ich weiß, und du nimmst die schwere Last der Verantwortung für alle Zeit auf dich?«

»Bitte, ich möchte, dass du mir vertraust.«

»Diese Antwort habe ich erwartet, also hör mir zu. Ich will leise sprechen, rück ein bisschen näher.« Sarah schob ihre Schirmmütze ein Stück nach oben, so dass Ghita ganz nah an sie herankommen konnte. »Gut. Ich hoffe, die Geckos unterstützen uns ein wenig durch lautes Rülpsen. Tessa hat an dem Workshop nicht teilgenommen, genauso wenig wie Arnold. Sobald es ihnen möglich war, sind sie hinten in den Jeep meines Freundes Captain McKenzie geklettert und haben sich still und heimlich zum Flugplatz fahren lassen. Und sobald es *ihm* möglich war, hat Captain McKenzie sie in seine Buffalo gepackt und in den Norden geflogen, und zwar ohne Pässe oder Visa oder irgendwelche anderen Papiere, die im Süden des Sudan verlangt werden, von Rebellen, die nicht aufhören können, sich gegenseitig zu bekämpfen, und die weder mutig noch klug genug sind, sich im Kampf gegen die feindlichen Araber im Norden zusammenzuschließen, die wiederum der Meinung zu sein scheinen, Allah verzeihe ihnen alles, wenn sein Prophet es schon nicht tut.«

Ghita dachte, Sarah sei fertig, und wollte etwas sagen, aber Sarah hatte gerade erst angefangen.

»Noch komplizierter wird die Sache dadurch, dass Moi, der nicht mal einen Flohzirkus unter Kontrolle halten könnte, selbst dann nicht, wenn ihm sein gesamtes Kabinett dabei zur Verfügung stünde oder wenn Geld für ihn persönlich dabei herausspringen würde, dass Moi sich also in den Kopf gesetzt hat, der Flugplatz von Loki müsse ihm unterstehen, wie du vielleicht bemerkt hast. Mr Mois Zuneigung zu Hilfsorganisationen ist äußerst begrenzt, sein Interesse an Flughafensteuern dafür umso ausgeprägter. Und Dr. Arnold hat größten Wert darauf gelegt, dass Moi und seine Leute nichts von der Reise erfuhren, wohin sie auch immer ging.«

»Und wohin ging sie?«, flüsterte Ghita, aber Sarah sprach einfach weiter.

»Nach dem Ziel der Reise habe ich nie gefragt, denn was ich nicht weiß, kann ich auch nicht im Schlaf ausplaudern. Nicht dass mich heutzutage da noch jemand belauschen könnte, dafür bin ich zu alt. Aber Captain McKenzie weiß es, das ist klar. Am nächsten Morgen hat Captain McKenzie sie von dort, wo auch immer das gewesen sein mag, zurückgebracht, und zwar genauso heimlich, wie er sie tags zuvor hingeflogen hatte. Und Dr. Arnold sagt zu mir: ›Sarah‹, sagt er, ›wir sind die ganze Zeit hier in Loki gewesen. Wir haben an deinem Workshop zum Thema Geschlechterrollen teilgenommen, vierundzwanzig Stunden am Tag. Tessa und ich wären dir dankbar, wenn du diese wichtige Tatsache nie vergessen würdest.‹ Aber jetzt ist Tessa tot, und wie's aussieht, kann sie weder mir noch sonst jemandem mehr dankbar sein. Und Dr. Arnold, der ist, soweit ich weiß, schlimmer als tot. Moi hat seine Leute nämlich überall, und die töten und stehlen nach Herzenslust, und das heißt, sie töten viel. Und wenn sie einen Menschen gefangen nehmen in der Absicht, ihm irgendwelche Geheimnisse zu entlocken, dann kennen sie kein Erbarmen mehr, und das ist eine Tatsache, die du dir in deinem eigenen Interesse sehr gut merken solltest, mein Kind, denn du begibst dich in allergrößte Gefahr. Und deshalb halte ich es für unerlässlich, dass du mit Captain McKenzie redest, der weiß nämlich Dinge, die ich gar nicht wissen will. Denn Justin, von dem ich nur Gutes gehört habe, soll alles erfahren, was es über den Tod seiner Frau und über Arnold zu erfahren gibt. Ist es richtig, dass ich so denke, oder falsch?«

»Es ist richtig«, sagte Ghita.

Sarah trank ihren Tee aus und stellte die Tasse ab. »Also gut. Du gehst jetzt essen und siehst, dass du ein wenig Kraft sammelst, und ich bleibe noch ein Weilchen hier, denn in Loki wird ungeheuer viel geredet, wie du sicher schon bemerkt hast. Und lass die Finger von dem Ziegen-Curry, Kleine, auch wenn du Ziegenfleisch noch so gerne isst. Unser junger Koch aus Somalia ist ein cleverer Bursche, aus dem bestimmt mal ein guter Anwalt wird, aber Ziegen-Curry ist nicht gerade seine Stärke.«

* * *

Später wusste Ghita selbst nicht mehr, wie sie den ersten Tag bei der Schwerpunktgruppe Hilfe zur Selbsthilfe überstanden hatte, doch als um fünf Uhr die Glocke schlug – sie schlug freilich nur in ihrem Kopf –, konnte sie mit sich zufrieden sein: Sie hatte sich nicht zum Narren gemacht, hatte weder zu viel noch zu wenig gesagt, bescheiden die Meinungen der älteren und erfahreneren Teilnehmer angehört und ausführliche Notizen für einen weiteren EADEC-Bericht angefertigt, den niemand lesen würde.

»Froh, dass du gekommen bist?«, fragte Judith und legte ihr gut gelaunt eine Hand auf den Arm, als die Versammlung sich auflöste. »Wir sehen uns nachher im Klub.«

»Das ist für dich, Kleine«, sagte Sarah, die aus einer Hütte getreten war und Ghita einen braunen Umschlag reichte. »Einen schönen Abend.«

»Dir auch.«

Sarahs Handschrift stammte direkt aus einem Schönschreibheft.

Liebe Ghita. Captain McKenzie wohnt im tukul *Entebbe, das ist die Nummer 14 auf der Flugplatzseite. Nimm eine*

Taschenlampe mit, denn nachher werden die Generatoren ausgeschaltet. Er erwartet dich um neun Uhr, nach dem Abendessen. Er ist ein Gentleman, du brauchst also nichts zu befürchten. Bitte gib ihm diesen Brief, damit ich sicher sein kann, dass er ordnungsgemäß beseitigt wird. Pass jetzt sehr gut auf dich auf und denk an deine Verpflichtung, was Diskretion betrifft.

Sarah

* * *

Die Namen der *tukuls* erinnerten Ghita an die Tafeln, die in der Dorfkirche unweit ihrer Klosterschule in England angebracht waren, zum Gedenken an berühmte Schlachten. Die Eingangstür von Entebbe stand halb offen, aber die Moskitotür dahinter war fest verschlossen. Drinnen brannte eine Sturmlaterne mit blauem Schirm, und da Captain McKenzie davor saß, konnte Ghita, als sie sich dem *tukul* näherte, nur seine Silhouette sehen: Er saß wie ein Mönch über den Schreibtisch gebeugt und schrieb. Und weil der erste Eindruck ihr sehr viel bedeutete, blieb sie kurz stehen und nahm den Anblick dieser kantigen, beinahe reglosen Gestalt in sich auf, die unbeugsam soldatisch wirkte. Ghita wollte gerade an den Türrahmen klopfen, als Captain McKenzie, der sie entweder gehört oder gesehen oder sonst wie wahrgenommen hatte, plötzlich aufsprang, mit zwei sportlichen Schritten an die Moskitotür trat und sie aufzog.

»Ghita, ich bin Rick McKenzie. Pünktlich auf die Sekunde. Haben Sie eine Nachricht für mich?«

Neuseeland, dachte sie und war sicher, dass sie sich nicht täuschte. Manchmal fiel es ihr schwer, englische Namen und Akzente sicher zuzuordnen, aber diesmal gab es keinen Zweifel. Neuseeland, und bei genauerer Betrachtung eher fünfzig als dreißig Jahre, aber das schloss sie lediglich aus den feinen Fältchen in seinem hageren Gesicht und aus den silbrigen Fäden in seinem gepflegten schwarzen Haar. Sie gab ihm Sarahs Brief und beobachtete ihn, während er sich umdrehte und den Zettel ins Licht der blauen Lampe hielt. In dem kargen, sauberen Raum bemerkte Ghita ein Bügelbrett, polierte braune Schuhe und ein Soldatenbett, das so akkurat gemacht war, wie sie es in der Klosterschule gelernt hatte.

»Nehmen Sie doch bitte Platz«, sagte er und wies auf einen Küchenstuhl. Als sie darauf zuging, merkte sie, wie sich hinter ihr die blaue Lampe bewegte und in die Eingangstür des *tukul* gestellt wurde. »So kann niemand hineinsehen«, erklärte McKenzie. »Es gibt hier Leute, die rund um die Uhr *tukuls* beobachten. Möchten Sie eine Cola?« Er reichte ihr eine mit ausgestrecktem Arm. »Sarah sagt, Sie sind vertrauenswürdig, Ghita. Das genügt mir. Tessa und Arnold haben in dieser Sache keinem Menschen vertraut, nur sich selbst. Und mir, weil ihnen nichts anderes übrig blieb. Ich selbst arbeite am liebsten auch so. Wie ich höre, sind Sie hier, um sich über das Thema Hilfe zur Selbsthilfe zu informieren.« Das war als Frage gemeint.

»Das Treffen der Schwerpunktgruppe war nur ein Vorwand. Justin hat mich in einem Brief gebeten, herauszufinden, was Tessa und Arnold hier in Loki gemacht haben, kurz bevor Tessa gestorben ist. An die Geschichte mit dem Geschlechterrollen-Workshop glaubt er nicht.«

»Da hat er verdammt Recht. Haben Sie seinen Brief dabei?«

Mein Ausweis, dachte sie. Mein Beglaubigungsschreiben als Justins Abgesandte. Sie gab ihm den Brief und beobachtete, wie er aufstand, eine Brille mit schlichter Metallfassung aufsetzte und sich so in den Lichtschein der blauen Lampe stellte, dass er von draußen nicht zu sehen war.

Er gab ihr den Brief zurück. »Also, hören Sie zu«, sagte er.

Aber vorher schaltete er noch das Radio ein und bemühte sich, eine, wie er es nannte, akzeptable Lautstärke zu finden.

* * *

Ghita lag unter einer dünnen Decke auf ihrem Bett. Die Nacht war nicht kühler als der Tag. Durch das Moskitonetz sah sie das rote Glühen der Moskitospirale. Sie hatte die Vorhänge zugezogen, aber die waren fast durchsichtig. Immer wieder kamen Schritte und Stimmen an ihrem Fenster vorbei, und am liebsten wäre sie jedes Mal aus dem Bett gesprungen und hätte »Hallo!«, gerufen. Ihre Gedanken wanderten zu Gloria, die sie in der vergangenen Woche mit einer Einladung zu einem Tennismatch in ihrem Klub überrascht hatte.

»Sagen Sie mal, meine Liebe«, hatte Gloria gefragt, nachdem sie Ghita in drei Sätzen mit jeweils sechs zu zwei geschlagen hatte und nun untergehakt mit ihr zum Klubhaus ging. »War Tessa eigentlich in Sandy verknallt, oder war es andersrum?«

Und Ghita, so sehr sie sich sonst für die Wahrheit engagierte, hatte ihr offen ins Gesicht hinein mit einer Lüge geantwortet, ohne auch nur rot zu werden. »Ich bin mir absolut sicher, dass da nichts dergleichen war, auf *keiner* Seite«, hatte sie tugendhaft erklärt. »Wie kommen Sie denn auf so was, Gloria?«

»Nur so, Schätzchen. Einfach nur so. Vielleicht, weil er bei der Beerdigung so ein Gesicht gemacht hat.«

Und von Gloria wanderten Ghitas Gedanken wieder zu Captain McKenzie.

»Es gibt da so einen verrückten Buren, der fünf Meilen westlich einer kleinen Ortschaft namens Mayan eine Versorgungsstation betreibt«, hatte er gesagt und darauf geachtet, dass seine Stimme nicht lauter wurde als die von Pavarotti. »Ziemlich gottesfürchtiger Mensch.«

Achtzehntes Kapitel

Sein Gesicht war finsterer geworden, die Falten tiefer. Nicht einmal das weiße Licht des endlosen Himmels von Saskatchewan konnte die Schatten darin vertreiben. Die kleine Stadt machte einen verlorenen Eindruck: Drei Eisenbahnstunden von Winnipeg entfernt, lag sie mitten in einem tausend Meilen weiten Schneefeld. Den Blicken der vereinzelten Passanten ausweichend, schritt Justin entschlossen durch die Straßen. Auch der Wind, der das ganze Jahr hindurch vom Yukon oder aus der Arktis kommend über die flache Prärie fegte, den Schnee zu Eis werden ließ, den Weizen knickte und an Straßenschildern und Strommasten rüttelte, vermochte keine Farbe auf seine hohlen Wangen zu bringen. Die eisige Kälte – zwanzig Grad und mehr unter null – trieb seinen schmerzenden Körper nur noch schneller voran. In Winnipeg hatte er, bevor er den Zug nach hier bestieg, eine gefütterte Jacke, eine Pelzmütze und Handschuhe gekauft. Die Wut steckte in ihm wie ein Stachel. In seiner Brieftasche ruhte ein Bogen einfachen Briefpapiers: GEH NACH HAUSE UND VERHALTE DICH RUHIG, SONST FOLGST DU DEINER FRAU.

* * *

Aber es war ja gerade seine Frau, die ihn hierher gebracht hatte. Sie hatte ihm die Fesseln von den Händen genommen und ihn von der Kapuze befreit. Sie hatte ihm neben dem Bett auf die Knie geholfen und ihn etappenweise ins Bad geschleppt. Angefeuert von ihr, hatte er sich an der Badewanne halb aufgerichtet, die Dusche angedreht und sein Gesicht, das Hemd und den Kragen seines Jacketts abgespült, denn er wusste – darauf hatte sie ihn hingewiesen –, dass er nicht mehr imstande wäre, sich wieder anzuziehen, wenn er sich einmal ausgezogen hatte. Das Hemd war verschmutzt, das Jackett mit Erbrochenem beschmiert, aber es gelang ihm, die Sachen halbwegs sauber zu wischen. Am liebsten hätte er geschlafen, doch das ließ sie nicht zu. Er versuchte sich die Haare zu bürsten, bekam aber die Arme nicht hoch genug. Sein Bart war vierundzwanzig Stunden alt, doch daran ließ sich nichts ändern. Vom Stehen wurde ihm schwindlig, und er schaffte es gerade noch bis zum Bett, ehe er umkippte. Dort lag er halb ohnmächtig, folgte aber Tessas Rat und rührte das Telefon nicht an; er meldete sich weder bei der Rezeption noch rief er bei Dr. Birgit an, um deren medizinische Hilfe in Anspruch zu nehmen. Vertraue niemandem, sagte Tessa, und er gehorchte. Er wartete, bis seine Welt wieder ins Lot gekommen war, dann stand er auf und taumelte durchs Zimmer, dankbar, dass es so erbärmlich klein war.

Den Regenmantel hatte er über einen Stuhl gelegt. Er war noch da. Ebenso, zu seiner Überraschung, Birgits Umschlag. Er öffnete den Schrank. Der Safe in der Rückwand war verschlossen. Als er das Datum seines Hochzeitstags eintippte, schmerzte die Hand bei jeder Bewegung so sehr, dass ihm beinahe schwarz vor Augen wurde. Die Tür sprang auf; Peter Atkinsons Pass schlummerte immer noch friedlich im Safe. Mit seinen geschundenen, offenbar aber nicht gebrochenen Händen zog er das Dokument mühsam heraus und schob es in die Innentasche seines Jacketts. Dann kämpfte er sich in den Regenmantel und schaffte es, ihn am Hals und vorm Bauch zuzuknöpfen. Entschlossen, mit wenig Gepäck zu reisen, hatte er nur eine Umhängetasche mitgenommen. Sein Geld war noch darin. Er holte das Rasierzeug aus dem Bad und seine Hemden und Unterwäsche aus der Kommode und warf alles hinein. Birgits Umschlag legte er obendrauf, dann zog er den Reißverschluss zu. Er führte vorsichtig den Riemen über die Schulter und winselte vor Schmerzen wie ein Hund. Seine Armbanduhr zeigte fünf Uhr morgens; sie schien noch zu funktionieren. Er wankte auf den Flur und schob sich an der Wand entlang zum Aufzug. Unten im Foyer fuhrwerkten zwei Frauen in türkischer Gewandung mit einem riesigen Staubsauger herum. Ein ältlicher Nachtportier döste hinter der Rezeption. Irgendwie gelang es Justin, seine Zimmernummer zu sagen und um die Rechnung zu bitten. Irgendwie schaffte er es, eine Hand in die Gesäßtasche zu stecken. Er zählte ein paar Geldscheine ab und legte noch, »nachträglich zu Weihnachten«, ein dickes Trinkgeld dazu.

»Kann ich mir einen davon nehmen?«, fragte er mit einer Stimme, die er selbst nicht erkannte, und zeigte auf einen Keramiktopf neben der Tür, in dem mehrere Portiersschirme standen.

»So viele Sie wollen«, sagte der alte Portier.

Der Schirm hatte einen kräftigen Griff aus Eschenholz und reichte ihm bis an die Hüfte. Mit seiner Hilfe überquerte Justin den leeren Bahnhofsvorplatz. Als er die Treppe zum Bahnsteig erreichte, blieb er stehen, um sich auszuruhen, und entdeckte plötzlich, zu seiner Verblüffung, den Portier neben sich. Er hatte gedacht, es wäre Tessa.

»Geht's? Werden Sie's schaffen?«, fragte der alte Mann besorgt.

»Ja.«

»Soll ich Ihnen eine Fahrkarte holen?«

Justin drehte sich um, so dass der Alte ihm in die Hosentasche greifen konnte. »Zürich«, sagte er. »Einfach.«

»Erster Klasse?«

»Unbedingt.«

* * *

Die Schweiz war ein Kindheitstraum. Vierzig Jahre zuvor war er mit seinen Eltern zum Wandern im Engadin gewesen; damals hatten sie in einem Grandhotel auf einem bewaldeten Stück Land zwischen zwei Seen gewohnt. Nichts hatte sich verändert. Weder das polierte Parkett noch die Buntglasfenster, noch das strenge Gesicht der Schlossherrin, die ihm sein Zimmer zeigte. Justin ruhte auf einer Liege auf seinem Balkon und sah dieselben Seen in der Abendsonne glitzern und denselben Angler in seinem Boot in den Dunst hineinrudern. Die Tage vergingen ungezählt, unterbrochen nur von Besuchen im Heilbad und vom Totengeläut des

Gongs, der ihn zu einsamen Mahlzeiten inmitten flüsternder, betagter Paare rief. In einem alten Chalet in einer Seitenstraße ließ er von einem blassen Arzt und dessen Assistentin seine Prellungen versorgen. »Ein Autounfall«, erklärte Justin. Der Arzt sah ihn argwöhnisch durch die Brille an. Die junge Assistentin lachte.

Abends nahm ihn seine Innenwelt gefangen, wie immer seit Tessas Tod. Während er, über den Intarsientisch im Erker gebeugt, seine verletzte Rechte zwang, an Ham zu schreiben, zwischendurch den Nöten Markus Lorbeers nachsann, von denen Birgit ihm erzählt hatte, und sich dann behutsam wieder dem Freundschaftsdienst für Ham zuwandte, begann in Justin das Gefühl Gestalt anzunehmen, dass er sich endlich auf dem richtigen Weg befand. So wie Lorbeer, der Büßer in der Wüste, der seine Schuld durch Verzehr von Heuschrecken und wildem Honig zu tilgen suchte, war auch Justin allein mit seinem Schicksal. Aber er war entschlossen. Und auch geläutert. Er hatte nie angenommen, dass seine Suche zu einem guten Ende führen würde. Dass es ein gutes Ende überhaupt geben könnte, wäre ihm nie in den Sinn gekommen. Tessas Mission fortzuführen – ihr Banner zu tragen und sich ihren Mut zu eigen zu machen –, das war ihm Ziel und Zweck genug. Sie hatte von einer himmelschreienden Ungerechtigkeit erfahren und war in den Kampf gezogen. Zu spät hatte auch er davon erfahren. Ihr Kampf war der seine.

Aber wenn die Erinnerung an die ewige Nacht unter der schwarzen Kapuze hochkam und er wieder sein Erbrochenes roch, wenn er an die systematische Misshandlung seines Körpers dachte, an die ovalen, gelben und blauen Abdrücke, die er wie bunte Notenzeichen auf Brust, Rücken und Oberschenkeln trug, empfand er noch eine andere Art von Verwandtschaft. Ich bin einer von euch. Ich kümmere mich nicht mehr um die Rosen, während ihr über eurem grünen Tee die Köpfe zusammensteckt. Ihr braucht eure Stimmen nicht mehr zu senken, wenn ich komme. Ich sitze mit euch am Tisch und sage *ja*.

Am siebten Tag bezahlte Justin seine Rechnung und fuhr, ohne sich selbst genau Rechenschaft darüber abzulegen, was er vorhatte, mit Postbus und Bahn nach Basel, in jenes sagenhafte Tal am Oberrhein, in dem die Pharmagiganten ihre Festungen haben.

Und im dortigen Postamt, einem mit Fresken geschmückten Palast, schickte er einen dicken Umschlag an Hams alten Drachen in Mailand ab.

Dann zog er los, zu Fuß. Das Gehen tat weh, aber das konnte ihn nicht aufhalten. Zunächst ging er einen mit Kopfstein gepflasterten Hügel hinauf in die mittelalterliche Altstadt mit ihren Glockentürmen, Handelshäusern, Statuen von Freigeistern und Märtyrern aus Zeiten der Unterdrückung. Und nachdem er sich gebührend an dieses Erbe, oder was er dafür hielt, erinnert hatte, ging er zum Fluss zurück, blieb auf einem Spielplatz stehen und richtete fast ungläubig den Blick auf die wuchernden Betonburgen der Pharmamilliardäre, auf ihre anonymen Kasernen, die sich Schulter an Schulter dem feindlichen Individuum entgegenstellten. Orangefarbene Kräne fuchtelten rastlos über ihnen herum. Weiße Schlote, stummen Minaretten gleich, manche oben mit Karomuster, andere gestreift oder in Leuchtfarben gestrichen, zur Warnung des Flugverkehrs, stießen ihre unsichtbaren Gase in einen braunen Himmel. Und zu ihren Füßen erstreckten sich Eisenbahngleise, Rangierbahnhöfe, Lastwagenparks und Kaianlagen, jeweils geschützt von einer eigenen Berliner Mauer mit Stacheldraht obendrauf und mit Graffiti verziert.

Von einer Macht getrieben, für die er längst keine Erklärung mehr suchte, überquerte Justin die Brücke und streifte wie im Traum durch ein düsteres Ödland aus heruntergekommenen Wohnsiedlungen, Secondhand-Kleiderläden und hohläugigen Gastarbeitern auf Fahrrädern. Und gelangte schließlich unversehens und doch wie von einem Magnet angezogen in eine Straße, die auf den ersten Blick wie eine idyllische Allee aussah; an ihrem Ende befand sich ein begrüntes Tor, so dicht mit Kletterpflanzen überwuchert, dass die Eichentür, der glänzende Klingelknopf und der Briefkasten aus Messing zunächst kaum zu erkennen waren. Erst als Justin den Blick weiter nach oben richtete, bis hinauf in den Himmel über ihm, gewahrte er das kolossale Triptychon aus weißen Hochhäusern, die durch freischwebende Korridore miteinander verbunden waren. Das Gemäuer war klinisch sauber, die Fenster aus kupferfarbenem Glas. Und irgendwo hinter jedem dieser monströsen Türme stand ein weißer Schornstein, wie ein spitzer Bleistift in den Himmel gerammt. Und an jedem dieser Schornsteine prangten, in Gold und senkrecht übereinander, die Buchstaben KVH und zwinkerten ihm zu wie alte Freunde.

Wie lange er dort stand, wie ein einsames Insekt am Fuß dieses Triptychons gefangen, hätte er weder in dem Moment noch später zu sagen vermocht. Manchmal kam es ihm vor, als bewegten sich die Flügel des Gebäudes auf ihn zu, als wollten sie ihn erdrücken. Manchmal stürzten sie über ihm zusammen. Er bekam weiche Knie, und plötzlich fand er sich auf einer Bank wieder, mitten auf einer zertrampelten Wiese, wo argwöhnische Frauen ihre Hunde ausführten. Er bemerkte einen schwachen, aber durchdringenden Geruch und fühlte sich für einen Augenblick in die Leichenhalle in Nairobi zurückversetzt. Wie lange müsste ich hier leben, fragte er sich, um diesen Geruch nicht mehr wahrzunehmen? Offenbar war es Abend geworden, denn die kupferfarbenen Fenster wurden hell, und dahinter sah er die Umrisse von Menschen, die sich bewegten, und die flackernd blauen Lichtpunkte von Computerbildschirmen. Warum sitze ich hier?, fragte er sie. An was denke ich, wenn nicht an dich?

Sie saß neben ihm, hatte aber ausnahmsweise keine Antwort parat. Ich denke an deinen Mut, antwortete er an ihrer Stelle. Ich denke daran, dass ihr beide, du und Arnold, gegen das alles hier gekämpft habt, während der gute alte Justin nichts Wichtigeres zu tun hatte, als dafür zu sorgen, dass seine Blumenbeete stets sandig genug waren für deine gelben Freesien. Ich denke, dass ich nicht mehr an mich und all das glaube, wofür ich früher eingetreten bin. Dass es eine Zeit gab, in der dein Justin, wie die Leute in diesem Gebäude hier, stolz darauf war, sich dem strengeren Urteil eines kollektiven Willens zu unterwerfen – eines Willens, den er mal *Vaterland*, mal *gesunden Menschenverstand* oder, mit gewissen Vorbehalten, auch schon mal die *Höhere Sache* nannte. Es gab eine Zeit, in der ich es für richtig gehalten habe, dass ein Mann – oder eine Frau – sich für die Mehrheit aufopfert. Es gab eine Zeit, in der ich abends vor dem Außenministerium stehen, zu den hellen Fenstern hinaufsehen und denken konnte: Guten Abend, ich bin's, euer ergebener Diener Justin. Ich bin ein Teil der großen klugen Maschine, und ich bin stolz darauf. Ich diene, also empfinde ich. Während ich jetzt nur noch eins empfinde: dass du dich allein gegen diese ganze Meute gestellt hast. Und dass sie, wenig überraschend, gewonnen haben.

* * *

Justin bog von der Hauptstraße der kleinen Stadt links ab, Richtung Nordwesten, und gelangte auf den Dawes Boulevard, und obwohl ihm der Präriewind jetzt unmittelbar von vorne ins verfinsterte Gesicht blies, behielt er weiterhin wachsam seine Umgebung im Auge. Die drei Jahre als Handelsattaché in Ottawa waren nicht umsonst gewesen. Er war zum ersten Mal in seinem Leben an diesem Ort, und doch war ihm alles vertraut. Schnee von Halloween bis Ostern, erinnerte er sich. Aussaat nach dem ersten Vollmond im Juni, Ernte vor dem strengen Frost im September. Es würde noch einige Wochen dauern, ehe die ersten Krokusse sich ängstlich zwischen den toten Grasbüscheln aus der Erde schieben würden. Auf der anderen Straßenseite stand die Synagoge, ein trutziger Zweckbau, errichtet von Siedlern, die hier mit schlimmen Erinnerungen, Pappkoffern und der Hoffnung auf ein Stück Land am Bahnhof abgesetzt worden waren. Hundert Meter weiter erhob sich die Ukrainische Kirche, dahinter die Römisch-Katholische, die der Presbyterianer, der Zeugen Jehovas und der Baptisten. Die Parkplätze davor wirkten wie elektrifizierte Pferdekoppeln, auf denen die Fahrzeuge der Gläubigen es warm hatten, während ihre Besitzer beteten. Ein Satz von Montesquieu ging Justin durch den Kopf: Nirgends hat es so viele Bürgerkriege gegeben wie im Königreich Christi.

Hinter den Gotteshäusern standen die Häuser des Mammons, das Industriegebiet der Stadt. Die Rindfleischpreise müssen im Keller sein, dachte er. Warum sonst hätte Guy Poitier da wohl eine nagelneue Schweinefleischfabrik hingestellt? Und dem Getreide ging es anscheinend auch nicht besser – oder was hatte eine Sonnenblumenölfabrik mitten in einem Weizenfeld zu suchen? Und diese Gruppe eingeschüchterter Leute da vor den alten Mietshäusern am Bahnhofsplatz mussten Sioux oder Cree sein. Der Treidelpfad machte einen Bogen und führte Justin durch einen kurzen Tunnel nach Norden. Dahinter tat sich ein anderes

Land auf, mit Bootshäusern und Villen mit Blick auf den Fluss. Hier mähen die reichen Angelsachsen ihren Rasen und waschen ihre Autos und schimpfen auf die Juden und Ukrainer und diese verfluchten Indianer, die von der Fürsorge leben, befand er. Und da oben, auf dem Hügel, oder was man in dieser Gegend so nannte, stand sein Ziel, der Stolz der Stadt, das Juwel von Ost-Saskatchewan, dessen akademisches Camelot: die Dawes University, ein geordnetes Potpourri aus mittelalterlichem Sandstein, kolonialem roten Backstein und Glaskuppeln. Justin erklomm die kleine Anhöhe und gelangte über einen Ponte Vecchio aus den zwanziger Jahren des zwanzigsten Jahrhunderts zu einem Torhaus, das mit Türmchen und einem vergoldeten Wappen versehen war. Der Torbogen gewährte ihm freien Ausblick auf den makellosen mittelalterlichen Campus und die auf einem Granitsockel thronende Bronzestatue des Gründers der Universität, George Eamon Dawes junior: Minenbesitzer, Eisenbahnbaron, Lüstling, Landdieb, Indianermörder und Schutzpatron dieser Stätte.

Er ging weiter. Er hatte den Reiseführer genau gelesen. Die Straße weitete sich zu einem Exerzierplatz. Der Wind wirbelte körnigen Staub vom Asphalt. Am anderen Ende stand ein mit Efeu bewachsener Pavillon, umrahmt von drei Zweckbauten aus Stahl und Beton, die von hohen, neonerleuchteten Fenstern in Scheiben geschnitten wurden. Ein Schild in Grün und Gold – Mrs Dawes' Lieblingsfarben, wie es im Reiseführer hieß – gab auf Französisch und Englisch Auskunft: Universitätsklinik, Forschungsabteilung. Auf einem kleineren Schild stand: Ambulanz. Justin folgte ihm und gelangte unter ein verschnörkeltes Vordach aus Beton, unter dem sich eine Reihe von Schwingtüren befand, die von zwei stämmigen Frauen in grünen Mänteln bewacht wurden. Er wünschte ihnen einen guten Abend und wurde freundlich zurückgegrüßt. Mit unbewegter Miene – sein zerschundener Körper schmerzte vom Gehen, glühende Schlangen krochen ihm über Schenkel und Rücken – blickte er ein letztes Mal verstohlen zurück und ging dann die Stufen hinauf.

In der hohen, marmornen Eingangshalle herrschte Begräbnisstimmung. Ein riesiges, abscheuliches Porträt von George Eamon Dawes junior in Jagdkleidung erinnerte ihn an die Eingangshalle des britischen Außenministeriums. An einer Wand zog sich der Empfangsschalter hin, besetzt von Männern und Frauen mit silbernen Haaren und grünen Jacketts. Gleich reden sie mich mit »Mr Quayle, Sir« an und sagen, was Tessa für eine wunderbare Frau gewesen ist. Er schlenderte eine kleine Einkaufszeile entlang. Dawes-Saskatchewan-Bank. Ein Postamt. Ein Dawes-Zeitungskiosk. McDonald's, Pizza Paradise, ein Starbucks-Coffeeshop, eine Dawes-Boutique, in der Damenunterwäsche, Umstandskleidung und Bettjacken verkauft wurden. Er geriet an einen Kreuzungspunkt mehrerer Korridore, und aus allen Richtungen ertönte das Rattern und Quietschen von Rollwagen, das Brummen von Aufzügen, das blecherne Echo eiliger Schritte und das Piepsen von Telefonen. Ängstliche Besucher standen oder saßen herum. Angestellte in grünen Kitteln hasteten aus einer Tür heraus und verschwanden durch eine andere wieder. Keiner hatte goldene Bienen auf der Brusttasche.

Neben einer Tür, auf der »Nur für Ärzte« stand, hing ein großes Mitteilungsbrett. Die Hände auf dem Rücken, eine Haltung, die Autorität bekunden sollte, studierte Justin die Anzeigen. Babysitter, Boote und Autos, Gesuche und Angebote. Zimmer zu vermieten. Freizeitangebote: Gesangsverein, Klub der Bibelleser, Dawes' Diskussionsrunde für ethische Fragen, Schottentanzgruppe. Ein Anästhesist sucht einen braven braunen Rüden mittlerer Größe, mindestens drei Jahre alt, »muss sehr gut zu Fuß sein«. Dawes-Darlehensplan, Dawes-Ratenzahlungs-Aktionsprogramm. Eine Messe in der Dawes-Gedächtniskapelle zum Gedenken an Doktor Maria Kowalski – weiß irgendjemand, welche Art von Musik sie gern gehört hat, falls überhaupt? Listen mit Bereitschaftsärzten, Ärzten in Urlaub, Ärzten im Dienst. Und ein heiteres Plakat, demzufolge die Gratis-Pizza für die Medizinstudenten in dieser Woche mit freundlicher Empfehlung von Karel Vita Hudson in Vancouver geliefert wird – *Und besuchen Sie doch sonntags einmal unseren KVH-Brunch und die Filmvorführung in der Haybarn-Disco! Einfach das Einladungsformular ausfüllen, das jeder Pizza beiliegt, und schon erhalten Sie* kostenlosen *Eintritt zu einem unvergesslichen Erlebnis!*

Aber Dr. Lara Emrich, bis vor kurzem der Star der Universität, Expertin für multi- und nicht-resistente Tuberkulosestämme, ehemals von KVH gesponserte Dawes-Professorin und Miterfinderin des Wundermittels Dypraxa, wurde nirgends mit einem Wort erwähnt. Sie ging nicht in Urlaub, sie hatte keinen Bereitschaftsdienst. Ihr Name stand nicht in dem auf Hochglanzpapier gedruckten Haustelefonverzeichnis, das an einer grünen Schnur neben dem Mitteilungsbrett hing. Sie suchte keinen braunen Rüden mittlerer Größe. Der einzige Hinweis auf sie fand sich vielleicht auf einer von Hand geschriebenen Postkarte, die an den unteren Rand des Bretts verbannt und kaum zu sehen war: Man bedaure, dass das geplante Treffen der Ortsgruppe Saskatchewan der Ärzte mit Moral »auf Anordnung des Dekans« nicht auf dem Gelände der Dawes University stattfinden könne. Ein neuer Versammlungsort werde so bald wie möglich bekannt gegeben.

* * *

Sein Körper schreit Zeter und Mordio vor Kälte und Erschöpfung, und Justin gibt immerhin so weit nach, dass er sich von einem Taxi zu seinem nichts sagenden Hotel zurückbringen lässt. Diesmal ist er klug gewesen. Er hat Lesleys Trick angewandt und seinen Brief zusammen mit dem üppigen Strauß Rosen eines Verliebten durch einen Blumenhändler überbringen lassen.

> Ich bin Journalist aus England und ein Freund von Birgit bei Hippo. Ich untersuche den Tod von Tessa Quayle. Bitte rufen Sie mich im Motel Saskatchewan Man an, Zimmer 18, heute Abend nach sieben Uhr. Ich schlage vor, Sie benutzen eine öffentliche Telefonzelle, möglichst weit entfernt von Ihrer Wohnung.
> Peter Atkinson

Wer ich bin, sage ich ihr später, hatte er überlegt. Mach ihr keine Angst. Du musst Ort und Zeit bestimmen. Besser so. Seine Tarnung taugte nicht mehr viel, aber es war die Einzige, die er besaß. In dem deutschen Hotel war er Atkinson gewesen, und als Atkinson hatte man ihn zusammengeschlagen. Angesprochen aber hatte man ihn mit Mr Quayle. Als Atkinson war er von Zürich nach Toronto geflogen, in einer Pension unweit des Bahnhofs untergetaucht und hatte dort mit einem surrealen Gefühl von Losgelöstheit in seinem kleinen Radio von der weltweiten Jagd auf Dr. Arnold Bluhm erfahren, gesucht im Zusammenhang mit dem Mord an Tessa Quayle. *Für mich war es Oswald, Justin ... Arnold Bluhm ist durchgedreht und hat Tessa getötet ...* Und als Namenloser hatte er den Zug nach Winnipeg genommen, einen Tag gewartet und war dann mit einem anderen Zug in diese kleine Stadt gefahren. Trotzdem machte er sich nichts vor. Sein Vorsprung betrug höchstens ein paar Tage. Aber in einem zivilisierten Land konnte man nie wissen.

* * *

»Peter?«

Justin fuhr aus dem Schlaf und sah auf die Uhr. Neun Uhr abends. Stift und Notizblock lagen griffbereit neben dem Telefon.

»Ja, hier Peter.«

»Hier ist *Lara.*« Es klang vorwurfsvoll.

»Hallo, Lara. Wo können wir uns treffen?«

Ein Stöhnen. Ein mattes, unendlich müdes Stöhnen, das zu der matten slawischen Stimme passte. »Das ist nicht möglich.«

»Warum?«

»Vor meinem Haus steht ein Auto. Manchmal nehmen sie auch einen Lieferwagen. Sie belauschen und beobachten mich rund um die Uhr. Ein heimliches Treffen ist nicht möglich.«

»Wo sind Sie jetzt?«

»In einer Telefonzelle.« Sie sagte das so, als glaubte sie nicht, dort lebendig wieder rauszukommen.

»Werden Sie jetzt auch beobachtet?«

»Ich sehe niemanden. Aber es ist dunkel. Danke für die Rosen.«

»Wir können uns treffen, wo immer Sie wollen. Im Haus einer Freundin. Oder irgendwo auf dem Land, wenn Ihnen das lieber ist.«

»Haben Sie ein Auto?«

»Nein.«

»Warum nicht?« Es war ein Tadel, eine Provokation.

»Ich habe nicht die richtigen Dokumente dabei.«

»Wer sind Sie?«

»Wie gesagt, ein Freund von Birgit. Ein Journalist aus England. Darüber können wir ausführlicher sprechen, wenn wir uns sehen.«

Sie hatte aufgelegt. Sein Magen rebellierte, und er musste zur Toilette, aber im Bad gab es keinen zweiten Telefonanschluss. Er wartete, bis er es nicht mehr aushielt, und huschte ins Bad. Als ihm die Hose um die Knöchel hing, hörte er das Telefon. Es klingelte dreimal, doch als er endlich hingehumpelt war, verstummte es. Den Kopf in die Hände gestützt, saß er auf der Bettkante. Ich bin eine verdammte Niete. Was würde ein Spion jetzt machen? Wie würde der schlaue Donohue reagieren? Mit der Heldin aus einem Ibsen-Stück an der Strippe wahrscheinlich genauso wie ich, oder schlechter. Er sah noch einmal auf die Uhr, weil er fürchtete, kein Zeitgefühl mehr zu haben. Er zog die Uhr aus und legte sie zu Stift und Notizblock. Fünfzehn Minuten. Zwanzig. Dreißig. Was zum Teufel war mit ihr los? Er legte die Uhr wieder an und bekam einen Wutanfall, als das Armband sich nicht gleich schließen lassen wollte.

»Peter?«

»Wo können wir uns treffen? Schlagen Sie irgendwas vor.«

»Birgit sagt, Sie sind ihr Mann.«

Oh Gott. Für einen Moment schien die Welt stillzustehen. Auch das noch.

»Das hat Birgit *am Telefon* gesagt?«

»Sie hat keine Namen genannt. ›Er ist ihr Mann.‹ Sonst nichts. Ganz diskret. Warum haben Sie mir nicht gesagt, dass Sie ihr Mann sind? Dann hätte ich Sie nicht für einen Provokateur gehalten.«

»Ich wollte es Ihnen sagen, wenn wir uns treffen.«

»Ich rufe eine Freundin an. Sie sollten mir keine Rosen schicken. Das ist übertrieben.«

»Was für eine Freundin? Lara, seien Sie vorsichtig, was Sie ihr sagen. Mein Name ist Peter Atkinson. Ich bin Journalist. Sind Sie immer noch in der Telefonzelle?«

»Ja?«

»In derselben wie eben?«

»Ich werde nicht beobachtet. Im Winter beobachten sie einen nur vom Auto aus. Weil sie zu faul sind. Es ist kein Auto zu sehen.«

»Haben Sie genug Münzen?«

»Ich habe eine Karte.«

»Benutzen Sie Münzen. Keine Karte. Haben Sie die Karte benutzt, als Sie Birgit angerufen haben?«

»Das ist nicht wichtig.«

Erst um halb elf rief sie wieder an. »Meine Freundin assistiert bei einer Operation«, erklärte sie, ohne sich zu entschuldigen. »Die Operation ist kompliziert. Ich habe noch eine Freundin. Sie ist bereit. Wenn Sie Angst haben, nehmen Sie ein Taxi bis zum Kaufhaus Eaton's und gehen den Rest zu Fuß.«

»Ich habe keine Angst. Ich bin nur vorsichtig.«

Herrgott, dachte er, als er die Adresse notierte. Wir haben uns noch nie gesehen, ich habe ihr zwei Dutzend übertriebene Rosen geschickt, und wir streiten uns schon wie Verliebte.

* * *

Es gab zwei Möglichkeiten, das Motel zu verlassen: durch den Vordereingang und eine Stufe hinunter zum Parkplatz, oder durch die Hintertür in einen Flur, der durch ein Labyrinth anderer Flure zur Rezeption führte. Justin schaltete in seinem Zimmer die Lichter aus und spähte durchs Fenster auf den Parkplatz. Es war Vollmond, und alle Autos waren mit silbrigem Reif überzogen. Von den gut zwanzig Autos war nur eines besetzt. Eine Frau saß auf dem Fahrersitz. Neben ihr ein Mann. Sie zankten sich. Über Rosen? Oder über den Götzen Profit? Die Frau gestikulierte, der Mann schüttelte den Kopf. Dann stieg der Mann aus, bellte eine letzte Verwünschung, knallte die Tür zu, stieg in ein anderes Auto und fuhr weg. Die Frau blieb sitzen. Sie hob verzweifelt die Hände und schlug sie aufs Lenkrad. Sie legte den Kopf auf die Hände und weinte mit bebenden Schultern. Justin bezwang das absurde Bedürfnis, sie zu trösten, eilte zur Rezeption und bestellte ein Taxi.

* * *

Das Haus stand in einer viktorianisch anmutenden Straße: lauter weiße Reihenhäuser, schräg versetzt, so dass sie an Schiffe erinnerten, die sich nebeneinander in einen alten Hafen schieben. Jedes hatte eine Kellerwohnung mit eigenem Zugang, eine Haustür, zu der einige Stufen hinaufführten, ein Eisengeländer und als Türklopfer ein Hufeisen aus Messing, mit dem man nicht anklopfen konnte. Beobachtet von einer fetten grauen Katze, die es sich zwischen Fenster und Vorhang von Nummer 7 bequem gemacht hatte, stieg Justin die Stufen von Nummer 6 hinauf und drückte auf die Klingel. Er trug alles bei sich, was er besaß: eine Reisetasche, Geld und, entgegen Lesleys ausdrücklichem Befehl, beide Pässe. Das Motelzimmer hatte er im Voraus bezahlt. Falls er dorthin zurückkehrte, dann aus freien Stücken und nicht, weil er musste. Es war zehn Uhr, eine frostklare, eisige Nacht. Am Bordstein parkten Autos Stoßstange an Stoßstange, die Bürgersteige waren frei. Die Tür ging auf, dahinter erschien die Silhouette einer großen Frau.

»Sie sind Peter«, sagte sie vorwurfsvoll.

»Sind Sie Lara?«

»Selbstverständlich.«

Sie schloss die Tür hinter ihm.

»Ist man Ihnen hierher gefolgt?«, fragte er sie.

»Möglich. Und Ihnen?«

Sie musterten einander im hellen Flur. Birgit hatte Recht: Lara Emrich war schön. Schönheit lag in ihrem hochmütigen, klugen Blick. In ihrer so kühlen, wissenschaftlichen Distanz, die Justin gleich bei dieser ersten Begegnung innerlich zurückweichen ließ. In der Art, wie sie sich die grau melierten Haare mit dem Handgelenk aus dem Gesicht strich; wie sie, den Ellbogen noch abgespreizt und den Handrücken an der Stirn, die kritische Musterung seiner Erscheinung mit arrogantem, gleichwohl untröstlichem Blick fortsetzte. Sie trug Schwarz. Schwarze Hose, langes schwarzes Hemd, kein Make-up. Die Stimme klang aus der Nähe noch düsterer als am Telefon.

»Es tut mir so Leid für Sie«, sagte sie. »Es ist furchtbar. Sie müssen sehr traurig sein.«

»Ich danke Ihnen.«

»Dypraxa hat sie getötet.«

»Das glaube ich auch. Indirekt, aber dennoch.«

»Dypraxa hat viele Menschen getötet.«

»Aber nicht alle sind von Markus Lorbeer verraten worden.«

Eine Etage über ihnen brandete Fernsehapplaus auf.

»Amy ist eine Freundin von mir«, sagte Lara, als wäre Freundschaft ein Übel. »Noch arbeitet sie als Ärztin in der Universitätsklinik. Aber leider hat sie eine Petition unterschrieben, in der meine Wiedereinstellung verlangt wird, außerdem ist sie Gründungsmitglied der Ärzte mit Moral hier in Saskatchewan. Deshalb wird man einen Vorwand suchen, um sie rauszuwerfen.«

Justin wollte gerade fragen, unter welchem Namen er Amy bekannt sei, Quayle oder Atkinson, als oben an der Treppe ein Paar flauschige Pantoffeln auftauchten und eine kräftige Frauenstimme zu ihnen hinunterrief: »Bring ihn rauf, Lara. Der Mann braucht einen Drink.«

Amy, eine dicke Frau mittleren Alters, war eine dieser ernsten Personen, die sich selbst als komische Gestalt inszenieren. Sie trug einen karmesinroten Seidenkimono und Piratenohrringe. Ihre Pantoffeln hatten Glasaugen. Aber unter ihren eigenen Augen lagen dunkle Schatten, und in den Mundwinkeln hatte sie tiefe Kummerfalten.

»Die Leute, die Ihre Frau umgebracht haben, sollte man aufhängen«, sagte sie. »Scotch, Bourbon oder Wein? Das ist Ralph.«

Ein großes Mansardenzimmer mit hohen Schrägen, vollständig mit Kiefernholz ausgekleidet. Am anderen Ende eine Bar. Ein riesiger Fernseher, in dem Eishockey lief. Ralph, ein älterer Mann mit schütterem Haar, saß im Morgenmantel in einem Kunstledersessel und hatte seine Füße, die in Pantoffeln steckten, auf den zugehörigen Hocker gelegt. Als er seinen Namen hörte, hob er eine leberfleckige Hand, ließ aber den Bildschirm nicht aus den Augen.

»Willkommen in Saskatchewan. Holen Sie sich was zu trinken«, rief er mit mitteleuropäischem Akzent.

»Wer führt?«, fragte Justin, um freundlich zu sein.

»Die Canucks.«

»Ralph ist Anwalt«, sagte Amy. »Stimmt's, Schätzchen?«

»Bin eigentlich gar nichts mehr. Der verdammte Parkinson

bringt mich noch ins Grab. Riesenschweinerei, was die von der Uni sich geleistet haben. Sind Sie deswegen hier?«

»Mehr oder weniger.«

»Unterdrücken die freie Meinungsäußerung, drängen sich zwischen Arzt und Patient. Wird Zeit, dass endlich mal ein paar gebildete Männer und Frauen den Mut aufbringen, für die Wahrheit einzutreten, statt wie ein Haufen erbärmlicher Feiglinge vor diesen Arschlöchern im Staub zu kriechen.«

»Da haben Sie Recht«, sagte Justin höflich und nahm ein Glas Weißwein von Amy entgegen.

»Karel Vita, die haben das Sagen, und Dawes tanzt nach ihrer Pfeife. Fünfundzwanzig Millionen Dollar geben sie als Startgeld für ein neues biotechnisches Zentrum, fünfzig weitere sind zugesagt. Das sind keine Peanuts, nicht mal für reiche Hirnamputierte wie die von Karel Vita. Und wenn alle schön kuschen, kommt noch viel mehr. Wie zum Teufel soll man solchem Druck standhalten?«

»Man muss es *versuchen*«, sagte Amy. »Wenn man es nicht versucht, kann man einpacken.«

»Einpacken kann man immer, ob man's versucht oder nicht. Sagst du deine Meinung, streichen sie dir das Gehalt, schmeißen dich raus und jagen dich aus der Stadt. Freie Meinungsäußerung ist in dieser Stadt sehr kostspielig, Mr Quayle – kostspieliger, als die meisten von uns sich leisten können. Wie heißen Sie mit Vornamen?«

»Justin.«

»In dieser Stadt herrscht Monokultur, Justin, jedenfalls wenn's um freie Meinungsäußerung geht. Alles bestens, solange sich nicht irgendein verrücktes russisches Miststück in den Kopf setzt, in medizinischen Fachzeitschriften haarsträubende Artikel zu veröffentlichen, in denen sie über eine raffinierte kleine Pille herzieht, die sie entwickelt hat und die der Firma Karel Vita, Allah beschütze sie, zufällig ein paar Milliarden im Jahr einbringt. Wo sollen die beiden hin, Amy?«

»Ins Arbeitszimmer.«

»Denk dran, das Telefon rüberzuschalten, damit sie nicht gestört werden. Amy ist für die Technik zuständig, Justin. Ich bin der alte Knacker. Wenn Sie was brauchen, Lara bringt es Ihnen.

Kennt das Haus besser als wir, reine Verschwendung, wenn man bedenkt, dass wir in ein paar Monaten sowieso rausgeschmissen werden.«

Und damit wandte er sich wieder den siegreichen Canucks zu.

* * *

Sie sieht ihn nicht mehr, dabei trägt sie jetzt eine klobige Brille, ein Modell, das eher zu einem Mann passen würde. Die Russin in ihr hat, wie stets, eine Einkaufstasche dabei, und die liegt nun vor ihr auf dem Boden, voll gestopft mit Papieren, deren Inhalt sie auswendig kennt: Drohbriefe von Anwälten, das Entlassungsschreiben der Fakultät, eine Kopie ihres nicht publizierbaren Artikels, und schließlich die Briefe ihres eigenen Anwalts, aber das sind nicht sehr viele, denn erstens, erklärt sie, habe sie kein Geld, und zweitens sei ihrem Anwalt mehr daran gelegen, die Rechte der Sioux zu verteidigen, als gegen die unbegrenzten juristischen Ressourcen der Firma Karel Vita Hudson aus Vancouver zu Felde zu ziehen. Sie sitzen einander gegenüber wie Schachspieler, nur ohne Brett, ihre Knie berühren sich fast. In Erinnerung an seine Dienstzeit im Osten ermahnt sich Justin, seine Füße nicht so zu stellen, dass sie auf Lara zeigen, also sitzt er etwas schief, eine unbequeme Haltung für seinen geschundenen Körper. Sie spricht schon seit einiger Zeit zu den Schatten hinter seiner Schulter, und er hat sie kaum einmal unterbrochen. Sie ist ganz mit sich selbst beschäftigt, ihr Tonfall abwechselnd verzagt und belehrend. Sie lebt ausschließlich in der Ungeheuerlichkeit ihres Falls und in der Aussichtslosigkeit seiner Lösung. Alles hängt damit zusammen. Manchmal – ziemlich oft, wie ihm scheint – vergisst sie völlig, dass er da ist. Oder sie sieht in ihm etwas anderes – eine zaudernde Fakultätsversammlung, ein ängstliches Gremium von Universitätskollegen, einen wankelmütigen Professor, einen unfähigen Anwalt. Nur wenn er Lorbeers Namen nennt, ist sie plötzlich wieder bei ihm, sieht ihn kritisch an – und macht irgendeine rätselhafte, allgemeine Bemerkung, die ganz eindeutig eine Ausflucht ist: Markus ist zu romantisch, er ist ja so schwach, alle Männer tun schlechte Dinge, Frauen auch. Und, nein, sie weiß nicht, wo man ihn finden könnte.

»Er hat sich irgendwo versteckt. Er ist unberechenbar, jeden Morgen schlägt er eine neue Richtung ein«, erklärt sie unvermindert melancholisch.

»Wenn er von Wüste spricht, meint er damit eine richtige Wüste?«

»Er meint einen Ort, an dem es sehr ungemütlich ist. Auch das ist typisch für ihn.«

Um ihre Sache vorzutragen, hat sie Ausdrücke gelernt, die er bei ihr nicht vermutet hätte: »Ich spule jetzt mal vor ... KVH macht keine Gefangenen.« Sie spricht sogar von »meinen Patienten in den Todeszellen«. Und als sie ihm einen Anwaltsbrief in die Hand drückt und er zu lesen anfängt, zitiert sie daraus, damit er nur ja nicht die empörendsten Stellen verpasst:

> Ich erinnere Sie noch einmal daran, dass es Ihnen gemäß Vertraulichkeitsklausel in Ihrem Vertrag ausdrücklich untersagt ist, diese *Falsch*information an Ihre Patienten weiterzugeben ... Hiermit werden Sie offiziell abgemahnt, mündlich oder auf irgendeine andere Weise die unzutreffenden und böswilligen Unterstellungen zu verbreiten, die lediglich auf der Fehlinterpretation von Daten beruhen, von denen Sie als Mitarbeiterin der Firma Karel Vita Hudson Kenntnis erlangt haben ...

Und dann die ungemein arrogante und unlogische Schlussfolgerung: »Unsere Klienten bestreiten entschieden, dass sie jemals auf irgendeine Weise den Versuch unternommen haben, eine begründete wissenschaftliche Debatte zu unterdrücken oder zu beeinflussen ...«

»Aber warum haben Sie diesen verfluchten Vertrag überhaupt unterschrieben?«, fährt Justin schroff dazwischen.

Erfreut über seine Feindseligkeit, lacht sie freudlos auf. »Weil ich ihnen *vertraut* habe. Weil ich *dumm* war.«

»Sie sind alles andere als dumm, Lara! Sie sind eine hochintelligente Frau, Herrgott noch mal«, ruft Justin.

Beleidigt verfällt sie in grüblerisches Schweigen.

* * *

Die ersten zwei Jahre, nachdem die Firma Karel Vita das von Lara Emrich und ihrer Kollegin Kovacs entdeckte Molekül durch Vermittlung von Markus Lorbeer erworben hatte, waren eine phantastische Zeit, erzählt sie. Die ersten Kurzzeittests brachten exzellente Resultate, die Statistiken ließen sie noch besser aussehen, und die ganze wissenschaftliche Welt sprach über das Team Emrich–Kovacs. KVH sorgte für gut ausgestattete Forschungslaboratorien, technisches Personal, klinische Tests in der gesamten Dritten Welt, Reisen erster Klasse, die besten Hotels, Ruhm und Ehre und Geld in Hülle und Fülle.

»Für die leichtsinnige Kovacs ging ein Traum in Erfüllung. Rolls-Royce fahren, Nobelpreise gewinnen, reich und berühmt sein und von Liebhabern umschwärmt. Und die ernste Lara denkt, die klinischen Testreihen werden wissenschaftlich fundiert und verantwortungsvoll durchgeführt. Sie denkt, das Medikament wird in einem breiten Spektrum ethnischer und sozialer Gemeinschaften getestet, die für die Krankheit besonders anfällig sind. Vielen Menschen wird es besser gehen, anderen wird man das Leben retten können. Was für eine befriedigende Aufgabe.«

»Und Lorbeer?«

Ein gereizter Blick, ein missbilligender Gesichtsausdruck.

»Markus möchte ein reicher Heiliger sein. Er wünscht sich einen Rolls-Royce, will aber auch Leben retten.«

»Gott und Profit also«, sagt Justin leichthin, sie reagiert jedoch nur wieder mit einem finsteren Blick.

»Nach zwei Jahren habe ich eine bedauerliche Entdeckung gemacht. Die Testreihen von KVH waren nichts wert. Nicht wissenschaftlich angelegt. Sie dienten nur dazu, das Medikament so schnell wie möglich auf den Markt zu bringen. Gewisse Nebenwirkungen wurden vorsätzlich ignoriert. Stellte man Nebenwirkungen fest, wurde der Test gleich so umgeschrieben, dass sie nicht wieder in Erscheinung traten.«

»Was *waren* das für Nebenwirkungen?«

Wieder ihre Dozentenstimme, schneidend und arrogant. »Im Verlauf der unwissenschaftlich durchgeführten Tests wurden kaum Nebenwirkungen verzeichnet. Grund dafür waren die grenzenlose Begeisterung von Kovacs und Lorbeer und das Bestreben von Kliniken und medizinischen Einrichtungen in der Dritten Welt, die Tests in einem guten Licht erscheinen zu lassen. Dazu wurden in wichtigen medizinischen Fachzeitschriften wohlwollende Berichte über die Tests publiziert, verfasst von angesehenen Meinungsmachern, die über ihre profitablen Beziehungen zu KVH nichts verlauten ließen. In Wirklichkeit wurden diese Artikel in Vancouver oder Basel geschrieben und von den angesehenen Meinungsmachern lediglich unterzeichnet. Es hieß, das Medikament sei für einen allerdings unerheblichen Prozentsatz von Frauen im gebärfähigen Alter nicht geeignet. Manche bekämen Sehstörungen. Es gab auch einige Todesfälle, aber durch Manipulation der Daten wurde dafür gesorgt, dass sie aus dem Berichtszeitraum herausfielen.«

»Hat sich niemand beklagt?«

Die Frage entrüstet sie. »Wer soll sich beklagen? Die Ärzte und Laboranten in der Dritten Welt, die an den Tests verdienen? Das Unternehmen, das an der Vermarktung des Medikaments verdient und nicht daran interessiert ist, die Profite, die es mit anderen KVH-Medikamenten macht, zu verlieren – womöglich seine ganze Existenz aufs Spiel zu setzen?«

»Und die Patienten?«

Jetzt kann er in ihren Augen wohl nicht mehr tiefer sinken. »Die meisten der Patienten leben in nichtdemokratischen Ländern mit sehr korrupten Regierungen. Theoretisch sind sie über die Risiken der Behandlung aufgeklärt worden und haben sich damit einverstanden erklärt. Soll heißen, ihre Unterschriften befinden sich auf den Einverständniserklärungen, auch wenn sie selbst nicht lesen können, was sie da unterschrieben haben. Das Gesetz untersagt, dass man ihnen Geld gibt, aber sie erhalten großzügige Entschädigungen für Reisekosten und Lohnausfall, und sie bekommen zu essen, was ihnen sehr gefällt. Außerdem haben sie Angst.«

»Vor den Pharmakonzernen?«

»Vor allen. Wenn sie sich beklagen, werden sie bedroht. Man sagt ihnen, ihre Kinder kriegen keine Medizin mehr aus Amerika und ihre Männer wandern ins Gefängnis.«

»Aber *Sie* haben sich beklagt.«

»Nein. Ich habe mich nicht beklagt. Ich habe protestiert. Energisch. Als ich feststellte, dass Dypraxa nicht als Medikament in der Testphase, sondern als sicheres Medikament angepriesen wurde, habe ich bei einer wissenschaftlichen Konferenz an der Universität einen Vortrag gehalten, in dem ich die unmoralische Haltung von KVH exakt beschrieben habe. Das wurde nicht eben freundlich aufgenommen. Dypraxa ist ein gutes Medikament. Aber darum geht es nicht. Es geht um dreierlei.« Sie reckt drei schlanke Finger in die Höhe. »Erstens: Die Nebenwirkungen werden aus ökonomischen Gründen vorsätzlich verschwiegen. Zweitens: Die ärmsten Länder der Welt werden von den reichsten als Versuchskaninchen missbraucht. Drittens: Die legitime wissenschaftliche Diskussion über diese Probleme wird durch Einschüchterung von Seiten der Konzerne unterdrückt.«

Sie lässt die Hand mit den ausgestreckten Fingern sinken, wühlt mit der anderen Hand in ihrer Einkaufstasche und zieht einen blauen Hochglanzprospekt hervor. Der Titel:

GUTE NACHRICHTEN VON KVH.

DYPRAXA ist ein hochwirksamer, sicherer und ökonomischer Ersatz für die bisher üblichen Methoden der Tuberkulosebehandlung. Schon jetzt ist der Nutzen dieses Medikaments gerade für Schwellenländer eindeutig erwiesen.

Sie nimmt den Prospekt wieder an sich und überreicht Justin stattdessen ein stark abgegriffenes Anwaltsschreiben. Ein Absatz ist markiert.

Die klinische Forschung zu Dypraxa wurde über Jahre hinweg nach ethischen Grundsätzen geplant und durchgeführt. In jedem einzelnen Fall lag eine Einverständniserklärung des Patienten vor. KVH unterscheidet bei seinen Tests nicht zwischen reichen und armen Ländern. Einziges Anliegen des Unternehmens ist es, die dem jeweiligen Projekt angemessenen Bedingungen auszuwählen. KVH wird mit Recht für seine außerordentliche Sorgfalt gelobt.

»Und wie steht die Kovacs dazu?«

»Sie hat sich vollkommen die Sicht des Konzerns zu Eigen gemacht. Sie kennt keine Moral. Die Kovacs ist mitverantwortlich dafür, dass viele klinische Forschungsergebnisse manipuliert oder unterdrückt worden sind.«

»Und Lorbeer?«

»Markus ist gespalten. Das ist bei ihm normal. Er sieht sich als Chef von ganz Afrika, was Dypraxa betrifft. Aber er empfindet auch Angst und Scham. Deshalb beichtet er.«

»Arbeitet er für ThreeBees oder für KVH?«

»Vielleicht für beide, bei Markus wäre das möglich. Er ist ein komplizierter Mensch.«

»Und wieso hat KVH Sie dann an der Dawes University untergebracht?«

»Weil ich dumm war«, wiederholt Lara stolz, als wollte sie seine gegenteilige Beteuerung von vorhin nun endgültig entkräften. »Warum sonst hätte ich wohl unterschreiben sollen, außer aus Dummheit? Die von KVH waren sehr höflich, sehr gewinnend, sehr verständnisvoll, sehr klug. Ich war in Basel, als zwei junge Männer eigens aus Vancouver kamen, um mich zu besuchen. Ich fühlte mich geschmeichelt. Sie haben mir Rosen geschickt, genau wie Sie. Ich habe ihnen gesagt, die Tests seien nichts wert. Sie haben mir zugestimmt. Ich habe ihnen gesagt, sie dürften Dypraxa nicht als sicheres Medikament verkaufen. Sie haben mir zugestimmt. Ich habe ihnen gesagt, dass viele Nebenwirkungen nicht angemessen berücksichtigt wurden. Sie bewunderten mich für meinen Mut. Einer von ihnen war ein Russe aus Nowgorod. ›Wir laden Sie zum Essen ein, Lara. Da können wir über alles sprechen.‹ Dann haben sie gesagt, sie würden mir gern zu einer Stelle an der Dawes University verhelfen, dort könnte ich eine eigene Testreihe für Dypraxa entwickeln. Sie hörten sich vernünftig an, anders als ihre Vorgesetzten. Sie stimmten mir zu, dass wir noch nicht genügend ordnungsgemäße Tests durchgeführt hatten. An der Dawes University könnten wir das nachholen. Es war mein Medikament. Ich war stolz darauf, und sie auch. Die Universität fühle sich geehrt, sagten sie. Wir kamen zu einer Vereinbarung. Dawes würde mich einstellen, KVH würde mich bezahlen. Dawes ist ein idealer Ort für solche Tests. Es gibt Indianer in den Reservaten, die für die alte Form von Tuberkulose anfällig sind. Es gibt multiresistente Fälle bei den Hippies in Vancouver. Das ist die perfekte Kombination für Dypraxa. Auf der Basis dieser Vereinbarung habe ich den Vertrag unterschrieben und die Vertraulichkeitsklausel akzeptiert. Ich war dumm«, bekräftigt sie mit einem Schnauben.

»Und KVH hat eine Niederlassung in Vancouver.«

»Eine riesige. Die drittgrößte nach Basel und Seattle. Von dort konnte man mich überwachen. Das war der Sinn der Sache. Mir einen Maulkorb anzulegen und mich im Auge zu behalten. Ich habe den blöden Vertrag unterschrieben und mich frohen Muts an die Arbeit gemacht. Voriges Jahr habe ich meine Untersuchungen abgeschlossen. Das Ergebnis war äußerst negativ. Ich hielt es für angebracht, meinen Patienten mitzuteilen, wie ich die möglichen Nebenwirkungen von Dypraxa einschätze. Als Ärztin ist das meine heilige Pflicht. Außerdem kam ich zu dem Schluss, dass die Ärzte in aller Welt durch einen Artikel in einer bedeutenden Fachzeitschrift informiert werden mussten. Solche Zeitschriften drucken nicht gern negative Einschätzungen ab. Das war mir bekannt. Mir war auch bekannt, dass die betreffende Zeitschrift drei anerkannte Fachleute bitten würde, sich zu meinen Resultaten zu äußern. Die Zeitschrift wusste freilich nicht, dass diese anerkannten Fachleute gerade erst von KVH Seattle gut dotierte Forschungsaufträge für biotechnische Behandlungsmöglichkeiten anderer Krankheiten erhalten hatten. Sie haben Seattle unverzüglich von meinen Absichten informiert, und Seattle hat Basel und Vancouver in Kenntnis gesetzt.«

Sie reicht ihm ein gefaltetes Blatt Papier. Als er es auseinander faltet, überläuft ihn ein Frösteln. So was hat er schon mal gesehen.

KOMMUNISTENHURE. LASS DEINE SCHEISSFINGER VON UNSERER UNIVERSITÄT. GEH ZURÜCK IN DEINEN BOLSCHEWISTISCHEN SCHWEINESTALL. HÖR AUF, ANSTÄNDIGEN LEUTEN DAS LEBEN MIT DEINEN KORRUPTEN THEORIEN ZU VERGIFTEN.

Computerschrift. Keine Rechtschreibfehler. Derselbe Stil. Willkommen im Klub, denkt er.

»Der Dawes University ist vertraglich eine Beteiligung an den weltweiten Gewinnen aus dem Verkauf von Dypraxa zugesichert worden«, fährt sie fort und schnappt ihm lässig das Papier aus der Hand. »Loyale Mitarbeiter der Klinik erhalten Vorzugsaktien. Wer nicht loyal ist, erhält anonyme Briefe wie diesen hier. Es ist wichtiger, der Klinik gegenüber loyal zu sein, als den Patienten gegenüber. Am wichtigsten ist es, KVH gegenüber loyal zu sein.«

»Das hat Halliday geschrieben«, sagt Amy, die mit einem Tablett mit Kaffee und Keksen ins Zimmer stürmt. »Sie ist die Anführerin der Klinik-Mafia. Jeder an der Fakultät muss ihr in den Arsch kriechen oder sterben. Außer mir und Lara und ein paar anderen Idioten.«

»Woher wissen Sie, dass sie das geschrieben hat?«, fragt Justin.

»DNA-Test. Ich hab die Briefmarke vom Umschlag gelöst und den Speichel einer DNA-Analyse unterzogen. Die Kuh geht oft in den Fitnessraum der Klinik. Ich und Lara haben ein Haar aus ihrer rosa Bambi-Haarbürste geklaut und den Vergleichstest gemacht.«

»Hat jemand sie zur Rede gestellt?«

»Klar. Die komplette Leitung. Die Kuh hat gestanden. Übereifer in Ausübung ihrer Pflichten, die für sie einzig darin bestehen, die Interessen der Universität zu wahren. Hat sich demütig entschuldigt und behauptet, sie leide unter seelischem Stress, was bei ihr so viel wie geifernder Sexualneid bedeutet. Verhandlung eingestellt, Kuh beglückwünscht. Inzwischen haben sie Lara gefeuert. Ich bin die nächste.«

»Lara Emrich ist Kommunistin«, erklärt Lara. Die Ironie gefällt ihr. »Sie ist Russin, aufgewachsen in St. Petersburg, als es noch Leningrad hieß. Sie hat sowjetische Schulen besucht, also ist sie Kommunistin und Antikapitalistin. Klarer Fall.«

»Und sie hat auch nicht Dypraxa entwickelt, richtig?«, erinnert Amy sie.

»Das war die Kovacs«, stimmt Lara grimmig zu. »Die war das große Genie. Ich war ihre promiskuitive Laborgehilfin. Lorbeer war mein Liebhaber, und deshalb hat er den Ruhm für mich beansprucht.«

»Und deshalb zahlen sie dir jetzt auch kein Geld mehr, stimmt's?«

»Nein, das hat einen anderen Grund. Ich habe gegen die

Vertraulichkeitsklausel verstoßen und damit den Vertrag gebrochen. Ganz logisch.«

»Eine Prostituierte ist Lara noch dazu. Hat die hübschen Jungs gevögelt, die man ihr aus Vancouver geschickt hat. Was sie natürlich nicht hat. An der Dawes University wird nicht gevögelt. Und wir sind alle Christen, außer den Juden.«

»Seit von dem Medikament Patienten sterben, wünschte ich, ich hätte es nicht entwickelt«, sagt Lara leise. Amys muntere Abschiedsworte ignoriert sie einfach.

»Wann haben Sie Lorbeer das letzte Mal gesehen?«, fragt Justin, als sie wieder allein sind.

* * *

Ihr Tonfall ist immer noch reserviert, aber sanfter.

»Er war in Afrika«, sagte sie.

»Wann?«

»Vor einem Jahr.«

»Vor weniger als einem Jahr«, korrigierte Justin. »Meine Frau hat vor sechs Monaten im Uhuru-Krankenhaus mit ihm gesprochen. Seine Apologie, oder wie er das nennt, wurde kürzlich in Nairobi abgeschickt. Wo ist er jetzt?«

Lara Emrich ließ sich nicht gern korrigieren. »Sie haben gefragt, wann ich ihn das letzte Mal gesehen habe«, erwiderte sie gereizt. »Das war vor einem Jahr. In Afrika.«

»Wo in Afrika?«

»In Kenia. Er hat mich kommen lassen. Die Last der Beweise war ihm unerträglich geworden. ›Lara, ich brauche dich. Es ist überaus wichtig und sehr dringend. Sag keinem was. Ich zahle. Komm.‹ Seine Bitte hat mich berührt. Ich habe in der Klinik erzählt, meine Mutter sei krank, und bin nach Nairobi geflogen. Ich bin an einem Freitag angekommen. Markus hat mich vom Flughafen abgeholt. Schon im Auto fragt er mich: ›Lara, kann es sein, dass unser Medikament den Hirndruck erhöht und den Sehnerv schädigt?‹ Ich habe ihn daran erinnert, dass alles möglich ist, solange die grundlegenden wissenschaftlichen Daten noch nicht zusammengetragen sind, auch wenn wir uns Mühe geben, dem abzuhelfen. Er fuhr mich in ein Dorf und zeigte mir eine Frau, die nicht mehr aufstehen konnte. Sie hatte furchtbare Kopfschmerzen. Sie lag im Sterben. Er fuhr mich in ein anderes Dorf, zu einer Frau, die ihre Augen nicht mehr fokussieren konnte. Wenn sie aus ihrer Hütte trat, wurde alles um sie herum dunkel. Er berichtete mir von anderen Fällen. Die behandelnden Ärzte wollten oder konnten nicht offen mit uns reden. Sie hatten zu große Angst. ThreeBees bestraft jede Art von Kritik, sagt Markus. Auch er hatte Angst. Angst vor ThreeBees, Angst vor KVH, Angst um die kranken Frauen, Angst vor Gott. ›Was soll ich machen, Lara, was soll ich nur machen?‹ Er hat mit der Kovacs in Basel gesprochen. Sie meinte, er sei ein Idiot, jetzt in Panik zu geraten. Das sind nicht die Nebenwirkungen von Dypraxa, sagte sie, das sind die Auswirkungen einer ungünstigen Kombination mit irgendeinem anderen Medikament. Das ist typisch für die Kovacs; sie ist mit einem reichen serbischen Gangster verheiratet und verbringt mehr Zeit in der Oper als im Labor.«

»Und was sollte Lorbeer nun machen?«

»Ich habe ihm die Wahrheit gesagt. Was er in Afrika beobachtet hat, habe ich in meiner Klinik in Saskatchewan auch beobachtet. ›Markus, das sind dieselben Nebenwirkungen, die ich in meinem Bericht an Vancouver dokumentiere, und zwar auf der Basis von objektiven klinischen Tests an sechshundert Patienten.‹ Aber er jammert immer noch. ›Was soll ich tun, Lara, was soll ich tun?‹ ›Markus‹, sage ich, ›du musst mutig sein, du musst von dir aus tun, was die Konzerne von sich aus kollektiv verweigern, du musst das Medikament vom Markt nehmen, bis die Tests vollständig abgeschlossen sind.‹ Er hat geweint. Es war die letzte Nacht, die wir als Liebende zusammen verbracht haben. Ich habe auch geweint.«

* * *

Justin fühlte sich von einem wilden Instinkt gepackt, von einem tief sitzenden Unwillen, den er nicht deuten konnte. Nahm er es dieser Frau übel, dass sie überlebt hatte? Ärgerte es ihn, dass sie mit Tessas erklärtem Verräter geschlafen hatte und selbst jetzt noch zärtliche Worte für ihn fand? Stieß er sich daran, dass sie schön und lebendig und von sich eingenommen vor ihm sitzen konnte, während Tessa tot war und neben ihrem Sohn begraben lag? Kränkte es ihn, dass Lara so wenig an Tessa und so viel an sich selbst zu denken schien?

»Hat Lorbeer jemals mit Ihnen über Tessa gesprochen?«

»Nicht, als ich ihn besucht habe.«

»Aber?«

»Er hat mir geschrieben, es gebe da eine Frau, die Frau eines britischen Diplomaten, die ThreeBees wegen Dypraxa unter Druck setze, mit Briefen und unwillkommenen Besuchen. Unterstützt werde sie von einem Arzt, der für eine der Hilfsorganisationen tätig sei. Den Namen des Arztes hat er nicht erwähnt.«

»Wann hat er Ihnen das geschrieben?«

»Zu meinem Geburtstag. Markus denkt immer an meinen Geburtstag. Er hat mir zum Geburtstag gratuliert und im selben Brief von einer Britin und deren Liebhaber erzählt, einem afrikanischen Arzt.«

»Hat er angedeutet, was mit den beiden getan werden sollte?«

»Er hatte Angst um die Frau. Er schrieb, sie sei eine schöne und sehr tragische Gestalt. Ich glaube, er fühlte sich zu ihr hingezogen.«

Justin hatte plötzlich das seltsame Gefühl, dass Lara auf Tessa eifersüchtig war.

»Und der Arzt?«

»Markus bewundert alle Ärzte.«

»Von wo hat er geschrieben?«

»Aus Kapstadt. Er hat die Aktivitäten von ThreeBees in Südafrika untersucht und heimliche Vergleiche mit seinen Erfahrungen in Kenia angestellt. Er hatte großen Respekt vor Ihrer Frau. Mut ist etwas, das Markus nicht so leicht aufbringen kann. Das muss er noch lernen.«

»Hat er gesagt, wo er sie kennen gelernt hat?«

»In dem Krankenhaus in Nairobi. Sie hatte ihn herausgefordert. Das war ihm unangenehm.«

»Warum?«

»Er war verpflichtet, sie zu ignorieren. Und Markus glaubt, wenn er jemanden ignoriert, ist diese Person unglücklich, besonders wenn es sich dabei um eine Frau handelt.«

»Trotzdem hat er es fertig gebracht, sie zu verraten.«

»Markus denkt nicht immer logisch. Er ist Künstler. Wenn er sagt, er habe sie verraten, kann das auch bildlich gemeint sein.«

»Haben Sie seinen Brief beantwortet?«

»Wie immer.«

»Und wohin geschickt?«

»An ein Postfach in Nairobi.«

»Hat er eine Frau mit Namen Wanza erwähnt? Sie lag mit meiner Frau im selben Zimmer im Uhuru-Krankenhaus. Sie ist an Dypraxa gestorben.«

»Von dem Fall ist mir nichts bekannt.«

»Das überrascht mich nicht. Man hat alle Spuren beseitigt.«

»Das hätte ich mir denken können. Markus hat mir von solchen Dingen erzählt.«

»Als Lorbeer ins Krankenzimmer meiner Frau kam, war die Kovacs auch dabei. Was hatte sie in Nairobi zu tun?«

»Markus wollte, dass ich ein zweites Mal nach Nairobi kam, aber in der Zwischenzeit hatte sich mein Verhältnis zu KVH und zur Klinik verschlechtert. Man hatte von meinem ersten Besuch erfahren und drohte mir bereits, mich zu entlassen, weil ich in Bezug auf meine Mutter gelogen hatte. Deshalb hat Markus die Kovacs in Basel angerufen und sie überredet, an meiner Stelle nach Nairobi zu kommen, um mit ihm die Lage zu analysieren. Er hatte gehofft, sie würde ihm die schwierige Entscheidung abnehmen und ThreeBees selbst den Rat geben, das Medikament zurückzuziehen. Zunächst hat KVH in Basel gezögert, ihr die Reise nach Nairobi zu erlauben, aber dann hat man zugestimmt, unter der Bedingung, dass die Sache geheim bleibt.«

»Auch vor ThreeBees?«

»Vor ThreeBees – das wäre nicht möglich gewesen. ThreeBees waren zu nahe dran an allem, und Markus war ihr Berater. Die Kovacs hat sich vier Tage unter strenger Geheimhaltung in Nairobi aufgehalten, dann ist sie zu ihrem serbischen Gangster nach Basel zurückgeflogen, um wieder mit ihm in die Oper zu gehen.«

»Hat sie einen Bericht abgeliefert?«

»Der hat nichts getaugt. Ich habe eine wissenschaftliche Ausbildung. Das war keine Wissenschaft. Das war reine Polemik.«

»Lara.«

»Was ist?« Sie sah ihn kampfbereit an.

»Birgit hat Ihnen am Telefon aus Lorbeers Brief vorgelesen. Aus seiner Apologie. Seinem Geständnis. Oder wie er das nennt.«

»Und?«

»Was haben Sie aus all dem geschlossen?«

»Dass Markus nicht zu retten ist.«

»Inwiefern?«

»Er ist ein schwacher Mensch, der am falschen Ort nach Stärke sucht. Leider sind es die Schwachen, die die Starken vernichten. Vielleicht hat er etwas sehr Schlimmes getan. Manchmal ist er allzu sehr in seine eigenen Sünden verliebt.«

»Wenn Sie ihn finden müssten, wo würden Sie suchen?«

»Ich muss ihn nicht finden.« Er wartete. »Ich weiß nur von dieser Postfach-Adresse in Nairobi.«

»Kann ich die haben?«

Ihre Melancholie hatte neue Tiefen erreicht. »Ich schreibe sie Ihnen auf.« Sie schrieb etwas auf einen Notizblock, riss das Blatt ab und gab es ihm. »Wenn ich ihn finden müsste, würde ich bei denen anfangen, denen er geschadet hat.«

»In der Wüste.«

»Auch das könnte bildlich gemeint sein.« Ihre Stimme hatte den aggressiven Unterton verloren, genau wie Justins. »Markus ist ein Kind«, erklärte sie schlicht. »Er handelt impulsiv und reagiert dann auf die Konsequenzen seines Handelns.« Jetzt lächelte sie sogar, und auch ihr Lächeln war schön. »Oft ist er selbst überrascht.«

»Und woher kommen die Impulse?«

»Früher von mir.«

Justin stand abrupt auf, um die Papiere, die sie ihm gegeben hatte, in die Tasche zu stecken. Ihm wurde schwindlig, sein Magen rebellierte. Als er sich mit einer Hand an der Wand abstützen wollte, spürte er plötzlich, dass die Ärztin ihn am Arm gefasst hatte.

»Was haben Sie?«, fragte sie schneidend und half ihm, sich wieder hinzusetzen.

»Mir wird bloß manchmal etwas schwindlig.«

»Wieso? Haben Sie zu hohen Blutdruck? Sie sollten keine Krawatte tragen. Machen Sie den Kragen auf. Das ist ja lächerlich.«

Sie legte ihm eine Hand auf die Stirn. Er fühlte sich schwach und entsetzlich müde. Sie verließ den Raum und kam mit einem Glas Wasser zurück. Er trank etwas, dann reichte er ihr das Glas wieder. Ihre Bewegungen wirkten routiniert, aber nicht lieblos. Er spürte ihren durchdringenden Blick.

»Sie haben Fieber«, sagte sie vorwurfsvoll.

»Schon möglich.«

»Nicht schon möglich. Sie haben Fieber. Ich fahre Sie ins Hotel zurück.«

Dies war der Augenblick, vor dem ihn der langweilige Leiter seines Sicherheitstrainings gewarnt hatte, der Augenblick, in dem man zu gleichgültig, zu faul oder einfach zu müde ist, um weiter aufzupassen; wenn man nur noch den einen Wunsch hat, in sein mieses Motel zu kommen, ins Bett zu fallen und, sobald am nächsten Morgen der Kopf wieder klar ist, für Hams schwer geprüfte Tante in Mailand ein dickes Paket zu schnüren, das alles enthält, was Dr. Lara Emrich einem erzählt hat, einschließlich einer Kopie ihres unveröffentlichten Aufsatzes über die schädlichen Nebenwirkungen des Medikaments Dypraxa, wie zum Beispiel Sehstörungen, Blutungen, Blindheit und Tod, dazu einen Zettel mit Markus Lorbeers Postfachadresse in Nairobi und einen weiteren, auf dem vermerkt ist, was als Nächstes zu tun wäre – für den Fall, dass höhere Mächte einen daran hindern sollten, es selbst zu tun. Es ist ein Augenblick bewussten, sträflichen, vorsätzlichen Fehlverhaltens, und auch die Gegenwart einer schönen Frau – ein Paria wie man selbst –, die einem mit fürsorglichen Fingern den Puls fühlt, ist keine Entschuldigung dafür, dass man die grundlegendsten operativen Sicherheitsregeln über den Haufen wirft.

»Man sollte Sie nicht mit mir zusammen sehen«, protestiert er lahm. »Die wissen, dass ich in der Stadt bin. Das macht für Sie alles nur noch schlimmer.«

»Schlimmer *kann* es nicht mehr werden«, erwidert sie. »Ich bin am Tiefpunkt angelangt.«

»Wo steht Ihr Auto?«

»Fünf Minuten von hier. Können Sie gehen?«

Es ist auch ein Augenblick, in dem Justin sich dankbar der guten Manieren und der altmodischen Ritterlichkeit erinnert, die man ihm in Eton beigebracht hat und auf die er sich jetzt, im Zustand physischer Erschöpfung, berufen kann. Eine allein stehende Frau muss man im Dunkeln zu ihrer Kutsche begleiten, um sie vor Vagabunden, Wegelagerern und Straßenräubern zu schützen. Er steht auf. Sie fasst ihn am Ellbogen und nimmt die Hand auch nicht weg, als sie zusammen durchs Wohnzimmer zur Treppe schleichen.

»Nacht, Kinder«, ruft Amy hinter einer geschlossenen Tür. »Viel Spaß noch.«

»Ich danke Ihnen sehr«, antwortet Justin.

Neunzehntes Kapitel

Sie gehen die Treppe hinunter, Lara voran, in einer Hand die russische Einkaufstasche, die andere auf dem Geländer, den Blick über die Schulter auf Justin geheftet. Unten nimmt sie seinen Mantel vom Haken und hilft ihm hinein. Dann zieht sie ihren eigenen an, setzt eine Anna-Karenina-Pelzmütze auf und will sich seine Reisetasche umhängen, was Justins Ritterlichkeit aber nicht zulässt. Und so sieht sie mit unbewegten braunen Augen zu – Tessas Augen, nur ohne den Schalk darin –, wie er den Tragegurt über seine eigene Schulter legt und, ganz zugeknöpfter Engländer, jede Schmerzäußerung unterdrückt. Sir Justin hält die Tür für sie auf und gibt mit Flüsterstimme seiner Überraschung Ausdruck, als der eisige Wind wie ein Schwert durch den gefütterten Mantel und die Fellstiefel in seinen Körper fährt. Auf dem Bürgersteig nimmt Dr. Lara mit der linken Hand seinen linken Unterarm und legt ihm den rechten Arm um den Rücken, um ihn zu stützen, aber jetzt melden sich die gesamten Nerven in seinem Rücken zu Wort, und der hartgesottene Eton-Schüler kann nicht mehr anders und schreit auf. Lara sagt nichts, aber als er vor Schmerz den Kopf zur Seite dreht, begegnen sich ihre Blicke. Die Augen unter der Pelzmütze erinnern ihn beunruhigend an andere Augen. Die Hand, die eben noch auf seinem Rücken lag, hat sich jetzt zu der Hand gesellt, die seinen linken Unterarm umklammert hält. Lara hat ihr Tempo dem von Justin angepasst. Hüfte an Hüfte schreiten sie den vereisten Bürgersteig entlang, doch plötzlich bleibt Lara stehen und starrt, ohne seinen Arm loszulassen, auf die andere Straßenseite.

»Was ist?«

»Nichts. Das Übliche.«

Sie haben einen Platz erreicht. Ein grauer Kleinwagen undefinierbaren Typs steht allein in der Kälte unter einer gelben Laterne. Er ist stark verschmutzt. Als Radioantenne dient ein Kleiderbügel aus Draht. Das Auto hat etwas Bedrohliches und gleichzeitig Schutzloses. Es ist ein Auto, das darauf wartet, jeden Moment zu explodieren.

»Ist das Ihrer?«, fragt Justin.

»Ja. Aber er taugt nichts.«

Der große Spion bemerkt mit Verspätung, was Lara bereits entdeckt hat. Das linke Vorderrad ist platt.

»Keine Sorge. Wir wechseln den Reifen«, erklärt Justin in einer grotesken Anwandlung von Kühnheit und vergisst für einen Moment die grimmige Kälte, seinen zerschundenen Körper, die späte Stunde und auch den letzten Gedanken an operative Sicherheitsregeln.

»Das wird nichts nützen«, antwortet sie angemessen düster.

»Doch, natürlich. Wir lassen den Motor laufen. Dann können Sie solange im Warmen sitzen. Sie haben doch einen Ersatzreifen und einen Wagenheber?«

Aber inzwischen sind sie näher herangekommen, und jetzt sieht Justin, was sie schon geahnt hat: Auch der andere Vorderreifen ist platt. Von Tatendrang gepackt, versucht er sich von ihr loszureißen, aber sie gibt ihn nicht frei, und plötzlich begreift er, dass es nicht die Kälte ist, die sie zittern lässt.

»Passiert so was öfter?«, fragt er.

»Regelmäßig.«

»Und rufen Sie dann eine Werkstatt an?«

»Nachts kommt sowieso keiner. Ich fahre mit dem Taxi nach Hause. Und wenn ich morgens zurückkomme, habe ich einen Strafzettel wegen falschen Parkens. Und oft noch einen zweiten, weil das Fahrzeug Sicherheitsmängel aufweist. Ab und zu wird es abgeschleppt, dann muss ich es von irgendeiner Stelle außerhalb der Stadt wieder abholen. Manchmal finde ich kein Taxi, aber heute haben wir Glück.«

Er folgt ihrem Blick und sieht zu seiner Überraschung an einer Ecke des Platzes ein Taxi stehen; die Innenbeleuchtung ist an, der

Motor läuft, am Steuer hockt jemand. Lara hält noch immer Justins Arm und zieht ihn weiter. Er geht ein paar Meter mit, dann bleibt er stehen. Bei ihm läuten die Alarmglocken. »Ist es normal, dass hier so spät nachts noch Taxis herumstehen?«

»Das ist doch nicht wichtig.«

»Und ob das wichtig ist. Es ist sogar sehr wichtig.«

Er wendet den Blick von ihr ab und sieht ein zweites Taxi, das hinter dem anderen hält. Auch Lara bemerkt es.

»Machen Sie sich nicht lächerlich. Sehen Sie, jetzt haben wir zwei Taxis. Eins für jeden. Wir können aber auch zusammen fahren. Dann begleite ich Sie erst zu Ihrem Hotel. Wir werden sehen. Keine Sorge.« Entweder denkt sie nicht an seinen Zustand, oder sie verliert einfach die Geduld mit ihm, jedenfalls zerrt sie an seinem Arm – mit dem Ergebnis, dass er stolpert, sich von ihr losreißt und plötzlich vor ihr steht, ihr den Weg versperrt.

»Nein«, sagt er.

Was bedeutet: Ich weigere mich. Und: Ich habe das Unlogische dieser Situation erkannt. Eben war ich voreilig, aber jetzt bin ich es nicht, und Sie werden es auch nicht sein. Das sind zu viele Zufälle auf einmal. Ein menschenleerer Platz in einem gottverlassenen Kaff mitten in der Prärie, im eiskalten März zu nachtschlafender Zeit. Man hat Ihr Auto lahm gelegt. Wie praktisch, da steht ja ein Taxi, und jetzt sogar noch ein zweites. Auf wen die wohl warten, wenn nicht auf uns? Ist es nicht vernünftig, anzunehmen, dass es sich bei den Leuten, die Ihnen die Reifen zerstochen haben, um dieselben Leute handelt, die uns jetzt mit ihrem Wagen befördern wollen?

Aber Lara hat keinen Draht für diese wissenschaftliche Beweisführung. Sie winkt dem Fahrer im vorderen Taxi und geht darauf zu. Justin packt sie am Arm, hält sie fest, zieht sie zurück. Das macht sie ebenso wütend, wie es ihm wehtut. Sie hat genug davon, herumgestoßen zu werden.

»Lassen Sie mich los. Verschwinden Sie! Geben Sie das zurück!«

Er hat ihr die Einkaufstasche abgenommen. Das erste Taxi fährt langsam los. Das zweite setzt sich ebenfalls in Bewegung. Auf Verdacht? Zur Unterstützung? In einem zivilisierten Land kann man nie wissen.

»Gehen Sie zum Auto zurück«, befiehlt er.

»Zu welchem Auto? Das fährt doch nicht! Sie sind ja verrückt.«

Sie zerrt an ihrer Tasche, aber er wühlt schon darin herum, schiebt Papiere, Taschentücher und alles andere beiseite, was ihn beim Suchen stört. »Geben Sie mir die Autoschlüssel, Lara, *bitte*!«

Er hat ihre Handtasche in dem Durcheinander gefunden und macht sie auf. Er hält die Schlüssel in der Hand – einen ganz dicken Bund, genug, um ins Innerste von Fort Knox vorzudringen. Wofür zum Teufel braucht eine allein stehende, von allen verstoßene Frau so viele Schlüssel? Er nähert sich langsam ihrem Auto, geht die einzelnen Schlüssel durch, schreit: »Welcher ist es? Welcher ist es?«, zieht sie mit, hält die Einkaufstasche von ihr weg, zerrt Lara unter die Laterne, damit sie ihm den Wagenschlüssel raussuchen kann – und sie gehorcht, fluchend und schimpfend, und hält Justin höhnisch den Schlüssel hin.

»Da haben Sie ihn. Den Schlüssel für ein Auto mit platten Reifen! Fühlen Sie sich jetzt besser? Sie kommen sich bestimmt ganz großartig vor!«

Ob sie so auch mit Lorbeer geredet hat?

Die Taxis fahren dicht hintereinander langsam um den Platz herum auf Justin und Lara zu. Sie wirken eher neugierig als aggressiv. Aber auch listig. Sie haben Böses im Sinn, davon ist Justin überzeugt: Es liegt etwas Bedrohliches in der Luft.

»Zentralverriegelung?«, schreit er. »Gehen alle Türen auf einmal auf?«

Entweder weiß sie es nicht, oder sie ist zu wütend, um zu antworten. Ihre Tasche unter den Arm geklemmt, ein Knie am Boden, versucht er, den Schlüssel ins Schloss der Beifahrertür zu bekommen. Er kratzt mit den Fingernägeln das Eis weg, die Haut bleibt am Metall kleben, seine Muskeln brüllen so laut wie die Stimmen in seinem Kopf. Lara zerrt an der Einkaufstasche und schreit ihn an. Als die Wagentür aufgeht, packt er Lara am Arm.

»Lara. Um Himmels willen. Seien Sie jetzt *bitte* so freundlich und hören Sie auf zu schreien. Steigen Sie ein. *Sofort!*«

Die höflichen Worte sind wohl überlegt. Sie starrt ihn ungläubig an. Er hat ihre Tasche in der Hand. Er wirft sie ins Auto. Lara springt hinterher wie ein Hund hinter einem Ball, und als sie auf dem Beifahrersitz landet, schlägt Justin die Tür zu. Dann tritt er auf die Straße und geht um den Wagen herum. In diesem Augenblick überholt das zweite Taxi das erste und rast auf ihn zu. Mit einem Satz ist er wieder auf dem Bürgersteig. Der vordere Kotflügel des Taxis schnappt vergeblich nach seinem wehenden Mantel, als es an ihm vorbeirauscht. Lara stößt von innen die Fahrertür auf. Beide Taxis halten mitten auf der Straße, etwa vierzig Meter von ihnen entfernt. Justin dreht den Schlüssel im Zündschloss. Die Scheibenwischer sind festgefroren, aber die Heckscheibe ist einigermaßen frei. Der Motor hustet wie ein alter Esel. So spät nachts?, sagt er. Bei *diesen* Temperaturen? *Ich?* Justin dreht den Schlüssel noch einmal um.

»Ist überhaupt Benzin im Tank?«

Im Rückspiegel sieht er, wie aus jedem der beiden Taxis zwei Männer steigen. Die zwei, die vorher nicht zu sehen gewesen waren, hatten offenbar auf der Rückbank gelegen. Einer hat einen Baseballschläger in der Hand, ein anderer einen Gegenstand, den Justin nacheinander für eine Flasche, eine Handgranate und einen Totschläger hält. Alle vier Männer gehen zielstrebig auf Laras Auto zu. Mit Gottes Hilfe springt der Motor endlich an. Justin gibt Gas und löst die Handbremse. Aber der Wagen hat Automatikschaltung, und Justin kann sich ums Verrecken nicht erinnern, was er als Nächstes tun muss. Er hat den Hebel auf Drive gestellt, tritt aber gleichzeitig auf die Bremse, bis es ihm dämmert. Mit einem Ruck fährt der Wagen an, schlingernd und widerwillig. Justins Finger umklammern das eisige Steuerrad. Die Männer im Spiegel verfallen in Trab. Justin gibt vorsichtig Gas, die Vorderräder quietschen und rumpeln, aber trotz allem rollt das Auto irgendwie weiter und nimmt, zur Bestürzung der Verfolger, die jetzt nicht mehr traben, sondern rennen, tatsächlich langsam Fahrt auf. Sie haben die passende Kleidung gewählt, bemerkt Justin, weite Trainingsanzüge und Turnschuhe. Einer hat eine Matrosenmütze mit Bommel auf dem Kopf, es ist der mit dem Baseballschläger. Die anderen tragen Fellkappen. Justin sieht zu Lara hinüber. Sie hat eine Hand am Mund und beißt sich auf die Finger. Mit der anderen Hand klammert sie sich an der Konsole vor ihr fest. Ihre Augen sind geschlossen, und sie flüstert etwas vor sich hin, vielleicht ein Gebet, und das verwirrt Justin, denn bis zu diesem Moment hatte er sie, anders als ihren Liebhaber Lorbeer, für gottlos gehalten. Sie verlassen den kleinen Platz und holpern durch eine schlecht beleuchtete Straße mit Reihenhäusern, die schon mal bessere Zeiten gesehen haben.

»Wo ist der hellste Teil der Stadt? Wo ist am meisten los?«, fragt er.

Lara schüttelt den Kopf.

»Wo ist der Bahnhof?«

»Das ist zu weit. Ich hab kein Geld.«

Sie glaubt anscheinend, sie beide würden zusammen die Flucht ergreifen. Rauch oder Dampf quillt unter der Kühlerhaube hervor, und der abscheuliche Gestank von brennendem Gummi erinnert Justin an die Studentenkrawalle in Nairobi, aber er nimmt den Fuß nicht vom Gas, und während er im Rückspiegel immer noch die Verfolger sieht, denkt er, was für Trottel das sind und wie schlecht sie das alles machen, was wohl an ihrer Ausbildung liegen muss. Und dass ein besser geführtes Team niemals gleich beide Autos zurückgelassen hätte. Und dass sie – oder auch nur zwei von ihnen –, wenn sie noch einen Funken Verstand hätten, auf der Stelle kehrtmachen und zu ihren Taxis zurücklaufen würden, aber das scheint ihnen nicht in den Sinn zu kommen, vielleicht, weil sie allmählich doch etwas aufholen und alles nur darauf ankommt, wer als erster aufgibt: das Auto oder sie. Ein Schild weist in englisch und französisch auf das Herannahen einer Kreuzung hin. Als Hobbyphilologe muss er unwillkürlich die beiden Sprachen vergleichen.

»Wo ist die Klinik?«, fragt er.

Sie nimmt die Finger aus dem Mund. »Es ist Dr. Lara Emrich nicht gestattet, das Klinikgelände zu betreten«, sagt sie mit leiernder Stimme.

Er lacht, aber nur, um sie aufzumuntern. »Oh, tja, dann können wir da ja nicht hin. Wenn's doch verboten ist. Na los. Welche Richtung?«

»Nach links.«

»Wie weit?«

»Unter normalen Umständen würde es nicht sehr lange dauern.«

»Wie lange?«

»Fünf Minuten. Wenn kein Verkehr ist, geht's noch schneller.«

Es ist kein Verkehr, aber unter der Kühlerhaube quillt Dampf oder Rauch hervor, sie fahren auf überfrorenem Kopfsteinpflaster, der Tacho meldet optimistische zwanzig Stundenkilometer, die Männer im Rückspiegel zeigen keinerlei Anzeichen von Ermüdung, und zu hören ist nichts als das schwerfällige Quietschen kreisender Felgen, laut wie tausend Fingernägel, die über Schiefertafeln kratzen. Zu Justins Verblüffung weitet sich die Straße plötzlich zu dem vereisten Exerzierplatz. Vor ihm taucht, hell angestrahlt, das Torhaus mit den Türmchen und dem Dawes-Wappen auf, und links erblickt er den mit Efeu bewachsenen Pavillon und die drei Hochhäuser aus Stahl und Glas, die wie Eisberge dahinter aufragen. Er wirft das Steuer nach links und tritt noch fester aufs Gaspedal, aber das nützt nichts. Die Tachonadel steht auf null, lächerlich, sie bewegen sich ja noch, wenn auch nur so gerade eben.

»Wen kennen Sie hier?«, schreit er Lara an.

Die Frage hatte sie sich anscheinend auch schon gestellt. »Phil.«

»Wer ist Phil?«

»Ein Russe. Krankenwagenfahrer. Jetzt aber zu alt.«

Sie greift nach hinten, nimmt ein Päckchen Zigaretten aus ihrer Tasche – keine Sportsmans –, zündet eine an und hält sie Justin hin, aber er nimmt sie nicht.

»Die Männer sind weg«, sagt sie und raucht die Zigarette selbst.

Wie ein treues Ross, das seinen letzten Lauf getan hat, gibt das Auto den Geist auf. Die Vorderachse bricht, beißender schwarzer Rauch quillt aus der Kühlerhaube, und ein furchtbares Knirschen unter ihnen macht deutlich, dass der Wagen hier auf dem Exerzierplatz seine letzte Ruhestätte gefunden hat. Beobachtet von einem Pärchen drogenäugiger Cree in Steppmänteln, klettern Justin und Lara ins Freie.

* * *

Phils Geschäftsräume befanden sich in einer weißen Holzhütte neben dem Krankenwagenparkplatz. Die Einrichtung bestand aus einem Hocker, einem Telefon, einem kreisenden roten Licht, einer Elektroheizung mit Kaffeeflecken und einem Kalender, auf dem immer Dezember war, ein Monat, in dem eine leicht bekleidete Weihnachtsmännin einem dankbaren Chor von Sängern ihr nacktes Hinterteil darbietet. Phil saß auf dem Hocker und telefonierte. Er trug eine Ledermütze mit Ohrenklappen; auch sein Gesicht schien aus Leder zu sein, rissig, zerfurcht, und doch wie poliert und mit silbrigen Bartstoppeln übersät. Als er Laras Stimme hörte, die ihn auf Russisch anredete, tat er, was alte Gefangene tun: Er hielt den Kopf still und starrte mit halb zugekniffenen Augen vor sich hin, während er auf irgendeinen Beweis dafür wartete, dass sie tatsächlich ihn meinte. Erst als er sich ganz sicher war, sah er sie an und wurde, wie russische Männer in Gegenwart schöner, jüngerer Frauen zu sein pflegen: ein bisschen geheimnisvoll, ein bisschen schüchtern, ein bisschen schroff. Justin kam es vor, als sprächen die beiden unnötig lange. Lara stand die ganze Zeit in der Tür, Justin wie ein heimlicher Liebhaber in ihrem Schatten, und Phil saß, die knorrigen Hände gefaltet im Schoß, auf seinem Hocker. Sie plauderten – nahm Justin an – über ihre Familien und was Onkel X oder Vetter Y so trieben, bis Lara schließlich zurücktrat, um den alten Mann durch die Tür zu lassen; als er sich an ihr vorbeischob, legte er ihr ziemlich unbegründet die Hände auf die Hüften und trottete dann die Rampe zu einem unterirdischen Parkhaus hinunter.

»Weiß er, dass Sie hier Hausverbot haben?«

»Das ist nicht wichtig.«

»Wo geht er hin?«

Keine Antwort, es war aber auch keine erforderlich. Neben ihnen hielt ein glänzender neuer Krankenwagen, und am Steuer saß Phil mit seiner Lederkappe.

* * *

Laras Haus war neu und luxuriös und gehörte zu einer vornehmen Siedlung am See, die die Firma Karel Vita Hudson, Basel,

Vancouver und Seattle, für ihre Lieblingssöhne und -töchter errichtet hatte. Sie schenkte Justin einen Whisky und sich selbst einen Wodka ein, sie zeigte ihm den Whirlpool, führte ihm die Stereoanlage und die in Augenhöhe eingebaute multifunktionale Supermikrowelle vor und wies mit derselben schmerzlichen Gleichgültigkeit auf die Stelle jenseits des Zauns, wo die *Organy* zu parken pflegten, wenn sie sie beobachteten; das täten sie nahezu täglich, sagte sie, gewöhnlich von etwa acht Uhr morgens an, das hänge vom Wetter ab, bis zum Einbruch der Dunkelheit, falls nicht gerade ein wichtiges Eishockeyspiel anstünde, dann verschwänden sie früher. Sie zeigte ihm den grotesken Nachthimmel in ihrem Schlafzimmer, die weiß getünchte Kuppel, in der winzige Strahler die Sterne ersetzten, und den Dimmer, mit dem die Nutzer des großen runden Bettes sie nach Lust und Laune heller oder dunkler stellen konnten. Und es gab einen Augenblick, den Lara und Justin beide kommen und gehen sahen, als es möglich schien, dass sie selbst die Nutzer des Bettes werden könnten – zwei Ausgestoßene, die einander trösteten: Konnte es denn etwas Vernünftigeres geben? Aber dann trat Tessas Schatten zwischen sie, und der Augenblick verrann, ohne dass einer von ihnen etwas dazu gesagt hätte. Stattdessen machte Justin eine Bemerkung über die Ikonen. Lara besaß fast ein halbes Dutzend davon: Andreas, Paulus, Simon Petrus, Johannes und die Heilige Jungfrau, mit winzigen Heiligenscheinen und spitz zulaufenden Händen, die zum Gebet gefaltet oder segnend erhoben waren oder das Zeichen der Dreifaltigkeit machten.

»Ich nehme an, die hat Markus Ihnen geschenkt«, sagte Justin, verwirrt angesichts dieser neuerlichen Zurschaustellung unerwarteter Religiosität.

Lara setzte ihre finsterste Miene auf. »Ich habe eine streng wissenschaftliche Einstellung dazu. Wenn Gott existiert, wird er dankbar sein. Wenn nicht, ist es sowieso egal.« Und sie wurde rot, als er lachte, und fiel dann ein.

Das Gästezimmer befand sich im Souterrain. Das vergitterte Fenster zum Garten erinnerte Justin an Glorias Untergeschoss. Er schlief bis fünf, schrieb eine Stunde lang an Hams Tante, zog sich an und schlich nach oben; er wollte Lara einen Zettel hinlegen und dann versuchen, irgendwie in die Stadt zu kommen. Sie saß am Fenster und rauchte, in denselben Kleidern, die sie am Abend zuvor getragen hatte. Der Aschenbecher neben ihr war voll.

»Sie können mit dem Bus zum Bahnhof fahren. Die Haltestelle ist nicht weit«, sagte sie. »Er fährt in einer Stunde.«

Lara machte ihm Kaffee, und er setzte sich damit an den Küchentisch. Sie beide schienen nicht aufgelegt, über die Ereignisse der letzten Nacht zu reden.

»Wahrscheinlich nur ein Haufen verrückt gewordener Straßenräuber«, sagte er einmal, aber sie blieb in ihre eigenen Betrachtungen versunken.

Ein andermal fragte er sie nach ihren Plänen. »Wie lange können Sie hier noch wohnen?«

Ein paar Tage, antwortete sie zerstreut. Vielleicht eine Woche.

»Und was dann?«

Das komme drauf an, antwortete sie. Das sei nicht wichtig. Sie werde schon nicht verhungern.

»Gehen Sie jetzt«, sagte sie plötzlich. »Es ist besser, wenn Sie an der Haltestelle warten.«

Als er ging, stand sie mit dem Rücken zu ihm und hatte den Kopf leicht geneigt, als lauschte sie angestrengt einem verdächtigen Geräusch.

»Sie werden gnädig mit Lorbeer umgehen«, verkündete sie.

Aber ob dies eine Vorhersage oder eine Aufforderung sein sollte, hätte er nicht zu sagen gewusst.

Zwanzigstes Kapitel

»Was zum Teufel bildet Ihr Mr Quayle sich eigentlich ein, Tim?«, schnaubte Curtiss; er schwenkte seinen massigen Leib herum und sah Donohue herausfordernd an, quer durch den hallenden Raum, der die Größe einer ausgewachsenen Kapelle hatte, mit Deckenbalken aus Eiche, Gefängnistüren in schweren Angeln und Blockhauswänden, geschmückt mit Stammesschilden.

»Er gehört nicht zu uns, Kenny. Hat er noch nie«, gab Donohue stoisch zurück. »Er ist ganz normal dem Außenministerium unterstellt.«

»Normal? Was soll denn an dem normal sein? Das ist der mieseste Hund, von dem ich je gehört hab. Warum kommt er nicht zu mir, wenn mein Medikament ihm Sorgen bereitet? Die Tür steht weit offen. Ich bin doch kein Ungeheuer! Was will er? Geld?«

»Nein, Kenny. Das glaube ich kaum. An Geld denkt er dabei bestimmt nicht.«

Diese Stimme, dachte Donohue, während er darauf wartete, endlich zu erfahren, weshalb man ihn hatte kommen lassen. Die werde ich nie mehr los. Einschüchternd und schmeichlerisch. Verlogen und voller Selbstmitleid. Vorzugsweise jedoch einschüchternd. Seift einen ein, ist mit allen Wassern gewaschen. Dass er in einem Kaff in Lancashire aufgewachsen ist, merkt man ihm immer noch an; die Rhetoriklehrer, die sich abends bei ihm die Klinke in die Hand geben, müssen längst verzweifelt sein.

»Aber was will er dann? Sie kennen ihn doch, Tim. Ich nicht.«

»Es geht um seine Frau, Kenny. Sie hatte einen Unfall. Wissen Sie noch?«

Curtiss drehte sich wieder zu dem großen Panoramafenster um, hob die Hände, mit den Handflächen nach oben, und flehte die afrikanische Dämmerung um Einsicht an. Hinter dem kugelsicheren Glas erstreckten sich dunkle Rasenflächen, und dahinter lag ein See. An den Hängen blinkten Lichter. Ein paar frühe Sterne drangen durch den abendlichen Dunst.

»Also, seine Frau hat's erwischt«, sinnierte Curtiss in gleichbleibend wehleidigem Tonfall. »Ein paar üble Typen haben sich an ihr ausgetobt. Dieses Stück schwarzer Dreck hat sie fertig gemacht. Was weiß ich? Wie die sich aufgeführt hat, hat sie's gar nicht anders gewollt. Wir reden hier schließlich von Turkana, nicht von Surrey, verdammt noch mal. Aber es tut mir Leid, okay? Sehr, sehr Leid.«

Aber vielleicht nicht so Leid, wie es Ihnen tun müsste, dachte Donohue.

Curtiss besaß Häuser von Monaco bis Mexiko, und Donohue hasste sie alle. Er hasste ihren Jodgestank und die geduckten Dienstboten und die schwingenden Holzfußböden. Er hasste die verspiegelten Bars und die geruchlosen Blumen, die einen beobachteten wie die gelangweilten Nutten, die Curtiss dauernd um sich hatte. Für Donohue war das alles, samt den Rolls-Royce-Limousinen, der Gulfstream-Privatmaschine und der Motorjacht, ein einziger, auf ein halbes Dutzend Länder verteilter, geschmackloser Kitschpalast. Am meisten aber hasste er diese Farm am Ufer des Naivashasees, diese Festung mit ihren Stacheldrahtzäunen, Wachmannschaften, Zebrakissen, roten Bodenfliesen, Leopardenläufern, Antilopensofas, rosa beleuchteten und verspiegelten Barschränken, Satellitenfernsehern und Satellitentelefonen, Bewegungsmeldern und Alarmknöpfen und Funksprechgeräten, denn in dieses Haus, in diesen Raum, auf dieses Antilopensofa hatte Curtiss ihn in den vergangenen fünf Jahren immer wieder zitiert, damit er irgendwelche Brocken aufschnappte, die der große Sir Kenny K. in seinem unberechenbaren Edelmut in den gierigen Rachen des britischen Nachrichtendienstes zu werfen beliebte. Und an diesem Abend war er wieder einmal, aus Gründen, die er erst noch erfahren musste, hierher bestellt worden, gerade als er eine Flasche südafrikanischen Weißen entkorkt hatte und es sich bei einem Happen Seelachs mit seiner geliebten Frau Maud gemütlich machen wollte.

»Wir sehen die Sache in etwa so, Tim, alter Junge«, begann ein verkrampft-vertraulicher Funkspruch seines Vorgesetzten in London geschrieben im vage an Wodehouse erinnernden Stil eines Kriminalromans.

> Nach außen hin sollten Sie freundlich Kontakt halten, entsprechend dem öffentlichen Erscheinungsbild, das Sie in den letzten fünf Jahren aufgebaut haben. Golf, gelegentlich ein Drink, eine Einladung zum Lunch usw., lieber Sie als ich. Was die verdeckte Seite betrifft, so sollten Sie sich weiterhin möglichst natürlich verhalten und einen beschäftigten Eindruck machen, da die Alternativen – Abbruch der Aktion, Empörung der Zielperson usw. – zu grässlich sind, als dass man in der gegenwärtigen Krisensituation auch nur daran denken könnte. Zu Ihrer persönlichen Information: Hier ist auf beiden Seiten des Flusses die Hölle los, die Lage ändert sich von Tag zu Tag, aber immer nur zum Schlimmeren.
>
> Roger

»Warum sind Sie eigentlich mit dem Auto gekommen?«, fragte Curtiss in gekränktem Tonfall, während er immer noch auf seine afrikanischen Ländereien blickte. »Sie hätten die Beechcraft haben können, ein Wort hätte genügt. Doug Crick hatte einen Piloten für Sie in Bereitschaft. Wollen Sie mir ein schlechtes Gewissen machen, oder was?«

»Sie kennen mich doch, Chef.« Manchmal, aus einer Art passiver Aggressivität heraus, nannte Donohue ihn Chef – ein Titel, der eigentlich in alle Ewigkeit für den Leiter des Nachrichtendienstes reserviert war. »Ich bin leidenschaftlicher Autofahrer. Fenster auf, Wind um die Ohren. Da geht nichts drüber.«

»Auf diesen beschissenen Straßen? Sie sind ja nicht bei Trost. Gestern noch habe ich mit ihm darüber gesprochen. Nein, gelogen. Am Sonntag. ›Was sieht ein Tourist als allererstes, wenn er in Kenyatta ankommt und in den Safaribus steigt?‹, habe ich ihn gefragt. ›Nicht die Scheißlöwen und die Scheißgiraffen. Nein, Ihre *Straßen*, Mr President. Ihre grässlichen kaputten Straßen.‹ Aber er sieht nur, was er will, das ist sein Problem. Und er fliegt, wann immer er kann. ›Für Ihre Züge gilt dasselbe‹, habe ich gesagt. ›Nehmen Sie doch Ihre verdammten Gefangenen‹, sage ich, ›Sie haben schließlich genug davon. Lassen Sie die Gefangenen die Gleise reparieren und geben Sie Ihren Zügen eine Chance.‹ ›Sprechen Sie mit Jomo‹, sagt er. ›Welchen Jomo meinen Sie?‹, frage ich. ›Jomo, mein neuer Verkehrsminister‹, sagt er. ›Seit wann?‹, frage ich. ›Seit dieser Minute‹, sagt er. So'n Scheißkerl.«

»Und was für'n Scheißkerl«, stimmte Donohue untertänig zu und lächelte, wie er es häufig tat, wenn es nichts zu lächeln gab: Er neigte den Kopf zur Seite und ein wenig nach hinten, zwinkerte aufmerksam mit den vergilbten Augen und strich über die Enden seines Schnurrbarts.

Eine noch nie da gewesene Stille erfüllte den großen Raum. Die afrikanischen Dienstboten waren in ihre Dörfer zurückgekehrt. Die israelischen Bodyguards, das heißt diejenigen von ihnen, die nicht auf dem Gelände Streife gingen, saßen im Torhaus und sahen sich einen Karatefilm an. Donohue war in den Genuss einiger tödlicher Karatehiebe gekommen, ehe sie ihn endlich durchließen. Die Privatsekretäre und der somalische Hausdiener waren in ihre Unterkünfte am anderen Ende der Farm geschickt worden. Zum ersten Mal seit Menschengedenken klingelte in Curtiss' Umgebung kein einziges Telefon. Vor einem Monat noch hatte Donohue regelrecht kämpfen müssen, um auch einmal ein Wort sagen zu können, hatte damit drohen müssen, sich zu entfernen, wenn Curtiss ihm nicht ein paar Minuten unter vier Augen gewährte. An diesem Abend hätte er gern einmal das Piepsen des Haustelefons oder das Schrillen der Satellitenkommunikationsanlage gehört, die finster auf einem Rollwagen neben dem riesigen Schreibtisch stand.

Curtiss wandte Donohue noch immer seinen Ringerrücken zu; diese Haltung schien signalisieren zu sollen, dass er nachdachte. Er trug, was er in Afrika immer trug: ein weißes Hemd mit goldenen ThreeBees-Manschettenknöpfen, eine marineblaue Hose, Lackschuhe mit Fransen und am kräftigen, behaarten Handgelenk eine goldene Uhr, die flach wie eine Münze war. Am meisten freilich faszinierte Donohue der schwarze Krokodilledergürtel. Bei anderen dicken Männern hing der Gürtel vorne tiefer, und darüber wölbte sich dann der Bauch. Bei Curtiss hingegen blieb er rundum auf derselben Höhe, ein Anblick, der an ein Ei erinnerte, um dessen Mitte eine gerade Linie gezogen war. Das schwarz gefärbte Haar trug Curtiss nach slawischer Art von der breiten Stirn nach hinten gekämmt und im Nacken zu einem Entensterz geformt. Er rauchte eine Zigarre und zog bei jedem Zug die Stirn kraus. Wenn eine Zigarre ihn langweilte, legte er sie glimmend auf dem nächstbesten unbezahlbaren Möbelstück ab. Und wenn er sie dann nicht wiederfinden konnte, beschuldigte er das Personal, sie gestohlen zu haben.

»Ich nehme an, Sie wissen, was der Mistkerl gerade anstellt«, konstatierte er.

»Moi?«

»Quayle.«

»Ich glaube nicht. Müsste ich das?«

»Erzählen die Ihnen das nicht? Oder ist es ihnen egal?«

»Vielleicht wissen sie es nicht, Kenny. Man hat mir lediglich gesagt, dass er die Arbeit seiner Frau fortführt – was auch immer das sein mag –, dass er den Kontakt zu seinen Arbeitgebern abgebrochen hat, dass er auf eigene Faust handelt. Wir wissen, dass seine Frau ein Haus in Italien besessen hat, und es gibt die Theorie, dass er dort untergetaucht sein könnte.«

»Und was ist mit Deutschland, verdammte Scheiße?«, fuhr Curtiss dazwischen.

»Und was ist mit Deutschland, verdammte Scheiße?«, fragte Donohue zurück, eine Redeweise nachahmend, die er verabscheute.

»Er war in Deutschland. Vorige Woche. Hat bei irgendwelchen langhaarigen Weltverbesserern rumgeschnüffelt, die KVH an den Karren pinkeln wollen. Wenn ich nicht so 'n Weichei wäre, hätte man ihn längst von der Wählerliste gestrichen. Aber Ihre Leute in London haben das nicht mitbekommen, was? Die kratzt das nicht. Die wissen mit ihrer Zeit Besseres anzufangen. *Ich rede mit Ihnen, Donohue!*«

Curtiss hatte sich umgedreht und funkelte ihn an. Sein gewaltiger Oberkörper war vorgebeugt, eine Hand steckte in der Tasche seiner zeltartigen Hose. In der anderen hielt er die Zigarre, als wollte er sie Donohue wie einen rot glühenden Zeltpflock in die Stirn rammen.

»Ich fürchte, Sie sind mir voraus, Kenny«, erwiderte Donohue ruhig. »Ist meine Behörde Quayle auf der Spur, fragen Sie. Ich habe nicht die leiseste Ahnung. Sind wichtige nationale Interessen in Gefahr? Ich bezweifle es. Braucht unsere geschätzte Quelle Sir Kenneth Curtiss Schutz? Wir haben nie versprochen, Ihre wirtschaftlichen Interessen zu schützen, Kenny. Ich glaube auch nicht, wenn ich das so sagen darf, dass irgendeine Institution auf der Welt, weder finanziell noch sonst wie, dazu bereit wäre. Und überleben könnte.«

»*Arschloch!*« Curtiss hatte seine Riesenpranken auf den großen Refektoriumstisch gelegt und schob sich wie ein Gorilla daran entlang auf Donohue zu. Aber der zeigte nur sein ungerührtes Lächeln und blieb ruhig sitzen. »Ich kann Ihrer Scheißbehörde eigenhändig das Licht ausknipsen, ist Ihnen das eigentlich klar?«, schrie Curtiss.

»Mein lieber Freund, das habe ich nie bezweifelt.«

»Die Leute, von denen Sie Ihr Gehalt beziehen, kriegen alles von mir: Orgien auf meiner Jacht. Weiber. Kaviar. Schampus. Wahlkampfbüros. Autos, Bargeld, Sekretärinnen mit dicken Titten. Ich mache Geschäfte mit Unternehmen, deren Profite zehnmal so hoch sind wie der Jahresetat von Ihrem Verein. Wenn ich denen sage, was ich weiß, können Sie einpacken. Mann, Sie *können* mich mal, Donohue.«

»Sie mich auch, Curtiss, Sie mich auch«, murmelte Donohue überdrüssig, als habe er das alles schon oft gehört. Und das hatte er.

Trotzdem ging ihm die Frage nicht aus dem Geheimdienstschädel, was um alles in der Welt dieses Theater zu bedeuten haben mochte. Curtiss hatte schon öfter solche Anfälle gehabt, weiß Gott. Donohue hatte längst aufgehört zu zählen, wie oft er hier schon gesessen und darauf gewartet hatte, dass der Sturm sich legte, oder wie oft er – wenn die Beleidigungen über das gerade noch erträgliche Maß hinausgingen – einen taktischen Rückzug aus dem Zimmer inszeniert hatte, bis Kenny fand, es sei an der Zeit, ihn wieder hereinzurufen und sich, die eine oder andere Krokodilsträne vergießend, bei ihm zu entschuldigen. Aber an diesem Abend hatte Donohue das Gefühl, in einem Haus voller Sprengladungen zu sitzen. Er erinnerte sich an den durchdringenden Blick, mit dem Doug Crick ihn am Tor empfangen, und an die übertriebene Ehrerbietung, mit der er ihn begrüßt hatte: »Oh, guten *Abend*, Mr Donohue, Sir, ich sag dem Chef *sofort* Bescheid.« Mit wachsendem Unbehagen lauschte er in die tödliche Stille, die jedes Mal eintrat, wenn einer von Curtiss' Wutausbrüchen verhallt war.

Hinter dem Panoramafenster schritten zwei Israelis in Shorts vorbei; ihre Wachhunde zerrten an den Leinen. Riesige gelbe Fieberbäume sprenkelten den Rasen. Stummelaffen schwangen sich von einem zum andern und trieben die Hunde in den Wahnsinn. Das saftige, mit Seewasser beregnete Gras war frisch gemäht.

»Ihr Laden bezahlt ihn!«, schrie Curtiss plötzlich. Er hob eine anklagende Hand und senkte effektheischend die Stimme. »Quayle ist *Ihr* Mann! Richtig? Er handelt auf *Ihre* Anweisung, weil *Sie* mich fertig machen wollen. Richtig?«

Donohue setzte ein wissendes Lächeln auf. »Stimmt genau, Kenny«, sagte er beschwichtigend. »Komplett daneben und hirnverbrannt, ansonsten aber voll ins Schwarze.«

»Warum machen Sie das mit mir? Ich habe ein Recht, es zu erfahren! Ich bin *Sir* Kenneth Curtiss, Mann! Allein im letzten Jahr habe ich *eine Million* Pfund an die Partei gespendet! Ich habe *Ihnen* – dem britischen Geheimdienst – Informationen geliefert, die nicht mit Gold aufzuwiegen sind. Ich habe freiwillig gewisse Dinge für Sie getan, die *mehr* als heikel waren, ich habe –«

»Kenny«, unterbrach Donohue ihn ruhig. »Seien Sie still. Nicht vor den Dienstboten, okay? Jetzt hören Sie mir mal zu. Warum sollten wir irgendein Interesse daran haben, Justin Quayle zu ermutigen, dass er Sie ans Messer liefert? Warum sollte meine Behörde – die ohnehin alle Hände voll zu tun hat und wie üblich unter Dauerbeschuss von Whitehall steht –, warum sollten wir uns selbst ins Knie schießen und einen wertvollen Mitarbeiter wie Kenny K. sabotieren?«

»Weil Sie auch alles andere in meinem Leben sabotiert haben, Mann, darum! Weil Sie den Londoner Banken gesagt haben, Sie sollen meine Kredite kündigen! Zehntausend Jobs in England stehen auf dem Spiel, aber wen kümmert das verdammt noch mal, wenn man Kenny K. eins auswischen kann? Weil Sie Ihren politischen Freunden geraten haben, sich rechtzeitig von mir zurückzuziehen, bevor ich vor die Hunde gehe. Stimmt doch, oder? Stimmt doch? Ob das stimmt, hab ich gefragt!«

Donohue unterschied sorgfältig zwischen Information und Frage. *Die Londoner Banken haben ihm die Kredite gekündigt? Weiß London Bescheid? Und wenn ja, warum in Gottes Namen hat Roger mich nicht gewarnt?*

»Es tut mir Leid, das zu hören, Kenny. Wann haben die Banken das getan?«

»Scheiße, Mann! Ist doch völlig egal, wann! Heute. Heute Nachmittag. Telefonisch und per Fax. Mündlich übers Telefon, dann per Fax, falls ich es vergessen sollte, Brief folgt, falls ich das Scheißfax nicht gelesen haben sollte.«

Also *weiß* London Bescheid, dachte Donohue. Aber warum lassen Sie mich dann hier hängen? Später klären. »Haben die Banken irgendeinen Grund für ihre Entscheidung genannt, Kenny?«, fragte er besorgt.

»Sie hätten schwerwiegende moralische Bedenken wegen irgendwelcher Handelspraktiken. Scheiße, was denn für *Praktiken*? Und was heißt hier moralisch? Moral, das ist für die doch 'n Fremdwort. Verlust des Marktvertrauens steht auch auf ihrer Sorgenliste. Wer zum Teufel ist denn *schuld* daran? Die doch selbst! Und sie faseln was von beunruhigenden Gerüchten. Scheiß drauf. Hab ich doch alles schon mal gehört.«

»Und Ihre politischen Freunde – die sich von Ihnen zurückziehen – und die wir übrigens nicht gewarnt haben?«

»Anruf von einem Kriecher in Number Ten, druckst rum, als hätte er 'ne Kartoffel im Arsch. Er melde sich im Auftrag von, und so weiter. Ewig dankbar, und so weiter, aber im gegenwärtigen Klima müsse man päpstlicher sein als der Papst, und deshalb wolle man mir meine überaus großzügigen Parteispenden zurückgeben. Ich solle doch bitte sagen, wohin sie das Geld schicken könnten, denn je früher es aus ihren Scheißbüchern verschwinde, desto besser für sie. Und dann können wir alle so tun, als ob da nie was gewesen wäre! Wissen Sie, wo er jetzt steckt? Wo und mit wem er vor zwei Tagen die Nacht verbracht hat?«

Es dauerte einen Moment, ehe Donohue erkannte, dass Curtiss

nicht mehr von dem Amtsträger in No. 10 Downing Street sprach, sondern von Justin Quayle.

»In Kanada. Saskatchewan«, beantwortete Curtiss schnaubend seine eigene Frage. »Hoffentlich hat er sich wenigstens den Arsch abgefroren.«

»Und was hat er da gemacht?«, fragte Donohue, weniger verblüfft darüber, dass Justin in Kanada war, als vielmehr über die Leichtigkeit, mit der Curtiss ihm dorthin hatte folgen können.

»War in irgendeiner Universität. Da gibt's 'ne Frau. So 'ne beschissene Wissenschaftlerin. Die blöde Kuh hat sich in den Kopf gesetzt, überall rumzuerzählen, unser Medikament wäre tödlich. Das ist Vertragsbruch. Quayle hat bei ihr übernachtet. Einen Monat nach dem Tod seiner Frau.« Curtiss' Stimme wurde lauter, der nächste Ausbruch stand bevor. »Er hat einen falschen Pass! Scheiße, von wem hat er den wohl? Von *Ihnen*! Er zahlt alles in bar. Wer schickt ihm das Geld? *Ihr Arschlöcher schickt es ihm!* Er schlüpft ihnen jedes Mal durchs Netz wie ein Aal, verdammte Scheiße. Wer hat ihm das beigebracht? Sie und Ihr Verein!«

»Nein, Kenny. Das haben wir nicht getan. Nichts von alledem.« *Wessen* Netz, dachte er. Offenbar nicht unseres.

Curtiss pumpte sich für das nächste Wutgebrüll auf. Und schon kam es. »Dann haben Sie verdammt noch mal die Güte und erklären mir, warum Porter Coleridge im Kabinett Lügen und Verleumdungen über *mein* Unternehmen und *mein* Medikament verbreitet, warum er droht, damit in die *Fleet Street* zu gehen, wenn ihm nicht eine vollständige und unparteiische Untersuchung durch unsere Herrn und Meister in der Brüsseler Irrenanstalt zugesagt wird? Und warum die Wichser in Ihrem Laden das zulassen – oder eher, warum sie das Schwein dazu auch noch *anstacheln*?«

Und wie hast du davon erfahren, dachte Donohue verwirrt. Wie um Himmels willen ist es möglich, dass jemand, auch wenn er so ein gerissener Hund wie Curtiss ist, eine streng geheime Information in seine haarigen Pranken bekommt, und das nur acht Stunden nachdem sie Donohue persönlich verschlüsselt über die interne Leitung übermittelt worden ist? Und als er sich diese Frage gestellt hatte, fand Donohue, ein Künstler seines Fachs, es sei an der Zeit, die Antwort darauf in Erfahrung zu bringen. Er setzte ein munteres Lächeln auf, das diesmal wirklich Freude bekundete, ehrliche Freude darüber, dass es in dieser Welt immer noch Dinge gab, die sich am besten unter Freunden regeln ließen.

»Verstehe«, sagte er. »Der gute Bernard Pellegrin hat Ihnen den Tipp gegeben. Tapfer von ihm. Und genau zum richtigen Zeitpunkt. Ich kann nur hoffen, dass ich mich auch so verhalten hätte. Ich hatte schon immer eine Schwäche für Bernard.«

Die lächelnden Augen auf Curtiss geheftet, beobachtete Donohue, wie dessen rot angelaufenes Gesicht kurz erstarrte und sich dann zu einer verächtlichen Grimasse verzerrte.

»Diese lahme Schwuchtel? Der kann ja nicht mal 'n Loch in den Schnee pinkeln. Dem habe ich für den Ruhestand einen Spitzenjob warm gehalten, und der Saftsack hat keinen Finger gerührt, um mich zu schützen. Auch was?«, fragte Curtiss und schob Donohue eine Karaffe mit Cognac zu.

»Darf nicht. Hat Leech mir verboten.«

»Ich hab's Ihnen doch oft genug gesagt. Gehen Sie zu meinem Arzt. Doug gibt Ihnen die Adresse. Unten in Kapstadt. Wir fliegen Sie hin. Mit der Gulfstream.«

»Bisschen spät, die Pferde zu wechseln, Kenny. Trotzdem danke.«

»Es ist *nie* zu spät«, gab Curtiss zurück.

Also war es Pellegrin, dachte Donohue wenig überrascht, während er zusah, wie Curtiss sich eine weitere tödliche Dosis aus der Karaffe einschenkte. Immerhin kann man sich bei dir wenigstens auf eins verlassen, dass du nie gelernt hast zu lügen.

* * *

Vor fünf Jahren waren die kinderlosen Donohues, getrieben von dem Wunsch, etwas Nützliches zu tun, aufs Land gefahren und hatten einige Zeit bei einem armen afrikanischen Bauern verbracht, der in seiner Freizeit eine Art Fußball-Liga für Kindermannschaften aufbaute. Das Problem dabei war das fehlende Geld: für einen Lastwagen, der die Kinder zu den Spielen fahren konnte, für Mannschaftstrikots und andere kostbare Dinge. Maud hatte kurz zuvor eine kleine Erbschaft gemacht, Donohue eine Lebensversicherung kassiert. Als sie nach Nairobi zurückkehrten, verfügten sie, dass der gesamte Betrag über die nächsten fünf Jahre in Raten ausgezahlt werden sollte, und Donohue war noch nie so zufrieden mit sich gewesen. Rückblickend bedauerte er nur, dass er in seinem Leben so wenig Zeit mit Kinderfußball und so viel mit Spionage verbracht hatte. Aus irgendeinem Grund huschte ihm dieser Gedanke jetzt wieder durch den Kopf, als Curtiss seine Fettmassen in einen Teaksessel fallen ließ und dabei nickte und zwinkerte wie ein freundlicher Opa. Aha, jetzt kommt der berühmte Charme, auf den ich nicht reinfalle, dachte Donohue.

»Ich war vor ein paar Tagen kurz in Harare«, erklärte Curtiss, stemmte die Hände auf die Knie und beugte sich vertraulich vor. »Mugabe, dieser alberne Pfau, hat einen neuen Minister für Nationale Projekte ernannt. Ziemlich verheißungsvoller Bursche, muss ich sagen. Mal was über ihn gelesen, Tim?«

»Ja, habe ich.«

»Junger Kerl. Würde Ihnen gefallen. Er hilft uns bei einer kleinen Sache, die wir da oben laufen haben. Freut sich immer über ein kleines Trinkgeld. Ist ganz scharf darauf. Nehme an, Sie wissen diese Mitteilung zu schätzen. Wir sind doch immer gut miteinander ausgekommen, oder? Ein Mann, der sich von Kenny K. schmieren lässt, ist bestimmt nicht abgeneigt, sich auch von Ihrer Majestät schmieren zu lassen. Richtig?«

»Richtig. Danke. Guter Tipp. Ich werd's weiterleiten.«

Erneutes Nicken und Zwinkern, dazu ein ordentlicher Schluck Cognac. »Kennen Sie den neuen Wolkenkratzer, den ich an der Uhuru-Autobahn errichtet habe?«

»Prächtiges Bauwerk, Kenny.«

»Habe es vorige Woche an einen Russen verkauft. Der Mann ist ein Mafiaboss, habe ich von Doug erfahren. Anscheinend eine ziemlich große Nummer, nicht so 'n Knirps wie manch einer von denen, die wir hier haben. Plant angeblich ein gigantisches Drogengeschäft mit den Koreanern.« Er lehnte sich zurück und musterte Donohue mit dem sorgenvollen Blick eines guten Freundes. »Bitte schön. Was haben Sie, Tim? Sie sind ja ganz blass.«

»Mir geht's gut. Ist eben manchmal so bei mir.«

»Das kommt von der Chemotherapie. Ich sag's Ihnen immer wieder, gehen Sie zu meinem Arzt, aber Sie wollen ja nicht. Wie geht's Maud?«

»Maud geht's gut, danke.«

»Nehmen Sie die Jacht. Gönnen Sie sich mal eine Pause, Sie und Ihre Frau. Reden Sie mit Doug.«

»Nochmals danke, Kenny, aber das wäre vielleicht doch etwas zu auffällig, oder?«

Ein weiterer Stimmungsumschwung drohte, als Curtiss mit einem lang gezogenen Seufzer die mächtigen Arme sinken ließ. Dass sein großzügiges Angebot ausgeschlagen wurde, war für ihn kaum zu verkraften. »Sie haben doch nicht etwa vor, zu Kennys Gegnern überzulaufen, Tim? Sie wollen mir doch nicht wie diese Bankfritzen plötzlich die kalte Schulter zeigen?«

»Aber nein, natürlich nicht.«

»Ist auch besser so. Sonst könnte Ihnen was zustoßen. Dieser Russe, von dem ich eben erzählt habe. Wissen Sie, womit der für schlechte Zeiten vorgesorgt hat? Was er selbst Doug gezeigt hat?«

»Ich bin ganz Ohr, Kenny.«

»Ich habe unter den Wolkenkratzer einen Keller bauen lassen. Das machen nicht viele hier, aber ich finde, so ein Keller als Parkhaus ist doch nicht schlecht. Hat mich einen Haufen Geld gekostet, aber so bin ich nun mal. Vierhundert Plätze für zweihundert Wohnungen. Und der Russe, dessen Namen ich Ihnen noch nennen werde, hat auf jedem einzelnen dieser Parkplätze einen großen weißen Lastwagen stehen, und bei jedem prangt UN auf der Kühlerhaube. Die Dinger sind nie gefahren worden, hat er Doug erzählt. Auf dem Weg nach Somalia von 'nem Frachter gefallen. Will sie verscherbeln.« Er warf die Arme hoch, so erstaunt schien er über seine eigene Geschichte zu sein. »Ja, Scheiße, wo kommen wir denn da hin! Die Russenmafia verscherbelt UNO-Lastwagen! An *mich*. Wissen Sie, was er Doug vorgeschlagen hat?«

»Sagen Sie's mir.«

»Wir sollen sie importieren. Von Nairobi nach Nairobi. Er lässt sie für uns umlackieren, und wir müssen bloß noch den Zoll bestechen und die Wagen nach und nach durch unsere Bücher laufen lassen. Wenn das kein organisiertes Verbrechen ist! Ein russischer Gangster bescheißt die UNO, mitten in Nairobi und am helllichten Tag. Das nenn ich Anarchie. Und ich hab was gegen Anarchie. Deshalb liefere ich Ihnen diese Information. Frei Haus und für alle. Freundlichen Gruß von Kenny K. Sagen Sie Ihren Leuten, dass das Geschenk von *mir* stammt.«

»Die werden begeistert sein.«

»Der Kerl muss gestoppt werden, Tim. Auf der Stelle.«

»Coleridge oder Quayle?«

»Beide. Ich will, dass Coleridge gestoppt wird, ich will, dass der idiotische Bericht, den diese Quayle geschrieben hat, endlich *verschwindet* –«

Mein Gott, das weiß er also auch, schoss es Donohue durch den Kopf. »Ich dachte, den hätte Pellegrin schon für Sie verschwinden lassen.« Er setzte eine ratlose Miene auf, wie ältere Männer es tun, wenn ihr Gedächtnis sie mal wieder im Stich lässt.

»Halten Sie Bernard da raus! Er ist kein Freund von mir und wird es niemals sein. Und sagen Sie Ihrem Mister Quayle, wenn er mir weiter auf die Nerven geht, kann ich ihm auch nicht mehr helfen, weil er sich nämlich mit der ganzen *Welt* anlegt, nicht bloß mit mir! Kapiert? Die hätten ihn schon in Deutschland fertig gemacht, wenn ich nicht vor ihnen auf den Knien gerutscht wäre! Ist das klar?«

»Ja, ist klar, Kenny. Ich gebe das gleich weiter. Aber mehr kann ich nicht versprechen.«

Curtiss sprang behände wie ein Bär aus dem Sessel.

»Ich bin Patriot«, brüllte er. »Bestätigen Sie das, Donohue! Ich bin ein verdammter Patriot!«

»Selbstverständlich sind Sie das, Kenny.«

»Wiederholen Sie! Ich bin Patriot!«

»Sie sind ein Patriot. Sie sind John Bull. Winston Churchill. Was soll ich sonst noch sagen?«

»Nennen Sie mir ein Beispiel für meine patriotische Gesinnung. Eins von Dutzenden. Das beste Beispiel, das Ihnen einfällt. Los!«

Wo zum Teufel soll das hinführen? Donohue fing trotzdem an. »Wie wär's mit der Sache in Sierra Leone, die wir voriges Jahr durchgezogen haben?«

»Erzählen Sie. Na los. *Machen Sie schon!*«

»Ein Klient von uns wollte Gewehre und Munition, natürlich anonym.«

»Und?«

»Also haben wir die Gewehre gekauft –«

»*Ich* hab die Scheißgewehre gekauft!«

»Sie haben die Gewehre mit unserem Geld gekauft, wir haben Ihnen gefälschte Papiere besorgt, in denen als Bestimmungsort Singapur angegeben war –«

»Sie haben das verdammte Schiff vergessen!«

»ThreeBees hat einen Vierzigtausend-Tonnen-Frachter gechartert und die Gewehre an Bord genommen. Das Schiff hat sich im Nebel verirrt –«

»Angeblich, Mann!«

»– und musste in einen kleinen Hafen bei Freetown geschleppt werden, wo unser Klient und seine Leute schon bereitstanden, um die Gewehre auszuladen.«

»Und ich *musste* das nicht für euch tun, oder? Ich hätte mich davor drücken können. Ich hätte sagen können: ›Falsche Adresse, versuchen Sie's nebenan.‹ Aber ich *habe* es getan. Ich habe es aus Liebe zu meinem Scheißland getan. Weil ich Patriot bin!« Er senkte verschwörerisch die Stimme. »Na schön. Hören Sie. Ich sage Ihnen, was Sie zu tun haben – beziehungsweise Ihr Geheimdienst.« Er tigerte in dem riesigen Raum auf und ab und erteilte in kurzen, abgehackten Sätzen seine Anweisungen. »Ihre Behörde – nicht das Außenministerium, das sind doch alles Waschlappen –, Ihre Behörde, einer von Ihren Leuten, geht persönlich zu den Banken. Und sucht sich dort – in jeder dieser Banken – ich schreib Ihnen die Namen noch auf – *einen richtigen Engländer* aus. Kann auch eine Frau sein. Hören Sie mir zu? Sie müssen das nämlich gleich weiterleiten, wenn Sie heute Abend nach Hause kommen.« Er sprach jetzt wie ein Visionär: mit hoher Stimme, leicht zitternd. Ein Millionär des Volkes.

»Ich höre«, versicherte Donohue.

»Gut. Und dann rufen Sie diese Leute zusammen. Diese treuen

braven Engländer. Oder Engländerinnen. In irgendeinen netten getäfelten Raum irgendwo in der City. In so was seid ihr ja zu Hause. Und dann erklären Sie ihnen in Ihrer offiziellen Eigenschaft als britischer Geheimdienst: ›Meine Herren. Meine Damen. Finger weg von Kenny K. Wir sagen Ihnen nicht warum. Wir sagen nur, im Namen der Queen: Finger weg. Kenny K. hat Großes für unser Land geleistet. Was genau, dürfen wir Ihnen nicht verraten, aber es soll noch viel mehr werden. Verlängern Sie seine Kredite um drei Monate, damit erweisen Sie Ihrem Land einen großen Dienst, genau wie Kenny K. es tut.‹ Und sie werden gehorchen. Wenn einer ja sagt, sagen alle ja. Weil sie Schafe sind. Und die anderen Banken werden nachziehen. Weil das auch Schafe sind.«

Donohue hätte nie gedacht, dass Curtiss ihm einmal Leid tun könnte. Aber in diesem Augenblick war er tatsächlich kurz davor.

»Ich will's versuchen, Kenny. Das Dumme ist nur, diese Art Einfluss haben wir nicht. Und wenn wir sie doch hätten, würde man uns die Lizenz entziehen.«

Die Wirkung seiner Worte war drastischer als alles, was Donohue befürchtet hatte. Curtiss schrie, und die Schreie hallten von der Decke wider. Er stand mit hoch erhobenen Armen da, wie ein Priester bei der Opfervorbereitung. Der Raum bebte vom Donner seiner Diktatorenstimme.

»Sie leben hinterm Mond, Donohue! Sie denken, die Welt wird von *Staaten* regiert! Scheiße! Gehn Sie auf die Sonntagsschule zurück. Da singt man heutzutage ›Gott schütze unsere Multis‹. Und auch das können Sie Ihren Freunden Coleridge und Quayle und all den andern sagen, die sich gegen mich verschworen haben. *Kenny K. liebt Afrika*« – er wies mit großartiger Geste auf das Panoramafenster und den in sanftes Mondlicht getauchten See –, »das liegt ihm im Blut! Und Kenny K. liebt sein *Medikament*! Und er wurde in die Welt hinaus geschickt, um dieses Medikament an alle Afrikaner zu verteilen, die es brauchen, an Männer, Frauen und Kinder. Und genau das wird er tun, und ihr Arschlöcher werdet ihn nicht daran hindern! Und wenn irgendeiner glaubt, er müsse sich der Wissenschaft in den Weg stellen, ist das ganz allein seine Schuld. Weil ich meine Leute nicht mehr aufhalten kann, genauso wenig wie Sie das können. Weil dieses Medikament auf Herz und Nieren getestet wurde, und zwar ausnahmslos von den besten Köpfen, die man für Geld kaufen kann. Und nicht *einer*« – die Stimme schwoll bedrohlich an, schien kurz davor, sich zu überschlagen –, »nicht *einer* von ihnen hat auch nur ein einziges Wort dagegen zu sagen gehabt. Und das wird auch so bleiben! In alle Ewigkeit! Und jetzt hauen Sie ab!«

Während Donohue dieser Aufforderung nachkam, brach um ihn her verstohlene Hektik aus. Schatten huschten durch die Flure, Hunde bellten, und ein Chor von Telefonen begann seinen eintönigen Gesang.

* * *

Als er in die frische Luft hinausgetreten war, blieb Donohue stehen und ließ sich von den Gerüchen und Geräuschen der afrikanischen Nacht sauber waschen. Er war wie immer unbewaffnet. Ein zerfetzter Wolkenschleier hatte sich vor die Sterne geschoben. Im Gleißen der Sicherheitsbeleuchtung erschienen die Akazien gelb wie Papier. Er hörte Ziegenmelker, das Wiehern eines Zebras. Langsam sah er sich um, konzentrierte seinen Blick besonders lange auf die dunklen Stellen. Das Haus stand auf einer flachen Anhöhe, dahinter lag der See und davor eine asphaltierte Fläche, die im Mondlicht einem Krater glich. Donohues Auto stand in der Mitte dieser Fläche. Er hatte es aus Gewohnheit so abgestellt, fernab des Gestrüpps am Rand. Unsicher, ob er einen Schatten hatte vorbeihuschen sehen, verharrte er reglos. Er dachte, seltsamerweise, an Justin. Er dachte, wenn Curtiss Recht hatte und Justin mit einem falschen Pass kurz nacheinander in Italien, Deutschland und Kanada gewesen war, dann war das ein Justin, den er nicht kannte, auch wenn er in den letzten Wochen geargwöhnt hatte, dass es einen solchen Justin geben könnte: den Einzelgänger, der sich nur von sich selbst etwas vorschreiben ließ; den leidenschaftlichen Justin, der entschlossen in den Kampf zog, um aufzudecken, was er in einem früheren Leben vielleicht zu decken geholfen hätte. Und wenn das der neue Justin war, und wenn das die Aufgabe war, die er sich gestellt hatte, wo konnte er besser mit der Suche beginnen als hier am See, in der Residenz von Sir Kenneth Curtiss, dem Importeur und Großhändler, der »*sein*« Medikament Dypraxa in Afrika vertrieb?

Donohue machte einen Schritt auf sein Auto zu, hielt aber, als er ganz in der Nähe ein Geräusch vernahm, mitten in der Bewegung inne und stellte den Fuß so leise wie möglich auf den Asphalt zurück. Was spielen wir, Justin? Bäumchen wechsel dich? Oder bist du bloß einer von diesen Stummelaffen? Wieder ein Geräusch, diesmal ganz deutlich hinter ihm. Mensch oder Tier? Donohue hob zur Abwehr den rechten Ellbogen, bezwang den Wunsch, Justins Namen zu flüstern, und fuhr herum: Einen Meter vor ihm im Mondlicht stand Doug Crick und ließ die leeren Hände demonstrativ sinken. Er war blond und ziemlich groß, so groß wie Donohue, aber nur halb so alt, und auf seinem breiten, blassen Gesicht lag ein gewinnendes, wenn auch etwas weibisches Lächeln.

»Hallo, Doug«, sagte Donohue. »Alles klar?«

»Oh ja, Sir, danke, und ich hoffe, bei Ihnen auch.«

»Kann ich irgendwas für Sie tun?«

Sie sprachen beide sehr leise.

»Ja, Sir. Fahren Sie zur Hauptstraße, dann Richtung Nairobi und weiter bis an die Abzweigung zum Hell's-Gate-Nationalpark; der hat seit einer Stunde geschlossen. Die Straße ist unbefestigt, keine Lichter. Dort treffen wir uns in zehn Minuten.«

Donohue fuhr an schwarzen Grevilleabäumen vorbei zum Torhaus hinunter und hielt an; der Wachposten leuchtete ihm mit der Taschenlampe ins Gesicht und dann ins Auto, für den Fall, dass er die Leopardenläufer gestohlen hatte. Den Karatefilm hatte ein stümperhaft gemachter Porno abgelöst. Donohue fuhr langsam auf die Hauptstraße, wobei er auf Tiere und Menschen gleichermaßen achtete. Verhüllte Gestalten kauerten oder lagen auf den Randstreifen. Vereinzelte Eingeborene, die mit langen Stöcken an der Straße entlanggingen, hoben träge die Hand, wenn er sich näherte, oder sprangen ihm provozierend vor die Scheinwerfer. Er fuhr weiter, bis er das elegante Hinweisschild zum Nationalpark erblickte. Schließlich blieb er stehen, schaltete die Scheinwerfer aus und wartete. Hinter ihm hielt ein Wagen. Donohue entriegelte die Beifahrertür und schob sie einen Spalt weit auf, bis die Innenbeleuchtung anging. Keine Wolke mehr am Himmel, kein Mond zu sehen. Die Sterne schienen doppelt hell durch die Windschutzscheibe. Donohue erkannte Stier und Zwillinge, und dann auch noch den Krebs. Doug glitt neben ihn und schlug die Tür zu, so dass sie im Stockdunkeln saßen.

»Der Chef weiß nicht mehr ein noch aus, Sir. So habe ich ihn noch nie erlebt – wirklich noch nie«, sagte Crick und schnaufte heftig, um seiner Verzweiflung Ausdruck zu verleihen.

»Ich kann es mir vorstellen, Doug.«

»Offen gesagt, ich glaube, er dreht allmählich durch.«

»Überarbeitet, nehme ich an«, erwiderte Donohue verständnisvoll.

»Ich habe den ganzen Tag in der Telefonzentrale gesessen und Anrufe zu ihm durchgestellt. Die Londoner Banken, Basel, dann wieder die Banken, dann Finanzierungsgesellschaften, von denen er noch nie gehört hat und die ihm einen Monatskredit zu vierzig Prozent anbieten, dann diverse Politiker, die er allesamt für Ratten hält. Da muss man einfach mithören, das geht gar nicht anders.«

Eine ausgemergelte Frau mit einem Kind auf dem Arm klopfte zaghaft an die Windschutzscheibe. Donohue kurbelte sein Fenster herunter und gab ihr einen Zwanzig-Shilling-Schein.

»Er hat Hypotheken auf seine Häuser in Paris, Rom und London aufgenommen, und sein Haus am Sutton Place in New York ist als Nächstes dran. Er sucht nach einem Käufer für seine alberne Fußballmannschaft, aber wer sich für die interessiert, muss schon taub und blind zugleich sein. Er hat seinen Spezi bei Crédit Suisse um sofortige Auszahlung von fünfundzwanzig Millionen US-Dollar gebeten; am Montag will er dreißig Millionen zurückzahlen. Außerdem drängt KVH auf Begleichung seiner Außenstände. Wenn er nicht zahlen kann, wollen sie ein Auge zudrücken und bloß seine Firma übernehmen.«

Am Fenster tauchten drei benommene Gestalten auf, eine Familie, Flüchtlinge von irgendwo auf dem Weg nach nirgendwo.

»Soll ich die wegjagen, Sir?«, fragte Crick und streckte die Hand nach dem Türgriff aus.

»Auf keinen Fall«, herrschte Donohue ihn an. Er startete den Motor und fuhr langsam los. Crick setzte seinen Bericht fort.

»Er schreit nur noch rum. Könnte einem fast Leid tun. KVH will gar nicht sein Geld. Die wollen seine Firma, das haben wir alle gewusst, nur er nicht. Ich hab keine Ahnung, wo das enden wird.«

»Tut mir Leid, das zu hören, Doug. Ich dachte immer, Sie und Kenny seien ein Herz und eine Seele.«

»Das habe ich auch gedacht, Sir. Es hat lange gedauert, bis ich an diesen Punkt gekommen bin. Es ist eigentlich nicht meine Art, ein doppeltes Spiel zu treiben.«

Ein paar verstoßene Gazellenböcke waren an den Straßenrand gekommen und sahen ihnen nach.

»Was wollen Sie, Doug?«

»Ich möchte wissen, ob es irgendwelche inoffiziellen Aufträge zu erledigen gibt, Sir. Ob ich irgendwen für Sie besuchen oder überwachen soll. Ob Sie irgendwelche besonderen Papiere brauchen.« Donohue wartete, wenig beeindruckt. »Und ich habe einen Freund. Noch aus Irland. Lebt in Harare, aber das wäre nichts für mich.«

»Was ist mit ihm?«

»Man ist an ihn herangetreten. Er ist so eine Art Söldner.«

»Herangetreten? Mit welchem Auftrag?«

»Gewisse Europäer, Freunde von Freunden von ihm, sind an ihn herangetreten. Haben ihm einen Haufen Geld geboten. Dafür sollte er nach Turkana rauffahren und eine weiße Frau und ihren schwarzen Freund zum Schweigen bringen. Und zwar am liebsten vorgestern. Es kann sofort losgehen, hieß es, der Wagen wartet schon.«

Donohue fuhr auf den Randstreifen und hielt an. »Wann?«, fragte er.

»Zwei Tage vor Tessa Quayles Ermordung.«

»Hat er sich darauf eingelassen?«

»Selbstverständlich nicht, Sir.«

»Warum?«

»Weil er nicht einer von der Sorte ist. Außerdem rührt er keine Frauen an. Er war in Ruanda, er war im Kongo. Er wird niemals mehr eine Frau anrühren.«

»Und was hat er getan?«

»Er hat ihnen geraten, mit gewissen Leuten zu reden, die er kennt und die nicht so wählerisch sind.«

»Zum Beispiel?«

»Das sagt er mir nicht, Mr Donohue. Und selbst wenn er's sagen wollte, ich würde es mir nicht anhören. Es gibt Dinge, die sollte man lieber nicht wissen. Zu gefährlich.«

»Klingt nicht sehr viel versprechend.«

»Nun, er ist bereit, einige allgemeinere Angaben zu machen, falls Sie verstehen, was ich meine.«

»Nein, verstehe ich nicht. Ich kaufe Namen, Daten und Orte. Zum Festpreis. Zahlung in bar. Keine allgemeinen Angaben.«

»Ich glaube, Sir, wenn man seine komische Ausdrucksweise mal weglässt, meint er eigentlich: Wollen Sie Informationen darüber kaufen, was mit Dr. Bluhm passiert ist, einschließlich geographischer Details? Er hat, nur um sich mal als Schriftsteller zu betätigen, einen Bericht über die Ereignisse am Turkanasee verfasst, soweit sie den Doktor betreffen, basierend auf dem, was seine Freunde ihm erzählt haben. Nur für Ihren persönlichen Gebrauch, vorausgesetzt, der Preis stimmt.«

Wieder hatte eine Schar nächtlicher Wanderer das Auto umstellt, angeführt von einem alten Mann, der einen breitkrempigen Damenhut mit Schleife trug.

»Klingt reichlich faul«, sagte Donohue.

»Das sehe ich aber anders, Sir. Könnte mir denken, dass das eine ganz heiße Spur ist. Ich weiß, dass es das ist.«

Donohue überlief ein Frösteln. Er *weiß* es? Ja, wie denn? Oder ist etwa Doug Crick dieser Freund aus Irland?

»Wo? Wo ist der Bericht, den er geschrieben hat?«

»Liegt bereit, Sir. Um es mal so auszudrücken.«

»Ich bin morgen Mittag für zwanzig Minuten im Serena Hotel, an der Bar am Pool.«

»Er denkt an fünfzigtausend, Mr Donohue.«

»Ich sage Ihnen, woran er denken kann, wenn ich's gesehen habe.«

Donohue fuhr eine Stunde lang Slalom um riesige Schlaglöcher, praktisch ohne einmal abzubremsen. Ein Schakal sprang in Richtung Wildpark durch sein Scheinwerferlicht. Ein paar Frauen von einer Blumenfarm wollten sich von ihm mitnehmen lassen, aber er hielt nicht an. Selbst als er an seinem eigenen Haus vorbeikam, wurde er nicht langsamer, sondern fuhr geradewegs weiter zum Hochkommissariat. Der Seelachs würde bis morgen warten müssen.

Einundzwanzigstes Kapitel

Sandy Woodrow«, verkündete Gloria verspielt, aber streng, stemmte die Hände in die Hüften und baute sich in ihrem flauschigen neuen Morgenmantel vor ihm auf. »Ich finde, du solltest endlich Flagge zeigen.«

Sie war früh aufgestanden, und während er sich rasierte, hatte sie ihr Haar gebürstet. Sie hatte die Jungen mit dem Fahrer zur Schule geschickt und Sandy zum Frühstück Eier und Speck gemacht, was ihm der Arzt verboten hatte, aber hin und wieder durfte eine Frau ihren Mann schon mal verwöhnen. Jetzt spielte sie die Klassensprecherin, die sie einmal gewesen war, und sprach mit ihrer hohen Mädchenstimme, doch ihr Mann, der sich wie jeden Morgen durch einen Stapel kenianischer Zeitungen wühlte, bekam von alldem nichts mit.

»Die Flagge wird am Montag wieder hochgezogen, Schatz«, antwortete er zerstreut und kaute auf einem Stück Speck herum. »Mildred hat mit der Protokollabteilung gesprochen. Für Tessa hatten wir sie länger auf Halbmast als für einen aus dem Königshaus.«

»Ich rede nicht von *der* Flagge, Dummkopf.« Gloria schob die Zeitungen aus seiner Reichweite und legte sie hübsch ordentlich auf einen Beistelltisch unter ihre Aquarelle. »Sitzt du bequem? Also, hör zu. Ich rede davon, dass ich eine absolut umwerfende Party geben will, um uns alle etwas aufzuheitern, dich eingeschlossen. Es wird allmählich *Zeit*, Sandy. Wirklich. Zeit, dass wir alle uns sagen: ›Gut. Das ist jetzt passiert. Schreckliche Sache.

Aber das Leben muss weitergehen.‹ Tessa würde das ganz genauso empfinden. Entscheidende Frage, Darling. Gibt's neue Informationen? Wann kommen die Porters zurück?« *Die Porters*, wie *die Sandys* und *die Elenas* – so vertraulich reden wir über Leute, wenn wir uns besonders wohl fühlen.

Woodrow schob ein rechteckiges Stück Spiegelei auf seine gebratene Brotscheibe. »›Mr und Mrs Porter Coleridge haben verlängerten Heimaturlaub genommen, um ihre Tochter Rosie in ihrer neuen Schule einzugewöhnen‹«, zitierte er einen imaginären Sprecher. »Keine neuen Informationen, auch nicht für Insider. Werden's schon früh genug erfahren.«

Aber so gelassen Woodrow sich gab, die Sache beschäftigte ihn doch sehr. Was zum Teufel trieb Coleridge eigentlich? Warum diese Funkstille? Gut, er war auf Heimaturlaub. Wie schön für ihn. Aber auch im Urlaub haben Gesandtschaftsleiter Telefone, Internet-Anschlüsse und Adressen. Sie bekommen Entzugserscheinungen, rufen unter den fadenscheinigsten Vorwänden ihre Stellvertreter und Sekretärinnen an, erkundigen sich nach ihren Dienstboten, Gärten und Hunden und wollen wissen, wie der Laden so läuft ohne sie. Und es verdrießt sie, wenn man andeutet, dass der Laden ohne sie eher besser läuft. Aber von Coleridge seit seiner abrupten Abreise kein Ton. Und wenn Woodrow in London anrief und behauptete, er müsse ihm ein paar unschuldige Fragen stellen – und ihn dabei ganz beiläufig nach seinen Plänen und Wünschen auszufragen trachtete –, lief er jedes Mal gegen eine Wand. Coleridge sei »zur Zeit im Kabinett«, teilte ihm ein Grünschnabel aus der Afrika-Abteilung mit. Er nehme an einer »ministeriellen Arbeitsgruppe« teil, sagte ein Satrap aus dem Büro des Staatssekretärs.

Auch als Woodrow endlich Bernard Pellegrin über das abhörsichere Telefon auf Coleridges Schreibtisch erreichte, gab der sich genauso ausweichend wie alle anderen. »Da hat die Personalabteilung mal wieder Mist gebaut«, erklärte er vage. »Der Premierminister will ein Briefing, also will auch der Minister eins, und dann wollen sie alle eins. Jeder will ein Stück von Afrika. Sonst irgendwas Neues?«

»Aber kommt Porter nun zurück oder nicht, Bernard? Ich finde diese Situation *sehr* unangenehm. Für uns alle hier.«

»Ich weiß es wirklich nicht, lieber Freund.« Kurze Pause. »Sind Sie allein?«

»Ja.«

»Diese Schwuchtel Mildred hat nicht zufällig das Ohr am Schlüsselloch?«

Woodrow warf einen Blick auf die geschlossene Vorzimmertür und senkte die Stimme. »Nein.«

»Erinnern Sie sich an den Packen Papier, den Sie mir vor kurzem geschickt haben? Gut zwanzig Seiten? Verfasser eine Frau?«

Woodrows Magen zog sich zusammen. Abhörsichere Geräte mögen ja gegen Außenstehende helfen, aber helfen sie auch gegen die *eigenen* Leute?

»Was ist damit?«

»Meiner Meinung nach wäre es das Beste – würde alle Probleme lösen –, wenn dieser Bericht nie angekommen wäre. In der Post verloren gegangen. Geht das?«

»Sie reden jetzt von Ihrer Seite, Bernard. Ich kann für Ihre Seite nicht sprechen. Wenn Sie nichts bekommen haben, ist das Ihre Sache. Aber ich habe es abgeschickt. Das ist nun mal so.«

»Angenommen, Sie hätten es *nicht* abgeschickt. Angenommen, das alles wäre niemals geschehen. Nichts geschrieben, nichts abgeschickt? Wäre das auf Ihrer Seite machbar?« Die Stimme absolut selbstzufrieden.

»Nein. Ausgeschlossen. Ganz und gar nicht machbar, Bernard.«

»Warum?« Interessiert, aber nicht im Geringsten besorgt.

»Ich habe Ihnen den Bericht per Diplomatenpost geschickt. Das steht in den Akten. An Sie persönlich. Schriftlich vermerkt. Der britische Kurierdienst hat den Empfang bestätigt. Ich habe« – er wollte sagen, »Scotland Yard«, fing sich aber noch rechtzeitig –, »ich habe den Leuten, die uns hier aufgesucht haben, davon erzählt. Ich war dazu gezwungen. Die wussten schon Bescheid, bevor sie mit mir gesprochen haben.« Seine Angst machte ihn wütend. »Ich habe Ihnen doch *mitgeteilt*, dass ich es denen gesagt habe! Ich habe Sie *gewarnt*! Bernard, läuft da irgendwas schief? Sie machen mich offen gestanden ein bisschen nervös. Ich würde lieber von Ihnen hören, dass die ganze Sache friedlich begraben worden ist.«

»Keine Sorge, mein Freund. Ganz ruhig. So was passiert nun mal ab und zu. Ein wenig Zahnpasta quillt aus der Tube, also schiebt man sie wieder rein. Jeder denkt, das geht nicht. Geschieht aber täglich. Was macht die Frau?«

»Gloria geht's gut.«

»Die Kinderchen?«

»Auch gut.«

»Grüßen Sie alle von uns.«

»Jedenfalls habe ich beschlossen, dass das eine *supertolle* Tanzparty werden soll«, erklärte Gloria begeistert.

»Oh gut, ausgezeichnet«, sagte Woodrow, und um Zeit zu gewinnen und den Anschluss an ihr Gespräch wieder zu finden, nahm er erst einmal die Pillen, die sie ihn jeden Morgen schlucken ließ: drei Haferkleie-Tabletten, eine Lebertrankapsel und eine halbe Aspirin.

»Ich weiß, du tanzt nicht gern, aber dafür kannst du nichts, daran ist deine Mutter schuld«, fuhr Gloria zuckersüß fort. »Und von Elena lasse ich mir nicht reinreden – wenn ich an das schäbige kleine Fest denke, das sie neulich veranstaltet hat. Ich werde ihr lediglich Bescheid sagen.«

»Aha. Gut. Ihr zwei habt euch also wieder vertragen? Das habe ich gar nicht mitbekommen. Gratuliere.«

Gloria biss sich auf die Lippe. Die Erinnerung an Elenas Party hatte sie deprimiert, aber nur vorübergehend. »Ich habe *Freunde*, Sandy«, sagte sie ein wenig kläglich. »Und um ehrlich zu sein, die brauche ich auch. Ich fühle mich ziemlich einsam, wenn ich so den ganzen Tag auf dich warten muss. Freunde lachen und plaudern miteinander und helfen sich gegenseitig. Und manchmal zerstreiten sie sich. Aber dann kommen sie wieder zusammen. So ist das bei Freunden. Ich wünschte nur, du hättest *auch* so jemanden.«

»Aber ich habe doch dich, mein Schatz«, sagte Woodrow ritterlich und nahm sie zum Abschied in die Arme.

* * *

Gloria machte sich mit demselben tatkräftigen Eifer ans Werk, den sie schon bei Tessas Beerdigung an den Tag gelegt hatte. Sie rief andere Diplomatenfrauen und Bedienstete, die zu jung waren, um ihr zu widersprechen, zu einer Vorbereitungsgruppe zusammen. Als erste natürlich Ghita, die ihr besonders am Herzen lag, weil sie, ohne es zu wissen, die Ursache für den Streit zwischen Elena und ihr selbst gewesen war und auch für die schreckliche Szene, die sich am nächsten Tag abgespielt hatte. Die Erinnerung daran würde sie bis an ihr Lebensende verfolgen.

Elena hatte ihre Party gegeben, und die Sache war, das musste selbst Gloria zugeben, in gewisser Weise ein Erfolg gewesen. Sandy, das war allgemein bekannt, fand es am besten, wenn Paare auf Partys nicht aneinander klebten, sondern mal mit diesem, mal mit jenem plauderten. Auf Partys, pflegte er zu sagen, kämen seine diplomatischen Fähigkeiten besonders gut zur Geltung. Bei seinem Charme konnte das auch gar nicht anders sein. Jedenfalls hatten Gloria und Sandy den ganzen Abend über kaum ein Wort gewechselt, sich nur gelegentlich quer durch den Raum ein Hallo zugerufen oder einander auf der Tanzfläche zugewinkt. Das war vollkommen normal, auch wenn Gloria schon gern einmal mit ihm getanzt hätte, wenigstens einen Foxtrott – dabei kam er zumindest nicht aus dem Takt. Darüber hinaus hatte Gloria an dem Abend nur sehr wenig auszusetzen gehabt, allerdings fand sie, Elena hätte sich in ihrem Alter doch wirklich ein *wenig* bedeckter zeigen können, statt ihren Busen dermaßen übertrieben zur Schau zu stellen, und außerdem hätte der brasilianische Botschafter ihr beim Samba ja nicht unbedingt die Hand auf den Hintern legen müssen, auch wenn Sandy meinte, das sei bei Lateinamerikanern nun mal so üblich.

Jedenfalls kam es wie ein Blitz aus heiterem Himmel, als sie am Morgen *nach* dieser Tanzparty – auf der ihr, um es noch einmal zu wiederholen, nichts Unziemliches aufgefallen war, und sie hielt sich für eine *überaus* aufmerksame Frau –, als sie also bei einer Tasse Kaffee im Muthaiga die Veranstaltung noch einmal Revue passieren ließen und Elena plötzlich meinte – vollkommen beiläufig, als wäre es gewöhnlicher Tratsch und nicht eine absolute *Granate*, die Glorias ganzes Leben erschütterte – Sandy habe sich *dermaßen massiv an Ghita Pearson rangemacht* – so Elena wörtlich – dass die wegen angeblicher Kopfschmerzen schon früh nach Hause gegangen sei, was Elena reichlich öde fand, denn wenn das jeder täte, bräuchte man sich ja gar nicht erst die Mühe zu machen, eine Party zu geben.

Im ersten Moment war Gloria sprachlos. Dann weigerte sie sich schlichtweg, auch nur ein Wort davon zu glauben. *Ranmachen*, wie meinst du das, Elena? *Wie* hat er sich an sie rangemacht? Beschreib mir das etwas genauer, bitte. Ich glaube, ich bin ziemlich durcheinander. Nein, alles in Ordnung, wirklich, erzähl nur weiter, bitte. Jetzt hast du damit angefangen, jetzt will ich auch alles wissen.

Erst mal hat er sie betatscht, erklärte Elena absichtlich grob, beflügelt von dem, was sie für Glorias Prüderie hielt. Ihr an die Titten gegrabscht. Sich an ihr gerieben. Was glaubst du denn, was ein Mann tut, wenn er scharf auf eine Frau ist? Du bist wahrscheinlich die Einzige in der Stadt, die nicht weiß, dass Sandy der größte Weiberheld unserer ganzen Gemeinde ist. Denk nur mal daran, wie er all die Monate mit raushängender Zunge um Tessa rumgeschlichen ist, sogar noch, als sie im achten Monat schwanger war!

Die Erwähnung von Tessas Namen gab Gloria den Rest. Sie hatte lange Zeit hingenommen, dass Sandy ein bisschen in Tessa *verknallt* war, aber natürlich war er viel zu rechtschaffen gewesen, um seine Gefühle mit sich durchgehen zu lassen. Ziemlich verschämt hatte sie Ghita einmal danach gefragt und zu ihrer Erleichterung so gut wie nichts erfahren. Jetzt hatte Elena die Wunde nicht nur wieder aufgerissen, sondern auch noch Salz hineingestreut. Ungläubig, verblüfft, gedemütigt und außer sich vor Wut stürmte Gloria nach Hause, schickte die Bediensteten fort, setzte die Jungen an ihre Hausaufgaben, verschloss die Hausbar und wartete finster auf Sandys Rückkehr. Gegen acht Uhr kam er dann endlich, berief sich wie üblich auf die viele Arbeit, war aber, soweit sie das in ihrem geladenen Zustand erkennen konnte, noch einigermaßen nüchtern. Da sie nicht von den Jungen belauscht werden wollte, packte sie ihn am Arm und schob ihn die Treppe ins Untergeschoss hinunter.

»Was zum Teufel ist denn mit *dir* los?«, beschwerte er sich. »Ich brauche einen Scotch.«

»Was mit mir los ist? *Du* bist mit mir los, Sandy«, gab Gloria wutschnaubend zurück. »Und bitte keine Ausreden. Kein Diplomatengeschwätz, ja? Keine Floskeln und Phrasen. Wir sind beide erwachsen. Hast du eine Affäre mit Tessa Quayle gehabt? Ja oder nein? Ich warne dich, Sandy. Ich kenne dich sehr gut. Ich merke *sofort*, wenn du lügst.«

»Nein«, sagte Woodrow schlicht. »Hatte ich nicht. Sonst noch Fragen?«

»Warst du in sie verliebt?«

»Nein.«

Stoisch, wenn unter Beschuss, wie sein Vater. Er zuckte mit keiner Wimper. Sandy, wie er ihr am besten gefiel, wenn sie ehrlich war. Ein Mann, bei dem man wusste, woran man war. Mit Elena rede ich kein Wort mehr.

»Hast du versucht, dich an Ghita Pearson ranzumachen, als du auf Elenas Party mit ihr getanzt hast? Ja oder nein?«

»Nein.«

»Elena behauptet das aber.«

»Dann redet sie dummes Zeug. Sonst noch was?«

»Sie sagt, Ghita ist weinend weggelaufen, weil du sie betatscht hast.«

»Dann ist diese dumme Kuh Elena wahrscheinlich sauer, weil ich *sie* nicht betatscht habe.«

Mit so direkten, unzweideutigen, fast unbekümmerten Antworten hatte Gloria nicht gerechnet. Die »dumme Kuh« hätte sie lieber nicht gehört, zumal sie Philip gerade das Taschengeld gestrichen hatte, weil er den Ausdruck benutzt hatte, aber vielleicht hatte Sandy ja Recht. »Hast du Ghita gestreichelt – sie betatscht – dich an ihr gerieben – sag es mir!«, schrie sie und brach in Tränen aus.

»Nein«, wiederholte Woodrow und machte einen Schritt auf sie zu, aber sie schob ihn fort.

»Fass mich nicht an! Lass mich in Ruhe! Hast du dir *gewünscht*, eine Affäre mit ihr zu haben?«

»Mit Ghita oder mit Tessa?«

»Mit einer von beiden! Mit beiden! Das spielt doch keine Rolle!«

»Sollen wir zuerst über Tessa reden?«

»Tu was du willst!«

»Wenn du unter ›Affäre‹ verstehst, mit ihr ins Bett zu gehen –

ja, der Gedanke ist mir bestimmt gekommen, aber das wäre ja wohl den meisten heterosexuellen Männern so gegangen. Ghita finde ich weniger anziehend, doch auch die Jugend hat ihre Reize, also tun wir sie noch dazu. Jimmy Carter hat einmal gesagt: ›Ich habe Ehebruch im Herzen begangen.‹ Also bitte. Ich habe gestanden. Willst du die Scheidung, oder kann ich jetzt meinen Scotch haben?«

Aber nun brach sie zusammen und flehte Sandy unter Tränen um Vergebung an, hilflos vor Scham und Selbstverachtung, denn auf einmal war ihr entsetzlich klar geworden, was sie da angestellt hatte. Sie hatte ihm all die Dinge vorgeworfen, die sie sich selbst die ganze Zeit vorwarf, seit Justin mit seinen Koffern in die Nacht entschwunden war. Sie hatte ihre Schuldgefühle an ihm ausgelassen. Gedemütigt schlang sie die Arme um sich, stammelte »Es tut mir so *Leid*, Sandy« und »Oh, Sandy, bitte« und »Sandy, verzeih mir, ich bin furchtbar«, und versuchte, sich seinem Griff zu entwinden. Aber inzwischen hatte er ihr einen Arm um die Schultern gelegt und half ihr wie der gute Arzt, der er hätte sein sollen, die Treppe hinauf. Und als sie in den Salon kamen, gab sie ihm den Schlüssel zur Hausbar, und er schenkte ihnen beiden ein ordentliches Glas Whisky ein.

Dennoch brauchte der Heilungsprozess seine Zeit. Solch ein ungeheuerlicher Verdacht lässt sich nicht von einem Tag auf den anderen aus der Welt schaffen, besonders, wenn er an einen anderen Verdacht aus der Vergangenheit anknüpft. Gloria dachte ein wenig zurück, dann noch ein Stück weiter. Ihr Gedächtnis, das gern seine eigenen Wege ging, förderte alle möglichen Vorfälle zu Tage, die sie längst abgetan hatte. Immerhin war Sandy ein attraktiver Mann. Natürlich waren die Frauen hinter ihm her. Er war in jeder Versammlung die vornehmste Erscheinung. Und ein harmloser kleiner Flirt hat noch keinem geschadet. Aber dann setzte wieder die Erinnerung ein, und sie stutzte. Frauen von früheren Posten kamen ihr in den Sinn – Tennispartnerinnen, Babysitter, junge Ehefrauen, deren Männer zur Beförderung anstanden. Noch einmal durchlebte sie Picknicks und Poolpartys, darunter eine in Amman – sie schauderte unwillkürlich –, bei der die feuchtfröhliche Gesellschaft *nackt* im Pool des französischen Botschafters gebadet hatte: Da hat zwar niemand richtig hingesehen, und wir waren ja auch alle unter Wasser und sind kreischend zu unseren Handtüchern gerannt, aber trotzdem ...

Gloria brauchte mehrere Tage, um Elena zu verzeihen, doch so wie vorher würde es zwischen ihnen natürlich nie mehr werden. Andererseits, dachte sie großmütig, ist Elena ja derart *unglücklich*. Kein Wunder, wenn man mit so einem abscheulichen kleinen Griechen verheiratet ist und sich mit einer schäbigen Affäre nach der anderen dafür entschädigen muss.

* * *

Im Übrigen beschäftigte Gloria nur die Frage, was genau sie denn nun eigentlich feiern sollten. Natürlich musste die Sache an irgendeinem Feiertag stattfinden – am Unabhängigkeitstag, Ersten Mai oder dergleichen. Und natürlich musste es möglichst bald geschehen, sonst wären womöglich die Porters wieder da, und das wollte Gloria auf gar keinen Fall. Sandy sollte schließlich im Rampenlicht stehen. Der Commonwealth-Tag rückte näher, stand aber noch nicht unmittelbar bevor. Mit einigem Nachhelfen könnten sie die Feier vielleicht ein wenig vorverlegen, allen anderen damit zuvorkommen. Das würde Initiative beweisen. Der *britische* Commonwealth-Tag wäre ihr lieber gewesen, aber heutzutage muss man sich immer nach der Decke strecken, so sind nun mal die Zeiten. Auch den Tag des heiligen Georg hätte sie bevorzugt, noch einmal und endgültig den bösen Drachen töten! Oder den Dünkirchen-Tag, noch einmal die Schlacht an den Stränden schlagen! Oder den Waterloo-Tag, den Trafalgar-Tag, den Agincourt-Tag – alle diese großen britischen Siege, leider allerdings Siege über die Franzosen, die, wie Elena sarkastisch bemerkte, die besten Köche in der Stadt hatten. Da keiner dieser Tage passte, blieb nur der Commonwealth-Tag.

Gloria fand, es sei nun an der Zeit, mit der konkreten Planung zu beginnen, und dafür brauchte sie den Segen aus dem Allerheiligsten. Mike Mildren war erstaunlich wandlungsfähig. Die letzten sechs Monate hatte er seine Wohnung mit einer ziemlich unerquicklichen Neuseeländerin geteilt, diese dann aber unversehens gegen einen gut aussehenden jungen Italiener ausgetauscht, der seine Tage angeblich am Pool des Norfolk Hotel verbrachte. Für ihren Anruf aus dem Muthaiga Club wählte Gloria die Zeit unmittelbar nach dem Mittagessen, denn da war Mildren, wie es hieß, am empfänglichsten; sie hatte sich fest vorgenommen, ihn nicht aus Versehen Mildred zu nennen, und ließ ihren ganzen Charme spielen.

»Mike, hier ist Gloria. Wie *geht* es Ihnen? Haben Sie mal eine Minute Zeit? Oder zwei?«

Das war doch nett und bescheiden von ihr, denn immerhin war sie die Frau des amtierenden Hochkommissars, auch wenn sie nicht Veronica Coleridge hieß. Ja, Mildred hatte eine Minute Zeit.

»Nun, Mike, wie Sie vielleicht gehört haben, plane ich zusammen mit ein paar anderen Unentwegten eine *ziemlich* große Party, sozusagen als Vorfeier zum Commonwealth-Tag, als Vorspiel zu all den anderen Feiern. Sandy hat sicher schon mit Ihnen darüber gesprochen, nicht wahr?«

»Noch nicht, Gloria, aber das wird er bestimmt bald tun.«

Sandy mal wieder nutzlos, wie immer. Kaum geht er aus dem Haus, vergisst er alles, was sie betrifft. Und wenn er zurückkommt, trinkt er, bis ihm die Augen zufallen.

»Na ja, jedenfalls haben wir vor, Mike«, fuhr sie unbeirrt fort, »ein großes *Festzelt* aufzubauen. Das größte, das wir auftreiben können, um genau zu sein. Mit Küche. Warmes Buffet mit allen Schikanen, dazu Live-Musik von einer Spitzenband hier aus der Stadt. Keine Disco wie bei Elena, und auch kein kalter Lachs. Sandy steuert eine ansehnliche Summe bei, und der Geheimdienstattaché will sein Sparschwein schlachten. Das ist schon mal ein Anfang, möchte ich meinen. Sind Sie noch da?«

»Aber selbstverständlich, Gloria.«

Aufgeblasener Wichtigtuer. Wie er die Umgangsformen seines Vorgesetzten nachäfft. Sandy wird ihm den Kopf zurechtrücken, wenn er erst mal die Gelegenheit dazu hat.

»Also, es geht um zweierlei, Mike. Beides ein wenig heikel, aber was soll's, ich komm gleich auf den Punkt. *Erstens*. Solange Porter blau macht, wenn ich mal so sagen darf, und aus seiner Schatulle keine Gelder fließen – gibt es da, nun ja, vielleicht so etwas wie eine schwarze Kasse, oder könnte man Porter überreden, aus der Ferne etwas beizusteuern?«

»Zweitens?«

Er ist *wirklich* unerträglich.

»Zweitens, Mike, stellt sich die Frage: Wo? Wenn man die Größe der Veranstaltung bedenkt – nicht zu vergessen das *riesige* Festzelt – und ihre Bedeutung für die britische Gemeinde hier in Nairobi in diesen *ziemlich* schweren Zeiten, und das *Cachet*, das wir der Sache anheften, falls es das ist, was man mit einem *Cachet* macht – nun, wir denken – das heißt, ich denke – Sandy hat ja viel zu viel zu tun –, der beste Ort für so eine Fünf-Sterne-Sause zum Commonwealth-Tag wäre doch eigentlich – natürlich vorausgesetzt, alle sind damit einverstanden – der Garten des Hochkommissars. Mike?« Sie hatte das unheimliche Gefühl, er sei unter Wasser getaucht und davongeschwommen.

»Ich höre, Gloria.«

»Also, was denken Sie? Genügend Parkplätze und alles. Ich meine, das *Haus* muss ja niemand betreten. Das gehört schließlich Porter. Na ja, außer natürlich, wenn man auf die Toilette muss. Wir können im Garten Seiner Exzellenz schließlich keine Klohäuschen aufstellen.« Die Vorstellung erheiterte sie, aber sie fing sich sofort wieder. »Ich meine, da steht schon alles *bereit*. Angestellte, Autos, Sicherheitsdienst und so weiter.« Sie korrigierte sich hastig. »Ich meine natürlich, das alles steht für Porter und Veronica bereit. Nicht für *uns*. Sandy und ich halten nur die Stellung, bis die beiden zurückkommen. Das soll keine Übernahme sein oder so was. Mike, sind Sie noch da? Es kommt mir vor, als würde ich ein Selbstgespräch führen.«

Wie Recht sie hatte. Die Abfuhr traf noch am selben Abend in Form eines getippten, persönlich überbrachten Briefs ein, von dem Mildred bestimmt eine Kopie behalten hatte. Nicht dass sie gesehen hätte, wie er ihn aushändigte. Sie sah nur ein offenes Auto davonfahren, mit Mildred auf dem Beifahrersitz und seinem Poolknaben am Steuer. Das Büro des Hochkommissars erkläre mit Nachdruck, schrieb er wichtigtuerisch, dass die Residenz des Gesandtschaftsleiters einschließlich des Gartens für Feierlichkeiten jedweder Art nicht zur Verfügung stehe. Einer »De-facto-Annektierung der Stellung des Hochkommissars« könne nicht zugestimmt werden, schloss er brutal. Ein offizielles, diese Haltung bekräftigendes Schreiben des Außenministeriums sei bereits unterwegs.

Woodrow schäumte vor Wut. So vergessen hatte er sich ihr gegenüber noch nie. »Geschieht dir verdammt recht, wenn du solche Fragen stellst«, tobte er und stampfte durch den Salon. »Glaubst du wirklich, ich ziehe Porters Job an Land, wenn ich seinen Scheißgarten als Campingplatz benutze?«

»Ich habe bloß ein bisschen *vorgefühlt*«, beteuerte Gloria kläglich, während er weiterschimpfte. »Es ist doch nur *natürlich*, dass ich dich eines Tages als Sir Sandy sehen will. Ich bin doch nicht hinter diesem geborgten Glanz her. Ich will nur, dass du glücklich bist.«

Aber ihr Nachsatz zeigte einmal mehr, wie unverwüstlich sie war. »Auch gut, dann machen wir's eben hier«, meinte sie und starrte mit verschleiertem Blick in den Garten hinaus.

* * *

Die große Sause zur Feier des Commonwealth-Tags hatte begonnen.

Die hektischen Vorbereitungen hatten sich ausgezahlt, die Gäste waren eingetroffen, die Band spielte, die Getränke flossen in Strömen, Paare plauderten, die Jakarandabäume im Vorgarten blühten, das Leben war tatsächlich einmal ziemlich wunderbar. Das falsche Festzelt war durch das richtige ersetzt worden, Papierservietten durch solche aus Leinen, Plastikbesteck durch Tafelsilber, ordinäre braunrote Fähnchen durch solche in Königsblau und Gold. Einen Generator, der wie ein krankes Maultier kreischte, hatte man gegen einen ausgetauscht, in dem es blubberte wie in einem heißen Suppentopf. Die Auffahrt vor dem Haus sah nicht mehr wie eine Baustelle aus, und Sandy war es noch in letzter Minute gelungen, übers Telefon ein paar famose Afrikaner zusammenzutrommeln, darunter zwei oder drei Mann aus Mois Gefolge. Statt sich auf unerfahrene Kellner zu verlassen – erinnere dich nur mal daran, was bei Elena passiert ist! – oder besser gesagt, nicht passiert ist! –, hatte Gloria Bedienstete aus anderen Diplomatenhaushalten angeheuert. Einer dieser Rekruten war Mustafa, Tessas Speerträger, wie sie ihn immer genannt hatte, der nach allem, was man so hörte, vor lauter Trauer nicht in der Lage war, sich einen neuen Job zu suchen. Aber Gloria hatte Juma auf ihn angesetzt, und da war er nun endlich und huschte zwischen den Tischen auf der anderen Seite der Tanzfläche umher, ein bisschen melancholisch vielleicht, der Gute, doch offensichtlich froh, dass man an ihn gedacht hatte, und das war das Entscheidende. Die blauen Jungs von der örtlichen Polizei waren erstaunlicherweise rechtzeitig eingetroffen, um beim Parken der Fahrzeuge zu helfen, und nun ging es wie üblich darum, sie vom Trinken abzuhalten, aber Gloria hatte ihnen eine Standpauke gehalten, und jetzt konnte man nur noch hoffen. Und die Band war phantastisch, echte Dschungelmusik mit starken Rhythmen, zu denen auch Sandy tanzen konnte, wenn er denn musste. Und sah er nicht einfach großartig aus in diesem neuen Smoking, den Gloria ihm als Versöhnungsgeschenk gekauft hatte? Was für einen Paradehengst er eines Tages abgeben würde! Und das warme Buffet – soweit sie davon gekostet hatte – war jedenfalls, nun, gut genug. Nicht sensationell, das durfte man in Nairobi nicht erwarten, schließlich gab es hier längst nicht alles zu kaufen, selbst wenn man es sich leisten konnte. Nicht dass Gloria in dieser Beziehung irgendwie ehrgeizig gewesen wäre, aber Klassen besser als Elenas Buffet war ihres doch. Und die gute Ghita in ihrem goldfarbenen Sari, einfach göttlich.

* * *

Auch Woodrow hat allen Grund, sich zu beglückwünschen. Er sieht die Tanzenden sich zur Musik bewegen, die er verabscheut, und schlürft dabei seinen vierten Whisky, ganz der sturmerprobte Seemann, der es trotz widrigster Umstände geschafft hat, in den heimischen Hafen zurückzukehren. *Nein*, Gloria, ich habe nie versucht, mich an sie heranzumachen – weder an sie noch an irgendeine andere. *Nein* zu allen Punkten. *Nein*, ich werde dir nicht die Mittel in die Hand geben, mich zu zerstören. Weder dir noch der alten Hexe Elena, noch Ghita, dieser hinterhältigen kleinen Puritanerin. Ich bin ein Mann des Status quo, wie Tessa zutreffend bemerkt hat.

Aus den Augenwinkeln erspäht er Ghita, die sich an einen prächtigen Afrikaner schmiegt, den sie bis zu diesem Abend wahrscheinlich noch nie gesehen hat. Schönheit wie die deine ist eine Sünde, sagt er in Gedanken zu ihr. Bei Tessa war es eine Sünde, bei dir ist es auch eine. Wie kann eine Frau in einem solchen Körper leben und nicht das gleiche Verlangen empfinden wie der Mann, dessen Leidenschaft sie entfacht? Aber wenn ich dir das zu erklären versuche – und es mit einer kleinen, völlig harmlosen Berührung unterstreiche –, funkelst du mich an und fauchst theatralisch, ich solle die Finger von dir lassen. Und dann stolzierst du eingeschnappt von dannen, alles unter den Augen der alten Hexe Elena ... Ein blasser, fast kahlköpfiger Mann in Begleitung einer baumlangen Amazone mit Ponyfrisur unterbrach Woodrows Träumereien.

»Herr Botschafter, wie schön, dass Sie kommen konnten!« Name vergessen, fiel bei dieser grauenhaften Musik aber nicht weiter auf. Er rief Gloria zu, sie solle mal kommen – »Darling, ich möchte dir den neuen Schweizer Botschafter vorstellen. Vorige Woche eingetroffen. Der gute Mann wollte eigentlich Porter seine Aufwartung machen. Stattdessen gerät der Ärmste an mich! Ihre Frau kommt in ein paar Wochen nach, Botschafter? Also ist er heute Abend zu haben, haha! Bin entzückt, Sie hier zu sehen! Verzeihen Sie, aber ich muss mich um die anderen Gäste kümmern. *Ciao!*«

Der Bandleader sang, falls man das Gejaule als solches bezeichnen wollte. Er hielt das Mikrofon in einer Hand, streichelte es mit der anderen und ließ ekstatisch die Hüften kreisen.

»Darling, amüsierst du dich denn nicht wenigstens ein kleines bisschen?«, flüsterte Gloria, als sie im Arm des indischen Botschafters an ihm vorbeitanzte. »Ich schon!«

Ein Tablett mit Drinks schwebte vorbei. Woodrow stellte geschickt sein leeres Glas darauf ab und nahm sich ein volles. Gloria ließ sich von dem jovialen, schamlos korrupten Morrison M'Gumbo, auch bekannt als Lunch-Minister, auf die Tanzfläche zurückführen. Woodrow sah sich düster nach irgendeiner hinreichend gut aussehenden Frau um, mit der er tanzen könnte. Es regte ihn auf, dass die Leute im Grunde gar nicht *tanzten*. Dass sie nur affektierte Bewegungen vollführten, um ihre Körper zur Schau zu stellen. Er kam sich dabei vor wie der tollpatschigste, unbrauchbarste Liebhaber, an den eine Frau überhaupt nur geraten konnte. Es erinnerte ihn an das ewige *Tu-dies-und-lass-das* und *Herrgott-noch-mal-Woodrow*, das ihm seit seinem fünften Lebensjahr in den Ohren klang.

»Ich sagte, ich bin mein ganzes Leben lang vor mir selbst davongelaufen!«, schrie er ins verwirrte Gesicht seiner Tanzpartnerin, einer vollbusigen dänischen Entwicklungshelferin namens Fitt oder Flitt. »Immer gewusst, *wovor* ich davonlaufe, aber nie die leiseste Ahnung, *wohin*. Und wie ist das bei Ihnen? *Ich sagte, wie ist das bei Ihnen?*« Sie schüttelte lachend den Kopf. »Sie halten mich für wahnsinnig oder betrunken, stimmt's?«, brüllte er. Sie nickte. »Aber da irren Sie sich. Ich bin beides!« Freundin von Arnold Bluhm, das wusste er noch. Gott, was für eine Geschichte. Kann nicht endlich mal Schluss damit sein? Aber offenbar hatte er das so laut gedacht, dass sie ihn trotz des fürchterlichen Lärms gehört hatte, denn jetzt senkte sie den Blick und sagte: »Nein, wahrscheinlich nie.« Sie sprach diese Worte mit einer Frömmigkeit, die gute Katholiken sich sonst für den Papst aufsparen. Wieder allein, schob Woodrow sich gegen den Strom auf Tische zu, an denen ertaubte Flüchtlinge sich in verstörten Gruppen zusammengeschart hatten. Wird Zeit, dass ich was esse. Er band seine Frackschleife auf und ließ sie lose herabhängen.

»Das macht einen Gentleman aus, wie mein Vater zu sagen pflegte«, erklärte er einer verständnislosen schwarzen Venus. »Dass er sich die Frackschleife selbst binden kann!«

Ghita hatte sich eine Ecke der Tanzfläche erobert, wo sie mit zwei ausgelassenen Afrikanerinnen vom British Council die Hüften kreisen ließ. Andere Mädchen kamen dazu, sie bildeten einen Kreis, und die komplette Band stand vorne am Bühnenrand und sang ihnen zu: Yeah, yeah, *yeah*. Die Mädchen klatschten sich gegenseitig in die Hände, wirbelten herum und stupsten sich mit den Hinterteilen an, und nur der Himmel wusste, was die Nachbarn zu all dem sagen würden; schließlich hatte Gloria nicht alle einladen können, weil sich die Waffenschmuggler und Drogendealer sonst in dem Zelt gegenseitig auf die Füße getreten wären – und offenbar hatte Woodrow diesen Scherz zwei unglaublich dicken Burschen in Eingeborenentracht mitgeteilt, denn sie bogen sich vor Lachen und erzählten das Ganze ihren Frauen weiter, die ebenfalls losprusteten.

Ghita. Was zum Teufel soll das schon wieder? Genau wie bei

der Kanzleibesprechung. Immer wenn ich sie ansehe, sieht sie weg. Immer wenn ich wegsehe, sieht sie mich an. Es ist zum Aus-der-Haut-Fahren. Und wieder musste Woodrow seine Gedanken laut geäußert haben, denn Meadower, ein Langweiler aus dem Muthaiga Club, stimmte ihm unverzüglich zu und bemerkte, wenn er die jungen Leute so tanzen sehe, frage er sich, warum sie nicht gleich auf der Tanzfläche eine Nummer schöben und die Sache hinter sich brächten? Damit sprach er Woodrow aus der Seele, und gerade, als der seine Zustimmung in Meadowers Ohr brüllte, erschien der schwarze Engel Mustafa und baute sich vor ihm auf, als wollte er ihm den Weg versperren, dabei hatte Woodrow gar nicht vor, irgendwo hinzugehen. Woodrow fiel auf, dass Mustafa nichts in der Hand hatte. Das ist ja eine Unverschämtheit! Wenn die herzensgute Gloria den armen Burschen anheuert, damit er hier die Leute bedient, warum zum Teufel tut er das dann nicht? Was steht er da wie das personifizierte schlechte Gewissen, mit leeren Händen, mal abgesehen von dem gefalteten Zettel in der einen Hand, und schneidet Grimassen wie ein Goldfisch? Will er mir was mitteilen?

»Der Junge sagt, er hat eine Nachricht für Sie«, schrie Meadower.

»Was?«

»Streng vertraulich, sehr dringende Nachricht. Irgendein scharfes Mädchen hat sich Hals über Kopf in Sie verliebt.«

»Hat Mustafa das gesagt?«

»Wie?«

»Ob Mustafa das gesagt hat?«

»Wollen Sie nicht rausfinden, wer es ist? Wahrscheinlich Ihre Frau!«, brüllte Meadower und brach in hysterisches Gelächter aus.

Oder Ghita, dachte Woodrow, und sein Herz machte einen unvernünftigen Hüpfer.

Er trat einen Schritt zur Seite. Mustafa folgte ihm und stellte sich so, dass ihre Schultern sich beinahe berührten. Für Meadower mussten sie aussehen wie zwei Männer, die sich im Wind gegenseitig ihre Zigaretten anzünden. Woodrow streckte die Hand aus, und Mustafa legte ihm ehrerbietig den Zettel hinein. Ein weißer Bogen, Din-A4, klein zusammengefaltet.

»Danke, Mustafa«, schrie Woodrow. Sollte heißen: Verzieh dich.

Aber Mustafa blieb, wo er war, und forderte Woodrow mit Blicken auf, die Nachricht zu lesen. Na schön, blöder Hund, dann bleibst du eben hier. Kannst ja sowieso kein Englisch lesen. Er faltete das Blatt auseinander. Computerausdruck. Keine Unterschrift.

> Sehr geehrter Herr,
> in meinem Besitz befindet sich eine Kopie des Briefs, den Sie an Mrs Tessa Quayle geschrieben haben und in dem Sie sie auffordern, mit Ihnen durchzubrennen. Mustafa wird Sie zu mir bringen. Bitte sagen Sie niemandem etwas davon und kommen Sie sofort. Ansonsten sehe ich mich gezwungen, anderweitig darüber zu verfügen.

Keine Unterschrift.

* * *

Woodrow fühlte sich, als hätte ihn ein Wasserwerfer mitten ins Gesicht getroffen: Mit einem Schlag war er stocknüchtern. Ein Mann auf dem Weg zum Schafott denkt an viele Dinge zugleich, und Woodrow, wenngleich er mehr als genug von seinem eigenen steuerfreien Whisky getrunken hatte, machte da keine Ausnahme. Er nahm an, dass die Transaktion zwischen Mustafa und ihm der Aufmerksamkeit Glorias nicht entgangen war, und er hatte Recht: Sie würde ihn auf keiner Party mehr aus den Augen lassen. Also winkte er ihr quer durchs Festzelt beruhigend zu, signalisierte ihr mit den Lippen »Alles in Ordnung« und trottete dann gehorsam hinter Mustafa her. Als er an Ghita vorbeikam, sah sie ihm zum ersten Mal an diesem Abend direkt in die Augen, und ihr Blick erschien ihm kühl und berechnend.

Unterdessen zermarterte er sich das Hirn, wer der Erpresser sein mochte. Als erstes verdächtigte er die anwesenden Polizisten. Seine Beweisführung ging folgendermaßen: Die blauen Jungs hatten irgendwann das Haus der Quayles durchsucht und dabei entdeckt, was Woodrow selbst nicht hatte finden können. Einer von ihnen hatte den Brief an sich genommen, um eine Gelegenheit abzuwarten, Kapital daraus zu schlagen. Diese Gelegenheit hatte sich jetzt ergeben.

Fast gleichzeitig fiel ihm eine zweite Möglichkeit ein, nämlich die, dass Rob oder Lesley oder beide, nachdem man ihnen diesen Aufsehen erregenden Mordfall entzogen hatte, auf die Idee gekommen waren, abzukassieren. Aber warum hier und jetzt, Herrgott noch mal? Irgendwo in diesem Durcheinander vermutete Woodrow auch Tim Donohue, aber nur, weil er ihn für einen zwar senilen, jedoch aktiven Ungläubigen hielt. Donohue, der mit seiner kugelrunden Frau Maud im hintersten Winkel des Zelts gesessen hatte, war ihm an diesem Abend wieder einmal wie der Inbegriff drohenden Unheils erschienen.

Bei all dem achtete Woodrow sehr genau auf seine Umgebung, nicht viel anders, als schaute er sich in einem Flugzeug, das in Turbulenzen geraten ist, nach den Notausgängen um: die schlecht eingeschlagenen Zeltpflöcke und die schlaffen Spannschnüre – mein Gott, der kleinste Windstoß könnte das ganze Ding umpusten! –, die schlammverschmierten Kokosmatten in dem mit Zeltplanen überdachten Verbindungsgang – da könnte jemand ausrutschen und mich verklagen! –, die unbewachte, offene Tür zum Untergeschoss – irgendwelche Einbrecher könnten das ganze Haus ausräumen, und wir würden nichts davon mitkriegen.

Als er an der Küche vorbeikam, beunruhigten ihn die vielen ungebetenen Gäste, die sich in der Hoffnung, vom Buffet möge auch für sie etwas abfallen, in seinem Haus eingefunden hatten und wie von Rembrandt gruppiert im Schein einer Sturmlaterne zusammenhockten. Mindestens ein Dutzend, vielleicht auch mehr, schätzte er entrüstet. Dazu ungefähr zwanzig Kinder, die auf dem Fußboden kampierten. Na ja, genau genommen waren es sechs. Nicht weniger erzürnte ihn der Anblick der blauen Jungs, die ihre Jacken und Pistolen über die Stuhllehnen drapiert hatten und gleichermaßen schläfrig wie betrunken am Küchentisch saßen. Ihr Zustand überzeugte ihn jedoch davon, dass sie als Verfasser des Briefes, den er immer noch gefaltet in der Hand hielt, nicht in Frage kamen.

Mustafa ging mit der Taschenlampe voraus durch die Diele bis zur Haustür. Philip und Harry!, dachte Woodrow in jähem

Schrecken. Gott im Himmel, wenn die mich jetzt sehen würden! Aber was würden sie schon sehen? Ihren Vater im Smoking, die schwarze Fliege lose um den Hals. Warum sollten sie auf die Idee kommen, dass er die Schleife für den Henker gelöst hatte? Und außerdem – fiel ihm jetzt ein – hatte Gloria die Jungen für diese Nacht bei Freunden untergebracht. Sie hatte genug Diplomatenkinder auf Tanzpartys erlebt und wollte Philip und Harry dergleichen ersparen.

Mustafa hielt die Tür auf und winkte mit der Taschenlampe nach draußen. Woodrow trat vors Haus. Es war stockfinster. Gloria, stets für Romantik zu haben, hatte Kerzen in Sandsäcken aufstellen lassen, die jedoch aus unerfindlichen Gründen fast alle nicht mehr brannten. Muss mit Philip reden; der Junge treibt mir in letzter Zeit etwas zuviel Unfug. Es war eine schöne Nacht, aber Woodrow war nicht in der Stimmung, die Sterne zu betrachten. Mustafa glitt wie ein Irrlicht die Auffahrt hinunter und winkte ihm mit der Taschenlampe. Der Baluhya-Pförtner öffnete das Tor, und seine zahlreichen Familienangehörigen verfolgten Woodrows Bewegungen wie immer mit gespanntem Interesse. Fahrzeuge parkten auf beiden Straßenseiten, ihre Bewacher dösten auf dem Grasstreifen oder sprachen im Licht winziger Flammen leise miteinander. Autos der Marke Mercedes waren am häufigsten vertreten: mit Fahrern, mit Bewachern, mit Schäferhunden. Dazu die üblichen Gruppen von Eingeborenen, die nichts anderes zu tun hatten, als das Leben an sich vorüberziehen zu lassen. Der Lärm der Band war hier vorne genauso entsetzlich wie hinten im Zelt. Woodrow hätte es nicht überrascht, wenn ihm am nächsten Morgen ein paar förmliche Beschwerden ins Haus geflattert wären. Diese belgischen Spediteure in Nummer zwölf zeigen dich ja schon an, wenn dein Hund es wagt, in ihren Luftraum zu furzen.

Mustafa war neben Ghitas Auto stehen geblieben. Woodrow kannte es gut. Hatte es oft genug heimlich von seinem Bürofenster aus beobachtet, meist mit einem Glas in der Hand. Ein japanischer Kleinwagen, so winzig, dass er sich, wenn Ghita sich da hineinzwängte, vorstellen konnte, wie sie in ihren Badeanzug stieg. Aber warum bleiben wir hier stehen?, wollten seine Augen von Mustafa wissen. Was hat Ghitas Auto damit zu tun, dass ich erpresst werde? Er versuchte zu kalkulieren, wie viel man wohl von ihm verlangen würde. Ein paar Hundert? Ein paar Tausend? Vielleicht auch Zehntausende? Er würde sich Geld von Gloria leihen müssen, fragte sich nur, was für einen Grund er ihr dafür nenne sollte. Na ja, es war schließlich nur Geld. Ghitas Auto stand so weit wie möglich von der nächsten Straßenlaterne entfernt. Die Lampen waren aufgrund einer Stromsperre nicht an, aber man konnte nie wissen, ob sie nicht plötzlich wieder eingeschaltet wurden. Woodrow schätzte, dass er ungefähr achtzig Pfund in kenianischen Shilling bei sich hatte. Wie viel Schweigen ließ sich damit erkaufen? Ob er es mit Handeln versuchen sollte? Welche Druckmittel standen ihm als Käufer zur Verfügung? Wer garantierte ihm, dass der Kerl nicht in sechs Monaten oder sechs Jahren wieder die Hand aufhielt? Du musst Pellegrin anrufen, dachte er in einer Anwandlung von Galgenhumor: Sag dem alten Bernard, er soll die Zahnpasta wieder in die Tube zurückschieben.

Es sei denn.

Kurz vor dem Ertrinken griff Woodrow nach dem verrücktesten Strohhalm von allen.

Ghita!

Ghita hat den Brief gestohlen! Oder, wahrscheinlicher, Tessa hat ihn ihr zur Aufbewahrung gegeben! Ghita hat Mustafa geschickt, mich von der Party wegzulotsen, und jetzt will sie mich für die Sache bei Elena bestrafen. *Ah, da ist sie ja!* Auf dem Fahrersitz. Wartet auf mich! Hat sich ums Haus geschlichen und in ihr Auto gesetzt: eine Untergebene, die mich erpressen will!

Er schöpfte neuen Mut. Wenn es Ghita ist, kommen wir ins Geschäft. Die habe ich in der Hand. Vielleicht kommt sogar mehr als ein Geschäft dabei heraus. Ihr Wunsch, mir wehzutun, ist nur die Kehrseite eines ganz anderen, handfesteren Begehrens.

Aber es war nicht Ghita. Wer auch immer die Gestalt sein mochte, es handelte sich unverkennbar um einen Mann. Also Ghitas Fahrer? Ihr Freund, der sie von der Party abholen will, damit kein anderer sich an sie ranmacht? Die Beifahrertür stand offen. Unter Mustafas leidenschaftslosem Blick kletterte Woodrow hinein. Bei ihm war es nicht so, als schlüpfte er in seinen Badeanzug. Eher kam es ihm vor wie auf dem Jahrmarkt, wenn er sich neben Philip in einen Autoskooter zwängte. Mustafa schlug die Tür zu. Der Wagen erbebte, der Mann auf dem Fahrersitz rührte sich nicht. Er war gekleidet wie manche Afrikaner in den Städten, die trotz der Hitze herumlaufen, als wären sie in Sankt Moritz: dunkler, wattierter Anorak, tief ins Gesicht gezogene Wollmütze. War das ein Schwarzer oder ein Weißer? Woodrow atmete ein, roch aber nichts von dem süßen Duft Afrikas.

»Schöne Musik, Sandy«, sagte Justin leise, dann streckte er den Arm aus und ließ den Motor an.

Zweiundzwanzigstes Kapitel

Woodrow saß seitlich an einem mit Schnitzereien verzierten Schreibtisch aus Teakholz, der fünftausend Dollar kosten sollte. Sein Ellbogen ruhte auf einem silbernen Tintenlöscher, der weniger kostete. Das Licht einer einzigen Kerze schimmerte auf seinem verschwitzten, mürrischen Gesicht. An der Decke über ihm reflektierten verspiegelte Stalaktiten die Kerzenflamme ins Unendliche. Justin stand etwas von ihm entfernt im Dunkeln; er lehnte an der Tür, wie Woodrow an seiner Zimmertür gelehnt hatte, damals, als er ihm die Nachricht von Tessas Tod überbrachte. Die Hände hielt er hinter dem Rücken verschränkt. Sie sollten ihm nicht in die Quere kommen. Woodrow starrte auf die Schatten, die vom Licht der Kerze an die Wände geworfen wurden. Er erkannte Elefanten, Giraffen, Gazellen, angreifende und ruhende Nashörner. Die Schatten an der Wand gegenüber waren ausnahmslos Vögel. Vögel, die auf Bäumen schliefen, Wasservögel mit langen Hälsen, Raubvögel, die kleinere Vögel in den Klauen hielten, riesige Singvögel mit eingebauten Spieluhren, die auf Baumstümpfen hockten, Preis auf Anfrage. Das Haus lag in einer Nebenstraße, auf einem bewaldeten Hang fünf Autominuten von Muthaiga entfernt. Niemand fuhr hier vorbei. Niemand klopfte ans Fenster, um herauszufinden, warum eine halbe Stunde nach Mitternacht ein angetrunkener Weißer in Smoking und aufgebundener Frackschleife in Ahmad Khans Afrika-und-Orient-Kunsthandlung saß und zu einer Kerze sprach.

»Ist Khan ein Freund von Ihnen?«, fragte Woodrow.

Keine Antwort.

»Wo haben Sie dann den Schlüssel her? Oder ist er ein Freund von Ghita?«

Keine Antwort.

»Freund der Familie, nehme ich an. Ghitas Familie, meine ich.« Er zog ein seidenes Tuch aus der Brusttasche seines Smokings und wischte sich verstohlen ein paar Tränen von den Wangen. Doch schon drängten weitere nach, die er auch noch wegwischen musste. »Was soll ich den anderen sagen, wenn ich zurückkomme? Falls ich jemals zurückkomme?«

»Ihnen wird schon was einfallen.«

»Normalerweise vielleicht«, sprach Woodrow in sein Taschentuch.

»Ihnen fällt doch immer was ein«, sagte Justin.

Ängstlich drehte Woodrow den Kopf in seine Richtung, aber Justin stand immer noch an der Tür, die Hände hinterm Rücken.

»Wer hat Sie angewiesen, die Sache zu unterdrücken, Sandy?«, fragte Justin.

»Pellegrin! Was dachten Sie denn? ›Verbrennen Sie das Zeug, Sandy. Vernichten Sie alle Kopien.‹ Befehl von höchster Stelle. Ich hatte nur eine Kopie behalten. Die hab ich dann verbrannt. Hat nicht lange gedauert.« Er schniefte, bemüht, nicht wieder in Tränen auszubrechen. »War'n braver Junge. Bin kein Risiko eingegangen. Wollte mich nicht auf den Hausmeister verlassen. Hab die Kopie eigenhändig in den Ofen geworfen. Gute Ausbildung. Bester meines Jahrgangs.«

»Wusste Porter Bescheid?«

»Gewissermaßen. Partiell. Hat ihm nicht gefallen. Er mag Bernard nicht. Offener Krieg zwischen den beiden. Jedenfalls, soweit das im Ministerium möglich ist. Porter hatte da so einen Spruch. *Pellegrin soll mir nicht auf die Pelle gehn*. Damals fand ich das ziemlich witzig.«

Offenbar fand er es auch jetzt noch ziemlich witzig, denn er versuchte ein raues Lachen, das aber nur dazu führte, dass er wieder in Tränen ausbrach.

»Hat Pellegrin gesagt, *warum* Sie die Sache unterdrücken sollten? *Warum* alle Kopien verbrannt werden mussten?«

»Gott«, murmelte Woodrow.

Langes Schweigen. Woodrow starrte in die Kerze, als wollte er sich selbst hypnotisieren.

»Was ist?«, fragte Justin.

»Ihre Stimme, alter Junge, sonst nichts. So erwachsen geworden.« Woodrow fuhr sich mit einer Hand über den Mund und betrachtete dann eingehend seine Fingerspitzen. »Wir waren davon ausgegangen, dass Sie längst an Ihre Grenzen gestoßen sind.«

Justin stellte die Frage noch einmal, formulierte sie um, als spräche er mit einem Ausländer oder mit einem Kind. »Sind Sie auf die Idee gekommen, Pellegrin zu fragen, *warum* das Dokument vernichtet werden musste?«

»Zwei Gründe, Bernard zufolge. Zunächst einmal standen britische Interessen auf dem Spiel. Man muss seine eigenen Leute schützen.«

»Haben Sie ihm das abgenommen?«, fragte Justin, und wieder musste er warten, während Woodrow die nächste Tränenflut zurückdrängte.

»Das mit ThreeBees habe ich geglaubt. Selbstverständlich. Speerspitze der britischen Wirtschaft in Afrika. Unser Kronjuwel. Curtiss der Liebling der afrikanischen Führer, verteilt Schmiergelder nach allen Seiten, nach links und rechts und in die Mitte. Der Mann hat eine wichtige Funktion für unser Land. Außerdem unterhält er intime Beziehungen zu zahlreichen Ministern im britischen Kabinett, was ihm auch nicht gerade schadet.«

»Und der zweite Grund?«

»KVH. Die Leute in Basel hatten signalisiert, sie wollten in Südwales eine riesige Chemiefabrik errichten. Drei Jahre später in Cornwall eine zweite. Eine dritte in Nordirland. Reichtum und Wohlstand für unsere ärmsten Regionen. Aber wenn wir Dypraxa Steine in den Weg legen würden, wär's damit Essig.«

»Und weiter?«

»Das Medikament war noch in der Testphase. Ist es theoretisch immer noch. Wenn ein paar Leute an dem Giftzeug eingehen, die sowieso sterben müssen – was ist dabei? Das Zeug ist ja in Großbritannien nicht zugelassen, also wozu die Aufregung.« Sein Trotz war zurückgekehrt. Er appellierte an einen Kollegen. »Ich meine, ehrlich, Justin. An *irgendwem* müssen Medikamente doch getestet werden! Wen würden *Sie* denn dafür auswählen? Die Harvard Business School?« Konsterniert, dass sein treffliches Argument bei Justin keine Zustimmung fand, versuchte er es mit einem anderen. »Ich meine, Herrgott. Es ist doch nicht Sache des Außenministeriums, die Sicherheit im Ausland hergestellter Medikamente zu beurteilen! Das Ministerium soll die Räder der britischen Industrie schmieren, und nicht rumlaufen und jedem erzählen, eine britische Firma würde in Afrika ihre Kunden vergiften. Sie wissen doch, wie das ist. Wir werden nicht dafür bezahlt, dass wir uns solche Dinge zu Herzen nehmen. Schließlich wird niemand getötet, der nicht sowieso sterben würde. Ich meine, Herrgott, sehen Sie sich doch die Sterberate in diesem Land an.«

Justin ließ sich etwas Zeit, über diese erstklassigen Argumente nachzudenken. »Aber für *Sie* war es doch eine Herzensangelegenheit, Sandy«, wandte er schließlich ein. »Sie haben sie geliebt. Wissen Sie noch? Wie konnten Sie ihren Bericht verbrennen, wenn Sie sie geliebt haben?« Nichts schien seine Stimme hindern zu können, kraftvoller zu werden. »Wie konnten Sie sie belügen, wenn sie Ihnen vertraut hat?«

»Bernard hat gesagt, man muss sie aufhalten«, murmelte Woodrow und vergewisserte sich mit einem verstohlenen Blick ins Dunkel, dass Justin seinen sicheren Posten an der Tür nicht verlassen hatte.

»Ja, und *wie* sie aufgehalten wurde!«

»Um Himmels willen, Quayle«, flüsterte Woodrow. »Nicht so. Das waren ganz andere Leute. Nicht meine Welt. Nicht Ihre.«

Offenbar war Justin über seinen Ausbruch selbst erschrocken, denn als er weitersprach, tat er dies im zivilisierten Ton eines enttäuschten Kollegen.

»Wie konnten Sie sie *aufhalten*, wie Sie es nennen, wenn Sie sie so sehr geliebt haben, Sandy? Ihrem Brief nach zu urteilen, war sie für Sie die Erlösung von *all diesen* –« Anscheinend hatte er für einen Augenblick vergessen, wo er war, denn seine ausgebreiteten Arme umfassten nicht die trostlosen Insignien von Woodrows Gefangenschaft, sondern die Herden geschnitzter Tiere, die rechts von ihm im Dunkel einiger Glasregale aufgestellt waren. »Sie war Ihr Ausweg aus all dem, Ihr Weg zu Glück und Freiheit.

Jedenfalls haben Sie ihr das gesagt. Warum haben Sie ihre Sache nicht unterstützt?«

»Es tut mir Leid«, flüsterte Woodrow und senkte den Blick, als Justin plötzlich mit einer ganz anderen Frage fortfuhr.

»Also, was genau haben Sie verbrannt? Warum hat dieses Dokument für Sie und Bernard Pellegrin eine solche Bedrohung bedeutet?«

»Es war ein Ultimatum.«

»An wen?«

»An die britische Regierung.«

»*Tessa* hat der britischen Regierung ein Ultimatum gestellt? *Unserer* Regierung?«

»Die Verantwortlichen sollten handeln, sonst ... Sie fühlte sich uns verpflichtet. Ihnen. Hat von Loyalität gesprochen. Sie war die Frau eines britischen Diplomaten und daher fest entschlossen, die Wege der britischen Diplomatie zu beschreiten. ›Die bequeme Lösung wäre, gleich an die Öffentlichkeit zu gehen. Die unbequeme, das System zum Handeln zu veranlassen. Ich ziehe die unbequeme Lösung vor.‹ Das hat sie gesagt. Sie hielt an der lächerlichen Vorstellung fest, die Briten verfügten über mehr *Integrität* – ihre Regierung über mehr *Moral* – als alle anderen Völker. Das muss ihr Vater ihr eingetrichtert haben. Sie hat gesagt, Bluhm sei ebenfalls der Meinung, die Briten könnten damit fertig werden, vorausgesetzt natürlich, sie hielten sich an die Spielregeln. Wenn die Sache für die Briten einen so hohen Stellenwert habe, sollten sie die Gelegenheit bekommen, selbst auf ThreeBees und KVH einzuwirken. Kein Konfrontationskurs. Keine Drohungen. Nur Überzeugungsarbeit leisten, dass das Medikament so lange vom Markt genommen wird, bis die Tests abgeschlossen sind. Und wenn sie das nicht –«

»Hat sie eine Frist gesetzt?«

»Sie hat eingestanden, dass es von Region zu Region unterschiedlich lange dauern würde. Südamerika, Naher Osten, Russland, Indien. Aber ihre Hauptsorge galt Afrika. Sie verlangte, dass das Medikament innerhalb der nächsten drei Monate zurückgezogen würde. Wenn nicht, wollte sie die Bombe platzen lassen. Nicht ihre Worte, aber so ungefähr.«

»Und das haben Sie an London übermittelt?«

»Ja.«

»Und wie hat London reagiert?«

»Pellegrin hat reagiert.«

»Wie?«

»Er meinte, das sei doch alles vollkommener Blödsinn. Naiv. Da könne er ja gleich einpacken, wenn er sich die Politik des Außenministeriums vom missionarischen Eifer einer britischen Ehefrau und ihres schwarzen Liebhabers diktieren lassen wollte. Dann ist er nach Basel geflogen. Hat sich mit den KVH-Leuten zum Lunch getroffen. Hat sie gefragt, ob sie in Erwägung ziehen könnten, für kurze Zeit die rote Fahne zu hissen. Ihre Antwort lautete sinngemäß, die Fahne sei nicht rot genug, und es sei immer riskant, ein Medikament vom Markt zu nehmen. Die Aktionäre würden das nicht gutheißen. Nicht dass die Aktionäre überhaupt gefragt würden, aber wenn man sie fragen würde, wären sie dagegen. Folglich wäre auch der Vorstand dagegen. Medikamente sind keine Kochrezepte. Da kann man nicht irgendwas rausnehmen, ein Atom oder was weiß ich, und versuchsweise irgendwas anderes reintun. Man kann lediglich mit der Dosierung herumexperimentieren. Wenn man die Zusammensetzung ändern will, muss man ganz von vorne anfangen, haben sie ihm erklärt, und das tut in diesem Stadium niemand mehr. Dann haben sie mit den Säbeln gerasselt und gedroht, ihre Investitionen in Großbritannien zurückzufahren und der Queen noch mehr Arbeitslose zu bescheren.«

»Und was war mit ThreeBees?«

»Mit denen hat er sich auch zum Lunch getroffen. Kaviar und Champagner an Bord von Kenny K.s Gulfstream. Bernard und Kenny waren sich einig, dass in Afrika das Chaos ausbrechen würde, wenn herauskäme, dass ThreeBees Menschen vergiftet. Einzige Möglichkeit: die Sache unterdrücken, bis die KVH-Leute die Dosierung ausreichend erforscht haben. Bernard hat nur noch ein paar Jahre. Spekuliert auf einen Sitz im ThreeBees-Vorstand. Im KVH-Vorstand auch, falls die ihn nehmen. Warum sich mit *einem* Vorstandsposten begnügen, wenn man auch *zwei* haben kann?«

»Was waren das für Beweise, deren Aussagekraft KVH angezweifelt hat?«

Die Frage schien wie ein Stromschlag in Woodrows Körper zu fahren. Er richtete sich auf, hielt seinen Kopf mit beiden Händen fest und massierte ihn heftig mit den Fingerspitzen. Dann sank er wieder nach vorn, den Kopf noch immer in den Händen, und flüsterte: »Oh Gott.«

»Versuchen Sie's mit Wasser«, schlug Justin vor. Er führte ihn durch den Flur zu einem Waschbecken und blieb neben ihm stehen, wie damals in der Leichenhalle, als Woodrow sich übergeben musste. Woodrow hielt die Hände unter den Hahn und spritzte sich Wasser ins Gesicht.

»Das Beweismaterial war verdammt umfangreich«, murmelte er, als er wieder auf dem Stuhl saß. »Bluhm und Tessa hatten überall recherchiert, in Dörfern und Kliniken, hatten Daten gesammelt, mit Patienten und deren Eltern und Verwandten gesprochen. Curtiss hatte Wind davon bekommen und eine Vertuschungsaktion inszeniert. Das hat einer seiner Männer für ihn gemacht, Crick heißt der. Aber Tessa und Bluhm haben auch den Vertuschungsversuch protokolliert. Sind zurückgegangen und haben die Leute gesucht, mit denen sie gesprochen hatten. Konnten sie nicht finden. Haben das alles in ihren Bericht aufgenommen, wie ThreeBees Menschen vergiftet und hinterher auch noch die Beweise vernichtet. ›Dieser Zeuge ist seitdem verschwunden. Dieser Zeuge steht seither unter Anklage. Aus diesem Dorf sind alle Einwohner vertrieben worden.‹ Haben verdammt gute Arbeit geleistet. Sie können stolz auf sie sein.«

»Wurde in diesem Bericht eine Frau mit dem Namen Wanza erwähnt?«

»Oh, Wanza war ein Star. Aber ihren Bruder haben sie dann auch zum Schweigen gebracht.«

»Wie?«

»Verhaftet. Zu einem freiwilligen Geständnis gezwungen. Der Prozess war vorige Woche. Zehn Jahre für den Überfall auf einen weißen Touristen im Tsavo-Nationalpark. Der Tourist hat zwar nie eine Aussage gemacht, aber eine ganze Reihe sehr eingeschüchterter Afrikaner hatte den Jungen bei der Tat beobachtet, also musste es ja stimmen. Der Richter hat ihm zusätzlich noch Zwangsarbeit und zwanzig Stockhiebe aufgebrummt.«

Justin schloss die Augen. Er sah Kioko, wie er mit verhärmtem

Gesicht neben seiner Schwester auf dem Fußboden hockte. Er fühlte Kiokos schwielige Hand, die sich an Tessas Grab in die seine schob.

»Und ich nehme an, Sie hatten immer noch nicht das Bedürfnis – nachdem Sie den Bericht gelesen hatten und mehr oder weniger wussten, dass er die Wahrheit enthielt –, die Kenianer davon zu unterrichten?«, fragte er.

Der Trotz regte sich wieder. »Herrgott, Quayle. Wann haben *Sie* denn Ihren Sonntagsanzug angezogen, sind zum Polizeipräsidium gegangen und haben den blauen Jungs vorgeworfen, sie würden bei einer konzertierten Vertuschungsaktion helfen und sich von Kenny K. dafür bezahlen lassen? So kann man sich im sonnigen Nairobi weder Freunde machen noch auf irgendwen Einfluss nehmen.«

Justin trat einen Schritt auf Woodrow zu, riss sich dann aber zusammen und nahm wieder seinen Platz an der Tür ein. »Es gab vermutlich auch klinisches Beweismaterial.«

»Wie bitte?«

»Ich frage nach dem klinischen Beweismaterial in dem Bericht, den Arnold Bluhm und Tessa Quayle verfasst und den *Sie* auf Bernard Pellegrins Befehl hin vernichtet haben! Und von dem derselbe Bernard Pellegrin eine Kopie an die Leute von KVH weitergeleitet hat!«

Das Echo dieses Ausbruchs hallte von den Glasregalen wider. Woodrow wartete, bis es verklungen war.

»Das klinische Beweismaterial stammte von Bluhm. Die Dokumente im Anhang. Das heißt, Tessa hatte eigens dafür einen Anhang angelegt. Den Tick hatte sie von Ihnen. Sie machen auch immer Anhänge. Früher jedenfalls.«

»Und wie sah dieses klinische Beweismaterial aus?«

»Fallgeschichten. Insgesamt siebenunddreißig. Sehr detailliert. Name, Adresse, Behandlungsablauf, Ort und Datum der Beerdigung. Immer dieselben Symptome. Schläfrigkeit, Erblinden, Blutungen, Leberkollaps, Bingo.«

»Bingo heißt Tod?«

»Sozusagen. Wenn Sie so wollen. Anzunehmen. Ja.«

»Und was hat KVH zu dem Material gesagt?«

»Sie nannten es unwissenschaftlich, induktiv, voreingenommen, tendenziös ... emotionalisiert. Das Wort hatte ich noch nie gehört. Emotionalisiert. Soll wohl heißen, man ist so engagiert, dass man nicht mehr vertrauenswürdig ist. Bei mir ist es umgekehrt. Ich bin ent-emotionalisiert. Keine Emotionen mehr. Je weniger man empfindet, desto lauter schreit man. Desto größer ist das Vakuum, das man zu füllen hat. Nicht man. Ich.«

»Wer ist Lorbeer?«

»Tessas Schreckgespenst.«

»Warum?«

»Er war die treibende Kraft hinter Dypraxa. Hat für das Medikament gekämpft. Hat KVH dazu gebracht, es zu entwickeln, hat ThreeBees davon überzeugt. Mit faulen Argumenten, wie Tessa meinte.«

»Sagt sie, dass Lorbeer sie verraten hat?«

»Warum sollte sie? Wir alle haben sie verraten.« Woodrow weinte hemmungslos. »Sie doch auch! Hocken untätig rum und züchten Blumen, während Ihre Frau da draußen zur Märtyrerin wird!«

»Wo ist dieser Lorbeer jetzt?«

»Keine Ahnung. Niemand weiß das. Als er merkte, woher der Wind wehte, ist er abgetaucht. ThreeBees hat eine Weile nach ihm gesucht, es dann aber aufgegeben. Tessa und Bluhm haben sich auf die Jagd gemacht. Sie brauchten Lorbeer als Hauptzeugen. Wollten ihn unbedingt finden.«

»Emrich?«

»War an der Entwicklung des Medikaments beteiligt. Ist einmal hier gewesen. Hat versucht, KVH zu stoppen. Keine Chance. Wurde kaltgestellt.«

»Kovacs?«

»Dritte im Bunde. Alleinbesitz von KVH. Offenbar ein Flittchen. Habe sie nie kennen gelernt. Lorbeer habe ich mal gesehen, glaube ich. Großer, fetter Bure. Glupschaugen. Rote Haare.«

Woodrow fuhr erschrocken herum. Justin stand unmittelbar hinter ihm. Er hatte ein Blatt Papier neben den Tintenlöscher gelegt und hielt Woodrow einen Kugelschreiber hin, mit dem stumpfen Ende voran, so, wie höfliche Leute einander etwas reichen.

»Das ist eine Reisegenehmigung«, erklärte Justin. »Von Ihrer

Behörde.« Er las Woodrow den Text vor: »›Der Inhaber ist britischer Staatsbürger und reist im Auftrag des britischen Hochkommissariats Nairobi.‹ Unterschreiben Sie.«

Woodrow hielt das Blatt ins Kerzenlicht und warf einen kurzen Blick darauf. »Peter Paul Atkinson. Wer zum Teufel ist das denn?«

»Steht doch da. Ein britischer Journalist. Schreibt für den *Telegraph*. Falls jemand beim Hochkommissariat anruft, um das nachzuprüfen, sagen Sie, ja, er ist Journalist und genießt einen guten Ruf. Können Sie sich das merken?«

»Und was will er in Loki? Am Arsch der Welt? Ghita war auch schon da. Eigentlich müsste ein Foto drauf sein, oder?«

»Dafür wird noch gesorgt.« Woodrow unterschrieb, Justin faltete das Blatt zusammen, schob es in die Tasche und ging steif zur Tür zurück. Eine ganze Reihe taiwanesischer Kuckucksuhren verkündete, dass es ein Uhr morgens war.

* * *

Mustafa wartete mit seiner Taschenlampe am Bordstein, als Justin in Ghitas Kleinwagen vorfuhr. Offenbar hatte er auf das Motorengeräusch gewartet. Woodrow, der noch nicht bemerkt hatte, dass er zu seinem eigenen Haus zurückgebracht worden war, starrte, die Hände auf dem Schoß zusammengepresst, durch die Windschutzscheibe, während Justin sich über ihn beugte und durch das offene Beifahrerfenster mit Mustafa redete. Er sprach Englisch, versetzt mit den wenigen Brocken Küchen-Kisuaheli, die er beherrschte.

»Mr Woodrow geht es nicht gut, Mustafa. Sie haben ihn an die frische Luft begleitet, weil er sich übergeben musste. Bringen Sie ihn in sein Schlafzimmer, bitte. Er soll sich hinlegen, bis Mrs Woodrow nach ihm sehen kann. Und sagen Sie bitte Miss Ghita, dass ich gleich fahre.«

Woodrow war schon halb ausgestiegen, als er sich noch einmal zu Justin umdrehte. »Sie erzählen Gloria doch nichts davon, oder? Das würde nichts bringen, jetzt, wo Sie ohnehin alles wissen. Sie hat nicht unseren Weitblick. Schließlich sind wir alte Kollegen und so weiter. In Ordnung?«

Wie jemand, der eine Verpackung berührt, deren Inhalt ihm zuwider ist, der sich das aber nicht anmerken lassen will, zog Mustafa Woodrow aus dem Wagen und begleitete ihn zur Haustür. Justin trug jetzt wieder die Wollmütze und den Anorak. Buntes Scheinwerferlicht drang aus dem Festzelt. Die Band rappte immer noch gnadenlos. Justin blieb im Auto sitzen. Auf einmal glaubte er, einen großen Mann vor den Rhododendren am Straßenrand stehen zu sehen, doch als er genauer hinschaute, war der Schatten verschwunden. Er beobachtete trotzdem weiter aufmerksam seine Umgebung, die Sträucher, die parkenden Autos. Dann hörte er Schritte, drehte sich um und sah eine Gestalt auf sich zukommen; es war Ghita, ein Tuch um die Schultern, die Tanzschuhe in der einen Hand, eine Taschenlampe in der anderen. Sie glitt auf den Beifahrersitz, und Justin ließ den Motor an.

»Die haben sich schon gefragt, wo er geblieben ist«, sagte sie.

»War Donohue da?«

»Ich glaub nicht. Weiß aber nicht genau. Hab ihn nicht gesehen.«

Sie wollte etwas fragen, entschied sich jedoch dagegen.

Justin fuhr langsam, spähte in die geparkten Autos und kontrollierte immer wieder die Außenspiegel. Sie kamen an seinem eigenen Haus vorbei, doch er beachtete es kaum. Ein Hund stürzte auf das Auto zu und schnappte nach den Reifen. Justin wich aus, behielt die Rückspiegel im Blick und schimpfte leise auf den Hund. Im Scheinwerferlicht tauchten riesige Schlaglöcher wie schwarze Seen vor ihnen auf. Ghita schaute aus dem Heckfenster. Die Straße war stockdunkel.

»Sehen Sie nach vorn«, befahl er. »Sie müssen mir sagen, wo es langgeht. Sonst verfahre ich mich noch.«

Er fuhr jetzt schneller, umkurvte Schlaglöcher, holperte über Teerbuckel und hielt sich, wann immer er den Rändern misstraute, in der Straßenmitte. Ghita flüsterte: Hier nach links, wieder links, Achtung, großes Schlagloch. Einmal bremste er plötzlich, und ein Auto überholte sie, dann noch eins.

»Haben Sie jemanden erkannt?«, fragte er.

»Nein.«

Sie kamen in eine Allee. Ein verbeultes Schild – STRASSENARBEITEN – versperrte ihnen den Weg. Dahinter standen abgemagerte Jugendliche mit Stöcken in den Händen und einer Schubkarre ohne Rad.

»Sind die immer hier?«

»Tag und Nacht«, sagte Ghita. »Sie holen die Steine aus einem Loch und werfen sie in ein anderes. Auf die Weise werden sie niemals fertig.«

Er trat auf die Bremse und kam kurz vor dem Schild zum Stehen. Die Jungen umstellten den Wagen und schlugen mit den Handflächen aufs Dach. Justin kurbelte das Fenster herunter; der Strahl einer Taschenlampe fiel ins Wageninnere, und dann erschien das aufgeweckte, lächelnde Gesicht ihres Wortführers. Er war höchstens sechzehn Jahre alt.

»Guten Abend, Bwana«, sagte er überaus höflich. »Ich bin Mr Simba.«

»Guten Abend, Mr Simba«, erwiderte Justin.

»Möchten Sie einen Beitrag zu der schönen Straße leisten, die wir hier bauen, Mann?«

Justin hielt ihm durchs Fenster einen Hundert-Shilling-Schein hin. Der Junge schwenkte den Schein triumphierend über seinem Kopf und entfernte sich tänzelnd. Die anderen applaudierten.

»Was ist der übliche Tarif?«, fragte Justin Ghita, als sie weiterfuhren.

»Ungefähr ein Zehntel davon.«

Wieder wurden sie überholt, und wieder spähte Justin angestrengt in das Innere des Autos, schien aber nicht zu entdecken, wonach er suchte. Sie gelangten ins Stadtzentrum. Hell erleuchtete Geschäfte, Cafés, die Bürgersteige voller Menschen. Matutu-Busse, aus denen laute Musik schallte. Irgendwo links krachte scheppernd Metall, gefolgt von Schreien und durchdringendem Hupen. Ghita wies Justin wieder den Weg: Hier nach rechts, jetzt durch dieses Tor. Justin fuhr eine Rampe hinauf und gelangte auf den zerbröckelnden Vorplatz eines dreigeschossigen Gebäudes. Im Streulicht entfernter Laternen las er die an die Hauswand gemalten Worte: KOMM ZU JESUS – *JETZT!*

»Ist das eine Kirche?«

»Früher hatten die Adventisten vom Siebenten Tag hier eine Zahnklinik«, antwortete Ghita. »Ist jetzt aber ein Wohnhaus.«

Als Garage dienten ein paar mit Stacheldraht gesicherte Stellplätze, und allein hätte Ghita ihr Auto nie dort geparkt, aber Justin fuhr bereits die Zufahrt hinunter und hielt die Hand auf, um sich den Schlüssel geben zu lassen. Er stellte den Wagen ab, und sie beobachtete, wie er sich umdrehte, die Zufahrt hinaufsah und horchte.

»Wen erwarten Sie?«, flüsterte sie.

Er führte sie an Gruppen grinsender Jugendlicher vorbei zur Haustür und die Stufen zur Eingangshalle hinauf. Auf einem handgeschriebenen Zettel stand: AUFZUG AUSSER BETRIEB. Sie betraten das graue, von schwachen Glühbirnen beleuchtete Treppenhaus. Justin hielt sich neben ihr, bis sie in die vollkommen dunkle oberste Etage gelangten. Dort holte er seine Taschenlampe hervor und leuchtete Ghita den Weg. Durch verschlossene Türen drangen asiatische Musik und orientalische Gerüche nach draußen. Justin gab ihr die Taschenlampe und ging zur Treppe zurück, während sie die Kette an dem Eisengitter vor ihrer Tür losmachte und die drei Schlösser aufsperrte. Als sie in die Wohnung trat, läutete das Telefon. Sie sah sich nach Justin um, aber der stand schon neben ihr.

»Ghita, meine liebe Freundin, hallo«, rief eine charmante Männerstimme, die sie nicht sofort einordnen konnte. »Wie reizend Sie heute Abend ausgesehen haben. Hier spricht Tim Donohue. Wollte fragen, ob ich mal kurz vorbeikommen und mit Ihnen beiden unterm Sternenzelt eine Tasse Kaffee trinken kann.«

* * *

Ghitas kleine Wohnung hatte drei Zimmer, die alle auf eine belebte Straße hinausgingen: kaputte Leuchtreklamen, ein baufälliges Lagerhaus, hupende Autos und unerschrockene Bettler, die ihnen erst im allerletzten Augenblick den Weg freimachten. Durch eins der vergitterten Fenster gelangte man auf eine eiserne Außentreppe, die eigentlich als Feuertreppe gedacht war, doch aus Gründen der Sicherheit hatten die Mieter das untere Stück abgesägt. Oben war die Treppe noch intakt, und an manchen Abenden stieg Ghita aufs Dach, lehnte sich an die Holzverkleidung des Wassertanks und lernte für die Aufnahmeprüfung zum diplomatischen Dienst, die sie im nächsten Jahr ablegen wollte, lauschte den Geräuschen ihrer asiatischen Hausgenossen, hörte deren Musik und Gezänk und Kindergeschrei und konnte sich beinahe einbilden, unter ihren eigenen Leuten zu leben.

Zwar verflog diese Illusion, sobald Ghita durch die Tore des Hochkommissariats fuhr und in ihre andere Haut schlüpfte, dennoch blieb das Dach mit seinen Katzen und Hühnerverschlägen und Wäscheleinen und Antennen einer der wenigen Orte, an denen sie sich wohl fühlte – weswegen sie auch nicht allzu überrascht auf Donohues Vorschlag reagierte, sie könnten doch ihren Kaffee oben unterm Sternenzelt zu sich nehmen. Woher er wusste, dass man auf ihrem Dach sitzen konnte, war ihr allerdings ein Rätsel, denn er hatte, soweit ihr bekannt war, niemals einen Fuß in ihre Wohnung gesetzt. Aber er wusste es. Unter Justins misstrauischen Blicken trat Donohue über die Schwelle, legte einen Finger an die Lippen, zwängte seinen knochigen Körper durchs Fenster auf den Absatz der Eisentreppe und winkte den beiden, ihm zu folgen. Justin ging als nächster, und als Ghita mit dem Kaffeetablett nachkam, saß Donohue bereits auf einer Kiste, die Knie in Höhe seiner Ohren. Justin setzte sich nicht. Einmal stand er wie ein kampfbereiter Wachposten vor den Neonlichtern der Häuser gegenüber, dann wieder hockte er sich plötzlich mit gesenktem Kopf neben sie, wie einer, der mit den Fingern etwas in den Sand zeichnet.

»Wie haben Sie's geschafft, über die Grenze zu kommen, alter Junge?«, fragte Donohue und trank einen Schluck Kaffee. »Ein kleiner Vogel hat mir ins Ohr geflüstert, dass Sie vor ein paar Tagen noch in Saskatchewan waren.«

»Mit einer Safari-Reisegruppe.«

»Über London?«

»Amsterdam.«

»Große Gruppe?«

»Die größte, die ich finden konnte.«

»Als Quayle?«

»Mehr oder weniger.«

»Wann haben Sie sich abgesetzt?«

»In Nairobi. Sobald wir die Zoll- und Einreisekontrollen hinter uns hatten.«

»Ganz schön clever. Ich habe Sie falsch eingeschätzt. Hätte gedacht, Sie würden den Landweg bevorzugen. Über Tansania oder so.«

»Er wollte nicht, dass ich ihn am Flughafen abhole«, warf Ghita ein. »Er ist im Dunkeln mit dem Taxi hergekommen.«

»Was wollen Sie?«, fragte Justin aus einem anderen Teil der Nacht.

»Ein friedliches Leben, wenn Sie nichts dagegen haben, alter Junge. Ich habe ein gewisses Alter erreicht. Keine Skandale mehr. Kein Rumschnüffeln. Keine Jungs mehr, die ihren Kopf hinhalten für etwas, das es gar nicht mehr gibt.« Seine hagere Gestalt wandte sich zu Ghita um. »Weshalb sind Sie in Loki gewesen, meine Liebe?«

»Sie hat es für mich getan«, schaltete sich Justin ein, ehe Ghita eine Antwort einfiel.

»Das ist gut«, sagte Donohue beifällig. »Und bestimmt auch Tessa zuliebe. Ghita ist eine bewundernswerte Frau.« Und wieder an sie gerichtet, mit mehr Nachdruck: »Und Sie haben gefunden, wonach Sie gesucht haben, meine Liebe? Auftrag erfüllt? Davon gehe ich aus.«

Erneut Justin, schneller als zuvor: »Ich hatte sie gebeten, Tessas letzte Tage zu rekonstruieren. Herauszufinden, ob die beiden wirklich an diesem Workshop über Geschlechterrollen teilgenommen haben. Was sie haben.«

»Und, stimmen Sie dem zu, meine Liebe?«, wollte Donohue von Ghita wissen.

»Ja.«

»Ausgezeichnet«, sagte Donohue und trank noch einen Schluck Kaffee. »Können wir offen reden?«, fragte er Justin.

»Ich dachte, das täten wir schon die ganze Zeit.«

»Über Ihre Pläne.«

»Welche Pläne?«

»Hören Sie. Falls Sie zum Beispiel daran gedacht haben sollten, mal ein Wörtchen mit Kenny K. Curtiss zu reden – das wäre reine Zeitverschwendung. Den Tipp kann ich Ihnen gratis geben.«

»Warum?«

»Zum einen erwarten seine Gorillas Sie bereits. Zum anderen

ist er inzwischen aus dem Rennen, falls er überhaupt jemals richtig dabei war. Die Banken haben ihm sein Spielzeug weggenommen. Der pharmazeutische Zweig von ThreeBees geht wieder zurück an KVH.«

Keine Reaktion.

»Ich will damit sagen, Justin, es ist nicht sehr befriedigend, jemanden mit Blei voll zu pumpen, der sowieso schon tot ist. Falls es Genugtuung ist, worauf Sie aus sind. Stimmt's?«

Keine Antwort.

»Zur Ermordung Ihrer Frau muss ich Ihnen, so sehr es mich auch betrübt, sagen, dass Kenny K. nicht, ich wiederhole: *nicht* daran beteiligt war. Das Gleiche gilt für seinen Handlanger Crick, auch wenn er die Gelegenheit, hätte sie sich ihm geboten, mit Sicherheit gern ergriffen hätte. Natürlich hatte Crick den Auftrag, KVH laufend über Arnolds und Tessas Schritte zu unterrichten. Bei ihrer Überwachung hat ihm unter anderem die kenianische Polizei hilfreich zur Seite gestanden; bei denen hat Kenny K. einen Stein im Brett. Aber Crick hat mit dem Mord genauso wenig zu tun wie Kenny K. Ein Observierungsauftrag macht ihn noch nicht zum Mörder.«

»An wen ging Cricks Bericht eigentlich?«, fragte Justins Stimme.

»Einen Anrufbeantworter in Luxemburg; der Anschluss ist inzwischen abgeschaltet worden. Von dort aus wurde die fatale Botschaft über Kanäle weitergeleitet, die Sie und ich wahrscheinlich niemals werden nachvollziehen können. Jedenfalls hat sie schließlich die sensiblen Herren erreicht, die Ihre Frau getötet haben.«

»Marsabit«, sagte Justin ganz aus der Nähe.

»Richtig. Die berühmten Zwei von Marsabit in ihrem grünen Safarijeep. Unterwegs stießen vier Afrikaner zu ihnen, die es ebenfalls auf das Kopfgeld abgesehen hatten. Es ging um eine Summe von einer Million Dollar, aufzuteilen nach Ermessen ihres Anführers, der sich Colonel Elvis nennt. Mit absoluter Sicherheit wissen wir nur, dass er weder Elvis heißt noch jemals zum Schwindel erregenden Rang eines Colonels aufgestiegen ist.«

»Hat Crick nach Luxemburg berichtet, dass Tessa und Arnold zum Turkanasee wollten?«

»Diese Frage, mein Lieber, kann ich nicht beantworten.«

»Warum?«

»Weil Crick es mir nicht sagen will. Er hat Angst. Ich wünschte, Sie hätten auch ein bisschen Angst. Er fürchtet, dass man ihm, wenn er mit seinen Informationen oder denen gewisser Freunde allzu freigebig umgeht, die Zunge rausschneidet, um Platz für seine Hoden zu machen. Diese Angst ist nicht unbegründet.«

»Was wollen Sie?«, fragte Justin noch einmal. Er hockte neben Donohue und starrte ihm in die nachtschwarzen Augen.

»Sie von Ihren Plänen abbringen, welche auch immer das sein mögen. Ihnen sagen, dass Sie nicht finden werden, wonach Sie suchen; das ändert aber nichts daran, dass man Sie töten wird. Auf Ihren Kopf ist ein Preis ausgesetzt, für den Fall, dass Sie afrikanischen Boden betreten. Und das haben Sie ja nun getan. Jeder abtrünnige Söldner und jeder Gangsterboss hier träumt davon, Sie zu stellen. Eine halbe Million für Ihren Tod, eine ganze, wenn es nach Selbstmord aussieht, denn das ist die bevorzugte Lösung. Sie können so viele Leibwächter anheuern wie Sie wollen, es wird Ihnen nichts nützen. Wahrscheinlich heuern Sie genau die Leute an, die darauf aus sind, Sie umzubringen.«

»Was kümmert es den Geheimdienst, ob ich lebe oder sterbe?«

»Offiziell kümmert uns das nicht. Persönlich wäre es mir lieber, nicht mit ansehen zu müssen, dass die falsche Seite gewinnt.« Er holte tief Luft. »In diesem Zusammenhang muss ich Ihnen leider mitteilen, dass Arnold Bluhm mausetot ist, und zwar schon seit Wochen. Falls Sie also hergekommen sind, um Arnold zu retten, kann ich nur sagen: Es gibt nichts mehr zu retten.«

»Das müssen Sie mir beweisen«, verlangte Justin grob, während Ghita sich schweigend abwandte und ihr Gesicht in der Armbeuge verbarg.

»Ich bin alt und krank und habe keine Illusionen mehr, und wenn meine Vorgesetzten wüssten, was ich Ihnen hier alles erzähle, würden sie mich an die Wand stellen. Das muss als Beweis genügen. Also: Bluhm wurde bewusstlos geschlagen, in den Jeep geworfen und in die Wüste gebracht. Kein Wasser, kein Schatten, keine Nahrung. Man hat ihn ein paar Tage lang gefoltert, weil man rausfinden wollte, ob er und Tessa Kopien von den Disketten angefertigt hatten, die in ihrem Geländewagen gefunden worden waren. Tut mir Leid, Ghita. Bluhm sagte, nein, sie hätten keine Kopien angefertigt, aber warum hätte man ihm das glauben sollen? Also haben sie ihn zu Tode gefoltert, um sicherzugehen, aber wohl auch, weil es ihnen Spaß gemacht hat. Dann haben sie ihn den Hyänen überlassen. Und ich fürchte, das ist die Wahrheit.«

»Oh, mein Gott«, flüsterte Ghita und schlug ihre Hände vor den Mund.

»Sie können Bluhm also von Ihrer Liste streichen, Justin, genau wie Kenny K. Curtiss. Der beiden wegen hat sich die Reise nicht gelohnt.« Er sprach erbarmungslos weiter. »Und noch etwas. Porter Coleridge kämpft in London auf Ihrer Seite. Das ist allerdings mehr als streng geheim. Das ist so geheim, das existiert gar nicht.«

Justin war aus Ghitas Blickfeld verschwunden. Sie spähte in die Dunkelheit und entdeckte ihn schließlich dicht hinter sich.

»Porter verlangt, dass Tessas Fall an die Polizeibeamten zurückgegeben wird, die ihn ursprünglich bearbeitet haben, und dass man ihm Gridleys Kopf zusammen mit dem von Pellegrin auf einem silbernen Tablett serviert. Er will, dass ein Untersuchungsausschuss sich mit den Beziehungen zwischen Curtiss, KVH und der britischen Regierung befasst, und wo er schon mal dabei ist, versucht er auch noch, Sandy Woodrow von seinem schwankenden Thron zu stoßen. Er will das Medikament von einem Team unabhängiger Wissenschaftler prüfen lassen, falls die noch irgendwo zu finden sind. Bei seinen Recherchen ist er auf ein Ethik-Komitee der Weltgesundheitsorganisation gestoßen, das sich mit der Durchführung von medizinischen Tests befasst. Vielleicht helfen die ihm weiter. Wenn Sie jetzt nach Hause zurückkehren, könnte das den Ausschlag geben. Und deswegen bin ich hier«, schloss er zufrieden, trank seinen Kaffee aus und erhob sich. »Menschen aus Ländern rauszubringen, gehört zu den wenigen Dingen, die wir immer noch perfekt beherrschen, Justin. Falls Sie also lieber in einer Wärmflasche aus Kenia rausgeschmuggelt werden wollen, statt ein zweites Mal durch die Hölle des Kenyatta-Flughafens zu gehen und sich mit Mois Leuten und allen möglichen anderen Gangstern rumzuschlagen, geben Sie uns einfach über Ghita Bescheid.«

»Sehr freundlich von Ihnen«, sagte Justin.

»Ich hatte befürchtet, dass Sie das sagen würden. Gute Nacht.«

* * *

Ghita lag auf ihrem Bett. Sie starrte an die Decke, wusste nicht, ob sie weinen oder beten sollte. Dass Bluhm tot war, hatte sie schon lange vermutet, aber die Umstände seines Todes übertrafen ihre schlimmsten Befürchtungen. Sie wünschte, sie hätte zu den einfachen Wahrheiten ihrer Zeit als Klosterschülerin zurückfinden und wieder glauben können, dass es Gottes Wille war, dass der Mensch in solche Höhen aufsteigen und so tief sinken konnte. Jenseits der Wand saß Justin an ihrem Schreibtisch und schrieb etwas mit der Hand, obwohl Ghita ihm ihren Laptop angeboten hatte. Das Flugzeug nach Loki sollte um sieben Uhr früh auf dem Wilson-Airport starten, also musste er in einer Stunde aufbrechen. Sie hätte ihn gern auf dem letzten Stück seiner Reise begleitet, wusste aber, dass niemand das konnte. Sie hatte angeboten, ihn zum Flughafen zu fahren, doch er wollte lieber am Serena Hotel ein Taxi nehmen.

»Ghita?«

Er klopfte an ihre Tür. Sie rief: »Ja, bitte«, und stand auf.

»Ich möchte, dass Sie das für mich abschicken, Ghita«, sagte Justin und gab ihr einen dicken Umschlag, der an eine Frau in Mailand adressiert war. »Keine Freundin von mir, falls Sie sich das fragen sollten. Sondern die Tante meines Anwalts.« Ein seltenes Lächeln. »Und dieser Brief hier geht an Porter Coleridge in seinem Club. Und wählen Sie bitte nicht die Feldpost. Auch keinen Kurierdienst oder so was. Die normale kenianische Post ist zuverlässig genug. Ich weiß gar nicht, wie ich Ihnen für Ihre Hilfe danken soll.«

Nun konnte sie sich nicht mehr beherrschen, sie schlang die Arme um ihn und hielt ihn fest, als hinge ihr Leben davon ab, bis er sich ihr schließlich entwand.

Dreiundzwanzigstes Kapitel

Captain McKenzie und sein Kopilot Edsard sitzen im Cockpit der Buffalo, einem Cockpit, das nichts weiter ist als eine erhöhte Plattform an der Spitze des Flugzeugs, ohne Trennwand, die die Besatzung vor ihrer Fracht schützen könnte – oder auch die Fracht vor der Besatzung. Und direkt vor die Plattform, eine Stufe tiefer, hat eine fürsorgliche Seele einen niedrigen, rostbraunen, viktorianischen Sessel mit improvisierten Winkeleisen am Boden befestigt, ein Sitzmöbel, wie es sich ein älterer Hausdiener an einem Winterabend vor den Küchenofen ziehen mag. Und darauf sitzt Justin mit Kopfhörer und einem zerfransten Nylongurt um den Bauch, der wie das Laufgeschirr eines Kleinkindes aussieht. Er lauscht den weisen Ausführungen von Captain McKenzie und Edsard, nimmt aber gelegentlich den Kopfhörer ab, um die Fragen einer jungen Weißen aus Simbabwe zu beantworten, die es sich inmitten eines Haufens fest gezurrter brauner Kisten bequem gemacht hat. Justin hatte ihr den Sessel anbieten wollen, aber McKenzie hielt ihn mit einem entschiedenen »Da sitzen *Sie*!«, davon ab. Weiter hinten kauern sechs Sudanesinnen, deren unterschiedliche Haltungen stoischen Gleichmut oder panische Angst ausdrücken. Eine von ihnen erbricht sich in einen Plastikeimer, der zu diesem Zweck bereitsteht. Zwischen den grau schimmernden Stoffbahnen, mit denen die Decke bespannt ist, verläuft ein Kabel, an dem Reißleinen baumeln, deren metallverstärkte Enden zum Dröhnen der Motoren tanzen. Der Rumpf ächzt und stöhnt wie eine alte Dampflok auf ihrer letzten Reise. Es gibt weder Airconditioning noch Fallschirme. Ein verblasstes rotes Kreuz an der Wand weist auf ein Medizinschränkchen hin. Darunter stehen mehrere mit einer Schnur zusammengebundene Blechkanister mit der Aufschrift »Kerosin«. *Das ist die Reise, die Tessa und Arnold gemacht haben, und das ist der Mann, der sie geflogen hat. Das ist ihre letzte Reise vor ihrer letzten Reise.*

»Sie sind also Ghitas Freund«, hatte McKenzie zu Justin gesagt, nachdem die Sudanesin Sarah ihn zu dessen *tukul* in Loki gebracht hatte.

»Ja.«

»Sarah sagt, Sie hätten ein Reisedokument, ausgestellt von der südsudanesischen Vertretung in Nairobi, aber das hätten Sie verlegt. Stimmt das?«

»Ja.«

»Dürfte ich dann mal Ihren Pass sehen?«

»Selbstverständlich.« Justin gibt ihm den auf Atkinson ausgestellten Pass.

»Was machen Sie beruflich, Mr Atkinson?«

»Ich bin Journalist. Schreibe für den Londoner *Telegraph*. Im Moment bereite ich einen Artikel über die Operation Lifeline Sudan der Vereinten Nationen vor.«

»Wirklich ein Jammer, ausgerechnet jetzt, wo die OLS so sehr auf Berichterstattung angewiesen ist. Zu dumm, wenn es an einem kleinen Stück Papier scheitern sollte. Wissen Sie, wo Sie es verloren haben?«

»Leider nicht.«

»Wir transportieren heute hauptsächlich Kisten mit Sojaöl. Und ein paar Carepakete für unsere Leute da draußen. Ganz normaler Einsatz, falls Sie sich dafür interessieren sollten.«

»Ja, natürlich.«

»Macht es Ihnen was aus, ein, zwei Stunden lang unter einem Haufen Decken auf dem Boden eines Jeeps zu hocken?«

»Nicht im Geringsten.«

»Ich glaube, dann kommen wir ins Geschäft, Mr Atkinson.«

Seither hält McKenzie beharrlich an dieser Fiktion fest. Im Flugzeug erklärt er, wie er es für jeden Journalisten tun würde, Hintergründe und Ablauf dessen, was er stolz als die kostspieligste Operation zur Bekämpfung des Hungers bezeichnet, die weltweit jemals realisiert wurde. Seine Ausführungen, ein metallisches Krächzen in den Kopfhörern, übertönen nicht immer den Lärm der Motoren.

»Im Südsudan gibt es gute, mittelmäßige, schlechte oder katastrophale Versorgung mit Nahrungsmitteln, Mr Atkinson. Wir in Loki haben die Aufgabe, die Versorgungslücken zu ermitteln. Jede Tonne Nahrungsmittel, die wir abwerfen, kostet die UNO dreizehnhundert Dollar. In Bürgerkriegen sterben die Reichen als erste. Weil sie sich nämlich nicht anpassen können, wenn ihnen das Vieh gestohlen wird. Für die Armen ändert sich kaum was. Damit eine Gruppe von Menschen überleben kann, müssen diese auf ihrem Land gefahrlos etwas anbauen können. Leider gibt es kaum noch sicheres Land. Bin ich zu schnell?«

»Nein, nein, Sie machen das sehr gut.«

»Loki muss also Ernteerträge abschätzen und anhand dieser Zahlen voraussagen, wo die Versorgungslücken auftreten werden. Zur Zeit steht mal wieder ein Engpass bevor. Und nun kommt alles auf das richtige Timing an. Wirft man die Nahrungsmittel ab, wenn die Leute gerade bei der Ernte sind, bringt man ihre Wirtschaft durcheinander. Kommt man zu spät, sterben sie schon. Übrigens geht das nur aus der Luft. Lässt man die Nahrungsmittel auf dem Landweg transportieren, werden sie gestohlen, oft von den Lastwagenfahrern selbst.«

»Aha. Verstehe. Ja.«

»Wollen Sie sich keine Notizen machen?«

Wenn du Journalist bist, benimm dich auch wie einer, will er ihm damit sagen. Justin schlägt sein Notizbuch auf, und schon hebt Edsard zu einer Erklärung an. Sein Thema ist die Sicherheit.

»An den Versorgungsstationen gibt es vier Sicherheitsstufen, Mr Atkinson. Stufe vier bedeutet: Abbruch. Stufe drei: Äußerste Wachsamkeit. Stufe zwei: Könnte schlimmer sein. Vollkommen ungefährliche Gebiete gibt es im Südsudan nicht. Okay?«

»Okay. Verstanden.«

Jetzt wieder McKenzie. »Wenn Sie in der Station ankommen, wird der Wachhabende Sie über die aktuelle Sicherheitsstufe informieren. Bei Alarm folgen Sie seinen Anweisungen. Die Station, die Sie besuchen, liegt in einem Gebiet, das von General Garang kontrolliert wird; von ihm stammt das Visum, das Sie verloren haben. Es kommt aber immer wieder zu Angriffen aus dem Norden und von rivalisierenden Stämmen aus dem Süden. Dabei geht es nicht nur um die Nord-Süd-Problematik. Die Konstellationen ändern sich sehr schnell; Stämme, deren Angehörige sich gestern noch gegenseitig massakriert haben, können morgen schon gemeinsam gegen die Moslems kämpfen. Hören Sie mir noch zu?«

»Aber ja.«

»Der Staat Sudan ist im Grunde ein künstliches Gebilde, der Phantasie kolonialer Kartenzeichner entsprungen. Im Süden haben wir Afrika, grüne Felder, Öl und animistische Christen. Im Norden haben wir Arabien, nichts als Sand und moslemische Extremisten, deren Ziel es ist, die Scharia als allein gültiges Gesetz einzuführen. Wissen Sie, was das ist?«

»So ungefähr«, sagt Justin, der in einem anderen Leben Aufsätze zu diesem Thema geschrieben hat.

»Da kommt so ungefähr alles zusammen, was man für eine fortwährende Hungerkatastrophe braucht. Was die Dürre nicht schafft, erledigen die Bürgerkriege, und umgekehrt. Aber die rechtmäßige Regierung sitzt immer noch in Khartum. Das heißt, egal was die UNO im Süden aushandelt, sie muss es mit Khartum absprechen. Wir haben hier also, Mr Atkinson, ein einzigartiges Dreiecksverhältnis zwischen der UNO, den Leuten in Khartum und den Rebellen, die diese mit allen Mitteln bekämpfen. Können Sie mir folgen?«

»Sie gehen ins Lager Nummer sieben!«, brüllt ihm Jamie, die Frau aus Simbabwe, ins Ohr. Sie hockt in ihren braunen Jeans und mit Tropenhut züchtig neben ihm und hält die Hände wie einen Trichter vor den Mund.

Justin nickt.

»In Lager Nummer sieben ist zur Zeit der Teufel los! Eine Freundin von mir hatte da vor ein paar Wochen Sicherheitsstufe vier! Musste elf Stunden durch den Sumpf marschieren, dann noch mal sechs Stunden ohne Hose auf das Flugzeug warten, bis sie abgeholt wurde!«

»Was war denn mit ihrer Hose passiert?«, schreit Justin zurück.

»Die hat sie ausgezogen! Machen alle! Männer und Frauen!

Sonst scheuert man sich wund! Nasse, heiße, dampfende Hosen! Das hält man nicht aus!« Sie holt kurz Luft, dann beugt sie sich wieder zu seinem Ohr. »Wenn Sie Vieh aus einem Dorf laufen sehen – rennen Sie weg! Wenn Frauen hinter dem Vieh herlaufen – rennen Sie schneller! Wir hatten mal einen, der ist vierzehn Stunden gerannt, ohne Wasser. Hat acht Pfund abgenommen. Carabino war hinter ihm her.«

»Carabino?«

»Der gehörte zu den Guten, bis er sich den Leuten im Norden angeschlossen hat. Jetzt hat er sich entschuldigt und ist wieder bei uns. Darüber freuen wir uns alle sehr. Niemand fragt ihn, wo er gewesen ist. Ist das Ihr erstes Mal?«

Justin nickt.

»Hören Sie. Rein statistisch gesehen, kann Ihnen kaum was passieren. Keine Sorge. Und Brandt ist eine echte Persönlichkeit.«

»Brandt? Wer ist das?«

»Der Koordinator. Ist in Lager Nummer sieben für die Verteilung der Nahrungsmittel zuständig. Großartiger Bursche. Alle lieben ihn. Total verrückter Typ. Großer Mann Gottes.«

»Wo kommt er her?«

Sie zuckt die Schultern. »Bezeichnet sich als Strandgut, wie alle hier. Keiner von uns hat eine Vergangenheit. Gehört praktisch zu den Spielregeln.«

»Wie lange ist er schon dort?«, schreit Justin. Sie versteht ihn nicht, und er muss die Frage wiederholen.

»Sechs Monate, schätze ich. Sechs Monate ununterbrochen da draußen, das ist soviel wie ein ganzes Leben, sag ich Ihnen! Kommt noch nicht mal für ein paar Tage nach Loki runter, um sich etwas auszuruhen!«, schließt sie bekümmert und lässt sich, erschöpft von dem Geschrei, nach hinten sinken.

Justin schnallt sich ab und tritt ans Fenster. *Das ist die Reise, die du gemacht hast. Das ist die Geschichte, die sie dir erzählt haben. Das hier hast du gesehen.* Unter ihm erstreckt sich der smaragdgrüne Nilsumpf, überwabert von Hitze, übersät mit schwarzen Wasserlöchern, die wie Puzzleteile aussehen. Auf Anhöhen drängt sich Vieh in abgetrennten Pferchen.

»Die Eingeborenen sagen einem nie, wie viele Tiere sie haben!« Jamie steht jetzt neben ihm und schreit ihm wieder ins Ohr. »Das rauszufinden, ist die Aufgabe des Koordinators! Ziegen und Schafe stehen in der Mitte des Geheges, die Kühe außen rum, zusammen mit den Kälbern! Bei den Kühen sind auch die Hunde! Nachts verbrennen die Eingeborenen den Kuhmist in ihren Hütten, die direkt daneben stehen! Das schreckt die Raubtiere ab und hält die Kühe warm, nur dass die Menschen einen schrecklichen Husten davon bekommen! Manchmal sperren sie auch die Frauen und Kinder in die Gehege! Mädchen werden im Sudan gut mit Essen versorgt! Wenn sie wohlgenährt sind, erzielen sie einen besseren Preis bei der Hochzeit!« Jamie klopft sich grinsend auf den Bauch. »Ein Mann darf so viele Frauen haben, wie er sich leisten kann. Da gibt's diesen ganz unglaublichen Tanz – also *wirklich*«, ruft sie und hält sich die Hand vor den Mund, weil sie so lachen muss.

»Sind Sie auch Koordinator?«

»Nein, Assistentin.«

»Wie sind Sie an den Job gekommen?«

»Hab in Nairobi die richtigen Nachtklubs besucht! Möchten Sie ein Rätsel hören?«

»Nur zu.«

»Wir werfen hier Getreide ab, richtig?«

»Richtig.«

»Wegen des Krieges zwischen dem Norden und dem Süden, richtig?«

»Weiter.«

»Ein großer Teil des Getreides, das wir abwerfen, wird im Nordsudan produziert. Genau genommen alles, was nicht aus den Überschüssen der amerikanischen Getreidefarmer stammt. Und jetzt kommt's. Die Hilfsorganisationen kaufen Khartum das Getreide ab. Khartum verwendet das Geld, um Waffen für den Krieg gegen den Süden zu kaufen. Die Flugzeuge, die das Getreide nach Loki bringen, benutzen denselben Flughafen, von dem aus die Maschinen starten, mit denen Khartum die Dörfer im Südsudan bombardieren lässt.«

»Und wie lautet nun das Rätsel?«

»Warum finanziert die UNO die Bombardierung dieser Dörfer und lässt gleichzeitig den Opfern Nahrung zukommen?«

»Passe.«

»Kommen Sie nach der Sache hier noch mal nach Loki zurück?«

Justin schüttelt den Kopf.

»Schade«, sagt sie und zwinkert ihm zu.

Jamie setzt sich wieder zwischen die Kisten mit Sojaöl. Justin bleibt am Fenster stehen und beobachtet den goldenen Schatten des Flugzeugs, der über das glitzernde Sumpfland huscht. Einen Horizont gibt es nicht. In der Ferne lösen sich die Farben des Bodens im Dunst auf und lassen das Fenster in immer neuen Schattierungen von Violett schimmern. *Wir könnten unser Leben lang fliegen*, sagt er zu ihr, *ohne jemals den Rand der Erde zu erreichen.* Urplötzlich geht die Buffalo in den Sinkflug. Der Sumpf verfärbt sich braun, fester Boden erhebt sich aus den Wasserflächen. Der Schatten des Flugzeugs jagt über einzelne Bäume, die wie grüne Blumenkohlköpfe aussehen. Edsard hat das Steuer übernommen. Captain McKenzie blättert in einem Prospekt für Campingausrüstung. Er dreht sich zu Justin um und hält einen Daumen hoch. Justin setzt sich wieder in seinen Sessel, schnallt sich an und sieht auf die Uhr. Drei Stunden hat der Flug gedauert. Edsard bringt die Buffalo abrupt in Schräglage. Kisten mit Toilettenpapier, Mückenspray und Schokolade schlittern über den Stahlboden und krachen neben Justin an die Stufe, die zum Cockpit führt. Am Ende der Tragfläche taucht eine Ansammlung strohgedeckter Hütten auf. In Justins Kopfhörer krächzt es, wie klassische Musik, die mit der falschen Geschwindigkeit abgespielt wird. Aus dem Getöse filtert er eine schroffe germanische Stimme heraus, die Informationen über die Verhältnisse am Boden durchgibt. Aber mehr als »stabil« und »kein Problem« versteht er nicht. Das Flugzeug beginnt heftig zu beben. Justin reckt sich in seinem Gurt und sieht durchs Cockpitfenster ein grünes Feld, das von einem breiten Streifen roter Erde durchzogen ist. Als Markierung dienen Reihen weißer Säcke. In einer Ecke des Feldes liegen noch mehr Säcke. Das Flugzeug richtet sich auf, und die Sonne trifft Justins Nacken wie ein Strahl siedend heißen Wassers. Er sinkt auf seinen Sitz zurück. Die germanische Stimme ist jetzt laut und deutlich zu hören.

»Nun komm schon runter, Edsard! Heute Mittag gibt's 'nen

schönen Eintopf mit Ziegenfleisch! Hast du den arbeitsscheuen McKenzie dabei?«

Edsard lässt sich nicht so leicht umgarnen. »Was sollen die Säcke da hinten, Brandt? Sind die vor kurzem abgeworfen worden? Treibt sich hier oben noch 'n anderes Flugzeug rum?«

»Das sind bloß leere Säcke, Edsard. Stör dich nicht dran und komm jetzt endlich, verstanden? Ist dieser Topjournalist auch an Bord?«

Diesmal antwortet McKenzie. »Wir haben ihn, Brandt«, sagt er lakonisch.

»Wen habt ihr sonst noch?«

»Mich!«, schreit Jamie fröhlich gegen den Lärm an.

»Einen Journalisten, eine Nymphomanin, sechs heimkehrende Delegierte«, erklärt McKenzie unverändert ruhig.

»He, was ist das für einer? Dieser Teufelskerl von Journalist?«

»Wenn ich das wüsste«, sagt McKenzie.

Lautes Gelächter im Cockpit, in das die gesichtslose, fremde Stimme am Boden einfällt.

»Warum ist er so nervös?«, fragt Justin.

»Die sind alle nervös. Das da unten ist die Endstation. Nach der Landung bleiben Sie bitte bei mir, Mr Atkinson. Das Protokoll verlangt, dass ich Sie zuallererst dem Vorsteher vorstelle.«

Die Landebahn sieht aus wie ein verlängerter Tennisplatz, roter Sand, teilweise überwuchert. Hunde und Menschen kommen zwischen Bäumen hervor und nähern sich der Landebahn. Ihre kegelförmigen Hütten sind mit Stroh gedeckt. Edsard fliegt tief darüber hinweg, und McKenzie sucht das Buschland zu beiden Seiten ab.

»Keine finsteren Gestalten?«, fragt Edsard.

»Keine finsteren Gestalten«, bestätigt McKenzie.

Das Flugzeug geht in Schräglage, richtet sich wieder auf und rast auf die Landebahn zu. Der Boden trifft die Buffalo wie eine Rakete. Feuerrote Staubwolken hüllen sie ein. Ihr Rumpf kippt weit nach links, die Fracht zerrt an ihrer Vertäuung. Die Motoren brüllen, das Flugzeug wird gerüttelt, schrammt an etwas vorbei und kommt holpernd zum Stehen. Die Motoren verstummen. Der Staub senkt sich. Sie sind angekommen. Justin sieht eine Abordnung afrikanischer Würdenträger herankommen, dazu Kinder und ein paar weiße Frauen mit schmuddeligen Jeans, Dreadlocks und Armreifen. In ihrer Mitte, mit einem braunen Homburg auf dem Kopf, in alten Khakishorts und stark abgetragenen Wildlederschuhen – es fehlt nur das Stethoskop –, schreitet die strahlende, bullige, rotblonde und unbestreitbar majestätische Gestalt Markus Lorbeers.

* * *

Die Sudanesinnen klettern aus dem Flugzeug und gehen zu ihren Leuten hinüber, die sie mit Gesang empfangen. Jamie aus Simbabwe umarmt unter freudigem Geschrei ihre Gefährten, und dann wirft sie sich Lorbeer an den Hals, tätschelt sein Gesicht, nimmt ihm den Hut ab und streicht ihm die roten Haare glatt, während er ihr strahlend auf den Hintern klopft und kichert wie ein kleiner Junge an seinem Geburtstag. Dinka-Träger strömen ins Heck des Flugzeugs und beginnen nach Edsards Anweisungen mit dem Ausladen. Nur Justin muss sitzen bleiben, bis Captain McKenzie ihm das Zeichen gibt auszusteigen, und ihn über die Landebahn hinweg auf eine kleine Anhöhe führt, zu einer Gruppe älterer Dinka in schwarzen Hosen und weißen Hemden, die auf Küchenstühlen im Halbkreis unter einem Baum sitzen. In ihrer Mitte thront Arthur, der Vorsteher, ein drahtiger, grauhaariger Mann mit kantigen Zügen und ernsten, klugen Augen. Er trägt eine rote Baseballmütze, auf die das Wort Paris gestickt ist, in goldenen Buchstaben.

»Sie sind also ein Mann der Feder, Mr Atkinson«, sagt Arthur in fehlerfreiem, altmodischem Englisch, nachdem McKenzie sie einander vorgestellt hat.

»Das ist richtig, Sir.«

»Welche Zeitung oder Zeitschrift, wenn ich mir die Frage erlauben darf, kommt denn in den Genuss, Ihre Dienste in Anspruch nehmen zu dürfen?«

»Der *Telegraph* in London.«

»Der *Sunday Telegraph?*«

»Hauptsächlich die Tageszeitung.«

»Beides sind ausgezeichnete Blätter«, erklärt Arthur weise.

»Arthur war während der Zeit des britischen Mandats Sergeant bei der sudanesischen Verteidigungsarmee«, erläutert McKenzie.

»Gehe ich recht in der Annahme, Sir, dass Sie hier sind, um geistige Nahrung aufzunehmen?«

»Nicht nur für mich, sondern auch für meine Leser, hoffe ich«, sagt Justin, der Diplomat, salbungsvoll, während er aus den Augenwinkeln Lorbeer und seine Delegation über die Rollbahn näher kommen sieht.

»Dann, Sir, bitte ich Sie sehr, auch meinen Leuten hier geistige Nahrung zu verschaffen, indem Sie uns englische Bücher schicken. Die Vereinten Nationen sorgen für unser leibliches Wohl, aber nur allzu selten für unser geistiges. Unsere Lieblingsautoren sind die englischen Meister des neunzehnten Jahrhunderts. Vielleicht zieht Ihre Zeitung einmal in Erwägung, ein solches Unternehmen zu unterstützen.«

»Ich werde es auf jeden Fall anregen«, sagt Justin.

»Das wäre überaus freundlich, Sir. Wie lange werden wir das Vergnügen Ihrer geschätzten Gesellschaft haben?«

McKenzie antwortet an Justins Stelle. Lorbeer und seine Leute sind am Fuß der Anhöhe stehen geblieben und warten, dass McKenzie und Justin sich zu ihnen gesellen.

»Bis morgen um die gleiche Zeit, Arthur«, sagt McKenzie.

»Aber bitte nicht später«, erwidert Arthur mit einem Seitenblick auf sein Gefolge. »Vergessen Sie uns nicht, wenn Sie wieder abreisen, Mr Atkinson. Wir werden sehnlichst auf Ihre Bücher warten.«

»Heiß heute«, bemerkt McKenzie, als sie den Hügel hinuntergehen. »Mindestens zweiundvierzig Grad. Trotzdem ist das hier das reine Paradies. Morgen um die gleiche Zeit, okay? Hi, Brandt. Da haben Sie Ihren Teufelskerl.«

* * *

Mit so überwältigender Freundlichkeit hat Justin nicht gerechnet. In den rötlichen Augen, die sich im Uhuru-Krankenhaus geweigert hatten, ihn zu sehen, spiegelt sich spontane Freude. Das Kindergesicht, verbrannt von der ewigen Sonne, ist ein einziges breites, ansteckendes Grinsen. Die kehlige Stimme, die in Tessas

Krankenzimmer nur nervöses Gemurmel hervorgebracht hatte, ist kräftig und selbstbewusst. Lorbeer nimmt Justins Rechte in beide Hände und schüttelt sie, eine freundliche und vertrauenerweckende Geste.

»Hat man Sie in Loki auf die Zustände hier vorbereitet, Mr Atkinson, oder hat man diese schwierige Aufgabe mir überlassen?«

»Dazu war in Loki leider keine Zeit«, antwortet Justin, ebenfalls lächelnd.

»Warum nur haben es Journalisten immer so eilig, Mr Atkinson?«, klagt Lorbeer fröhlich und gibt Justins Hand frei. Dann klopft er ihm auf die Schulter und führt ihn zur Landebahn zurück. »Ändert sich die Wahrheit heutzutage so schnell? Mein Vater hat mich gelehrt: Wenn etwas wahr ist, währt es ewig.«

»Das sollte er mal dem Herausgeber meiner Zeitung erklären«, sagt Justin.

»Aber vielleicht glaubt der nicht an die Ewigkeit«, meint Lorbeer und dreht sich mit erhobenem Zeigefinger zu Justin um.

»Schon möglich«, gibt der zu.

»Und *Sie?*« Der Spaßvogel zieht die Augenbrauen hoch und mustert Justin mit inquisitorischem Blick.

Justin ist vorübergehend wie betäubt. *Was für ein Spiel spiele ich hier eigentlich? Das ist Markus Lorbeer, dein Verräter.*

»Ich glaube, über diese Frage werde ich einige Zeit nachdenken müssen«, erklärt er unbeholfen, worauf Lorbeer in schallendes Gelächter ausbricht.

»Aber nicht zu lange, Mann! Sonst kommt die Ewigkeit und holt Sie ein! Schon mal gesehen, wie Nahrungsmittel abgeworfen werden?« Er hat die Stimme gesenkt und packt Justin am Arm.

»Leider nein.«

»Dann zeig ich's Ihnen, Mann. Und anschließend glauben Sie an die Ewigkeit, das garantiere ich Ihnen. Wir bekommen hier viermal am Tag eine Lieferung aus der Luft, und es ist jedes Mal wie ein göttliches Wunder.«

»Sehr freundlich von Ihnen.«

Lorbeer setzt zu einem Routinevortrag an. Der Diplomat in Justin, wie Lorbeer ein Sophist, spürt das sofort.

»Wir *versuchen* hier, effektiv zu arbeiten, Mr Atkinson. Wir *versuchen*, die wirklich hungrigen Mäuler zu stopfen. Möglich, dass wir zu viel liefern. Solange noch Menschen verhungern, kann ich das nicht als Verbrechen ansehen. Möglich, dass sie uns ein wenig anschwindeln, was die Zahl der Einwohner in ihren Dörfern betrifft oder die Zahl der Sterbenden. Möglich, dass einige auf dem schwarzen Markt in Aweil zu Millionären werden. Pech für uns, sage ich. Okay?«

»Okay.«

Jamie ist neben Lorbeer aufgetaucht, begleitet von einigen Afrikanerinnen, die mit Klemmbrettern bewaffnet sind.

»Möglich, dass wir bei den Lebensmittelhändlern hier nicht allzu beliebt sind, weil wir ihnen das Geschäft kaputtmachen. Möglich, dass die armen Speerträger und Medizinmänner draußen im Busch jammern, wir würden ihnen mit unseren westlichen Medikamenten die Arbeit wegnehmen. Möglich, dass die Menschen hier durch unsere Lebensmittellieferungen in die Abhängigkeit getrieben werden. Okay?«

»Okay.«

Ein breites Lächeln tut all diese Unzulänglichkeiten als nebensächlich ab. »Hören Sie, Mr Atkinson. Sagen Sie das Ihren Lesern. Sagen Sie das den Fettsäcken bei der UNO in Genf und Nairobi. Jedes Mal, wenn es meiner Station hier gelingt, dass ein hungerndes Kind einen Löffel von unserem Haferbrei in den Mund geschoben bekommt, habe ich meinen Job getan. Hinterher schlafe ich wie in Abrahams Schoß. Ich habe mir mein Dasein auf dieser Erde redlich verdient. Werden Sie ihnen das sagen?«

»Ich will's versuchen.«

»Wie heißen Sie mit Vornamen?«

»Peter.«

»Brandt.«

Sie schütteln sich erneut die Hände, noch länger als zuvor.

»Fragen Sie alles, was Sie wollen, okay, Peter? Vor Gott habe ich keine Geheimnisse. Gibt es etwas Bestimmtes, wonach Sie mich fragen wollen?«

»Im Moment nicht. Später vielleicht, wenn ich ungefähr weiß, wie die Dinge hier laufen.«

»Sehr gut. Lassen Sie sich Zeit. Die Wahrheit währt ewig, okay?«

»Okay.«

* * *

Zeit für ein Gebet.

Zeit für die heilige Kommunion.

Zeit für das Wunder.

Zeit, die Hostie mit der ganzen Menschheit zu teilen.

So jedenfalls verkündet es Lorbeer, und Justin, in der vergeblichen Anstrengung, der bedrückend guten Laune seines Führers zu entkommen, tut so, als schriebe er das in sein Notizbuch. Zeit, zu beobachten, wie »das Mysterium der Menschlichkeit die Auswirkungen der Schlechtigkeit des Menschen zu korrigieren beginnt« – noch so einer von Lorbeers ärgerlichen vorgefertigten Sätzen, aufgesagt mit fromm in die sengende Sonne blinzelnden Augen und diesem breiten Lächeln, das Gottes Segen beschwört. Gleichzeitig spürt Justin, wie der Verräter seiner Frau ihn liebevoll mit der Schulter anstupst. Zuschauer haben sich in einer Reihe aufgestellt. Jamie, die Frau aus Simbabwe, und Arthur, der Vorsteher, mit seinen Gefolgsleuten stehen am nächsten. Hunde, Eingeborene in roten Gewändern und eine stumme Schar nackter Kinder drängen sich am Rand der Landebahn.

»Heute geben wir vierhundertundsechzehn Familien zu essen, Peter. Das muss man mit sechs multiplizieren, um die Gesamtzahl der Personen zu erhalten. Der Vorsteher kriegt von mir fünf Prozent von allem, was abgeworfen wird. Das bleibt natürlich unter uns. Sie sind ein anständiger Mensch, deshalb erzähle ich Ihnen das. Wenn man den Vorsteher so reden hört, könnte man meinen, der Sudan hätte hundert Millionen Einwohner. Ein weiteres Problem hier sind die Gerüchte. Es braucht nur einer zu behaupten, er habe einen Reiter mit einem Gewehr gesehen, und schon laufen zehntausend Leute in Panik davon und lassen ihre Ernte und ihre Dörfer im Stich.«

Lorbeer verstummt. Jamie zeigt in den Himmel, tastet nach Lorbeers Hand und drückt sie verstohlen. Der Vorsteher und sein Gefolge haben ebenfalls etwas gehört, und so heben auch sie die

Köpfe, kneifen die Augen zusammen und verziehen die Lippen zu einem angespannten Lächeln. Justin vernimmt das ferne Dröhnen eines Motors und sieht am gleißenden Himmel einen kleinen, schwarzen Punkt. Langsam wird der Punkt zu einer Buffalo, einem Zwilling der Maschine, die ihn hergebracht hat, weiß und tapfer und einsam wie Gottes himmlische Kavallerie. Das Flugzeug jagt dicht über die Wipfel der Bäume hinweg und gewinnt schwankend und taumelnd wieder an Höhe. Dann ist es verschwunden, für immer. Doch Lorbeers Gemeinde fällt nicht vom Glauben ab. Die Gesichter bleiben beschwörend gen Himmel gewandt. Und da kommt es tatsächlich wieder, im Tiefflug, konzentriert und zielstrebig. Justin hat einen Kloß im Hals, und Tränen treten ihm in die Augen, als die ersten weißen Säcke mit Nahrungsmitteln wie eine Hand voll Seifenflocken aus dem Heck des Flugzeugs fallen. Zunächst scheinen sie zu schweben, dann aber werden sie schneller und landen schließlich prasselnd wie eine Maschinengewehrsalve im Abwurfgebiet. Die Buffalo fliegt einen Bogen, um das Manöver zu wiederholen.

»Haben Sie das gesehen, Mann?«, flüstert Lorbeer. Auch in seinen Augen stehen Tränen. Weint er viermal am Tag? Oder nur, wenn er Publikum hat?

»Ja, ich habe es gesehen«, bestätigt Justin. *Wie du es gesehen hast und dann zweifellos, genau wie ich, sofort seiner Kirche beigetreten bist.*

»Hören Sie, Mann. Wir brauchen mehr Landebahnen. Schreiben Sie das in Ihrem Artikel. Mehr Landebahnen, und näher an den Dörfern. Der Fußmarsch ist zu weit für die Leute, und zu gefährlich. Sie werden vergewaltigt, man schneidet ihnen die Kehle durch. Während sie weg sind, stiehlt man ihnen die Kinder. Und wenn sie hier ankommen, erfahren sie, dass sie sich geirrt haben. An dem Tag ist ihr Dorf gar nicht an der Reihe. Also gehen sie wieder nach Hause, sehr verwirrt. Viele von ihnen sterben an dieser Verwirrung. Ihre Kinder auch. Werden Sie das schreiben?«

»Ich will's versuchen.«

»Loki sagt, mehr Landebahnen erfordern mehr Koordination. Ich sage, okay, also koordinieren wir mehr. Loki fragt, wo ist das Geld? Ich sage, erst ausgeben, dann auftreiben. Wen interessiert das schon?«

Stille legt sich über die Landebahn. Die Stille unheilvoller Befürchtungen. Lauern in der Umgebung Räuber, die Gottes Gabe stehlen wollen? Lorbeer legt seine große Hand auf Justins Oberarm.

»Wir haben hier keine Waffen, Mann«, beantwortet er dessen unausgesprochene Frage. »In den Dörfern gibt's Armalites und Kalaschnikoffs. Arthur, unser Vorsteher hier, kauft die Gewehre von seinen fünf Prozent, und dann schenkt er sie seinen Leuten. Aber wir hier in der Station haben bloß ein Funkgerät und unsere Gebete.«

Der gefährliche Augenblick scheint vorüber. Zaghaft bewegen sich die ersten Träger über die Landebahn und beginnen, die Säcke einzusammeln und aufzuschichten. Die Klemmbretter in der Hand, nehmen Jamie und die anderen Assistentinnen Aufstellung, neben jedem Haufen eine. Einige Säcke sind geplatzt. Frauen fegen mit Reisigbündeln sorgfältig das lose Getreide zusammen. Lorbeer hält Justin am Arm und erklärt ihm »die Kultur des Getreidesacks«. Nachdem Gott das Abwerfen von Nahrungsmitteln aus Flugzeugen erfunden habe, sagt er lachend, habe er den Getreidesack erfunden. Kaputt oder ganz, diese weißen, mit den Initialen des Welternährungsprogramms bedruckten Kunstfasersäcke seien im Südsudan ebenso begehrt wie ihr Inhalt.

»Sehen Sie den Windsack? Sehen Sie die Mokassins von dem Burschen da drüben? Sehen Sie das Tuch um seinen Kopf? Ich sage Ihnen, Mann, falls ich jemals heirate, muss meine Braut ein Kleid aus diesen Säcken tragen!«

Jamie bricht in schallendes Gelächter aus, in das die in ihrer Nähe Stehenden sofort einfallen. Das Lachen ist noch nicht verebbt, als an drei verschiedenen Stellen jenseits der Landebahn Gruppen von Dinka-Frauen zwischen den Bäumen hervortreten. Sie sind groß – einsachtzig ist bei ihnen keine Seltenheit –, und sie bewegen sich auf diese würdevolle afrikanische Weise, von der die Models auf den Laufstegen nur träumen können. Die Brüste der meisten von ihnen sind unbedeckt, manche haben sie jedoch unter ihren kupferfarbenen Baumwollgewändern verborgen. Ihr gelassener Blick ist auf die aufgehäuften Säcke vor ihnen gerichtet. Sie reden leise und vertraut miteinander. Jede Gruppe kennt ihr Ziel. Jede Assistentin kennt ihre Kunden. Justin sieht verstohlen zu Lorbeer hinüber, während die Frauen eine nach der anderen ihren Namen nennen, einen Sack an der Verschnürung packen, hochheben und ihn sich anmutig auf den Kopf setzen. Und er sieht, dass Lorbeers Augen jetzt einen ungläubigen, traurigen Ausdruck angenommen haben, als wäre er der Verursacher des Elends dieser Frauen, und nicht ihr Retter.

»Stimmt etwas nicht?«, fragt Justin.

»Die Frauen, sie sind Afrikas einzige Hoffnung, Mann«, antwortet Lorbeer, immer noch flüsternd und ohne den Blick von ihnen abzuwenden. Sieht er Wanza in ihrer Mitte? Und all die anderen Wanzas? Seine blassen, kleinen Augen schauen so schuldbewusst unter der Krempe seines Homburgs hervor. »Schreiben Sie das auf, Mann. Wir geben die Nahrungsmittel nur den Frauen. Den Männern, diesen Idioten, trauen wir nicht über den Weg. Ausgeschlossen. Die verkaufen unseren Hafer auf dem Markt. Lassen ihre Frauen alkoholische Getränke daraus herstellen. Kaufen Zigaretten, Waffen, Mädchen. Die Männer sind Schweine. Die Frauen sorgen für die Familien, die Männer für Krieg. Ganz Afrika ist ein einziger großer Geschlechterkampf, Mann. Nur die Frauen tun hier gottgefällige Werke. Schreiben Sie das auf.«

Justin kommt der Aufforderung nach. Überflüssigerweise, denn dasselbe hat er von Tessa jeden Tag zu hören bekommen. Die Frauen verschwinden schweigend zwischen den Bäumen. Verschüchterte Hunde lecken liegen gebliebene Körner vom Boden.

* * *

Jamie und die anderen Assistentinnen haben sich zurückgezogen. Auf einen hohen Stab gestützt führt Lorbeer, der in diesem Moment die Autorität eines geistigen Lehrers ausstrahlt, Justin über die Landebahn, von den *tukuls* weg auf den bläulich schimmernden Rand eines Waldes zu. Hinter ihm drängen sich ein Dutzend Kinder. Sie zerren an der freien Hand des großen Mannes, hängen sich an ihn, knurren laut und hüpfen herum wie tanzende Elfen.

»Die Kinder halten sich für Löwen«, erklärt Lorbeer Justin und lässt sich von ihrem Gebrüll und Gezerre nicht aus der Ruhe bringen. »Vorigen Sonntag während der Bibelstunde ist Daniel so schnell von den Löwen verschlungen worden, dass Gott keine Chance hatte, ihn zu retten. Ich sage zu den Kindern: Nein, nein, ihr müsst Daniel von Gott *retten* lassen! So steht es in der Bibel! Aber sie behaupten, die Löwen sind viel zu hungrig, die können nicht warten. Erst müssen sie Daniel fressen, danach kann Gott seine Wunder vollbringen. Sonst sterben die Löwen, sagen sie.«

Sie nähern sich einer Reihe rechteckiger Schuppen am anderen Ende der Landebahn. Neben jedem Schuppen eine primitive Einfriedung, ähnlich einer Koppel. In jeder Einfriedung ein kleiner Hades Todgeweihter: Verdurstende, Verkrüppelte, Ausgemergelte. Frauen, die in stummer Qual stoisch auf dem Boden hocken. Von Fliegen bedeckte Säuglinge, so krank, dass sie nicht einmal mehr schreien können. Alte Männer, apathisch von Durchfall und Erbrechen. Zermürbte Sanitäter und Ärzte, die so behutsam wie möglich versuchen, diese Menschen irgendwie in einer Reihe aufzustellen. Nervöse Mädchen, die flüsternd und kichernd in einer langen Schlange stehen. Halbwüchsige Jungen, die verbissen miteinander kämpfen und nach denen ein Erwachsener mit einem Stock schlägt.

* * *

Lorbeer und Justin – Arthur und sein Hofstaat folgen in einigem Abstand – haben eine strohgedeckte Ausgabestelle für Medikamente erreicht, die an einen ländlichen Pavillon erinnert. Lorbeer schiebt sich behutsam zwischen unruhigen Patienten hindurch und führt Justin zu einem Stahlgitter, das von zwei kräftigen Afrikanern in T-Shirts der Ärzte ohne Grenzen bewacht wird. Das Gitter wird geöffnet, Lorbeer stürmt hinein, nimmt den Homburg ab und zieht Justin hinter sich her. Eine weiße Sanitäterin und drei Helfer stehen hinter einer hölzernen Theke und sind damit beschäftigt, Arzneien zu mischen und abzuwiegen. Die Atmosphäre ist gespannt, scheint aber unter Kontrolle. Als sie Lorbeer eintreten sieht, blickt die Sanitäterin auf und grinst.

»Hi, Brandt. Wen haben Sie denn da Hübsches mitgebracht?«, fragt sie mit ausgeprägtem schottischen Akzent.

»Helen, darf ich vorstellen, das ist Peter. Er ist Journalist und wird der ganzen Welt erzählen, was für ein Haufen fauler Nichtsnutze ihr seid.«

»Hi, Peter.«

»Hi.«

»Helen ist Krankenschwester. Aus Glasgow.«

Auf den Regalen stapeln sich verschiedenfarbige Kartons und Glasgefäße bis unter die Decke. Justin lässt wie beiläufig den Blick darüber schweifen, sucht nach der vertrauten, rotschwarzen Schachtel mit dem freundlichen Logo, den drei goldenen Bienen, entdeckt aber keine. Lorbeer hat sich vor einem Regal aufgebaut und nimmt einmal mehr die Pose des Redners ein. Die Sanitäterin und ihre Helfer grinsen sich viel sagend an. Achtung, jetzt kommt's wieder. Lorbeer hält ein großes Glas mit grünen Pillen hoch.

»Peter«, beginnt er ernst. »Jetzt zeige ich Ihnen den zweiten Rettungsanker Afrikas, nach der Operation Lifeline Sudan.«

Erzählt er das jeden Tag? Jedem Besucher? Ist das seine tägliche Buße? Hat er das auch Tessa erzählt?

»In Afrika leben achtzig Prozent der Aids-Kranken der ganzen Welt, Peter. Das ist eine vorsichtige Schätzung. Drei Viertel dieser Menschen erhalten keinerlei Medikamente. Zu verdanken haben wir dies den pharmazeutischen Unternehmen und ihren Dienern im amerikanischen Außenministerium, die jedem Sanktionen androhen, der es wagen sollte, seine eigene Billigversion von in Amerika patentierten Arzneimitteln herzustellen. Okay? Haben Sie das aufgeschrieben?«

Justin nickt ihm bestätigend zu. »Fahren Sie fort.«

»Die Pillen hier in diesem Glas kosten in Nairobi zwanzig US-Dollar pro Stück, in New York sechs, in Manila achtzehn. Wenn Indien demnächst mit der Herstellung einer chemisch identischen Pille beginnt, kostet das Stück nur noch sechzig Cent. Kommen Sie mir nicht mit Forschungs- und Entwicklungskosten. Die haben die Pharmaleute schon vor zehn Jahren abgeschrieben, und außerdem bekommen sie jede Menge Geld von ihren Regierungen, also ist das alles nur dummes Zeug. Wir haben es hier mit einem unmoralischen Monopol zu tun, das Tag für Tag Menschenleben fordert. Okay?«

Lorbeer kennt seine Requisiten so gut, dass er blind danach greifen kann. Er stellt das Glas ins Regal zurück und nimmt eine große, schwarzweiße Schachtel heraus.

»Dieses Präparat hier wird schon seit dreißig Jahren verhökert. Wogegen hilft es? Gegen Malaria. Wissen Sie, warum es dreißig Jahre alt ist, Peter? Vielleicht sollten mal ein paar Leute in New York Malaria kriegen – was glauben Sie, wie schnell die dann plötzlich ein neues Heilmittel entwickeln könnten!« Er nimmt eine andere Schachtel. Seine Hände zittern, genau wie seine Stimme, vor ehrlicher Entrüstung. »Ein überaus menschenfreundlicher Konzern aus New Jersey hat den hungernden Nationen der Welt eine großartige Spende dieses Produkts zukommen lassen, okay? Die Konzerne sehnen sich nach Liebe. Ohne Liebe werden sie ängstlich und unzufrieden.«

Und gefährlich, denkt Justin, spricht es aber nicht aus.

»Warum hat der Konzern das Medikament gespendet? Ich will es Ihnen sagen. Weil man inzwischen ein besseres entwickelt hat. Das alte Zeug verstopft die Lager. Also schickt man es nach Afrika, es ist ja noch sechs Monate haltbar, und streicht für diese großzügige Geste ein paar Millionen Dollar an Steuervergünstigungen ein. Außerdem spart man ein paar weitere Millionen an Lagerkosten und zusätzlich die Summe, die man für die Vernichtung dieser alten Medikamente ausgeben müsste, die man nicht mehr verkaufen kann. Und jeder sagt: Seht nur, was das für gute Menschen sind. Sogar die Aktionäre sagen das.« Er dreht die Schachtel um und betrachtet verächtlich die Rückseite. »Diese Lieferung hat drei Monate lang beim Zoll in Nairobi gelegen, während die Jungs dort darauf warteten, dass jemand kam, um sie zu bestechen. Vor ein paar Jahren hat derselbe Konzern Haarwuchsmittel, Antiraucher- und Schlankheitspillen nach Afrika geschickt und für diese gütige Tat Steuernachlässe in Millionenhöhe kassiert. Die Schweine haben nur den fetten Götzen Profit im Sinn, und sonst gar nichts.«

Aber am hellsten lodert sein gerechter Zorn auf, wenn es um die eigenen Leute geht – *diese Penner bei den Hilfsorganisationen in Genf, die den großen Pharmakonzernen auch bloß ständig in den Hintern kriechen.*

»Diese Typen, die andauernd von Humanität reden!«, schimpft

er, und wieder grinsen die Helfer. Ohne sich dessen bewusst zu sein, hat er Tessas Hasswort gebraucht. »Mit ihren sicheren Jobs und steuerfreien Gehältern, ihren Pensionen und schicken Autos, den kostenlosen internationalen Schulen für ihre Kinder! Und dauernd sind sie auf Reisen, so dass sie nie dazu kommen, ihr Geld auszugeben. Ich habe sie gesehen, Mann! In der Schweiz, in feinen Restaurants, wo sie sich mit den smarten Lobbyisten der Pharmakonzerne die Bäuche voll schlagen. Warum sollten *sie* sich für Humanität stark machen? Genf hat ein paar Milliarden Dollar zu vergeben? Großartig! Dann gebt das Geld den Pharmakonzernen und macht die Amerikaner glücklich!«

In der Stille, die auf diesen Ausbruch folgt, wagt Justin eine Frage.

»In welcher Eigenschaft genau haben Sie diese Leute gesehen, Brandt?«

Köpfe werden gehoben. Alle, außer Justins. Anscheinend ist noch nie zuvor jemand auf die Idee gekommen, den Propheten in seiner Wüste herauszufordern. Lorbeers rötliche Augen weiten sich. Verletzt runzelt er die Stirn.

»Ich habe sie gesehen, Mann, glauben Sie mir. Mit meinen eigenen Augen.«

»Ich bezweifle nicht, dass Sie sie gesehen haben, Brandt. Aber meine Leser könnten es bezweifeln. Sie könnten sich fragen: In welcher Eigenschaft hat Brandt sie gesehen? Als Mitarbeiter der UNO? Als Gast in einem Restaurant?« Ein kurzes Lachen, das die Unwahrscheinlichkeit der nächsten Behauptung andeuten soll: »Oder haben Sie für die *Mächte der Finsternis* gearbeitet?«

Spürt Lorbeer die Anwesenheit eines Feindes? Kommt ihm der Ausdruck ›Mächte der Finsternis‹ auf bedrohliche Weise vertraut vor? Ist die verschwommene Gestalt, die Justin im Krankenhaus für ihn war, jetzt nicht mehr ganz so verschwommen? Sein Gesicht hat einen jämmerlichen Ausdruck angenommen. Das kindliche Leuchten ist aus seinen Augen verschwunden; Lorbeer ist jetzt nur noch ein gekränkter alter Mann. Tu mir das nicht an, scheint er zu sagen. Du bist doch mein Freund. Aber der gewissenhafte Journalist ist zu sehr mit seinen Notizen beschäftigt, als dass er ihm helfen könnte.

»Wer sich an Gott wenden will, muss erst einmal gesündigt haben«, sagt Lorbeer heiser. »Jeder hier hat sich an Gott um Erbarmen gewandt, glauben Sie mir.«

Aber seine Miene drückt immer noch Schmerz aus. Und Unbehagen. Es ist das Unbehagen in Erwartung schlechter Neuigkeiten, von denen er nichts wissen will. Als sie über die Landebahn zurückgehen, hält er sich demonstrativ an der Seite von Arthur, dem Vorsteher. Hand in Hand wie zwei Dinka schreiten die Männer dahin, der große Lorbeer, nun wieder mit seinem Homburg, und der spindeldürre Arthur mit der roten Baseballkappe.

* * *

Ein Palisadenzaun mit einem Schlagbaum als Eingang umgrenzt den Wohnbereich des Koordinators und seiner Assistenten. Die Kinder bleiben zurück. Nur Arthur und Lorbeer begleiten den erlauchten Gast auf dem obligatorischen Rundgang durch die Einrichtungen des Lagers. In der improvisierten Duschkabine hängt oben ein Eimer, der sich mit einer Schnur kippen lässt. Ein Regenwasserspeicher ist mit einer steinzeitlichen Pumpe verbunden, die von einem steinzeitlichen Generator angetrieben wird. All dies hat der große Brandt selbst erfunden.

»Eines Tages werde ich dafür Patent anmelden!«, verspricht Lorbeer mit allzu heftigem Zwinkern, das von Arthur pflichtschuldig erwidert wird.

Mitten in einem Hühnergehege liegt ein Sonnenkollektor. Die Hühner benutzen ihn als Trampolin.

»Beleuchtet das ganze Gelände, nur mit der Hitze des Tages!«, prahlt Lorbeer. Aber sein Monolog hat allen Schwung verloren.

Die Latrinen befinden sich am Rand der Einfriedung, eine für Männer, eine für Frauen. Lorbeer klopft an die Männertür, dann reißt er sie auf und zeigt auf ein übel riechendes Loch im Boden.

»Die Fliegen hier werden mit der Zeit gegen alles immun, womit wir sie bekämpfen!«, klagt er.

»Multiresistente Fliegen?«, sagt Justin lächelnd, und Lorbeer wirft ihm einen wütenden Blick zu, ehe ihm ein schmerzliches Lächeln gelingt.

Auf dem Weg über das Gelände bleiben sie einmal stehen und

spähen in ein frisch ausgehobenes Grab von etwa vier mal anderthalb Metern. Eine Familie grüner und gelber Schlangen liegt zusammengerollt im roten Schlamm auf dem Grund.

»Das ist unser Luftschutzraum, Mann. Aber die Bisse der Schlangen hier sind schlimmer als die Bomben«, setzt Lorbeer seine Klage über die Grausamkeit der Natur fort.

Da Justin nicht reagiert, wendet Lorbeer sich ab, um mit Arthur über den Witz zu lachen. Aber der ist schon zu seinen Leuten zurückgegangen. Wie einer, der verzweifelt Freunde sucht, legt Lorbeer einen Arm um Justins Schultern und führt ihn in leichtem Marschtempo zum großen *tukul* in der Mitte des Geländes.

»Und jetzt müssen Sie den Ziegeneintopf probieren«, erklärt er entschlossen. »Unser alter Koch bereitet bessere Eintöpfe zu als die Restaurants in Genf! Hören Sie, Peter, Sie sind ein guter Mensch, okay? Sie sind mein Freund!«

Wen hast du da unten im Grab bei den Schlangen gesehen?, fragt Justin Lorbeer. Wieder einmal Wanza? Oder hat Tessa ihre kalte Hand nach dir ausgestreckt und dich berührt?

* * *

Der *tukul* hat am Boden kaum mehr als fünf Meter Durchmesser. Ein langer Tisch für die Familie, aus Paletten zusammengezimmert. Als Sitze dienen ungeöffnete Kisten mit Bier und Pflanzenöl. Ein lärmender Ventilator kreist nutzlos unter dem Strohdach, es stinkt nach Soja und Moskitospray. Nur Lorbeer, das Oberhaupt der Familie, bekommt einen Stuhl; der hat sonst seinen Platz am Funkgerät, dessen Einzelteile provisorisch übereinander gestapelt unter einem Buchmacherschirm neben dem Gasherd stehen. Lorbeer sitzt kerzengerade, den Homburg auf dem Kopf, neben ihm Justin, auf der anderen Seite Jamie, die diesen Platz als den ihr angestammten zu betrachten scheint. Justins anderer Nebenmann, ein junger Arzt aus Florenz, trägt einen Pferdeschwanz; neben ihm hockt Helen, die Schottin von der Medikamenten-Ausgabestelle, ihr gegenüber eine nigerianische Krankenschwester, die Salvation heißt.

Andere Mitglieder von Lorbeers umfangreicher Familie haben keine Zeit, sich länger hier aufzuhalten. Sie essen ihren Eintopf im Stehen, oder setzen sich gerade lange genug hin, um den Teller hastig auszulöffeln, bevor sie wieder gehen. Lorbeer schaufelt den Eintopf gierig in sich hinein und lässt, während er isst und unablässig redet, den Blick unruhig über die Anwesenden schweifen. Wenn er auch gelegentlich den einen oder anderen am Tisch ins Auge fasst, zweifelt niemand daran, dass der wichtigste Empfänger seiner Weisheiten der Journalist aus London ist. Lorbeers erstes Gesprächsthema ist der Krieg. Nicht die Stammesfehden, die überall um sie her toben, sondern »dieser verdammt große Krieg«, der im Norden auf den Ölfeldern von Bentiu tobt und sich täglich weiter nach Süden ausbreitet.

»Diese Schweine in Khartum, die haben Panzer und Kanonenboote, Peter. Die reißen die armen Afrikaner in Stücke. Fahren Sie mal hin, sehen Sie sich das an, Mann. Wenn die Bomben noch was übrig lassen, schicken sie Bodentruppen, die besorgen den Rest, kein Problem. Die vergewaltigen und töten nach Herzenslust. Und wer hilft ihnen? Wer applaudiert am Spielfeldrand? Die Ölmultis!«

Seine empörte Stimme gewinnt die Oberhand. Die Gespräche in seiner Nähe können nur lauter werden oder verstummen, und die meisten verstummen.

»Die Multis *lieben* Khartum, Mann! ›Leute‹, sagen sie, ›wir respektieren eure feinen fundamentalistischen Grundsätze. Öffentliche Auspeitschungen, Hände abhacken: So was bewundern wir. Wir wollen euch helfen, so gut wir können. Ihr dürft unsere Straßen und Flughäfen benutzen, soviel ihr wollt. Hauptsache, ihr lasst nicht zu, dass diese faulen afrikanischen Schnorrer in den Städten und Dörfern sich dem großen Götzen Profit in den Weg stellen! Wir haben genau wie ihr in Khartum nur den einen Wunsch, Afrika von diesen Nichtsnutzen zu säubern! Hier, Leute, wir geben euch was von unseren hübschen Öleinnahmen ab, kauft euch noch ein paar Waffen davon!‹ Hast du gehört, Salvation? Peter, schreiben Sie noch mit?«

»Aber ja, jedes Wort, Brandt«, sagt Justin leise zu seinem Notizbuch.

»Die Multis nehmen dem Teufel die Arbeit ab, Mann! Eines

Tages landen sie in der Hölle, und da gehören sie auch hin!« Er krümmt sich theatralisch, nimmt die großen Hände vors Gesicht und mimt einen Konzernchef, der am Tag des Jüngsten Gerichts vor seinen Schöpfer tritt. »›Das war nicht meine Schuld, Herr. Ich habe nur Anweisungen befolgt. Der große Götze Profit hat die Befehle erteilt!‹ Dieser Konzernchef ist derselbe, der einen erst nach Zigaretten süchtig macht und einem dann die Krebsbehandlung verkauft, die man sich nicht leisten kann!«

Er ist auch derselbe, der uns ungetestete Medikamente verkauft. Derselbe, der klinische Tests im Eilverfahren durchzieht und die Elenden dieser Erde als Versuchskaninchen missbraucht.

»Möchten Sie Kaffee?«

»Ja, gern. Vielen Dank.«

Lorbeer springt auf, nimmt Justins Suppentasse und spült sie, bevor er den Kaffee hineinschüttet, mit heißem Wasser aus einer Thermosflasche. Das Hemd klebt ihm am Rücken, darunter sind Wülste zitternden Fleischs zu sehen. Unterdessen redet er weiter. Er hat panische Angst vor der Stille.

»Haben die Leute in Loki Ihnen von dem Zug erzählt, Peter?«, schreit er, während er die Tasse mit einem Papiertuch abtrocknet, das er aus dem Müllsack hinter sich gezogen hat. »Von diesem verfluchten alten Zug, der dreimal im Jahr im Schritttempo hierher in den Süden kommt?«

»Leider nein.«

»Er fährt noch auf den alten Gleisen, die ihr Engländer damals verlegt habt, okay? Sieht aus wie in einem alten Film. Wilde Reiter aus dem Norden als Schutztruppe. Fährt von Norden nach Süden und beliefert alle Garnisonen Khartums, die an der Strecke liegen. Okay?«

»Okay.«

Warum schwitzt er so? Warum hat er einen so gehetzten, suchenden Blick? Welch rätselhafte Parallele zieht er zwischen diesem arabischen Zug und seinen Sünden?

»Mann! Dieser Zug! Zur Zeit steckt er zwischen Ariath und Aweil fest, zwei Tage Fußmarsch von hier entfernt. Wir können nur beten, dass Gott den Fluss noch weiter über die Ufer treten lässt, dann kommen die Schweine vielleicht nicht zu uns. Wo die auftauchen, bleibt niemand am Leben, sage ich Ihnen. Das ist wie der Weltuntergang. Die töten jeden. Keiner kann sie aufhalten. Die sind zu stark.«

»Von welchen Schweinen genau reden wir jetzt, Brandt?«, fragt Justin, der wieder in sein Notizbuch schreibt. »Ich glaube, ich habe den Faden verloren.«

»Welche Schweine? Die wilden Reiter, Mann! Glauben Sie, die werden dafür bezahlt, dass sie den Zug beschützen? Von wegen, Mann. Die kriegen keinen Pfennig. Die machen das gratis, aus purer Herzensgüte! Ihr Lohn – das sind Mord und Vergewaltigung auf dem Weg durch die Dörfer. Brandschatzen. Entführung von Jungen und Mädchen, die sie in den Norden verschleppen, auf der Rückfahrt, wenn der Zug leer ist! Die stehlen alles, was sie nicht verbrennen.«

»Ah. Verstehe.«

Aber der Zug reicht Lorbeer nicht. Nichts reicht ihm, solange die Gefahr besteht, dass danach Stille eintritt und er Fragen ausgesetzt ist, die er nicht ertragen könnte. Sein gehetzter Blick sucht bereits verzweifelt nach einer Fortsetzung.

»Haben sie Ihnen denn von dem Flugzeug erzählt? Von dem russischen Flugzeug, Mann, älter als die Arche Noah, das unten in Juba im Einsatz ist? Mann, das ist vielleicht eine Geschichte!«

»Leider nein, weder von dem Zug noch von dem Flugzeug. Wie gesagt, sie hatten keine Zeit, mir irgendwas zu erzählen.«

Und wieder zückt Justin artig den Bleistift und wartet auf den Bericht über das alte russische Flugzeug, das in Juba im Einsatz ist.

»Diese verrückten Moslems bauen Bomben wie Kanonenkugeln. Fliegen damit los, rollen sie ins Heck des Flugzeugs und lassen sie auf die Dörfer der Christen fallen, Mann! ›Bitte schön, Christen! Da habt ihr einen Liebesbrief von euren moslemischen Brüdern!‹ Und diese Bomben sind sehr wirksam, glauben Sie mir, Peter. Und zielen können die Burschen, einfach meisterhaft! Oh ja! Und die Bomben sind so launisch, dass die Jungs alles dransetzen, sie loszuwerden, bevor sie mit ihrer Rappelkiste wieder in Juba landen!«

Das Funkgerät unter dem Buchmacherschirm kündigt den Anflug einer weiteren Buffalo an. Erst kommt die lakonische Stimme aus Loki, dann nimmt der Pilot Kontakt auf. Jamie hockt sich ans Mikro und meldet gutes Wetter, festen Boden und keine Sicherheitsprobleme. Die Esser ziehen hastig ab, nur Lorbeer bleibt sitzen. Justin klappt sein Notizbuch zu und steckt es, von Lorbeer beobachtet, zu Stiften und Lesebrille in die Hemdtasche.

»Also, Brandt. Ganz hervorragend, der Ziegeneintopf. Ich hätte da noch ein paar konkrete Fragen, falls es Ihnen nichts ausmacht. Können wir irgendwo eine Stunde lang ungestört reden?«

Wie jemand, der zum Ort seiner Hinrichtung voranschreitet, führt Lorbeer Justin über eine zertrampelte Grasfläche mit Schlafzelten und Wäscheleinen. Etwas abseits steht ein glockenförmiges Zelt. Den Hut in der Hand, ein abstoßend unterwürfiges Grinsen auf dem Gesicht, schlägt Lorbeer die Plane zurück und lässt Justin den Vortritt. Als der sich bückt, begegnen sich ihre Blicke, und Justin sieht, was er vorhin im *tukul* schon gesehen hat, aber jetzt noch viel deutlicher: einen Mann mit panischer Angst vor dem, was zu sehen er sich entschieden weigert.

Vierundzwanzigstes Kapitel

Die Luft im Zelt ist heiß und stickig; es riecht nach verfaultem Gras und muffigen Kleidern, die selbst bei gründlichstem Waschen nicht mehr sauber würden. Es gibt einen Holzstuhl, auf dem einiges liegt, was Lorbeer erst einmal wegräumen muss: eine lutherische Bibel, ein Band mit Gedichten von Heine, ein wie ein Strampelanzug geschnittener, flauschiger Schlafanzug und ein Rucksack für den Notfall, aus dem ein Funkgerät mit Antenne ragt. Dann bietet er Justin den Stuhl an und hockt sich selbst auf den Rand einer Feldpritsche, eine Handbreit über dem Boden. Den roten Kopf in die Hände gestützt, den feuchten Rücken gekrümmt, wartet er, dass Justin zu sprechen anfängt.

»Meine Zeitung interessiert sich für ein umstrittenes neues Tbc-Medikament. Es heißt *Dypraxa*, wird von Karel Vita Hudson hergestellt und in Afrika von der Firma ThreeBees vertrieben. Mir ist aufgefallen, dass Sie es hier nicht vorrätig haben. Meine Zeitung nimmt an, Ihr richtiger Name lautet *Markus Lorbeer*, und Sie sind der gute Geist, der für die Markteinführung des Medikaments gesorgt hat«, erklärt Justin und schlägt sein Notizbuch auf.

Lorbeer zeigt keinerlei Reaktion. Der feuchte Rücken, der rotblonde Kopf, die verschwitzten, gebeugten Schultern, alles verharrt reglos im Nachbeben von Justins Worten.

»Es kursieren zunehmend Gerüchte über die Nebenwirkungen von Dypraxa, aber das wissen Sie sicher«, fährt Justin fort, schlägt eine Seite um und liest etwas nach. »KVH und ThreeBees können die Sache nicht ewig vertuschen. Vielleicht wäre es klug von Ihnen, sich vor der Meute zu Wort zu melden.«

Beide schwitzen stark, zwei Opfer derselben Krankheit. Die Hitze im Zelt ist so einschläfernd, dass Justin befürchtet, sie könnten ihr beide erliegen und Seite an Seite niedersinken. Lorbeer erhebt sich und schleicht wie ein eingesperrtes Tier im Zelt herum. Genauso habe ich meine Gefangenschaft im Untergeschoss durchgestanden, denkt Justin und beobachtet, wie sein Gefangener stehen bleibt, entsetzt sein Gesicht in einem Blechspiegel mustert und dann lange ein Holzkreuz betrachtet, das an der Leinwand über dem Kopfende der Pritsche befestigt ist.

»Gott im Himmel. Wie zum Teufel haben Sie mich gefunden, Mann?«

»Mit Leuten gesprochen. Ein bisschen Glück war auch dabei.«

»Lassen Sie den Quatsch, Mann. Von wegen Glück. Wer bezahlt Sie?«

Lorbeer geht immer noch hin und her. Schüttelt sich den Schweiß von den Schläfen. Fährt herum, als befürchte er, Justin könne sich von hinten auf ihn stürzen. Starrt ihn argwöhnisch und vorwurfsvoll an.

»Ich arbeite freiberuflich«, sagt Justin.

»Unsinn, Mann! Ich hab schon viele Journalisten wie Sie gekauft! Ich kenne alle eure Tricks! Wer bezahlt Sie?«

»Niemand.«

»KVH? Curtiss? Ich hab diese Kerle *reich* gemacht, Herrgott noch mal!«

»Und die haben *Sie* reich gemacht, stimmt's? Meinen Unterlagen zufolge besitzen Sie ein Drittel von neunundvierzig Prozent an den Unternehmen, die das Molekül entdeckt haben und patentieren ließen.«

»Ich habe darauf verzichtet. Lara hat auch darauf verzichtet. Es war schmutziges Geld. ›Behaltet es‹, habe ich gesagt. ›Es gehört euch. Und möge euch Gott beim Jüngsten Gericht gnädig sein.‹ Das habe ich ihnen gesagt, Peter.«

»Wem genau?«, fragt Justin nach. »Curtiss? Jemandem von KVH?« In Lorbeers Gesicht steht das blanke Entsetzen. »Oder vielleicht Crick. Ah ja. Verstehe. Crick war Ihr Verbindungsmann bei ThreeBees.«

Und er schreibt *Crick* in sein Notizbuch, jeden Buchstaben einzeln, weil seine Hand von der Hitze schwerfällig geworden ist. »Aber Dypraxa ist kein *schlechtes* Medikament, stimmt's? Meine Zeitung geht davon aus, dass es ein gutes Medikament ist, dessen Zulassung nur zu schnell vorangetrieben wurde.«

»*Schnell?*« Das Wort entlockt Lorbeer bitteren Spott. »*Schnell*, Mann? Die Leute von KVH wollten die Testergebnisse am liebsten vorgestern schon haben.«

Eine gewaltige Explosion bringt die Welt zum Stillstand. Zuerst ist es Khartums russisches Flugzeug aus Juba, das eine seiner Bomben abwirft. Dann sind es die wilden Reiter aus dem Norden. Dann ist es die wütende Schlacht um die Ölfelder von Bentiu, die vor den Toren der Station angekommen ist. Die Zeltwände beben, sacken in sich zusammen und stemmen sich einer neuen Attacke entgegen. Halteschnüre ächzen und stöhnen, als ungeheure Wassermassen auf das Zeltdach herabstürzen. Doch Lorbeer scheint von dem Angriff nichts mitzubekommen. Er steht mitten im Zelt, eine Hand an die Stirn gepresst, als habe er etwas vergessen. Justin schlägt die Plane zurück und sieht im strömenden Regen drei Zelte tot und zwei weitere vor seinen Augen sterben. Wasser rinnt von der Wäsche an den Leinen. Auf der Grasfläche hat sich ein See gebildet, der schon an der Holzwand des *tukuls* emporsteigt. Das Wasser schwappt in monströsen Wogen über das Strohdach hinweg, das jetzt über dem Luftschutzraum liegt. Und dann, so plötzlich es begonnen hat, ist das Unwetter vorbei.

»Nun, Markus«, sagt Justin, als hätte der Wolkenbruch die Luft nicht nur draußen, sondern auch im Zelt gereinigt. »Erzählen Sie mir von Wanza. War sie ein Wendepunkt in Ihrem Leben? Meine Zeitung neigt zu dieser Ansicht.«

Lorbeers vorquellende Augen fixieren Justin. Er versucht zu sprechen, bringt aber kein Wort heraus.

»Wanza, aus einem Dorf nördlich von Nairobi. Wanza, die nach Kibera gezogen ist, in den Slum. Und dann ins Uhuru-Krankenhaus gebracht wurde, um dort ihr Kind zu bekommen. Sie ist gestorben, ihr Kind hat überlebt. Meine Zeitung nimmt an, dass Wanza ein Zimmer mit Tessa Quayle geteilt hat. Kann das sein? Oder mit Tessa Abbott, wie sie sich manchmal genannt hat.«

Noch immer ist Justins Stimme so ruhig und leidenschaftslos, wie es sich für den objektiven Reporter ziemt. Und diese Leidenschaftslosigkeit ist in mancher Hinsicht echt, denn es ist ihm nicht wohl dabei, einen Mann seiner Gnade ausgeliefert zu sehen. Die Verantwortung wiegt schwerer, als ihm lieb ist. Sein Racheinstinkt ist nicht stark genug dafür. Ein Flugzeug fliegt in Richtung Abwurfzone über sie hinweg. Lorbeers Augen verfolgen es mit einem Ausdruck kläglicher Hoffnung. Sie kommen, um mich zu retten! Aber nein. Sie kommen, um den Sudan zu retten.

»Wer sind Sie, Mann?«

Lorbeer hat sehr viel Mut gebraucht, um diese Frage zu stellen. Aber Justin geht darüber hinweg.

»Wanza ist gestorben. Genau wie Tessa. Und wie Arnold Bluhm, ein belgischer Arzt, Mitarbeiter einer Hilfsorganisation, ein guter Freund von ihr. Meine Zeitung nimmt an, dass Tessa und Arnold nur wenige Tage vor ihrer Ermordung hierher gekommen sind, um mit Ihnen zu sprechen. Meine Zeitung geht ferner davon aus, dass Sie Tessa und Arnold gegenüber in Sachen Dypraxa eine Beichte abgelegt haben, und dass Sie die beiden – das ist selbstverständlich nur eine Vermutung – unmittelbar nach ihrer Abreise an Ihre ehemaligen Arbeitgeber verraten haben, um sich selbst abzusichern. Möglicherweise durch einen Funkspruch an Ihren Freund Crick. Kommt Ihnen das irgendwie bekannt vor?«

»Gott im Himmel, Mann. Herrgott.«

Markus Lorbeer verbrennt auf dem Scheiterhaufen. Er packt den Zeltpfosten mit beiden Händen, umschlingt ihn und drückt die Stirn daran, als wäre er so vor Justins erbarmungslosen Fragen geschützt. Dann hebt er verzweifelt den Blick gen Himmel, sein Mund flüstert und fleht unhörbar. Justin steht auf, trägt den Stuhl in die Zeltmitte und stellt ihn hinter Lorbeer ab. Dann fasst er ihn am Arm und hilft ihm, sich hinzusetzen.

»Wonach haben Tessa und Arnold gesucht, als sie hier waren?«, erkundigt er sich. Seine Fragen sind immer noch mit Bedacht so formuliert, dass sie beiläufig klingen. Er möchte keine Geständnisse unter Tränen mehr anhören müssen, keine Appelle an Gott.

»Sie haben nach meiner Schuld gesucht, Mann, nach meinen Schandtaten, nach den Sünden meiner Überheblichkeit«, flüstert Lorbeer und tupft sich das Gesicht mit einem triefnassen Lappen ab, den er aus der Tasche seiner Shorts gezogen hat.

»Und haben sie etwas in Erfahrung gebracht?«

»Alles, Mann. In allen Einzelheiten, ich schwör's.«

»Hatten sie einen Kassettenrekorder dabei?«

»Zwei, Mann! Einer war der Frau zu wenig!« Justin muss innerlich lächeln, als er von Tessas juristischem Weitblick erfährt. »Ich habe mich vor den beiden restlos erniedrigt. Ich habe ihnen im Namen Gottes die ganze Wahrheit erzählt. Es gab keinen Ausweg mehr. Ich war das letzte Glied in der Kette ihrer Recherchen.«

»Haben sie gesagt, was sie mit den von Ihnen gelieferten Informationen anfangen wollten?«

Lorbeer riss die Augen auf, aber sein Mund blieb geschlossen, und sein Körper war so starr, dass Justin sich einen kurzen Moment lang fragte, ob ihn ein gnädiger Tod ereilt habe, doch anscheinend dachte er nur nach. Plötzlich sprach er sehr laut; er schrie fast vor Anstrengung, die Worte über die Lippen zu bekommen.

»Sie wollten die Informationen dem einzigen Menschen in Kenia vorlegen, zu dem sie Vertrauen hatten. Sie wollten die ganze Geschichte Leakey unterbreiten. Alles, was sie gesammelt hatten. Kenianische Probleme sollten in Kenia gelöst werden, hat sie gesagt. Leakey sei der richtige Mann dafür. Davon waren sie überzeugt. Die beiden haben mich gewarnt. Das heißt, sie hat mich gewarnt. Markus, Sie sollten besser verschwinden. Hier sind Sie nicht mehr sicher. Suchen Sie sich ein tieferes Loch, denn diese Leute werden versuchen, Sie in Stücke zu hacken, weil Sie sie an uns verraten haben.«

Es fällt Justin schwer, aus Lorbeers erstickten Worten zu rekonstruieren, was Tessa wirklich gesagt hat, aber er gibt sich alle Mühe. Immerhin hat er kein Problem mit dem Kern ihrer Aussage, denn Tessa hätte tatsächlich immer zuerst an Lorbeer und dann erst an sich selbst gedacht. Und ein Ausdruck wie »in Stücke hacken« war zweifellos typisch für sie.

»Was hatte Bluhm Ihnen zu sagen?«

»Er war ziemlich direkt, Mann. Hat gesagt, ich sei ein Scharlatan und hätte meinen Glauben verraten.«

»Und das hat Ihnen natürlich geholfen, ihn zu verraten«, erklärt Justin freundlich, aber seine Freundlichkeit nützt nichts, denn Lorbeer ist bereits in Tränen ausgebrochen. Sein Geheul ist noch schlimmer als das von Woodrow. Schluchzend und jammernd versucht er, mildernde Umstände für sich in Anspruch zu nehmen. Ihm liege sehr *viel* an dem Medikament. Es habe nicht *verdient*, öffentlich verurteilt zu werden! Noch ein paar Jahre, und es werde zu den großen medizinischen Entdeckungen unserer Zeit zählen! Wir müssen nur noch die toxischen Schwellenwerte und die richtige Dosierung ermitteln! Daran wird bereits gearbeitet, Mann! Wenn es in Amerika auf den Markt kommt, sind diese kleinen Fehler alle behoben, kein Problem! Lorbeer liebt Afrika, Mann, er liebt die ganze Menschheit, er ist ein guter Mensch, er ist nicht dafür geschaffen, eine solche Schuld auf sich zu nehmen! Aber noch während er all dies flehend und stöhnend und schimpfend von sich gibt, gelingt es ihm irgendwie, sich aus der Niederlage zu befreien. Er setzt sich gerade hin. Er strafft die Schultern, und seine Büßermiene wandelt sich zu einer Maske höhnischer Überlegenheit.

»Und dann bedenken Sie ihr *Verhältnis*, Mann«, versucht er es mit einer plumpen Anspielung. »Denken Sie an ihr *moralisches Verhalten*. Ich frage mich, über wessen Sünden wir hier eigentlich reden.«

»Ich glaube, ich kann Ihnen nicht ganz folgen«, sagt Justin bedächtig, während er eine unsichtbare Trennwand zwischen sich und Lorbeer errichtet.

»Lesen Sie die Zeitungen, Mann. Hören Sie Radio. Bilden Sie sich unabhängig eine Meinung, und dann sagen Sir mir bitte: Wie kommt diese hübsche, verheiratete weiße Frau dazu, mit einem gut aussehenden schwarzen Arzt als ständigem Begleiter durch die Gegend zu reisen? Warum tritt sie unter ihrem Mädchennamen auf und nicht unter dem Namen ihres rechtmäßigen Ehemannes? Wie kommt diese unverfrorene Ehebrecherin und Heuchlerin dazu, an der Seite ihres Liebhabers hier in dieses Zelt zu stolzieren und Markus Lorbeer nach seiner Moral zu fragen?«

Aber die Trennwand hat offenbar ein Loch, denn Lorbeer starrt Justin an, als wäre plötzlich der Engel des Todes vor ihm erschienen und riefe ihn vor das Gericht, das er so sehr fürchtet.

»Gott im Himmel, Mann. Sie sind das. Ihr Mann. Quayle.«

* * *

Das letzte Flugzeug des Tages ist gekommen, die Mitarbeiter haben den Wohnbereich verlassen und sammeln die abgeworfenen Säcke ein. Lorbeer hockt allein in seinem Zelt und weint, und Justin sitzt draußen auf dem Erdhaufen neben dem Luftschutzraum und genießt die Abendvorstellung: erst die pechschwarzen Reiher, die mit ihrem Flug den Sonnenuntergang ankündigen. Dann die Blitze, die in lang gezogenen, zitternden Salven die Dämmerung vertreiben. Dann der weiße Schleier, in dem die Feuchtigkeit des Tages aufsteigt. Und schließlich die Sterne, so nah, dass man sie berühren könnte.

Fünfundzwanzigstes Kapitel

Von Whitehall und Westminster aus präzise gesteuerte Gerüchte, ständig wiederholte Fernsehstatements und irreführende Bilder, den trägen Köpfen von Journalisten entsprungen, die ihrer Pflicht, Fragen zu stellen, nur nachkamen, wenn es um den nächsten Redaktionsschluss oder die nächste Einladung zum Lunch ging, fügten der Menschheitsgeschichte ein weiteres kleines Kapitel hinzu.

Dass Mr Alexander Woodrow – entgegen der gängigen Praxis – *en poste* in den Rang des britischen Hochkommissars befördert wurde, nahm das weiße Nairobi mit leiser Genugtuung zur Kenntnis, und die afrikanische Presse äußerte sich erfreut. »Ein stiller Förderer der Verständigung«, lautete die Überschrift auf Seite drei des *Nairobi Standard*, und Gloria wurde als »frischer Windhauch« bezeichnet, der »die letzten Spinnweben des britischen Kolonialismus wegblasen« würde.

Über das plötzliche Verschwinden von Porter Coleridge in den Katakomben von Whitehall wurde wenig gesprochen, aber viel gemunkelt. Woodrows Vorgänger habe »keinen Draht zum modernen Kenia« gehabt. Er habe »fleißige Minister mit seinen Predigten gegen die Korruption verärgert«. Es wurde sogar angedeutet, wenn auch klugerweise nicht näher ausgeführt, er sei womöglich selbst dem Laster verfallen, das er so sehr verdammt habe.

Gerüchte, denen zufolge Coleridge in Whitehall vor einen »Disziplinarausschuss gestellt« und aufgefordert worden sei,

»gewisse peinliche Dinge« zu erklären, »die während seiner Amtszeit vorgefallen« seien, wurden vom Sprecher des Hochkommissariats, der sie selbst in die Welt gesetzt hatte, als müßige Spekulation abgetan, aber nicht dementiert. »Porter war ein hervorragender Gelehrter und ein Mensch mit eisernen Grundsätzen. Es wäre ungerecht, seine zahlreichen Tugenden zu leugnen«, erklärte Mildren einigen zuverlässigen Journalisten in einem inoffiziellen Nachruf, und die wussten, was sie zwischen den Zeilen zu lesen hatten.

»Sir Bernard Pellegrin, Afrika-Experte des Außenministeriums«, erfuhr eine uninteressierte Öffentlichkeit, sei »vorzeitig in Pension gegangen, um einen Vorstandsposten bei dem multinationalen Pharmagiganten Karel Vita Hudson, Basel, Vancouver, Seattle und jetzt auch London, anzutreten«, wo er dank seiner »fabelhaften Beziehungen« gewiss von hohem Nutzen sein werde. Zu dem Abschiedsbankett zu Ehren Pellegrins war eine illustre Schar britischer Hochkommissare aus Afrika nebst Frauen geladen. Der Gesandte aus Südafrika bemerkte in einer geistreichen Ansprache, Sir Bernard und seine Gattin hätten zwar vielleicht nicht Wimbledon gewonnen, mit Sicherheit aber die Herzen vieler Afrikaner.

Die spektakuläre Wiederauferstehung von Sir Kenneth Curtiss, »jenem modernen Houdini der Londoner City«, wurde von Freund und Feind gleichermaßen begrüßt. Nur eine kleine Zahl von Kassandras erklärte beharrlich, Kennys Comeback sei pure Kosmetik und die Auflösung der Firma ThreeBees nichts anderes als eine offene Vertuschungsaktion. Diese Nörgler konnten freilich nicht verhindern, dass der große Populist ins Oberhaus berufen wurde, wo er sich stets mit seinem vollständigen Titel anreden ließ: Lord Curtiss von Nairobi und Spennymoor, Letzteres der Name seines bescheidenen Geburtsortes. Selbst seine zahlreichen Kritiker in der Fleet Street mussten, wenn auch zähneknirschend, zugeben, dass der Hermelin dem alten Teufel gut zu Gesicht stand.

Der *Evening Standard* berichtete in seinem »Londoner Tagebuch« ausführlich über die lang erwartete Pensionierung von Inspektor Frank Gridley, Scotland Yard, jenem »unbestechlichen alten Verbrechensbekämpfer«. In Wirklichkeit war der Ruhestand das Letzte, was Gridley erwartete. Einer von Großbritanniens führenden Sicherheitsdiensten schnappte ihn sich, kaum dass er mit seiner Frau einen seit langem versprochenen Urlaub auf Mallorca angetreten hatte.

Im Gegensatz dazu wurde das Ausscheiden von Rob und Lesley aus dem Polizeidienst von der Öffentlichkeit überhaupt nicht wahrgenommen; lediglich Insider wussten, dass es eine von Gridleys letzten Amtshandlungen vor der Pensionierung gewesen war, diese, wie er es nannte, »neue Sorte skrupelloser Karrieremacher« aus dem Dienst zu entfernen, da sie dem Ansehen der Polizei nur Schaden zufügten.

Ghita Pearson, die auch gern Karriere gemacht hätte, bewarb sich erfolglos um eine Aufnahme in den diplomatischen Dienst. Obwohl ihre Abschlussnoten gut bis sehr gut ausfielen, gaben vertrauliche Berichte des Hochkommissariats in Nairobi Anlass zur Sorge. Da sie sich nach Einschätzung der Personalabteilung »zu sehr von ihren persönlichen Gefühlen leiten« lasse, gab man ihr den Rat, ein paar Jahre zu warten und sich dann noch einmal zu bewerben. Ihre gemischtrassige Abstammung, so wurde betont, habe bei der Entscheidung keine Rolle gespielt.

Nicht das kleinste Fragezeichen jedoch existierte im Zusammenhang mit dem bedauerlichen Hinscheiden von Justin Quayle. Wahnsinnig vor Verzweiflung und Trauer hatte er sich genau an dem Ort, an dem seine Frau Tessa erst wenige Wochen zuvor ermordet worden war, das Leben genommen. Der rapide Verlust seines seelischen Gleichgewichts war jenen, die mit seinem Wohlergehen betraut waren, nicht entgangen. Seine Londoner Arbeitgeber hatten alles Erdenkliche unternommen und sogar erwogen, ihn einzusperren, um ihn vor sich selbst zu schützen. Die Nachricht, dass sein treuer Freund Arnold Bluhm der Mörder seiner Frau war, hatte ihm den letzten, vernichtenden Schlag versetzt. An seinem Bauch und Unterleib festgestellte Prügelspuren verrieten den handverlesenen Insidern, die in die Vorgänge eingeweiht waren, die ganze traurige Geschichte: In den Tagen vor seinem Tod hatte Quayle begonnen, sich selbst zu geißeln. Wie er an die tödliche Waffe gekommen war – eine praktisch neue 38er Pistole mit kurzem Lauf, in deren Magazin noch fünf Weichmantelgeschosse steckten –, blieb ein Rätsel, das wohl nie gelöst werden würde. Ein reicher und verzweifelter Mensch, der sich umbringen will, findet immer einen Weg. Seine letzte Ruhestätte, schrieb die Presse beifällig, habe er an der Seite seiner Frau und seines Kindes auf dem Friedhof Langata gefunden.

Die Regierung von England, auf deren unvergänglicher Bühne die wechselnden Politiker tänzeln und posieren wie Table dancer, hatte wieder einmal ihre Pflicht getan: außer freilich im Hinblick auf ein kleines, aber lästiges Detail. Justin hatte in den letzten Wochen seines Lebens offenbar eine Art »Schwarzbuch« verfasst, das beweisen sollte, dass Tessa und Bluhm ermordet wurden, weil sie zu viel über die üblen Machenschaften eines der weltweit angesehensten Pharmakonzerne wussten, dem es bis dahin gelungen war, anonym zu bleiben. Irgendein dahergelaufener Anwalt italienischer Herkunft – obendrein ein Verwandter der getöteten Frau – hatte unter großzügiger Verwendung der Finanzmittel seines verstorbenen Klienten die Dienste eines professionellen Unruhestifters in Anspruch genommen, der sich hinter der Maske eines PR-Agenten verbarg. Derselbe unselige Anwalt hatte sich zudem mit einigen hitzigen, für ihre Streitsucht bekannten Londoner Anwälten zusammengetan. Die Kanzlei Oakey, Oakey & Farmeloe, Vertreterin des ungenannten Konzerns, beanstandete die Verwendung von Klientengeldern für diesen Zweck, jedoch ohne Erfolg, und musste sich damit zufrieden geben, jeder Zeitung, die es wagte, die Geschichte aufzugreifen, mit gerichtlichen Schritten zu drohen.

Manche taten es trotzdem, und die Gerüchte hielten sich. Scotland Yard, mit der Prüfung des Materials betraut, ließ öffentlich verlauten, die Vorwürfe seien »aus der Luft gegriffen« und die ganze Sache »ein bisschen traurig« und lehnte es ab, die Unterlagen an die Staatsanwaltschaft weiterzuleiten. Doch die Anwälte des toten Ehepaares, weit davon entfernt, das Handtuch zu werfen, wandten sich ans Parlament. Ein schottischer Abgeordneter, ebenfalls Anwalt, wurde gewonnen und brachte eine harmlose parlamentarische Anfrage an den Außenminister ein, bei der es um die allgemeine Gesundheitssituation auf dem afrikanischen Kontinent ging. Der Außenminister erledigte sie mit gewohnter Schlagfertigkeit, nur um dann bei einer Zusatzfrage, die den Finger schonungslos in die Wunde legte, arg ins Schwimmen zu geraten.

F: Hat der Außenminister Kenntnis von irgendwelchen Schriftsätzen, die in den vergangenen zwölf Monaten seitens der tragisch ermordeten Tessa Quayle bei seinem Ministerium eingegangen sind?

A: Diese Frage kann ich so aus dem Stegreif nicht beantworten.

F: Soll ich das als »Nein« werten?

A: Ich habe keine Kenntnis von derartigen Schriftsätzen, die zu ihren Lebzeiten eingegangen sein sollen.

F: Dann hat sie Ihnen vielleicht posthum geschrieben? *(Gelächter)*

In dem darauf folgenden schriftlichen und mündlichen Schlagabtausch bestritt der Außenminister zunächst jegliche Kenntnis der Dokumente, dann behauptete er, sie seien in Anbetracht eines schwebenden juristischen Verfahrens nicht für die Öffentlichkeit geeignet. Nach »weiteren ausgedehnten und kostspieligen Recherchen« gab er schließlich an, die Dokumente »entdeckt« zu haben, erklärte jedoch sogleich, sie seien mit aller Aufmerksamkeit, die sie damals oder heute »im Hinblick auf den gestörten Geisteszustand der Verfasserin« verdient hätten, geprüft worden. Unvorsichtigerweise fügte er hinzu, man habe die Dokumente als geheim eingestuft.

F: Werden Eingaben geistesgestörter Personen vom Außenministerium regelmäßig als geheim eingestuft? *(Gelächter)*

A: In Fällen, in denen solche Eingaben unbeteiligte Dritte in Verlegenheit bringen könnten: Ja.

F: Vielleicht auch das Außenministerium?

A: Ich denke an den unnötigen Schmerz, der der Verwandtschaft der Verstorbenen zugefügt werden könnte.

F: Dann seien Sie beruhigt. Mrs Quayle hatte keine Verwandten.

A: Das sind jedoch nicht die einzigen Interessen, die ich zu berücksichtigen habe.

F: Danke. Ich glaube, das ist die Antwort, die ich hören wollte.

Am folgenden Tag wurde beim Außenministerium ein förmliches Gesuch auf Herausgabe der Quayle-Dokumente gestellt, das durch einen Antrag an das oberste Gericht untermauert wurde. Gleichzeitig und gewiss nicht zufällig leiteten Anwälte der Freunde und Angehörigen des verstorbenen Dr. Arnold Bluhm in Brüssel eine Initiative mit ähnlicher Stoßrichtung ein. Während der Voruntersuchung erschien vor dem Brüsseler Justizpalast eine multikulturelle Gruppe von Querulanten, die in symbolischen weißen Kitteln demonstrierten und Transparente mit dem Slogan »Nous accusons« vor den Fernsehkameras schwenkten. Die Störung wurde rasch behoben. Die Anwälte der Gegenseite sorgten mit einer Flut von Anträgen dafür, dass der Fall sich über Jahre hinziehen würde. Immerhin war jetzt allgemein bekannt, dass es sich bei dem fraglichen Konzern um keinen anderen als Karel Vita Hudson handelte.

* * *

»Die Bergkette da vor uns heißt Lokomorinyang«, erklärt Captain McKenzie Justin über Bordfunk. »Gold und Öl. Kenia und der Sudan kämpfen seit über hundert Jahren darum. Alten Landkarten zufolge gehört das Gebiet zum Sudan, neue schreiben es Kenia zu. Nehme an, jemand hat dem Kartographen was zugesteckt.«

Captain McKenzie ist ein taktvoller Mensch, der genau weiß, wann er belangloses Zeug reden muss. Für den heutigen Flug hat er eine zweimotorige Beech Baron gewählt. Justin sitzt neben ihm auf dem Platz des Kopiloten und lauscht, ohne richtig hinzuhören, mal Captain McKenzies Worten, mal den Frotzeleien anderer Piloten in der Nähe: »Wie geht's uns denn heute, Mac? Sind wir über oder unter den Wolken?« – »Wo zum Teufel steckst du, Mann?« – »Eine Meile rechts von dir, tausend Fuß unter dir. Hast du was an den Augen?« Sie fliegen über flache, braune Felstafeln hinweg, die ins Bläuliche schimmern, dichte Wolken über ihnen. Wo noch Sonnenstrahlen durchdringen, leuchten rote Flecken auf den Felsen. Die Gebirgsausläufer vor ihnen wirken zerklüftet und unordentlich. Eine Straße verläuft wie eine Ader zwischen den Felsenmuskeln.

»Die führt von Kapstadt nach Kairo«, sagt McKenzie lakonisch. »Versuchen Sie's lieber nicht.«

»Bestimmt nicht«, verspricht Justin gehorsam.

McKenzie fliegt eine Kurve, geht tiefer und folgt der Straße, die sich jetzt in einem Tal zwischen Hügeln hindurchschlängelt.

»Die Straße da rechts, das ist die, auf der Arnold und Tessa gefahren sind. Von Loki nach Lodwar. Großartig, wenn man sich nicht an Banditen stört.«

Justin horcht auf, späht in den bleichen Nebel vor seinen Augen und sieht Arnold und Tessa in ihrem Jeep: Ihre Gesichter sind von Staub bedeckt, die Schachtel mit den Disketten schaukelt zwischen ihnen auf der Sitzbank. Ein Fluss hat sich der Straße nach Kairo zugesellt. Er heißt Tagua, erklärt McKenzie, und entspringt oben im Tagua-Gebirge. Das ist fast viertausend Meter hoch. Justin bedankt sich höflich für diese Information. Die Sonne zieht sich vollständig hinter die Wolken zurück, die Hügel färben sich blauschwarz, was sie bedrohlich erscheinen lässt; Tessa und Arnold verschwinden. Die Landschaft ist wieder gottlos, kein Mensch und kein Tier in Sicht.

»Sudanesische Eingeborene kommen aus den Mogila-Bergen in die Ebene«, sagt McKenzie. »Im Dschungel sind sie unbekleidet, doch hier schämen sie sich und legen diese kleinen Stofffetzen an. Und wie die *rennen* können!«

Justin lächelt höflich. Vor ihnen erheben sich die braunen Kämme baumloser Berge aus der khakifarbenen Erde. Dahinter im bläulichen Dunst ein See.

»Ist das der Turkana?«

»Gehen Sie nicht drin schwimmen. Es sei denn, Sie sind sehr schnell. Süßwasser. Großartige Amethyste. Freundliche Krokodile.«

Unter ihnen tauchen Ziegen- und Schafherden auf, dann ein Dorf und ein Pferch.

»Turkana-Eingeborene«, erklärt McKenzie. »Große Schießerei letztes Jahr wegen gestohlenem Vieh. Am besten hält man sich von ihnen fern.«

»Werde ich«, sagt Justin.

McKenzie dreht sich zu ihm um und sieht ihn lange fragend an. »Wie ich höre, sind das nicht die Einzigen, von denen man sich fern halten sollte.«

»Sehr richtig«, stimmt Justin zu.

»In zwei Stunden könnten wir in Nairobi sein.«

Justin schüttelt den Kopf.

»Ich könnte Sie auch über die Grenze nach Kampala bringen. Der Treibstoff würde reichen.«

»Nein, danke, sehr freundlich von Ihnen.«

Die Straße kommt wieder in Sicht, staubig und verlassen. Das Flugzeug gerät in heftige Turbulenzen, wirft sich hin und her wie ein nervöses Pferd, als wollte die Natur es zur Umkehr bewegen.

»Die schlimmsten Winde weit und breit«, sagt McKenzie. »Die Gegend ist bekannt dafür.«

Unter ihnen liegt Lodwar zwischen kegelförmigen, schwarzen Hügeln, von denen keiner mehr als hundert Meter hoch ist. Der Ort sieht sauber und zweckmäßig aus: Blechdächer, eine asphaltierte Landebahn, eine Schule.

»Keine Industrie«, sagt McKenzie. »Großartiger Markt für Kühe, Esel und Kamele, falls Sie sich so was anschaffen wollen.«

»Eher nicht«, meint Justin lächelnd.

»Ein Krankenhaus, eine Schule, sehr viele Soldaten. Lodwar ist das Sicherheitszentrum für die ganze Gegend hier. Die Soldaten halten sich die meiste Zeit in den Apoi-Bergen auf und jagen Banditen, aber das bringt natürlich nichts. Banditen aus dem Sudan, aus Uganda und aus Somalia. Ein schönes Sammelbecken für Banditen. Viehdiebstahl ist hier ein richtiger Volkssport«, übernimmt McKenzie jetzt wieder die Rolle des Reiseführers. »Die Mandango stehlen Vieh, freuen sich zwei Wochen darüber, dann nimmt ein anderer Stamm ihnen die Tiere wieder weg.«

»Wie weit ist es von Lodwar bis zum See?«, fragt Justin.

»Ungefähr fünfzig Kilometer. Fahren Sie nach Kalokol. Dort gibt es eine Fischerhütte. Fragen Sie nach Mickie, dem Bootsverleiher. Sein Helfer heißt Abraham. Der ist in Ordnung, solange Mickie in der Nähe ist. Allein ist er unausstehlich.«

»Danke.«

Damit ist die Unterhaltung beendet. McKenzie überfliegt die Landebahn und wackelt mit den Tragflächen zum Zeichen, dass er landen will. Er steigt wieder auf und kehrt zurück. Plötzlich sind sie am Boden. Für Justin gibt es nun nichts mehr zu sagen, außer noch einmal danke.

»Wenn Sie mich brauchen, suchen Sie jemanden, der mich über

Funk erreichen kann«, sagt McKenzie, als sie in der glühenden Hitze auf der Landebahn stehen. »Falls ich Ihnen nicht helfen kann, versuchen Sie Martin zu erreichen. Er hat in Nairobi eine Flugschule. Fliegt seit dreißig Jahren. Ausgebildet in Perth und Oxford. Erwähnen Sie meinen Namen.«

Danke, sagt Justin ein weiteres Mal, und um nicht unhöflich zu erscheinen, schreibt er sich alles auf.

»Soll ich Ihnen meine Tasche leihen?«, fragt McKenzie mit einem Blick auf den schwarzen Aktenkoffer in seiner rechten Hand. »Pistole mit langem Lauf, falls Sie interessiert sind. Auf vierzig Meter hätten Sie eine Chance damit.«

»Oh, ich würde nicht mal aus zehn Metern treffen«, ruft Justin mit jenem zurückhaltenden Lachen, das noch aus der Zeit vor Tessa stammt.

»Und das ist Justice.« McKenzie zeigt auf einen grauhaarigen Philosophen in zerfetztem T-Shirt und grünen Sandalen, der plötzlich wie aus dem Nichts aufgetaucht ist. »Er ist Ihr Fahrer. Justin, das ist Justice. Justice, das ist Justin. Justice hat einen Kompagnon namens Ezra, der ihm vorausfahren wird. Kann ich sonst noch was für Sie tun?«

Justin zieht einen dicken Umschlag aus der Tasche seiner Safarijacke. »Könnten Sie das bitte für mich abschicken, wenn Sie das nächste Mal in Nairobi sind? Die ganz normale Post wird reichen. Die Empfängerin ist keine Freundin von mir, sondern die Tante meines Anwalts.«

»Ist heute Abend früh genug?«

»Heute Abend wäre ausgezeichnet.«

»Passen Sie auf sich auf«, sagt McKenzie und steckt den Umschlag in seine Tasche.

»Das werde ich tun«, erwidert Justin, und dieses eine Mal gelingt es ihm, nicht hinzuzufügen, wie freundlich das von McKenzie sei.

* * *

Der See war weiß und grau und silbern, die senkrecht stehende Sonne schnitt Mickies Fischerboot in schwarze und weiße Streifen, schwarz im Schatten des Sonnendachs, gnadenlos weiß, wo die Sonne ungehindert auf das Holz schien, weiß auch auf dem See, dessen Oberfläche von Fischen durchbrochen wurde, Blasen warf, weiß auf den in Dunst gehüllten grauen Bergen, die mit krummen Rücken in der Sonne brüteten, weiß auf den schwarzen Gesichtern des alten Mickie und seines jungen Begleiters, des unausstehlichen Abraham – ein höhnisch grinsender, unterschwellig zorniger Bursche, da hatte McKenzie Recht –, der aus irgendeinem unerfindlichen Grund kein Englisch sprach, dafür aber Deutsch, so dass das Gespräch, soweit überhaupt etwas gesagt wurde, in drei Sprachen geführt wurde: Justin redete deutsch mit Abraham, englisch mit Mickie, und untereinander sprachen die beiden ihr ganz eigenes Kisuaheli. Weiß sah Justin auch jedes Mal, wenn er zu Tessa hinüberschaute, was häufig vorkam. Sie hockte unternehmungslustig auf dem Bug – trotz der Krokodile –, eine Hand stets am Boot, wie ihr Vater es ihr beigebracht hatte, und Arnold immer in der Nähe, falls sie abrutschen sollte. Im Radio lief eine englischsprachige Kochsendung, in der die Vorzüge von in der Sonne getrockneten Tomaten gepriesen wurden.

Justin hatte zunächst Schwierigkeiten gehabt zu erklären, wo er hinwollte, egal in welcher Sprache. Vielleicht hatten sie noch nie von der Allia Bay gehört. Die Bucht interessierte sie nicht im Geringsten. Mickie wollte ihn nach Südosten bringen, zu Wolfgangs Oase, wo er hingehörte, und der unausstehliche Abraham hatte den Vorschlag nach Kräften unterstützt: Das Hotel Oase sei der Ort, wo die Mzungus wohnten, das beste Hotel in der ganzen Gegend, berühmt für seine Gäste – Filmstars und Rockstars und Millionäre –, ja, die Oase sei zweifellos Justins Ziel, ob er es wisse oder nicht. Erst als Justin ein kleines Foto von Tessa aus seiner Brieftasche holte – ein Passfoto, das nicht von den Zeitungen entweiht worden war –, verstanden sie, was er mit seiner Reise bezweckte, und sie verstummten nervös. Justin wolle also den Ort besuchen, an dem Noah und die Mzungu-Frau ermordet worden seien?, fragte Abraham.

Ja, bitte.

Ob Justin denn wisse, dass schon viele Polizisten und Journalisten dort gewesen seien, dass längst alles gefunden wurde, was dort zu finden gewesen sei, dass sowohl die Polizei aus Lodwar als auch die Kriminalpolizei aus Nairobi den Ort zum Sperrgebiet erklärt hätten, und zwar für Touristen, Schaulustige, Trophäenjäger und alle anderen, die dort nichts zu suchen hätten?, fragte Abraham hartnäckig weiter.

Das habe er nicht gewusst, sagte Justin, aber er bleibe bei seiner Entscheidung, und er sei bereit, sie beide großzügig zu entlohnen, wenn sie ihn hinbrächten.

Oder dass dort, wie jeder wisse, Geister umgingen, auch schon bevor Noah und die Mzungu dort ermordet worden seien? Aber diese Frage wurde, nachdem die finanzielle Seite erst einmal geregelt war, mit weniger Nachdruck gestellt.

Justin versicherte, er habe keine Angst vor Geistern.

Aus Respekt vor dem düsteren Zweck der Reise hatten der alte Mann und sein Helfer zunächst eine melancholische Haltung eingenommen, und um sie etwas aufzuheitern, musste Tessa schon ihre ganze Munterkeit aufbieten. Doch dank etlicher witziger Bemerkungen, die sie vom Bug aus machte, glückte es ihr schließlich. Die Anwesenheit anderer Fischerboote weiter oben am Himmel war ebenfalls hilfreich. Sie rief ihnen zu – was habt ihr gefangen? – und sie antworteten ihr – so und so viele rote Fische, so und so viele blaue, so und so viele bunte. Und ihre Begeisterung war derart ansteckend, dass es Justin bald gelang, Mickie und Abraham zu überreden, selbst eine Angel auszuwerfen, was nebenbei auch noch den Vorteil hatte, ihre Neugier in fruchtbare Bahnen zu lenken.

»Alles in Ordnung, Sir?«, fragte Mickie ganz in der Nähe und spähte ihm wie ein Arzt in die Augen.

»Ja. Mir geht's gut. Sehr gut.«

»Ich glaube, Sie haben Fieber, Sir. Kommen Sie unters Sonnendach, entspannen Sie sich, ich bringe Ihnen was Kaltes zu trinken.«

»Gut. Für uns beide, bitte.«

»Danke, Sir. Aber ich muss mich um das Boot kümmern.«

Justin sitzt unter dem Sonnendach, kühlt sich Hals und Stirn mit dem Eis aus seinem Glas und lässt sich vom Boot wiegen. Es ist eine seltsame Gesellschaft, die sie da an Bord haben, das muss er zugeben, aber Tessa ist nun einmal ausgesprochen leichtfertig, wenn es darum geht, Leute einzuladen; am besten hält man einfach den Mund und verdoppelt die ursprünglich geplante Zahl. Schön, Porter hier zu sehen, und auch Sie, Veronica, und Ihre Tochter Rosie, immer ein erfreulicher Anblick – nein, *da*gegen ist nichts einzuwenden. Und wie es Tessa stets gelingt, mehr noch als alle anderen aus der kleinen Rosie herauszuholen. Aber Bernard und Celly Pellegrin mussten nun wirklich nicht sein, Liebes, und wie typisch mal wieder für Bernard, gleich *drei* Schläger in seine abscheuliche Tennistasche zu packen. Und die Woodrows – also ehrlich, du solltest endlich die löbliche, aber törichte Vorstellung begraben, auch die unangenehmsten Zeitgenossen hätten im Grunde genommen ein gutes Herz, und du seist diejenige, die es ihnen beweisen könne. Und sieh mich bitte um Himmels willen nicht ständig so an, als wolltest du jeden Moment über mich herfallen. Sandy starrt dir ohnehin schon die ganze Zeit in den Ausschnitt und ist kurz davor durchzudrehen.

»Was gibt's?«, schreckte Justin auf.

Zuerst dachte er, es wäre Mustafa. Aber dann merkte er, dass Mickie ihn über der rechten Schulter am Hemd gepackt hatte und ihn schüttelte, um ihn aufzuwecken.

»Wir sind da, Sir. Am Ostufer. Nicht weit von der Stelle, wo die Tragödie sich abgespielt hat.«

»Wie weit?«

»Zu Fuß zehn Minuten, Sir. Wir begleiten Sie.«

»Das ist nicht nötig.«

»Das ist unbedingt nötig, Sir.«

»Stimmt was nicht?«, fragte Abraham über Mickies Schulter hinweg.

»Nein. Alles in Ordnung. Bestens. Sehr freundlich von Ihnen.«

»Trinken Sie noch etwas Wasser, Sir«, sagte Mickie und reichte ihm ein frisches Glas.

Es ist eine richtige Prozession, die hier an der Wiege der Zivilisation über die Tafeln aus Lavagestein klettert, das muss Justin zugeben. »Hätte nie gedacht, dass hier so viele zivilisierte Leute herumlaufen«, sagt er zu Tessa. Er spielt den unbedarften Engländer, und Tessa lacht für ihn, lautlos, wie sie es manchmal tut; sie verzieht das Gesicht zu einem breiten Lächeln, öffnet den Mund, tut eigentlich alles, was zum Lachen gehört, nur ohne Ton. Gloria geht voran, nun ja, wer sonst. Mit ihrem majestätischen, britischen Gang und diesen energischen Ellbogen läuft sie uns noch allen davon. Pellegrin nörgelt, auch das ist normal. Seine Frau Celly beschwert sich über die Hitze, wie könnte es anders sein. Rosie Coleridge, auf dem Rücken ihres Vaters, singt ein Liedchen für Tessa – wie haben wir bloß alle auf dieses Boot gepasst?

Mickie war stehen geblieben, eine Hand auf Justins Arm, Abraham dicht hinter ihm.

»Dies ist die Stelle, an der Ihre Frau gestorben ist, Sir«, sagte Mickie sanft.

Aber das hätte er sich sparen können, denn Justin wusste es bereits – auch wenn er nicht wusste, woraus Mickie geschlossen hatte, dass er Tessas Mann war, aber vielleicht hatte er ihm das im Schlaf verraten. Justin hatte diesen Ort auf Fotos gesehen, während der düsteren Zeit im Untergeschoss, und in seinen Träumen. Dort war etwas, das wie ein ausgetrocknetes Flussbett aussah. Drüben das traurige Häuflein Steine, das Ghita und ihre Freunde aufgeschichtet hatten. Darum herum – eine Schande – der Müll, der heutzutage unausweichlich zu jedem von den Medien begleiteten Ereignis gehört: weggeworfene Filmkassetten und Dosen, Zigarettenschachteln, Plastikflaschen und Pappteller. Weiter oben – etwa dreißig Meter den weißen Felshang hinauf – verlief die unbefestigte Straße, auf der der große Safarijeep seitlich an Tessas Jeep herangefahren war und ihm ein Rad zerschossen hatte, worauf der Wagen den Hang hinuntergerutscht war – und Tessas Mörder hinterher, bewaffnet mit Buschmessern und Gewehren und was sie sonst noch dabei hatten. Und da drüben – Mickie zeigte es ihnen stumm mit seinem knotigen, alten Finger – die blauen Lackspuren, die der von der Oase geliehene Jeep auf dem Fels hinterlassen hatte, als er in das Flussbett schlitterte. Und anders als das schwarze, vulkanische Gestein in der Umgebung war der Fels dort weiß wie ein Grabstein. Und die braunen Flecken darauf waren vielleicht wirklich Blut, wie Mickie andeutete. Aber als Justin sie näher betrachtete, meinte er, es könnten ebenso gut Flechten sein. Ansonsten bemerkte er wenig, was den aufmerksamen Gärtner hätte interessieren können, abgesehen von gelbem Straußgras und einer Reihe Dumpalmen, die wie üblich so aussahen, als wären sie von der Gemeindeverwaltung gepflanzt worden. Ein paar Wolfsmilchgewächse – natürlich, die gab es überall –, die zwischen schwarzen Basaltblöcken ein kümmerliches Dasein fristeten. Und ein gespenstisch weißer Myrrhenbaum – wann tragen *die* eigentlich mal Blätter? –, die dürren Äste seitlich ausgebreitet wie die Flügel einer Motte. Justin wählte einen Basaltblock aus und setzte sich. Er fühlte sich benommen, konnte aber noch klar denken. Mickie reichte ihm eine Wasserflasche, Justin nahm einen Schluck, schraubte den Deckel zu und stellte die Flasche vor sich hin.

»Ich möchte eine Weile allein sein, Mickie«, sagte er. »Wie wär's, wenn Sie mit Abraham zum Angeln rausfahren würden? Sobald ich hier fertig bin, komme ich ans Ufer und rufe Sie zurück.«

»Wir würden lieber beim Boot auf Sie warten, Sir.«

»Warum nicht angeln?«

»Wir würden lieber hier bei Ihnen bleiben. Sie haben Fieber.«

»Das geht schon zurück. Nur ein paar Stunden.« Er sah auf die Uhr. Es war vier Uhr nachmittags. »Wann setzt die Dämmerung ein?«

»Gegen sieben, Sir.«

»Gut. Wenn es dämmert, können Sie mich abholen. Falls ich was brauche, melde ich mich.« Und noch entschiedener: »Ich möchte allein sein, Mickie. Deswegen bin ich hierher gekommen.«

»Ja, Sir.«

Er hörte sie nicht gehen. Eine Zeit lang vernahm er überhaupt keine Geräusche, außer dem Klatschen des Sees am Ufer und dem gelegentlichen Tuckern eines Fischerboots. Er hörte das Jaulen eines Schakals und lautes Gezänk einer Geierfamilie, die unten am Seeufer eine Dumpalme besetzt hielt. Und er hörte Tessa, die ihm sagte, wenn sie alles noch einmal machen müsste, wäre Afrika noch immer der Ort, an dem sie sterben wollte, im Kampf gegen großes Unrecht. Er trank etwas Wasser, stand auf, streckte sich und ging zu dem Fels mit den Lackspuren, weil er wusste, dort war er ihr näher. Das konnte er sich leicht ausrechnen. Wenn er die Hand auf die Spuren legte, war er knapp einen halben Meter von ihr entfernt, die Dicke der Wagentür abgerechnet. Oder vielleicht doppelt so weit, falls sich Arnold dazwischen befand.

Es gelang ihm sogar, ein bisschen mit ihr darüber zu lachen, welche Mühe er immer gehabt hatte, sie zu überreden, den Gurt anzulegen. Auf den holprigen Straßen Afrikas, hatte sie mit der für sie typischen Sturheit erklärt, sei man unangeschnallt besser dran: Da könne man sich im Wagen wenigstens frei bewegen und werde nicht wie ein Sack Kartoffeln bei jedem verdammten Schlagloch hin und her geworfen. Dann verließ er die Lackspuren, stieg in das ausgetrocknete Flussbett hinunter, betrachtete die Stelle, wo der Jeep zur Ruhe gekommen war, und malte sich aus, wie der arme Arnold bewusstlos aus dem Wagen gezerrt und an den Ort seiner bewusst in die Länge gezogenen, entsetzlichen Hinrichtung verschleppt wurde.

Dann kehrte Justin, ganz der methodische Mensch, zu dem Felsblock zurück, den er sich zuvor als Sitzplatz ausgewählt hatte, ließ sich wieder darauf nieder und widmete sich der Betrachtung einer kleinen, blauen Blume, die dem Phlox ähnelte, den er im Vorgarten ihres Hauses in Nairobi gepflanzt hatte. Nur war er sich ganz und gar nicht sicher, ob die Blume tatsächlich an die Stelle gehörte, wo er sie sah, oder ob er sie in Gedanken aus Nairobi oder, wenn er's genau bedachte, von den Wiesen in der Umgebung seines Hotels im Engadin hierher verpflanzt hatte. Sein botanisches Interesse freilich hatte nachgelassen. Ihm stand nicht mehr der Sinn danach, das Image des netten Burschen zu kultivieren, dessen Leidenschaft nichts anderem galt als Phlox, Astern, Freesien und Gardenien. Und er dachte immer noch über diesen Wandel in seinem Wesen nach, als er vom Ufer her das Geräusch eines Motors hörte, zunächst den kleinen Knall, mit dem er ansprang, dann das regelmäßige Tuckern, mit dem sich das Boot entfernte. Nun fährt Mickie also doch zum Fischen hinaus, dachte Justin; für den wahren Angler stellen die in der Dämmerung an die Oberfläche kommenden Fische eine unwiderstehliche Versuchung dar. Und das erinnerte ihn daran, wie er Tessa immer hatte überreden müssen, mit ihm angeln zu gehen, und wie sie bei diesen Ausflügen zwar nie etwas gefangen, es aber jedes Mal am Ende wild miteinander getrieben hatten – womöglich der einzige Grund, weshalb er sie so gern dazu überredet hatte. Und während er noch belustigt über die Logistik des Liebesspiels auf dem Boden eines kleinen Bootes nachsann, kam ihm plötzlich der Gedanke, dass das mit Mickies Fischfang nicht stimmen konnte.

Mickie tat so was nicht, änderte nicht einfach seine Pläne, er gab nicht einfach irgendeiner Laune nach.

Das sah Mickie überhaupt nicht ähnlich.

Man brauchte ihm nur einmal zu begegnen – Tessa hatte dasselbe gesagt –, und schon wusste man, dass er der geborene Hausdiener war, und das war wohl auch der Grund, weshalb man ihn zugegebenermaßen so leicht mit Mustafa verwechseln konnte.

Also war Mickie nicht zum Angeln auf den See hinausgefahren.

Aber weg war er. Ob er den unausstehlichen Abraham mitgenommen hatte, war eine müßige Frage. Mickie war jedenfalls weg, und auch das Boot war weg. Über den See zurückgefahren – das Geräusch des Bootsmotors eben war schwächer und schwächer geworden.

Und warum war er verschwunden? Wer hatte ihm *gesagt*, dass er wegfahren sollte? Ihn dafür *bezahlt*? Ihm *befohlen*, zu verschwinden? Ihn mit *Drohungen* dazu bewegt? Was hatte Mickie gehört, über das Funkgerät im Boot oder von jemandem auf einem anderen Boot oder am Ufer – was hatte den alten Mann mit dem guten Gesicht dazu gebracht, einen Posten, den zu halten er bezahlt wurde, zu verlassen? Hatte Markus Lorbeer, der zwanghafte Judas, bei seinen Freunden in der Industrie doch erneut eine Lebensversicherung abgeschlossen? Justin grübelte noch über diese Möglichkeit, als er einen anderen Motor hörte, diesmal vom Fahrweg her. Die Dämmerung hatte eingesetzt, die Lichtverhältnisse waren nicht mehr die besten, und so hätte er erwartet, dass ein Auto zumindest das Standlicht eingeschaltet hätte, aber dieses Fahrzeug – was auch immer es für eins war – fuhr ohne Licht, und das erschien ihm rätselhaft.

Unter anderem dachte er – wahrscheinlich weil das Auto sich im Schneckentempo bewegte –, es sei Ham, der, wie üblich zehn Stundenkilometer langsamer als die erlaubte Höchstgeschwindigkeit, zu ihm kam, um zu melden, Justins Briefe an die grimmige Tante in Mailand seien wohlbehalten eingegangen, und das von Tessa aufgedeckte Unrecht werde nun bald entsprechend ihrer oft geäußerten Meinung – man müsse das System zwingen, sich selbst von innen heraus zu bessern – wieder gutgemacht. Dann dachte er: Das ist gar kein Auto, ich habe mich getäuscht. Es ist ein kleines Flugzeug. Auf einmal verstummte das Geräusch, und nun war er beinahe überzeugt, einer Sinnestäuschung erlegen zu sein – dass es zum Beispiel Tessas Jeep war, den er gehört hatte und der nun jeden Augenblick da oben auf dem Weg anhalten werde. Und dann werde sie mit beiden Mephisto-Stiefeln an den Füßen herausklettern und den Hang hinunterspringen, um ihm zu gratulieren, dass er dort weitermache, wo sie aufgehört habe. Aber es war nicht Tessas Auto, der Wagen gehörte niemandem, den er kannte. Da oben stand die undeutliche Silhouette eines ziemlich großen Jeeps oder Geländewagens – es war ein *Safari*jeep –, ob dunkelblau oder dunkelgrün, war bei dem rasch schwindenden Licht nicht zu erkennen, und er hatte genau an der Stelle angehalten, wo Justin eben noch Tessa gesehen hatte. Und obwohl Justin, seit er nach Nairobi zurückgekehrt war, so etwas erwartet hatte – es sich vielleicht sogar insgeheim gewünscht hatte, und ihm Donohues Warnung daher überflüssig erschienen war –, begrüßte er den Anblick mit fast überschwänglicher Freude, um nicht zu sagen, einem Gefühl von Vollendung. Er hatte ihre Verräter gesehen – Pellegrin, Woodrow, Lorbeer. Er hatte ihr skandalöserweise beseitigtes Dossier für sie neu geschrieben – freilich in anderer Form und nur bruchstückhaft, aber das war nicht zu vermeiden gewesen. Und jetzt, so schien es ihm, sollte er auch noch das letzte ihrer Geheimnisse mit ihr teilen können.

Ein zweiter Safarijeep hielt hinter dem ersten. Justin hörte leise Schritte und erkannte die huschenden Gestalten durchtrainierter Männer, die in weiter Kleidung geduckt umherliefen. Jemand pfiff, Mann oder Frau, und hinter Justin ertönte ein Pfiff als Antwort. Er stellte sich vor, und vielleicht stimmte es ja, dass ihm der Rauch einer Sportsman-Zigarette in die Nase wehte. Plötzlich wurde die Dunkelheit noch schwärzer, denn um ihn gingen Lichter an, und das hellste davon richtete sich auf ihn und hielt ihn in seinem Strahl gefangen.

Justin hörte das Geräusch von Füßen, die den weißen Felsen hinunterglitten.

Nachbemerkung

Zuallererst möchte ich das britische Hochkommissariat in Nairobi in Schutz nehmen. Es ist nicht der Ort, den ich geschildert habe, denn ich habe das Gebäude nie betreten. Die Personen, die ich beschrieben habe, sind auch nicht die wirklichen Mitarbeiter, denn mit denen habe ich nie gesprochen. Den Hochkommissar habe ich vor ein paar Jahren kennen gelernt, wir haben ein Ginger Ale auf der Veranda des Norfolk Hotel getrunken, und das war alles. Mit meinem Porter Coleridge hat er nicht die geringste Ähnlichkeit, weder äußerlich noch sonstwie. Was den armen Sandy Woodrow betrifft – nun, wenn es im britischen Hochkommissariat zu Nairobi einen Leiter der Kanzlei gäbe, dann könnten Sie sicher sein, dass er ein gewissenhafter und aufrechter Mensch wäre, der niemals die Frau eines Kollegen begehren oder lästige Dokumente vernichten würde. Aber es gibt keinen. In Nairobi, wie in vielen anderen britischen Gesandtschaften, ist der Posten des Leiters der Kanzlei seit langem abgeschafft.

In diesen Hundstagen, in denen Anwälte die Welt regieren, bin ich zu solchen Erklärungen gezwungen, die zufällig auch noch der Wahrheit entsprechen. Mit einer Ausnahme sind weder Personen noch irgendwelche Körperschaften in diesem Roman nach realen Vorbildern gestaltet; das gilt für Woodrow, Pellegrin, Landsbury, Crick, Curtiss und seine gefürchtete Firma ThreeBees ebenso wie für Karel Vita Hudson. Die Ausnahme bildet der großartige Wolfgang vom Hotel Oase, eine Persönlichkeit, die all denen, die ihn besuchen, so nachhaltig in Erinnerung bleibt, dass es lächerlich wäre, eine fiktive Entsprechung für ihn schaffen zu wollen. Souverän wie er ist, hatte Wolfgang nichts dagegen, dass ich seinen Namen und seine Stimme für meine Zwecke verwende.

Ein Medikament namens Dypraxa gibt es nicht, gab es nicht und wird es nie geben. Mir ist kein Wundermittel gegen Tbc bekannt, das in letzter Zeit auf dem afrikanischen oder sonst irgendeinem Markt eingeführt wurde – oder eingeführt werden soll –, also werde ich mit etwas Glück nicht den Rest meines Lebens in Gerichtssälen oder Schlimmerem verbringen müssen, auch wenn man da heutzutage nie sicher sein kann. Aber eins kann ich mit Bestimmtheit sagen. Je tiefer ich in den pharmazeutischen Dschungel eindrang, desto klarer wurde mir, dass mein Roman, verglichen mit der Wirklichkeit, ungefähr so harmlos ist wie eine Urlaubspostkarte.

Kommen wir zu Erfreulicherem. Mein herzlicher Dank gilt all jenen, die mir geholfen haben und die ich namentlich erwähnen darf, sowie auch anderen, die mir geholfen haben und aus guten Gründen nicht genannt werden wollen.

Ted Younie, ein langjähriger, engagierter Beobachter des Geschehens in Afrika, hat mir als Erster pharmazeutische Dinge ins Ohr geflüstert und später meinen Text von etlichen Fehlern befreit.

Dr. David Miller, ein Arzt mit Erfahrung in Afrika und der Dritten Welt, hat mir Tuberkulose als Aufhänger vorgeschlagen und mir die Augen für die ebenso kostspieligen wie raffinierten Kampagnen geöffnet, mit denen Pharmakonzerne die Ärzteschaft zu beeinflussen suchen.

Dr. Peter Godfrey-Faussett, Dozent an der London School of Hygiene and Tropical Medicine, hat mir bei der Vorbereitung und dann während der Niederschrift des Romans manchen wertvollen fachlichen Hinweis gegeben.

Arthur, ein vielseitiger Geschäftsmann und Sohn meines verstorbenen amerikanischen Verlegers Jack Geoghegan, hat mir haarsträubende Geschichten aus seiner Zeit als Pharmavertreter in Moskau und Osteuropa erzählt. Und Jacks gütiger Geist hat über uns geschwebt.

Daniel Berman von »Ärzte ohne Grenzen« in Genf hat mir ein Briefing geboten, für das er drei Sterne im Michelin verdient hätte: Das allein war die Reise dorthin wert.

Die BUKO Pharma-Kampagne in Bielefeld – nicht zu verwechseln mit Hippo in meinem Roman – ist eine finanziell unabhängige, personell unterbesetzte Vereinigung vernünftiger, hoch qualifizierter Menschen, deren Ziel es ist, die Missetaten der pharmazeutischen Industrie, insbesondere deren Geschäfte mit der Dritten Welt, ans Licht zu zerren. Sollte Ihnen danach sein, überweisen Sie ihnen doch bitte etwas Geld, damit sie ihre Arbeit fortsetzen können. Dass die Pharmagiganten die Meinung von Medizinern fortwährend auf heimtückische und systematische Weise beeinflussen, macht den Fortbestand von BUKO umso notwendiger. Und BUKO hat mir nicht nur sehr geholfen, sondern mich auch gedrängt, die Tugenden verantwortungsbewusster Pharmakonzerne hervorzuheben. Das habe ich hier und da versucht, aus Sympathie für die Mitarbeiter von BUKO, aber das war nun einmal nicht das Thema dieses Romans.

Dr. Paul Haycock, ein Veteran des internationalen Pharmageschäfts, und Tony Allen, Afrikaexperte sowie Pharmaberater mit Herz und Verstand, haben mich großzügig mit Rat, Auskünften und guter Laune versorgt und meine Attacken gegen ihre Branche ebenso gutwillig hingenommen wie der gastfreundliche Peter, der es in seiner Bescheidenheit vorzieht, im Dunkeln zu bleiben.

Geholfen haben mir auch einige aufrichtige Mitarbeiter der Vereinten Nationen. Keiner von ihnen hatte die leiseste Ahnung, was ich im Schilde führte; dennoch scheint es mir der Takt zu gebieten, sie nicht namentlich zu erwähnen.

Ebenfalls mit Bedauern habe ich beschlossen, die Namen der Menschen in Kenia zu verschweigen, die mich so großzügig unterstützt haben. Während ich dies schreibe, erfahre ich vom Tod John Kaisers, eines Priesters aus Minnesota, der seit sechsunddreißig Jahren in Kenia arbeitete. Seine Leiche wurde in Naivasha gefunden, fünfzig Meilen nordwestlich von Nairobi, mit einer Schusswunde am Kopf. In der Nähe entdeckte man eine Schrotflinte. John Kaiser hatte viele Jahre lang die Menschenrechtspolitik der kenianischen Regierung kritisiert. Vorfälle dieser Art können sich jederzeit wiederholen.

Meine Schilderung der Leiden Laras im achtzehnten Kapitel geht auf verschiedene wahre Begebenheiten zurück, die sich insbesondere in Nordamerika zugetragen haben. Dort hatten es hoch qualifizierte medizinische Forscher gewagt, anderer Meinung als ihre pharmazeutischen Zahlmeister zu sein, und für ihr Engagement mussten sie Verleumdung und Verfolgung hinnehmen. Dabei geht es nicht darum, ob ihre unwillkommenen Forschungsergebnisse korrekt waren oder nicht. Es geht nur um den Konflikt zwischen dem Gewissen eines Einzelnen und der Gier der Konzerne. Es geht um das elementare Recht von Ärzten, ihre Meinung frei und ohne Gegenleistung zu äußern, und ihre Pflicht, Patienten über die Risiken aufzuklären, die die Behandlung mit von ihnen verschriebenen Medikamenten ihrer Überzeugung nach bergen kann.

Sollten Sie übrigens einmal auf der Insel Elba weilen, versäumen Sie auf keinen Fall, das wunderbare alte Anwesen zu besuchen, das ich für Tessa und ihre italienischen Vorfahren in Beschlag genommen habe. Es heißt La Chiusa di Magazzini und gehört der Familie Foresi. Die Foresis stellen Rotwein, Weißwein, Rosé und Liköre her, und auch ein tadelloses Olivenöl aus eigenem Anbau. Und sie besitzen ein paar Häuschen, die sie vermieten. Es gibt dort sogar einen Ölraum, den jeder besuchen kann, der in zeitweiliger Abgeschiedenheit Antworten auf die großen Fragen des Lebens sucht.

John le Carré
Dezember 2000

BUKO PHARMA-KAMPAGNE alias Hippo

Die BUKO Pharma-Kampagne setzt sich für eine rationale Arzneimittelpolitik in Ländern des Südens und in Europa ein. Im Zentrum ihrer Kritik steht die Vermarktung risikoreicher und unwirksamer Medikamente in der Dritten Welt. Auch deutsche Pharma-Firmen – weltweit Spitzenreiter im Medikamenten-Export – sind an fragwürdigen Geschäften beteiligt. Die gezielte Informationsarbeit der BUKO Pharma-Kampagne führte mehrfach zum Marktrückzug irrationaler und gefährlicher Arzneimittel.

Kritisch und unabhängig durch Ihre Spende

Die BUKO Pharma-Kampagne ist von der Pharmaindustrie unabhängig und finanziert sich durch Spenden und (geringe) öffentliche Zuschüsse. Sie können helfen, fragwürdige Geschäfte der Pharmagiganten aufzudecken, indem Sie uns mit einer steuerabzugsfähigen Spende unterstützen:
BUKO Pharma-Kampagne
Konto 105 627 Sparkasse Bielefeld (BLZ 48050161)

Informationen

Viele Informationen finden Sie auf unserer Webseite. Fordern Sie kostenlose Informationen und eine Materialliste bei uns an.

BUKO Pharma-Kampagne
August-Bebel-Str. 62
D-33602 Bielefeld
Fax 0521-63789
mail@bukopharma.de
www.bukopharma.de